BIBLIOTHEE
Wijkbibliotheek Hae
Heksenakk
tel. 076 - 54

Vlieg terug naar huis

Uitgeverij Prometheus stelt alles in het werk om op milieuvriendelijke en duurzame wijze met natuurlijke bronnen om te gaan. Bij de productie van dit boek is gebruikgemaakt van papier dat het keurmerk van de Forest Stewardship Council (FSC) mag dragen. Bij dit papier is het zeker dat de productie niet tot bosvernietiging heeft geleid.

Jennifer Weiner

Vlieg terug naar huis

Vertaald door Titia Ram

2011 Prometheus Amsterdam

BIBLIOTHEEK BREDA
Wijkbibliotheek Haagse Beemden
Heksenakker 37
tel. 076 - 5417644

Voor Joanna Pulcini en Greer Hendricks

Oorspronkelijke titel *Fly Away Home*
© 2010 Jennifer Weiner
© 2011 Nederlandse vertaling Uitgeverij Prometheus en Titia Ram
Omslagontwerp Janine Jansen
Foto omslag Getty Images, Trevillion Images
Foto auteur Casper Tringale
www.uitgeverijprometheus.nl
ISBN 978 90 446 1743 6

I

Iets over liefde

Sylvie

Het ontbijt in een vijfsterrenhotel was altijd hetzelfde. Dat bedacht Sylvie Serfer Woodruff zich terwijl de lift van de vijfde verdieping daalde en opengleed in de glanzende uitgestrektheid van de lobby van het Four Seasons in Philadelphia. Na tweeëndertig jaar huwelijk, waarvan veertien jaar als echtgenote van de senior senator van New York, en na bezoekjes aan zes continenten en enkele van de belangrijkste wereldsteden, had ze wellicht wel iets diepzinnigers kunnen bedenken over de menselijke natuur, gemeenschappelijke aard en al wat ons met elkaar verbindt, maar verder ging haar hoogstpersoonlijke inzicht niet. Misschien stelde het weinig voor, maar het was in ieder geval íets. Als erop werd aangedrongen, kon Sylvie tevens enkele zeer diepzinnige en scherpe observaties doen over businesslounges op vliegvelden.

Ze ademde diep in en werd zich ongemakkelijk bewust van hoe strak de tailleband van haar rok in haar middenrif sneed. Toen liet ze haar hand in die van haar echtgenoot glijden en liep aan zijn zijde langs de receptie naar het restaurant terwijl ze bedacht hoe heerlijk het toch was, hoe geruststellend, dat het ontbijt waar je ook was, Londen, Los Angeles of Dubai, in een goed hotel, een Four Seasons of een Ritz-Carlton – en als ze met Richard reisde verbleven ze tegenwoordig vrijwel altijd in een Four Seasons of een Ritz-Carlton – nooit een verrassing was.

Er zou een menu zijn, vandaag gepresenteerd door een meisje in een nauwsluitend zwart mantelpakje, dat achter een standaard in de hal met hoogpolig tapijt naar de gasten stond te stralen alsof hun aankomst het hoogtepunt van haar dag was. Richard zou de menukaarten wegwuiven. 'We nemen het buffet,' zou hij aankondigen zonder ook maar te vragen of dat er was. Het was er altijd. 'Natuurlijk, meneer,' zou hun ober, maître d' of het meisje in het zwart van vandaag dan goedkeurend mompelen. Dan zouden ze door een chic ingerichte ruimte worden geleid, langs de zware, zijden gordijnen met protserige kwastjes en strikbanden, langs mahoniehouten dientafels en duur geklede gasten die op zachte toon met elkaar spraken boven hun koffie. Dan zou Richard zijn aktetas en kranten op hun tafeltje deponeren, waarna ze naar het buffet zouden lopen.

Er zou keuze zijn uit meerdere soorten vers fruit: parten meloen, geschilde partjes grapefruit en sinaasappel, en plakjes kiwi, allemaal als juwelen op wit porselein gerangschikt. Er waren altijd croissants (gewone en met chocolade), muffins (met zemelen, blauwe bessen of van maïsmeel), bagels (ja, zelfs in Dubai), glazen met yoghurt en muesli, sneden brood en Engelse muffins, die naast een broodrooster klaarlagen, en verwarmde schalen met roerei, bacon, worst en aardappels, en er stond altijd een kok, in een wit uniform met muts, omeletten te bakken. Richard vroeg altijd om een omelet (met spinazie, want dat was gezond, champignons en cheddar. Hij was ook dol op uien, maar kon zich die dag geen slechte adem veroorloven). Als hij zijn bestelling had doorgegeven, gaf hij zijn bord aan Sylvie en liep terug naar hun tafeltje, waar zijn *New York Times* en zijn *Wall Street Journal* altijd naast zijn immer geruststellende BlackBerry lagen, en dan zou Sylvie op zijn eten wachten.

De eerste keer dat haar moeder, de edelachtbare Selma Serfer, Sylvie deze manoeuvre had zien uitvoeren had ze haar dochter met open mond – er zat een vlekje donkerrode lippenstift op een hoektand – aangestaard. 'Meen je dat?' had ze gevraagd met haar knerpende Brooklyn-accent. Sylvie had geprobeerd haar de mond te snoeren. Selma had zich, zoals altijd, de mond niet laten snoeren. 'Meen je dat echt, Sylvie? Is dat wat je doet? Eieren halen voor je echtgenoot?'

'Hij heeft het druk,' mompelde Sylvie, terwijl ze zijn bord naar haar rechterhand verplaatste en met haar linkerhand een lok achter haar oor veegde. 'Ik vind het niet erg.' Ze wist al wat haar moeder dacht zonder dat de edelachtbare Selma, beste van haar jaar (en een van de zeven vrouwen) aan haar studie Rechten op Yale, voormalig opperrechter van de staat New York, ook maar een woord hoefde te zeggen. Sylvie zou het wél erg moeten vinden, en Sylvie zou het óók druk moeten hebben. Sylvie had net als haar moeder aan Barnard en Yale gestudeerd. Het was de bedoeling geweest dat Sylvie in haar moeders voetstappen zou treden, linea recta achter haar aan naar het hooggerechtshof, of in ieder geval dat ze meer dan twee jaar als advocaat zou hebben gepraktiseerd. Het enige kind van Selma en David Serfer was voorbestemd voor meer dan een huwelijk, moederschap, vrijwilligerswerk voor verscheidene liefdadigheidsinstellingen en het halen van het ontbijt van haar echtgenoot.

Nou ja, dacht ze terwijl de kok de boter in een koekenpan liet ronddraaien. Zij was gelukkig met haar leven, ook al zinde het haar moeder niet. Ze hield van haar echtgenoot, had respect voor wat hij had bereikt en had een goed gevoel over de rol die ze in zijn carrière had gespeeld. Bovendien wist ze dat het nog veel erger kon. Over de hele wereld woonden vrouwen die honger leden, die werden mishandeld of misbruikt; vrouwen die hun kinderen zagen lijden. Sylvie had hen gezien, had hun handen aangeraakt en hun baby's op schoot gehad. Het voelde ongemanierd om te klagen dat ze nu en dan gekleineerd werd, of zo veel uren campagne voerde met haar gezicht in een vriendelijke plooi, haar haar in een onschuldige boblijn op schouderhoogte, in een corrigerende onderbroek tot aan haar navel en op pumps die haar tenen samenknepen terwijl ze achter haar echtgenoot stond en geen woord zei.

Normaal gesproken zat ze er niet mee, maar nu en dan borrelde er onvrede in haar op, aangespoord door een of andere onaangename herinnering aan haar niet ontplooide mogelijkheden. Een paar maanden geleden had ze de formulieren voor de vijfendertigjarige reünie van Barnard in haar inbox aangetroffen. Er had een vragenlijst over haar leven na haar studie bij gezeten. Een van de vragen was: 'Hoe brengt u uw tijd door? Als u werkt, wat voor baan heeft u dan?' Sylvie had voordat ze er erg in had gehad getypt: 'Mijn baan houdt in dat ik altijd op dieet ben zodat ik niet uit mijn maatje 34 barst en geen blogger kan zeggen dat ik een dikke reet begin te krijgen.' Ze had de woorden direct weer gewist en vervangen door een stukje over haar vrijwilligerswerk, de fondsen die ze had geworven voor daklozen, ballet, borstkankeronderzoek, de bibliotheek en het Museum of Modern Art. Ze had ook nog een zin toegevoegd over haar dochters: Diana, die hier in Philadelphia arts op de Spoedeisende Hulp was, en Lizzie, zwart schaap Lizzie om wie ze altijd zo veel zorgen hadden gehad en die nu al een paar maanden droog stond (dat zei ze maar niet), wier haren ondertussen weer de oorspronkelijke kleur blond hadden en wier gruwelijke piercings bijna waren dichtgegroeid. En dan had ze nog een laatste paragraafje toegevoegd over het geluk dat ze de afgelopen veertien jaar had gehad om over de wereld te kunnen reizen in het gezelschap van haar echtgenoot, senator Richard Woodruff, New York-Democraat. Maar soms, 's nachts, had ze het gevoel dat ze de waarheid onder ogen moest zien: wat haar ambitie ook was geweest, wat haar dromen ook waren geweest, Sylvie Serfer Woodruff was zevenenvijftig en deed professioneel aan de lijn, en nu haar dochters de deur uit waren was haar enige taak tien kilo lichter te blijven dan ze tijdens haar studie was geweest.

Nou, dan was ze zichzelf een beetje kwijtgeraakt, bedacht ze terwijl de kok kaas in de pan strooide. Dan was haar leven niet perfect; er waren nare dingen gebeurd, er waren fouten gemaakt. Maar hadden ze samen niet iets opgebouwd, zij en Richard, en Lizzie en Diana, en was dat niet belangrijker, betekenisvoller dan wat Sylvie ooit in haar eentje had kunnen doen? Wat zou ze dan voor carrière hebben gehad? Ze was niet zo'n goede advocaat als haar moeder. Ze was misschien snel, slim en belezen, maar haar geest was niet gebouwd om open en weer dicht te springen als een val, zoals die van haar moeder. Ze kon wel toegeven, al was het alleen tegenover zichzelf, dat ze niet erg ambitieus was; dat ze iets miste – agressie, vasthoudendheid of eenvoudigweg passie –, die magische kwaliteit die haar van gewoon goed naar geweldig zou hebben verheven. Maar ze had een plekje voor zichzelf gevonden in de wereld. Ze had haar meisjes opgevoed en haar echtgenoot bijgestaan, als klankbord en conciërge, als planner en tekstschrijver, als reisgenoot en medecampagnevoerder. Dus *nou en*, als haar 's nachts af en toe het gevoel bekroop dat ze niets anders op deze planeet deed dan kilometers lopen op een lopende band zonder eindbestemming in een poging een gewicht te behouden dat steeds moeilijker te behouden víel. Dus *nou en*, als...

'Mevrouw?' De kok stond haar met geheven spatel aan te kijken. De omelet lag in een perfect gebruinde halve cirkel in zijn pan.

'Sorry,' zei ze, en ze stak als een weeskind in een Dickens-roman het bord naar hem uit, als een weeskind smekend om een tweede portie.

Hij liet de omelet op het bord glijden. Sylvie pakte de sneden volkorenbrood die ze in de broodrooster had gedaan. Ze deed er een klontje boter bij, een bakje jam, wat partjes meloen die Richard links zou laten liggen, en een plak bacon, krokant gebakken, precies zoals hij hem wilde (hij wilde meer dan één plakje, maar hij moest om zijn hart denken). Richard zat de opiniepagina te lezen en voerde ondertussen een telefoongesprek. Bij zijn elleboog stond een dampende kop koffie en hij was zo druk aan het multitasken dat hij nauwelijks opkeek. Ze zette zijn bord voor hem neer en tikte hem op de schouder. 'Eten,' zei ze, waarop Richard begon te glimlachen, een arm om haar taille sloeg en er zacht in kneep.

'Dank je, lieverd,' zei hij, waarop zij zei: 'Graag gedaan', en terugliep om haar eigen vreugdeloze ontbijt te gaan halen: vetvrije yoghurt met één gestoomde pruim, een minidoosje Special K, een glaasje magere melk en, als beloning, een schepje havermoutpap, die ze nooit kon weerstaan en die zo heerlijk romig smaakte, in tegenstelling tot die bij haar thuis. Ze roerde er een klontje roomboter door, een schepje bruine suiker en een scheutje room, waardoor het meer een toetje werd dan een ontbijt.

Ze had pas een paar hapjes gegeten toen Richard zijn ondertussen gekreukte servet over de restanten van zijn omelet wierp. Hij had het fruit genegeerd, zoals ze al had voorspeld, en het bacon was op, wat ze ook van tevoren had geweten. 'Klaar?' vroeg hij. Wat ze niet was. Maar ze knikte, stond op en pakte de gesteven elleboog van zijn jasje vast terwijl hij haar een kus op de lippen gaf. Haar programma zat in een bruine envelop in haar tasje en was voor de zekerheid ook naar haar iPhone gestuurd, samen met haar toespraak. Richard ging naar een koffieafspraak bij een staatssenator die fondsen aan het werven was, een rijzende ster in de partij die werd klaargestoomd voor belangrijkere taken. Dit werd gevolgd door een lunch in het congrescentrum met directeuren van enkele van de grootste ziekenhuizen van het land, hotemetoten die korting wilden op de importbelasting voor de MRI-apparaten die ze in Japan wilden aanschaffen. Ondertussen zou Sylvie, die spreken in het openbaar afgrijselijk vond, haar bevende knieën tegen elkaar drukken, haar zwetende handpalmen verbergen en de Colonial Ladies-vrijwilligersorganisatie toespreken over hoe, als elk van hen aan de bibliotheek zou doneren wat zijzelf maandelijks uitgaf aan highlights en café lattes, er honderden boeken konden worden aangeschaft om zo duizenden kinderen met verhalen te kunnen verblijden. Het was een toespraak die ze al tientallen keren had gegeven en die ze ongetwijfeld nog tientallen keren zou houden voor haar echtgenoots derde termijn over vier jaar ten einde zou lopen. En daarna? 'Recht naar de top,' had Richard altijd gezegd toen ze nog jong waren en lagen te dromen op hun dunne matrasje in hun appartementje aan Court Street in Brooklyn, waar de vloeren zo scheef waren dat alles wat je aan één kant van de kamer tegen de muur legde spontaan naar de muur ertegenover rolde.

Ze hadden in Brooklyn gewoond in de tijd dat het meedelen van je adres maakte dat mensen je behandelden met de ongemakkelijke beleefdheid waarmee pioniers in een huifkar op weg naar het westen werden bejegend. Richard was in het bezit geweest van twee pakken, een donkerblauw en een bruin, beide aangeschaft in de uitverkoop bij Bloomingdale's en deels betaald met een cadeaubon die Sylvie met Chanoeka van haar ouders had gekregen voor haar eigen 'werkende vrouw'-garderobe. Hij droeg die twee pakken afwisselend van maandag tot en met vrijdag – blauw, bruin, blauw, bruin, blauw – en bracht ze op zaterdag naar de stomerij. Ze wandelden elke ochtend samen naar de metro, waar Sylvie achter hem aan de trap af liep en bedacht hoe gezegend ze was dat ze deze man had gevonden, haar Richard, met zijn smalle heupen, brede schouders, zijn dikke bruine haar – dat hoe zorgvuldig hij het ook kamde altijd wild zat, als het haar van een jongetje dat net uit bed is gerold – en de nonchalant heen en weer bungelende aktetas in zijn hand. Dat is mijn man, dacht ze dan. Ze wilde het van de daken schreeuwen, of in ieder geval tegen al die vrouwen die hem van top tot teen, of eigenlijk van top tot trouwring, bekeken. Mijn man. Van mij.

'Mijn man,' fluisterde ze terwijl ze op haar tenen stond (Richard was bijna vijfentwintig centimeter langer dan zij, met zijn één zeventachtig, wat een presidentiële lengte was, bedacht ze wel eens) en haar lippen langs zijn oor liet gaan. Hij huiverde bijna onmerkbaar. 'Mijn vrouw,' fluisterde hij terug. Richard had nooit tegen kietelen gekund. Dan likte ze in bed met het puntje van haar tong langs de rand van zijn oor en knabbelde zacht aan zijn oorlel, waarop hij sidderend haar naam fluisterde. Vroeger, tenminste. Sylvie fronste haar voorhoofd, of probeerde haar voorhoofd te fronsen, aangezien die botoxbehandeling van een week daarvoor dat aanzienlijk bemoeilijkte, en probeerde te bedenken wanneer de laatste keer was geweest. De afgelopen maanden – of misschien zelfs jaren – was het allemaal minder geworden, niet met een alarmerende snelheid, maar op een manier waarvan Sylvie was gaan geloven dat die normaal was als je zo lang was getrouwd. Ze vreeën één of twee keer per week, en soms een week of twee (of drie, of vier) niet, als het Congres zitting had en Richard doordeweeks in een huurhuis in Georgetown verbleef. Ze miste het wel eens, maar ze dacht dat de seks die ze in het begin hadden gehad – elke avond, soms twee keer op een avond, en een keer in de godzijdank lege sauna in een hotel waar ze logeerden voor de bruiloft van een jaargenoot – seks was die je alleen in het begin had, en dat het daarna rustiger werd, dat moest ook wel, want hoe moest je anders werken en kinderen opvoeden?

Richard kneep zacht in haar taille en kuste haar nogmaals op haar verlamde, vergiftigde voorhoofd (geheel zonder risico's, had de dermatoloog haar verzekerd toen hij naar het appartement was gekomen met een koffer vol spuiten en een mond vol sussende woorden). 'Tot vanavond,' zei Richard. Sylvie keek toe hoe hij het restaurant uit liep, met zijn BlackBerry in zijn ene hand en zijn aktetas in de andere, de lobby door en toen naar buiten, waar een auto zou staan wachten, zoals er tegenwoordig altijd een auto stond te wachten. Mijn man, dacht ze, en haar hart zwol, zoals die keer dat ze als jonge bruid had toegekeken hoe Richard in de diepte van het metrostation verdween, klaar om de wereld te gaan regeren.

Ze zat om vier uur achter in de limousine, met een exemplaar van *The Economist* op schoot het laatste nieuws uit het Midden-Oosten te lezen terwijl de auto voortkroop in de acht kilometer lange file op de tolweg van New Jersey. De regio was gevangen in een voor augustus kenmerkende hittegolf, de lucht een vochtig stoombad dat iedereen die zich ook maar heel even naar buiten waagde plakkerig en geïrriteerd maakte. Ze zat haar bewegingen te plannen: hoe ze zo snel mogelijk uit de auto zou stappen en het appartementencomplex binnen zou lopen om zo min mogelijk tijd in de klamheid door te brengen – ze was op weg naar een cocktailfeestje en probeerde te bedenken hoe ze kon voorkomen dat ze haar haar opnieuw zou moeten doen – toen haar telefoon begon te rinkelen. Of eigenlijk begon te boeren. Lizzie, haar jongste, had hem zo ingesteld dat hij boerde in plaats van rinkelde, en Sylvie had geen idee hoe ze daar iets aan kon doen. De telefoon boerde nogmaals, en het gezicht van haar beste vriendin, Ceil, verscheen op het schermpje. Ceil was op die foto, die Sylvie had gemaakt toen ze op het terras van de Buttercup Bakery zaten, een rood gekleurd cakeje aan het verorberen met een dikke laag wit glazuur, die deels op haar neus terecht was gekomen. Sylvie had snel een foto genomen en gedreigd hem op Facebook te zetten. Niet dat ze enig idee had hoe Facebook werkte of hoe je daar iets op moest zetten. Het dreigement alleen was genoeg geweest om Ceil aan het lachen te krijgen. Toen Sylvie op het knopje drukte om op te nemen zag ze dat ze twee oproepen had gemist, allebei van Richard. Ze besloot hem na haar gesprek met Ceil terug te bellen en bracht de telefoon naar haar oor. 'Hé!'

'O, mijn god,' fluisterde Ceil. 'Zit je te kijken?'

'Waarnaar?' Sylvie voelde de eerste oprechte lach van die dag op haar gezicht verschijnen. Vast weer een roddel over een of andere beroemdheid van wie een sekstape op internet terecht was gekomen of die was gefotografeerd terwijl ze zonder slipje uit een auto stapte. Of misschien was er nog meer nieuws over die Oscar-actrice wier echtgenoot het deed met een getatoeëerde rechts-extremistische stripper, waardoor haar beste vriendin niet kon wachten de roddel met haar te bespreken.

Toen ze elkaar al die jaren geleden op Barnard hadden leren kennen had Ceil Farraday een Mia Farrow-kapsel gehad, en een rond en aanlokkelijk gezichtje. Ze was in het studentenhuis gearriveerd met een koffer vol gebreide Fair Isle-truien en plooirokken die ze zodra haar ouders met hun stationwagen de West Sidesnelweg op waren gereden aan de kringloop had gedoneerd. Ze spendeerde de honderd dollar die ze had meegekregen aan een zwarte legging, een zwarte coltrui, een paar suède laarzen met franje eraan, een geweven Mexicaanse poncho en een zakje uitstekende wiet.

Ceil had op Barnard het hoofdvak drama gekozen en had het grootste deel van haar tijd doorgebracht als boom, of de wind, of de belichaming van vrouwelijke energie ('Of misschien krijg ik de rol van Eva,' had ze tegen Sylvie gezegd terwijl ze op de vensterbank de rook van haar ultradunne Virginia Slim-sigaretten de avondlucht in zat te blazen. 'Dat hoor ik maandag van de regisseur.')

Ze hadden meteen een band. 'Je bent zo bijzonder,' had Ceil geprevel terwijl ze Sylvies warrige donkere krullen, haar honingkleurige huid, haar lichtbruine ogen en prominente neus in zich had opgenomen. 'Staat bijzonder gelijk aan joods?' had Sylvie geamuseerd gevraagd, waarop Ceil stralend in haar handen was gaan klappen. 'Ben je joods? Wat geweldig! Kom op,' zei ze terwijl ze Sylvie naar het onderste matras van het stapelbed trok, dat door haar moeder was opgemaakt met een dekbed in een bloemetjeshoes en donzen kussens die naar geurzakjes roken. 'Ga zitten en vertel!'

Sylvie had haar de verkorte versie van haar levensloop gegeven, waarbij Ceils ogen groter waren geworden bij elke onthulling die er werd gedaan. 'Is je moeder rechter?' vroeg ze. 'Wauw. Mijn moeder heeft een keer geprobeerd in de oudercommissie te komen, maar zelfs daarvoor werd ze niet gekozen.' Sylvie vertelde haar kamergenoot dat haar ouders uit een arbeidersgezin in Brooklyn kwamen, beide kinderen van immigranten – de familie van haar vader kwam uit Rusland en die van haar moeder uit de Oekraïne. Ze hadden elkaar leren kennen op de Bronx Science High School, twee slimme, snel sprekende strebers die hun jeugd waar nodig als tolk voor hun Jiddisch sprekende ouders hadden gefungeerd: bij de bank, het postkantoor of in een warenhuis. Zowel Dave als Selma was, zodra ze oud genoeg waren om te luisteren en te begrijpen wat er werd gezegd, voorgehouden dat ze waren voorbestemd om grootse dingen te gaan doen in de Nieuwe Wereld, waarbij natuurlijk werd geïmpliceerd dat hún kinderen het nóg beter zouden gaan doen.

Selma was naar Barnard gegaan en daarna naar Yale, en Dave had een volledige beurs voor Columbia gekregen en had daarna economie gestudeerd aan Wharton. Tegen de tijd dat hij dertig was had hij zijn eerste miljoen verdiend als vastgoedmakelaar, en Selma en hij hadden het jaar daarna Sylvie gekregen. Sylvie was hun enige kind, het vat voor al hun hoop en al hun dromen, die zeer gedetailleerd en omvangrijk waren. Als al van Dave en Selma was verwacht dat ze zouden slagen, gaan studeren en op professioneel gebied succesvol zouden worden, dan zou Sylvie, zo impliceerden haar ouders, op haar vijfenveertigste minstens president moeten zijn, als ze tegen die tijd niet al tot keizerin voor het leven was gekroond. Hoge verwachtingen vulden de lucht in het appartement aan West Eighty-second Street waar ze was opgegroeid. Dat Sylvie zou hebben gezegd dat ze geen advocaat wilde worden was net zo onwaarschijnlijk als dat ze zou hebben aangekondigd dat ze een tweede hoofd ging laten groeien.

'Dus je bent rijk?' had Ceil op haar naïeve manier gevraagd.

Sylvie huiverde. Ceils moeder, elegant en blond in een felgekleurd Lilly Pulitzer-printjurkje met parelcollier, en haar hartelijke vader met blauwe ogen en een katoenen sweater om zijn nek geknoopt, waren net vertrokken en zagen eruit alsof ze op weg waren naar een lunch op de golfclub. Het echtpaar Farraday stond vast nog op de trap te praten met Sylvies moeder – die zoals altijd gekleed was in een zwarte rok met witte blouse en platte schoenen, en die geld aan kleding spenderen een enorme verspilling vond, aangezien ze toch altijd een toga over haar kleding droeg – en haar vader, die nog geen een meter zestig was en te allen tijde een sigaar tussen zijn gevlekte tanden had. Sylvie vroeg zich af waar ze het over hadden. Ze vermoedde dat de ouders van Ceil niet al te veel joden kenden en dat Shaker Heights in Ohio voor haar ouders net zo goed op de maan had kunnen liggen, bevolkt door bizarre ruimtewezens die hun kinderen naar footballwedstrijden en drive-inrestaurants stuurden in plaats van naar de bibliotheek.

'We hebben het niet slecht,' had Sylvie gezegd terwijl ze zich op de garderobekast richtte en haar kleren begon op te hangen.

Ceil had aangehouden. 'Wonen jullie op een landgoed?'

'In een appartement,' zei Sylvie opgelucht, aangezien 'appartement' helemaal niet blufferig klonk en Ceil er niet aan zou denken de vragen te stellen die iemand uit New York vervolgens direct zou stellen: in welke wijk stond dat appartement, hoeveel kamers had het en keek het uit over het park?

Tot de onuitgesproken maar voelbare ergernis van Sylvies ouders (ze noemden Ceil in eerste instantie achter haar rug, maar later ook recht in haar gezicht, de 'sjikseprinses') deelden Ceil en Sylvie alle vier studiejaren een kamer. Sylvie ging nadat ze was afgestudeerd door naar Yale voor haar master. Ze vond een zonnig appartement aan Edgewood Avenue, waar ze woonde met Danielle, die medicijnen studeerde. Ze hadden allebei een eigen slaapkamertje en deelden een woonkamer met open haard, een zeer basale keuken en de huur van vijfenzeventig dollar per maand, maar ze kregen nooit zo'n band als Sylvie met Ceil had, waarschijnlijk doordat ze allebei zo veel tijd doorbrachten in de bibliotheek (en misschien ook vanwege het feit dat haar nieuwe huisgenoot geen enkel gevoel voor humor had). Sylvie brunchte op zondag in een eetcafeetje aan Elm Street en ging naar yogales bij de jongerenorganisatie bij haar in de straat. Ceil volgde ondertussen haar New York-dromen. Ze ging in de Village wonen en nam lessen in dans, beweging en stembeheersing. Ze kreeg nooit betere rollen dan die van figurant in stukken die Broadway niet haalden, en één rol met tekst (of eigenlijk was het meer gekreun) in een televisiereclame voor een laxeermiddel, voordat ze overstapte naar een leven als getrouwde vrouw en moeder. Ze huwde een rijke man en leidde het zelfvoldane leven van een dame die luncht, winkelt en indrukwekkende cheques uitschrijft aan liefdadigheidsinstellingen. Maar Ceil had altijd haar talent behouden om drama te vinden in de meest alledaagse situaties. Ze had Sylvie een keer een mail geschreven die met een rood uitroepteken was gemarkeerd, met IK MOET JE NÚ SPREKEN als onderwerp. Een getrouwde acteur bleek zijn vrouw, een beroemde actrice, te hebben verlaten voor de negentienjarige oppas, wat hij had opgebiecht in de aflevering van *The Howard Stern Show* van die dag, waaraan Ceil verslaafd was, en Ceil had de behoefte gevoeld die ontwikkeling direct – zo niet eerder – met Sylvie te bespreken.

'Is het sappig?' vroeg Sylvie nu, de telefoon tussen schouder en wang drukkend. Ze had zo'n futuristisch ding dat in haar oor paste, maar ze begreep niet hoe dat werkte en durfde niet aan haar dochters of assistente te vragen of ze het nóg een keer wilden uitleggen.

Er viel een stilte. 'Weet je het nog niet?' vroeg Ceil.

'Ik sta in de file op de New Jersey Turnpike. Wat is er aan de hand?' Sylvie ging er eens goed voor zitten en bereidde zich voor op de monoloog over New Jersey die Ceil ongetwijfeld zou gaan voeren. Ceil haatte buitenwijken, conformiteit en alle plaatsen waar mensen woonden behalve in de juiste wijken van Parijs of Manhattan. Dit ondanks het feit dat ze zelf een ongelooflijk doorsneeleven leidde, met haar echtgenoot die Larry heette en ex-sportman was, haar tweeling Sahiell en Clementine en haar kleindochter Lincoln die ze elke dinsdag naar haar Little Mozart-muzieklessen bracht (de normaliteit van dat alles, zo bleef ze beklemtonen, werd gecompenseerd door het feit dat haar dochter lesbisch was en dat Suri Cruise dezelfde make-upcursus had gevolgd als Lincoln).

'O god,' zei Ceil, en Sylvie hoorde aan de toon van haar stem dat ze niet belde om te roddelen. 'Je moet onmiddellijk een televisie zien te vinden. Ze zeggen...'

'Wat?' Er gingen allerlei mogelijkheden door Sylvies hoofd: nog een terroristische aanslag? Een bomaanslag, een neergestort vliegtuig? Iets met haar dochters? Met Lizzie? (Zelfs in haar paniek wist ze dat Diana nooit iets zou doen wat op televisie zou komen, tenzij ze een wetenschappelijke ontdekking zou doen of een medische ingreep zou bedenken waarvan Sylvie dan de rest van haar leven zou moeten doen alsof ze begreep waar het over ging.) 'Ik begin bang te worden.'

'Het gaat over Richard,' zei Ceil met bevende stem.

Een band werd strak om Sylvies hart aangetrokken. 'Is er iets met hem gebeurd?' Maar al terwijl ze die vraag uitsprak, stelde ze zichzelf gerust dat er niets met Richard aan de hand was. Als dat niet zo was, zou ze het al hebben geweten. Haar chauffeur Derek, of haar assistente Clarissa die met een kaarsrechte rug op de rand van haar stoel naast hem zat, zou het haar ondertussen wel hebben verteld als er iets heel erg mis was. Daar waren protocollen voor, telefoontjes die ze dan zou hebben gekregen. Ceil begon weer te praten, heel snel.

'Weet je wat? Laat maar zitten. Kom maar gewoon naar me toe, oké? Kom direct hier naartoe en kijk geen televisie, Syl. Beloof me dat je geen televisie gaat kijken en kom gewoon zo snel mogelijk hier naartoe.'

'Ceil. Vertel het nou maar gewoon.' Sylvie hapte naar adem en probeerde haar paniekgevoel te onderdrukken. 'Ik word echt doodsbang van je. Vertel het nou maar.'

Ze hoorde haar vriendin honderdvijftig kilometer verderop zuchten. 'Ik zit naar CNN te kijken en daar wordt gezegd dat Richard een affaire heeft gehad met een van zijn juridisch medewerksters. Ze zeggen dat hij met haar op vakantie is geweest naar de Bahama's en dat hij een topbaan voor haar heeft geregeld bij het filiaal in Washington van het advocatenkantoor waar hij heeft gewerkt.'

Ceil was even stil. Sylvie perste haar lippen op elkaar, kneep met haar rechterhand in de telefoon en drukte haar linkerhand hard tegen haar bovenbeen. Ze had het gevoel dat ze in een achtbaan zat die het hoogste punt had bereikt en dat de baan er ineens onder vandaan viel. Ze was in vrije val. Niet Richard. Niet haar Richard.

'Sylvie? Ben je er nog?' Ceil, de opgewekte, ongecompliceerde Ceil, die een zaal vol mensen aan het lachen kon krijgen door haar vertolking van Anonieme Constipatielijder nummer 3 uit te voeren, klonk alsof ze op het punt stond te gaan huilen. 'Luister schat, het spijt me dat ik je dit moet vertellen, en ik...'

'Ik bel je zo terug.' Ze drukte het gesprek uit en leunde naar voren, waarbij ze de drie taillebanden in haar vlees voelde snijden – die van haar rok, die van haar correctieslip en die van het korset dat ze droeg – alsof haar kleding haar probeerde te wurgen. 'Kunnen we even ergens stoppen?' vroeg ze terwijl haar telefoon boerend het gezicht van haar man in beeld bracht. Ze negeerde de oproep. Haar stem beefde, maar ze hoopte dat het tweetal voor in de auto dat niet opmerkte. En ze had het vriendelijk gevraagd. Sylvie was altijd vriendelijk. Dat was een reactie, dacht ze zelf, op haar niet zelden grofgebekte moeder, die de krant eens had gehaald nadat ze tegen de advocaat van een eiser had gezegd dat hij haar een dinertje schuldig was als hij haar zo bleef behandelen omdat dat wel het minste was wat ze verwachtte voordat ze door iemand werd genaaid. Sylvie had er een punt van gemaakt haar eigen dochters, de koppige Diana en de dromerige Lizzie, te leren dat ze beleefd moesten zijn, en attent, dat ze rekening moesten houden met anderen en nooit hun manieren mochten vergeten. Zelfs op het hoogtepunt van Lizzies dagen als drugsverslaafde had Sylvie graag gedacht dat haar jongste dochter beleefd en vriendelijk was tegen haar dealer.

Derek en Clarissa keken elkaar voor in de auto even aan, en Sylvie zag in die blik dat wat haar vriendin haar had verteld waar was... of dat het in ieder geval werd uitgezonden als de waarheid. Haar man. Een andere vrouw. En het was op televisie. Haar handen wilden zweten, haar knieën smeekten te mogen trillen. Ze wilde iets eten: een warm chocoladekoekje, aardbeienijs, een stuk baklava dat droop van de honing, een schaal havermoutpap die zo groot was dat je erin kon zwemmen, met een enorme klont gesmolten boter erop... Rustig blijven, zei ze tegen zichzelf, en ze legde haar tasje op haar schoot. Gedraag je, Gekkie. Zo noemde Ceil haar op de zeldzame gelegenheden dat Sylvie haar emoties de vrije loop liet en Ceil – drama queen Ceil, die van het openmaken van een blik soep een voorstelling van tien minuten maakte – tegen haar zei dat ze moest kalmeren.

Ze tikte haar assistente op de schouder. 'Ik moet echt even stoppen.'

Clarissa draaide zich om. Ze had haar ogen zo ver opengesperd dat het wit helemaal rondom haar blauwgroene irissen zichtbaar was. Haar wangen waren verhit en uit haar honingkleurige knotje, dat normaal gesproken zo glad was getrokken dat een prima donna er een puntje aan kon zuigen, stak een plukje haar.

'Natuurlijk,' zei ze, waarna ze zich tot Derek wendde, wie ze op een toon die geen tegenspraak duldde liet weten waar hij naartoe moest rijden.

Diana

'HALLO,' ZEI DIANA OPGEWEKT NADAT ZE DE DEUR VAN DE ONDERzoekkamer had geopend. De patiënt, een knappe jongen van in de twintig, lag op de onderzoektafel te wachten. Ze keek even op zijn kaart en glimlachte vriendelijk naar hem. Haar studenten hadden haar tijdens haar laatste evaluatie geweldige cijfers gegeven voor haar vaardigheden en manier van lesgeven, maar ze zeiden dat haar omgang met patiënten voor verbetering vatbaar was. 'Zelfs ik ben bang voor haar,' had een van die broekies geschreven, 'en ik ben niet eens een patiënt!'

'Meneer Vance,' zei ze, en ze gebruikte heel bewust zijn naam om hem gerust te stellen, 'wat kan ik voor u doen?'

Hij glimlachte terug en keek haar geconcentreerd aan. Hij droeg een spijkerbroek, gympen en overhemd met lange mouwen en was het toonbeeld van een blakende gezondheid, zo anders dan de meeste mensen die ze onder ogen kreeg, die er normaal gesproken uitgeput en ellendig uitzagen van het uren wachten in de smoezelige, slecht verlichte wachtkamer. Ze stonken over het algemeen ook, alsof de ontsmettingsmiddelen en lichaamsvloeistoffen die in het ziekenhuis rijkelijk vloeiden als een onzichtbaar laagje aan hun huid kleefden. Maar deze man, viel haar op toen ze hem naderde, rook naar zeep, naar iets kruidigs en naar warme mannenhuid. 'Ik voel me de laatste tijd zo raar,' zei hij.

'Raar?' vroeg Diana terwijl ze zijn kaart terughing in het plastic bakje aan de deur.

'Koortsig,' verduidelijkte hij. Hij glimlachte nog steeds en zijn witte tanden glansden haar stralend gezond tegemoet. Hij had een hoofd vol dik zwart haar, gespierde schouders en lange benen, en zijn lichaam straalde iets nonchalants uit terwijl hij haar waarderend zat te bekijken, alsof hij zo door haar witte jas en de kleding eronder heen keek, alsof ze naakt voor hem stond, of misschien alleen in een zwart kanten beha met bijpassend slipje.

'Nou, laten we dan maar eens kijken.' Ze wendde zich af, het voelde alsof ze uit een schijnwerper stapte, en probeerde zichzelf tot de orde te roepen terwijl ze een thermometerstrip uit een lade pakte en die tegen zijn voorhoofd drukte. 'Wilt u uw overhemd even uitdoen?'

Zijn vingers – lange, vaardige vingers met een paar zwarte haartjes op de knokkels – bewogen lui over de knoopjes. Zijn blik liet de hare niet los terwijl hij zijn overhemd van zijn schouders liet glijden. Hij droeg er niets onder. Zijn borstkas werd bedekt door zachte, zwarte krulletjes, dezelfde kleur als zijn hoofdhaar, en zijn gladde gebruinde huid glansde onder het lamplicht. Diana slikte moeizaam en keek op het stripje.

'Geen koorts.'

Hij haalde zijn schouders op. 'Wat gek. Ik heb het de laatste tijd zo heet.'

'Ik zal eens even luisteren.' Ze boog zich over zijn gezonde, aantrekkelijke lichaam en bewoog de stethoscoop over zijn borst, waarbij ze naar zijn regelmatige en sterke hartslag luisterde. Ze was zo dicht bij hem dat ze zijn adem in haar haar voelde. 'Ademt u maar even in.' Zijn borstkas kwam naar voren terwijl hij dat deed. Toen liet ze de stethoscoop over zijn rug gaan. 'Verder nog symptomen?'

'Nou...' Hij was even stil, pakte toen met zijn warme hand haar pols vast en drukte die tegen een bobbel in zijn kruis. 'Ik heb een zwelling.'

Haar vingertoppen raakten de spijkerstof. Ze hapte naar adem, trok haar hand weg en voelde dat haar gezicht rood werd. 'Meneer Vance! Alstublieft! Ik ben arts.'

Maar hij was al opgestaan, en zijn hete borstkas duwde tegen haar brandschone witte jas. Zijn armen gingen om haar heen en de zwelling tussen zijn benen duwde onbedwingbaar tegen haar buik. 'Alstublieft, dokter, u moet me helpen.' Hij pakte nogmaals haar hand, deze keer zacht, en duwde hem onder de tailleband van zijn spijkerbroek. Ze voelde de hitte van zijn huid, de ruwe krulletjes van zijn schaamhaar, en toen omsloten haar vingers zijn erectie.

'O god,' fluisterde ze.

'Ziet u nou wel?' fluisterde hij in haar oor. 'Dat is toch niet normaal? Denkt u dat het een tumor is?'

'Ik weet het niet,' fluisterde ze terug terwijl hij zijn neus tegen haar hals drukte en met zijn grote, witte tanden zachtjes aan haar huid begon te knabbelen. 'Misschien moet ik er even goed naar kijken.'

'O, dokter,' steunde hij terwijl hij zijn broek openknoopte en zijn hete ding in haar hand duwde. 'Ben ik hier wel voor verzekerd?'

'We kunnen vast wel iets regelen.'

Ze trok zijn boxershort over zijn heupen naar beneden. Zijn pik streek zacht langs de zijkant van haar gezicht, heet, glad en heerlijk. Ze wreef met haar wang over de zijdeachtige huid en hoorde hem naar adem happen.

'Lik hem,' kreunde hij met zijn handen in haar haar. Diana duwde haar ene hand tegen de heerlijke bolling van zijn kont en nam zijn ballen in de andere. Dat was het moment dat haar BlackBerry begon te zoemen.

'Shit!'

'Laat gaan,' zei Doug. 'Je hebt toch pauze?'

'Ik moet hem nemen.' Ze stond op, helemaal nat en met een bonkend gevoel tussen haar benen, en trok haar BlackBerry uit haar zak. Maar het was niet de receptie om te vertellen dat die mevrouw met voedselvergiftiging een nieuw infuus nodig had of dat die man met pijn op de borst aan het bezwijken was. In plaats daarvan stond er een 202-nummer op haar schermpje. Haar hart, dat al bonkte, leek nog harder te gaan kloppen. Haar vader wist hoe druk ze het had. Hij zou haar nooit bellen als ze dienst had, tenzij er iets ergs was gebeurd.

Mijn vader, zei ze geluidloos. Doug knikte en knoopte zijn broek dicht.

'Tot later,' fluisterde hij, en ze zwaaide verstrooi naar hem. Hij liep achteloos de ruimte uit, terug naar college, nam ze aan. Doug was vijfentwintig, een coassistent die ze drie maanden geleden in deze onderzoekkamer had leren kennen. En zij, Diana Katherine Woodruff, was de getrouwde moeder van een zesjarig kind. Niet aan denken, dacht ze, nu even niet aan denken, en toen bracht ze de telefoon naar haar oor.

'Pa?'

'Diana?' De stem van haar vader klonk onvast. Lizzie, dacht ze, en ze omklemde de telefoon nog harder. Een bekend, machteloos gevoel van razernij stroomde door haar heen. Er was weer iets met haar zusje Lizzie gebeurd, of Lizzie had iets stoms gedaan en zat in de penarie... en Lizzie paste op haar zoon.

'Wat is er?' vroeg ze terwijl ze haar haar gladstreek en de gang in liep. 'Is er iets met Lizzie? Of met Milo?'

'Nee. Nee, lieverd, met Lizzie is alles goed. Eh...' Hij was even stil, wat gek was. Haar vader was een geoefend spreker die overal, zonder een 'eh' of een gevallen stilte, over kon praten, van het 'don't ask, don't tell'-beleid tot het geld-voor-mislukkelingenprogramma. 'Ik kom vanavond op het nieuws.'

Dat gebeurde wel vaker en was zeker geen reden om te bellen. Normaal gesproken stuurde zijn stafchef dan een mailtje naar vrienden, familie en belangrijke aanhangers (lees: donateurs) om te vertellen dat ze hun dvd-recorder moesten programmeren omdat haar vader op televisie zou zijn. 'Hoezo? Wat is er?'

Hij schraapte zijn keel. 'Ik moet je iets vertellen, lieverd.'

Diana voelde de misselijkheid in haar maag draaien. Haar vader klonk nooit onzeker. Of het nu die keer was dat ze van haar fiets was gevallen en haar kin gehecht moest worden, of die toespraak die hij op televisie had gegeven nadat die vliegtuigen zich op 11 september in de Twin Towers hadden geboord, zijn stem klonk altijd vol en rustig. Wat hij ook zei, hij klonk altijd geruststellend... maar nu klonk hij bijna bang. Was hij ziek? Waarom belde hij haar hier? Er ging een lijstje mogelijke problemen door haar hoofd: hartkwaal, hoge bloeddruk, vergrote prostaat. Jakkes. Haar vader schraapte zijn keel en praatte verder.

'Vorig jaar is er een vrouw op het kantoor in Washington komen werken en we... zij en ik...'

Diana duwde met haar schouder de deur naar de doktersruimte open. Het rook er, zoals gewoonlijk, naar iemands opgegeten burrito, naar zweet en adrenaline en, zwak, naar iets wat ze eau de spoedeisende hulp was gaan noemen: een mengsel van bloed, urine, feces en braaksel. De geur van ziekte en angst.

'Wat?' vroeg ze met harde stem in de lege ruimte. 'Wat probeer je te zeggen?'

'We hebben een verhouding gehad. Niet lang, en het is verleden tijd, maar ik heb haar aan een baan geholpen en iemand heeft het ontdekt – van ons – en het is vanavond waarschijnlijk op het nieuws.'

Diana liet zich met de telefoon tegen haar oor tegen een rij lichtblauwe kluisjes zakken.

'Het is verleden tijd,' herhaalde haar vader. 'Dat is het belangrijkste. Het heeft niet lang geduurd en het... het is nooit... ik was niet van plan...'

Haar duim hing boven het knopje dat het gesprek had kunnen beeindigen. Ze wilde er wanhopig graag op drukken, haar vaders stem niet meer horen, ongedaan maken dat hij haar dit net had verteld. Ze wenste dat het vijf minuten geleden was. Ze wilde weer op haar knieën in de onderzoekkamer zitten en de mysterieuze zwelling van Doug Vance onderzoeken.

'Ik vond dat je het moest weten,' zei haar vader, 'voordat je het van een ander zou horen. Het spijt me, Di. Het spijt me vreselijk.' Zijn stem brak.

Ze vroeg zich af waar hij vandaan belde. Vanuit zijn kantoor in Washington, vanuit zijn grote leren stoel, met al die familiefoto's op zijn bureau en een ingelijste kopie van de grondwet aan de muur boven de boekenplanken? Of zat hij achter in een limousine, met een informatiemapje op schoot, met de papieren voor vandaag opgevouwen naast zich?

Diana pakte de afstandsbediening, richtte haar op de televisie die aan een haak aan het plafond hing en drukte op een knopje. De tv stond op CNN, en toen het beeld helder werd zag ze haar vader ergens wandelen – ze nam aan in Washington – met zijn arm om de taille van een dikke jonge vrouw met krullen. De jonge vrouw glimlachte naar haar vader, die zijn hoofd naar beneden bracht en iets in haar oor zei, waar ze om moest lachen. 'Volgens betrouwbare bronnen,' zei een stem uit de televisie, 'zou senator Woodruff lobbyisten hebben betaald om een baan voor zijn voormalige juridisch medewerkster en vermeende minnares, Joelle Stabinow, te regelen bij het filiaal in Washington van het New Yorkse advocatenkantoor waar hij vroeger partner is geweest.'

'Heb je haar aan een baan geholpen? Die vrouw?'

'Ik heb niets illegaals gedaan.' Haar vaders stem klonk nu kalmer, assertiever. 'Ze had de kwalificaties. Ze behoorde tot de besten van haar jaar aan Georgetown.'

'Fijn.' Ze klonk kribbig, net als haar moeder als ze te lang aan de ontvangende kant van een telefoongesprek zat. 'Feliciteer haar maar van me.'

'Diana. Die toon is nergens voor nodig.'

'O nee? Wat wil je dan? Dat ik blij klink?'

'Natuurlijk niet. Ik ben er niet blij om. Ik heb een enorme fout begaan.'

'Denk je?' Maar wie was zij om er iets van te zeggen? Hoe kon ze hem veroordelen, gezien wat ze zelf aan het doen was toen hij belde? Op haar knieën voor een student medicijnen, háár student medicijnen, voor een man die haar echtgenoot niet was, een man die ze helemaal niet hoorde aan te raken. Zij had tenminste wel het benul discreet te zijn en de deur op slot te doen.

'Het waait wel weer over,' zei haar vader. 'Het is zo'n eendagsvlieg. Er is geen sprake van fraude, er zijn geen belastingdollars aan uitgegeven, geen...'

Ze onderbrak hem. 'Heb je het al aan mama verteld?'

'Ik probeer haar al een tijdje te bereiken,' zei hij. 'Maar ze neemt niet op. En Lizzie ook niet.'

Lizzie. Diana voelde haar hart in haar schoenen zinken. Haar vader was weer stil. 'Zou jij het aan je zusje willen vertellen, als ik haar niet kan bereiken? Ik wil niet dat ze het via het nieuws hoort.'

'Prima,' snauwde Diana. Daar gaan we weer, dacht ze, met haar in de rol van verantwoordelijke grote zus die Lizzie beschermde tegen de grote, boze buitenwereld.

De deur van de artsenruimte zwaaide open en Doug Vance stak zijn hoofd naar binnen. Hij keek naar Diana, en toen naar de televisie, waar ondertussen een reclame voor een afslankmiddel werd vertoond. 'Gaat het?' fluisterde hij.

'Ik spreek je nog wel,' zei Diana tegen haar vader. Toen verbrak ze de verbinding, liet haar mobieltje in haar zak glijden en wendde zich tot... wat was Doug eigenlijk? Haar vriendje? Haar minnaar? Haar tussendoortje?

'Prima,' zei ze, en ze deed haar best te klinken alsof ze het meende.

Doug keek haar vragend aan. 'Andere keer?'

'Ik stuur wel een sms'je.' Dat was hoe ze communiceerden, via de sms, als verliefde pubers, een en al afkortingen en emoticons. Idioot natuurlijk, maar toch koesterde ze elke letter en elk emoticon. Doug raakte haar op een manier waarop niemand, inclusief haar echtgenoot, haar ooit had geraakt.

Alsof die pijnlijke waarheid bevestiging behoefde begon haar telefoon in haar zak te stuiptrekken. Ze bracht hem naar haar oor. 'Hoi, schat.'

'Diana?' vroeg Gary, die een lage en hese stem had vanwege zijn vele allergieën en de hooikoorts die hem tien maanden van het jaar tergde. Hij haalde zijn neus op, schraapte zijn keel en vroeg: 'Eh, heb je het al gehoord, over je...'

'Ik heb het gezien, ja.'

Gary was even stil en zocht naar woorden. 'Gaat het wel?'

'Prima.' Ze liep de ruimte door en maakte haar kluisje open. Er lagen een paar hardloopschoenen in, een korte broek, een sportbeha en een overrijp T-shirt dat ze er twee dagen daarvoor na acht kilometer hardlopen in had gegooid. Het moest maar. Ze stak de telefoon onder haar kin en begon haar witte jas los te knopen. 'Prima,' herhaalde ze. 'Waarom zou het niet prima gaan? Ik heb niets verkeerds gedaan.'

'Oké,' stamelde Gary. Haar Gary was een enorme stamelaar. 'Ik bedoel: natuurlijk niet. Het is gewoon zo'n...'

'Het is een schok.' Ze duwde haar voeten in de gymschoenen, boog zich voorover en gaf een harde ruk aan de veters. 'Het is walgelijk.'

'Het is nogal een verrassing,' zei Gary. 'Dat had ik nooit achter je vader gezocht.' Zo te horen stond Gary op het punt te gaan huilen. Wat geen verrassing was. Gary was van hen tweeën altijd de huilebalk geweest. Hij had gehuild toen ze gingen trouwen en toen Milo werd geboren, beide gebeurtenissen waarbij Diana geen traan had gelaten (hoewel ze wel moest toegeven dat ze tijdens de geboorte zwaar gedrogeerd was). Gary, zo dacht ze steeds vaker naarmate de jaren verstreken, was de meid in hun relatie.

'Luister,' zei hij terwijl Diana haar sportbeha over haar hoofd trok. 'Ik weet dat we een afspraak hebben om uit te gaan vanavond...'

'Wat we ook vooral gaan doen,' zei ze terwijl ze een vies gezicht trok en het riekende T-shirt zich om haar schouders sloot.

'Weet je het zeker? We kunnen ook een andere keer gaan.'

Ze schudde haar hoofd. Dat was typisch Gary, altijd op zoek naar een excuus om thuis op de bank te kunnen blijven zitten. 'Nee, we kunnen níet een andere keer gaan. Het is al twee keer niet doorgegaan en die cadeaubon is over een week verlopen.' Ze hadden vorig jaar bij Milo op school tijdens de veiling een dinertje gewonnen. Ze had erop geboden, veel te veel, maar daar zat ze absoluut niet mee, want het was voor een goed doel en Gary zou haar nooit mee uit eten nemen naar een chic restaurant als iemand anders niet voor hem betaalde.

Zijn stem klonk vreselijk iel. 'Ben je niet bang dat de mensen gaan staren?'

'Laat ze maar lekker staren, dan.' Ze knalde haar kluisje dicht. 'Ik moet ervandoor.'

'Dan zie ik je in het restaurant,' zei hij voordat ze de verbinding verbrak. Haar telefoon begon direct weer te zoemen. Ze maakte haar kluisje weer open, mikte de telefoon in haar tasje, pakte haar iPod, knalde het kluisje weer dicht en liep snel langs de dienstdoende receptioniste, een bleek ding dat Ashley heette en een rond, bol gezicht had.

'Ik neem nu pauze,' kondigde ze aan; Ashley kromp ineen, knikte, en probeerde iets te gaan zeggen, maar Diana snoerde haar de mond.

'Bel mijn zusje even,' zei ze. 'Lizzie Woodruff. Haar nummer staat op mijn lijst. Ik ben over drie kwartier terug. Zeg maar tegen haar dat ze hier naartoe moet komen.'

'Ja, dokter,' fluisterde Ashley, en toen duwde Diana de deur naar het trappenhuis open. Ze nam de trap met twee treden tegelijk en liep de stomende, natte stoep op. Toen rende ze Spruce Street in, naar het oosten en de rivier de Delaware, zo snel ze kon, terwijl de muziek in haar oren bonkte en haar bloed door haar lichaam werd gestuwd, tot ze steken in haar zij kreeg, haar adem in haar keel stokte en de pijn alles uit haar hoofd duwde behalve de wetenschap dat ze de ene voet voor de andere moest zetten.

Lizzie

Het was nogal een gedoe om Milo uit het glanzend blauwe zwembad te krijgen, en vervolgens de kleedruimte en daarna zijn kleding in: een korte broek met bootschoenen, een T-shirt en de skimuts die hij zelfs in deze hitte per se op wilde. Lizzie had uiteindelijk alleen nog maar tijd om zelf snel haar geribbelde top aan te trekken, met haar kanten witte rok en haar slippers, haar oude Leica-camera om haar nek te hangen, haar tasje over haar schouder te slaan, Milo's rugzak te pakken, het zwembad uit en Lombard Street op te rennen en een taxi aan te houden.

Tegen de tijd dat ze bij het ziekenhuis arriveerden was ze een kwartier te laat, en Lizzie voelde zich afgrijselijk: haar gezicht was rood aangelopen, haar haar was gaan pluizen en er kleefde iets aan haar slipper waarvan ze maar hoopte dat het een onschuldig kauwgompje was, maar ze vreesde het ergste. En ze had vergeten haar beha aan te trekken. Het viel haar zelf nauwelijks op, maar het was zo'n detail dat haar zus meteen zou opmerken. Ze zweette en ze had een nare kopersmaak in haar mond. Ashley had niet gezegd waarom ze moest komen, maar Lizzie was nog nooit op klaarlichte dag gesommeerd om naar Diana's werk te komen en kon niet anders dan ervan uitgaan dat er een slechtnieuwsgesprek zou volgen. Dat ze iets had verprutst en zichzelf weer in de nesten had gewerkt.

Diana stond op haar te wachten bij de balie van de Spoedeisende Hulp, perfect als altijd, met haar witte jas dichtgeknoopt en in een strakke, parelmoergrijze kokerrok met bijpassende pumps, precies zoals vanochtend, ware het niet dat haar gezicht zo rood als een biet was en haar haar, dat in een knot zat, nat was.

'Is er iets, mama?' vroeg Milo met zijn hese stem, waarop Diana verzachtte, zoals ze dat alleen maar bij haar zoon deed, en zich vooroverboog om hem zacht op het voorhoofd te kussen en zijn zwarte pony uit zijn ogen te vegen.

'Nee hoor. Heb je je leercomputer meegenomen? Kan jij als een heel grote jongen een kwartiertje in de wachtkamer gaan zitten? Tante Lizzie en ik moeten even een grotemensengesprekje voeren.'

Toen Milo eenmaal op de bank was geparkeerd en een of ander didactisch verantwoord leerspelletje zat te doen trok Diana Lizzie de lege doktersruimte in en sloot de deur achter hen.

Lizzie, die dacht dat ze had bedacht waarom ze ineens moest komen, was ondertussen voorbereid. Ze begon te praten zodra de deur dicht was. 'Luister, ik weet wat je over de McDonald's hebt gezegd en ik heb alles gelezen wat je me erover hebt gegeven.' Dat was een tikje overdreven, ze had terloops haar oog laten vallen op het bovenste artikel op de berg die Diana op haar bed had achtergelaten, maar ze was bijna over haar nek gegaan van de beschrijving van hoe het vee werd mishandeld en van de conserveermiddelen die in het rundvlees werden gebruikt, had de hele stapel in een la geduwd en er nooit meer naar gekeken.

Diana trok een wenkbrauw op – dat kon Diana: één wenkbrauw tegelijk optrekken. Lizzie vervolgde: 'Hij zei dat hij het enige kind in zijn klas was dat er nog nooit was geweest. En we zijn maar één keer gegaan, en ik heb het zelf betaald, en hij heeft de kipnuggets gehad, met melk, geen fris, en ik heb hem er een appel in stukjes bij gegeven...'

Diana snoerde haar met een handgebaar de mond. Haar nagels waren perfect gevijlde, glanzende ovalen. Lizzie stak haar eigen, onverzorgde vingertoppen met afgekloven nagels met restjes rode lak erop snel in haar zakken.

'Pa heeft gebeld.'

Lizzie knipperde met haar ogen. 'Wat is er dan?' De toon van haar zus maakte een bekende sensatie bij haar los: alsof er een valdeur in haar maag werd opengetrokken. Lizzie had haar ouders en zelfs haar zus jaren en jaren als een soort Griekse goden gezien: onbereikbaar, onvoorspelbaar en onkenbaar, groter dan het leven, of in ieder geval een stuk slimmer dan gemiddeld, met de neiging hun bliksemschichten en wetten van de Olympus te smijten zonder zich te bekommeren om de eventuele schade die ze daarmee aanrichtten bij normale mensen als Lizzie. Zoals de meeste snuggere stervelingen dat al eeuwen doen had Lizzie haar uiterste best gedaan niet door hen opgemerkt te worden. Als iemand haar aansprak was ze vrolijk en beleefd, en de rest van de tijd probeerde ze niet op te vallen.

Diana pakte de afstandsbediening van de tafel en wees ermee naar de televisie. CNN klikte aan en daar was hun vader, Richard Woodruff, New York-Democraat, met zijn arm om de taille van een vrouw die hun moeder niet was.

'O.' Lizzie staarde naar het beeldscherm. Ze werd misselijk toen ze de woorden 'buitenechtelijke verhouding' opving. Ze kende dat gevoel, die misselijkheid, die klamme sensatie in haar oksels en op haar onderrug. Lizzie Woodruff was op haar vierentwintigste goed bekend met schuldgevoel. Ze had het alleen nog nooit jegens een ander familielid gevoeld: niet jegens de onberispelijke, briljante, succesvolle Diana; niet jegens haar elegante, immer correcte moeder; en al helemaal niet jegens haar vader, een man tegen wie iedereen opkeek en die door iedereen werd gerespecteerd. Ze slikte moeizaam en veegde het zweet van haar bovenlip.

'O,' zei ze. 'O, jezus.'

'Zeg dat wel,' zei Diana met een opgekrulde bovenlip. 'O, jezus.' Lizzie staarde nog naar het beeldscherm. Waarop een foto was te zien – die ergens uit een computer was getoverd, dacht Lizzie – van diezelfde vrouw, maar nu zat ze met haar benen over elkaar in een bikini op de boeg van een zeilboot.

'Allemachtig,' mompelde Diana. 'Je zou toch verwachten dat zo iemand een badpak zou aantrekken.'

'Heb je mama al gesproken? Hoe is het met haar?' fluisterde Lizzie. Ze draaide haar haar in een knot en maakte die vast met een elastiekje, waarna ze begon te ijsberen.

Diana trok haar telefoon uit haar zak, drukte op een knopje, wachtte even en zei toen: 'Mam? Wacht even, dan verbind ik Lizzie ook door.'

Lizzies telefoon begon, ergens in haar geborduurde tasje vol lovertjes dat ze voor tien dollar aan Canal Street had gekocht, Lady Gaga's 'Just Dance' te zingen. Diana trok een gezicht – vanwege het tasje, de ringtone of Lizzies onvermogen haar mobieltje op te diepen, dat wist Lizzie niet zeker. Ze groef rond in haar tasje, voelde haar lippenstift, meerdere bonnetjes, papieren zakdoekjes en games voor Milo's leercomputer. Ze was duizelig en had wanhopig veel behoefte aan een slecht verlichte plek waar het naar oud bier en sigaretten stonk en waar ze witte wijn kon drinken, het eerste glas zo koud dat ze er hoofdpijn van kreeg en het tweede glas dat haar direct van alles verloste; of misschien rum-cola, haar oude favoriet, die zo heerlijk siroopachtig zoet haar keel in gleed en de wereld zo aangenaam vervaagde.

Ze trof uiteindelijk helemaal onder in haar tasje haar telefoon aan. 'Hallo? Mama?'

'Meiden?' Sylvies stem klonk benepen en iel.

'Wat is er aan de hand?' vroeg Diana op eisende toon.

'Geen idee,' zei Sylvie. 'Ik zit in een auto op weg terug naar New York. Ik heb Ceil net even aan de telefoon gehad, maar verder heb ik geen idee.'

'Ik heb pa net gesproken.' Diana's woorden klonken kortaf. 'Hij zegt dat hij een verhouding heeft gehad en een baan voor haar heeft geregeld. En dat het hem spijt. Want wat moet hij anders zeggen?'

'O god.' Sylvies stem kraakte. 'Ik bel jullie terug zodra ik jullie vader heb gesproken. Wacht tot die tijd maar rustig af. Er zullen wel verslaggevers gaan bellen, dus zeg daar alsjeblieft niets tegen.'

Diana's lach klonk als een blaf. 'Niet? Denk je niet dat ik een persverklaring moet geven?'

'Diana,' zei Sylvie. Diana rolde met haar ogen. Haar moeder kon angstaanjagend zijn, met name als ze kwaad was.

'Misschien was het wel heel onschuldig. Misschien had die vrouw een vaderfiguur nodig. Misschien stelde het wel niets voor. Misschien zijn ze alleen vrienden.'

'O, allemachtig,' zei Diana. De minachting in haar stem had gebotteld kunnen worden om te verkopen als chemisch wapen. 'Zevenenvijftigjarige senatoren zijn geen vrienden met hun juridisch medewerksters van begin twintig.' Ze ademde luidruchtig uit. 'Er zullen wel mails zijn. Of meer foto's. Of iets anders. Ze vinden altijd wel iets. Om het nog maar niet te hebben over het feit,' ging Diana verder terwijl ze haar zusje een verwijtende blik toewierp, 'dat de pers wel over ons allemaal zal gaan schrijven.'

Lizzie vroeg zich af of de details bekend zouden worden en verwonderde zich over het talent van haar zus om zich bij alles altijd direct het grimmigste scenario voor te stellen... inclusief dat voor Lizzie zelf, natuurlijk. Ze herinnerde zich nog dat ze voor haar verjaardag eens met het hele gezin naar een kermis waren geweest. Lizzie was acht en bijna doorgedraaid van de opwinding over een zweefmolentje waar ze in had gemogen en de suikerspin die ze had gekregen. Diana, die veertien was, had hoe dan ook niet mee gewild, had de hele weg ernaartoe uit het raam van de auto zitten staren en demonstratief zitten zuchten.

Het was een geweldige dag. Een vrolijke dikke man in een pak met vlinderdas, de burgemeester van Plattsburgh, was hen op de parkeerplaats tegemoetgekomen. 'Dus jij bent de jarige job?' had hij gevraagd terwijl hij zich met een zachte kreun voorover had gebogen tot hij oog in oog stond met Lizzie. De burgemeester had hen bij alle attracties laten voorgaan. Hij had gezorgd dat Lizzie alle lekkernijen mocht proberen – de gegrilde worst met zoete peper, het versgeperste vruchtensap, de Steak op een Stokje, het ijs en de oliebollen – en had haar stralend tegen zich aan getrokken voor een foto voor in de krant.

Eenmaal weer in de auto, kleverig, moe en voldaan, had Lizzie tegen haar zus gezegd: 'Dit was de mooiste dag van mijn leven,' waarop Diana, die weer met haar gezicht naar het raam gedraaid had gezeten, had geantwoord: 'Het was allemaal voor de publiciteit.' Toen had ze haar zusje gedetailleerd uitgelegd hoe het zat: hoe haar vader de mensen in Plattsburgh nodig had om op hem te stemmen, wat de reden was dat zij, Diana, haar hele zaterdag in dat stomme koeiendorp had moeten doorbrengen terwijl ze ook met haar vriendinnen de stad in had gekund. Het was Lizzie gelukt haar tranen op te houden tot het zo donker was dat niemand in de auto zou zien dat ze zat te huilen. Ze had gedacht dat die man haar al die traktaties had gegeven en al die foto's had laten nemen omdat ze jarig was; dat zij degene was voor wie al die aandacht was bestemd.

Sylvie was ondertussen druk bezig Diana aan te sporen vooral geduldig af te wachten, niet te oordelen voordat ze zeker wisten wat er was gebeurd. Ze riep zichzelf tot de orde en vroeg: 'Hoe houden jullie je? Lizzie, gaat het een beetje?'

'Met mij gaat het prima,' zei Diana. Ze ging op een metalen stoel zitten en sloeg haar gespierde, gebruinde benen hard over elkaar. 'Fijn dat je er even naar vraagt.'

'Prima,' zei Lizzie, die wist waarom haar moeder eerst naar haar had gevraagd. Natuurlijk ging het goed met Diana. Het ging altijd goed met Diana. De wereld zou onder hun voeten uit elkaar kunnen vallen en dan ging Diana even een stuk hardlopen over de ruïnes. Lizzie ademde hard in toen op de televisie nogmaals de beelden werden getoond van haar vader met zijn arm om die vrouw. 'Bronnen vermelden dat de senator mevrouw Stabinow toen ze bij hem in dienst was aanzienlijke loonsverhogingen heeft gegeven die haar zouden hebben geholpen bij het vinden van een baan met een inkomen van zes cijfers bij een prominent advocatenkantoor in Washington,' zei de stem terwijl er een foto op het beeldscherm verscheen van de vrouw tijdens een afstudeerceremonie waarop ze stond te stralen in haar toga met baret. 'Het gaat prima met me,' zei Lizzie nadrukkelijker.

'Zorg je dat je vanavond naar de AA gaat?' vroeg haar moeder. Diana sloeg haar benen andersom over elkaar en staarde woedend naar de kluisjes, alsof ook die haar vreselijk hadden gekwetst. Diana geloofde niet in de AA, of in wat ze, terwijl ze aanhalingstekens gebaarde die je bijna kon horen, 'de herstelcultuur' noemde. Diana was van mening dat je een probleem oploste met wilskracht, koude douches en acht kilometer hardlopen.

'Oké,' zei Lizzie, die probeerde als haar zus te klinken: solide, slim en zelfverzekerd.

'Ik bel jullie snel. Ik hou van jullie,' zei Sylvie, waarop Diana en Lizzie antwoordden dat ze ook van haar hielden, en toen verbrak Diana de verbinding. Ze stak haar telefoon in haar zak en klikte de televisie uit.

'Ik kan het niet geloven.'

Lizzie ook niet. Ze kon het niet en wilde het niet geloven. 'Misschien is het niet waar.'

Diana rolde weer met haar ogen. Haar talent Lizzies hoop de kop in te drukken, haar ballonnen door te prikken, was nog net zo groot als toen ze klein waren. 'Natuurlijk is het waar! Dat heeft pa zelf gezegd.'

'Niet tegen mij,' zei Lizzie koppig.

'En er zijn opnames.'

'Misschien zijn die wel gefotoshopt.' Dat gebeurde wel vaker. Was er niet eens een sekstape van een filmster gevonden die later nep bleek te zijn? En die keer dat het hoofd van die talkshowdame op de cover van een tijdschrift was verschenen op het lichaam van een ander?

'Dat zijn ze niet. Jezus!' Diana stond energiek op.

Lizzie liep naar het raam, weg van Diana's woede. Ze keek naar haar telefoon – haar vader had haar twee keer gebeld, waarschijnlijk toen ze bezig was Milo uit het water te krijgen, en het was bijna vijf uur. 'Milo moet eten.'

'Prima,' snauwde Diana. 'Ga maar weer met hem naar de McDonald's. Of naar de Kentucky Fried Chicken. Of ga pizza met hem eten. Wat hij maar wil. Wat kan mij het ook schelen.'

'Ga je het aan hem vertellen?' vroeg Lizzie.

Diana bracht een hand naar haar gezicht en veegde haar voorhoofd af; toen ze weer begon te praten klonk ze voor het eerst onzeker. Ze liep naar het raam en ging naast Lizzie staan. Het blauw van de lucht was donkerder geworden en de lijnen van haar gezicht en lippen werden verlicht door de gloed van de zonsondergang. Lizzie reikte naar de camera die om haar nek hing, maar toen hield ze zichzelf tegen. Diana haatte het om gefotografeerd te worden, en dit was niet het moment, hoewel ze haar zus nog nooit zo mooi had gezien, of zo verdrietig. 'Ik weet het niet,' zei Diana, en toen verbijsterde ze Lizzie door te vragen: 'Wat denk jij?'

Lizzie dacht erover na. Als Milo naar school of naar kamp zou zijn, zouden de andere kinderen het er ongetwijfeld over hebben als ze hun ouders erover hadden horen praten. Maar het was vakantie en Milo had geweigerd naar een computerkamp of een kookkamp te gaan, of, stel je voor, naar een sportkamp, wat betekende dat er hele dagen voorbijgingen waarin hij niemand anders sprak dan zijn ouders en Lizzie. Hij keek nauwelijks televisie – zijn moeder hield zijn televisietijd nauwkeurig bij en dan mocht hij eigenlijk alleen documentaires kijken, die Diana goedkeurde, en kookprogramma's, waar Milo dol op was.

'Misschien moeten we het nog maar even niet vertellen,' zei Lizzie.

Diana knikte ferm, weer zichzelf geworden. 'Oké,' zei ze. 'Ga maar met hem eten. Ik ga even langs huis om me om te kleden. Ik ga vanavond uit eten met Gary, weet je nog?'

Lizzie stopte haar telefoon terug in haar tasje. Ze liepen samen naar de wachtkamer, waar Milo met zijn leercomputer op schoot naar de televisie zat te staren.

'Volgens mij worden we allemaal een beetje moe van al die schandalen,' zei een vrouw met rood haar in een topje dat Lizzie veel te laag uitgesneden en strak vond voor iemand op televisie, voor iemand die zo oud en broodmager was. 'Giuliani, Spitzer, Edwards, Sanford... Het enige wat ons ondertussen nog verrast is een politicus die géén scharreltje voor erbij heeft.' Ze lachte opgewekt terwijl er een beeldvullende foto van Milo's opa Richard in beeld verscheen die iets in het oor van een mevrouw met krullen fluisterde. 'Het enige wat nu nog interessant is, is wat de echtgenote gaat doen. Staat ze naast hem tijdens de persconferentie, of moet hij in de schuur slapen?'

'Zijn dat de enige mogelijkheden?' vroeg haar collega geamuseerd. 'Naast je man staan of hem in de schuur laten slapen?'

'Persoonlijk zou ik een hoop respect hebben voor iemand die tegen haar man zou zeggen dat hij bij de hond in de mand mocht gaan slapen,' zei de vrouw met het rode haar. Haar jukbeenderen gingen op en neer terwijl ze lachte om haar eigen grapje.

'Maar we moeten de senator wel wat nageven,' zei de jonge man met vlinderdasje die naast haar aan tafel zat. 'Hij heeft tenminste geen belastinggeld gebruikt om een prostituee van te betalen. Of tegen zijn kiezers gezegd dat hij was gaan wandelen in het Appalachengebergte.'

De vrouw met het rode haar stak haar duim naar hem op. Haar gezicht stond strak als het vel van een tamboerijn, maar Lizzie zag de bulkende blauwe aderen op haar handruggen, en haar magere vingers leken wel klauwen. 'Dat spreekt inderdaad in zijn voordeel.'

En als het jouw vader was? wilde Lizzie schreeuwen, aangenomen dat die breekbare, benige ouwe kraai tenminste ooit een vader had gehad en niet was uitgebroed in het laboratorium van een denktank van de conservatieve partij. Hoe zou jij het vinden als het jouw vader was en ik op de televisie om hem zat te lachen?

Lizzie liep gedecideerd naar de televisie en ging op haar tenen staan in een poging iets anders op te zetten. 'Mevrouw,' riep de dame achter de receptie. 'Daar mag u niet aankomen!'

'Jawel hoor,' zei Diana. Ze knielde voor Milo op de vloer en begon met lage, geruststellende toon tegen hem te praten. Niets om je zorgen over te maken, zei Diana tegen haar zoon. Alles is goed. Lizzie rekte en strekte zich tot ze bij de UIT-knop kon. Toen de televisie uit was, draaide ze zich om en gebaarde naar Milo, die er nog blcker en somberder uitzag dan anders, nog meer als een miniatuurbankier wiens taak het was jonge stellen te vertellen dat de aanvraag voor hun hypotheek was afgewezen.

'Mama gaat weer aan het werk,' zei Diana tegen haar zoon. 'Tante Lizzie gaat met je naar huis.' Ze boog zich voorover en omhelsde hem. 'Ik hou van je tot de maan en weer terug.'

'Tot de maan en weer terug,' herhaalde hij, en toen gaf hij haar een high five, een low five en een vuist voordat hij zijn pony gladstreek en zijn muts over zijn oren trok. Lizzie reikte weer naar haar camera, daar zou ze zo graag een foto van willen maken: van haar zus die er aardig, vriendelijk en lief uitzag. Maar ze weerhield zich er ook nu weer van. Het lukte Diana een glimlach op haar gezicht te toveren. Ze knikte gespannen naar haar zusje en verdween in de Spoedeisende Hulpruimte.

'Tante Lizzie?' vroeg hij met zijn hese stem terwijl hij achter haar aan door de gang liep. 'Waarom was opa op de televisie?'

'Nou gewoon, omdat hij senator is.'

'Hij maakt wetten in Washington,' reciteerde Milo. 'Maar wie was die mevrouw? Ze zeiden dat het zijn vriendin was.'

'Weet je wat?' zei Lizzie, en ze nam hem bij de hand. 'Laten we het eens over je heerlijke avondeten gaan hebben. We hoeven ons nu even geen zorgen om opa te maken.'

Sylvie

TOEN DE AUTO DE PARKEERPLAATS OP REED GREEP SYLVIE HET HANDVAT van het portier al, en zodra de banden niet meer draaiden rukte ze het open. Ze ontweek Clarissa's getergde blik en Dereks gemompelde 'Mevrouw?' en haastte zich over de hitte van de parkeerplaats de betonnen trap op naar het winkelcentrum.

Daar, in de brede, betegelde hal waar het naar gefrituurd eten en desinfecterend middel rook, bleef Sylvie met haar hoofd in haar nek en als aan de grond genageld naar de televisie staan staren, die op CNN stond. Reizigers liepen om haar heen; afgetobde moeders met peuters in hun armen die zich naar de toiletten haastten, ouderen die schuifelend op weg waren naar de Burger King of bleven staan om de enorme plattegronden aan de muur te raadplegen. Sylvie negeerde iedereen en liet ze om haar heen lopen, registreerde nauwelijks hun: 'Pardon', hun: 'Pas op, mevrouw', en hun: 'Dat is nou niet bepaald een handige plek om te blijven staan, mens.' Hetzelfde stukje werd keer na keer op het scherm afgespeeld: een vrouw die met gebogen hoofd een appartementencomplex binnen liep terwijl de wind door haar krullende haar blies, gevolgd door beelden van Richard (in een blauw pak met die rood-gouden stropdas van Hermès die ze afgelopen kerst voor hem had gekocht) die op een of ander podium een toespraak stond te geven (ze hadden er samen een geschreven over onderwijs, en een over het milieu, en een over Onze Leiders van de Toekomst, met een versie voor de basisschool en een voor de middelbare school en ook nog een voor de universiteit). Er klonken woorden uit de speakers, maar Sylvie verstond ze niet. Het was net of haar geest een vleesetende plant was geworden: hij had de belangrijke feiten opgeslokt, was vervolgens dichtgeklapt en weigerde nu de woorden weer naar buiten te laten om nog eens te overwegen. 'Volgens bronnen... Joelle Stabinow, voormalig juridisch medewerkster, afgestudeerd aan Georgetown Law School, die vaak met de senator op reis was... door de donateurs betaalde snoepreisjes naar tropische paradijzen...'

De beelden kwamen nogmaals langs: eerst van de jonge vrouw en daarna van Richard. Haar bruine haar. Zijn rode stropdas. En nu een andere foto van het meisje, in een bikini die Sylvie nooit, nog niet op haar magerst, zou hebben aangetrokken. Het meisje – de vrouw, nam Sylvie aan, want dat was de politiek correcte term – zat met haar benen over elkaar op de houten boeg van een boot. Haar buik hing over de lage tailleband van het witte bikinibroekje en haar borsten duwden tegen de cups van het topje. Geen Special K en magere melk voor deze dame; geen afspraken met een pilatesnazi die om vijf uur 's ochtends alsof ze een ongehoorzame hond was tegen haar blafte dat ze vanuit haar 'KERN!' moest bewegen.

Dus Ceil en Diana hadden gelijk. Dit gebeurde echt. Ze moest geluid hebben gemaakt, een klank van ontzetting, want Clarissa, die ineens naast haar elleboog stond, keek haar verdrietig aan, maar zei niets. Maar ja, wat kon Clarissa er ook over zeggen? Sylvie wist zeker dat ze op Vanderbilt, waar ze al die diploma's had gehaald, geen college had gevolgd over hoe je ermee moest omgaan als de echtgenoot van je werkgeefster een affaire bleek te hebben.

Ze probeerde te praten. 'Ik denk,' begon ze. Maar wat het ook was dat ze had bedacht om te gaan zeggen werd onderbroken door een man die naast haar was komen staan, een vlezige vent in een spijkerbroek met een houthakkersoverhemd. Rode bretels hielden de broek omhoog. Hij had een zak vol vetvlekken van de Burger King in zijn hand.

'O man o man,' zei hij alsof Sylvie een gesprek met hem was begonnen; alsof ze de hele dag al stond te wachten tot ze met hem kon praten. 'Daar gaan we weer. Varkens. Allemaal. Varkens.'

'Varkens,' herhaalde Sylvie.

'Oké,' zei een jonge vrouw in een spijkerbroek met een bril met een donker montuur. 'Oké, prima, maar waarom verspillen ze hun tijd met al die verslaggeving over zo'n onderwerp? We zijn in oorlog. Er sneuvelen mensen.' Ze gebaarde naar het scherm, waar het woord SEKSSCHANDAAL onder de knoop in Richards stropdas langsgleed. 'En dan is dit wat de nieuwsprogramma's doen? Politici volgen om erachter te komen met wie ze neuken? Alsof iemand dat wat kan schelen?'

'Alsof iemand dat wat kan schelen,' herhaalde Sylvie als een papegaai.

'En zo aantrekkelijk is ze nu ook weer niet,' bood een man in een Giants-sweater aan. Sylvie was niet verrast te zien dat hij geen kin had en dat zijn tanden alle kanten op stonden. Iedereen is een criticus, zei Ceil altijd. 'Shit,' zei de Giants-fan. 'Als ik senator was, zou ik zorgen dat Miss Universe bij me in bed lag.'

'Natuurlijk,' zei het meisje met de bril... maar ze zei het zacht, zodat de man in de Giants-trui kon doen of hij het niet had gehoord.

'Ik vind het een schande,' zei de man met de Burger King-zak. 'Het zou me niet verbazen als hij dochters van haar leeftijd heeft.'

'Dochters,' herhaalde Sylvie. Ze was zich bewust van de ongetwijfeld wanhopige blik die Clarissa Derek achter haar toewierp, een blik die overbracht dat dit Gevaarlijk begon te worden, dat er Stappen Moesten Worden Ondernomen voordat Sylvie iets zou gaan roepen wat hier een crisis van zou maken voordat het kon worden weggemasseerd en opgelost. Clarissa was al zo ver dat ze voorzichtig een hand op Sylvies schouder legde en zei: 'Mevrouw?' toen Sylvies tas (Prada, maar heel discreet, met alleen een heel klein labeltje onder het handvat) van haar schouder gleed en op de vloer plofte. De man met de lunch van Burger King knielde om hem op te rapen. 'Mevrouw? Gaat het wel?'

Sylvie keek naar zichzelf: haar huidkleurige panty en saaie pumps, haar dure donkerblauwe mantelpakje, dat iets te strak om de buste zat ('Crunches!' hoorde ze haar persoonlijke trainer al roepen. 'Opdrukken!' En zijn favoriet: 'Wegduwen!' wat betekende dat je jezelf van de tafel wegduwde). Mijn man neukt met zijn juridisch medewerkster. Er zat een rode vlek op de werkschoen van de man. Ze voelde haar keel samenknijpen en de spanning van ingehouden tranen opbouwen. Ze rook uien, de uien die Richard zich had ontzegd in zijn omelet die ochtend. Geen leuke plek voor een leven om ten einde te komen. Maar dat was wel wat er gebeurde. Haar leven, waar ze decennialang aan had gewerkt, het leven dat ze naast dat van Richard had opgebouwd, haar leven als zijn echtgenote, haar leven zoals ze dat had gekend, kwam ten einde, viel uit elkaar, was afgelopen, hier, in een winkelcentrum langs de New Jersey Turnpike.

Sylvie drukte haar vuist tegen haar lippen. Clarissa's gezicht, bleek en bezorgd, drong zich aan haar gezichtsveld op toen Clarissa haar lichaam tussen Sylvie en de man plaatste. 'Mevrouw Woodruff?'

Ze keek snel over haar schouder en ging zachter praten. 'Sylvie? Gaat het wel?'

Sylvies telefoon begon te boeren. De man raapte haar tasje op. Ze hoopte maar dat het Ceil nogmaals was, en dat de praktisch ingestelde Ceil dit op de een of andere manier allemaal kon verklaren en haar kon vertellen dat het goed zou komen. Sylvie vond haar telefoon en bracht hem naar haar oor.

'Hallo?'

'De gore klootzak!' brulde Selma met haar onmiskenbare, hese, harde Brooklyn-accent. 'Ik heb altijd geweten dat hij niet goed voor je was! Ik wist het de eerste keer dat je hem mee naar huis nam! En ik heb altijd gevonden dat hij stinkt!'

'Ma.' Het uitspreken van dat ene woord putte haar volledig uit. Sylvie drukte de telefoon tegen haar gezicht en hoopte maar dat niemand in de menigte haar zou herkennen. Die kans was klein – de gemiddelde Amerikaan was niet in staat een rechter van het hooggerechtshof uit een politieconfrontatie te pikken, dus de kans dat de vrouw van een senator niet zou worden opgemerkt was groot. Toilet, zei ze geluidloos tegen Clarissa, en ze liep met de telefoon een hokje in terwijl haar moeder verder praatte.

'Insectenverdelger. Ik heb er jaren over lopen dubben, maar daar stinkt hij naar. Viezebeestjesspray. Je had met Bruce Baumgardner moeten trouwen. Herinner je je het gezin Baumgardner nog? Op nummer 17. Ze hadden een keten tapijtwinkels.'

Sylvie gaf geen antwoord. 'Ga je van hem scheiden?' vroeg Selma. 'Als dat zo is, wil ik het als eerste weten. Ik ken de allerbeste familierechtadvocaten.' Sylvie schudde haar hoofd. Dit was een verrassing. Ze had altijd gedacht dat haar moeder op Richard was gesteld. Hij stuurde haar bloemen op haar verjaardag, en op Moederdag, en op de jaardag dat Sylvies vader was overleden. Eens per maand, als ze bij haar gingen eten, haalde hij eten bij de Carnegie Deli, hij hield altijd de deur voor haar open, bood aan haar tassen te dragen en nam Selma's favoriete snoep voor haar mee terug uit Californië. Sylvie ging anders op de toiletbril zitten terwijl de stem van haar moeder haar oor in stroomde. 'Bruce woont in New Jersey. Zijn vrouw had een verhouding met een of andere vent die ze op yogales heeft leren kennen...'

'Yoga,' herhaalde Sylvie. Haar stem klonk hol en ze had haar rok onelegant omhoog getrokken rond haar middel. Ze had het altijd al een raar woord gevonden, maar het had nog nooit zo vervreemdend geklonken als op dit moment.

'Ze zijn uit elkaar en hij woont in de kelder tot het huis is verkocht.' Selma was even stil; misschien drong het tot haar door dat onthullen dat Bruce onder straatniveau woonde hem niet in het beste daglicht plaatste. 'Een zelfstandige kelder. Met een badkamer.'

'Ma, dit is nou niet echt het moment...'

'Sylvia, luister naar me, want dit is belangrijk,' ging Selma verder. 'Als je een interview gaat geven op *60 Minutes*, trek dan alsjeblieft geen zeegroen aan.'

Haar hoofd tolde. Het woord zeegroen klonk net zo idioot als yoga. 'Pardon?'

'Zeegroen. Dat had Hillary aan. Na die toestand met Gennifer Flowers. Toen Bill zei dat hij pijn had veroorzaakt in zijn huwelijk. Zeegroen is geen goede kleur voor haar en volgens mij staat het jou ook niet.'

'Ma...'

'Je slaat er helemaal van weg. Trek iets roods aan. Rood vertelt dat je sterk bent en niet over je heen laat lopen. En dat ga je niet doen. Over je heen laten lopen. Toch?' Selma was even stil om adem te halen. 'O, en zorg dat je wordt geïnterviewd door Lesley Stahl. Niet die Afro-Amerikaanse man, die met die oorbel. Die is zo onvoorspelbaar.'

'Ma.' Sylvie liet zich opzij tegen de muur zakken. Ze raakte met haar vingertoppen de hangende huid onder haar ogen aan, die bloedhondachtige hangzakken die de botoxdokter niet had kunnen verhelpen. 'Ed Bradley is dood. Ik ga niet naar *60 Minutes*. En noem mijn man alsjeblieft geen gore klootzak.' Ze zag Clarissa's zwarte pumps met smalle enkels erin onder de deur van het hokje door langslopen. 'Mevrouw Woodruff?' fluisterde haar assistente.

'Ma, ik moet ophangen.'

'Mag ik je nummer aan Bruce Baumgardner geven?'

'Nee!'

De knerpende stem van haar moeder verzachtte, alsof het ineens tot haar doordrong dat dit geen hanengevecht met de raadsman van de tegenpartij was of het kruisverhoor van een onwillige getuige. Sylvies vader was altijd degene die haar kalmeerde, met een zacht gesproken woord of een Jiddisch koosnaampje, maar Dave was vijf jaar daarvoor overleden aan een hersenbloeding, waardoor Selma alleen en ongereguleerd was achtergebleven. 'Gaat het wel?'

Daar dacht Sylvie even over na. Ze had net gehoord dat haar echtgenoot het deed met zijn juridisch medewerkster, een vrouw die waarschijnlijk half zo oud was als zij, een vrouw die, bedacht ze met een steeds sterker wordend gevoel van afschuw, wel zwanger kon zijn, of in ieder geval een leeftijd had waarop ze zwanger kon worden, zoals die minnares van John Edwards, dus nee, het ging niet.

'Arme Sylvie,' zei haar moeder. 'Bel Mel maar even voor de sleutels.'

'Sleutels?' vroeg Sylvie.

'Van het huis in Connecticut,' zei Selma op een toon alsof dat volkomen vanzelfsprekend was. 'Als je een beetje gesetteld bent, kom ik op bezoek. En vergeet niet wat ik zei over zeegroen.' Haar moeder was even stil, zoals ze dat altijd was aan het eind van haar bewijsvoering. 'Ik hou van je, lieverd. Wat er ook gebeurt. En ik sta altijd voor je klaar.'

Sylvie beëindigde het gesprek, stak haar telefoon in haar tasje en liep het hokje uit. Clarissa deed respectvol een stap naar achteren terwijl Sylvie haar handen waste en ze droogde onder zo'n hypermoderne luchtdroger. Toen liep ze, met gebogen hoofd alsof ze tegen een enorme storm in liep, achter haar assistente aan terug naar de limousine, waar Derek niet wist hoe snel hij moest uitstappen om het portier voor haar open te houden.

Ze trok toen ze eenmaal achterin zat haar schoenen uit, en – een heel gedoe – haar panty, die felrode striemen in haar heupen had gegraven. Ze trok hem over haar dijen, knieën en enkels, trapte hem op de vloer van de auto en dacht aan haar man, van wie ze zo lang had gehouden en van wie ze had gedacht dat ze hem zo goed kende. Ze dacht terug aan de eerste keer dat Richard haar mee naar zijn ouders in Harrisburg had genomen, naar het keurige ranchachtige huisje met twee slaapkamers waar hij was opgegroeid en waar zijn ouders nog steeds woonden. Richards vader was bruusk en joviaal, trots op zijn kale hoofd, en hij had een enorme borstkas, een bulderende stem en een onvoorwaardelijke liefde voor de Philadelphia Eagles. 'Wat vind je van mijn jongen?' vroeg hij haar terwijl hij Richard op zijn rug ramde (dat op de rug rammen, zo zou Sylvie al snel leren, was wat de mannelijke leden van Richards familie deden voordat ze een emotie gingen uitdrukken of met elkaar gingen praten). Cindy, Richards moeder, was een kleine, timide vrouw die niet liep maar dribbelde en die na haar gefluisterde 'hallo' verder weinig zei. (Misschien, bedacht Sylvie, ramde Richard senior haar ook op de rug, en was dat waarom ze zo'n ineengekrompen, teruggeschrokken houding had.) Ze had stoofschotel gemaakt, iets met champignons, room en gehakt. Richards lievelingseten, had ze gemompeld terwijl ze had opgeschept op dunne porseleinen borden. Ze had Sylvies bord voor haar neergezet en was toen plotseling als bevroren blijven staan, waarbij ze de geschokte gezichtsuitdrukking had van iemand die net ziet dat ze de vriendin van haar zoon een gestoomde mensenhand heeft geserveerd. 'O nee... Mag dit wel? Mag je dat eten?' had ze gevraagd, zo zacht dat Sylvie haar nauwelijks kon verstaan. 'Ik kan ook iets anders maken... geen enkel probleem...' Sylvie had haar er verward van verzekerd dat de ovenschotel prima was en had haar toen ze de eerste hap had genomen gecomplimenteerd met de rijke en heerlijke maaltijd, ideaal voor een koude winteravond.

Toen ze later tegen Richard aan in zijn oude bed lag, met haar tenen tegen zijn kuiten, had ze gevraagd waar Cindy zo bezorgd over was geweest. Richard zei dat hij aannam dat de kaas in de ovenschotel de aanleiding was geweest, en het gehakt, en dat zijn moeder, zelfs in een omgeving waar nauwelijks joden woonden, wel genoeg basiskennis van de principes van een koosjer huishouden had dat ze zich zorgen maakte dat Sylvie geen vlees in combinatie met zuivel mocht eten.

'We zouden een boek moeten schrijven,' zei Sylvie, die haar lichaam tegen het zijne vlijde, haar wang tegen zijn borstkas drukte en haar handen om zijn nek sloeg. *'Mijn eerste jood.'* Hij had zachtjes over haar kruin gewreven met zijn vingertoppen.

'Ik voel of je hoorns hebt,' zei hij tegen haar. Ze liet een hand in zijn pyjamabroek glijden en fluisterde: 'Ik ook.' Ze hadden heel lang en langzaam gevreeën, allebei doodstil tot helemaal aan het einde. Richard was zoals altijd meteen erna in slaap gevallen, maar Sylvie lag wakker en luisterde naar Richards ademhaling naast haar, in dit vreemde kleine huisje, terwijl de wind door de bomen floot en ze bedacht dat ze zich nog nooit zo veilig, tevreden en liefgehad had gevoeld.

Ze hoorde achter in de auto haar telefoon onder in haar tasje zoemen en boeren. Ze pakte hem en keek op het schermpje, weer in de hoop dat het Ceil zou zijn. In plaats daarvan zag ze Richards gezicht verschijnen – Richard in hun slaapkamer, die naar haar glimlachend voor het blauw-witte behang stond. Zijn haar was ondertussen vrijwel helemaal grijs, maar die optimistische grijns was nog exact hetzelfde als toen ze hem had leren kennen. Sylvie drukte op WEIGEREN. Ze was niet klaar voor dit gesprek. Niet nu. Nog niet.

Door de donateurs betaalde snoepreisjes naar tropische paradijzen, had die verslaggeefster gezegd. Ze herinnerde zich een driedaags tripje dat Richard dat voorjaar naar Martha's Vineyard had gemaakt, voor een Democratische bijeenkomst waar de congresleden de nieuwe partijleden konden leren kennen en konden beslissen wie er een toekomst zou hebben en hun steun en tijd zouden krijgen tijdens het komende campagneseizoen. Richard zelf was ook tot uitverkorene gekozen tijdens een dergelijke bijeenkomst, toen aan de kust van South Carolina. Sylvie zou zijn meegegaan, maar Ceil was jarig en ze hadden al plannen gemaakt om naar het Museum of Modern Art te gaan en daarna naar een wellnesscentrum, gevolgd door een sushirestaurant. Richard had zijn golfclubs opgegraven uit de opslagruimte in de kelder van hun appartementencomplex en Sylvie had een fles zonnebrandcrème in zijn tas gestopt, want die vergat hij altijd. Hij was maandagmiddag weer thuisgekomen, met een kreeftrood hoofd, zoals ze van tevoren had geweten (de volgende dag zou hij gaan vervellen, en dan zou ze hem helpen herinneren dat hij moest exfoliëren en daarna een moisturizer moest gebruiken). Toen hij haar een kus had gegeven, voordat hij zijn koffer in de slaapkamer had gezet zodat zij die kon uitpakken, had ze niet het gevoel gehad dat er iets aan de hand was, hoewel nu bleek dat hij drie nachten het bed had gedeeld met zijn juridisch medewerkster.

Sylvie gaf een ruk aan haar tailleband en wenste dat ze die te strakke rok ook kon uittrekken; ze had weer het gevoel dat ze niet kon ademen. Haar telefoon zoemde, piepte en boerde. Ze keek naar het schermpje. Richard weer. Ze negeerde hem en dacht aan e-mails en foto's, en vroeg zich af hoe erg dit zou kunnen worden. Een gevoel van verdoving verspreidde zich over haar lichaam, bevroor haar tenen en vingertoppen, maakte blokken hout van haar armen en benen. Maar haar geest zat niet meer op slot. Hij klikte en zoemde, draaide en woelde, trok scènes en geluidsfragmenten tevoorschijn van politieke schandalen uit het recente en verre verleden. Er was die senator die was opgepakt in de herentoiletten van een vliegveld waar hij seks met vreemden had gehad (met mannelijke vreemden, en wat had Sylvie meegeleefd met zijn arme echtgenote, die naast hem stond terwijl hij vol bleef houden dat het allemaal een misverstand was geweest, dat hij helemaal niet homoseksueel was!). En je had die gouverneur wiens assistenten hadden gezegd dat hij aan het trekken was in de Appalachen terwijl hij bij een vriendin in Argentinië logeerde. Daar was wekenlang heel wat over gesproken bij haar in huis. 'Besef je wel,' had ze tegen Richard gezegd, die met zijn benen over elkaar in de leunstoel in zijn werkkamer had gezeten, 'dat ik nooit iemands mysterieuze minnares in Argentinië zal worden? Besef je wel wat een tragedie dat is?' Richard had haar een zoen gegeven en had gezegd: 'Wees daar maar niet zo zeker van. Je hebt nog tijd genoeg.'

Had hij haar toen al bedrogen? Had ze zonder het te weten voor gek gestaan, de goedgelovige, naïeve vrouw die net zo'n onnozele hals was als die gouverneursvrouw in South Carolina? Ze balde haar vuisten toen haar telefoon weer ging. Richard weer. Ze drukte weer op WEIGEREN, en toen keek ze met half samengeknepen ogen naar het schermpje, klikte internet aan en zocht het recentste nieuwsbericht, dat ze las met één oog helemaal open en het andere half dichtgeknepen. 'Bronnen vermelden dat de senator en zijn minnares op kosten van de belastingbetaler een lang weekend naar de Bahama's zijn geweest, waar ze hebben geluncht met krabsalade en tropisch fruit en backgammon hebben gespeeld in een cabana aan het strand.'

Bronnen. Ze vroeg zich af wie dat waren – een voormalige assistent, een gedupeerd voormalig staflid, iemand die was ontslagen of niet snel genoeg promotie maakte? Ze kreunde luid, maar niet té luid, zodat Clarissa en Derek haar niet zouden horen – en klikte door het verhaal tot ze een foto zag van de vrouw, Joelle. Ze staarde er even naar, naar de piepkleine afbeelding, en vroeg zich af wat Richard in die andere vrouw zag, een gewone vrouw, een leuk mens, dat met een hoopvolle, gelukzalige gezichtsuitdrukking naar Richard opkeek. Wat haar direct opviel was de gelijkenis. Toen Richard en zij elkaar hadden leren kennen was dat hoe zij eruit had gezien: met grote borsten en brede heupen. Ze was in die tijd dol op kettingen van kleurrijke kralen, die ze op straathoeken in New York kocht, en goedkope, bungelende oorbellen die over het algemeen verstrikt raakten in haar haar. Ze had wijn gedronken uit flessen met schroefdoppen, en op feestjes rookte ze wiet. Ze had een kast vol zwarte maillots en vrolijk gekleurde rokken, sjaaltjes met franje, tunieken en zigeunerblouses. Ze hield haar krullen uit haar gezicht in een knot die ze met een potlood aan haar hoofd bevestigde. Richard noemde haar een *wild child* en trok haar met zijn hand tegen haar achterhoofd naar zich toe om haar te zoenen.

Ze had Richard leren kennen op de rechtenopleiding. Er zaten drieëntwintig vrouwen in hun jaargroep van honderdzeventig, een groep waarin zich tevens een toekomstige first lady bevond (haar echtgenoot, de toekomstige president, zat een jaar lager). Sylvie had onder haar jaargenoten een reputatie gehad, zo niet die van koninklijken bloede, maar als de dochter van rechter Selma Serfer, die had gedoceerd aan Yale en elk jaar terugkwam om de derdejaars een college over sociale gender en de wet te geven. Richard had ook een reputatie. Hij had football gespeeld in Harrisburg en Penn State, was lang en gespierd en had een enorme bos wild bruin haar. Hij was overduidelijk slim, dat was iedereen op Yale. Maar Richard had niet die uitstraling van geamuseerde onverschilligheid die de andere jongens zo graag wilden overbrengen. Als ze college volgden hingen zij onderuit in hun stoelen, hun benen laatdunkend in de looppaden gestrekt, hun kraagjes open en groezelig, terwijl hij voorovergebogen over zijn aantekeningenschrift zat en koortsachtig zat te schrijven, alsof hij geen woord wilde missen, zijn jasje keurig over de rugleuning van zijn stoel gehangen en zijn geruite overhemd helemaal dichtgeknoopt. Als een docent om een vrijwilliger vroeg, schoot zijn hand in de lucht, waarbij een centimeter of vijf witte, knobbelige pols zichtbaar werd... maar als hij sprak, deed hij dat met een lage, warme en overtuigende stem. Hij werd nooit rood, was nooit onvoorbereid en leek te genieten van de aandacht die Sylvie zo schuwde en die ze constant kreeg.

De docenten wisten haar altijd te vinden en zoomden in op haar gezicht te midden van al die andere studenten. Dan werd haar naam heel nadrukkelijk uitgesproken, waarbij elke lettergreep werd geproefd. 'Mevrouw Serfer,' zeiden ze dan. 'Heeft u een inzicht dat u met ons wilt delen over de zaak *Griswold tegen Connecticut*?' Waarop ze dan een correct antwoord gaf. Ze werd zelfs wel eens een beetje vrijpostig. Als haar dan werd gevraagd of ze een bepaald stuk had gelezen, zei ze: 'Dat heeft mijn moeder geschreven', waarna ze dan een korte stilte liet vallen alvorens toe te voegen: 'Nee, dus.'

Sylvie had in hun eerste jaar wat gehad met enkelen van die stoere, onverschillige jongens. Neil kwam uit New York, en zijn ouders kenden die van haar. Hij had aan Columbia gestudeerd terwijl zij aan Barnard studeerde en hij had, zo kwam Sylvie er al snel achter, meer interesse in een fusie dan een romance. (Neil was op de tienjarige reünie verschenen met een balletdanser die hij als zijn partner had voorgesteld, wat haar geenszins had verrast.) Toen was er Evan, die een bleke huid had en een prachtig gevormde hals, zich goed kleedde en zo charmant was dat het maanden duurde voordat ze erachter kwam dat hij niet zozeer geïnteresseerd was in de details van Sylvies leven, als wel in de vraag of haar vader op zoek was naar nieuwe juridische medewerkers.

Richard was met een vriendin in New Haven gearriveerd, een blond gevalletje dat hem van Penn State was gevolgd en stond ingeschreven voor de verpleegopleiding aan Yale School. Sylvie zag het tweetal wel eens op de campus, Richard met zijn opmerkelijk veerkrachtige tred, druk gebarend terwijl hij sprak, met het blondje dat naast hem naar hem opkeek. En toen was het blondje ineens verdwenen.

Richard en zij volgden samen colleges, zaten samen in de bibliotheek en gingen vast naar dezelfde feesten, maar ze spraken elkaar pas op een begrafenis in december van hun tweede jaar. Een van hun klasgenoten, een magere jongen met een getroebleerde blik in zijn ogen die Leonard King heette, was 's nachts van het dak van een pand van drie verdiepingen gevallen ('gevallen' was het officiële verhaal, zoals het in het *Yale Daily News* en het *New Haven Register* stond, waarin naar zijn dood werd verwezen als een 'tragisch ongeval'. Leonards jaargenoten namen allemaal aan dat hij zelfmoord had gepleegd).

Alle tweedejaars gingen naar de dienst in de kapel op de campus. De ouders van Leonard hadden op de voorste rij ontroostbaar zitten huilen, en zijn moeder wiebelde op haar hoge hakken voordat haar echtgenoot en een jongere zoon, een bebrilde versie van Len, een arm om haar heen sloegen en achter Leonards gedragen kist aan de zaal uit liepen. Sylvie, die een zwarte rok met kant droeg met een doorschijnende blouse van een paar tinten lichter, de meest gepaste kleding die ze had kunnen vinden, had zich rillend een weg over de zwart geworden sneeuw en het ijs gebaand toen Richard ineens naast haar liep. 'Ik help je wel even,' zei hij. Hij reikte naar haar rugzak.

'Nee, dank je,' zei ze. Richard gleed met zijn chique schoenen met dunne zolen uit op een stuk ijs en voor ze het wist zat hij plat op zijn kont naast haar.

'Au,' zei hij geschrokken. 'Au, shit!' Hij zat met zijn benen wijd, afgezakte sokken en omhoog geschoten broekspijpen, waardoor zijn harige kuiten zichtbaar waren. Ze pakte zijn hand om hem overeind te helpen, maar dat lukte niet op die idioot hoge hakken die ze zelf droeg, dus ze belandde boven op hem, haar borstkas tegen de zijne gedrukt, samen op de ijskoude, natte grond, lachend tot de tranen ervan in hun ogen sprongen. Ze wist dat het belachelijk was, en dat de broek van die arme Richard doorweekt en waarschijnlijk onherstelbaar verziekt was, maar het was zo'n gruwelijke dag en het voelde zo heerlijk om te lachen.

Het lukte Richard uiteindelijk om op te staan, waarna hij Sylvie overeind trok. 'Gaat het?' vroeg hij, en ze knikte, met rode wangen van de kou en misschien ook een beetje van het gevoel van zijn solide borstkas tegen de hare.

Hij raapte haar rugzak op en ze liepen samen terug naar de campus. 'Ik moet zeggen,' vertrouwde hij haar toe, 'dat dit niet echt is hoe ik dacht dat ons eerste gesprek zou verlopen.'

Ze keek van opzij naar hem. Had hij zich een gesprek voorgesteld? Dat was een aangename gedachte.

'Jij bent toch de dochter van Selma Serfer?'

Ze knikte. Het voelde nu al minder aangenaam. Geen van de andere studenten begon ooit over Selma, en iedereen deed reuze zijn best verrast te reageren als Sylvie haar moeder noemde, alsof dat nieuws was, terwijl ze natuurlijk allemaal precies wisten wie Sylvie was en van wie ze familie was.

'Pas op,' zei hij, en hij wees naar een bevroren plas. 'Leer van mijn fouten.' Toen ze voorbij de plas waren, zei hij: 'Dat zal niet gemakkelijk zijn geweest, opgroeien met zo'n moeder.'

'Ach, het enige wat ik moeilijk vond was dat ze niet kan koken.' Zodra ze die woorden had uitgesproken had ze er al spijt van – hoe kon ze nou zoiets vreselijks zeggen, zoiets antifeministisch? – maar Richard had alleen maar geknikt.

'Het is een keuze, hè? Belangrijkste juriste van haar generatie of weten hoe je een lekkere stoofpot maakt. En nu we het toch over stoof... pot... hebben...' Hij wachtte tot ze zou gaan lachen en zei toen: 'Mijn huisgenoten en ik geven vrijdagavond een feest.'

Sylvie trok een wenkbrauw op (ze had de handeling op Barnard net zolang voor de spiegel geoefend tot ze haar linkerwenkbrauw onafhankelijk kon optrekken, een vaardigheid die af en toe heel goed van pas kwam). 'O ja?'

Hij gaf haar zijn adres. 'Uurtje of negen. Heb je zin?'

Dat had ze wel, ja. Toen ze later werd geïnterviewd door een vrouwenblad, dat een artikel van achthonderd woorden over haar publiceerde naast een foto van haar en haar recept voor smeuïge stroopkoekjes (dat ze van Ceil had gekregen), zou ze het verhaal anders vertellen. Dan zou ze zeggen dat ze Richard in de bibliotheek had leren kennen, in plaats van op weg terug van een begrafenis, wat te deprimerend klonk, alsof het een tragedie voorspelde. Ze vertelde nooit iemand hoe Richard was gevallen en hoe ze voor het eerst goed naar haar toekomstige echtgenoot had gekeken toen hij plat op zijn kont op een bevroren plas water zat. En ze vertelde ook nooit dat hun eerste gesprek onder meer over de edelachtbare Selma was gegaan, of dat hun eerste officiële afspraakje een typisch rechtenfeest was waar het bier rijkelijk vloeide en de lucht blauw zag van de hasjwalm.

Richard woonde in een vervallen studentenhuis met een half doorgerotte veranda aan de voorgevel en een beschimmelde bank naast de voordeur. Op alles in de keuken, elk glas, bord en zelfs de blender waarin iemands vriendin margarita's stond te maken, zat een dun laagje vuil.

Ze arriveerde iets na tienen op het feest. Richard stond haar in de keuken op te wachten, wat haar een raar gevoel gaf, alsof ze champagne had gedronken. Hij nam haar bij de hand en leidde haar door een gangetje naar zijn slaapkamer, die, tot haar verbijstering, netjes was als de cel van een monnik. 'Het is hier een stuk rustiger,' riep hij boven het feestgedruis en Janis Joplin uit. Sylvie keek om zich heen. Er hing een oude campagneposter van Kennedy en Johnson boven zijn bureau en een Amerikaanse vlag aan de muur ertegenover. Het bed was keurig opgemaakt, met een versleten rood-groene sprei erover die strak om de hoeken van het matras zat ingestopt. Sylvie zat met over elkaar geslagen benen op de rand van het bed. Ze durfde te wedden dat Richard die sprei al sinds zijn kinderjaren had en dat hij hem van thuis had meegenomen van studie naar studie. Ze durfde ook te wedden dat zijn ouders hem niet hadden vervangen; dat er ergens in Harrisburg, Pennsylvania, een bed zonder sprei stond, misschien met stapels wasgoed erop, of kleding die voor de kringloop was bestemd, ergens in een huis dat er heel anders uitzag dan het appartement van haar ouders aan de Upper West Side en haar eigen roze-witte slaapkamer, waar haar cilinderbureau en hemelbed nog stonden te wachten voor als ze thuiskwam.

'Wil je iets drinken?' Richards gezicht was rood, van zijn kaaklijn tot in zijn hals, en ze rook hem: zweet, zeep, shampoo en drank. Hij had een glas met een amberkleurig drankje met ijs erin in zijn hand. Whisky met 7-Up, zou ze later leren. De meeste mannen die ze kende bestelden pure whisky, of wat ze was gaan zien als bier voor het proletariaat – Pabst, Schlitz of Old Bohemian – maar Richard hield van zoete drankjes en was niet van plan zich te conformeren aan de smaak van anderen. Dat was een van de eerste dingen die ze aan hem ging bewonderen.

'Doe maar wat jij drinkt,' zei ze.

Toen de slaapkamerdeur opengìng kwam er een golf van hitte en herrie de slaapkamer in. Janis had plaatsgemaakt voor The Doors. Toen Richard terugkwam, gaf hij haar haar drankje en ging naast haar op het bed zitten. 'Daar zitten we dan,' zei hij. 'Sylvie Serfer.' Hij liet een vingertop langs haar halslijn glijden, een geborduurde zigeunerblouse die ze droeg op een spijkerrok met maillot en drie maten te grote suède laarzen met franje eraan die ze in de tweedehandswinkel had gekocht en met drie paar sokken droeg. 'Leuke blouse.'

'Dank je.' Ze schoof een stukje van hem vandaan, geschrokken door de onverwachte intimiteit en geschokt dat ze er zo intens van genoot. Ze wilde dat Richard Woodruff zijn handpalm tegen de blote huid boven de halslijn van haar blouse legde, dat hij haar op het bed duwde en haar kuste. Ze rook de drank. Zijn ogen straalden en zijn gebaren waren net iets te ongecoördineerd toen hij opstond, naar het midden van de kamer liep en een imitatie vertolkte – verrassend treffend en een beetje wreed – van hun docent Contractrecht, die een peervormig lichaam had en overhemden droeg die een toefje aapachtig borsthaar bloot lieten.

'Daar zitten we dan,' zei ze, en ze zette haar glas op het nachtkastje, dat vol boeken lag (bekende studieboeken en een versleten exemplaar van *Catch-22*). 'Vertel eens waarom je advocaat wilt worden.'

Hij streek met de rug van zijn hand zijn haar glad en nam een slok uit zijn glas. 'Aha, het kruisverhoor begint. Als jij nou eens eerst gaat?'

Sylvie haalde haar schouders op. 'Bij mij was het een kwestie van dynastie. Ik had niet echt een keuze.' Dat was waar, hoewel ze haar ouders nooit een ander carrièrevoorstel had gedaan. Ze was slim, ze kon schrijven en een studie rechten leek gezien het bovenmatige succes van haar moeder een gegeven. Maar hoewel ze uitgesproken was en grappig kon zijn (en net zoals Richard af en toe zelfs een beetje vals), was ze meer verzoeningsgezind dan Selma. Ze was gevoelig voor onrecht, maar miste haar moeders grenzeloze passie die te corrigeren, om keer op keer de strijd aan te gaan. Als meisje was ze enorm gefascineerd door nonnen, door het idee dat je ergens naartoe kon gaan waar je was afgesneden van de wereld, waar het je werk was om te bidden en melk of kaas of zoiets eenvoudigs te maken. (Selma had die kennis natuurlijk misbruikt als een van haar favoriete anekdotes. 'Mijn dochter,' zei ze dan tegen haar vrienden en het publiek dat haar eerde, 'de eerste joodse non.') Sylvie dronk haar glas leeg, voelde de whisky in haar keel branden en vroeg zich een tikje aangeschoten af of een man een klooster kon zijn, een toevluchtsoord, een plek waar je teruggetrokken leefde en veilig was voor de wereld.

'En jij?' vroeg ze.

Hij keek haar vanaf zijn plek in het midden van de kamer bedachtzaam aan. Hij had zijn schoenen uitgetrapt. Op zijn blote voeten zag hij er nog meer uit als een uit de kluiten gewassen jongetje, een kind dat laat mocht opblijven. 'Ik wil president worden.'

Ze staarde hem even aan en begon toen te lachen. President! Nog een verrassing. De meesten van haar jaargenoten zouden iets hebben gezegd over een advocatenkantoor. Ze zouden zijn begonnen over het lijden op de wereld en hoe ze de wet als gereedschap konden gebruiken om daar iets tegen te doen; ze zouden voorbeelden van onrecht geven waarvan ze getuige waren geweest tijdens de jaren dat ze latrines hadden gegraven in het Vredeskorps, of tijdens die stage bij een ontwikkelingsproject in Harlem. Of ze zouden een anekdote uit hun eigen leven vertellen: een oom die failliet was gegaan omdat hij de ziekenhuiskosten voor zijn vrouw niet kon opbrengen, een veld of bos dat werd vernietigd door vastgoedontwikkelaars.

'President?' vroeg ze, waarop Richard charmant zijn schouders ophaalde.

'Wat je over me moet weten, Sylvie...' en toen zat hij ineens weer naast haar, met een warme vingertop die even langs haar halslijn gleed en vervolgens onder haar blouse, 'is dat ik erg ambitieus ben.'

Dit was het moment dat ze hem had kunnen wegduwen en had kunnen opstaan, waarop ze verontwaardigd had kunnen roepen dat ze niet dat type meisje was, dat ze nog niet eens samen naar de film waren geweest, dat hij nog niet eens een sandwich voor haar had gekocht, laat staan dat hij haar mee uit eten had genomen. Maar ze voelde dat deze halfdronken, oprechte boerenkinkel met zijn blote voeten, zijn beddensprei en zijn ambitie haar zowel opwond als amuseerde. Wilde hij echt president worden? Wilde hij haar echt?

'Hoe ga je dat aanpakken, dan?' Hij kuste haar op de wang en peuterde vervolgens heel voorzichtig, met zijn vingertoppen, een oorbel uit haar haar. 'Je zorgt eerst dat je afstudeert...'

'En ik heb al een baan. Deze zomer ga ik naar het Openbaar Ministerie in Manhattan,' zei hij met lage en zelfverzekerde stem, die resoneerde tegen haar huid. 'Als ik ben afgestudeerd, nemen ze me fulltime aan.' Hij nam haar in zijn armen, drukte haar zacht tegen het bed en rolde boven op haar. Het kwart van haar hersenen dat nog informatie aan het verwerken was en niet werd afgeleid door Richards mond in haar hals, dacht: dronken praat. Maar misschien ook niet. Iemand moest president worden, dus waarom Richard niet? Goed levensverhaal; leuk uiterlijk; staatsopleiding om de gewone man tevreden te stellen en een diploma van Yale om snobs en intelligentsia mee te verheugen. De wereld kon het slechter treffen.

'En daarna ga ik een tijdje in een privépraktijk werken. Geld verdienen. Aan mijn strijdfonds werken.' Hij boog zich naar het voeteneind van het bed om haar laarzen uit te trekken, en als de drie paar witte sportsokken hem al opvielen was hij zo vriendelijk er niets over te zeggen. 'Daarna het New York State-lagerhuis en dan de Senaat.'

'Gaan ze op je stemmen, dan?' mompelde ze terwijl hij weer naast haar kwam liggen. 'Ze houden daar niet van buitenstaanders.'

'O, het goede volk van New York gaat absoluut op me stemmen,' zei hij terwijl hij een hand onder haar blouse liet glijden en behendig haar beha losklikte. 'Want tegen die tijd wonen we al jaren in Manhattan.'

Ze duwde hem een stukje van zich af en bracht haar bovenlichaam op haar ellebogen omhoog zodat ze zijn gezicht kon zien in het gedimde licht. '*We?*'

'Ik hou je al een hele tijd in de gaten, Sylvie,' zei Richard. 'Je bent een schatje,' zei hij. Voordat ze ook maar tijd had om van het compliment te genieten, van de smaak van het woord 'schatje', voegde hij toe: 'En je bent de best georganiseerde persoon die ik ooit heb gezien. Je aantekeningen zijn ongelooflijk indrukwekkend.'

'Gaat het je om mijn aantekeningen?' vroeg ze. Ze begon dit steeds leuker te vinden. Haar aantekeningen, dat moest ze toegeven, waren inderdaad indrukwekkend: met kruislings naar elkaar verwijzende tabellen, verschillende kleuren voor alle vakken en een aparte kleur inkt voor elk onderwerp.

'Heb je de mijne wel eens gezien?' vroeg hij, en hij leunde op een elleboog, strekte zijn arm naar zijn bureau en pakte een gehavend zwart-wit schrift. Zijn aantekeningen waren vrijwel onleesbaar en, viel het Sylvie enigszins zelfvoldaan op, geheel met zwarte inkt geschreven. 'Toen ik die aantekeningen zag, wist ik het: dat is mijn meisje.'

Later zou ze bedenken de voor de hand liggende vraag te stellen: waarom? Waarom had hij haar gekozen uit alle meisjes op Yale, onder wie velen die zeer indrukwekkende aantekeningen maakten? Later zou ze zich afvragen of Richard haar had uitgekozen omdat ze de dochter van Selma Serfer was, vanwege haar status (relatief welgesteld, uit een goed opgeleid en invloedrijk gezin, geboren en getogen in New York, inwoner van mogelijk de enige stad in Amerika waar het niet automatisch een politiek nadeel is als je joods bent), een allure die zijn eigen eenvoudige, provinciale jongen-met-een-beursverhaal in contrast daarmee nog indrukwekkender maakte. Maar daar vroeg ze die avond niet naar. Ze liet hem haar blouse uittrekken, liet hem zijn blote borst tegen de hare drukken en haar naam fluisteren – Sylvie, Sylvie, Sylvie – terwijl ze bedacht dat hij had wat zij ontbeerde: een agenda, een plan. Het was net een sprookje: er was eens een jongen uit Harrisburg, Pennsylvania, die later president zou worden. Richard zou het verhaal schrijven; hij zou de plattegrond tekenen. Zij zou hem helpen navigeren en dan zouden ze samen, triomfantelijk, arriveren op de eindbestemming die hij had gekozen, waar ze uiteindelijk, natuurlijk, nog lang en gelukkig zouden leven. Vertrouw je me? zou hij haar vragen – dat was tijdens hun tweede afspraakje, toen hij haar had meegenomen naar een matinee en daarna uit eten bij de Chinees. Ze lagen samen in bed, naakt onder de poster van Kennedy, vlak voordat ze voor het eerst seks zouden hebben (ook zo'n detail dat ze aan geen verslaggever had verteld) en toen hij haar zijn vraag had gesteld, had ze als een bruid geantwoord: ja.

Ze waren direct nadat ze waren afgestudeerd getrouwd, tijdens een ceremonie in de kapel van Yale door een rechter van het hooggerechtshof, een vriend van Selma. Sylvie herinnerde zich nog dat de vader van Richard te hard had zitten praten, dat hij haar eigen vader herhaaldelijk op de rug had geramd en dat hij tijdens het oefendiner een dronken toespraak had gegeven waarin hij naar Sylvie had verwezen als 'het vrouwtje'. Selma had met strak op elkaar geperste lippen geforceerd zitten glimlachen, en de moeder van Richard had in de damestoiletruimte haar verontschuldigingen gefluisterd, maar Sylvie had zich helemaal niet beledigd gevoeld. Ze vond het stiekem wel leuk klinken.

Haar ouders hadden aangeboden te helpen met een aanbetaling op een appartement bij hen in de buurt, in de Upper West Side, maar die had Richard geweigerd.

'Ik weet dat ze het goed bedoelen,' zei hij terwijl hij zich omdraaide in het smalle bed in zijn appartementje in New Haven, 'maar het zou niet goed voelen, en ik weet niet hoe ik dat tegen ze moet zeggen zonder dat ik als een ondankbare klootzak zou klinken.'

'Nou, laten we daar dan wat op bedenken.' Ze stond op uit bed en ging in kleermakerszit op de metalen vouwstoel zitten, de enige andere zitplaats in de ruimte. Richard lag ondertussen met zijn benen, armen en zelfs zijn vingers gespreid op zijn rug in bed, alsof die houding hem zou helpen de goede woorden te vinden. Sylvie pakte een aantekeningenschrift en koos na zorgvuldige overweging voor groene inkt. 'Laten we beginnen met te zeggen hoe overweldigd en dankbaar we door het aanbod zijn.'

'Dankbaar,' herhaalde hij, en hij knikte. 'Overweldigd.'

'En daarna zeggen we...' Ze was even stil en hoorde Richards stem in haar hoofd. 'Dat je denkt dat het belangrijk is dat je je eigen pad volgt in de wereld, net als zij. Dat je onderweg leert wat je moet leren.'

'Klink ik dan niet als een klootzak?'

'Nee,' stelde ze hem gerust. Dat was de eerste toespraak, de eerste van vele, die ze hem had helpen schrijven... en het was onbelangrijk dat ze niet geheel achter de inhoud stond, dat ze eerlijk gezegd maar al te graag was ingegaan op het aanbod en dat ze graag zo snel mogelijk in een flat was getrokken waar geen muizen rondliepen en die geen badkamer had waar nauwelijks ruimte was voor een toilet, die geen piepkleine wastafel had en waar geen douchegordijn hing dat tegen je lichaam kleefde tenzij je precies in die ene houding onder de douche stond.

Ze verhuisden naar een flatje aan Court Street, in Carroll Gardens, Brooklyn. Richard was, geheel volgens plan, bij het Openbaar Ministerie gaan werken, en zij had een zomer op de afdeling Fondsen & Nalatenschappen bij Richter, Morgan & Katz gewerkt. Twee jaar later was Diana geboren. Een jaar daarna vertrok Richard bij het Openbaar Ministerie en werd hij partner bij een grote firma in het centrum. Hij had nu een inkomen van zes cijfers en het vooruitzicht op bonussen, dus verhuisden ze van Brooklyn naar een appartementencomplex in Manhattan, twee straten van Central Park, met een grote woonkamer en ramen van de vloer tot het plafond, een woning die iemand van Richards werk voor hen had gevonden en die ideaal was om mensen te ontvangen. Het vorige flatje was met zijn kleine keuken, kleine slaapkamers en het gebrek aan kastruimte niet ideaal geweest om een gezin in te stichten, maar dat leek Richard niet te zijn opgevallen en Sylvie had er niet over geklaagd. Jaren later, toen hij na de geboorte van Lizzie bij haar op bezoek kwam in het ziekenhuis en vertelde dat hij de week daarna zou aankondigen dat hij zich kandidaat ging stellen voor het New York State-lagerhuis en haar vroeg of zij daar klaar voor was, had ze de baby, die net had gegeten, was verschoond en in een schoon dekentje was gewikkeld, in haar wiegje gelegd en was ze zo rechtop gaan zitten als mogelijk was zonder haar hechtingen op te rekken en had gezegd: 'Zeker weten.'

Sylvie had in de jaren daarna hun appartement ingericht, had servies en meubels gekozen die er goed genoeg uitzagen voor dinertjes voor twaalf en cocktails voor veertig en die tevens kindbestendig waren; een stel met canvas beklede banken en Perzische tapijten van een goede kwaliteit. Voor Lizzie huurde ze een kindermeisje in dat Marta heette en twee haltes van hun oude flat in Brooklyn vandaan woonde. Richards werk, zijn campagnes, het onderzoek, de planning en het schrijven van de toespraken waren een fulltimebaan voor haar en het extra paar handen bleek onmisbaar. De meisjes, met name Lizzie, waren dol op Marta, de zachtgekookte eitjes en de broodsoldaatjes die ze voor hun ontbijt maakte en de kip met rijst die ze als avondeten serveerde. In het weekend smeekten ze of ze bij Marta op bezoek mochten, die met haar echtgenoot en twee tienerzoons woonde.

Zodra ze enigszins was hersteld van de bevalling ruilde Sylvie haar zwangerschapskleding in voor een indrukwekkend mantelpakje met enorme schoudervullingen, dat ze droeg met een huidkleurige panty en gympen, waarmee ze kilometers en kilometers liep om pamfletten rond te brengen. Haar kleurrijke kralen en goedkope armbanden hadden ondertussen plaatsgemaakt voor parels, die Richard haar voor hun zoveeljarige huwelijk had gegeven, en een la vol Hermès-sjaaltjes. Toen hij eenmaal was verkozen werd ze manager van zijn districtskantoor, waar ze hielp met de kiezers, toespraken voor hem schreef, onderzoek deed en wetsvoorstellen opstelde. In de jaren 1980 deed ze stepaerobics, in de jaren 1990 gevolgd door spinning en yoga, en in het nieuwe millennium pilates. Ze volgde Atkins, South Beach, Weight Watchers en Weight Watchers-online. Die tien kilo hield ze eraf, en ze verbeterde zichzelf tevens op andere punten. Dat zou elke vrouw doen als ze zichzelf in de *Times* zou aantreffen op een foto die tijdens een persconferentie was gemaakt, waarbij haar haar alle kanten op stond, haar mond openhing en haar onderkinnen voor iedereen zichtbaar waren. Sylvies haar werd elke drie maanden chemisch ontkruld en elke twee maanden geverfd. Ze had op haar vijfendertigste een borstverkleining en een buiklift gehad, en tien jaar daarna liposuctie van onderkin en wangen. Ze was niet mager – in ieder geval niet zo broodmager als sommigen van de andere dames met wie ze lunchte en andere vrouwen van politici die ze ontmoette, vrouwen die er in het echte leven nauwelijks substantiëler uitzagen dan de kartonnen uitsneden van de president waarmee mensen op de foto gingen als ze in de rij stonden voor het Washington Monument – maar ze was wel zo dun dat ze niet meer elke keer dat ze zichzelf op een foto zag terugdeinsde van haar evenbeeld.

Niet iedereen was het natuurlijk met haar keuzes eens. 'Je ziet er zo alledaags uit,' had Ceil een keer geroepen nadat ze samen een fles wijn bij de lunch hadden gedronken. Ceil had haar excuses aangeboden, in de veronderstelling dat ze haar vriendin had gekwetst, maar Sylvie was heimelijk wel blij met haar opmerking. Alledaags was goed. Alledaags betekende dat niemand je opmerkte, je foto ergens naartoe zou sturen of je zou uitlachen. Alledaags betekende dat ze haar met rust zouden laten, haar en haar dochters, en een grotere zegen kon Sylvie zich niet wensen.

Sylvies moeder was zelfs nog minder onder de indruk van wat haar dochter deed. 'Wat is er met jou gebeurd?' vroeg ze dan terwijl ze haar dochter perplex aanstaarde, alsof ze haar eigen kind niet meer herkende. Sylvie herinnerde zich de reactie van haar moeder nog, de eerste keer dat ze Richard mee naar huis had genomen, drie maanden na de begrafenis van Leonard King. Haar moeder had Sylvies toekomstige echtgenoot vanaf de andere kant van de tafel gadegeslagen terwijl hij zijn uiterste best deed haar rundvlees naar binnen te werken, dat was gebraden tot elke lap de textuur van een schoenzool had. 'Hij is op weg naar grote hoogten,' had Selma gezegd terwijl ze met een knobbelige vinger tegen haar rode lippen tikte, Sylvie de afwas deed en Richard en Dave in de woonkamer football zaten te kijken. 'Maar volgens mij is hij het type man dat een vrouw alleen nodig heeft om aan zijn zijde te staan.' Sylvie had geen antwoord gegeven. Ze wist dat Richard haar niet alleen nodig had om aan zijn zijde te staan, dat hij haar hulp, haar advies en haar raad nodig had... en dat zij, in tegenstelling tot haar moeder, geen behoefte had om in de schijnwerpers te staan. Ze vond het niet erg om onzichtbaar te zijn of altijd op de passagiersstoel te zitten.

En ze haatte het ook om advocaat te zijn. Ze had de universiteit overleefd, toen ze nog kon lezen over de grote zaken en kon discussiëren over procedures, precedenten en gerechtigheid, maar advocaat zijn, helemaal een advocaat die zich exclusief met fondsen en nalatenschappen bezighield, ging helemaal niet over gerechtigheid; het enige wat ze deed was bergen papier van de ene kant van haar bureau naar de andere schuiven. Sylvie had voor de geboorte van Diana de firma verlaten en greep het moederschap aan als een verdrinkende vrouw die een reddingsboei grijpt. Twaalf weken waren zes maanden geworden, toen een jaar, toen drie, toen vier, en toen Diana vijf was, was Sylvie opnieuw zwanger geraakt, niet helemaal per ongeluk, hoewel Richard wel in die veronderstelling was.

Sylvie had haar handen vol gehad aan Diana: ze was koppig en bazig, liep met negen maanden en riep haar eerste woord – 'meer!' – met tien. Daarna was Lizzie gekomen, na een zware zwangerschap en een spoedkeizersnede. Ze was te licht en was helemaal gerimpeld, als een piepklein, ellendig oud mannetje in de roze jurkjes die Selma naar het ziekenhuis kwam brengen. Lizzie was snel ziek en allergisch voor alles behalve lucht, hoewel Sylvie af en toe zelfs dát betwijfelde. Met die twee meiden – de veeleisende Diana met haar schema en haar cursussen voor hoogbegaafden en uitzonderlijk getalenteerden en Lizzie met haar slokdarmproblemen en astma – verwachtte zelfs Selma niet dat Sylvie weer aan het werk zou gaan. Ze moest afspraken bij de dokter maken en ernaartoe, spelletjes, oefentijden en speelgroepjes organiseren en bijwonen, huiswerk controleren en minimaal eens per maand in paniek naar de apotheek om een penicillinekuur te halen of een zoekgeraakte inhaler te vervangen.

Uiteindelijk werd het eenvoudiger om Marta de meiden mee te laten nemen naar de metro of hen in een taxi te zetten, haar met Diana naar haar repetities te laten gaan terwijl zij Lizzies muzieklessen en slechte buien voor haar rekening nam. Marta, die de leeftijd van Sylvies moeder had, die klein van stuk was en praktisch ingesteld, die orthopedisch schoeisel en gebreide vesten droeg en haar grijze haar in een knotje droeg, was oneindig geduldig en genoot, na haar eigen twee jongens, enorm van twee meisjes die ze kon opdirken en met wie ze kon tutten. Marta was geduldig op een manier die Sylvie niet in zich had. Ze onthield de ingewikkelde speelafspraken, de namen van de moeders van de vriendinnetjes en de doseringen van Lizzies medicijnen terwijl Sylvie zich bezighield met het werk van haar echtgenoot, met de wereld van haar echtgenoot. Marta kon de meiden doen, maar zíj was de enige die voor Richard kon zorgen.

En moest je nu eens kijken wat dat haar had opgeleverd, bedacht ze terwijl de auto de tunnel uit en Eighth Avenue op reed, langs fastfoodrestaurants, stomerijen, drogisterijen en de alomtegenwoordige koffiebars die op elke straathoek prijkten. Moest je haar nu eens zien. De verdoving die ze voelde sinds ze weer in de auto zat begon haar angstig te maken. Dit klopte niet. Moest ze niet huilen, jammeren, schreeuwen, haar echtgenoot bellen en hem smeken zijn speeltje aan de kant te zetten? Maar ze had helemaal niet het gevoel dat ze wilde huilen of smeken. Ze had het gevoel dat ze was bevroren, tot ze aan haar dochters dacht en hoe die meegesleurd zouden worden in de modder, hoe die zich zouden schamen. En toen voelde ze zich razend worden, en daar werd ze ook bang van, omdat ze dat niet van zichzelf kende. Ze ergerde zich – welke echtgenote, welke vrouw, deed dat niet? – maar ze kon de keren dat ze ooit echt kwaad was geweest op Richard op één hand tellen en dan nog vingers overhouden.

De auto kwam tot stilstand voor het appartementencomplex waar ze woonden. Er stond een groep fotografen op de stoep, het waren er een stuk of tien, zwetend in de hitte, sommigen met televisiecamera's en anderen met fototoestellen, plus een handjevol verslaggevers met aantekeningenblokken en geluidsopnameapparatuur, maar dat waren er veel minder dan de fotografen en filmers. In dit geval, bedacht Sylvie, kende iedereen het verhaal al. Het enige waar ze nog behoefte aan hadden waren beelden, die ene foto die de hoofdprijs opleverde, die ene foto die meer zegt dan duizend woorden: de onteerde vrouw die het koffiekopje naar haar lippen brengt en haar eerste bittere slok neemt. Derek zette de auto in de parkeerstand en draaide zich naar haar om. 'Zullen we de achterdeur nemen?'

'Nee,' zei ze. Ze liet zich niet wegjagen, ze liet zich niet te schande maken, ze ging niet door de achterdeur sluipen alsof zij degene was die iets had misdaan. Ze had zodra de eerste fotografen de auto hadden opgemerkt haar kin omhoog gestoken en zichzelf eraan helpen herinneren dat ze de dochter van Selma Serfer was. Een moment later was de auto omsingeld.

'Sylvie!'

'Mevrouw Woodruff!'

'Sylvie, heb je iets te zeggen over de affaire van de senator?'

Clarissa kromp ineen. Derek trok zijn schouders recht en opende eerst zijn eigen portier en daarna dat van haar. 'Blijf maar bij mij in de buurt.' Sylvie greep haar tasje. Ze liet haar panty op de vloer van de auto liggen, stak snel haar voeten in haar pumps, boog haar hoofd en stapte met blote benen het trottoir op. Ze probeerde zichzelf zo klein mogelijk te maken, haar hoofd tegen haar borst gedrukt, haar armen strak tegen haar zijde, en ze negeerde het geschreeuw: 'Mevrouw Woodruff!' en: 'Is het waar dat hij die vrouw zwijggeld heeft betaald?' en: 'Wist u dat hij een verhouding had?' en: 'Hoe lang speelt dit al?' en: 'Gaat u van hem scheiden?'

Derek, breed en onwankelbaar als een gepantserde auto, leidde haar door de zware glazen deuren. Toen die eenmaal weer dicht waren, werd het rustiger. De lobby was leeg, op Juan de portier achter zijn bureau na. Toen ze hem aankeek, keek hij weg. Sylvie vroeg zich af of Joelle hier wel eens was geweest, of Richard haar stiekem een middagje uit in Washington had meegenomen terwijl Sylvie naar dat zomerkamp voor kinderen met kanker was of in Bloomingdale's of Saks aan het winkelen was, op zoek naar nog zo'n alledaags pakje dat ze naar de zoveelste bijeenkomst zou aantrekken waar ze achter haar echtgenoot zou staan en zou knikken als zo'n plastic hondje, zo een dat taxichauffeurs wel eens in hun raam hebben staan.

'Gaat het wel, mevrouw?' vroeg Derek.

'Bobbleheads,' zei Sylvie. Zo heetten die beesten. Ze had er achter in een taxi eens een gezien van een chihuahua. Toen Diana tien was had ze gesmeekt om een hond voor haar verjaardag, waarop Sylvie had gezegd: 'Op een dag.' Diana, die nooit ergens over ophield zonder alle details te weten, had gevraagd wanneer dan precies, en toen had Sylvie in eerste instantie gezegd zodra Lizzie van de peuterschool was, en daarna de kleuterschool, en tegen die tijd wilde Diana liever een pony dan een hond en was ze erover opgehouden zonder haar moeder te dwingen een van de onaangename waarheden van haar huwelijk uit te spreken: dat ze voor Richard zorgde, en dat dat een baan was die weinig ruimte liet voor het verzorgen van iets anders: geen hond en ook zichzelf niet. Soms zelfs haar dochters niet.

'Mevrouw?' Derek stond haar zichtbaar ongerust aan te staren. Sylvie voelde zich ineens zo dankbaar dat ze wel kon janken. Wat had zij in haar leven gedaan dat zo'n goede vent als Derek, een man met een eigen gezin en, dat wist ze zeker, zijn eigen sores, zich zorgen maakte om haar?

Ze pakte zijn hand – die groot en warm voelde als een kruik – en kneep erin. 'Dankjewel,' zei ze.

Hij knikte. 'Ik zal vanavond bidden voor u en de meisjes.' Derek was al vijf jaar haar chauffeur, en dit was de langste zin die ze hem ooit had horen uitspreken. Haar strot kneep zich samen en het enige wat ze kon doen was knikken. Hij duwde de glazen deuren weer open, er werden meteen meer vragen geschreeuwd en ze werd verblind door een spervuur van flitslichten, toen waren de deuren weer dicht en was hij verdwenen. Sylvie liep over de zwart-witte tegelvloer van de lobby langs de palmen in bloempotten en de vergulde spiegels en drukte op het knopje voor de lift.

De deuren gleden open op de negende verdieping. Sylvie liep hun appartement binnen, haar hakken tikkend op de vloer; ze zag het alsof ze er voor het eerst was en het drong tot haar door dat ze er door de jaren heen een variatie op al die hotelsuites waarin ze met Richard had verbleven van had gemaakt. Alles was correct, alles was aantrekkelijk, alles stond precies op de goede plaats, van de groen-ivoren botanische afbeeldingen boven de open haard tot de handgesneden teakhouten olifant ('Eigenzinnig!' had haar binnenhuisarchitect hem genoemd. 'Apart!') die midden op de eetkamertafel stond. Ze had die olifant mooi kunnen vinden, met zijn stevige poten en opgeheven slurf, als Richard en zij ertegenaan waren gelopen op een of andere rommelmarkt, of als ze hem van een van haar dochters had gekregen als slecht gekozen cadeau voor haar zoveelste trouwdag, maar nu moest ze zich er met al haar kracht tegen verzetten hem niet op de vloer te smijten. Hij zei niets over haar, over hen; en dit appartement was geen huis, het was een variant op Richards kantoor, nog een plaats die speciaal was ingericht op zijn gebruik en gemak.

Ze had het gevoel dat ze niet in haar eigen lichaam zat, alsof dit allemaal gebeurde in een film die ze had gehuurd en in haar eentje zat te kijken. Ze liep de gang door. De deur van Richards kantoor was dicht, de televisie stond aan, en ze hoorde een vrouwenstem, haar eigen stem, uit de speakers komen. Haar gezicht vertrok en ze kreunde bijna hardop. Dat belachelijke interview dat ze voor Valentijnsdag op *The Today Show* had gegeven, toen ze met lang getrouwde stellen over liefde hadden gepraat. Ze had het niet willen doen – ze vond voor de camera verschijnen bijna net zo erg als spreken in het openbaar – maar Richards stafchef had haar weten te overtuigen dat het goed zou zijn voor Richards *brand*. Vroeger zouden ze hebben gezegd dat het goed zou zijn voor zijn imago, maar tegenwoordig draaide alles om je brand. En Richard had een oppepper nodig sinds hij een van de weinige Democraten was geweest die tegen de financiële regulatie hadden gestemd die de president het afgelopen najaar door het congres had willen duwen.

'Vertelt u ons eens een van de favoriete herinneringen aan uw echtgenoot,' had de interviewster, een chique blondine met een discreet gelift gezicht, gevraagd. Sylvie, die had geweten dat ze deze vraag zou gaan krijgen, vertelde het verhaal dat ze nu op het nieuws herhaalden, het verhaal van een rampzalige vliegtuigreis die ze als jonge moeder met twee dochters van Miami naar LaGuardia had gemaakt. 'Lizzie, mijn jongste, was ziek geworden. Ze begon te huilen zodra we waren opgestegen en ze was alleen stil om over te geven. Ik had het gevoel dat iedereen in het vliegtuig naar me zat te staren en dacht: kan dat mens er nou echt niets aan doen? Ik voelde me...' Sylvie hoorde haar televisiezelf hard inademen. 'Ik voelde me een mislukkeling. Alsof ik de slechtste moeder op aarde was.' De interviewster – zelf kinderloos, als Sylvie het zich nog goed herinnerde – had een sussend, meelevend geluidje gemaakt en was, dat herinnerde Sylvie zich nog, naar voren geleund en had haar een klopje op de knie gegeven. 'Nadat ik uit het vliegtuig was gestapt droeg ik Lizzie aan Richard over, en ik weet nog dat hij haar knuffelde, dat hij mij en onze andere dochter omhelsde, en dat hij zei: "Maak je geen zorgen, het komt allemaal goed." Het was de manier waarop hij dat zei, en de manier waarop Lizzie naar hem glimlachte, die maakten dat ik hem geloofde.'

'Schitterend,' had de interviewster gemompeld. Sylvie had geglimlacht en bedacht dat ze zich op dat moment op het vliegveld alles behalve gerustgesteld had gevoeld, druipend van het zweet en in de van braaksel stijf geworden blouse waar Lizzie ergens boven Virginia overheen had gekotst. Wat ze op dat moment echt had gedacht was dat ze met een man was getrouwd die niet in staat was zich te schamen. Zijzelf had zich vreselijk gegeneerd gevoeld, door de vrouw achter haar die om oordopjes had gevraagd, met een stem die ze aanzienlijk had moeten verheffen om boven het gekrijs van Lizzie uit te komen, en door de oude dame aan de andere kant van het pad die het commentaar had gegeven, zo hard dat Sylvie het duidelijk kon horen, dat kinderen in haar tijd niet werd toegestaan zich zo te gedragen. Ze wist dat ze zich de gezichten van die vrouwen, en alles wat ze hadden gezegd, nog dagen, misschien weken, misschien zelfs langer, zou herinneren, en dat Richard, als hij in dat vliegtuig zou hebben gezeten, hen waarschijnlijk niet eens zou hebben opgemerkt. Hij zou zijn dochtertje gewoon in zijn armen hebben genomen en 'New York, New York' voor haar hebben gezongen, snoeihard en vals, zich onbewust van de starende blikken, rollende ogen en demonstratieve zuchten van zijn medepassagiers. Richard was onmogelijk in verlegenheid te brengen. Hij was immuun voor schaamte, zoals sommige mensen nooit verkouden worden. Dat was de reden waarom ze ervan overtuigd was geraakt dat hij inderdaad op een dag best eens president zou kunnen worden: in tegenstelling tot veruit het grootste deel van de mensen op aarde was hij in staat een campagne te overleven, en alles wat zijn tegenstanders tegen hem zeiden; hij geloofde in zichzelf, en geen enkele vorm van kritiek kon hem ervan overtuigen dat hij dat niet moest doen.

'Dat waren de woorden van de vrouw van de senator,' zei de nieuwslezer. 'Een tikje ironisch, gezien wat er vandaag allemaal is gebeurd.'

Sylvie legde haar hand op de deurklink van de werkkamer van haar echtgenoot, ademde diep in en duwde de deur open.

Diana

'IK GA WEG,' SNAUWDE DIANA TEGEN DE VROUW ACHTER DE RECEPTIE – Ashley of haar vervangster, ze liep te snel voorbij om dat te kunnen zien – en stampte de stomende avond in. Normaal gesproken zou ze nu gaan hardlopen, maar ze had vandaag al twaalf kilometer gelopen: haar gebruikelijke acht in de ochtend en die middag nog vier, nadat ze het had gehoord. Als ze nu nog meer ging rennen zou ze niet kunnen slapen, en ze had haar rust nodig. Ze moest morgen weer naar de Spoedeisende Hulp.

Haar telefoon zoemde in haar zak. Gary weer. 'Ja?' vroeg ze. Ze haatte de hekserige manier waarop ze tegen hem snauwde, alsof hij haar slechtste student medicijnen was, maar ze wist dat als ze hem niet dwong meteen te zeggen waar het om ging – ervan uitgaand dat hij zelf wist waar het om ging – ze minutenlang, minuten die ze niet kon missen, zou moeten luisteren hoe hij zijn neus ophaalde en zijn keel schraapte.

'Ik wilde alleen even zeker weten dat je niet van gedachten bent veranderd.'

Ze baande zich een weg om een cluster moeders met wandelwagens heen. 'Als ik dat zou hebben gedaan, had ik je wel gebeld.'

Hij was even stil. 'Als je het zeker weet...'

'Ik weet het zeker,' zei ze, en ze hing op voordat hij zou kunnen gaan zeggen dat híj het niet zeker wist. Ze ging sneller en sneller lopen, wensend dat ze haar ongelukkige gevoel eruit kon lopen, en alle slechte dingen die ze deed. Gary en zij waren de juni daarvoor zeven jaar getrouwd. Misschien had ze gewoon wat met Doug omdat je huwelijk na zeven vette jaren in zeven magere terechtkwam. Misschien was het gewoon een bevlieging, een symptoom van iets wat zo gewoon en alledaags was geworden dat je er na zeven jaar last van kreeg. Ze overwoog de gedachte en wuifde haar weg. Wat ze met Doug had was beter dan alles wat ze ooit met Gary had gehad, wat, onontkoombaar, leidde tot de vraag die zich steeds vaker aan haar opdrong: waarom had ze Gary überhaupt ooit gekozen?

Vanwege haar ouders. Ze wist dat het een cliché was, dat iedereen tegenwoordig zijn ouders van alles de schuld gaf, maar ze wist dat hun voorbeeld uiteindelijk, onontkoombaar, haar wereldbeeld en elke beslissing die ze had genomen had beïnvloed, met name al haar beslissingen over de liefde, over trouwen, over de manier waarop ze had gekozen haar eigen leven en gezin te kiezen.

Haar vroegste herinneringen waren dat ze 's ochtends extreem vroeg wakker werd, wanneer de stad buiten haar raam nog een grijs maanlandschap was en ze luisterde hoe haar vader door de gang sloop. Het is een monster, dacht ze dan, haar lichaam stokstijf in bed voordat haar wakende zelf de sterkste werd en zei: Nee joh, dat is gewoon papa die vertrekt. Dan hoorde ze de krakende vloer, de koelkast die open- en dichtging, het sissen van het koffiezetapparaat en de scharnieren van de kastdeur als hij zijn jas eruit haalde en zijn aktetas pakte. Op die geluiden volgden dan de lichtere van haar moeder, van een kopje dat op het aanrecht en een bord dat op tafel werd gezet. Dan hoorde ze hen samen praten, zacht, mompelend, onderbroken door lachen, tot ze uiteindelijk de voordeur hoorde open- en dichtgaan. Even later was er meer geluid – van stromend water, en opnieuw van de koelkastdeur – en dan ging haar moeder terug naar bed. Marta kwam om zeven uur, in een wit T-shirt met vest en een polyesterbroek met elastiek in de taille, met haar grote bril en haar grijze knotje. Marta was degene die de meisjes hun ontbijt gaf, die hun uniformen inspecteerde, die ervoor zorgde dat ze hun tanden poetsten en die hen naar de bushalte bracht.

Dat was wat haar schooltijd had gedefinieerd: haar moeder, die haar vader adoreerde en weinig tijd had voor Lizzie en Diana; en haar vader, die zo vaak weg was, die feestjes bij de padvinderij, voetbalwedstrijdjes en diploma-uitreikingen miste. Ze had hem er eens op aangesproken. 'Pa,' had ze gevraagd toen ze in de deuropening van zijn werkkamer stond, 'waarom ben je zoveel weg?'

Hij had haar uitgenodigd in de grote leren leunstoel te komen zitten, tegenover zijn bureau, had de deur dichtgedaan en haar serieus antwoord gegeven, alsof ze volwassen was. Hij had haar verteld dat hij voor het volk werkte, en dat werken voor het volk – het

Volk met een grote v – betekende dat hij er minder was voor het kleine volk van wie hij hield. 'Het is heel moeilijk voor me,' had hij tegen haar gezegd. Diana vermoedde dat hij zat te liegen. Ze had de blikken in de ogen van de vaders van haar vriendinnen gezien, hoe sommigen gaapten, of grapjes maakten over scheutjes alcohol in de energiedrankjes die ze tijdens de voetbalwedstrijdjes dronken, of hoe ze tijdens het kerstconcert naar buiten glipten om te luisteren wat de score was, en hoe een van hen zelfs in slaap was gesukkeld en uit zijn vouwstoel was gevallen tijdens het feestje voor de overgang naar groep zeven. Ze nam aan dat wat het ook was dat haar vader in Washington deed leuker was dan toekijken hoe achtjarigen achter een bal aan rennen over een veld, of elk jaar in december luisteren naar hoe ze kerstliedjes zongen (plus dat ene verplichte liedje over Chanoeka); dat het werk van haar vader hem plezierde op een manier waarop zijn dochters hem niet konden plezieren.

Diana had die avond in bed zo lang wakker gelegen dat haar moeder was komen kijken of het wel ging. 'Heb je buikpijn?' had ze met een bezorgde blik in haar ogen gevraagd. Diana zei van niet. 'Maak je je ergens zorgen om?' Diana had haar hoofd geschud. Toen ze weer alleen was, ademde ze de geur van wasverzachter en katoen in en besloot twee belangrijke dingen, stelde twee doelen die haar leven zouden vormgeven. Het eerste was dat ze zo bijzonder zou zijn, zo opmerkelijk, zo'n aanwinst voor haar school, haar team, haar koor en haar familie, dat elke ouder zou wensen dat ze zijn dochter was. Dan zouden haar ouders haar wel móeten opmerken. Dan moesten ze wel van haar houden, dan konden ze niet anders, ertoe gedwongen door de eindeloze stroom van tienen, prijzende woorden van de trainer en al die andere ouders die Diana aanhaalden als voorbeeld van wat ze hoopten dat hun kind zou presteren als het er maar hard genoeg voor zou werken.

Het tweede was dat ze als ze groot was met een man zou trouwen die zich geen zorgen hoefde te maken om het Volk met een grote v, een man die alleen zou zorgen voor het kleine volk van wie hij hield.

Tegen de tijd dat ze haar echtgenoot leerde kennen, tijdens het eerste jaar van haar studie medicijnen, had ze haar eerste belofte al volledig waargemaakt. Ze was een opmerkelijke student, niet omdat ze de slimste of de getalenteerdste was, maar omdat ze harder werkte dan wie dan ook, omdat ze op onmogelijke tijden in de bibliotheek zat, feestjes, toneelstukken en winkeluitjes oversloeg om haar dio-rama's nog een keer te bestuderen, haar verslagen nog eens door te nemen, haar kleding nogmaals te strijken.

Ze zou nooit klein en sexy zijn. Nooit de vlekkeloze huid en het honingblonde haar van haar zusje hebben, of haar aanlokkelijke schattigheid, die alle mannen deed toesnellen om haar te willen beschermen. Ze leek op de kant van de familie van oma Selma: uitgesproken kaaklijn, grote neus, gelaatstrekken waar niets tegen in te brengen was, maar die niettemin niet konden worden omschreven als aantrekkelijk (ze had iemand haar eens 'struis' horen noemen, zoals in: 'Diana Woodruff is een struise vrouw', en had jaren keihard haar best gedaan dat te vergeten). Het hardlopen hield haar BMI binnen de gezonde parameters. Aan haar lengte kon ze weinig doen: ze torende met haar één vijfenzeventig boven sommigen van de mannen uit die als ze niet zo lang was geweest een mogelijke huwelijkskandidaat zouden zijn geweest. En hard werken kon haar grote handen en voeten ook niet kleiner maken, maar ze kon zich wél goed kleden: in donkere, goed gesneden kleding, en ze kon haar dikke lange haar een mooie kleur kastanjebruin verven. Ze ging naar de schoonheidsspecialiste en de manicure, en ze maakte zich altijd op voordat ze de deur uit ging, met zwarte eyeliner, mascara en glanzende crèmekleurige oogschaduw die haar diepliggende ogen groter en helderder deed lijken, en met lippenstift die nog wat wist te maken van haar smalle lippen.

Ze had Gary in een kroeg leren kennen, vlak bij haar flat, die ze was ontvlucht nadat Hal haar de bons had gegeven.

Hal was haar vriendje op Columbia, een lange, bleke, drooggeestige jongen met sproeten die achter in de zaal zat waar het college psychologie werd gegeven waarvoor ze zich had ingeschreven ter compensatie voor al die harde-wetenschapsvakken. Het gerucht ging dat Hal redacteur was van het angstaanjagend grappige ondergrondse tijdschrift dat onregelmatig verscheen en dan op de trap van de Low Library lag. Die is onbereikbaar voor me, had ze gedacht, en ze had reuze haar best gedaan niet te lang naar zijn slungelige lichaam te staren en niet te denken aan hoe zacht die veerachtige haartjes in zijn nek zouden voelen als ze ze zou aanraken. Op een dag na college werd ze door Hal verrast. 'Pardon, Diana,' had hij gezegd. Zijn stem klonk verrassend laag voor iemand die zo mager was, en haar hart sloeg over toen ze hem hoorde spreken, ze had geen idee dat hij wist hoe ze heette! 'Ik heb een voorstel voor je.'

'En dat is?' Ze probeerde cool te klinken, maar haar mond was gortdroog en haar handen dropen van het zweet terwijl Hal uitlegde wat hij bedoelde: ze waren op zoek naar een meisje dat voor een urinoir wilde poseren, als illustratie bij een artikel in het tijdschrift, en had zij daar misschien zin in?

Diana had er hard om moeten lachen. 'Wil je dat ik voor een urinoir ga staan? Waarom?'

'Ironische nevenschikking,' had hij gezegd, waarop ze weer was gaan lachen en ermee had ingestemd. Na de fotosessie, waarbij Hal met samengeknepen ogen in de zoeker van zijn Nikon had gekeken en dingen had gezegd als: 'Kun je misschien iets wanhopiger kijken?', was hij ergens koffie met haar gaan drinken, had hij met zijn vinger het topje van haar neus aangeraakt en had hij met zijn zware stem, die dwars door haar heen resoneerde, gezegd: 'Dat was erg overtuigend.'

Ze had haar hele lichaam door die ene aanraking verhit voelen worden. O, dacht ze terwijl ze hem zonder een woord te zeggen aankeek en iets wat nog het meest op wanhoop leek in haar polsslag voelde versnellen. Ze vond hem leuk op een manier dat ze nog nooit een jongen leuk had gevonden. 'Hé,' had hij gezegd, waarop ze had gevoeld hoe haar gezicht naar hem toe was gedraaid zoals een bloem zich naar de zon draait. Ze kon aan de manier waarop hij naar haar keek zien dat ze zich dit niet inbeeldde; ze wist dat hij haar ook leuk vond. 'Zullen we vrijdag naar de film gaan?'

En zo gemakkelijk, zoals studenten dat deden, werden ze een stel. Ze liepen hand in hand over de campus van Columbia. Na college trokken ze zich terug in zijn kamer in zijn studentenhuis, in een piepklein eenpersoonsbed, waar ze met elkaar vreeën, twee of drie keer achter elkaar, en dan in elkaar gestrengeld in zijn smalle bed in slaap vielen.

Hal kon haar enorm verrassen door haar aan het lachen te maken. Hij kon haar knieën doen knikken door haar alleen maar op de wang te kussen en kon haar doen kreunen door haar alleen maar zacht in haar nek te bijten. Ze waren een stel sinds Halloween in hun laatste jaar en bleven dit gedurende de examens en werkstukken en de wervelwind rond hun afstuderen heen, waarna ze een heerlijke zomer doorbrachten in de Hamptons, aan de kust van Jersey en met picknicks in Central Park, terwijl ze seks hadden waar en wanneer dat maar mogelijk was. Toen ging zij in Philadelphia medicijnen studeren, terwijl hij in New York City was gebleven, waar hij overdag assistent van een advocaat was en 's avonds stand-upcomedian. Ze belden elkaar zes weken lang elke dag, tot zij twee vrije dagen op rij had en de trein naar station Penn nam, bewapend met zink en vitamine c tegen de verkoudheid waarover hij had geklaagd.

In plaats van haar mee te nemen naar zijn appartement, waarover ze had gehoord, maar dat ze nog niet had gezien, liep Hal met haar naar een pizzatent, ging met haar aan een tafeltje achterin zitten, snoot zijn neus in een papieren zakdoekje, pakte haar handen vast en zei dat het voorbij was.

'Maar... wat is er dan gebeurd?'

'Dat weet ik niet precies.' Hal zag er getergd, bleek en uitgeput uit. 'Ik voel me niet meer hetzelfde. Alsof mijn hersenen zijn veranderd. Misschien komt het door de verdovende middelen.'

Haar hart sloeg over. 'Ben je aan de verdovende middelen?' O god, dacht ze, en haar geest haalde zonder dat ze daar zeggenschap over had al alle beelden omhoog van de nachten dat ze Lizzie had aangetroffen, kotsend of buiten bewustzijn, en van de tripjes naar het afkickcentrum en de therapiesessies met goedbedoelende therapeuten in opleiding met zoetgevooisde stemmen.

'Je weet dat ik aan de medicijnen ben.' Hal begon nu ongeduldig te klinken. 'Neusspray en hoesttabletten.'

Diana staarde hem aan terwijl haar fantasieën over hoe ze zichzelf zou dwingen zijn hand vast te blijven houden als hij zou opbiechten wanneer hij voor het eerst wiet had gerookt, als sneeuw voor de zon verdwenen. 'Zijn je gevoelens voor mij veranderd omdat je neusspray gebruikt?' Hij speelde met zijn pizzakorst en gaf geen antwoord. 'Ik weet dat ik nog niet zo heel lang medicijnen studeer, maar dat lijkt me onwaarschijnlijk.' Ze wachtte tot hij zou gaan lachen, maar dat deed hij niet, dus toen zei ze: 'Ik zou me wel iets beter voelen als het tenminste iets illegaals was waardoor je niet meer van me houdt. Want dat is er aan de hand, toch?' Ze was even stil, zodat hij kon gaan zeggen dat hij nog wél van haar hield, maar Hal hield zijn mond. 'Dus je houdt niet meer van me,' concludeerde Diana. Ze had het gevoel dat haar lichaam in elkaar zakte, alsof ze verschrompelde. Ze had in Manhattan medicijnen moeten gaan studeren. Dan had ze hem vaker kunnen zien. Ze had...

Hal staarde naar de vloer. 'Ik zal er altijd voor je zijn.'

'Ik zal er altijd voor je zijn,' gooide Diana naar hem terug. 'Het officiële motto van Dumpdorp. Bevolking: ik.' Hal huiverde. Samen naar *The Simpsons* kijken was een van de dingen die ze graag deden, en normaal gesproken zou hij zich gek lachen om een dergelijke grap. Maar hij zag er nu alleen maar verdrietig uit.

Diana stond op en liep met opgeheven hoofd naar de deur. Het lukte haar om tijdens de metrorit en de wandeling naar het appartement van haar ouders niet in te storten. In haar slaapkamer kwamen de tranen, en daarmee haar besluit. Hal was haar eerste echte vriendje geweest, haar eerste echte liefde, en hoewel ze nooit het soort meisje was geweest dat zat te dagdromen over een witte jurk en een huwelijk, had ze zichzelf wel gezien als jonge bruid en jonge moeder, en had ze zich voorgesteld hoe het zou zijn om met Hal samen te wonen, kinderen met hem groot te brengen en samen met hem oud te worden.

Terug in Philadelphia ontdeed Diana haar kamer van alles wat haar aan haar ex-vriendje deed denken. De boeken die hij haar had gegeven, de truien en boxershorts die hij onder haar bed in haar studentenhuis had achtergelaten, de valentijnskaart die ze achter de lijst van de spiegel had gestoken, alles verdween in een enorme vuilniszak, die ze met een dubbele knoop dichtbond en bij de deur zette.

Dit kon ze niet nog een keer aan. Geen romantiek meer, ze liet zich niet meer dumpen om vervolgens met een gebroken hart achter te blijven. Geen jongens meer als Hal, die haar zoenden alsof ze verdronken en haar mond de laatste hap lucht op de hele wereld bevatte. In ieder geval geen mannen zoals haar vader, aantrekkelijk en charismatisch, die van hun vrouw verwachtten dat ze hen volgde als een sektelid en haar leven aan dat van hem aanpaste. Dat nooit.

Ze ademde diep in, liep naar de slaapkamer, deed haar haar en make-up en wrong zich in een nauwsluitende zwarte jurk. Ik ga me bezatten, bedacht ze terwijl ze haar voeten in haar strakke pumps stak en de deur uit marcheerde.

Op de hoek van de straat was een kroeg, en aan de bar zat een jongen, een lange vent, net zo lang als haar vader, die zijn gesprek met de barman afbrak en zich omdraaide om naar Diana te kijken, die haar eerste glas witte wijn achteroversloeg. 'Hoi,' zei hij terwijl ze aan haar tweede glas begon. 'Gaat het een beetje?'

'Prima.'

'Gary.' Toen ze hem net had gezien had ze heel onaardig gedacht dat hij een gezicht als een elleboog had, een en al onaangename hoeken, kleine, modderige oogjes en een scherpe, grote neus. Zijn lichaam, onder zijn overhemd, zag er al even benig en onaantrekkelijk uit. Maar toen bekeek ze hem vriendelijker. Hij lachte lief. Hij had een mooi, wit gebit en een vriendelijk gezicht. Hij duwde een biljet van twintig dollar over de bar, wat al beter was dan wat Hal ooit had gedaan, die er altijd op had gestaan dat ze van alles allebei de helft betaalden. Dus dronk ze nog meer wijn, glimlachte naar hem en dacht: Hal kan de pot op, hij had haar sowieso niet verdiend; Hal, die ze eens had horen zeggen: 'Diana heeft grotere ballen dan ik', waarvan het vervelendste was dat hij het had gezegd terwijl hij wist dat ze het kon horen, en op een toon die suggereerde dat ze niet gekwetst zou zijn als dat het geval was.

Gary, ving ze op door het steeds ondoordringbaardere waas, deed iets met informatica voor een farmaceutisch bedrijf in Philadelphia. Hij vertelde grappige verhalen over het goedkeuren van televisiereclames over middelen tegen erectiestoornissen zonder het woord 'erectie' of 'stoornis' in de mond te nemen omdat was gebleken dat mannen zich bij deze woorden ongemakkelijk gingen voelen. Hij had al dezelfde baan sinds hij was afgestudeerd aan zijn economieopleiding, en toen ze hem vroeg of hij die leuk vond, haalde hij zijn schouders op en zei: 'Ze noemen het niet voor niets werk.' Niet al te ambitieus, had ze bedacht terwijl hij nog een drankje voor haar bestelde. Maar dat was alleen maar goed, want zij had ambitie voor twee. Misschien nog wel voor meer. Dat had Hal wel duidelijk gemaakt.

Ze waren uiteindelijk de laatsten die nog in de bar zaten en Gary trok haar net voor de laatste ronde tegen zich aan en begon haar te zoenen, waarbij hij zijn smalle lippen duidelijk op haar mond richtte, maar haar voornamelijk op haar neus raakte. Toen ze giechelend de straat op tuimelde, bijna zoals Lizzie dat zou doen, bedacht Diana dat dit was wat gewone meiden voelden: haar studiegenoten, die jongens oppikten alsof ze kleren gingen passen. Dit was normaal, dit was leuk, dit was een onschuldige manier om over Hal heen te komen, om zich aantrekkelijk en vrouwelijk te voelen in plaats van een kreng met grotere ballen dan haar vriendje.

Gary woonde in Society Hill, in een appartement aan Pine Street, waar hij op een matras op de vloer sliep in een kamer met kale muren. Hij hield haar hand stevig in de zijne (die bezweet was) terwijl hij haar de trap op leidde, en staarde haar vol ontzag aan terwijl ze haar zwarte jurkje uittrok en naar hem toe gooide. 'O god,' kreunde hij. 'Wat ben je geil!' Ze bedacht beneveld dat hij als een veertienjarige klonk die zijn eerste seksblaadje bekijkt. Ze lag al snel op de matras, waar ze minder dan twee uur nadat ze elkaar hadden ontmoet hun liefde consummeerden tijdens een interval van tien minuten dat eindigde met een hijgende Gary, met een rood aangelopen gezicht en zijn kippenborst bedekt met zweet, en Diana, die plat op haar rug lag en bedacht dat het net was of ze bij de tandarts zat: ze voelde zich een tikje aangerand, hier en daar een beetje beurs, en opgerekt op plaatsen waar ze normaal gesproken niet werd opgerekt, maar niets wat een lekkere pijnstiller niet kon oplossen.

Nou, dan was de seks niet geweldig, bedacht ze terwijl ze kusten, waarbij neuzen en tanden botsten en zweet van zijn voorhoofd op haar borsten druppelde ('Sorry!' had hij geroepen, en hij had haar afgeveegd met een kussensloop). Gary had zijn vingers in haar gepropt alsof hij de laatste olijf uit een potje probeerde te vissen, en zijn zoenen waren de droge kusjes van een vrijgezelle oudtante. Maar de avond had zijn doel gediend. Toen het voorbij was en ze tegen hem aan lag, keek Gary haar met zijn warme, lichtbruine ogen en een heel klein beetje speeksel in zijn mondhoek aan. 'Dat was ongelooflijk,' zei hij. Diana kon niets van onoprechtheid in zijn stem of blik bespeuren. Dus misschien was het geweldige seks voor hém. Misschien was dit wel voor iederéén geweldige seks en was er iets mis met haar. Hoe dan ook, ze moest eens ophouden met zoveel nadenken... ook zo'n eigenschap van haar waarover Hal niet te spreken was geweest.

Gary liet zijn hand over haar buik glijden en rukte, niet bepaald een aangenaam gevoel, aan haar schaamhaar. 'En wat kan ik voor jou doen?'

Iemand anders worden? kon Diana zich er niet van weerhouden te denken. Kun je Hal worden? Ze duwde de gedachte weg en leidde Gary met haar eigen vingers, liet hem zien wat hij moest doen, waarbij het uiteindelijk lukte om een kriebelig gevoel te produceren waarvan ze aannam dat het, in ieder geval technisch gezien, een orgasme was.

Nou, dat was dan mijn eerste onenightstand, dacht ze terwijl ze haar jurk aantrok en Gary lag te snurken.

Toen ze die nacht om drie uur over straat liep, met haar panty in haar zak en op zoek naar een taxi, ging ze ervan uit dat ze Gary nooit meer zou zien. Dat je de man in kwestie nooit meer zag was hoe dit soort avonden voor haar meeste vriendinnen eindigde, waarbij beide partijen een gebroken hart werd bespaard. Hij had naar haar verlangd, en dat was waar het om ging.

Toen Gary haar de volgende dag nadat hij haar nummer had gevonden belde, en haar de dag daarna roze tulpen stuurde, had dat haar verrast en gecharmeerd. Hij maakte haar het hof. In al haar vorige relaties was zij altijd degene geweest die het meest van de ander hield. Misschien zou ze Gary toch eens uitproberen en zien hoe het was om je aan de andere kant te bevinden, om degene te zijn naar wie werd verlangd, degene die werd versierd. Haar hart ging niet sneller kloppen van Gary, met zijn kippenborst en loopneus, maar Diana bedacht dat ze in haar werk met genoeg te snel kloppende harten werd geconfronteerd. En ach, dan vond ze zijn kussen minder dan betoverend – had ze de eerste keer dat ze zijn tong tegen de hare had gevoeld zelfs een tikje weerzinwekkend gevonden – er waren belangrijkere dingen in het leven dan zoenen. Bovendien was ze met hem naar bed geweest. Diana had in totaal met maar drie andere mannen gevreeën: Hal, haar grote liefde; Craig, op zomerkamp; en Paolo, een uitwisselingsstudent met wie ze in haar tweede jaar aan Colombia een halfjaar iets had gehad, die de vervelende eigenschap had gehad erna pardoes in slaap te vallen (en bij een paar vernederende gelegenheden zelfs tijdens). Seks had betekenis voor Diana; dat ze seks met iemand had gehad betekende dat ze hem niet kon wegleggen als een boek waaraan ze was begonnen en dat ze niet wilde uitlezen.

Ze zag Gary dat najaar en die winter, nam hem het volgende voorjaar mee naar huis, met Pesach, om de familie te leren kennen. Ze herinnerde zich nog hoe ze aan de tafel in haar moeders eetkamer had bedacht: deze gaat nooit meer bij me weg. Het was een geruststellend idee. Het was ook een prettig tegenwicht tegen de gedachte die ze een paar seconden daarvoor had gehad: hij is niet bepaald 's werelds slimste.

Maar dat was natuurlijk helemaal niet waar. Domme mensen gingen niet eerst naar Penn, en vervolgens naar Rutgers, waar Gary zijn master in economie had behaald. Ach, dan zag hij er in bepaalde hoeken wat sukkelig uit, wanneer zijn mond een beetje openhing en zijn ogen groot en glazig stonden, alsof hij een heel moeilijk woord moest spellen, ach, dat was gewoon een kwestie van botstructuur en genen. Hij was betrouwbaar, hij hield van haar, en hij zou haar nooit verlaten... en zij was niet zo wanhopig, blind verliefd op hem dat ze haar eigen doelen, dromen en zichzelf voor hem zou opgeven, zoals haar moeder dat had gedaan.

Sylvie had de hele maaltijd door een cateraar laten regelen, en Gary, die nog nooit gefilte fisj had gegeten, at een heel stuk en vroeg zelfs om een tweede. Toen het tijd was om af te ruimen, was hij zo ongeveer opgesprongen om de restjes in tupperwarebakjes te schuiven, vegen en schrapen. 'Hij lijkt me een aardige jongeman,' had Diana's vader gezegd voordat hij in zijn werkkamer was verdwenen voor een telefoontje met het hoofd van de Wetgevingscommissie, heel typerend nagestaard door Diana's moeder, die niets tegen haar oudste dochter had gezegd behalve: 'Als jij gelukkig bent, ben ik dat ook.'

De middag daarna, op een heerlijk zachte aprildag, was Gary met haar naar de campus van Columbia gelopen, waar ze tijdens de paasvakantie was uitgenodigd voor een alumnilunch. Ze wilde hem net een afscheidskus geven en het hek aan Broadway door lopen toen ze een bekende figuur aan de overkant van de straat zag: Hal, hand in hand met een langbenige blondine. Diana voelde haar hart versnellen. Ze kende Hal zo goed, al zijn gebaren en gezichtsuitdrukkingen, en ze zag aan zijn lichaamstaal dat hij probeerde te beslissen of hij haar zou begroeten of gewoon zou doorlopen. Haar eerste impuls was Gary aan zijn arm mee de campus op te trekken, te doen alsof ze haar ex, die haar zo wreed had gedumpt, niet zag, maar tegen de tijd dat ze haar arm naar Gary uitstrekte, stak Hal de straat al over, terwijl hij riep: 'Hé, Diana!'

Iedereen werd ongemakkelijk aan elkaar voorgesteld terwijl de twee stellen op de stoep stonden tussen een hotdogkar en de bakstenen muur die begroeid was met klimop en die de campus van de straat scheidde. 'Dit is Maeve,' zei Hal. Diana nam haar in zich op: spijkerbroek met rechte pijpen, strak bloesje, dure bril en een paar gympen in jarenzeventigstijl. Studente, nam ze aan, een theorie die werd bevestigd toen Maeve vertelde dat ze dat najaar zou worden aangenomen voor een masteropleiding. Diana keek naar Hal, in zijn nonchalante korte broek, rockband-T-shirt en gympen, en dacht: er zal wel geen vrouw met een baan zijn die met hem uit wil. Toen verschrompelde haar bravade, en haar hart kromp ineen terwijl ze zich afvroeg of hij Maeve met dezelfde woorden had ingepalmd als haar destijds, of hij op haar ook op de trap van de bibliotheek had liggen wachten en de woorden 'ironische nevenschikking' had gebruikt.

Maeve strengelde haar vingers in die van Hal. Diana gaf Gary een arm, zich ervan bewust hoe goed, solide en volwassen hij eruitzag in zijn bandplooibroek en overhemd; hoe hij, in tegenstelling tot Hal, zijn kinderdingen achter zich had gelaten. Hij was een man, dacht ze; een man, geen jongen. En direct achter die bewustwording aan kwam er nog een: ik kan zorgen dat dit gaat werken. De chemie tussen hen was dan niet geweldig, maar hoe belangrijk was chemie, naast verenigbaarheid, volwassenheid en twee volwassenen die op zoek waren naar hetzelfde? Ze kon met hem trouwen, bedacht ze, en zich aan haar schema houden: de bruiloft als ze drieëntwintig was en een jaar daarna een baby.

'Je ziet er goed uit,' zei Hal met lage stem tegen Diana.

'Jij ook.' Nu ze bedacht had wat ze wilde, kon ze wel aardig zijn. 'Hoe is het leven als stand-upcomedian?'

Dat was, zo bleek, niet geweldig. Hal probeerde optimistisch te klinken en sprak vage woorden over mogelijke kansen, over een vaste klus die hij ergens had binnengesleept en een script dat hij aan het schrijven was, maar Diana dwong hem al snel om toe te geven dat hij nog steeds zijn geld verdiende als advocaatsassistent en nog steeds met vijf huisgenoten in een flatje met twee slaapkamers in een achterbuurt van Harlem woonde... en natuurlijk dat hij nog steeds uitging met studentes.

'Leuk je te zien,' zei ze, en toen pakte ze Gary's hand en legde uit dat ze werd verwacht op een alumnilunch, waarna ze haar vingers door die van Gary strengelde en hem stralend een zoen gaf. Zijn lippen waren nog steeds te dun en zijn mond veel te nat, maar dat maakte niet uit. Ze had een besluit genomen. Diana zou zich op Gary en hun huwelijk gaan storten (dat hij misschien niet met haar zou willen trouwen kwam niet eens in haar op), en als zij zich ergens op stortte lukte dat, net als op school en met sport. Dus dit ging ook lukken.

'Gaan jullie trouwen?' vroeg Lizzie. Dat was in augustus, vlak voordat Diana weer naar school ging en Lizzie een weekend in Philadelphia was. Diana en Gary hadden haar meegenomen naar hun favoriete brunchcafé en daarna naar het Museum of Art, waar Lizzie zich zichtbaar verveelde, gevolgd door het Mütter Museum voor medische curiosa, waar Lizzie uren had rondgelopen en foto's had gemaakt van syfilitische schedels en close-ups van de tweeduizend verschillende objecten die bij mensen uit hun keel waren gevist.

'Wie weet,' had Diana geantwoord terwijl ze met haar rug naar haar zusje ging staan, haar beha loshaakte en die via de mouwen van haar blouse uittrok.

'Vind je hem leuk?' Lizzies ongeloof was duidelijk als de geur van sandelhout en wiet waarmee haar kleding was geïmpregneerd.

'Ja,' zei Diana terwijl ze haar haar in een knot op haar hoofd deed.

Lizzie tuurde op het schermpje van haar digitale camera en richtte op het plafond. Haar blonde haar lag als een waaier over de beddensprei. 'Waarom?' vroeg ze.

Diana zuchtte. 'Omdat het een goede man is.'

'Hij is saai,' zei Lizzie, die haar oordeel kracht bijzette met de klik van de sluiter.

'Omdat hij niet stomdronken aan tafel zit of oma's zilver steelt?'

Lizzie friemelde aan de lens en maakte een foto van de rozet aan het plafond. 'Saai,' herhaalde ze terwijl ze de camera op Diana richtte en haar oordeel nogmaals met een klik bevestigde.

Diana draaide zich weer van haar af. Ze haatte het om gefotografeerd te worden, haatte hoe massief en overweldigend ze eruitzag door Lizzies ogen en lens. Ze overwoog haar zusje te vertellen dat zij het zich, in tegenstelling tot Lizzie, niet kon veroorloven om kieskeurig te zijn, dat zij nooit een dozijn verschillende jongens zou hebben om uit te kiezen. Als ze hard werkte, in de sportschool en voor de spiegel, waar altijd wel iets was te epileren, waxen of exfoliëren, vond Diana zichzelf acceptabel: een zesenhalf. Lizzie zag er als ze helemaal niets deed al uit als een bosnimf, een rondborstig elfje dat was gemaakt om in een toga en een kroon van laurierbladeren rond te huppelen en lier te spelen op een bergtop. Diana zag er, zo had haar uitwisselingsstudent eens gezegd, uit als de godin Diana, Diana de jaagster, geboren om er met pijl en boog over haar brede schouders op uit te gaan en iets te vermoorden voor het avondeten.

Lizzie legde haar fototoestel neer, rolde op haar zij en gooide haar haar over haar schouder. 'Hij praat met consumptie.'

Diana zuchtte. Dat wist ze. Je kon geen vijf minuten met Gary doorbrengen en dat níet weten. 'Daar kan hij niets aan doen,' zei ze terwijl ze haar pyjamabroek aantrok. 'En je had trouwens wel iets subtieler mogen doen.' Gary had Lizzie tijdens de bananen-ricottatoast en spinazie-blauwe-kaasfrittata gevraagd waar Lizzie wilde gaan studeren, waarop ze haar servet naar haar gezicht had gebracht en haar wangen demonstratief had afgeveegd voordat ze daar antwoord op had gegeven.

Haar zusje maakte een snuivend geluid. Lizzie was een geweldige snuiver. Ze kon ermee wegkomen. Als Lizzie minachtend snoof, klonk het aanlokkelijk. 'Subtiel?' vroeg ze. 'Ik verdronk bijna. Hoe kun je hem nou leuk vinden? Hij is...' Ze vormde met duim en wijsvinger een L en plaatste die tegen haar voorhoofd: een loser.

'Hij is aardig,' zei Diana, die voelde dat haar gezicht heet werd en maar hoopte dat Lizzie het niet over Gary's uiterlijk zou gaan hebben. Hij had lieve bruine ogen, een goed gebit, dik, donker haar, en hij was lang, maar zijn gezicht bestond uit onplezierige en agressieve hoeken, en zijn lichaam was benig en niet aanlokkelijk.

'Saa-haai,' herhaalde Lizzie nog een keer, en ze pakte haar camera weer. 'Ik vond Hal veel leuker.'

Diana draaide zich van de lens af. 'Hal,' zei ze gespannen, 'heeft zijn eigen leven.' Ze stapte naast haar zusje in bed, rolde op haar zij en sloot haar ogen.

Misschien was liefde hoe dan ook wel een mythe, een brouwsel van hormonen en fantasie, de manier waarop de evolutie mannen en vrouwen lang genoeg samenbrengt om zich voort te planten, in de tijd dat meisjes op hun twaalfde zwanger werden en dan de daaropvolgende twintig jaar zwanger of zogend waren, om vervolgens op hun veertigste te sterven aan de pest. Zij probeerde iets veel realistischers te bereiken dan ware liefde: een man met wie ze dat partnerschap kon hebben waarnaar ze zo had verlangd, al die jaren dat ze had liggen luisteren hoe haar vader 's ochtends vroeg stilletjes het huis verliet en 's avonds laat weer thuiskwam, terwijl haar moeder fluisterde en troetelde, en hoe ze alleen oog had voor haar echtgenoot. Zij zou een man vinden die van haar zou houden en haar zou respecteren als gelijke en partner; een man die van haar zou houden en haar nooit zou verlaten, een man, in tegenstelling tot haar vader, die haar niet een ring zou geven om haar vervolgens de daaropvolgende tien, twintig, dertig jaar alleen maar dingen af te nemen, kleine stukjes van haar af te breken, haar zelfvertrouwen en onafhankelijkheid weg te schaven tot er niets van haar over was behalve een huls in een mantelpakje.

Ze zou één kind krijgen, hopelijk een meisje. Ze zouden elke zomer een week op vakantie gaan aan het strand, en dan zou haar dochtertje haar hand vasthouden en blijven staan om drijfhout, schelpen en zeeglas te bewonderen. Ze zouden in een gezellig huis met een open haard en een achtertuintje wonen. En natuurlijk een echtgenoot: iemand die zijn popcorn met je deelde in de bioscoop, die met Thanksgiving de kalkoen sneed, die kerstversiering ophing, die je kuste met oud en nieuw, die haar zou helpen (morbide, maar onontkoombaar) als haar ouders aftakelden en uiteindelijk stierven, want Lizzie zou dan ongetwijfeld in geen velden of wegen te bekennen zijn. Toen Gary haar zijn aanzoek had gedaan, waarbij hij een doosje van de juwelier uit zijn zak had gehaald en had gevraagd: 'Wil je voor altijd mijn meisje zijn?' had Diana hem de ring om haar vinger laten duwen en had ze 'ja' in zijn oor gefluisterd. Ze zei tegen zichzelf dat ze exact het leven zou hebben dat ze wilde, ook al was hij niet exact de man over wie ze had gedroomd.

Tegen de tijd dat ze arriveerde in hun rijtjeshuis van rode baksteen, nog nasmeulend van wat ze die middag over haar vader had gehoord, was haar shirt volledig doorweekt van het zweet en had ze een rood aangelopen gezicht. Het was koel en stil in de woonkamer, de televisie stond uit, Milo's lego was keurig opgestapeld in een hoek en de leren bank die Gary had meegenomen toen ze gingen trouwen was schoongeveegd. De kamer zag er nog steeds uit of hij niet klaar was, met de kale muren en de vrijwel lege inbouwboekenkasten. Diana had grootse plannen: ze wilde die prachtige blauw-witte Chinese vaas uit die antiekwinkel aan Pine Street; en die sprei van alpacawol die ze ergens anders had gezien, als een zachte grijze wolk, perfect voor over de bank; aan de muren zouden uitvergrotingen komen van zwart-witbaby- en -peuterfoto's van Milo die ze al zo lang wilde laten inlijsten en ophangen. Tot dusverre lukte het haar niet om de tijd en het geld vrij te maken om te verhelpen dat de woonkamer, en eigenlijk het hele huis, eruitzag alsof ze de week daarvoor waren verhuisd. 'Kunnen we niet gewoon een paar stoelen kopen?' had Gary gevraagd. 'Moeten we echt aan een vouwtafel eten?' Diana had geduldig uitgelegd dat als ze zo veel geld gingen uitgeven, ze precies de goede dingen wilde hebben. Ze wilde niet lukraak de eerste de beste tafel aanschaffen en zomaar wat aan de muur hangen (of nog erger: Gary's poster van de Phillies nadat ze de World Series hadden gewonnen).

Milo en Lizzie waren boven. Diana hoorde water in de badkamer stromen en hoe haar zoon lachte terwijl Lizzie hem uit zijn kleren en in bad lokte. Gary was er godzijdank niet. Ze voelde zich ontspannen terwijl ze haar tassen neerzette en de trap op liep in de wetenschap dat ze een kwartiertje voor zichzelf had om zich voor te bereiden op haar etentje, Gary en de rest van de wereld.

Lizzie

ZE WAS EIND JUNI CLEAN EN NUCHTER VERKLAARD EN VRIJGELATEN UIT dat centrum in Minnesota. Er had om twaalf uur 's middags een taxi staan wachten om haar naar het vliegveld te brengen. Lizzie had het grappig gevonden te ontdekken dat afkickcentra officiële checkouttijden hadden, net als hotels. Ze had in de wachtruimte van Northwest gezeten tot haar vliegtuig van vijf uur werd omgeroepen. Ze voelde zich zichtbaarder dan ze zich in jaren had gevoeld, hoewel ze wist dat ze er in haar lange rok met slippers, haar strakke topje en spijkerjack niet anders uitzag dan de andere jonge vrouwen in de wachtruimte, degenen die op weg waren naar hun grootouders of naar een zomerbaantje. Dat was wat drugs deden, of in ieder geval pijnstillers, haar grootste zwakte: als ze die slikte, was ze aanwezig maar afwezig, zichtbaar maar onzichtbaar. Nu ze zo in die wachtruimte zat, met haar benen over elkaar in een zwart plastic stoeltje met haar camera op schoot, voelde ze zich aanweziger dan ze zich ooit had gevoeld; alsof ze een reuzin was, alsof iedereen naar haar staarde, alsof ze een enorme tatoeage op haar voorhoofd had, die niemand kon missen, een rode v van verslaafde.

Ze had gedacht dat ze naar huis zou gaan, naar het appartement van haar ouders in New York City. In plaats daarvan had haar zus er met tegenzin mee ingestemd haar voor de zomer in te huren. Het plan, gegarandeerd bekokstoofd door haar moeder, was dat Lizzie op Milo zou passen, maar Lizzie wist hoe het echt zat: haar ouders wilden dat grote zus Diana op háár zou passen. Lizzie zou dagelijks van acht uur 's ochtends tot zes uur 's avonds voor Milo zorgen, maar niet op dinsdag en donderdag, want dan werkte Diana niet. Ze zou tien dollar per uur betaald krijgen voor haar diensten. 'Weet je,' zei Lizzie toen ze Diana aan de telefoon had, 'het standaardtarief ligt veel hoger dan dat.'

'Daarvan ben ik me bewust,' zei Diana op haar afgemeten, snauwerige toon. Er klonken ziekenhuisgeluiden op de achtergrond en haar pieper ging af. 'Maar het is inclusief kost en inwoning. En ik denk niet dat je op de open markt hetzelfde betaald zou krijgen. Gezien je achtergrond.'

Gezien je achtergrond. Natuurlijk zou Diana altijd een manier vinden om haar daaraan te herinneren, ze zou altijd een manier vinden om haar misstappen duidelijk op de voorgrond te plaatsen en de hiërarchie helder te houden. 'Prima,' zei Lizzie, en ze hing op. Ze had haar spullen gepakt, afscheid genomen van de staf en de enige therapeut aan wie ze wat had gehad. Ze had haar laatste middag in het centrum foto's gemaakt met haar geliefde Leica-camera, een cadeau van haar ouders voor haar eenentwintigste verjaardag. ('Je moet er wel goed voor zorgen,' had haar vader gezegd, op een toon die insinueerde dat ze dat niet zou doen.) 'Waarom wil je hier foto's maken?' had een van de andere cliënten gevraagd terwijl Lizzie door de zoeker naar het gehavende metaal van de deurloze douchehokjes tuurde. 'Alles is hier spuuglelijk.' Lizzie had haar schouders opgehaald en had niet de moeite genomen uit te leggen dat ze zocht naar waar alle fotografen naar zoeken: niet naar schoonheid, dat was gemakkelijk, maar naar waarheid.

Ze had foto's gemaakt van de therapieruimte met de vloer vol brandvlekken van sigaretten, van het smalle matrasje vol vlekken waarop ze had geslapen, van het vermoeide gezicht van een verpleegster in de schuine stralen licht die door de luxaflex schenen terwijl ze pillen in papieren bekertjes uitdeelde. En toen was ze Minnesota uit gevlogen, en Gary, haar zwager, had haar in Philadelphia van het vliegveld gehaald. Aan zijn gezicht te zien was Lizzie de laatste die hij in huis wilde hebben om voor zijn zoon te zorgen. Ze begroette hem opgewekt, dwong zichzelf zelfs zich naar hem toe te buigen en hem op de wang te kussen, maar Gary zei nauwelijks iets terwijl hij haar tassen achter in zijn bestelbusje zette en haar naar het rijtjeshuis aan Spruce Street reed, een paar straten van het ziekenhuis waar Diana werkte.

Lizzie was vastberaden geweest haar grote zus te bewijzen dat ze geen mislukkeling was; dat ze een verantwoordelijke volwassene was die haar slechte periode achter zich had gelaten. Ze had zich voorbereid met boeken en had websites gemarkeerd, ze had lijsten van musea aangelegd, en van activiteiten die geschikt waren voor kinderen van Milo's leeftijd. Ze had aangeboden een familieportret van hen te maken, of een serie foto's van Milo die met zijn vriendjes speelde, iets wat haar zus aan haar kale muren kon hangen. Maar dat vond Diana niets. 'We hebben met kerst een professionele familiefoto laten maken,' had ze gezegd. En voor zover Lizzie kon zien had Milo, die het huis niet verliet zonder zijn muts op zijn hoofd en zijn insectengids in de hand, geen vriendjes. Hij was ook niet geïnteresseerd in Lizzies voorstel om naar het Japanse theehuis in Fairmount Park te gaan, of naar dat museum waar je alles mocht aanraken, het Franklin Institute of het overdekte zwemparadijs in Cherry Hill, en hij ging niet in op haar poging hem om te kopen door hem aan te bieden dat hij foto's met haar toestel mocht maken. Het enige wat Milo wilde was binnen blijven in de airconditioning en *Het leven van een loser* en *De avonturen van kapitein Onderbroek* lezen. Af en toe waagde hij zich naar de hoek van de straat, waar hij dan op zijn hurken voor een boom ging zitten, op zoek naar insecten.

Nadat ze Milo een week had gadegeslagen, die gekleed ging in een korte broek, T-shirt en een skimuts met oorflappen en de hele dag op de bank lag te lezen, en ze wachtte tot hij een bord vies zou maken zodat ze hem even alleen kon laten om het af te wassen, was hij overeind gaan zitten en had haar verlegen aangekeken. 'Tante Lizzie,' fluisterde hij. 'Denkt u dat we...' Hij keek eerst links van zich en toen rechts, '...televisie kunnen kijken?'

'Natuurlijk,' zei ze, en ze vroeg zich af waarom die vraag nu pas kwam. Milo begon te joelen en rende naar de keuken. Hij kwam terug met een krukje, dat hij naar het televisiemeubel sleepte. Hij klom erop, ging op zijn tenen staan en trok de afstandsbediening van de bovenste plank in de kast, waar die duidelijk voor hem lag verstopt.

Dat merkte Lizzie met groeiende bezorgdheid op, en ze probeerde zich te herinneren wat Diana, op een van die vele pagina's instructies die ze Lizzie had gegeven, had geschreven over de televisie. Ze bladerde door het vijf bladzijden tellende gealfabetiseerde document, maar na SLAPEN (twee boekjes lezen, licht uit om halfnegen en een kwartier later even controleren of hij sliep) en SNACKS (alleen biologisch, liefst groente of fruit en absoluut niets waar maïsstroop met een hoog fructosegehalte in zat, wat nergens op sloeg, want Marta had hun tot ze naar de middelbare school waren gegaan elke middag Little Debbie-cakejes gevoerd en daar was niets mis mee, tenminste niet als het om dik worden ging) trof ze geen TELEVISIE aan, dus dan kon ze het maar beter aan de bron vragen. 'Hé Milo,' vroeg ze. 'Mag je eigenlijk wel televisiekijken?'

Zijn gezicht betrok. 'Dertig minuten beeldscherm per dag, en het moet educatief zijn.'

'Aha.' Lizzie trof de instructies aan onder BEELDSCHERMTIJD en zag dat hij gelijk had. Wat je reinste hypocrisie was. De buis stond aan vanaf het moment dat die walgelijke Gary het huis betrad tot het moment dat hij naar bed ging, en met een volume dat je zou denken dat er een tachtigjarige zat te kijken. 'Heb je vandaag al, eh, beeldschermtijd gehad?'

Hij beet op zijn onderlip. 'Ik heb het Rekenspel gedaan op mijn leercomputer.'

Daar dacht Lizzie even over na. Een rekenspelletje. 'Weet je wat? Je mag nu een kwartier televisiekijken en dan gaan we morgenochtend vroeg meteen naar het park.'

Milo kneep zijn ogen half dicht. 'Afgesproken.' Hij bleek verrassend behendig met de ingewikkelde installatie van zijn ouders en zette met de afstandsbediening een hele verzameling schermen en speakers aan. Lizzie en hij zaten even later lekker op de bank naar iets te kijken wat *Yo Gabba Gabba!* heette, een kleurrijk kinderprogramma waarover Lizzie besloot dat het moest zijn geproduceerd door een stel knetterstonede pubers (en zij kon het weten).

'Wie is dat?' Ze tuurde naar de televisie, waar een magere zwarte man, in het oranje gekleed en met een hoge bontmuts op zijn hoofd, over het scherm huppelde en een zilverkleurige boombox opende.

'DJ Lance Rock!' riep Milo, die daarbij meer enthousiasme toonde dan tijdens haar gehele verblijf tot dusverre. DJ Lance Rock trok een aantal poppen uit een koffer: een roze met een strik om het hoofd, een robot en iets wat eruitzag als een groene bol breiwol met rubberachtige armen en benen.

'Dat is Foofa,' zei Milo, en hij wees naar de pop. 'En dat zijn Plex en Brobee.'

'Jezus,' zei Lizzie toen er een rode, geribbelde rubberen pop op het beeldscherm begon te dansen. 'Dat lijkt wel een dildo!'

Milo begon te giechelen. 'Wat is een dildo?'

'Eh.' Dit avontuur was misschien toch niet zo'n goed idee geweest. 'Dat is iets voor volwassenen. Hé, kijk je wel eens Sesamstraat?'

'Dat is voor baby's,' zei Milo terwijl de poppen, die ineens op magische wijze levensgroot waren geworden, dansend een liedje zongen over delen. 'Dildo, dildo, dildo,' zong Milo zacht, en Lizzie begon te giechelen... ze kon er niets aan doen.

'Eh, Milo?' vroeg ze toen het haar was gelukt te stoppen met lachen. Haar neefje keek naar haar op, een en al onschuld, vertrouwen en muts met een nepbontrandje, en Lizzie besloot dat hoe moeilijker zij zou gaan doen over het verboden woord, des te meer hij het waarschijnlijk zou gaan roepen. 'Niks,' zei ze. 'Laat maar.' Ze liet hem voor de televisie achter en liep naar de keuken om eten voor hem te gaan maken: biologische kipnuggets die Diana haar in de vriezer had laten zien, reepjes rode paprika, een trosje witte druiven en een halve zoete aardappel, die ze kookte in de magnetron en vervolgens prakte met boter en kaneel. Ze legde alles op een bord, pakte een placemat en een servet en complimenteerde zichzelf met hoe leuk het er allemaal uitzag. Milo was halverwege zijn maaltijd toen de deur openvloog en Diana binnen kwam denderen.

Lizzie hield haar adem in terwijl haar zus zich vooroverboog en haar zoon een kus gaf. 'Heb je een leuke dag gehad?' vroeg Diana, waarop Milo een mondvol zoete aardappel doorslikte, wild begon te knikken en vroeg: 'Hé mam? Wat is een dildo?'

Diana staarde haar razend aan, met op elkaar geperste lippen en half samengeknepen ogen. 'Sorry. Ik moet even naar het toilet,' mompelde Lizzie. Het leek haar verstandig Diana en Milo even wat tijd samen te geven en misschien maar alleen ergens wat te gaan eten, en ze haastte zich naar boven. Ze trok haar tuinbroek uit en pakte een van de relieken die ze in een kist achter in haar moeders kast had aangetroffen: een lange witte katoenen rok, die nauwelijks gekreukt en vergeeld was. Ze trok er een lichtroze topje bij aan, met de armbanden en kralenketting die ze ook in haar moeders kast had gevonden, stapte in haar schoenen, hing haar fototoestel om haar nek en deed haar haar in een los knotje, waarbij losse plukjes haar wangen streelden. Ze liep op haar tenen langs Milo's slaapkamer en hield haar adem in terwijl ze luisterde hoe Diana hem uitlegde dat sommige woorden alleen voor volwassenen waren. Ze schreef snel een briefje – 'zo terug' – dat ze op de keukentafel legde, greep haar tasje en liep de straat op, die vol stond met identieke rijtjeshuizen van drie verdiepingen van rode baksteen die er nog precies zo uitzagen als ze er honderd jaar geleden uit zouden hebben gezien, maar dan zonder die lantaarnpalen en skateboarders.

Ze liep een paar straten naar het westen, langzaam, de armbanden rinkelend bij elke stap. Ze kocht op Pine Street een stuk pizza, dat ze opat terwijl ze naar Independence Hall liep, daartoe aangetrokken door zingende stemmen. Er werd een of andere demonstratie gehouden. Het was een warme, zwoele avond en ze rook wiet. Lizzie zag het aanlokkelijke rode vuurvliegje van licht van een joint van hand tot hand gaan. Ze keek weg en deed haar best niet te denken aan het vertraagde, siroopachtige gevoel dat een paar trekjes van een joint haar zou geven. Ze maakte snel een paar kiekjes van de groep mensen: een jongen en meisje die ineengestrengeld op een kleed zaten, vuurwerk tegen de zwarte hemel. Toen liep ze over Market Street tot ze de Franklin Fountain-ijssalon bereikte. Het houten uithangbord was in een ouderwets lettertype geschilderd en er stonden prikdrankjes en ijs op de kaart. Ze gluurde door het raam naar binnen en was gecharmeerd door het aluminium plafond, waar figuren in waren gestanst, de marmeren bar met een antieke kassa, de glazen potten met zoute krakelingen en de bakken ouderwets snoepgoed. Een man met een heuse krulsnor stond ijs te scheppen. Een ijsje leek ineens onweerstaanbaar. Lizzie kon het geluid van de ijslepel tegen de zijkanten van de metalen bak bijna horen, en ze had geld in haar zak, haar loon van die week.

Toen ze naar binnen liep, klingelde er een bel. Een ventilator bewoog lui door de warme lucht en de tegelvloer voelde koel onder haar sandaaltjes. Toen ze haar ijsje had betaald en de rest van haar geld terugdeed in haar zak liep ze naar de andere kant van de winkel, waar een leeg tweepersoonstafeltje stond. Jammer genoeg zaten er aan het tafeltje ernaast vier luidruchtige jongens in T-shirt en korte broeken. Studenten, of misschien nog scholieren.

'Hoi,' zei een van hen terwijl hij haar ongegeneerd bestudeerde en haar lange rok, de kralen en het sjaaltje van haar moeder dat ze om haar haar had geknoopt in zich opnam. Ze glimlachte neutraal naar hem en ging zitten, begon aan haar ijsje en keek naar het vierkante schermpje van haar fototoestel, waarbij ze de foto's die ze op weg hier naartoe had gemaakt in haar hoofd al bijwerkte.

'Mooie camera,' zei een van de jongens.

'Dank je,' zei ze zonder op te kijken en geconcentreerd op de foto's van vuurwerk, boomtoppen en dat stelletje op dat kleed. Mijn zomer in Philadelphia, bedacht ze een beetje verdrietig. Toen ze opkeek, zat die jongen nog steeds naar haar te staren.

'Wil je een foto van me maken?' vroeg hij.

'Ik maak nooit portretfoto's.' En toen voegde ze, plotseling geïnspireerd, toe: 'En mijn rolletje is bijna vol.' Misschien zou hij niet zien dat het een digitale camera was. Ze kon zich vergissen, maar hij wekte niet de indruk een kenner van visuele kunst te zijn.

'Ah, doe niet zo flauw! Ik zal speciaal voor je poseren.' De jongen trok zijn shirt omhoog, waarbij een harige borstkas en verontrustend roze tepels zichtbaar werden terwijl zijn vrienden joelden en elkaar high fives gaven.

Lizzie zette haar toestel op het tafeltje en stond op om haar ijsje in een meeneembakje te laten overscheppen en daarmee terug te lopen naar het huis van Diana en Gary, maar de jongen griste haar camera van tafel en richtte hem op Lizzie. Ze hoorde de sluiter klikken en voelde haar keel dichtknijpen. Het was een duur fototoestel en zo'n beetje het enige mooie dat ze bezat en niet had kapotgemaakt, niet had verloren of had verkwanseld om drugs te kunnen kopen.

Ze strekte haar arm. 'Mag ik hem nu weer terug?'

De jongen trok een gezicht en stak het toestel boven zijn hoofd, waarbij hij haar vrij zicht gaf op zijn bezwete oksels. Jasses. Een van de bedienden achter het buffet zei: 'Meneer, geeft u haar haar camera even terug?'

'Nadat ze een foto van me heeft gemaakt,' zei de jongen. Hij draaide zich om en begon kiekjes van zijn vrienden te schieten, die ondertussen ook hun T-shirts omhoog hadden getrokken en hem zaten op te jutten.

Een man van een ander tafeltje stond op. Hij liep naar de jongen, ging recht voor hem staan en zei met een lage, dragende stem: 'Geef die camera eens terug.'

De cameradief bestudeerde de man van top tot teen. Hij droeg geen korte broek met T-shirt, maar een bandplooibroek met overhemd en een groene stropdas. Een label met een afbeelding van Independence Hall was op zijn borstzakje genaaid. Hij had een rond gezicht, kort bruin haar, en hij droeg een bril van staaldraad.

'En als ik dat nou niet doe?' sneerde de zweterige jongen.

'Dan gaan we samen naar buiten,' zei de man in de bandplooibroek, 'en dan vraag ik het nog een keer.'

De jongen bestudeerde zijn tegenstander en misschien viel het hem op, net als het Lizzie opviel, dat hoewel de man niet zo lang was, hij brede schouders en gespierde armen had. 'Oké dan,' mompelde de jongen, en hij mikte het fototoestel op Lizzies tafeltje. Ze greep het voordat het kon vallen, waarbij haar ijsje van tafel zeilde. Het bakje landde met een knal op de vloer en de jongens barstten in lachen uit. Lizzie knielde neer om schoon te maken. Toen ze daar zo zat, met het ijs dat in de zoom van haar rok trok, voelde ze tranen achter haar oogleden prikken. Het enige wat ze had gewild was even lekker zitten, een momentje voor zichzelf voordat ze naar huis moest om weer een preek van haar zus aan te horen, de aanwezigheid van haar zwager weer te moeten verdragen en de arme Milo onder ogen te moeten komen, die waarschijnlijk omdat zijn tante hem een verboden woord had geleerd voor straf de rest van de zomer geen beeldschermtijd meer zou krijgen. Waarom was haar leven altijd zo? Waarom ging alles altijd mis?

Ze kneep haar ogen dicht, en toen ze ze weer opende waren de rotjongens op weg de deur uit en keek Lizzie recht in een paar vriendelijke blauwe, bebrilde ogen. De man die haar had gered had vierkante schouders en een hoekige kaaklijn, als Dick Tracy of Clark Kent, als iemand in een stripboek in plaats van het echte leven. 'Hé,' vroeg hij. 'Zal ik even helpen?'

Haar strot voelde dik. 'Nee, bedankt.'

Hij knielde naast haar neer en begon doorweekte servetjes bijeen te rapen. De ventilator bewoog de lucht boven hun hoofden en tilde zijn haar van zijn voorhoofd toen hij opstond en de camera pakte, die hij omdraaide in zijn hand. 'Zo te zien is hij niet kapot,' zei hij, en hij gaf hem aan Lizzie. De man achter het buffet maakte ondanks haar protest een nieuw ijsje voor haar, en de man die haar had geholpen ging zijn bananensplit halen en vroeg haar beleefd of hij bij haar mocht komen zitten. 'Jeff Spencer,' zei hij, en hij stak zijn hand naar haar uit.

'Lizzie,' antwoordde ze terwijl ze haar kletsnatte rok in een bundeltje in een hand hield en hem haar andere aanbood. Hij ging zitten en vertelde haar terwijl ze hun ijsje aten dat hij achtentwintig was en zes jaar in het leger had gediend voordat hij was gaan studeren, dat hij zijn bachelor in milieukunde had en zijn avondopleiding voor een master in recreatiemanagement bekostigde door overdag als beheerder in het park van Independence Hall te werken.

'Wat doe je dan in Philadelphia?' vroeg hij nadat Lizzie had verteld dat ze in New York woonde.

Ze had hem een gecensureerde versie van haar verhaal verteld. Ze zei dat ze vierentwintig was, dat ze deze zomer als kindermeisje werkte en dat ze in de herfst bij een fotograaf in New York City zou gaan assisteren. Ze vertelde maar niet dat ze was mislukt op Vassar en van NYU was getrapt, en ook niet dat ze tussendoor opgenomen was geweest. Ze vertelde ook niet dat haar vader senator was en haar zus arts, en dat zij het zwarte schaap van de familie was, de inwonende ramp.

'Hoe ben je in de fotografie terechtgekomen?'

Lizzie kon zich nauwelijks herinneren wanneer ze ooit geen camera in haar hand of tas of om haar nek had gehad. Haar eerste camera moest dat verjaardagscadeau van Marta zijn geweest, een kleine Instamatic, toen mensen nog rolletjes gebruikten. Toen haar ouders eenmaal hadden opgemerkt dat ze onverwachte hoeken en verrassende nevenschikkingen fotografeerde hadden ze steeds betere exemplaren voor haar gekocht. Ze hadden uiteindelijk zelfs voorgesteld dat ze een kast tot doka zou ombouwen. Dat was voordat ze veertien was geworden en had besloten dat ze drugs interessanter vond dan foto's.

'Ik fotografeer mijn hele leven al,' zei ze. Ze bestudeerde zijn gezicht, zijn vierkante handen en zijn rechte gebit, en bedacht hoe graag ze hem wilde fotograferen, in driekwart profiel, misschien met een wapperende cape achter zich aan. Ze moest glimlachen bij de gedachte, en haar glimlach deed hem glimlachen. Lizzie trok haar hoofd tussen haar schouders, bang dat hij zou denken dat ze met hem zat te flirten, want ze had geen idee wat ze zou moeten beginnen als hij het verkeerde idee kreeg. Ze had nog nooit contact gemaakt met een man als ze niet dronken was of onder invloed van andere geestverruimende middelen en had geen idee hoe dat moest. 'Maak jij wel eens foto's?'

Hij haalde zijn schouders op. 'Ik heb een digitale camera, maar ik kan er niets van. Iedereen staat er altijd met rode ogen op en ik weet nooit... Ik bedoel, ik heb er wel het een en ander over gelezen, maar ik zie nooit wat de ene foto beter maakt dan de andere. Je zult me wel een filister vinden.'

Lizzie merkte op hoe zijn wenkbrauwen omhooggingen als hij sprak, en ze zag de blonde haartjes op zijn onderarmen. Ze had geen idee wat een filister was – vast iets religieus – maar ze wist wel hoe ze een mooie foto moest maken. 'Ik maak foto's,' begon ze langzaam, 'als ik iets nieuws zie. Of als ik iets gewoons zie, maar dan op een manier waarop ik het nog nooit heb gezien.'

Hij fronste zijn wenkbrauwen en dacht er even over na. 'Kijk maar,' zei ze, en ze tilde de zoeker omhoog zodat hij erin kon kijken. Ze was terwijl ze op haar ijsje stond te wachten over het buffet geleund en had een close-up van twee van de ijsbakken gemaakt, eentje met chocolade-ijs en een met chocolade-pepermunt. De bakken leken door de manier waarop ze ze had gefotografeerd, met de lens bijna tegen het ijs aan, wel gigantische vaten met een of andere buitenaardse smurrie erin, een buitenaards terrein, met de richels die door de schep waren achtergelaten, de uitstekende stukjes chocolade en de vederachtige aders van ijskristallen. 'Wauw,' zei hij. 'Dat is net... Ik weet niet. Alsof ik naar de maan zit te kijken of zo.'

Ze glimlachte tevreden. 'Dat was precies de bedoeling.' Ze zaten elkaar even aan te kijken tot Lizzie weer wegkeek. Ze vond hem leuk... of in ieder geval hoe hij eruitzag, met zijn handen met schone, kortgeknipte nagels, zijn blauwe ogen en zijn stem, die zacht en zelfverzekerd was en haar aan haar vader deed denken.

'Voor hoeveel kinderen zorg je?' vroeg Jeff.

'Eentje maar. Milo is mijn neefje. Hij is een beetje raar, maar hij is wel een schatje.'

'Hoezo is hij raar?' Jeff keek haar verwachtingsvol aan, en Lizzie vertelde over Milo's voorliefde voor insecten: hoe hij ze determineerde, verzamelde en opsloeg in plastic doosjes die hij op zijn vensterbank zette. Ze vertelde hem dat Milo altijd een muts tot over zijn oren droeg omdat hij zei dat geluiden te hard klonken als hij die niet op had, en hoe ze hem moest omkopen met beeldschermtijd om hem over te halen een voet buiten de deur te zetten.

'Moeilijk,' zei Jeff. 'Neem hem eens mee naar Independence Park. Dan krijgen jullie een viprondleiding van me.'

'Dat lijkt me hartstikke leuk,' zei Lizzie, die nogmaals in die heldere blauwe ogen keek. Jeff gaf haar zijn visitekaartje, waar een gouden logo van de National Park Service in stond gestanst. Toen vroeg hij: 'Heb je zin om een keer met me uit eten te gaan?'

Ze keek hem aan en vroeg zich af wat hij zag als hij naar haar keek: een meisje met futloos blond haar in een rok vol ijs; een deerne in nood, terwijl Lizzie in werkelijkheid meer een Trojaans paard was. Ze zag er misschien leuk uit, als een leuke, mooie meid die je uitnodigt naar je huis te komen, maar eenmaal binnen leverde ze alleen maar problemen op. Jeff was zo te zien een aardige vent. Hij was veel te goed voor Lizzie.

'Of heb je een relatie?' vroeg Jeff, maar niet onaardig. Ze overwoog hem te vertellen dat ze haar hele leven nog nooit een relatie had gehad, maar in plaats daarvan zei ze: 'Ik moet bijna elke avond werken.'

'O. Nou. Leuk je ontmoet te hebben.'

'Dank je voor...' Ze stond op, duwde haar stoel tegen het tafeltje en trok haar rok recht. 'Bedankt dat je mijn camera hebt gered.'

'Graag gedaan.' Hij zwaaide vrolijk naar haar. De deurbel rinkelde toen hij naar buiten liep. Ze wandelde langzaam naar huis en luisterde onderweg naar haar iPod, naar de Be Good Tanyas die zongen over de kleinste vogeltjes die de kleinste liedjes zongen; ze vroeg zich af of ze ooit, in de toekomst, zo'n man zou kunnen krijgen.

De volgende dag zei Diana terwijl ze de tafel aan het dekken was voor het avondeten: 'Er is post voor je.'

'O?' En ja hoor: haar zus gaf haar een envelop met haar naam – Lizzie – erop. Ze maakte hem open en er vielen een krantenknipsel en een kaart uit. Het krantenknipsel was een recensie van een Italiaans restaurant met heerlijke gnocchi en een goede caesarsalade. Op de kaart, met een pentekening van een roodborstje erop, stond: VOOR ALS JE JE BEDENKT, en hij was ondertekend: JEFF SPENCER, met een e-mailadres en een telefoonnummer eronder.

Ze moet minstens vijf minuten naar de kaart hebben staan staren, waarbij ze hem om- en omdraaide in haar handen, voordat ze zich in het toilet opsloot en het nummer intoetste. 'Hoe weet je waar ik woon?'

'Ik ben je naar huis gevolgd. Niet schrikken,' zei hij snel, alsof hij aanvoelde dat Lizzie op het punt stond dat te gaan doen. 'Ik ben geen stalker. Ik wilde je alleen nog een keer mee uit eten vragen. En ik wist je achternaam of telefoonnummer niet, dus...'

Lizzie leunde tegen Diana's perfcct gerangschikte handdoeken en vroeg zich af of ze met een stalker te maken had, of dat hij gek was, of dat dit gewoon was hoe gezonde mannen zich gedroegen als ze in je waren geïnteresseerd. Ze wenste dat ze iemand anders had om het aan te vragen behalve haar zus.

'Oké,' zei ze uiteindelijk. 'Uit eten lijkt me leuk.'

'Morgen?'

'Prima.'

Jeff haalde haar de volgende avond om acht uur op. Milo lag al in bed, Diana was nog op haar werk en Gary zat zoals altijd met zijn laptop op schoot voor de televisie geparkeerd. 'Wat zie je er leuk uit,' had Jeff gezegd. Ze had ook die avond een oude rok van haar moeder aan (een beetje te groot, maar een riem hielp), deze van spijkerstof, met applicaties in paisley- en ruitmotief erop, gecombineerd met een doorschijnende tuniek met lange mouwen, kralenkettingen en oorbellen van veren. Toen ze naar het zuiden liepen over de trottoirs bedacht ze wat een gek stel ze waren – zij in haar hippieoutfit en hij in zijn geperste pantalon met overhemd – maar dat leek hem niet op te vallen, of hij zat er niet mee.

Het restaurant had ruw gestuukte, witte muren, rode tegels op de vloer en een piepkleine open keuken, waar twee in het wit geklede koks stonden te zweten voor een houtoven. Aan een wiebeltafeltje dat zo klein was dat ze zijn knieën voelde, bestelden ze de gnocchi en de caesarsalade, gevulde kippenborst en de specialiteit: fettucine, met een gedeelde tiramisu toe. Hij had een fles rode wijn in een bruine papieren zak meegenomen en vroeg of ze wilde. 'Nee, dank je, het is zo heet. Ik hou het bij ijsthee,' zei ze, en toen hij instemmend knikte had ze het gevoel dat ze voor een test was geslaagd.

Hij vroeg haar naar haar dag, en ze zei dat ze Milo een heel uur naar het leerzame *WordGirl* had laten kijken, in ruil voor een bezoekje aan de pottenbakkerij aan Bainbridge Street, waar je je eigen aardewerk mocht beschilderen: Milo koos een dinosauriër en Lizzie een lepelrekje voor Diana's keuken. Jeff vertelde dat hij de hele dag mensen de toiletten had gewezen en afgrijselijke moppen over de Liberty Bell had moeten aanhoren. 'Als ik elke keer dat iemand zegt: "Hé, er zit een scheur in" een dollar zou krijgen, was ik ondertussen miljonair.'

'Waar kom je vandaan?' vroeg ze.

Het antwoord was Philadelphia, niet het centrum, waar Diana woonde, maar wat hij het Verre Noordoosten noemde. Hij was opgegroeid met een oudere broer. Hun vader werkte voor het schooldistrict, Jeff wist niet precies wat hij daar deed, en Lizzie vroeg er niet naar. 'En je moeder?'

Zijn gezicht verstarde. 'Die heeft wat problemen,' zei hij, waarbij hij voor het eerst die avond langs haar heen keek, over haar hoofd, naar de deur van het restaurant.

'Gezondheidsproblemen?' vroeg Lizzie.

'Een drankprobleem, eerlijk gezegd,' zei Jeff.

Lizzie slikte moeizaam. 'O.'

Hij keek haar weer aan, met strak op elkaar geperste lippen. 'Ze probeert al jaren te stoppen. Dan gaat het even goed, en dan...'

Lizzie zei zacht: 'Wat zal dat moeilijk zijn, voor jou en je broer.' In haar hoofd besloot ze ondertussen dat dit de laatste keer was dat ze hem zou zien. Een man met een alcoholistische moeder had geen behoefte aan een verslaafde vriendin, zou daar nooit voor kiezen. Ze zou zich door hem naar huis laten brengen, hem bedanken voor de heerlijke avond – en dat wás het, een van de leukste die ze ooit had gehad – en dat zou dat zijn.

Jeff pakte zijn glas water, dronk wat en haalde zijn schouders op. 'We zijn, zodra dat kon, vertrokken. Dat was het enige wat we konden doen.' Hij dronk zijn glas leeg en glimlachte, zichtbaar met moeite, naar haar. 'Maar goed. En jouw ouders?'

'Mijn vader werkt voor de regering,' zei ze, wat waar was. 'Hij is er bijna nooit. Mijn moeder heeft veel vrijwilligerswerk gedaan. We hadden een kinderjuf.' Zijn gezichtsuitdrukking verried hoe anders zijn eigen jeugd was geweest. Hij luisterde naar haar verhaal over de particuliere scholen die ze had bezocht (die ze had gehaat), haar schaatslessen (die ze nog meer had gehaat) en hoe ze, eerlijk gezegd, nog steeds probeerde te bedenken wat ze wilde worden als ze groot was.

Na het eten liepen ze naar zijn appartement, in een torenflat die uitkeek over Washington Square Park, zogenaamd zodat hij haar een hilarisch YouTube-filmpje van een pianospelende kat kon laten zien.

'Mijn opa heeft hier gewoond,' legde hij uit in de lift, die bevolkt was door opmerkelijk veel bejaarden, evenals de lobby beneden. Toen de deuren opengleden ging Jeff zachter praten. 'Hij is afgelopen winter overleden. Mijn vader heeft het te koop gezet, maar ik woon hier tot het is verkocht. Het is een beetje een rommeltje,' verontschuldigde hij zich terwijl hij haar de woonkamer in leidde, die helemaal niet rommelig was. En Lizzie bemerkte ook de aanwezigheid van een recent overleden heer op leeftijd niet, niet toen ze om zich heen keek en ook niet voor zover ze – ze snoof heimelijk de lucht op – kon ruiken. Er lagen vistijdschriften op de koffietafel, die Jeff snel op een stapel legde, en bij de deur lag een paar gympen zonder veters. Ingelijste familiekiekjes – van opa, nam ze aan – hingen naast felgekleurde, oude posters van Italiaanse stoomschepen en Orangina-reclames, waarvan ze aannam dat Jeff ze had opgehangen. Lizzie liep naar het raam, aangetrokken door het uitzicht over het park met de groene velden die in tweeën werden gesneden door brede met leisteen betegelde paden, de fontein spuitend in het midden, onder de sterrenhemel.

Toen was ze de slaapkamer in gelopen. 'O,' had ze gezegd, en ze had verheugd om zich heen gekeken. De kamer leek wel een boomhut. Ze hoorde de wind door de bladeren blazen. Jeffs bed, enorm en met een donkerblauw dekbed, stond in een hoek bij het raam. Er hing een boekenplankje met studieboeken en spionagethrillers, en tegen de muur stond een kleine, ouderwetse televisie. In een hoek van de kamer stond een gitaar tegen de muur geleund, en het rook er zoet, naar het cederhout van de kast.

Ze trok haar fototoestel uit haar tasje en richtte het op het raam. 'Kun je daar even gaan staan?'

'Meen je dat?' Jeff leek zich zowel gevleid als opgelaten te voelen. 'Ik hoef me toch niet uit te kleden, hè?'

Het duurde even tot het tot Lizzie doordrong dat hij haar plaagde. 'Ik beloof dat ze heel smaakvol worden,' zei ze, en toen dirigeerde ze hem precies naar de plaats waar ze hem wilde hebben, en profil, met zijn gezicht een silhouet tegen de dik bebladerde bomen en de maan. Niet Superman, maar Batman, bedacht ze terwijl haar camera klikte, een superheld met een pijnlijk verleden en een affiniteit met duisternis. Ze klom op zijn bed, zonder te denken aan de signalen die ze daarmee zou kunnen uitzenden, om een betere hoek te krijgen, en bedacht hoe intiem het toch was om een foto van iemand te maken, zijn evenbeeld vast te leggen en hem te laten zien wat jij zag.

'Wat zijn ze mooi, zeg,' zei Jeff toen ze op de bank zaten en ze de foto's liet zien. 'Heel interessant.'

Ze keek naar de klok, zich ineens bewust van de warmte van zijn been tegen dat van haar, en van hoe hij zijn arm om haar schouders had laten glijden. 'Laat ik maar eens gaan.'

'Verander je anders in een pompoen?' Hij zat haar weer te plagen, maar lief, vriendelijk, bijna broederlijk. 'Ik breng je wel even naar huis, Assepoester.' Bij de schuifdeuren naar buiten aangekomen kuste hij haar, zacht en snel, zijn lippen warm op de hare. Fijn, dacht ze. Het was een van de heerlijkste avonden geweest die ze ooit had gehad. Ze wilde hem vaker zien, hoewel hij haar waarschijnlijk nooit meer zou willen zien als hij eenmaal wist wie ze was. Maar misschien kon dat nog even worden uitgesteld tot na nog een paar dinertjes, en misschien een picknick in het park, of een avond gezellig op de bank van opa met een paar films, zoals ze had gehoord dat normale stellen een fijne avond hadden.

Op de avond dat het verhaal van haar vader en Joelle op het nieuws was, kenden Jeff en zij elkaar al weken. Ze hadden gewandeld, gegeten en gepicknickt, en ze hadden een keer wat liggen rotzooien in Jeffs grote bed. Toen ze het ziekenhuis uit liep, met Milo aan de hand, ging haar telefoon. 'Gaat het nog door?' vroeg Jeff. Het duurde even tot het tot haar doordrong dat ze plannen hadden gemaakt, met zijn drietjes: Jeff zou komen, met een film. Na het eten zouden ze popcorn maken en zouden zij, Jeff en Milo samen die film kijken.

'Hé, luister,' begon ze, en ze trok Milo in de portiek van een avondwinkel. Jeff wachtte geduldig, zonder een woord te zeggen, tot Lizzie begon. 'Heb je vandaag televisiegekeken? Over die senator die een affaire heeft?'

Als hij iets laatdunkends zou hebben gezegd, iets mokkends, zou ze een smoes hebben bedacht om hun afspraakje af te zeggen en misschien zelfs om hem de rest van de zomer niet te zien. Maar Jeff zei alleen: 'Ja, daar heb ik wel iets over opgevangen.'

Lizzie slikte moeizaam. 'Nou, die senator is zeg maar mijn vader.'

Ook hier zou ze, als hij zou zijn gaan lachen, een grapje zou hebben gemaakt of zou hebben gevraagd: 'Zeg maar?' de verbinding hebben verbroken. Maar Jeff zei heel rustig en vriendelijk: 'Wauw. Hoe is het met je? Wil je nog wel afspreken?' Lizzie dacht er even over na, en het drong tot haar door dat het antwoord ja was.

Ze was opgelucht dat haar openbaring, tot dusverre in ieder geval, zo te horen geen effect had op hoe Jeff over haar dacht. Dat had ze namelijk al zo vaak zien gebeuren. Dan hoorde of zag iemand, een klasgenoot of de ouder van een klasgenoot, een vriend van een vriend, een verpleegster of verpleeghulp haar achternaam en dan was er een klik die zo overduidelijk was dat je hem bijna hoorde. Elizabeth Woodruff? Ben jij een dochter van...? Eerst kwam de herkenning, die al snel werd gevolgd door hoe die klasgenoot of kennis probeerde te bedenken hoe hij de grootste winst zou gaan halen uit die nieuwe informatie. Lizzie was zo vaak verbijsterd door de manier waarop volkomen vreemden haar verzoeken deden, en door de inhoud van die verzoeken. Ze had wel eens het gevoel dat de gemiddelde Amerikaan het idee had dat hij het recht had op alles, maar dan ook alles, wat zijn hartje maar begeerde.

Zou je... Wil je... Denk je dat je...? Soms veinsden die rekwestranten interesse in Lizzie om een grotere kans op de hoofdprijs te maken: dat ze een hand zouden krijgen, met hem op de foto zouden komen, een baan aangeboden zouden krijgen, of dat ze ook maar een moment in de nabijheid van de man konden doorbrengen, een kans op de aandacht van de senator gedurende een drankje, een dans of een maaltijd. Toen ze in de tweede van de middelbare school had gezeten, had een ouderejaars, Glenn Burkey, haar mee uit gevraagd. Ze had het geweldig gevonden, tot het moment dat die jongen voor de deur had gestaan, haar nauwelijks had begroet en direct was doorgelopen naar de woonkamer, waar hij twintig minuten met haar vader had staan debatteren over groene stroom, in een zinloze poging een van de zeldzame stageplaatsen voor die zomer te verdienen.

Soms wilde de rekwestrant niets meer dan een kleine dienst of informatie waarin ze kon voorzien. Hulp bij een parkeerbon, onenigheid met de huisbaas, de ziektekostenverzekering? Dat kon pa wel regelen, of het in ieder geval de goede kant op sturen. Maar soms, vooral toen het niet meer zo goed ging met Lizzie, werd het bizar.

Afgelopen voorjaar, toen ze met een stel vrienden had proberen te scoren in de Village, had de dealer haar herkend. Dat was vette pech: zoals Diana had gezegd toen ze het had gehoord, was er gewoonlijk maar weinig overlap in de venndiagrammen van 'mensen die genoeg CNN kijken om de dochter van hun senator te herkennen' en 'mensen die crystal meth verkopen vanuit hun flat met gaten in de vloer.' Maar die nacht had ze echt ongelooflijke pech gehad. 'Jezus,' had die gozer gezegd, een geestverschijning met uitpuilende ogen in een gebleekte spijkerbroek en een vlekkerig mouwloos shirt. 'Dat is de dochter van senator Woodruff!' Lizzie had zich van de vloer gehesen, waar ze in elkaar was gezakt toen de drugs in haar bloedbaan terecht waren gekomen, maar dat opstaan was niet al te best gegaan. Ze had eerlijk gezegd nauwelijks bewogen. De dealer en een van zijn maten hadden haar aan een stoel vastgebonden – met een kapotte visnetkous van de vriendin van de dealer, wist ze nog –, hadden met haar mobieltje haar ouders gebeld en onmiddellijke betaling van tienduizend dollar geëist, of anders zouden ze de beelden die hij met de telefoon had gemaakt naar roddelzender TMZ sturen. In plaats van geld stuurden haar ouders de politie. De dealer en zijn vriendin, die zo slim waren geweest losgeld voor Lizzie te vragen, maar niet slim genoeg om hun voorraad te verbergen, vluchtten in een poging die door de wc te spoelen de badkamer in terwijl haar drugsvrienden op de vlucht sloegen. Ze waren allemaal gearresteerd, inclusief Lizzie, en het had in de krant gestaan, een klein stukje in het stadsnieuws van de *Times*, wat was opgemerkt door een aantal roddelbladen, en voor ze het wist zat ze met haar vader in de auto op weg naar een afkickcentrum in Minnesota.

Milo ging in bad en ze gaf hem zijn avondeten. Diana haastte zich de deur uit naar haar afspraakje met Gary, en om halfacht kwam Jeff, met een zak maïskorrels en de televisieversie van *Airplane!* Hij zette de televisie aan, maakte de popcorn en nam die en een kan ijsthee mee naar de woonkamer.

'Hoe is het nu?' vroeg hij zacht toen hij op de bank naast Lizzie zat en Milo, die op de vloer lag met een fleecemuts op zijn hoofd en in zijn pyjama, brulde van het lachen om de openingsscène.

'Ik had nooit gedacht,' zei ze, en toen ebde haar stem weg en begon ze aan de beschilderde glazen kralen om haar hals te friemelen. Jeff wachtte. Lizzie probeerde te bedenken wat ze zou gaan zeggen. Als ze te veel over haar vader vertelde, liep ze het risico dat ze dingen zou gaan zeggen die Jeff niet wist en die Lizzie hem niet wilde vertellen. Jeff zag er nog steeds uit als een beroepsmilitair, en zo gedroeg hij zich ook. Hij was zo schoon, zo rechtschapen, zo correct, dat ze zich niet kon voorstellen hoe hij zich zou voelen als hij zou horen wat ze allemaal had uitgespookt, en met welke mensen ze dat allemaal had uitgespookt. Als hij haar aankeek, als hij over haar haar streelde, als hij tegen haar zei dat ze naar kaneel rook, voelde ze dat hij echt op haar was gesteld, dat ze hem betoverde, en ze wilde niets doen wat dat zou verzieken, wat hem haar ware aard zou laten zien of hem aan zijn eigen moeder zou herinneren.

Jeff trok haar naar zich toe tot haar kin tegen zijn schouder rustte. 'Heb je hem al gesproken?' vroeg hij. Lizzie schudde haar hoofd. Diana had hem gesproken, en ze kon aan haar GEMISTE OPROEPEN zien dat hij haar had proberen te bereiken, maar ze had hem niet teruggebeld of ook maar haar berichten beluisterd. Wat kon hij hebben gezegd? En wat kon zij tegen hem zeggen? Dat ze het walgelijk vond, wat hij had gedaan? Dat ze teleurgesteld was? Kon hij hetzelfde niet tegen haar zeggen, over wel honderd dingen die ze had gedaan?

'Kunnen jullie een beetje met elkaar opschieten? Jij en je vader?' vroeg Jeff.

Daar dacht Lizzie even over na. Milo lag op zijn zij, diep en regelmatig ademend terwijl de luchtleider op televisie aankondigde dat hij een slechte week had gekozen om te stoppen met lijmsnuiven. Ze wist hoe hij zich voelde.

'We haalden vroeger altijd samen bagels,' zei ze uiteindelijk. Toen ze nog een klein meisje was, stonden zij en haar vader op zondag altijd vroeg op en dan liepen ze zes straten om twaalf bagels te kopen. Hij had haar tot ze een jaar of vijf was op zijn schouders gedragen, en daarna was ze naast hem gaan lopen. En als ze dan in de stomende lucht van H&H Bagels stond, waar het naar knoflook en deeg rook, terwijl de mensen om haar heen dromden en hun bestelling riepen, wezen naar wat ze wilden hebben en tegen de bezwete mannen die zich snel achter het buffet heen en weer bewogen zeiden dat ze elke bagel apart ingepakt wilden hebben, hield Lizzie haar vaders hand vast. Soms duwde ze haar gezicht in zijn tweedjas en inhaleerde de geur van de wol en zijn aftershave. 'Goedemorgen, congreslid!' riep de dame achter de kassa dan, waarop mensen zich omdraaiden om hem aan te staren, hem zelf te begroeten, hem vragen te stellen over iets waarop moest worden gestemd of een wetsontwerp dat zou worden ingediend, en soms deelden ze dan hun afwijkende mening met hem, klaagden ze over parkeerbonnen of de belasting. Dan luisterde haar vader even en zei vervolgens: 'Als u me nu wilt excuseren, mijn dochtertje wil haar ontbijt', woorden die zelfs de meest heetgebakerde New Yorker de mond snoerden. En dan bestelde hij twaalf bagels om mee te nemen, en een uienbroodje voor Lizzie, dat ze in het park mocht opeten.

Ze sloot haar ogen en dacht terug aan hoe dat warme broodje in haar handen voelde, aan hoe haar vader naast haar op het bankje in het park zat en haar vertelde hoe alle bomen heetten. Ze was toen zes, net zo oud als Milo nu, en alles was nog goed, en alles zou voor altijd goed blijven. Ik wil een pil, dacht ze. Ik wil roken. Ik wil drinken. Ik wil slapen.

Ze moet iets hebben gedaan – huiveren, of een geluid maken – want Jeff, die zat te lachen om Striker die het vliegtuig aan de grond probeerde te krijgen, draaide zich naar haar om en vroeg: 'Is er iets?' Lizzie schudde in het halfdonker haar hoofd en dwong zichzelf diep in te ademen en terug te denken aan de mantra die ze dat voorjaar in het afkickcentrum had geleerd: STOP. Als je je gedeprimeerd en kwetsbaar voelde, als je behoefte voelde om te gaan gebruiken, moest je jezelf vragen: Heb je honger? Ben je kwaad? Eenzaam? Moe?

Benoem de gevoelens in plaats van ze weg te slikken en te verstoppen, hadden haar therapeuten haar opgedragen. Ga de confrontatie met het gevoel aan en ga verder.

Ze had geen honger. Jeff had popcorn gemaakt en ze had de vissticks die Milo had laten liggen opgegeten. Ze was niet eenzaam. Ze voelde zich met Jeff, en Milo die op de vloer in slaap was gevallen, meer verbonden met anderen en veiliger dan ze zich in jaren had gevoeld. Ze was niet moe: ze sliep uitstekend op het logeerkamertje van haar zus op de tweede verdieping. Dan moest ze kwaad zijn. En ze dacht dat dat wel kon kloppen.

Ze dacht terug aan die rit naar Minnesota met haar vader, na die mislukte losgeldpoging en haar arrestatie (was Joelle toen al in beeld geweest? vroeg Lizzie zich af, en ze besloot dat ze dat niet wilde weten). Haar vader was thuis geweest vanwege het voorjaarsreces van de senaat, en haar ouders waren er niet van overtuigd dat Lizzie zelfstandig een vliegtuig naar de correcte bestemming kon nemen. Bovendien zou ze zijn opgemerkt op het vliegveld. Iemand zou een foto van haar hebben genomen met zijn mobieltje en dan zou alles nogmaals in de krant zijn gekomen. Dus had haar moeder haar koffers gepakt en had haar vader een auto gehuurd. Hoe gespannen en gek de omstandigheden ook waren geweest, ze hadden het erg naar hun zin gehad. De auto die hij had gehuurd was een enorme SUV die Lizzie Rapper's Delight had gedoopt. Hij was zo hoog dat hij met een opstapje werd geleverd, hij had spinnende velgen, een daverende geluidsinstallatie en crèmekleurige leren stoelen met ingebouwde dvd-spelers in de hoofdsteunen. Lizzie was op de achterbank gaan liggen, heerlijk verdoofd door de valium die haar huisarts haar had voorgeschreven om van New York naar Minnesota te komen, met een plastic zak bij de hand om in over te geven als ze afkickverschijnselen zou krijgen van de drugs waar ze maanden op had geleefd.

Haar vader was zodra ze de stad uit waren gestopt bij een benzinestation, waar hij twee zakken vol junkfood had gekocht: chips, snoep, met nepkaas gevulde pretzels, gedroogd vlees, frisdrank en cakejes met glazuur. Hij zag er in zijn spijkerbroek met gympen en honkbalpetje uit als willekeurig welke vader op middelbare leeftijd, sterk gebouwd en nog aantrekkelijk, en zij kon elke dochter zijn, een studente, serveerster of kinderjuf, die op pad was met haar vader.

Ze reden snackend het land door en luisterden naar Lizzies muziek: Lucinda Williams, de zusjes McGarrigle, Shawn Colvin, k.d. lang en

Patsy Cline. Hij vertelde haar verhalen. Lizzie hoorde alles over dat congreslid dat zo krenterig was dat hij een opblaasbare matras in zijn kantoor had liggen omdat hij geen appartement wilde huren. Haar vader vertelde haar over die drie nieuwelingen in de senaat die samen in zo'n berucht smerige flat woonden dat er weken een rat in hun keuken had gebivakkeerd, en over dat congreslid uit Colorado, een Democraat en vroom katholiek, die zijn vrouw elke keer dat hij naar huis ging om campagne te voeren leek te bezwangeren. 'Ze hebben vijf kinderen,' had haar vader gezegd, 'en volgens mij heeft hij ze tot nu toe allemaal één keer gezien.'

Ze had haar fototoestel natuurlijk meegenomen, en het was haar ongeveer elke honderdvijftig kilometer gelukt om haar arm op te steken en een kiekje te schieten van de wereld die voorbij suisde. Er zat een foto bij van een wegrestaurant; van de achtertuinen vol afval die tegen de snelweg lagen; van de McDonald's-logo's, die ze had genomen terwijl ze plat op haar rug op de achterbank lag; en een van de plastic hoes over de toiletzitting van het Best Western waar ze die nacht hadden geslapen.

Ze hadden de volgende ochtend in een eetcafé ontbeten. Lizzie, die nog helemaal suf was en de bekende misselijkheid en pijn in haar botten begon te voelen, had in elkaar gedoken in een sweater met capuchon van haar glas gingerale zitten nippen. Haar benen schokten en trilden en deden een idiote dans onder de tafel. Ze zweette door haar sweater heen terwijl haar vader een omelet zat te eten en vertelde over die keer dat hij tijdens zijn studie de ziekte van Pfeiffer had gehad en bij de kapper in slaap was gevallen terwijl hij werd geknipt. Uiteindelijk legde hij zijn servet op zijn bord.

'Lizzie,' vroeg hij, 'waar gaat dit nou eigenlijk echt over?'

Ze spande haar spieren aan en probeerde haar benen stil te houden. 'Weet ik niet.'

'Ga je deze keer echt stoppen?'

Ze tikte zonder een woord te zeggen met haar vingers op de tafel. Ze had hem – had hun allebei – al twee keer eerder beloofd dat ze zou gaan stoppen toen ze naar een afkickcentrum werd verscheept.

Hij klonk vriendelijk toen hij vroeg: 'Weet je waarom je bent begonnen?'

Ze keek weg. Ze wist wat hij dacht, wat iedereen zou denken: hoe een meisje dat alles mee had in haar leven, dat geld had, naar particuliere scholen was geweest en ouders had die van haar hielden, zich ooit had kunnen laten verleiden door drugs, laat staan dat ze er verslaafd aan zou raken. Waar moest ze aan ontsnappen? Welke pijn moest ze verdoven? Ze zou nooit kunnen uitleggen, en vooral niet aan hem, hoe het voelde om te weten dat ze een mislukkeling was. Ze was niet slim als haar zus, hulpvaardig als haar moeder of een geboren leider zoals hij. Ze was enkel Lizzie, de onopmerkelijke, alledaagse Lizzie; een matige leerling die niet slim genoeg was voor een topuniversiteit en die niet zuiver kon zingen, Lizzie die nooit iets bijzonders zou presteren, Lizzie, die met gesloten ogen en open mond op elke gezinsfoto stond als haar vader ergens werd geïnaugureerd of gehuldigd. Je zichtbaar voor iedereen te verstoppen was de eenvoudigste oplossing, en dat stonden de pijnstillers (en, nam ze aan, haar fototoestel) haar toe. Ze had geen antwoord gegeven, en haar vader had niet aangedrongen.

Hij was met haar naar de toiletten gelopen en had buiten staan wachten terwijl ze moest overgeven, had haar valium gegeven en had roddelbladen voor haar gekocht bij het benzinestation. 'Vertel,' had hij geroepen vanaf de chauffeursstoel, waarbij hij even geïnteresseerd had geklonken als hij was in het uitroeien van onrecht, of in Israël. 'Hoe gaat het met Spencer en Heidi uit die realitysoap?' Ze wachtte af tot hij weer over de drugs zou beginnen, tot hij zou proberen er precies achter te komen waarom ze gebruikte, of misschien zelfs gekweld en haperend zou gaan toegeven hoe hij en haar moeder tekort waren geschoten, maar die pogingen deed hij niet, en daar was Lizzie dankbaar om. Toen het buiten donker werd, stelde Lizzie zich voor dat ze zich in een ruimtecapsule bevonden en dat ze door een onmetelijke en lege wereld reisden, de enige overlevenden van een ramp die een einde aan de wereld had gemaakt, vader en dochter, eenzaam op weg. Het klonk gek – zo gek dat ze niet eens probeerde het uit te leggen aan Jeff – maar die achttien uur, toen ze haar vaders onverdeelde en voortdurende aandacht had gekregen, behoorden tot de gelukkigste uren van haar leven.

'Hé.' Jeff keek haar glimlachend aan. Lizzie knipperde met haar ogen. *Airplane!* was afgelopen en Milo lag op de vloer te snurken. 'Slaap je al?'

Ze knikte. 'Bijna.' Ze had gedacht dat ze die nacht helemaal niet zou slapen, nu haar hoofd zo tolde, ze steeds de beelden voor zich zag van haar vader met die Joelle en ze zich afvroeg hoe ze ooit die man die had gelogen en bedrogen zou kunnen verzoenen met de vader die haar helemaal naar Minnesota had gereden, die had gezorgd dat hij volledig op de hoogte was van al het wel en wee in MTV's realityserie *The Hills* en een keer haar haar had vastgehouden toen ze moest overgeven.

Jeff bracht Milo naar bed, tilde daarna Lizzie op en droeg haar naar de tweede verdieping. 'Mijn held,' mompelde ze terwijl hij haar in bed legde, haar sandalen uitdeed en het dekbed tot aan haar kin trok. Hij kuste haar zacht, eerst op haar lippen en daarna op haar voorhoofd. Ze pakte zacht zijn bril van zijn gezicht, vouwde de pootjes in, legde hem op het nachtkastje naast zich en strekte haar armen naar hem uit.

'Kom eens hier,' fluisterde ze. Diana en Gary zouden op zijn vroegst over een uur terug zijn en Milo sliep als een os. Ze trok Jeff op het hoge, smalle bed en voelde niets van de twijfel en aarzeling die ze normaal gesproken voelde bij intimiteit. De eerste keer dat ze met een jongen naar bed was geweest was niet goed afgelopen en ze was sindsdien bang dat de mannen met wie ze was zich plotseling tegen haar zouden keren, haar polsen zouden grijpen en hun mond op de hare zouden dwingen, te hard. Maar Jeff zou haar nooit kwaaddoen. Jeff vond haar leuk.

'Lizzie,' fluisterde hij. Ze liet haar handen over zijn schouders glijden, over zijn rug, en genoot van hoe hij voelde, van zijn warmte en soliditeit, en van hoe stil hij was, hoe onbeweeglijk terwijl hij haar in zijn armen had alsof hij voor altijd zo zou kunnen blijven liggen. Ze maakte gretig de knoopjes van zijn overhemd los, gooide haar eigen topje op de vloer, tot ze huid tegen huid lagen.

Ze liet haar vingertoppen over zijn borstkas glijden, over zijn buikspieren, tot hij zich tegen haar aan drukte en haar kuste tot ze er duizelig van werd. Hij duwde zijn erectie tegen haar buik. Ze spreidde haar benen en duwde haar heupen naar hem toe.

'Is het veilig?' mompelde hij. Lizzie knikte zonder over de vraag na te denken – ze was nog nooit regelmatig ongesteld geweest en ze wist niet meer wanneer haar laatste menstruatie was geweest – maar dit voelde te goed om mee te stoppen.

'Liefje,' mompelde Jeff terwijl hij in haar gleed. 'Mijn mooie Lizzie.' Ze hield hem vast, drukte haar gezicht tegen zijn hals, wiegde tegen hem aan, liet de afgrijselijke dag van zich af glijden en bedacht dat ze zolang ze dit had misschien wel geen drugs nodig zou hebben.

Sylvie

De deur van Richards werkkamer zwaaide open. Sylvie herkende alles wat erin stond, elk meubelstuk, Richards diploma's, de beschilderde mok die Diana op de kleuterschool had gemaakt, waar zijn pennen in stonden; alles, tot de foto van het partijtje voor Lizzies vijfde verjaardag, en die van hen tweeën terwijl ze naast de president en zijn vrouw dansten tijdens het inaugurele bal.

Haar echtgenoot zat op de bank, nog gekleed in het blauwe pak dat ze hem die ochtend in hun hotelkamer had zien aantrekken. ('Alles spic en span?' had hij gevraagd, waarop ze snel zijn schouders en revers had afgeborsteld voordat ze de kamer hadden verlaten.) Hij zat in elkaar gezakt, met zijn stropdas losgemaakt, handen langs zijn zij en Joe Eido, zijn stafchef, een onaangenaam konijnachtig ventje, kaal en met bleke, roodomrande ogen, naast zich. Joe zette de televisie uit. Richard keek even op naar Sylvie en staarde vervolgens woordeloos naar zijn schoot.

Sylvie staarde naar hem; ze voelde nog steeds die vreemde verdoving. Hoe werkte dit? vroeg ze zich af, bij mannen en vrouwen die geen stafchef hadden die als getuige en scheidsrechter fungeerde? Wat zeiden die als ze wisten dat hun ruzie zich niet in het openbaar zou afspelen, als het enkel een man en vrouw alleen in een kamer betrof? Hoe begon zo'n gesprek? Moest ze tegen hem schreeuwen, iets naar zijn hoofd gooien, of gewoon wachten?

Ze bleef naar haar man staren tot Joe uiteindelijk iets zei: 'Ik laat jullie even alleen.'

'Nee,' zei Sylvie. 'Blijf.' Ze begon te lachen; een vreemd verstikt geluid. 'Als het hele land getuige gaat zijn van hoe ik word vernederd, kunnen we net zo goed beginnen bij jou.'

Toen opende Richard zijn mond. 'Sylvie.' Zijn stem, die gewoonlijk vol klonk, bijna bulderend, een stem waarmee je een onrustige menigte of een groep verslaggevers aansprak, was nu niet meer dan een fluistertoon. Ze gaf geen antwoord. Ze stond daar gewoon, in de deuropening, te kijken. Alles aan hem was haar zo overbekend: zijn grote handen, zijn vingernagels, de kale plek die zich, tot zijn afgrijzen, ondertussen over het grootste deel van zijn achterhoofd had verspreid. Ze wist hoe hij klonk, hoe hij smaakte, hoe zijn wang voelde als hij zich 's ochtends net had geschoren, en hoe ruw hij was als hij haar 's avonds goedenacht kuste. 'Het spijt me,' zei hij. 'Het spijt me zo vreselijk.'

Na een lange, ongemakkelijke stilte stond Joe op van de bank, met zijn vingers ineengestrengeld. 'We willen maandagochtend een persconferentie houden,' kondigde hij aan met zijn iele stem.

Sylvie negeerde hem. 'Hoe kón je?' vroeg ze haar echtgenoot. Zo, die was eruit. Haar eerste zin. Ze had gedacht dat haar stem zou breken of beven. Het ging per slot van rekening om haar leven dat uit elkaar viel, het leven waarvan ze had gedacht dat het gelukkig was. Dit was verdriet vermengd met de diepe, diepe schaamte dat ze niet genoeg vrouw was voor haar man, want was dat uiteindelijk niet waar bedrog over ging? Een man ging op zoek naar een andere vrouw als zijn eigen hem niet gelukkig maakte. Maar de verdoving hield haar stem stabiel: ze klonk kalm zoals toen ze de 'dames-die-lunchen' in Philadelphia had toegesproken in haar mantelpakje van tweeduizend dollar, haar lippen met lippenstift, haar voorhoofd glad, haar haar precies goed, alles perfect alsof ze zo uit een catalogus vol echtgenotes voor politici was komen lopen.

Richard zag er daarentegen bevredigend ellendig uit, zo slecht als wanneer hij griep had, wat hem elk voorjaar gebeurde. Dan lag hij te kreunen in bed in zijn flat in Georgetown en greep zijn hoofd vast, klaagde over de pijn en de koorts. Dan ging ze er met de trein naartoe en serveerde hem een week lang thee en kippensoep, en dan kocht ze die zakdoekjes met lotion voor hem die hij zo fijn vond. Dan zette ze de beltoon van zijn telefoon uit en handelde de dringende zaken af tot hij weer beter was.

'Hoe kón je?' vroeg ze nogmaals, en hij gaf ook nu geen antwoord. Drie snelle stappen en ze stond luttele centimeters van hem vandaan, zijn gezicht ter hoogte van haar buik. Ze stak haar hand op en sloeg hem hard tegen zijn oor; een oorvijg, bedacht ze, was waarschijnlijk het correcte woord. Ze gaf hem een oorvijg.

'Hé, hé,' zei Joe Eido, die geschrokken klonk, maar geen aanstalten maakte in te grijpen. 'Niet in zijn gezicht, oké?'

Ze negeerde Joe en sloeg Richard nog twee keer, een keer links en een keer rechts. Het enige wat bevredigend voelde was het geluid, de vlezige klap met haar hand op zijn oor en wang, de wang waartegen ze zo liefdevol haar hand had gedrukt, het oor waarin ze had gefluisterd dat ze van hem hield, waarin ze 'dieper' had gefluisterd, en de namen van hun dochters nadat ze net waren geboren. 'Ellendeling!' schreeuwde ze, en toen liet ze haar handen langs haar zij zakken. En nu? Schreeuwen? Ergens mee gooien? Met een proces dreigen? Tegen hem zeggen dat ze eerst naar een scheidingsadvocaat zou gaan, en daarna naar actualiteitenprogramma *60 Minutes*, dat hij walgelijk was, een schande en een cliché, geen haar beter dan die andere schuinsmarcherende politici, of die golfer, die geweldige, correcte jongeman die ze had ontmoet tijdens een lunch op het Witte Huis waar de Leiders van Morgen samenkwamen, die meer dan tien verschillende vriendinnen bleek te hebben, pornosterren, serveersters en viphostessen, wat dat ook waren?

Ze staarde naar haar echtgenoot. Had hij echt zijn invloed aangewend of iets onfatsoenlijks gedaan om die meid aan een baan te helpen? Waren er nog meer Joelles? Zouden zij en haar dochters worden onderworpen aan een eindeloze stroom van ontboezemingen, de ene chirurgisch verbeterde slet na de andere? Of was het nog erger dan dat? Was er maar één andere vrouw, niet een of andere beeldschone slet, maar een advocate, welbespraakt en slim in plaats van sexy, een vrouw voor wie Richard serieuze gevoelens had? Zou hij haar en de meiden verlaten? En waar zou zij zijn, zonder hem? Ze had zichzelf zo volledig aan Richard gegeven als een non zich aan God gaf; ze had haar hele leven gewijd aan zijn behoeften, aan zijn wensen. Alles wat ze had gedaan, elk kledingstuk waaraan ze zich had onderworpen, elk dieet dat ze had gevolgd en elk trainingsprogramma dat ze had ondergaan, elke keer dat ze haar eigen verlangens had opgeofferd, en die van haar dochters (en natuurlijk haar zekerheid dat ze een rol zou spelen in hun toekomst). Wat zou ze doen als hij haar verving? Waar zou ze gaan wonen, wat zou ze de hele dag doen? Wie zou ze zijn als ze mevrouw Richard Woodruff niet was, als ze Richards vrouw niet was?

Ze staarde naar de foto van de walsende Hillary en Bill, die er smoorverliefd uitzagen. Ze voelde dat ze trilde: haar huid, haar vlees, zelfs haar botten vibreerden na van de kracht van de klap, in de stilte van de kamer die Sylvie gedurende hun lange leven samen honderden, zo niet duizenden keren had gestofzuigd, afgestoft en opgeruimd.

Joe Eido keek steels naar zijn baas en maakte zich toen uit de voeten. Richard keek op. 'Het spijt me,' herhaalde hij.

'Waarom?' vroeg ze met hese stem.

Hij keek weg. 'Ik vond haar leuk.'

'Je meent het,' snauwde Sylvie.

'Ze was...' Ze wachtte tot hij zou gaan zeggen dat ze mooi was, of slim, of grappig, of erudiet, de bevestigingen die hij haar al die jaren geleden allemaal had gegeven. Maar dat zei Richard allemaal niet. In plaats daarvan zei hij: 'Behulpzaam.'

'Behulpzaam?' vroeg Sylvie. 'Behulpzaam?' Ze praatte nu niet meer; ze gilde. Behulpzaam was het afgrijselijkste woord dat ze kon bedenken, nog veel erger dan mooi, slim, grappig of erudiet, aangezien behulpzaam betekende dat die vrouw, die Joelle, had gezorgd dat ze waardevol was voor Richard. Misschien was ze de jongere versie van Sylvie, de versie van Sylvie in Washington, die naar zijn toespraken luisterde, zijn agenda beheerde, regelde wanneer de limousine hem moest komen halen, zijn kleding naar de stomerij liet brengen en zorgde dat hij de namen van alle kinderen van zijn belangrijkste geldschieters kende, en zelfs die van hun honden.

'Weet je wat je met iemand doet die behulpzaam is? Die geef je opslag. Je schrijft een mooie aanbevelingsbrief voor haar. Je gaat niet met haar neuken, gore klootzak!'

Richard liet zijn hoofd zakken. 'Sylvie.'

'Hou je bek,' zei ze. Sylvie bezigde geen grove taal. De edelachtbare Selma vloekte als een bootwerker, Ceil had gedurende haar studiejaren ook heel wat krachttermen laten vallen, in een periode dat iedereen het ontzettend opwindend vond als een vrouw dat deed. Haar dochters riepen ook wel eens iets wat niet helemaal kies was, maar Sylvie bezigde geen grove taal. Ze had het al jaren niet gedaan, maar misschien was het net als met fietsen. Misschien vergat je nooit meer hoe het moest. 'Hou je bek, gore, achterlijke naarling.' Oké, misschien dat ze toch nog een beetje moest oefenen. Ze had het gevoel dat ze de komende weken nog heel wat gelegenheid zou krijgen haar nieuwe, oude vocabulaire weer in gebruik te nemen.

Ze stond voor haar echtgenoot, die met felrode oren naar zijn schoot zat te staren. 'Luister,' zei hij uiteindelijk, en hij wreef met zijn vingers over zijn schedel. 'We moeten bedenken wat we gaan doen.'

Ze wist waarover hij het had – hoe kon ze ook anders, na al hun jaren samen? De officiële functie van een congreslid of senator was dan misschien dat hij wetten bedacht, maar het echte werk was geld binnenhalen. Je zamelde geld in om je verkiesbaar te kunnen stellen en zodra de verkiezingen voorbij waren begon je met geld inzamelen voor de volgende ronde. Een vrouw was heel handig om te hebben voor zulke ondernemingen, een vrouw op wie je kon rekenen voor het organiseren van de feesten, die alle picknicks en parades bezocht, die de gastenlijsten bijhield en de grote donors vertroetelde. Een vrouw kon toespraken geven en naast je staan (en dat natuurlijk allemaal zonder bonussen of ook maar een loonstrookje). Als Sylvie zich terugtrok uit Richards campagne, waren er mensen die dat moesten weten.

'We moeten beslissen...'

Sylvie onderbrak hem. '"We" moeten helemaal niets. "We" is verleden tijd.'

'Ik, dan,' zei Richard. 'Ik moet bedenken hoe het verder moet.' Hij ademde diep in en zijn stem nam zijn bekende spreektoon aan. 'Ik zie het als een persoonlijk falen. Een vreselijke misstap. Ik wil het niet bagatelliseren, absoluut niet, maar dit is geen openbare kwestie. Het was verraad dat niets te maken heeft met mijn dienstbaarheid aan het volk, of...'

'Je hebt een baan voor haar geregeld,' zei Sylvie. Elk woord klonk gesnauwd, hard en overdreven gearticuleerd.

'Sylvie. Luister. Ik weet dat je dit niet wilt horen, maar zo erg is het niet. Het is zo overgewaaid. Echt. Een eendagsvlieg.'

Haar lach klonk vreemd, hol. 'En wat een heerlijke dag zal het voor ons worden.'

'Ze had de papieren voor die baan,' zei hij. 'Ze is afgestudeerd aan Georgetown. Ze heeft vorig jaar vrijwilligerswerk op het kantoor in Washington gedaan, en daarna is ze als juridisch medewerkster aangenomen.'

'Wat verantwoord van jullie,' snauwde Sylvie. 'Hebben jullie in bed bedacht hoe je het allemaal ging verantwoorden? Met een plan voor zorgpremies?'

Richard huiverde. Het hervormen van de gezondheidszorg was een van zijn passies. Een van de passies waarvan zij wist dat het passies waren, tenminste. 'Vuile hufter,' zei ze, omdat ze dat recht had, en omdat het heerlijk voelde om het te zeggen, ook al werden de woorden, die als schreeuw hadden moeten klinken, gedempt door de dikke muren van het appartement, de zware zijden gordijnen en het kleed op de vloer. Dat kleed was het eerste mooie dat Richard en zij samen hadden gekocht. Ze hadden het uitgezocht toen hij zijn eerste bonus had binnengehaald, in 1983. Vijfhonderd dollar. 'We zijn rijk!' had hij gesnoefd terwijl hij de drie trappen van hun appartementje in Brooklyn op was komen rennen, de cheque uit zijn zak had getrokken en hem boven haar hoofd heen en weer had gezwaaid.

'Hoe lang speelt dit al?'

Richards gezicht verschrompelde. Het was net of ze naar zo'n opname keek van een gezicht dat op een appel is getekend, die dan door de weken heen steeds verder inteert, krimpt, en uiteindelijk uit elkaar valt. 'Sylvie... Ik zweer dat ik jou en de meiden nooit heb willen kwetsen. Het verscheurt mijn hart dat ik je pijn doe.'

'Hoe lang?'

Hij liet zijn hoofd zakken. 'Een maand of zes. Misschien zeven. Het is nooit serieus geweest. Een bevlieging.' Hij stond op en pakte haar bij de elleboog. Hij wilde haar naar de leunstoel in de hoek van de kamer leiden. Daar zat ze altijd tijdens hun strategiesessies, als ze bespraken hoe de advertenties eruit gingen zien, welke route de campagne zou volgen, of, die ene vreselijke nacht, toen ze hadden proberen te bedenken hoe ze de arrestatie van Lizzie uit de pers konden houden. Maar deze keer weigerde Sylvie te worden geleid, en ze weigerde te bewegen. Ze bleef stilstaan, met de hakken van haar pumps in het kleed, en staarde hem razend aan. Het was even stil, maar toen sprak Richard verder, aarzelend. Eerste peilingen geven aan... de huidige stemming binnen het kiesdistrict... cruciale initiatieven... het wetsvoorstel over gehandicapten... werk dat nog gedaan moet worden...

Ze staarde hem aan en kon niet geloven wat ze zag. Haar echtgenoot – haar echtgenoot! –, de man die ze had beloofd lief te hebben en te koesteren, de man die had toegekeken hoe ze hun dochters de wereld op had geperst en haar daarbij in het ziekenhuisbed had zien poepen (was dat het probleem? Misschien had de generatie van haar moeder toch gelijk dat ze de mannen in de wachtkamer lieten zitten en nooit het bloed, de schijt en de scheuren lieten zien. Zou dat hen ervan weerhouden in bed te duiken met jonge advocates die nog niet waren ingescheurd?); haar echtgenoot, een man vol eindeloos, grenzeloos zelfvertrouwen, stak een bevende hand naar haar uit, reikte naar haar als een stervende man in zijn ziekbed. 'Sylvie,' zei hij. Ze sloeg zijn hand weg. Ze wenste dat ze hem nog een keer kon slaan, dat ze zijn neus kon breken, dat ze zijn ogen eruit kon klauwen en hem kon verblinden, zodat hij nooit meer een andere vrouw zou kunnen zien.

Hou je van haar? De woorden vormden zich in haar mond en bleven er steken, in een kluwen met een verstikkend gewicht, want dat kon ze hem niet vragen.

'Raak me niet aan,' zei ze in plaats daarvan. 'Waag het niet om me ooit nog aan te raken.' Ze liep van hem weg, naar de deur, en draaide zich toen met haar hand op de deurklink om.

'Ik ga voor onze dochters naar die persconferentie, niet voor jou,' zei ze. 'En ik ga alleen, zonder de meiden.' Ze keek hem fel aan, een blik die hij nog nooit in haar ogen had gezien. 'En waag het niet hen erbij te betrekken. Waag het niet om ook maar een seconde te dénken dat ze naast je op dat podium komen staan om...' – ze hakte met haar hand door de lucht – 'om dit te steunen.' Ze moest zorgen dat haar dochters veilig waren. Daar had ze zich vanaf het begin volledig op moeten storten. Op haar meiden. Niet op deze ontrouwe, slappe man. Ze wist dat Diana zou weigeren deel uit te maken van een dergelijke farce, maar Lizzie zou dat wel doen, uit loyaliteit en haar tomeloze honger naar liefde en goedkeuring van haar vader, haar wanhoop het goed te maken, de jaren van slecht gedrag uit te wissen en zijn lieve meisje weer te zijn. Lizzie zou het doen, en ze zou worden afgemaakt door de betweters, de nieuwslezers met hun geveinsde lieve glimlach, de bloggers, de roddelaars, de twitters, al die walgelijke lui die alleen maar wachtten op het moment dat ze konden toeslaan en veroordelen. Ze zouden haar verleden opdreggen (VERSLAAFDE DOCHTER STEUNT HAAR VADER DOOR DIK EN DUN!). Ze zouden schrijven dat ze futloos haar had en een slechte huid; ze zouden de minst flatteuze foto's uitzoeken om te publiceren; ze zouden de waarheid, walgelijk als die was, aandikken met smerige insinuaties, en Lizzie, zo was Lizzie nu eenmaal, zou waarschijnlijk elk hatelijk, ziekmakend woord lezen. En Lizzie was niet sterk.

'Ik ga,' herhaalde ze. 'Maar zij niet.' En toen... Bel Mel maar voor de sleutels, klonken de woorden van haar moeder in haar hoofd. Zo'n gek idee was het niet. Ze moest hier weg, en Connecticut was een prima plek om te zitten. 'Maandagochtend om negen uur.'

Haar geest ratelde al, was al bezig een plan te bedenken. Ze was vroeger altijd snel geweest, tijdens haar studie, nooit verlegen om een oplossing. Dat kon ze weer zijn; niet ten dienste van hem, maar van zichzelf. Ze zou een koffer inpakken, zich omkleden en een honkbalpetje pakken – haar echtgenoot had er een van elk team in de staat – om op haar hoofd te zetten. Ze zou de achterdeur nemen, 'geen commentaar' zeggen als ze werd opgemerkt door verslaggevers, en naar Ceil gaan.

'Het spijt me zo vreselijk,' zei hij vanaf zijn plek aan de andere kant van de kamer. Nu ze zo naar hem keek, zag ze de geest van de jongen met blote voeten in dat eenpersoonsbed, die jongen die was uitgegleden over het ijs, die haar het hof had gemaakt met whisky en lieve woordjes, die haar had gevraagd of ze hem vertrouwde. 'Ik hou nog steeds van je, Sylvie. Dat is nooit anders geweest.'

Maar wat betekende liefde voor Richard? Dat zij ook behulpzaam was? Dat hij wilde dat ze bleef?

Het doet er niet toe, bedacht ze terwijl de verdoving weer over haar heen viel en haar omklemde als een korset en corrigerend ondergoed. Dit alles – het appartement waar ze jaren had gewoond, de man met wie ze het had gedeeld, het werk dat ze hadden gedaan, het leven dat ze samen hadden opgebouwd – dit alles werd haar ontzegd, alles was weg.

'Mail de details maar naar Clarissa,' zei ze. 'En daarna wil ik je denk ik nooit meer zien.'

'Cookie!' Ceil stond te wachten in de deuropening van haar loft in Chelsea. Ze wierp haar armen om haar vriendin zodra Sylvie de lift uit kwam, trok haar door de metalen deur naar binnen en de verwelkomende koelte van de woonkamer met hoog plafond in. Ceil rook nog net als tijdens hun studie: naar amandelzeep en Coco van Chanel (uit Parijs, had ze tegen haar nieuwe kamergenoot gezegd, ingevlogen door warenhuis Dillard's). Ze zag er ook nog min of meer hetzelfde uit, met roze wangen en opgewekt, klein en solide op haar blote voeten, met een zwarte legging met een korte tuniek erboven, hoewel haar korte haar tegenwoordig meer zilverkleurig dan blond was en ze rimpels rond haar ogen had. Sylvie omhelsde haar vriendin en leunde woordeloos tegen haar aan voordat ze achter haar aan naar de keuken liep. 'Waar bleef je nou?'

'Ik ben met de metro.'

'Pardon?' Ceil staarde haar aan alsof Sylvie had gezegd dat ze via de Hudson was komen zwemmen. Sylvie deed haar Yankees-petje af en zette haar weekendtas bij de deur. Ze had in hun slaapkamer – haar voormalige slaapkamer, bedacht ze – een trainingsbroek met gympen en een kasjmieren vest aangetrokken. Ze was met de lift naar de lobby gegaan en had Juan gevraagd haar er via de dienstingang uit te laten. De verslaggevers en fotografen zouden aan de voorkant staan, wachtend op een goedgeklede dame die in een limousine of taxi zou stappen. Ze waren niet op de uitkijk naar een vrouw met een honkbalpetje op haar hoofd en een weekendtas over haar schouder die naar het metrostation liep alsof ze te laat was voor haar yogales.

Ceils loft was een gigantische rechthoek met een keuken aan de ene kant en drie slaapkamers aan de andere, hoge plafonds en kale, glanzende vloeren van een of andere onuitsprekelijke, zeldzame houtsoort uit Brazilië (een inheemse houtsoort die werd gekapt door inheemse volkeren, had Ceils echtgenoot Larry, die architect was, herhaaldelijk en gedetailleerd uitgelegd tijdens hun housewarmingparty). Alle meubels waren enorm, om Larry, die vroeger verdediger in een footballteam was geweest, een plezier te doen. Aan de witte muren hing uitdagende kunst: zwarte kronkels en groene klodders op enorme, spierwitte doeken, met titels als 'Scheidingslied II' en 'Waarheid en schoonheid', en in een hoek van de ruimte stond een dominante glazen sculptuur die eruitzag als iets wat uit een heleboel tubes Aquafresh was geknepen.

De loft was helemaal van Larry, maar de keuken was Ceils domein, met een laag plafond, gezellige, koperen pannen, marmeren werkbladen en een lange ouderwetse schragentafel die zo uit een Engelse boerderij had kunnen komen. 'Vindt Larry het erg dat hij helemaal niet bij de rest van het huis past?' had Sylvie gevraagd tijdens die housewarmingparty, toen Larry in de woonkamer had staan uitleggen dat die inheemsen die dat zeldzame Braziliaanse hout kapten een verantwoord loon kregen betaald en zelfs een ziektekostenverzekering hadden, en dat allemaal dankzij de vrijgevigheid van microkredieten. 'We hebben meteen afgesproken dat ik de keuken zou krijgen. Larry eet niet echt,' had Ceil gezegd, en toen was het tot Sylvie doorgedrongen dat dat waar was: het lukte Larry op de een of andere manier om zijn footballerslichaam te onderhouden op espresso, die hij uit een apparaat van duizend dollar in zijn werkkamer haalde, aangevuld met eiwitrepen die hij bij zijn sportschool kocht en sandwiches met ei die hij bij de delicatessenwinkel op de hoek aanschafte.

Ceil en Sylvie brachten het grootste deel van hun tijd samen in de keuken door. In een hoek stonden een bankje en een televisie, en er hingen planken aan de muur vol kookboeken en foto's van Ceil, Larry, hun kinderen en hun kleindochter. Sylvie stond die avond tegen het aanrecht geleund, verslagen, verdoofd en buiten adem, terwijl Ceil een beslagkom en twee kloppers in de gootsteen zette.

'Gaat het een beetje?' vroeg Ceil met een stem die hoog, lieflijk en vrolijk klonk als (had Richard ooit opgemerkt) die van een krekel in een Disney-film. 'Waar heb je zin in? Koffie? Chocola? Koolhydraten? Een borrel? Een pistool?' Haar ogen glansden. 'Luister,' zei ze. 'Je hoeft nu niets te beslissen, maar ik heb wat huurmoordenaars voor je opgezocht op internet, en er is een heel actieve gemeenschap van mannen, en misschien zelfs wat vrouwen, die voor een verrassend laag bedrag al je problemen permanent voor je oplossen.'

'Ceil.' Sylvie liet zich op een barkruk zakken. 'Zouden ze dan niet weten dat ik het ben?'

'Ja, daar heb ik ook aan gedacht, maar als ik dat telefoontje nou pleeg en het geld overmaak...'

'Dan zouden ze erachter komen dat je mijn beste vriendin bent.'

Daar dacht Ceil even over na. 'Shit. Misschien dat Larry het dan maar moet doen. Die staat toch wel ver genoeg van je vandaan? Dat kunnen ze nooit bewijzen.' Ze hief haar ronde gezicht en lachte naar Sylvie.

Sylvie liet haar kin op haar handen rusten. De werkbladen glansden zoals altijd van een dun laagje geel stof. Ceil was verslaafd aan Crystal Clear in poedervorm – dat ze Crystal Meth had genoemd tot haar kleindochter Lincoln dat ook ging doen – dat ze per glas klaarmaakte, niet per kan, hoewel ze weigerde te betalen voor afzonderlijke portiezakjes, die, daar wees ze op, per glas bijna twee keer zo duur waren als de grote blikken. Voor elk glas dat ze dronk schudde ze zorgvuldig wat uit zo'n blik, waarbij er altijd wat geel poeder op het aanrecht achterbleef dat zo zoet was dat je mond ervan vertrok.

Ceil draaide zich om op haar blote voeten, boog zich voorover en opende de oven. Een wolk warme, heerlijk ruikende lucht vulde de keuken. 'Kaneel-pecanbroodjes,' kondigde ze aan terwijl ze twee mokken koffie inschonk en een pak room uit de koelkast pakte.

Sylvie omklemde met beide handen de zware mok. Ceils laptop

stond op de bar. Sylvie keek er nerveus naar. De flikkerende screensaver deed haar aan een slangentong denken die lui heen en weer bewoog. Ceil volgde Sylvies blik en klapte het beeldscherm dicht. 'O, nee,' zei ze. 'Geen denken aan.'

Sylvie slikte moeizaam. 'Wat... wat zeggen ze?'

'De gebruikelijke onzin, neem ik aan.' Ceil schonk wat room in een koevormig kannetje – de koeienstaart vormde het handvat en de room kwam uit zijn bek – en schepte met een spatel de broodjes op een blauw-wit porseleinen bord. Ze zette het bord voor Sylvie neer en ging op de barkruk aan de andere kant van de bar zitten. 'Vertel me alsjeblieft,' zei ze, 'dat we hem pijn gaan doen. Een beetje. Niets onherstelbaars.'

Sylvie nipte van haar koffie en onderdrukte een glimlach bij de gedachte aan de een meter vijftig lange Ceil die iemand pijn zou doen. Dat zou ze dan waarschijnlijk met haar staafmixer doen. Ceil geloofde heilig in de herstellende kracht van soep en gebruikte haar blender van september tot mei aan één stuk door, waarbij ze allerlei soorten vlees en groente tot vloeibare onderwerping bracht. Ze serveerde tijdens al haar dinertjes cappuccino, die ze halverwege aanbood nog even op te kloppen. 'Ik neem aan dat de pers dat wel voor zijn rekening neemt.'

'Dat is waar, maar *ík* haat hem!'

Sylvie knikte. Ze verwachtte ook niet minder van haar dramatische vriendin, en zij haatte hem op dat moment ook, maar het lag gecompliceerder dan dat: er speelde haat, liefde, loyaliteit, gêne en eenzaamheid, eenzaamheid bij de gedachte aan een leven zonder Richard, en al die emoties klotsten als een giftig drankje rond in haar hoofd en ingewanden. Ze nam aan dat Ceil, die haar getuige was geweest en Richard vrijwel even lang kende als zij, zich ook zo voelde. Ze knabbelde aan een broodje en stelde toen de vraag waarvoor ze hier naartoe was gekomen, recht voor zijn raap: 'Had jij enig idee? Wist jij ervan?'

'Beslist niet.' Ceil gaf direct antwoord en haar blauwe ogen stonden onschuldig. Ze prikte met haar vork in haar eigen broodje. 'Hoewel ik heel eerlijk moet toegeven dat ik niet zeker weet of ik het je zou hebben verteld als ik het wel had geweten. Dat was niet aan mij geweest.'

Sylvie staarde haar aan. 'Je bent mijn beste vriendin!'

'Maar hij is je echtgenoot. En het huwelijk is een mysterie.' Ze stak haar handen omhoog, haar handpalmen naar de hemel gericht. 'Dat was niet aan mij geweest,' herhaalde ze. 'Maar ik ben er voor je. Wat je ook gaat doen. Wat je maar wilt.'

'Ik kan niet bij hem blijven,' zei Sylvie, en zodra ze die woorden hardop had uitgesproken, wist ze dat ze waar waren.

Ceil knikte, niet verrast. 'Moeten we een advocaat bellen?' Ze tikte op haar notitieblok. 'Ik heb een lijst gemaakt.' Ceil opende het blok. 'Of eigenlijk staat er een lijst op de website van *People*. Je kunt kiezen uit de advocaat die de vrouw van Charlie Sheen heeft gebruikt toen hij in Colorado met een mes achter haar aan ging, en dan heb je die van die vrouw met acht kinderen, van wie de echtgenoot het met een meisje deed dat hij in een bar had leren kennen...'

Sylvie slikte moeizaam, ze was draaierig. 'Geen advocaat,' lukte het haar te zeggen, en ze nam in een poging tot rust te komen nog een slokje koffie. 'Het enige wat ik nu wil, is hem niet zien.' Ze nam nog een slokje. 'Ik heb hem geslagen.'

'Echt waar?' Ceils ogen begonnen te glinsteren. 'Goed zo! Met je vuist, of een vlakke hand?'

'Het was meer een klap. Tegen de zijkant van zijn hoofd. Zijn oor...' Haar stem ebde weg. Ze dacht aan Richards oren, aan die mooie, roze rondingen. Ze had zo vaak bedacht dat hij de oren van een kleine jongen had. Verder was hij helemaal volwassen geworden, was hij grijzer, gerimpelder, slapper en dikker geworden, maar zijn oren waren nog net zo mooi en zacht als toen ze hem had leren kennen, zo mooi en zacht als ze geweest moesten zijn toen hij nog een jongetje was, godzijdank nog steeds zonder die lelijke plukjes haar die zo veel mannen van zijn leeftijd hadden. Hoe kon ze hem haten als ze zo vol tederheid aan zijn lichaamsdelen dacht?

Ze liet haar hoofd op de bar zakken en voelde even later Ceils kleine hand tegen haar onderrug. 'Je kunt hier zo lang blijven als je wilt.' Sylvie onderdrukte een huivering terwijl ze de logeerkamer voor zich zag, Larry's pièce de résistance. Het bed was gemaakt van onbewerkt berkenhout dat ruwweg in de vorm van een nest was geduwd. Je moest over scherpe spiesen, die alle kanten op staken, klimmen om op het matras te komen. Aan de muur hing een zeer verontrustend kunstwerk, een wit-op-wit geschilderde olieverfovaal met een enkele klodder rood in het midden die *Nageboorte* heette.

'Misschien een paar nachten,' zei ze. 'Daarna ga ik ergens anders naartoe. En ik wil niet dat je tegen Richard zegt dat ik hier ben.'

'Ik zeg niets tegen Richard tenzij jij dat wilt. En voor dat moment heb ik al wat gepaste opmerkingen klaar.' Ze klopte Sylvie nogmaals op haar rug. 'Waar ga je naartoe? Canyon Ranch? Lake Austin? Rancho La Puerta? Heb je behoefte aan gezelschap? Ik kan best een ruzie met Larry veinzen en met je meegaan, hoor.' Ze trommelde met haar vingers op de bar terwijl ze zat na te denken. 'Waar je ook naartoe gaat, ik zou Clarissa van tevoren laten bellen om de situatie uit te leggen.' Meer getrommel. 'Hoewel iedereen daar ondertussen wel van op de hoogte zal zijn.'

Sylvie dacht aan de laptop met zijn flikkerende beeldscherm. Ze dacht aan een liedje van Leonard Cohen dat Lizzie vaak luisterde, keer op keer op keer, midden in de nacht, en dat haar eerlijk gezegd nu ze erop terugkeek had moeten waarschuwen. Het heette 'Everybody Knows', iedereen weet het. Toen gouverneur Eliot Spitzer in de problemen zat had ze uit een mengeling van medeleven en leedvermaak de naam van Silda Spitzer gegoogeld en was zich kapot geschrokken van wat ze had gelezen (maar het was ergens ook wel erg spannend geweest). 'Wat ging er in haar hoofd om? Silda sluit zich aan bij de "First Wives Club" van de Democraten.' 'Wat is nog walgelijker dan een liegende, bedriegende, hypocriete politicus?' had een verontwaardigde blogger zich afgevraagd. 'Een echtgenote die verbijsterd staat toe te kijken hoe haar ontrouwe echtgenoot zijn excuses aan het volk aanbiedt. Hebben die vrouwen dan geen enkel gevoel van trots?'

Geen enkel gevoel van trots, dacht ze. Maar wat was trots als je die afzette tegen een leven dat ze geweldig had gevonden? Wat moest ze nu, alleen, op haar leeftijd? Hoe kon ze ooit opnieuw beginnen, zonder man, zonder baan, zonder plaats in de wereld? Ze liet zich door Ceil naar de badkamer leiden (nog meer wit marmer, witte handdoeken en een gigantisch wit bubbelbad) en kleedde zich uit zonder naar haar lichaam te kijken, zonder acht te slaan op de kwabben en rimpels, de striae en littekens die er uiteindelijk alleen maar toe konden leiden dat ze zichzelf met Joelle zou gaan vergelijken, die naar alle waarschijnlijkheid glad en zacht was als een rozenblaadje. Ze kneep haar ogen dicht en stapte in bad, waar ze lag te weken tot het water koud werd. Toen wikkelde ze zichzelf in een badlaken van Ceil en liep die afgrijselijke logeerkamer in. Ceil had het bed opgemaakt met flanellen beddengoed met bloemmotief waarvan Sylvie zich afvroeg of Larry er ooit onder had geslapen of ook maar op de hoogte was dat het zich in zijn huis bevond. Op het nachtkastje stond een kop stomende thee te wachten, met nog een kaneelbroodje ernaast, en een stapel stukgelezen romans waarvan ze sommige nog herkende uit hun studietijd. Ze stapte behoedzaam op de matras. Haar onderrug bonkte en haar benen deden pijn. Haar borstkas voelde alsof ze in elkaar was geslagen. Ze legde haar handen, vol levervlekken, met de mooi verzorgde nagels, over haar hart en duwde zich in de matras, in een poging de pijn te verlichten. Ze lag bewegingloos in bed tot haar vriendin zacht de kamer binnen glipte en het licht uitdeed.

Diana

Gary was te laat. Typerend, dat haar man te laat was op een avond als deze, zodat ze veroordeeld was om alleen te zitten wachten in haar zwarte jurkje met sandaaltjes met bandjes en hoge hakken. Ze zat uit het raam te staren dat helemaal openstond om de warme zomerlucht binnen te laten en had het gevoel, of in ieder geval het idee, dat ze alle ogen in de ruimte op haar voelde branden.

Als je het haar vrienden of buren zou vragen – niet dat iemand dat ooit had gedaan of zou doen – nam Diana aan dat ze zouden zeggen dat Gary en zij er redelijk gelukkig uitzagen. Oké, hun seksleven was in hun zeven jaar huwelijk nooit verder ontwikkeld dan plichtmatig, maar dat wisten de buren niet, en Diana had geen moeite met plichtmatig en had zichzelf voorgehouden dat ze gewoon niet zo'n behoefte had aan seks, en dat het voor iedereen op den duur minder spannend werd allemaal.

Ze genoot van de alledaagsheid van haar leven, van de balans die het haar was gelukt te creëren tussen haar werk op de Spoedeisende Hulp en de dagen thuis met haar zoon. Milo was een gemakkelijke baby geweest, rustig en goedgeluimd, was altijd braaf gaan slapen in de zonnige kamer die Diana zelf had geschilderd en ingericht, en was altijd blij geweest als ze hem uit zijn wiegje tilde. Ze was stapelgek op hun gezellige rijtjeshuis van baksteen, ook al was het grotendeels leeg. Ze werkte diensten van twaalf uur, drie dagen per week, en op haar vrije dagen ging ze met Milo naar de speeltuin, naar muziekles, naar een sportclubje en deden ze samen boodschapjes, zoals naar de stomerij of de kruidenier. Na de lunch zong ze hem in slaap en was ze een paar uur met het huishouden bezig, deed ze de administratie of vouwde ze de was terwijl hij sliep. En dan, net op het moment dat ze zich begon te vervelen, dat ze dacht dat ze dat ene verhaaltje niet nóg een keer kon voorlezen, datzelfde liedje niet nóg een keer kon zingen en datzelfde spelletje niet nóg een keer kon doen, was het tijd om weer aan het werk te gaan, terug naar de chaos, de hoge eisen en de adrenaline van de Spoedeisende Hulp in een grote stad, waar je nooit wist wat er door de deuren binnenkwam. Diana vond het allemaal heerlijk.

Ze woonden in een leuke wijk; het was geen New York, maar het had genoeg te bieden. Er waren op loopafstand barretjes, Franse cafés, Vietnamese restaurantjes, bakkerijen en Italiaanse ijssalons, en natuurlijk op elke straathoek de verplichte koffiebar, en dan ook nog een ambachtelijke brouwerij waar ze tevens de heerlijkste groenteburgers verkochten die ze ooit had gegeten. Op zondag probeerde ze met Gary allerlei tentjes uit om te brunchen, aten ze de ontbijtpizza bij Café Estelle en de tosti's bij Sabrina's, duwden ze Milo in zijn wandelwagen en hielden ze hem toen hij groter werd aan de hand terwijl ze wandelden, etalages keken, bij mensen naar binnen gluurden om te kijken hoe zij hun woonkamer hadden ingericht en naar het parkje in de buurt gingen om hem op de glijbaan te laten spelen voordat ze weer naar huis liepen. Dan bedacht ze, terwijl de buren hen begroetten en een aangename middag haar wachtte – Milo zou een dutje doen, of lezen, of met zijn lego spelen, en Gary zou voor de televisie zitten met zijn laptop op schoot zodat Diana een paar uur voor zichzelf had om een flink stuk hard te lopen en lang in bad te gaan –, gelukkig, zelfs een beetje zelfvoldaan, dat ze precies het leven had dat ze altijd had willen hebben: de echtgenoot, het kind, en het nest dat ze gezellig aan het maken was. Op de beste dagen was het niet zo moeilijk om het plagerige, zeurderige stemmetje in haar hoofd stil te krijgen, het stemmetje dat net zo klonk als haar zusje en zei dat Gary niet al te slim was, en dodelijk saai, dat Gary, met zijn voorliefde voor computerspelletjes en YouTube-filmpjes, niet de juiste man voor haar was; dat hij eigenlijk hoe dan ook niet echt een man was.

Diana had tijdens haar studie wel eens iets gelezen over gearrangeerde huwelijken en hoe die het beter deden dan zogenoemde liefdeshuwelijken omdat de mensen in een gearrangeerd huwelijk bij voorbaat al weten dat ze het zonder romantiek en passie moeten doen. Ze weten van tevoren dat hun huwelijk iets is wat ze van de grond af moeten opbouwen en waarvoor ze hard moeten werken om het te onderhouden. Diana vond het een logische verklaring, aangezien ze toen ze haar oog op Gary had laten vallen eigenlijk haar eigen huwelijk had gearrangeerd, een man had gekozen die in alle opzichten acceptabel was en een huwelijk had opgebouwd met dezelfde wilskracht en concentratie waarmee ze had gestudeerd. Maar hoe ouder ze werd, hoe meer zorgen ze zich ging maken dat passie, chemie, aantrekkingskracht of hoe je het ook wilde noemen een soort glazuur was dat je over de scheuren en kuilen in een slecht gebakken cake kon smeren. Passie was wel belangrijk... en die had ze nooit echt gevoeld voor Gary.

De seks, die nooit geweldig was geweest, was sinds Milo's geboorte zelfs slechter geworden, en steeds sporadischer. Zelfs als ze niet uitgeput was, zelfs als ze thuiskwam uit het ziekenhuis of van een dagje in de speeltuin en het bed opgemaakt aantrof, de was opgevouwen, een smakelijke en gezonde maaltijd klaargemaakt en de tafel gedekt, zelfs als er iemand was die met Milo naar de speeltuin, de bibliotheek of het kindermuseum ging voor een paar leerzame uurtjes, had Diana geen zin. Ze lag zich 's avonds over het algemeen naast Gary in bed tot hij in slaap was gevallen druk te maken over hoe dicht ze naar dat cliché in de vrouwenbladen van de echtgenote die niet meer naar haar man verlangde was gegroeid. Toen ze met Hal was had ze dergelijke artikelen gelezen met een hooghartig gevoel van superioriteit en had ze die jonge moeders zo stom vinden klinken. Hoe moeilijk was het nou helemaal om een paar kussen te ondergaan, je benen te spreiden en wat symbolisch te kreunen in de vijf (of drie) minuten die hij nodig had om zijn kwakje te deponeren?

De waarheid die tot haar doordrong toen ze zelf moeder werd was dat ze het soort seks dat haar vriendin Lynette een 'liefdadigheidsbal' noemde ondraaglijk vond. Na een dag waarin ze voor patiënten had gezorgd die naar de Spoedeisende Hulp waren gekomen met ongemakken van een splinter tot ellende als een zeldzame en moeilijk op te sporen parasiet, en een avond waarin ze voor haar zoon had gezorgd, verdroeg ze nog een stel handen of lippen op haar lichaam niet, verdroeg ze nog iemand die iets van haar wilde niet.

Toch bleef ze het proberen. Op zaterdagavond schoor ze haar benen, borstelde ze haar haar en floste ze extra zorgvuldig, en als Gary dan naar haar glimlachte vanuit de krochten van de bank, als hij dan zijn laptop dichtklapte en haar op zijn plagende toon vroeg of ze aan haar huwelijkse plicht wilde voldoen, dwong ze zichzelf terug te glimlachen, en dan liet ze hem haar hand pakken en zich naar de slaapkamer leiden. Soms was het binnen de kortste keren weer achter de rug. ('Sorry,' hijgde haar echtgenoot dan terwijl hij uitgeput verschrompelde tegen haar dijbeen. 'Sorry Diana, maar het was ook al even geleden.') Verdrietig genoeg was dat het beste scenario. Het ergste was het als het oneindig lang duurde. Dan lag Diana onder haar echtgenoot, met haar handen op zijn magere schouders, haar gezicht tegen zijn hals gedrukt terwijl hij pompte, pufte, hijgde en zweette. Ze kreunde wel eens wat om hem aan te sporen, en dat hielp nu en dan... maar soms rolde Gary van haar af zonder te zijn klaargekomen.

'Je bent ook zo nat,' zei hij dan op bijna verwijtende toon. Dan zuchtte hij naar het plafond, pakte zijn glibberige penis vast en begon te pompen, met de getergde gezichtsuitdrukking van een man die wordt gedwongen de sneeuw van de oprit te vegen op het moment dat de wedstrijd net leuk begint te worden. Dan lag Diana naast hem en vroeg zich af wat de etiquette nu voorschreef: moest ze helpen? En zo ja, hoe dan? Dan rolde ze op haar zij en liet haar wang op zijn borstkas rusten, voelde zijn ademhaling snel op en neer gaan, wachtte op die laatste zucht, die laatste rilling en de explosie van die naar bleekmiddel stinkende, kleverige smurrie.

'Wil je even een handdoek voor me pakken?' vroeg hij dan, nog hijgend, waarop ze zich uit bed haastte, blij dat ze een excuus had om weg te gaan.

Hij was een goede vent, en aardig, maar de onderwerpen waarover hij wilde praten – sport, de mash-ups die hij op zijn computer maakte, de verscheidene rollenspellen die hij op internet speelde en spannender vond dan zijn echte leven – waren nou niet bepaald onderwerpen die haar interesseerden. Maar wat moest ze dan? Ze had het beloofd, ze waren getrouwd, ze hadden een kind. Ze was willens en wetens, met open ogen met hem getrouwd. Als ze, zoals dat werd gezegd, haar billen had gebrand, moest ze nu op de blaren zitten. Liefde was een keuze. Dat had ze eens gelezen in een roman die een patiënt in de wachtkamer had achtergelaten. Liefde was een keuze en zij was vastberaden voor de liefde te kiezen, vastberaden haar huwelijk te laten slagen, vastberaden niet te falen.

Vertel het hem. Die woorden dreunden al maanden, jaren, ondanks haar vastberadenheid, in haar hoofd. Vertel het hem, dacht ze dan als ze haar e-mail las of het ondergoed van haar echtgenoot stond op te vouwen terwijl er een politieactieserie op televisie blèrde. Vertel hem hoe je je voelt. Het is niet eerlijk om getrouwd met hem te blijven, te doen alsof alles koek en ei is, te doen alsof je iets voelt wat je helemaal niet voelt.

Als ze onder de douche stond, haar tanden poetste of de krant van de stoep haalde, oefende ze het in haar hoofd. Gary, we moeten praten. Ik moet je iets vertellen. Ik voel me... En op dat punt stopte ze altijd. Wat waren de woorden voor wat ze moest zeggen? De zin die door haar heen ging was: 'Ik ben gewoon nooit verliefd op je geweest', maar die ging niet werken. Ze kon het niet maken om haar echtgenoot met zulke afgezaagde woorden aan de dijk te zetten, om haar gezin te vernietigen, de eerste stappen in het ontbinden van haar huwelijk te zetten, zijn hart te breken en mogelijk tevens dat van haar zoon. Maar welke woorden waren dan beter?

Ze zat in het restaurant in de duisternis te staren, haar benen over elkaar onder haar zwarte jurkje, van haar wijn te nippen, tot haar echtgenoot uiteindelijk bezweet en verfomfaaid binnenkwam. Er stak een puntje overhemd uit zijn gulp.

'Hoi schat,' zei hij terwijl hij naar haar hand reikte. 'Sorry dat ik zo laat ben. File.' Haar hart kromp ineen toen hij haar aanraakte. Ze voelde geen vonk, geen connectie, niets behalve irritatie en het verlangen alleen te worden gelaten, of nog beter: weer thuis te zijn, waar ze Milo's chocoladechips zou tellen en met hem zou kletsen over naast wie hij had gezeten tijdens de lunch en of hij ooit zou worden gekozen als dierenhelper op school. ('Ik moet altijd opruimen na het eten!' klaagde hij dan. 'Het is niet eerlijk!')

Gary voelde aan dat ze zich niet prettig voelde en tuurde naar haar vanaf de andere kant van de door kaarslicht verlichte tafel. 'Gaat het wel?'

'Prima,' zei ze, en ze dronk haar glas leeg. De ober kwam met een notitieblokje en pen in de hand, waarmee hij Gary aanzette tot zijn kenmerkende uit-eten-routine, waarbij hij praatte tegen de menukaart.

'Neem ik jou, of neem ik jou?' zei hij terwijl hij naar verschillende maaltijden wees. 'Wie gaat het worden? De cassoulet? De coq au vin? Welke van jullie twee?'

'Gary,' zei Diana zacht maar ferm. 'Het is een lange dag geweest. Kies nou maar gewoon iets.' Als je hem lang genoeg zijn gang liet gaan, bracht hij rustig tien minuten door met het ondervragen van voorgerechten, en dat met zijn Al Pacino-stem, waarbij hij een antwoord eiste.

'Ik zei toch al dat we ook thuis konden blijven?' bracht hij haar in herinnering. Diana sloot haar ogen en wachtte tot Gary uiteindelijk de biefstuk met friet koos. Diana bestelde gekookte tong, met de saus apart, en nog een glas wijn. Toen stond Gary op. 'Even de jongeheer uitlaten,' zei hij. Dat was nog zo'n eigenaardigheid van haar echtgenoot. Hij was niet in staat naar het toilet te gaan zonder aan te kondigen waar hij naartoe ging en wat hij daar ging doen. Even de grote piet uithangen. Even mijn broer een hand geven. Even naar het vlees kijken.

Ze zat aan tafel met het broodmandje, een schaaltje met boter en een leeg wijnglas voor zich. Dit is wat het is, bedacht ze. Ze zou nooit bij hem weggaan om haar minnaar... Niet dat Doug ooit zou willen dat ze dat zou doen. Dus zat ze opgescheept met Gary, die zijn jongeheer uitliet; Gary, met zijn mash-ups; Gary, die naast zijn computer en de fles handlotion zijn volgesnoten tissues voor Diana achterliet om weg te gooien; Gary, de rest van haar leven.

Voordat ze er erg in had stond ze ineens op, sloeg haar sjaal om haar schouders en liep snel naar de standaard van de gastvrouw en de hoge eikenhouten deuren erachter. Ze was er bijna toen de ober, die zo te zien nog geen achttien was, op haar af kwam snellen. 'Mevrouw? Is er iets?'

'Even een frisse neus halen.' Diana's stem klonk alsof hij van een andere planeet kwam. Ze hing haar tasje over haar schouder en liep de avondlucht in.

Ze was rond Rittenhouse Square park, door Chestnut Street en helemaal naar Independence Mall gelopen toen haar enkels, die rauw voelden van de dunne bandjes van haar sandaaltjes met hoge hakken, weigerden nog een stap te zetten. Ze ging met haar tasje op schoot op een houten bankje zitten. Toen begon ze ineens te huilen, ze wist niet waarom: om haar vader, de verrader, of haar moeder, die was verraden, of zichzelf, een verraadster en bedriegster die gevangenzat, gevangen in een huwelijk met een man van wie ze niet hield.

Zo kan het niet verder, bedacht ze. Haar telefoon begon in haar tasje te zoemen. Doug. GAAT T? Ze glimlachte. Ze kon er niets aan doen. Hoe kon ze hem weerstaan? OK, typte ze terug. Een paar seconden later lichtte het schermpje weer op: KOM JE?

Ze sprong op en hield een taxi aan. Ik verdien dit, zei ze tegen zichzelf. Een uurtje maar. Zestig minuten genieten na deze afgrijselijke, afgrijselijke dag. Tien minuten later stond ze met haar schoenen in de hand in een portiek in een smal straatje in Zuid-Philadelphia op de deur van haar minnaar te kloppen.

Ze had Doug Vance op de Spoedeisende Hulp leren kennen. 'En wat hebben we vandaag allemaal te doen?' had Diana haar coassistent op die regenachtige vrijdagochtend gevraagd. De wachtkamer vulde zich alweer met lammen, blinden, diabetici, amechtige ouderen en koortsige kinderen, die urenlang naar de televisie aan het plafond staarden of in versleten, zes maanden oude tijdschriften bladerden.

'Eddie Taylor is er weer,' zei Karen, die opgewekt en efficiënt was en Diana aan zichzelf deed denken, als ze een meter vijftig en Aziatisch zou zijn geweest. Ze gaf Diana zijn dossier. Diana keek er kort naar en rolde met haar ogen. Onder REDEN VOOR BEZOEK had Eddie, een goede bekende van de Spoedeisende Hulp, DRUIPUNDE LUL geschreven. Die spelfout zou helemaal niet zo irritant zijn geweest, bedacht Diana, als Eddie niet een maand daarvoor ook al was geweest, met precies dezelfde druipur. Ze bladerde door een stuk of zes dossiers: een oude man met diarree, een tiener die de hele nacht had overgegeven, oorpijn, hoofdpijn, en...

Diana tuurde naar het dossier. 'Voet tijdens nieuwjaarsparade onder praalwagen van de Mummers gekomen?'

'Hij is coassistent bij Chirurgie,' zei Karen sarcastisch. 'Zeker feestgevierd gisteravond. Hij zal wel in slaap zijn gestort en vanochtend de schade pas hebben opgemerkt.'

Diana pakte de dossiers, duwde de deur van Onderzoekkamer 3 open en trof Doug Vance op de onderzoektafel aan, een gespierde, breedgeschouderde jongen met rossige wangen en donkere krullen. Hij had een donkerblauwe sweater aan met een trainingsbroek met witte biesjes over de lengte van de pijpen. Aan zijn ene voet droeg hij een witte sok en sportschoen. De andere was bloot en steunde op een zakje ijs.

Hij grijnsde schuldbewust naar haar. 'Goedemorgen, dokter.'

'Jij ook goedemorgen.' Ze bekeek zijn enkel, die spectaculair verkleurd was en enorm gezwollen. 'Wauw.'

'Is dat de medische term?'

'In het Latijn, ja.' Doug Vance zag er bekend uit. Ze keek naar zijn gezicht – de ronde wangen, brede gelaatstrekken, de enigszins scheef in zijn gezicht geplaatste neus – en toen weer naar zijn enkel, die een en al paarse, gele en zwarte vlekken was. Ze trok een paar handschoenen aan en raakte de huid zacht aan, alert op een huivering, een gesiste inademing. Doug Vance rook, niet onaangenaam, naar zweet en bier, wat betekende dat zijn reacties mogelijk onbetrouwbaar waren. 'Ben je coassistent?'

'Eerstejaars. Dus dat zou toch moeten betekenen dat ik beter zou moeten weten.'

Ze pakte zijn tenen vast. 'Wat is er gebeurd? Moet ik even met die andere jongen gaan praten?'

'Jongens. Meervoud. Een heel stel, gekleed in pailletten. Hoewel die andere jongen technisch gezien een Firestone-band is.' Doug slaakte een zucht. 'Kunnen we het niet gewoon een rugbyblessure noemen?' Hij keek terneergeslagen naar zijn enkel. 'Dit is allemaal nogal gênant.' Diana maakte aantekeningen terwijl hij haar opbiechtte wat er was gebeurd. Het verhaal vertelde over een kroegentocht en uiteindelijk een ruzie met een groep verklede feestgangers die vroeg in de ochtend onder het viaduct van de I-95 bij Reed Street stond te oefenen voor de optocht. 'Sorry hoor, maar ze liepen in jurken. Hoe konden wij dan weten dat het niet de bedoeling was dat we naar ze floten?' vroeg Doug gegriefd. 'We zijn hier niet opgegroeid.'

'Aha.' Als Doug ernaar zou hebben gevraagd, zou hem zijn verteld dat de Mummers, zo ging de officiële versie tenminste, hardcore heteroseksuelen uit Zuid-Philadelphia waren die het hele jaar oefenden voor een nieuwjaarsparade over Broad Street, waarbij ze gekleed gingen in opzichtige rokjes met veren en pailletten. Sommigen bespeelden snaarinstrumenten en anderen dansten. Ze werden vrijwel allemaal stomdronken en er eindigden er altijd een stel bij de Spoedeisende Hulp, waar ze dan de eerste dag van het nieuwe jaar in bed vierden, aangesloten aan een infuus, kotsend in niervormige bakjes en biddend om goddelijke interventie. 'Dus dat draaide uit op een gevecht?'

'Er was een woordenwisseling.' Doug dacht even na. 'Denk je dat ik me zorgen moet maken om mijn baan?'

'Vanwege een gevecht met de Mummers? Als het aan mij was, kreeg je een medaille.' Ze draaide zijn enkel naar links en toen naar rechts, hield zijn tenen vast en duwde zijn voet omhoog en omlaag. Zijn huid voelde warm en er groeiden kleine, lichtbruine en krullende haartjes op zijn enkels en kuiten. 'Hoeveel pijn doet het? Op een schaal van 1 tot 10?'

'Vijf... Au, dat is een zes,' zei hij toen ze weer iets met zijn enkel deed. 'En dat een zeven. Au.'

'Ik denk dat het alleen een flinke kneuzing is, maar we maken voor de zekerheid toch maar even een foto. Blijf hem maar goed koud houden.'

'Oké,' zei hij... en tenzij ze gek was geworden keek hij haar aan zoals mannen kijken naar vrouwen die ze interessant vinden. Maar dat was niet zo... toch?

'Er komt zo een verpleegster voor een drukverband en je krijgt krukken mee.' Ze klopte hem op zijn goede been, een professioneel klopje, zei ze tegen zichzelf; zo zou ze elke patiënt aanraken. 'Sorry.'

'Het is niet jouw schuld.' Hij grijnsde lief. Diana vroeg zich af of hij nog dronken was, en ze vroeg zich ook af hoe oud hij was. Vijfentwintig? Zesentwintig? Ze kon natuurlijk even in zijn dossier kijken...

Hou op, zei ze tegen zichzelf. Hou hier onmiddellijk mee op. Maar ze kon zich er niet van weerhouden naar hem te kijken, naar zijn rossige wangen, naar hoe zijn borstkas bewoog als hij sprak, en ze kon niet anders dan opmerken dat hij naar vers gemaaid gras rook, en naar mout en hop, en daaronder naar iets zoeters, iets onweerstaanbaars. Ze zag Doug Vance op een manier waarop ze zichzelf niet had toegestaan naar een man te kijken sinds de dag dat ze haar jawoord had gegeven.

Zet hem uit je hoofd, dacht ze. Neem afscheid, doe de deur dicht, was je handen en ga naar Eddie met zijn gonorroe.

En dat deed ze ook... maar drie uur later, na een ochtend waarin ze heel wat penicilline, pijnstillers en slecht nieuws had verstrekt, liep ze de wachtkamer binnen en trof daar nogmaals Doug Vance aan. Zijn krukken stonden tegen de muur en zijn verbonden voet rustte op een bijzettafeltje naast een stapel folders met daarin FEITEN OVER HOOFDLUIS.

'Niets gebroken,' zei hij glimlachend terwijl hij op zijn goede voet ging staan. 'Goede diagnose. Kan ik je een kop koffie aanbieden?'

Ze gaf niet direct antwoord. Misschien wist hij niet dat ze was getrouwd. Ze droeg op haar werk haar ringen nooit. Anders moest ze zich maar zorgen maken dat ze vies zouden worden of zouden beschadigen.

'Dan kun je me beschermen,' zei hij terwijl hij al naar de deur hopte, 'als de Mummers terugkomen.'

Ze liep achter hem aan. 'Ben je daar bang voor?'

'Die Mummers zijn een wraaklustig stelletje. Dat kan ik zien.' Hoewel hij op krukken liep, hield hij de deur voor haar open, en ze voelde hoe ze op hem reageerde toen ze langs hem heen liep, bijna zo dicht bij hem dat haar haar zijn wang raakte.

Ik moet je iets vertellen, dacht ze toen ze tegenover hem zat en van haar café latte nipte. Ze had al wat bruggetjes naar 'mijn zoon' en 'mijn echtgenoot' bedacht, en ze zou achteloos laten vallen dat ze binnenkort dertig werd. Maar dat gebeurde nooit. Ze kletsten vanzelfsprekend, over hun opleiding, over restaurants en hardlooproutes, over wat ze van haar werk vond. (Diana legde zo positief als haar lukte uit dat ze niet het geduld had voor steeds dezelfde patiënten, dat ze die opeenstapeling van een hele levensduur aan ziektes en klachten niet zou kunnen verdragen en dat ze daarom liever acute gevallen behandelde, die ze daarna weer kon wegsturen.) Er was op de een of andere manier een uur omgevlogen en Doug vroeg: 'Luister je wel eens muziek?'

'Natuurlijk,' loog ze.

'Er speelt vanavond een band in de Khyber. Screaming Ophelia?' Tegen de tijd dat hij de naam had uitgesproken was het haar duidelijk dat die band heel bijzonder moest zijn, dus knikte ze, hoewel ze er nog nooit van had gehoord en nauwelijks wist waar de Khyber was, een club waarvan zelfs zij wist dat hij berucht was om het goedkope bier en de bereidheid van de uitsmijter om 's werelds slechtst nagemaakte identiteitsbewijzen toe te laten. Ze was er uiteraard nog nooit geweest. Het was geen plek waar getrouwde moeders van rond de dertig naartoe gingen.

Hij grijnsde naar haar, waarbij een ongelooflijk aantrekkelijke voortand met een missend hoekje zichtbaar werd. 'Kom je ook?'

'Misschien,' zei ze. Haar mond voelde droog. Lizzie kon voor Milo zorgen... of als Lizzie plannen had kon Gary het doen. Hij zou zuchten en steunen, maar dan kon híj eindelijk eens Milo uit *Lemony Snicket* voorlezen, zorgen dat Milo zijn tanden poetste en zijn schone kleren voor de volgende ochtend klaarleggen... zodat zij naar die club kon met deze intrigerende nieuwe man.

Ze had gedacht dat ze zodra ze thuis was dat hele optreden van die band zou vergeten, en Doug idem dito, maar dat was niet het geval. Toen het avondeten was afgeruimd zei ze tegen Gary: 'Ik moet nog een paar uur naar het ziekenhuis.' Hij begon te grommen, zoals ze had geweten dat hij zou doen – Lizzie was naar de AA, wat betekende dat hij voor Milo moest zorgen – maar Diana had hem genegeerd en had haastig de vaat in de machine gezet terwijl hij in de leunstoel *Sports Illustrated* zat te lezen en Milo iets voor zichzelf las.

Ze had in de slaapkamer haar allerstrakste spijkerbroek aangetrokken, met een witte kanten blouse die ze in de uitverkoop had gekocht, met een vierkante halslijn en lange pofmouwen. Ze had hem nog nooit aangehad, want ze ging nooit ergens naartoe waar hij gepast was. Diana trok beneden haar regenjas aan terwijl Milo stond te onderhandelen om een kwartier extra leestijd, en toen knielde ze voor de kast op zoek naar haar oude cowgirllaarzen, die ze al sinds de middelbare school had, maar die al vijftien jaar in een schoenendoos in een hele reeks kasten hadden doorgebracht. Ze had haar make-up in haar tasje gepropt terwijl Gary een enorm luidruchtige show van het naar bed brengen van Milo maakte ('Mannenavond, kerel!' zei hij met een ondertoon van mokkend plezier die zijn irritatie nauwelijks verhulde). 'Ik ben om een uur of twaalf terug!' riep ze, en ze haastte zich de deur uit.

Er gaat niets gebeuren, zei ze tegen zichzelf terwijl ze een Starbucks binnen dook, zichzelf op het toilet opsloot en haar make-uptasje tevoorschijn trok. Ze veegde wat parfum achter haar oren en tussen haar borsten, bracht bronskleurige oogschaduw op haar oogleden aan en stiftte haar lippen glanzend rood. Ik doe niets verkeerd, ik ga alleen naar een band luisteren. Ik ga een avondje uit.

Ze arriveerde iets na halftien in de club. Gary, wist ze, zat onderuitgezakt op de bank naar een herhaling van *Law & Order* te kijken, en Milo zou – alstublieft, God – als een roos liggen te slapen, op zijn rug, met zijn laken tot aan zijn kin, onschuldige kinderdromen dromend.

'Tien dollar,' zei de man op de barkruk bij de deur. Ze betaalde en liep de donkere, smalle ruimte in.

Screaming Ophelia was halverwege een cover van Better Than Ezra's 'Good'. Ze leunde tegen een muur en stond te luisteren toen Doug haar uiteindelijk signaleerde en energiek aan kwam huppen op zijn krukken. 'Hé!' schreeuwde hij, waarbij hij zo dicht naar haar toe leunde dat ze zijn adem tegen haar oor voelde kietelen. 'Ook een biertje?'

Ze knikte. Toen hij eenmaal op weg naar de bar was, trok Diana zich terug in een hoek, waar ze met haar rug tegen de muur werd gedrukt door de menigte (wat een boel krijsende meiden! Wie had er gedacht dat er zo veel krijsende meiden in Philadelphia woonden?). De band, vond ze, was wel aardig en compenseerde met geluid wat hij ontbeerde aan talent. Maar Doug was een heel ander verhaal. Ze keek toe hoe hij naar de bar hopte in zijn spijkerbroek en een T-shirt met korte mouwen dat omhoog kroop als hij zijn armen optilde, waarbij een heel aanlokkelijk stukje vlees tussen het shirt en zijn broek zichtbaar werd. Zijn armen spanden zich aan terwijl hij met zijn krukken liep. Diana kon niet ophouden met staren terwijl de band aan een cover van Richard Thompson begon: '*O, mascara tears, bitter and black / Spent bullet drilled a hole in my back / Salt for the memory, black for the years / Black is forever, mascara tears.*' Diana sloot haar ogen en zei nogmaals tegen zichzelf dat ze niets verkeerd deed en dat het nog niet te laat was om weg te gaan.

Toen ze haar ogen opendeed, stond Doug voor haar met twee plastic bekertjes bier in zijn hand.

'Je bent zowaar gekomen,' zei hij.

'Er was alleen een herhaling van *Grey's Anatomy*,' zei ze.

Hij begon te grijnzen en bekeek haar van top tot teen, met een blik in zijn ogen die ze normaal gesproken beledigend zou hebben gevonden. Ze likte over haar lippen en gooide in een typische Lizziebeweging haar haar over haar schouders. 'Leuke blouse,' zei hij. Diana voelde dat haar hele lichaam rood werd. Leuke blouse. Zulke erotische woorden had ze nog nooit gehoord.

Hij reikte haar een van de bekertjes aan. 'Vind je het wat?' schreeuwde hij. Op het podium deed een andere band ondertussen onuitsprekelijke dingen met 'Smells Like Teen Spirit', een misdaad die die arme dode Kurt Cobain niet verdiende. '*With the lights out it's less dangerous*'. Inderdaad, met het licht uit was het minder gevaarlijk. Kende Doug Nirvana, of was dat van vóór zijn tijd?

In plaats van hem te bedanken voor de uitnodiging en het drankje af te slaan, de straat op te rennen en de eerste taxi aan te houden die ze zag, pakte Diana het bekertje aan en bracht haar mond naar zijn oor, langs de onweerstaanbare roze ronding van zijn wang. Ze ademde diep in en bedacht dat zijn geur – nootmuskaat, pijnboomnaalden, afgestreken lucifers – net zo'n heerlijke rush was als die van crack of crystal meth. Nam ze aan. Misschien dat haar zusje haar dat kon vertellen. 'Dank je,' schreeuwde ze.

Hij bestudeerde haar nogmaals. 'Je ziet er geweldig uit.' Zijn mond was in de buurt van haar hals – om praktische redenen, natuurlijk, om te zorgen dat ze hem kon verstaan – maar ze voelde zijn stem in haar glijden, door haar huid en spieren, en als het balletje in een flipperkast elke kubieke centimeter in haar lichaam verlichten. Dit kan ik niet, dacht ze. Dit kan ik niet.

Toen leunde Doug naar haar toe, met een arm aan beide zijden van haar hoofd, en toen waren zijn lippen ineens op de hare, heet en eisend, en kuste ze hem terug, drukte ze een hand tegen de zachte haartjes in zijn nek, duwde ze zich tegen hem aan terwijl haar knieën knikten en ze bedacht dat het nog nooit zo had gevoeld, niet met Gary, en misschien zelfs ook wel niet met Hal.

'Ooh,' ontglipte het haar terwijl hij haar tegen de muur en zichzelf tegen haar aan drukte, en god, ze voelde hem helemaal, elke heerlijke gespierde centimeter van zijn lichaam, zijn solide schouders, de spieren onder de huid van zijn borst en buik...

Ze dwong zichzelf haar hoofd weg te draaien en in te ademen. Waar was ze mee bezig? Hij was student, zij was arts, een medewerkster van de universiteit. Ze was getrouwd, ze was moeder, en los van dat alles stond ze in een zaal vol mensen die haar allemaal konden betrappen en het konden vertellen. Het aan iemand konden vertellen. Aan Gary, aan de rector, aan het hoofd van het ziekenhuis, die ellendige Hank Stavers, die zich zichtbaar ongemakkelijk voelde met de vrouwelijke artsen in zijn staf en die het ongetwijfeld heerlijk zou vinden om haar het leven zuur te maken. 'Nee,' zei ze. 'Doug. Dit kan niet... Ik ben...' Getrouwd, wilde ze net zeggen toen hij haar lippen bedekte met die van hem.

Ze zoenden en zoenden. Ze kon er niet genoeg van krijgen, van zijn lippen, die heet tegen de hare voelden, van zijn tong, die zo heerlijk in en uit haar mond gleed, van zijn handen tegen haar billen, van hoe hij haar tegen zich aan hield, van hoe hij zo hard kneep dat ze piepte van pijn en genot. Hij hief zijn hoofd en keek haar aan, zwaar ademend en met half samengeknepen oogleden.

'Naar buiten,' zei hij op een toon die meer een opdracht was dan een verzoek. Diana voelde het effect dat zijn stem op haar had, op haar buik, tussen haar benen, hoe hij als een band aan haar trok. Hij draaide zich om op zijn krukken en ze liep achter hem aan tussen de mensen door, de duisternis in, de straat op, een parkeergarage in en op de in alle opzichten ontoereikende achterbank van wat ze later hoorde dat de Honda Civic van zijn moeder was, die Doug een paar maanden te leen had. Daar consummeerden ze hun liefde, of wat het ook was dat het was, met Diana op haar rug op de achterbank, met haar laarzen tegen het zijraam en haar trouwring om haar vinger. Diana huilde terwijl een orgasme door haar lichaam gierde, waarbij ze zo hard tegen het raam trapte dat ze bang was dat ze er met de hak van haar laars doorheen zou gaan. Ze zag de oceaan voor zich, en hoe zout water over haar hoofd stroomde, hoe ijzige golven haar neus, haar mond, haar ogen en haar longen vulden, en ze verwelkomde het water, hoewel het haar de adem ontnam, omdat ze eindelijk, eindelijk iets voelde.

Sylvie

SYLVIE STOND MAANDAGOCHTEND IETS NA NEGEN UUR IN HAAR CORrigerende ondergoed en mooiste mantelpakje (marineblauw, geen zeegroen) zes ondraaglijke minuten op het podium naar de zee van verslaggevers te kijken terwijl haar echtgenoot zijn diepe berouw onder woorden bracht. De persconferentie werd gehouden in de Grand Hyatt's Regency Kamer, een uitermate nietszeggende, perfect neutrale ruimte die overal had kunnen zijn, of helemaal nergens. Hij was bijna Bijbels, bedacht ze terwijl ze met een half oor luisterde naar de woorden die op het scherm voor het podium voorbij rolden en vervolgens op magische wijze uit de mond van haar echtgenoot klonken, die achter een standaard naast de Amerikaanse vlag stond. Hij had gezondigd. Hij was arrogant. Hij was overmoedig. 'Ik ben zo dom geweest mezelf ervan te overtuigen dat de regels op mij niet van toepassing waren.' Sylvie ging anders staan en bedacht dat hij beter klonk als zij zijn teksten redigeerde.

De toespraak ging verder. Richard gaf toe dat hij zijn gezin pijn had gedaan. Dat hij het vertrouwen van zijn vrouw had geschaad. Bij die woorden wendde Richard zich tot Sylvie met een gepijnigde blik in zijn ogen die theatraal en geoefend op Sylvie overkwam. Ze staarde hem onderkoeld aan tot hij zich weer tot zijn script wendde en hielp zichzelf herinneren dat het nog erger kon. Die arme Dina McGreevey, vrouw van de gouverneur van New Jersey, had op een vergelijkbaar podium als dit moeten staan aanhoren hoe haar echtgenoot toegaf dat hij haar niet alleen had bedrogen met een staflid, maar tevens dat hij – verrassing! – een 'homoseksuele Amerikaan' was.

'Ik weet dat ik de vergeving van degenen die ik onrecht heb aangedaan of het begrip van de bewoners van New York niet verdien,' reciteerde Richard. 'Maar de fouten die ik heb begaan zijn persoonlijk, niet politiek.' Sylvie slikte een zucht weg. Larry was haar die ochtend om zes uur een sandwich met ei komen brengen, had haar op de wang gekust en had haar succes gewenst. Ze was met een taxi naar de stad gegaan en was om zeven uur in hun appartement, zodat ze tijd genoeg had om te douchen, zich om te kleden en alles in te pakken wat ze wilde meenemen.

Toen ze het niet langer meer had kunnen uitstellen was ze de gang in gelopen en had ze op de deur van Richards werkkamer geklopt. Hij zat achter zijn bureau, in zijn goede pak, met een knie te wiebelen. Er zat een beetje scheercrème op zijn wang, en ze reikte zonder nadenken naar een tissue voordat ze zichzelf tegenhield. Laat zijn vriendinnetje het er maar af vegen, bedacht ze.

'Sylvie,' zei hij.

'Ik heb de autosleutels nodig.'

Hij knikte, alsof hij dat al had verwacht. 'Ik zal Joe even vragen of hij ze voor je pakt.' Hij was even stil. Ze wilde net de kamer uit lopen toen hij zei: 'Ik kan niet in woorden vatten hoezeer het me spijt.'

Daar dacht ze even over na. 'Dat zal wel niet.'

'Het was stom,' zei hij.

Daar gaf ze niet eens antwoord op.

'Ze was...' Hij hief zijn handen in de lucht. 'Ze was zo...'

Aanwezig? vroeg Sylvie zich af. Aantrekkelijk? Sexy? Beschikbaar? Nee. Dat was het allemaal niet. Ze was behulpzaam, zoals Sylvie dat zelf ook was geweest, zo hulpvaardig dat het ten koste van haar eigen dromen was gegaan. Ze wilde de details niet horen. 'Ik ben niet geïnteresseerd,' zei ze. Ze had die nacht diep geslapen, met hulp van een geel-groene capsule die Ceil haar had gegeven, maar ze voelde zich nu plotseling uitgeput en wilde niets liever dan zich op haar bed opkrullen – vroeger hún bed –, haar ogen sluiten en deze dag aan zich laten voorbijgaan zonder dat ze eraan deelnam.

'Het was stom,' zei hij nogmaals. 'Ze was...' Zijn stem ebde weg. Sylvie keek hem aan met de harde blik die ze normaal gesproken alleen bij Lizzie inzette, wanneer ze wist dat die ergens over loog.

'Wat was ze?'

Hij zette zijn been stil, trok zijn schouders op en hief zijn handen. 'Eerlijk gezegd deed ze me aan jou denken, Syl.'

'Maar dan een twintig jaar jongere versie van mij,' zei Sylvie hooghartig. 'Als je echt iets aparts had willen doen, had je een zestigjarige moeten kiezen.' Het lukte Richard zuinig te glimlachen, en Sylvie voelde hoe haar eigen mond daarop reageerde. Het was zo eenvoudig, verraderlijk eenvoudig, om met hem door te gaan op hun oude, bekende toon. Ze kende hem al zo lang, kende het ritme van zijn spraak, wist precies wat hem zou doen glimlachen. 'Of je had gewoon trouw kunnen blijven,' zei ze met een iele stem. 'Dat is ook altijd een mogelijkheid geweest.'

Hij reikte naar haar hand. Ze deed een stap achteruit, zodat hij haar niet kon aanraken, maar hij leunde naar voren, greep haar hand en trok haar naar zich toe. 'Ik wil dat je me vergeeft,' mompelde hij. 'Ik wil niet dat dit het einde van onze relatie betekent, Syl, het einde van ons gezin.'

Daar dacht ze even over na, over haar gezin, over Diana, haar briljante maar humorloze oudste, en Lizzie, haar dromerige, zwervende, verdwaalde meisje. 'We zijn een mooie foto,' zei ze. We zijn attributen die alleen bestaansrecht hebben om jouw leven aantrekkelijker te maken, dacht ze... en zij had dat laten gebeuren. Ze had haar gezin, haar dochters, attributen laten worden.

'Dat is niet waar.'

Ze keek hem aan en liet de stilte haar enige antwoord zijn. De verdoving was weg en ze voelde het nu, de pijn en de schande, die ze waarschijnlijk elke dag, tot haar dood, zou voelen. Richard slikte, en zijn adamsappel ging heen en weer. Op dat moment zag ze hem zoals hij was geweest: een student op zijn kont op het ijs, een dronken jongen op een keurig opgemaakt bed die tegen haar zei dat hij president wilde worden.

Ze dwong zichzelf weg te kijken toen hij zei: 'Ik weet dat ik niet het recht heb om het ook maar te vragen, maar denk je dat je me ooit kunt vergeven?'

'Ik weet het niet,' zei ze. Even later keek hij weg, en hij liet haar hand los. Een minuut daarna kwam Joe Eido de gang door marcheren om hem te laten weten dat het tijd was. Ze had er dat weekend, die ochtend, tijdens de autorit naar het hotel met Derek stoïcijns achter het stuur, geen moment aan gedacht haar echtgenoot te vragen wat hij precies van plan was te gaan zeggen. Persoonlijk, niet politiek? Wat een overmoed, dacht ze. Wat een trots! Verwachtte hij nu dat iedereen hem ging feliciteren omdat hij, ondanks alle speculatie, geen geld had verduisterd om die meid te betalen en ze gekwalificeerd was gebleken voor de baan die hij voor haar had geregeld? Was dit een triomf omdat hij niemand had verkracht, omdat hij geen stom antwoord over een wandeltocht had gegeven, omdat er geen geld mee gemoeid was geweest, er geen sekstape was en er geen doden waren gevallen?

'Ik heb overwogen mijn functie neer te leggen,' vervolgde hij. De flitslichten waren zo fel, en het waren er zo veel, dat Sylvie alleen licht zag. Ze kneep haar oogleden half dicht tot het licht vervaagde. Straks ben ik weer alleenstaand, had ze de avond ervoor tegen Ceil gezegd, waarop Ceil had geantwoord: 'Weet je, het probleem daarmee is al die onzekerheid. Een man die je nog nooit naakt heeft gezien...' Haar stem was weggeëbd, maar Sylvie had begrepen wat ze bedoelde. Ze was op dat podium begonnen met haar Kegel-oefeningen: ze had haar bekkenbodem zo strak ze kon aangespannen en was vijf seconden zo blijven staan, waarna ze hem langzaam weer had ontspannen. Het had waarschijnlijk net zo veel effect als de put dempen als het kalf verdronken is, of specifieker nadat het kalf twee kinderen heeft gebaard, maar het kon vast geen kwaad.

Het geluid van de menigte zwol aan terwijl de verslaggevers, meer dan dertig stuks, anders gingen zitten en de cameramannen de beste hoek voor hun close-ups zochten, waarbij er zo veel geroezemoes klonk dat Richards stem onhoorbaar dreigde te worden. Hij leunde dichter naar de microfoon om te compenseren. 'Maar aftreden zou de weg van de minste weerstand zijn. Hoewel ik mensen van wie ik hou heb gekrenkt, heb ik geen financiële misstappen begaan en heb ik geen wetten gebroken. En ik zal mijn taak afmaken. Ik ben ervan overtuigd dat ik de inwoners van deze staat nog steeds kan dienen in de senaat, en dat zal ik dan ook blijven doen.'

Richard boog zijn hoofd. 'Ik heb een vreselijke fout gemaakt. Ik heb mijn dochters verraden. Ik heb...' Hij kwam niet meer uit zijn woorden. Dat heeft hij zo geoefend, bedacht Sylvie. 'Ik heb de vrouw verraden die me het beste kent, die me al tweeëndertig jaar lang kent en die al tweeëndertig jaar van me houdt. Maar ik heb nooit, en ik zal nooit' – en bij deze woorden keek hij op, met rechte schouders en zijn kaken vastberaden op elkaar, lang en solide in zijn dure blauwe pak – 'de mensen verraden die ik dien, het volk van de grote staat New York.'

Toen Richard klaar was met praten stond ze naast hem, met haar linkerschouder licht tegen zijn rechter, terwijl de camera's flitsten. Ze had geen idee hoe ze eruitzag of wat haar gezichtsuitdrukking was. De verdoving was weer terug, in alle hevigheid, en liet haar zo als bevroren achter dat ze haar gezicht niet meer voelde. Verslaggevers riepen vragen. Richard wendde zich af. 'Dat was het,' zei hij, en toen reikte hij naar haar. Ze liet hem haar hand pakken, maar zodra ze langs de wimpels waren gelopen die het podium afscheidden van de tochtige gang erachter trok ze hem weer los.

'Als je me wilt excuseren,' zei ze tegen Joe Eido, die naast Richard stond met een oplettende blik in zijn bleke ogen, alsof Sylvie was veranderd in een onbekende hond, een hond die mogelijk ging bijten. Haar tas stond nog waar ze hem had achtergelaten, onder een tafel vol borden met bagels en potten koffie. Ze liep naar de damestoiletten, haalde een legging en een wijde trui uit haar tas, trok haar mantelpakje, panty, corrigerende ondergoed en beugelbeha uit en propte alles in de grote tas die ze speciaal voor die reden had meegenomen.

Ze trok haar comfortabele kleding aan en haalde de autosleutels uit het ritsvakje in de tas. Toen ze de deur opende, was de gang leeg. Iemand had de bagels en koffie weggereden. Jammer. Ze had het hele weekend nauwelijks gegeten, hoewel Ceil haar had proberen over te halen met kip met room, koekjes, kaneelbroodjes en chocoladecake en Sylvie voor de zoveelste keer kookles had aangeboden. Toen ze net waren getrouwd, had Sylvie gekookt. Ze had de eenvoudige maaltijden gemaakt waar Richard zo van hield, met gehakt en crèmesoep van Campbell als voornaamste ingrediënten; kip met een korstje van paneermeel en lekker gehaktbrood. Maar toen waren ze naar Manhattan verhuisd, waar je tientallen soorten eten binnen enkele minuten kon laten bezorgen... en als je een echtgenoot had die altijd pas laat thuiskwam, je ene dochter op pasta met boter en brood met pindakaas leefde en de andere op haar tiende vegetarisch was gaan eten, was bezorgen de enige slimme oplossing. Tegen de tijd dat de meiden de deur uit waren bracht Richard zijn werkdagen in Washington door terwijl Sylvie alles in New York City regelde en hem alleen in de weekenden zag. Ze lunchte over het algemeen buiten de deur, met Ceil of op benefieten voor de vrouwenopvang of de bibliotheek, en het eenvoudigste wat je dan 's avonds kon doen, na een dag in de auto, op een vergadering of met Richard, was een soepje bestellen of een salade meenemen. Haar moeder kookte alleen op feestdagen, dus er was ook geen sprake van een traditie van familierecepten. Sylvie was haar gebrek aan kookvaardigheid gaan zien als iets wat ze niet kon veranderen.

Ceil had haar dat weekend proberen te verleiden met poëtisch geschreven kookboeken, glanzende foto's van prosciutto van wild zwijn, van olie glinsterende olijven op rustieke schaaltjes en glanzende geroosterde eend met een krokant korstje en vijgen. Pornografie, vond Sylvie, voor dames van een bepaalde leeftijd. Niet dat ze zich ergens toe verleid had gevoeld. Ze zou alles proeven, zei ze tegen Ceil. Ze zou tafeldekken en wijn inschenken, ze zou elke pot en pan die haar vriendin gebruikte om biefstuk van de haas met rodewijnsaus, zelfgebakken cake en salade van babyspinazie met walnotenolie in te maken afwassen, maar ze zei tegen Ceil dat ze gewoon geen zin had om iets nieuws te leren. Toch wenste ze nu dat ze een muffin in haar tas had gedaan, of zelfs zo'n smerige eiwitreep van Larry die naar rubber met chocola smaakte, want ze stierf ondertussen van de honger en had niets te eten bij zich.

Joe en Richard stonden een stukje verderop in de gang voor een televisie die op een nieuwszender stond. Sylvie had niet willen kijken, maar haar blik werd getrokken door een flits blauw. Haar marineblauwe mantelpakje. Ze bleef even staan terwijl de bekende, clichématige klanken van 'Stand By Your Man' de ruimte vulden, en ze zag zichzelf op dat podium, een integrale uitzending van wat er een kwartier geleden had plaatsgevonden. Ze zag er rondborstig, vet en oud uit, met een haakneus en haar handen ongemakkelijk gevouwen voor haar taille, het tweed van haar mantelpakje te strak gespannen over haar heupen: die extra centimeters, dat flapperende vet dat ze al tien jaar probeerde weg te trainen terwijl ze haar tijd veel beter had kunnen besteden met... wat? Het bedienen van haar echtgenoot, volgens het oude wijf met de verweerde huid en de coltrui dat nu werd geïnterviewd.

'Dat is precies wat ik bedoel,' antwoordde de vrouw op tv op een vraag die Sylvie niet had gehoord. 'Vrouwen, onderwerp u aan uw echtgenoot zoals de Kerk u aan God onderwerpt. Zo staat het in de Bijbel, en de Bijbel liegt niet. Als Sylvie Woodruff thuis haar zaakjes op orde zou hebben gehad...' De vrouw keek betekenisvol in de camera.

'Jane,' begon de vaderlijke interviewer. Hij heette Greg Saunders. Sylvie kende hem; Richard en zij hadden hem te eten gehad in hun appartement in Georgetown. 'Verwijs je daarmee naar traditionele geslachtsgemeenschap?'

Sylvie dwong zichzelf diep in te ademen, het beeld van zichzelf dat op haar netvlies stond gebrand te vergeten: gerimpeld, vol kwabben en oud, in haar te strakke mantelpakje naast een man die haar had beschaamd en die haar hart had gebroken, terwijl ze daar stond en eruitzag alsof hij haar niet had onteerd, alsof ze nog van hem hield, in een poging te vergeten dat er mensen waren, en waarschijnlijk een heleboel, die dachten dat dit haar schuld was.

Ze staarde naar Richards rug. Hij zou met Joe, die naast hem stond als een aangelijnd kapucijnaapje, al die programma's kijken en de chats op internet bijhouden. En dan zouden ze daarna een opiniepeiling laten uitvoeren, die op 5 procent nauwkeurig was en zou beginnen met de magische woorden: Als de verkiezingen morgen zouden zijn...

Ik ben er klaar mee, bedacht ze. En toen zei ze het hardop: 'Ik ben er klaar mee.' Richard draaide zich om en zijn gezicht verzachtte toen hij haar zag. Hij stak zijn hand naar haar uit, alsof ze die zou aannemen, alsof alles wat moeilijk was achter hen lag.

'Sylvie?'

Ze negeerde hem. Ze hief haar hoofd, rechtte haar schouders en liep zonder een woord te zeggen langs zijn uitgestrekte hand en zijn bekende gezicht.

II

Drijven of verdrinken

Sylvie

'SST,' SISTE EEN VROUW MET EEN ROZE HOED VAN SATIJN EN VOILE DIE eruitzag als een ambitieus paashoedje tegen een microfoon op het podium in een veel te hete zaal in Zuid-Florida. 'Dames. Dames! Sst!' Kloddertjes spuug spoten uit haar mond en landden op het podium. Sylvie huiverde en hoopte maar dat ze het discreet weg kon vegen voordat haar toespraak zou beginnen. Het rook in de ruimte naar bloemstukken, naar tien verschillende en met elkaar wedijverende soorten parfum en een zweem van dierenurine. Dat kon je natuurlijk ook wel verwachten, bedacht Sylvie, als je je evenement organiseerde in dierenreservaat de Monkey Jungle.

Selma zat naast haar in haar knie te knijpen. 'Gaat het?' vroeg Selma. Sylvie knikte, hoewel dat helemaal niet waar was. Het was vijf dagen na de persconferentie van Richard, ze was ver van huis en verre van in orde.

Sylvie was na de persconferentie teruggegaan naar Ceil. Clarissa had Sylvie haar programma voor het komende halfjaar gemaild, met daarop al haar toespraken, vergaderingen en lunches die ze had toegezegd bij te wonen en alle gesloten veilingen die ze had beloofd te organiseren. Na wat diep reinigende inademingen en twee glazen wijn hadden Sylvie en Ceil zich op de lijst gestort en hadden ze verscheidene directeuren en voorzitters gebeld om mede te delen dat Sylvie helaas verhinderd was. Bijna iedereen had heel begripvol gereageerd, van de voorzitter van de bibliotheeklunch tot de organisator van het ballet. De voorzitster van de commissie van de gesloten veiling in de synagoog had gemopperd – 'we rekenden echt op u en de senator,' had ze op smekende toon gezegd – maar toen had Ceil een weekend in haar huis op Shelter Island aan de veiling gedoneerd, en een les van haar dochter, Clemmie, die in *New York Magazine* werd beschreven als de beste pilatesinstructrice in de stad, waarop de vrouw er nors mee had ingestemd Sylvie van de lijst te schrappen.

Iedereen had haar vrij gegeven, behalve het hoofd van de afdeling Zuid-Florida van Vrouwen voor Vrouwen, een liefdadigheidsinstelling die geld inzamelde voor ex-daklozen die op weg terug waren van een opvanghuis naar een leven met een baan. Sylvie zat al jaren in het landelijke bestuur, waarvoor ze toespraken gaf, prijzen uitreikte en bemiddelde dames eraan hielp herinneren wat hun verplichtingen jegens hun minder fortuinlijke zusters en hun kinderen waren.

'Maar u heeft het belóófd,' had de voorzitster van de afdeling, ene Wendy Silver, gezegd toen Sylvie had gebeld. Wendy woonde in Boca, maar ze had een Long Island-accent dat zo uitgesproken was dat Fran Fine van *The Nanny* er sereen en geraffineerd bij klonk.

'Dat weet ik,' had Sylvie gezegd, en ze had reuze haar best moeten doen om rustig te blijven. 'Maar zoals u misschien begrijpt zijn mijn omstandigheden onlangs nogal drastisch gewijzigd.'

Daar was Wendy geheel immuun voor. 'Er komen vijfhonderd vrouwen die elk honderdachttien dollar hebben betaald om u te zien.'

'Dat begrijp ik...'

'Om nog maar te zwijgen,' ging Wendy verder alsof Sylvie niets had gezegd, 'over onze engelen, die duizend dollar per jaar doneren als sponsor van een kind met een sociale achterstand, en onze zilveren engelen, en de Gouden Halo-kring.' Ze vertelde gedetailleerd hoeveel elk groepje jaarlijks doneerde en voegde nadrukkelijk toe: 'U kunt zich niet terugtrekken!' Sylvie vermoedde dat de dames vóór het nieuws dat haar echtgenoot ontrouw was geweest heel tevreden zouden zijn geweest met de vervangster die ze had aangeboden te regelen. Maar nu wilden ze haar natuurlijk per se zien: de onteerde vrouw, in hoogsteigen persoon en van dichtbij. Ze snakten er natuurlijk naar haar gezicht te kunnen zien, en haar figuur, om vervolgens te kunnen bepalen of Richard reden had gehad om vreemd te gaan. 'U heeft een contract getekend,' snerpte Wendy Silver triomfantelijk, 'en we hebben u al betaald.'

Wat waar was. Ze had een contract ondertekend; ze was al betaald en Sylvie had haar honorarium zoals gebruikelijk aan een opvanghuis voor zwangere tieners in New York geschonken. Dus daar was ze, in het mantelpakje dat ze had gedragen naar de persconferentie, met haar veel te geamuseerde moeder aan haar zijde. ('De wijven van Boca Raton,' had Selma hen genoemd nadat ze Wendy Silver van top tot teen had bestudeerd, een voorspelbaar uitgemergelde vrouw van een niet nader te bepalen leeftijd van ergens tussen de vijfendertig en zestig, met stijf geverfd haar en een gezicht vol vullers. Wendy had Prada-pumps gedragen, gigantische diamanten en een kleurrijk gebreid Missoni-jurkje dat Sylvie bij Saks had gezien en waarvan ze wist dat een ex-dakloze moeder met twee kinderen er een maand ruim van zou kunnen leven.)

'Dan wil ik nu graag onze sponsors bedanken: BMW Boca, juwelier Jay Green... dames! Alstublieft! Sst!' De dame met de hoed stond nog steeds te sissen op het podium en de dames in het publiek negeerden haar nog steeds. Sylvie was naar genoeg lunches als deze geweest, zowel als spreekster als als gast, om te weten dat de dames hier niet waren om naar toespraken te luisteren of vrouwen te steunen die de reis van een uitkering naar een zelf verdiend inkomen aan het maken waren. Hun toegangskaartje van honderdachttien dollar gaf hun het privilege te zien en gezien te worden, te paraderen in pakjes met een prijskaartje van vier cijfers en op hakken van tien centimeter, om hun botox en gesprayde bruine teint te showen, hun diamanten en hun goud, nauwelijks van hun lunch te eten en geen hap van hun dessert te nuttigen terwijl ze roddelden over wie er ging scheiden, wie er een verhouding had, wie er was afgevallen en wie er was aangekomen, en zich goed te voelen – zelfs rechtschapen – terwijl ze dat deden. De dame met de hoed zou deze vijfhonderd lunchende dames net zomin het zwijgen op kunnen leggen als ze vijfhonderd krolse poezen stil zou kunnen krijgen.

Sylvie pakte haar vork en prikte in het glibberige rechthoekje zalm dat op haar bord lag, dat ook niet zou hebben gesmaakt als de zaal niet naar apenpies had gestonken. Het goede nieuws was dat ze tenminste niet de hoofdspreker was, daar hadden ze een stand-upcomedian voor ingehuurd. Sylvies taak was het voorstellen van de Moeder van het Jaar. Vijf minuten, beloofde ze zichzelf, en ze nam een slokje van haar mierzoete ijsthee. Vijf minuten op dat podium, en dan zou ze door de achterdeur wegglippen, waar haar auto met chauffeur zou staan te wachten om haar naar het vliegveld te rijden, van waar ze terug zou vliegen naar New York.

Ze had de sleutels van het huis in Connecticut, maar ze was na de persconferentie naar Palm Beach vertrokken, naar het vakantiehuis van haar moeder. Selma, die normaal gesproken in New York verbleef rond deze tijd van het jaar, was achter haar aan gevlogen en Sylvie had de drie daaropvolgende dagen doorgebracht in de schaduw van haar moeder. Ze ontbeet daar met een snee toast en een hardgekookt ei, gevolgd door een les wateraerobics voor tachtigplussers, daarna een lunch van tonijnsalade met tomaat, gevolgd door een dutje, of eerlijk gezegd een poging te slapen in het logeerbed, maar het enige wat ze daar had gedaan was naar de ventilator aan het plafond staren en bedenken hoe kwaad ze was en hoe verraden ze zich voelde. Het avondeten was om vijf uur, in een van de delicatessenzaakjes of Italiaanse restaurants waar Selma vaak kwam, plaatsen waar ze haar kenden en waar ze niet met alleen haar naam werd begroet, maar ook met haar titel. 'Goedenavond mevrouw de rechter,' zeiden ze dan als ze haar pasta serveerden. Dan zat Sylvie in een salade te prikken of knabbelde ze aan een stukje knoflookbrood terwijl haar moeder een monoloog hield over alles van de toestand in de Europese Unie tot die van haar dochter. 'Spreek je hem nog?' vroeg ze dan, waarop Sylvie haar hoofd schudde. 'Gaat het goed met de meiden?' vroeg ze vervolgens, waarop Sylvie knikte. Dan waren ze om een uur of zeven weer thuis, uiterlijk acht uur. Dan ging Selma lezen, want hoewel ze was gepensioneerd hield ze de kranten en advocatuurbladen nog nauwkeurig bij. Dan probeerde Sylvie ook te lezen, maar die trof zichzelf steeds op dezelfde bladzijde van haar roman aan.

'Dan wil ik nu,' zei de dame met de hoed, 'Sylvie Woodruff uitnodigen om naar het podium te komen en onze Moeder van het Jaar te introduceren.' Sylvie stond op terwijl de vrouw haar curriculum vitae oplepelde: Barnard en Yale, advocaat, lid van de nationale vereniging, moeder van twee dochters en natuurlijk echtgenote van senator Richard Woodruff. Godzijdank liet ze het daarbij, maar Sylvie hoorde de fluisterstemmen aanzwellen terwijl ze naar het podium liep, en ze voelde de duizend ogen in haar branden, haar beoordelen en waarschijnlijk concluderen dat ze tekortschoot.

'Goedemiddag,' begon ze terwijl ze haar aantekeningen op de katheder legde. 'Ik hoef u natuurlijk niet te vertellen hoe essentieel het werk is dat uw vrijwilligsters, en uw dollars, doen.' Ze somde de statistieken op: hoeveel vrouwen er onder de armoedegrens leefden; hoe moeilijk het voor hen was om zich los te maken uit hun omstandigheden zonder hulp die verder ging dan waar de regering in voorzag; hoe het de plicht van vrouwen – en met name van joodse vrouwen – was om het werk te doen dat werd voorgeschreven in de Talmoed:

Tikkun Olam, werken aan sociale rechtvaardigheid, het repareren van een gebroken wereld. Een gebroken wereld, dacht ze terwijl de vrouwen voor zichzelf applaudisseerden. Dat was waarin zij leefde.

Ze slikte moeizaam, keek in haar aantekeningen en stelde de moeder van het jaar voor, een dikke pleegmoeder van drie kinderen, die haar warm omhelsde in haar zwarte jurk en in haar oor fluisterde: 'Heel veel sterkte.'

Terug aan haar tafeltje kneep haar moeder in haar hand. 'Heel onderhoudend, lieverd,' zei ze. Sylvie knikte verdoofd, ze voelde nog steeds al die ogen op haar gericht. Ze gaf haar moeder een afscheidskus en beloofde dat ze haar zou bellen als ze veilig was geland. Toen trok ze haar tas onder haar stoel vandaan en vluchtte naar de toiletten. Toen ze in een hokje haar panty aan het uittrekken was, hoorde ze de deur naar de ruimte open- en dichtgaan, en ze herkende de stem van Wendy Silver.

'Ik dacht dat ze dunner was,' zei Wendy voordat ze begon te plassen. 'Ze ziet er op televisie veel dunner uit.'

Sylvie bemerkte tot haar verrassing dat ze zich niet gekwetst voelde, zoals dit soort feekserige kritiek haar normaal gesproken wel raakte. Misschien was dat het voordeel van wat ze had meegemaakt: een echtgenoot die toegaf dat hij haar ontrouw was geweest, voor de hele natie vernederd te worden; misschien was dat wat je nodig had om je niet meer druk te maken om wat er over je lichaam werd gezegd. Ze schoot bijna in de lach. Wendy Silver urineerde met haar broodmagere lijfje als een footballspeler van honderdvijftig kilo. Zoiets zou ze vroeger aan Richard hebben verteld, als ze na zo'n bijeenkomst weer thuis was gekomen en met blote voeten een kop thee zat te drinken met hem op de bank naast zich.

'En wat vond je van dat mantelpakje?' vroeg Wendy's vriendin op eisende toon. 'Zouden ze geen strijkijzers hebben in New York?'

Sylvie bekeek zichzelf en bedacht berouwvol dat ze haar pakje had moeten laten persen en haar nagels had moeten laten doen. Hoewel Wendy ook zo vriendelijk had kunnen zijn een beetje medeleven met haar te tonen.

'Nou, ik dien een klacht in,' kondigde ze boven het geluid van de doortrekker aan. 'Er is een evaluatieformulier. Ik ga zeggen dat haar kleding ongepast was.'

Sylvie opende de deur van haar hokje en zag dat Wendy, die bij de wastafels stond, haar in de spiegel zag. Het laatste beetje beweging dat Wendy's gezicht nog kon maken trok nu ook strak terwijl Sylvie haar een van haar goed geoefende vriendelijke glimlachen toewierp. 'Jammer dat ik je heb teleurgesteld,' zei ze.

Wendy's mond ging open en dicht als die van een vis die net op het droge is gegooid. 'Ik... Het...'

'Fijne dag nog,' zei Sylvie, die nonchalant langs haar heen liep. Ze wist dat het gemeen was, maar die verbijsterde, stomme blik in haar ogen was zo heerlijk. Laat ze maar klagen, dacht ze. Laat ze maar aan het landelijke bestuur vertellen dat ze een gekreukt pakje droeg en dat haar nagels niet waren gedaan. Gezien de omstandigheden zouden zij dat vast wel begrijpen.

Eenmaal buiten aangekomen sloegen de hitte en de apenstank als een klap in haar gezicht. Haar auto stond op haar te wachten. Evenals een jonge vrouw op de stoep, in een spijkerbroek met jasje en haar bruine haar in een paardenstaart. Ze had een notitieblok in haar ene hand en een camera in de andere. Sylvies hart kromp ineen. Het was een besloten bijeenkomst, maar hij was aangekondigd in de krant, wat betekende dat mensen – en verslaggevers – wisten dat ze in de stad was.

'Mevrouw Woodruff?' vroeg de jonge vrouw vriendelijk. 'Ik ben Mandy Miller van *The Miami Herald*.'

Sylvie schudde haar de hand. 'Leuk u te leren kennen, maar ik geef op het moment geen interviews.'

'Mag ik misschien alleen een paar korte vragen stellen?'

Ze schudde nogmaals haar hoofd, met haar hand op het hete chromen handvat van het autoportier. Ze had het net geopend toen de vrouw vroeg: 'Waarom?'

Sylvie draaide zich zonder erover na te denken om.

'Dat is het enige wat ik wil weten,' zei de vrouw. Haar notitieblok was dicht en er stond zweet langs haar haarlijn en op haar bovenlip. 'Als vrouw, bedoel ik. Waarom stond u naast hem op dat podium? Dat had u niet hoeven doen.'

Sylvie deed haar mond open. Ze overwoog het uit te leggen, of te proberen het uit te leggen: dat als ze niet op dat podium zou hebben gestaan, haar dochters er hadden moeten staan, dat ze van haar echtgenoot hield, dat ze ondanks alles van hem hield op een manier die de jonge vrouw die voor haar stond nooit zou kunnen begrijpen. Dat het leven dat ze samen hadden opgebouwd, de geschiedenis die ze deelden, betekenis had. Maar ze wist dat geen antwoord dat ze zou kunnen geven haar ondervraagster tevreden zou stellen. Sylvie was voor Mandy Miller van *The Miami Herald* een symbool, een feministische heldin die haar had teleurgesteld, en geen enkele uitleg of rationalisatie kon daar iets aan veranderen.

'Sorry dat ik je heb teleurgesteld,' zei ze. Toen stapte ze in de auto, boog haar hoofd en huilde stil, de hele weg naar het vliegveld, waar ze haar ogen afdroogde, haar tas incheckte en op een vliegtuig naar huis stapte.

Twee weken later werd ze wakker van de ruisende golfslag en het schrille gekrijs van vogels. Ze had gedroomd dat de meisjes nog klein waren en dat ze naar het strand gingen. Diana, lang, slank en al met de minachtende uitstraling van een tiener, lag op een handdoek op het zand terwijl Sylvie met Lizzie in haar armen in het ondiepe water dobberde. Lizzie was in haar droom klein en bol, ze had haren als touw en was niet gekleed in een zwempak, zoals dat eigenlijk had gemoeten, maar in haar roze balletpakje, waar om onverklaarbare reden bij de billen altijd een stukje onderbroek onderuit stak. Sylvie tuurde naar de horizon en zag in de verte een golf aanzwellen. Ze begon met droge mond en bonkend hart, met haar dochter in haar armen, naar de kust te zwemmen, maar het zand werd onder haar voeten naar achteren gezogen en ze kon niet bewegen. De golf krulde om en brak boven haar hoofd, waarbij ze naar beneden werd geslagen. Ze moest knokken om naar de oppervlakte te zwemmen en haar hoofd, en dat van Lizzie, boven water te krijgen. Red haar, dacht ze. Ik moet haar redden. Maar haar voeten werden steeds onder haar vandaan getrokken, het water bleef maar kletteren en trekken, en toen het haar eindelijk lukte haar hoofd boven water te krijgen zag ze, hoog op de kaap, niet het huis in Connecticut, maar het appartementencomplex waar ze in New York in woonde, dat in brand stond. Vlammen sloegen uit alle ramen, en voordat ze naar beneden werd gezogen door de golven zag ze dat de muur aan de westkant van het pand instortte.

Ze schoot overeind in bed, met een droge mond en naar adem happend. Het duurde even tot de realiteit tot haar doordrong: ze was in Connecticut, Richard had haar bedrogen en ze was alleen.

Maar dat was ze niet.

'Goedemorgen, mevrouw,' riep een stem van beneden. Sylvie stapte snel uit bed en huiverde toen er een pijnscheut door haar rug ging.

Ze trok gehaast haar kleren aan en duwde zo snel ze kon haar stijve benen de trap af om Mel te begroeten, de huisbewaarder, die al sinds ze was gearriveerd probeerde haar te bereiken om eens bij te praten.

Mel was lang, pijnlijk mager en gebogen als een sperzieboon die iemand had proberen te breken. 'Goedemorgen, mevrouw,' zei hij nogmaals, en hij keek haar even steels aan voordat hij wegkeek. Sylvie wendde zich af. Daar zou ze aan moeten wennen: dat mensen haar ongemakkelijk aankeken en dan hun hoofd wegdraaiden. Ze hadden in Connecticut ook televisie, dezelfde kanalen met dezelfde rij betweters die de deken van haar huwelijksbed trokken en speculeerden over wat zich daaronder afspeelde. Of níet afspeelde.

Ze lachte haar vriendelijke glimlach. Ze was nadat het vliegtuig op LaGuardia was geland naar Connecticut gereden en had tijdens de rit alle radiostations beluisterd, waar de verslaggevers en bellers maar bleven zwetsen over Bijbelse straffen, de heiligheid van het huwelijk en of een senator die het met een andere vrouw deed in deze tijd eigenlijk hoe dan ook nog wel interessant was. Maar waar ze het nog het meest over hadden, en waar ze steeds op terugkwamen, was waarom zijn vrouw ervoor zou kiezen op een podium naast een man te gaan staan die haar had onteerd. Sylvie dwong zichzelf een minuut of twee naar dergelijke gesprekken te luisteren. En dan ging ze in haar hoofd de discussie aan met die bellers. En daarna hardop. 'Voor de volledigheid, Suzanne uit Fall Church: ik heb kinderen. Ik ben zelf op dat podium gaan staan zodat het mijn dochters bespaard zou blijven, begrijp je dat?' vroeg ze op eisende toon. 'Nou, Fred uit Dallas,' zei ze nadat een man had gebeld om met een zwaar zuidelijk accent voor te lezen uit de Bijbel, 'laat degene die vrij is van zonden de eerste steen maar werpen. Kende je die al?' Ze zocht naar een andere zender tot ze de stem van die vrouw met dat rode haar herkende, die vrouw die zo om haar eigen grapjes moest lachen en haar columns op zondag peperde met de vetgedrukte namen van politici en hotemetoten uit Washington die ze uiteindelijk allemaal bestempelde als 'mijn goede vriend' (Richard was ooit een van hen geweest). 'Als ik Sylvie Woodruff was, zou ik dankbaar zijn dat het geen levende jongen of dood meisje was,' zei ze. 'Plagiator!' brulde Sylvie terwijl ze met een hand op het met leer beklede stuur van de auto sloeg. 'Dat heb ik Edwin Edwards ook al horen zeggen!'

Ze was op een helderblauwe middag iets na vijven in Fairview gearriveerd. Het centrum was nog net zo mooi als ze het zich herinnerde: keurig onderhouden houten huizen en trottoirs van bakstenen die zo schoon waren dat je zou zweren dat ze net waren geveegd. Ze herkende boetiekjes, bakkerijtjes en koffiebars, de bibliotheek, het gemeentehuis en het groene vierkant van de brink erachter. De winkel op de hoek, kruidenier Simmons, was een fourniturenwinkel geworden, maar Violets IJssalon was er nog, het geschilderde bord met zestien geadverteerde smaken vervaagd, maar verder nog precies zoals Sylvie het zich herinnerde. Een stevige wind trok aan de bladeren. Het was heet en vochtig geweest toen ze van het vliegveld vertrok, maar aan zee waaide het altijd. Ze was naar het noorden getrokken, weg van huis, en ze voelde zich hol en leeg, ziek van verdriet, zichzelf niet.

'Ik zie dat je alles hier alweer op orde hebt,' zei Mel terwijl hij om zich heen keek. Sylvie knikte. Hoe ellendig en razend ze zich ook had gevoeld terwijl ze hier naartoe was gereden, ze was toch een beetje opgemonterd toen ze de auto de lange oprit op had gereden en voor het koloniale witte pand boven op de kaap had geparkeerd. Ze was hier altijd graag geweest, als kind, als bruid en als jonge moeder, opgewonden bij de gedachte aan de zomer en alles waar ze zo dol op was: zwemmen in het koude zeewater, de barbecues, en de picknicks in het park terwijl het kinderteam honkbalde op het grasveld, fietsen, of languit op de strandstoel op de veranda, met een roman en een glas ijsthee op het bijzettafeltje.

Het huis had er goed uitgezien, de veranda was net geschilderd en het grasveld pas gemaaid. Jan had haar verteld dat het huis de hele zomer had leeggestaan. Geen van de neven en nichten had zin gehad, of, vermoedde Sylvie, geld om te komen. Toen Sylvie haar voeten had geveegd op de WELKOM-mat en de sleutel in de verweerde eikenhouten voordeur had gestoken, was er een wolk hete, bedompte lucht naar buiten gekomen, de geur van schimmel en muizen. Ze was door haar mond ademend naar de keuken gelopen, waar ze haar tasje op het aanrecht had gekwakt en naar de ramen was gelopen, aangetrokken door het uitzicht: de halve maan van goudkleurig zand en het zacht kabbelende grijsgroene water. Ze stond er even als betoverd te luisteren naar het geluid van de golven, tot het tot haar doordrong dat de voordeur nog wagenwijd openstond en dat ze moest uitpakken.

Ze was teruggelopen door de grote kamer, die de hele lengte van de benedenverdieping in beslag nam. In het deel dat als woonkamer werd gebruikt stonden een paar dik gevulde banken, de stof kapotgekrabd door katten die allang dood waren, en een tafel waaraan spelletjes werden gedaan. De boekenplanken waren gevuld met advocatuurboeken en gevlekte romans die waren opgezwollen van het vocht – de Agatha Christie-pockets waarop haar grootmoeder zo dol was geweest, de westerns en mysterieromans waarvan haar grootvader zo had gehouden – en een opgezette hertenkop hing boven de open haard. Langs de grote kamer liep een brede, overdekte veranda die vol stond met leunstoelen, een schommelbank voor twee en kleine rieten tafeltjes. Je kon vanaf de veranda de zee zien, met golven met witte kopjes die zacht over het zand rolden.

Selma en Dave hadden het huis zestig jaar geleden samen met Selma's zus Ruth en haar man Freddie gekocht, met het idee dat ze er de zomers zouden doorbrengen en dat de hele familie zou komen logeren. Het huis was allesbehalve chic met de meubels die niet bij elkaar hoorden, de afgedankte tafels en het serviesgoed uit de uitverkoop of gedoneerd door neven en nichten, maar het had vijf slaapkamers, dus er was ruimte genoeg, herinnerde Sylvie zich dat haar moeder altijd zei, om allemaal samen te zijn met voor iedereen een plekje aan tafel en een bed om in te slapen.

Sylvie sloot de voordeur. Het was hier zo stil. Geen taxi's die zich door de straat haastten, geen bussen die giftige rookwolken uitspuwden, geen zakenmensen die pratend in hun headset over straat liepen; alleen het geluid van het water en nu en dan een zeemeeuw die schreeuwend boven de golven hing. Ze rook stof, meeldauw, oud papier en zout water en werd overrompeld door een sensatie die ze niet direct herkende als opwinding. Ze had de persconferentie en de weken direct erna overleefd. Ze was hier zelfstandig naartoe gereden (en hoe lang was het geleden dat ze zelf ergens naartoe was gereden, zonder Derek of Richard achter het stuur? Dat moest tijdens dat lange weekend drie of vier jaar geleden zijn geweest, toen ze met Ceil naar Canyon Ranch in Lenox was geweest en ze ondanks het in de huurauto ingebouwde navigatiesysteem hopeloos waren verdwaald). Toen ze zo in het huis stond, dat haar liefde en aandacht nodig had zoals niemand en niets dat in jaren nodig had gehad, voelde ze door haar verdriet heen een beetje van het gevoel van afwachting van een eerste schooldag, wanneer de wereld lichter dan gewoonlijk lijkt, vol nieuwe mogelijkheden. Jammer dan, dat ze tot nu toe niets anders had gedaan dan slapen, whisky drinken uit de oude fles die ze in de keuken had aangetroffen, lang houdbare boterhammen besmeerd met pindakaas eten (ze had brood en pindakaas gekocht bij het tankstation), lange, doelloze strandwandelingen maken en nog meer slapen.

Mel leidde haar de woonkamer door en vertelde dat de olietank was gevuld, dat de afvoeren waren ontstopt en de gasrekening was betaald, en dat ze het alleen maar even hoefde te laten weten als ze hier de hele winter wilde blijven (en bij die woorden waagde hij een snelle blik op haar gezicht).

'Nog vieze beestjes gezien?' vroeg hij.

'Geen levende,' zei Sylvie. Tien minuten nadat ze haar bagage – het beetje dat ze bij zich had – in de keuken had gezet, was ze op zoek gegaan naar de bron van de stank en had in een hoek van de bijkeuken een volledig gemummificeerd muizenlijkje in een val aangetroffen. Ze had er even naar staan staren en had zich afgevraagd wat ze ermee moest doen. In Brooklyn hadden ze ook muizen gehad. Sylvie herinnerde zich nog als de dag van gisteren dat ze alleen thuis was met de kleine Diana en een bezoekertje in bontjas over de keukenvloer had zien rennen. Ze had een extreem clichématige 'iek!' geschreeuwd en was met de telefoon in haar ene hand en de baby in haar andere arm op een keukenstoel gaan staan, waar ze zich niet had verroerd, doodsbang, tot Richard naar hun appartementje op de tweede verdieping was komen rennen. Hij was naar de ijzerwarenwinkel gegaan, had de hele trap vol gezet met vallen en had Sylvie ervan overtuigd dat ze veilig was, dat muizen niet beten en geen ziektes overdroegen en dat het niet nodig was om naar een hotel te gaan, wat ze overigens niet konden betalen. Hij haalde elke ochtend de baby uit haar wiegje en nam haar mee naar hun bed, waar ze haar dan zat te voeden terwijl hij ging kijken of hij al iets had gevangen. 'Dat doet mijn jachtinstinct goed,' zei hij dan terwijl hij zichzelf met een vuist op zijn blote borst stompte en de dode muis in een van de papieren zakjes deponeerde die hij speciaal voor dat doel was gaan verzamelen. 'Niet laten zien,' zei ze dan op smekende toon en met dichtgeknepen ogen, en dat had Richard nooit gedaan.

Sylvie had de val bij de randjes opengetrokken en had de muis toen, misselijk bij de herinnering aan een jongere Richard, die ooit van haar had gehouden, voor haar en hun kindje had gezorgd en hen had beschermd, in de vuilniszak gegooid, die ze had dichtgebonden en op de veranda had gezet, waar hij waarschijnlijk nog stond. Ze hoopte maar dat Mel hem niet had gezien. En ze hoopte maar dat hij niet stonk.

Mel hees zijn broek op en leidde haar terug naar de keuken. 'Je bent al een tijdje niet geweest.'

'Twaalf jaar,' zei Sylvie. Ze kon nauwelijks geloven dat het zo lang was. Ze had van haar babytijd tot haar studie elke zomer in augustus drie weken in dat huis gelogeerd, met haar tante Ruth en oom Freddie en hun kinderen en haar nicht Jan en neef George. Het was altijd een heerlijke periode: er werden zandkastelen gebouwd, hotdogs geroosterd boven het vuur in de kuil die ze met haar oom Freddie groef, die bij elke keer dat hij de schep in de grond stak steen en been klaagde; ze zwom in het ijskoude water in haar badpak, en later, als tiener, in haar bikini, smeerde zich in met babyolie en sprenkelde citroensap in haar haar. In de garage stonden fietsen, en er was er elk jaar wel een die precies haar maat was. Het leukste was nog dat ze deel was gaan uitmaken van een bende. Dan haalden ze grappen uit met de volwassenen: tegen tante Ruth zeggen dat Jan vermist was, was elk jaar weer een succes, evenals het verstoppen van het bier van oom Freddie, maar haar absolute favoriet was het verplaatsen van haar moeders aantekeningen. 'Jezus christus, ik moet werken!' bulderde Selma dan. Ze zag er met de streep witte zink op haar neus en in haar gebloemde badpak met aangenaaid rokje uit als een kruising tussen een buitenaards wezen en een boos bankstel. Dan klopte Dave, met zijn visserspetje op zijn kale kop en een sigaar tussen zijn tanden, haar op de schouder. 'Selma, ontspan! Je bent op vakantie!' Waarop ze dan schreeuwde: 'Ik heb een deadline!' De neefjes en nichtjes bleven laat op om elkaar bang te maken met spookverhalen en werden gewekt door de geur van wentelteefjes. Op de laatste vrijdag voor school liep ze met Jan en George de gammele houten trap af naar het water, en dan sliepen ze onder hun meegebrachte dekens op het strand.

Richard en zij gingen er ook elke zomer met hun dochters heen, maar toen Richard naar Washington was gaan forenzen was het duidelijk geworden dat hij zich geen twee of drie heerlijke zomerweken in een afgelegen dorpje in Connecticut kon veroorloven. Hoewel er langs de kust steeds meer peperdure vakantiehuizen waren gekomen was Fairview te afgelegen om populair te worden bij de elite van New York. De mensen die daar een zomerhuis hadden kwamen uit Connecticut of Massachusetts; veel van het geld dat eraan werd gespendeerd was oud geld, Republikeins geld dat Richard geen goed deed. De laatste keer dat hij er was geweest, twaalf jaar geleden, had Richard ruzie gekregen met oom Freddie over het homohuwelijk en waren ze bijna met elkaar op de vuist gegaan. Oom Freddie en zijn gezin waren twee dagen eerder dan gepland naar huis gegaan. Richard bracht het resterende deel van hun vakantie door in hun slaapkamer, waar hij telefoontjes pleegde, niezend en klagend over de schimmel, terwijl Sylvie beneden zat aan de eetkamertafel en persberichten schreef op haar Mac Classic-computer, die ze had meegenomen uit New York.

Mel praatte nog steeds en demonstreerde ondertussen de verbeteringen die hij in huis had aangebracht: elektrische vloerverwarming op de eerste verdieping; het toilet dat vijf jaar geleden naast de keuken was gebouwd en dat 'tiptop in orde' was, zei Mel met zijn mond vol hagelwitte kunsttanden, behalve dan dat je even aan het handvat moest friemelen om door te kunnen trekken.

Sylvie volgde zijn geruite rug de trap op en dacht terug aan hoe betoverend ze dit huis had gevonden als kleine boekenwurm met een levendige fantasie. Het was haar sprookjeskasteel, haar magische wereld, haar hoekje op zolder en haar geheime tuin. Als meisje had ze naast haar nicht Jan geslapen, onder verbleekte katoenen dekbedden, elkaar fluisterend geheimen toevertrouwend tot een van de ouders naar de tweede verdieping kwam en zei dat ze nu echt moesten gaan slapen, dat er morgen weer een stralende dag op het strand wachtte.

'Lukt het allemaal, zo?' had Mel gevraagd nadat hij haar de thermometers en de kast met de reservelampen had laten zien.

Ze knikte. Mel staarde naar zijn voeten en schraapte met een schoen over de vloer. 'Sterkte met al die toestanden,' zei hij uiteindelijk, waarop Sylvie hem verrast bedankte en met hem naar de veranda liep om hem uit te laten.

De plastic zak met de dode muis stond nog naast de deur, waar ze hem had neergezet, en het eten was op. Ze had het laatste beetje pindakaas de avond ervoor uit het potje geschraapt.

Tijd om het onder ogen te zien. Tijd om het allemaal onder ogen te zien.

Ze liep de woonkamer door, langs de televisie die ze nog niet had aangezet sinds ze hier was. Ze kon zich wel voorstellen wat ze zeiden. Ze had het allemaal al eerder gehoord, over al die andere vrouwen van politici (en wat waren het er veel, wat was het een verdrietig clubje om lid van te zijn). Het was beter het maar te negeren, te doen alsof het niet gebeurde en maar te hopen dat een of andere beroemdheid, een politicus of topsporter zichzelf nog zwaarder voor schut had gezet dan Richard had gedaan. Ze slikte moeizaam en liet de bekende mengeling van verdriet, woede en schaamte over zich heen komen terwijl ze zichzelf voorstelde als een struisvogel, met zijn dikke reet in de lucht en zijn kop stevig in het zand. *En die man die kiest een vrouw ja ja, van je tingele tingela hop sa sa, maar nu steken ze dat huis in brand, ja, ja,* ging het kinderrijmpje door haar hoofd. Hoewel ze het kon proberen te negeren, haar hoofd in het zand kon steken of haar vingers in haar oren om niets te horen, maakte dat geen einde aan wat er gebeurde, aan de dingen die ze over Richard zeiden, de namen die ze hem gaven, en haar, en haar dochters.

Jammer dan. Ze was Mel onder ogen gekomen en dat was goed gegaan. Ze zou wat boodschappen doen, wat variatie aanbrengen in haar dieet. En dan zou ze zich, uiteindelijk, zorgen gaan maken over de rest.

Kruidenier Simmons was ooit een geroemde buurtwinkel met houten vloeren met zand erop. Er stond één kassa en het stonk er naar zure melk, en vakantiegangers liepen er op weg terug van het strand even binnen voor een blik hotdogs, soep of een pak luiers. Er had een vrieskist vol ijsjes bij de deur gestaan, en op een hoge plank aan de muur lagen vieze blaadjes die een onweerstaanbare aantrekkingskracht op de jongens hadden, die elkaar uitdaagden er een te pakken.

Simmons was verhuisd en aan de rand van het dorp uitgegroeid tot een enorme supermarkt, een en al glas, betegelde vloeren en fluorescerend licht, met twaalf kassa's met rolbanden en een hele afdeling biologisch eten. Waren alle supermarkten zo uit hun voegen gegroeid, alsof ze steroïden toegediend hadden gekregen? Sylvie had geen idee. Ze had haar boodschappen de afgelopen vijf jaar laten bezorgen door een dienst waar je (of in haar geval haar voedingsdeskundige) via internet je boodschappenlijstje kon doorgeven en die dan elke week op een vast moment kwam bezorgen, helemaal tot in de keuken.

Ze gooide de muis in zijn zak in een vuilnisbak bij de ingang van de winkel en dwaalde de daaropvolgende dertig minuten met haar kar door de paden, waarbij ze zich eerst verwonderde over de keuze en vervolgens over de prijzen (vijf dollar voor vier liter melk! Wanneer was dat gebeurd?). Ze mikte een paar dieetmaaltijden uit de diepvries in haar karretje, dwaalde wat rond en pakte hier en daar wat – een doosjes crackertjes, een blik soep, een bosje rozemarijn – voordat ze het weer terugzette.

Ze wilde alles: chocoladekoekjes, kruimeltaart, lamskoteletjes met een randje krokant gebakken spek. Ze schudde haar hoofd en liet twee appels in een plastic zak glijden. Toen griste ze zes dikmakende zoete aardappels uit de bak naast de appels, stak ze in een zak en gooide die voordat ze zichzelf ervan kon weerhouden in haar kar. Ze pakte uien, knoflook en bleekselderij, producten die ze herkende uit Ceils keuken, liep naar de vleesafdeling en wees daar eerst naar een runderbraadstuk en toen naar een kalkoen die groot genoeg was om een heel weeshuis mee te voeden. 'Shit,' mompelde ze zacht voordat ze de twee jonge vrouwen met strakke lichamen en nog strakkere gezichten naar haar zag staren. Ze hoopte dat ze dat deden vanwege haar gevloek en niet omdat ze haar herkenden. Ze had in de glimp die ze van zichzelf had opgevangen in haar achteruitkijkspiegel, met los haar, zonder make-up, in een sweater met flatjes in plaats van een mantelpakje met hakken, gehoopt dat ze niet direct zou worden herkend als het recentste openbare voorwerp van minachting; dat het nieuws haar misschien niet naar Connecticut zou zijn gevolgd.

Maar dat was stom. En waarom zou zij zich ergens voor moeten schamen, bedacht ze terwijl ze haar karretje steeds sneller voortduwde. Zij was degene tegen wie was gezondigd, niet degene die hád gezondigd. Ze keek op en las het bord boven het pad waar ze liep: BAKBENODIGDHEDEN. 'Ja,' mompelde ze, 'ik heb behoefte aan bakken.' Ze mikte stukjes chocola, geraspte kokos, bruine en witte basterdsuiker, twee zakken bloem, maïssiroop en een groot blik Criscobakvet in haar kar. Als je grootmoeder het niet zou herkennen, moet je het niet eten, zei haar voedingsdeskundige altijd. Nou, ha ha, voedingsdeskundige, want zelfs Selma's oma zou die Crisco hebben herkend. Ze gebruikte hem voor haar korstdeeg en braadde kip in gesmolten Crisco.

Gebraden kip, dacht Sylvie. Ze herinnerde zich dat haar grootmoeder de kip een hele nacht liet marineren in een groene schaal van aardewerk vol karnemelk met zout en cayennepeper. Ze liep terug naar de vleesafdeling voor kip. Ze hadden ook bacon (ze was vroeger zo dol geweest op bacon, en ze had het in al die jaren dat ze het Richard op zijn ontbijtbord had geserveerd niet eens geproefd). En hotdogs (hotdogs! Knisperend op de grill terwijl de zon onderging en de wedstrijd van de Red Sox op de radio klonk!). Als je hotdogs nam, moest je natuurlijk ook hamburgers hebben. Dat was zo'n beetje een ongeschreven wet. Sylvie griste een pak hamburgers en een pak dikke, witte braadworsten uit het schap.

Ze stuurde haar karretje terug naar de broodafdeling, waar een moeder een peuter met een bagel omkocht om stil te zijn, waar ze bolletjes, muffins en pitabroodjes pakte. Toen wendde ze zich tot de sauzen en dressings. Er verdwenen flessen dressing, ketchup, mosterd en worcestersaus in haar kar. Toen voegde ze chips met barbecuesmaak toe, en ui-zure roomsmaak, waarna ze langs een oudere heer reikte die stond te dralen bij het mineraalwater, en een tweeliterfles cola van de plank griste. Geen Coca-Cola Light, geen Coca-Cola Zero, gewoon ouderwetse Coca-Cola, een van haar lievelingsdrankjes tijdens die zomers in haar tienerjaren, toen ze zichzelf elke middag een flesje toestond. Terug naar het snackpad, voor kaaszoutjes en toastjes, en toen naar de kaasafdeling, want het was wel zo beleefd je gasten een stukje kaas bij de toastjes te serveren, waar ze een stuk Stilton, een plat stuk Jarlsberg en een stuk volvette Brie koos.

Ze liep naar de delicatessenafdeling voor ham, plakjes kaas en kalkoen, en verse augurken met knoflook, die ze zelf uit een houten vat vol pekel schepte, gevolgd door een pond aardappelsalade met dille voordat ze terugliep naar de groenteafdeling. Ze had meer aardappels nodig, gewone deze keer. Ze pakte een blik kippensoep met sliertjes en zette het weer terug. Waarom zou ze een blik soep kopen als ze ook zelf soep kon maken? Ze had tijd genoeg. Voor het eerst sinds ze zich kon herinneren, was tijd alles wat Sylvie Serfer Woodruff had.

Terug naar de vleesafdeling voor nog een hele kip, en daarna een pakje eiervermicelli. En weer terug naar de bakkerij, voor maïsmuffins en kaneelbroodjes; natuurlijk niet zo lekker als die van Ceil, maar ze zagen er wel oké uit, en muffins die oké waren, waren ook lekker. Was dat niet wat mannen zeiden over seks, of was het pizza? Dat zelfs een slechte pizza lekker is? Slechte pizza. Dat zou wel zijn hoe Richard haar zag: als die goedkope, te diep gevroren troep die je achter uit de vriezer trok als je zo'n honger had dat het je niet meer kon schelen. Misschien dat die meid, die Joelle, versgebakken was, direct uit de oven, met hete slierten kaas en zacht, buigzaam deeg. Sylvie pakte een stokbrood en een kleine ronde rozijnenchalle, en ze had net haar bril opgezet om de prijs te bekijken toen ze een jonge vrouw met een Nike-zonneklep op haar hoofd en met dure gympen aan naar haar zag staan staren.

Sylvie keek weg. Ze was bang dat ze ging huilen. Toen hief ze haar kin en keek haar uitdagend aan. 'Kan ik iets voor je doen?'

'Pardon,' begon ze. 'Ik vroeg me af...'

Sylvie snoerde haar de mond. 'Inderdaad,' zei ze. 'Ja, dat ben ik.'

De vrouw staarde haar aan. Sylvie besloot het even nader toe te lichten.

'Ik ben Sylvie Woodruff. De vrouw van Richard Woodruff. En nee, ik wist niet dat hij het met die vrouw deed en nee, ik heb nog niet besloten of ik van hem ga scheiden. En voor het geval je je dat afvraagt: we hadden nog steeds een in mijn ogen zeer bevredigend seksleven, en we hielden van elkaar...' Haar ogen stonden vol tranen. Ze knipperde ze weg. 'We hebben twee geweldige dochters, Diana en Lizzie. Diana is arts, ze is getrouwd en ze heeft een zoontje, en Lizzie heeft wat problemen gehad, maar volgens mij gaat het nu beter met haar, tenzij dit haar allemaal weer volledig doet ontsporen, waar ik me wel zorgen om maak. Nogal. Daar maak ik me heel veel zorgen om. En ik ben razend op mijn man, dat hij haar...' Sylvie slikte het woord 'herstel' in, klemde de challe onder haar arm en veegde met haar mouw haar wang af. 'Waar ik denk ik achter moet zien te komen is of ik hem ooit kan vergeven. Of ik hem ooit nog kan vertrouwen. Of we nog een gezin kunnen zijn. En dat weet ik niet. Na alles wat er is gebeurd, weet ik dat niet.'

'Wat naar,' fluisterde de vrouw.

Sylvie had haar challe stevig vast, zoals ze haar dochters had vastgehouden toen ze nog baby waren. 'Wat naar,' herhaalde ze. 'Ik vind het ook naar, ja. Ik vind het naar dat ik het niet heb zien aankomen. Ik dacht dat ik gelukkig getrouwd was. Dat dacht ik echt. Echt. We zeiden elke avond tegen elkaar dat we van elkaar hielden. We gingen nooit kwaad naar bed. Maar je kunt het nooit weten... het kan iedereen overkomen. Net als getroffen worden door de bliksem. Het kan iedereen overkomen.' Haar stem klonk hees, en hard, en ze voelde dat ze zweette terwijl haar vingers door het plastic en in het brood klauwden. 'Niemand wil eraan denken, maar het kan iedereen overkomen.' Technisch gezien was dat niet waar – ze nam aan dat het vaker gebeurde bij machtige mannen die de hele dag met hun neus op het spek werden gebonden – maar op dat moment, nu haar hart in haar oren bonkte en het zweet over haar rug sijpelde, voelde het zo. Als een natuurramp, een aardbeving, een tsunami, waarbij haar enige fout was geweest dat ze in de weg had gestaan. 'Iedereen,' herhaalde ze.

De vrouw zei eindelijk iets. 'Ik wilde alleen... ik wilde alleen vragen... ik sta naast een Camry geparkeerd met de lichten nog aan, en ik vroeg me af of dat uw auto was.'

O. 'Nou, dat kan ook iedereen overkomen,' zei Sylvie, die haar gezicht voelde branden terwijl de vrouw terugdeinsde.

'Wat naar dat u het zo moeilijk heeft,' fluisterde de vrouw. 'Kan ik iets voor u doen? Iemand bellen, of...?'

'O, nee,' zei Sylvie, die voelde dat haar sociale vaardigheden het weer overnamen, haar talent, door de jaren heen steeds sterker geworden, anderen op hun gemak te stellen. 'Nee, ik... ik ben momenteel niet helemaal mezelf.' Ze probeerde haar is-dit-geen-grappig-misverstandglimlach op haar gezicht te toveren, maar produceerde in plaats daarvan iets wat op een snik leek. 'Maak je geen zorgen, het komt wel goed.' De vrouw knikte, glimlachte zwakjes en sloeg op de vlucht richting de exotische producten. Sylvie bleef even staan, met haar handen rustend op haar kar. Dat was niet zo goed gegaan.

Ze liet haar twee overvolle karren achter en liep de parkeerplaats op, die ondertussen geheel was gevuld met bestelbusjes en SUV's, jonge moeders die naar de schoolbus liepen of hun kleintjes van de peuterspeelzaal gingen halen. Doe wat je kunt, zei ze tegen zichzelf. Haal adem. Doe je boodschappen. Ga naar huis. Pak de boodschappen uit. Eet wat. Ga in bad. Doe een dutje. Adem.

Ze viste haar sleutels uit haar tasje, opende de Camry en deed de lichten uit. Ze overwoog even om gewoon in te stappen en naar huis te rijden, haar boodschappen achter te laten... maar dat kon ze niet. Ze zag het diepvrieseten ontdooien, de melk zuur worden en het vlees rotten en bedacht hoe lang iemand ermee bezig zou zijn om alles op te ruimen. Ze was nooit iemand geweest die anderen voor zich liet werken, en zo iemand was ze niet van plan nu te gaan worden.

Sylvie liep met gebogen hoofd en haar blik op haar schoenen gericht terug over de parkeerplaats. Haar overvolle karren waren naast een kassa gezet en een man met grijs haar, in een wit overhemd met stropdas, stond ernaast, duidelijk op haar te wachten.

'Zijn deze van u?' vroeg hij. Sylvie onderdrukte een kreun, maar ze dwong zichzelf te knikken en de man beleefd antwoord te geven.

'Ja. Ik geef een feestje. Ik ben hier net komen wonen en sla wat voorraden in. Ik ben even naar buiten gelopen omdat het licht van mijn auto nog aanstond.' Sylvie sloot haar mond. Ze pakte het mishandelde challebrood uit de kar en legde het op de band, waarna ze de rest van de kar begon leeg te halen: de kippen en aardappels, de vleeswaren, de olijven en de bakbenodigdheden.

Toen ze opkeek zag ze dat de man – die een plastic rechthoekig naamkaartje op het borstzakje van zijn overhemd had – naar haar stond te staren. Daar gaan we weer, dacht ze. Zou het zo blijven, overal waar ze haar gezicht liet zien, dat ze elke keer dat mensen naar haar zouden kijken bang zou zijn dat ze het wisten, van Richard, en dat ze de vreselijkste dingen over haar dachten?

De man stond nog steeds te staren, zijn grijze ogen koel en licht geamuseerd. 'Sylvie?' vroeg hij. 'Sylvie Serfer?'

Ze staarde hem aan, geschrokken haar meisjesnaam te horen. Ze was zo lang Sylvie Woodruff geweest, mevrouw Woodruff, de vrouw van senator Woodruff. Op het naambordje van de man stond TIM SIMMONS, MANAGER. 'Tim Simmons,' zei ze, en toen wist ze het ineens weer. Ze had hem als Timmy gekend, toen ze tieners waren. Hij had in die tijd rood haar gehad, en hij had tijdens een Dag van de Arbeid, toen ze zestien was en het vreugdevuur op het strand brandde, eens tegen haar gezegd: 'Kom eens mee', waarop ze achter hem aan door het scherpe helmgras de duinen in was gelopen. Het zand had vochtig en koel onder haar blote voeten gevoeld, en zijn lippen waren warm geweest. 'Timmy?'

'Sylvie! Mijn god!' Hij deed een stap naar voren, alsof hij van plan was haar te omhelzen, of haar handen te grijpen, maar toen deed hij weer een stap terug, nu hij zich herinnerde, dat durfde Sylvie te wedden, wie ze nu was. 'Ik heb je in geen... mijn god, wanneer heb ik jou voor het laatst gezien?'

'Jaren geleden.'

'Wat heb je allemaal gedaan? Je bent toch aan Barnard gaan studeren?'

Ze bestudeerde hem en bedacht, of stelde zich voor, dat ze achter dat grijze haar en die rimpels de jongen zag die ze zich herinnerde. Stond hij haar te plagen, of wist hij het echt niet?

'Ik woon in New York City,' zei ze. Als hij over het schandaal had gehoord, zou Tim te beleefd zijn daar iets over te zeggen. Hij was altijd beleefd geweest, had de deur voor haar opengehouden, en was altijd opgestaan als Selma de kamer in kwam lopen, wat haar moeder heel amusant had gevonden. 'Na Barnard ben ik naar Yale gegaan.'

'Barnard,' herhaalde hij, en ze knikte.

'Barnard, en daarna Yale.'

Hij trok zijn wenkbrauwen op en tuitte zijn lippen in een geluidloze fluit van bewondering, die ze gegeneerd wegwuifde.

'Maar ik ben maar een paar jaar advocaat geweest. Ik heb twee dochters gekregen. Diana is arts, in Philadelphia. Ze is getrouwd en ze heeft een zoontje, en Lizzie studeert.' Dat was niet helemaal waar, maar misschien dat Lizzie op een dag terug zou gaan naar school. En op het moment bestudeerde ze het leven. 'En...' En dat was het probleem: dat gat dat ze zou moeten vullen, de jaren dat ze niets anders had gedaan dan Richard verzorgen en zich uithongeren. 'Nou. Misschien heb je het wel gehoord.' Haar handen wilden trillen, wild gebaren, de challe, die ondertussen een veilige haven had gevonden in een plastic zak van Simmons, pakken en erin knijpen. Ze boog zich over de tweede kar en begon die te legen. 'En nu ben ik hier. En jij?'

Tims ooghoeken krulden op. Zijn rode haar was dunner geworden en hij had diepe lijnen in zijn voorhoofd, maar ze zag hem nog voor zich hoe hij was toen hij zestien was. Die avond in de duinen had zijn mond naar bier en sigaretten gesmaakt, en, heel aandoenlijk, naar de spearmintkauwgom die hij had gekauwd en, nam ze aan, had uitgespuugd voordat hij haar was gaan kussen. 'Ik heb Toerisme gedaan aan Cornell. Ik ben manager geweest in een hele rits restaurants in de staat New York,' zei Tim. 'Maar toen werd mijn vader ziek, dus heb ik de zaak acht jaar geleden overgenomen, en...' Hij gebaarde naar de brede, goed verlichte rij kassa's. 'Zoals je ziet hebben we uitgebreid.'

'Dat was me al opgevallen, ja. Die afdeling Biologisch! Heel...'

'Indrukwekkend?' Hij pakte het braadstuk uit haar handen en gaf het aan de caissière. 'Doe je dit even in een aparte zak?'

Het meisje achter de kassa knikte. Stond Tim nou met haar te flirten? Kon dat überhaupt? Of deed hij zo tegen iedereen die twee karren vol eten stond af te rekenen?

'Ik wilde "verwarrend" zeggen,' biechtte Sylvie op. 'Ik weet van de helft van de producten niet eens wat het is. Glutenvrij bier?' vroeg ze, en toen leende ze een uitspraak die ze Lizzie wel eens had horen bezigen: 'Waar gaat dat over?'

Hij haalde zijn schouders op, nog steeds met die glimlach op zijn gezicht. Zijn haar was nu veel meer grijs dan rood en ze vond hem een beetje deemoedig overkomen. Maar dat kwam misschien doordat ze aan Richard was gewend, van wie elke beweging, elk gebaar, altijd zo uitbundig was. 'Veertien dollar voor een sixpack, dus dat is goed zakendoen.'

Ze keek steels naar zijn linkerhand en kon nauwelijks geloven dat ze dat deed. Geen ring. Maar dat hoefde niets te betekenen. Een heleboel getrouwde mannen droegen geen trouwring, mannen die met hun handen werkten. Werkte Tim met zijn handen? Op zijn naamkaartje stond MANAGER, maar wat betekende dat? Ze zag hem voor zich met een spons in zijn hand, die hij over de glazen vitrine van het vlees haalde, zag hem na sluitingstijd de vloer zwabberen.

'Heb je kinderen?' waagde ze.

Hij knikte. 'Drie jongens. Allemaal volwassen. Frankie woont in New York, hij is bankier. Ollie is zijn master aan het halen in Boston, en Tim junior, mijn oudste, woont helemaal in Seattle met zijn vrouw en dochtertje. Mijn ex-vrouw is er naartoe verhuisd. Ze helpt met de baby.'

Ze knikte weer, en registreerde de 'ex' voor 'vrouw' terwijl ze meelevende geluidjes maakte over de afstand naar de westkust. 'Heb je zin om te komen eten? Ik krijg dit allemaal nooit in mijn eentje op,' had ze al gezegd voordat ze er erg in had, en ze gebaarde naar de berg boodschappen. Toen het tot haar doordrong wat ze had gedaan, voelde ze haar wangen rood worden: had ze nou net geprobeerd een afspraakje te maken met een man? Nog geen drie weken nadat ze haar echtgenoot had verlaten?

'Leuk,' zei Tim. Hij stak zijn handen in zijn broekzakken en stond op zijn hakken heen en weer te wiegen. 'Volgens mij weet ik nog wel waar het is.'

Ze spraken af dat hij er om zeven uur zou zijn en dat hij een fles wijn zou meenemen. Ze legden samen de laatste spullen uit de tweede kar op de band. 'Zorg je goed voor Sylvie?' vroeg Tim aan de caissière, en hij gaf Sylvie een klopje op de schouder. 'Ze is een vriendin.'

Sylvie was bijna een uur bezig alles uit de auto te slepen en op te ruimen. Ze tilde zorgvuldig, vanuit haar benen, niet haar rug, en droeg alles tas voor tas naar binnen terwijl ze al die tijd nadacht over wat zich in de supermarkt had afgespeeld: die zenuwinzinking die ten koste van de challe was gegaan, en haar ontmoeting met Tim. Toen het eten eenmaal in de koelkast en op de planken was opgeruimd, veegde ze de strengen bezweet haar uit haar gezicht, en toen drong het tot haar door dat ze geen flauw idee had wat ze Tim te eten moest voorschotelen, en dat ze niet wist hoe ze het merendeel van wat ze had aangeschaft moest bereiden. En wat nog erger was, veel erger: ze zou alleen zijn met een man die haar echtgenoot niet was, die niet eens familie was. Dat ze, voor het eerst in meer jaren dan ze wilde uitrekenen, alleen zou zijn met een man met wie ze ooit had gezoend.

Ze staarde naar het braadstuk, dat groot als een baby onder een witte vetlaag lag en haar glanzend en op de een of andere manier verwijtend aan leek te kijken vanaf het aanrecht. Sylvie bedacht chagrijnig hoeveel eenvoudiger dit zou zijn geweest als zij een ander soort vrouw was geweest, een ander soort echtgenote. Er waren door de jaren heen mannen geweest met wie ze in Richards afwezigheid wat discrete uurtjes of avonden had kunnen doorbrengen. Ze had gelegenheden gehad. Gelegenheden te over. Je had die vriend van Larry, een architect die in de stad was voor een congres over duurzaam ontwerpen, die was gescheiden van zijn vrouw en bij Larry en Ceil logeerde. Die charmante verhalen over Ceils kalfsvlees had verteld en in de keuken haar hand had gepakt (zij had staan afwassen en hij had staan drogen) en haar bijna voordat ze wist wat haar overkwam had gekust. Alsjeblieft, had ze zacht gezegd, om Ceil niet te alarmeren, terwijl ze haar natte handen tegen zijn borstkas had gedrukt en hem van zich af had geduwd. Hij had schaapachtig zijn schouders opgehaald en had gezegd: 'Niet geschoten is altijd mis.' Of die keer dat ze tijdens een benefiet in hun appartement ineens met een man over haar leeftijd had staan praten. Hij droeg een schitterend gesneden pak (ze had in al die jaren dat ze Richards pakken had uitgezocht bepaalde stoffen en zelfs ontwerpen van specifieke couturiers leren herkennen en waarderen) en ze had terwijl hij om zich heen keek in de kamer gezien dat hij een minachtende gezichtsuitdrukking had.

'Ik hoor bij haar,' had hij gezegd terwijl hij zijn kin had opgestoken in de richting van zijn vrouw. Elizabeth Cunningham, ook wel bekend als Bitsy, was een spectaculair goed verzorgde vrouw met een lang, paardachtig gezicht, een prominent aanwezige neus en een balkende stem. Bitsy droeg een wikkeljurk met motief, zwarte kousen en hoge, zwartleren laarzen. Haar haar had schitterende strengen koper en goud, van dat haar dat de hele wereld liet weten dat Bitsy genoeg tijd en geld had om elke vier weken vier uur in een chique kapsalon te zitten en er dan vijfhonderd dollar uit te geven. Haar vingers waren overladen met ringen, aan haar oorlellen twinkelden diamanten en ze was, natuurlijk, benijdenswaardig mager, met heupbeenderen die door haar jurk heen zichtbaar waren en een borstbeen dat duidelijk was als dat van een anatomisch model, maar die ondanks dat alles niet mooi was, wat te wijten was aan Bitsy Cunninghams immer zure gezichtsuitdrukking. Ze zag eruit, vond Sylvie, als een vrouw die je ging bijten zodra je hallo tegen haar zei.

Sylvie kende haar verhaal, dat in meerdere vrouwenbladen en in *The Wall Street Journal* had gestaan. Bitsy, die getrouwd was en zich verveelde, die zeven dagen in de week, vierentwintig uur per dag, gebruikmaakte van kindermeisjes om voor de tweeling te zorgen die ze door een draagmoeder had laten baren, was rijk geworden met het ontwerpen van met de hand geborduurde slabbetjes en spuugdoekjes van honderd dollar per stuk die werden gekocht door, nam Sylvie aan, dames die geen idee hadden wat een werk het was om kotsvlekken uit Iers linnen te krijgen... of, en dat was waarschijnlijker, aan jonge moeders die, net als Sylvie, kindermeisjes en huishoudsters hadden die dat voor hen deden. Bitsy's slabbetjes hadden aan de wieg gestaan van een succesvolle lijn kinderkleding, inclusief miniatuurtutuutjes en piepkleine smokinkjes die wereldwijd in dure warenhuizen werden verkocht. Bitsy verdiende waarschijnlijk tien keer meer dan haar machtige man elk jaar had binnengebracht bij zijn investeringsbank. Ze verzamelde politici zoals andere vrouwen handtasjes of porseleinen beeldjes sparen. Bitsy hief, terwijl Sylvie toekeek, haar gezicht en balkte haar lach naar Richard, die zo warm terugglimlachte dat je nooit zou denken dat hij die avond tegen Sylvie had gezegd dat ze suikerklontjes en een wortel voor haar moesten klaarleggen. ('Doe niet zo gemeen,' had Sylvie gezegd, en ze had hem een speelse klap gegeven.)

'Weet je wat voor werk ik doe?' had meneer Bitsy Sylvie in haar oor gefluisterd. Ze wist dat hij CFO van Bitsy's bedrijf was en dat hij zijn baan had opgegeven om voor haar te gaan werken. 'Hetzelfde werk als jij. We dragen hun tasje. We geven hun hun pepermuntjes en tissues aan.'

'Niet waar,' had Sylvie geprotesteerd, niettegenstaande het feit dat ze op dat moment zowel pepermuntjes als tissues voor Richard in haar tasje had. En ze dacht ook liever niet aan al die keren dat Richard haar nonchalant iets in de handen had geduwd, een map, of een jas, of een aktetas, zodat hij iemand de hand kon schudden die belangrijker was dan zij, of aan al die keren dat ze een blikje pepermuntjes in zijn zak had gestopt of een borstel over zijn pak had gehaald. Dit was geen onderworpenheid, en het was niet vernederend, het was gewoon wat getrouwde mensen voor elkaar deden. Maar toen dreef er een zorgwekkende gedachte naar de oppervlakte: had Richard ooit zoiets voor haar gedaan? Had hij haar ooit een pepermuntje aangeboden, had hij haar mantelpakje ooit afgeborsteld? Meneer Bitsy duwde haar terwijl ze zich dat af stond te vragen een visitekaartje in de hand. 'Bel me maar eens,' zei hij met zijn gezicht zo dicht tegen dat van haar dat ze zijn bakkebaard tegen haar wang voelde. 'Volgens mij hebben we heel wat om over te praten.'

Ze had hem natuurlijk nooit gebeld. Ze had zijn visitekaartje weggegooid en had Richard na het feest gevraagd waarover hij zo had staan lachen met Bitsy. 'O, ze vertelde hoe ze uit de grote kleedkamer van *The Today Show* werd gebonjourd omdat de tieneratlete die ze gingen interviewen haar zes broers en zussen had meegenomen,' had Richard gezegd terwijl hij haar hielp met het opruimen van de schaaltjes van de noten en olijven. 'Ik heb tegen haar gezegd dat ze het er niet bij mag laten zitten. Dat ik mijn vrienden bij Amnesty International zou bellen en GERECHTIGHEID VOOR BITSY-shirts voor haar zou laten drukken.' Waarop Sylvie had geglimlacht. Ze had hem niet verteld over meneer Bitsy en zijn visitekaartje. Die arme man was gewoon verbitterd, wat elke man zou zijn die in de schaduw leefde van een vrouw die zo bevoorrecht was en zo overduidelijk onaangenaam. Haar leven was heel anders. Richard en zij waren partners. Nou ja. Moest je nu eens zien wat ze nog had om over op te scheppen. Moest je kijken hoe dat was afgelopen.

Ze prikte met een vinger in het vlees en opende haar laptop. Ceil was godzijdank thuis. 'Braadstuk,' zei haar vriendin terwijl ze haar, heel verontrustend, aanstaarde via het beeldscherm (skypen was een van de trucjes die Diana haar had geleerd en die ze wonderlijk genoeg meester was geworden). 'Dat is hartstikke makkelijk.' Ceil had een stoffen bloem in haar haar en roze gestifte lippen. Haar ik-ga-de-stad-in-uiterlijk, wist Sylvie, wat betekende dat ze die ochtend naar muziekles was geweest en dat ze Suri Cruise misschien zelfs wel had gezien.

'En hartstikke duur,' mompelde Sylvie.

'Geef zijn geld maar lekker uit,' zei Ceil. 'Dat is wel het minste. Heb je keukentouw? Laat maar. Het kan ook met flosdraad. Ik weet dat je dat hebt.' Het lukte Sylvie te glimlachen: Ceil en zij hadden dezelfde mondhygiëniste, die hun opdroeg te flossen alsof hun leven ervan afhing. 'Waarom moet dat?' vroeg Sylvie, waarop Ceil, die zat voor te lezen uit *Us Weekly* terwijl Sylvie aan de slag ging, zei: 'Geen idee, maar zo moet het.'

'En dan bestrooi je het vlees met zout en peper, even aanbraden tot het bruin is, en dan zet je het in een voorverwarmde oven op 150 graden.'

'Is dat alles?'

'Dat is alles. Heerlijk.'

Sylvie zou het braadstuk serveren met aardappelpuree. Ceil had haar ervan verzekerd dat zelfs zij dat niet kon verpesten. Koken in water met zout tot ze zacht waren, peper, boter, melk en een beetje slagroom toevoegen en prakken maar. En ze zou geroosterde wortels en pastinaak maken, waarvoor ze in een gietijzeren pan moesten, worden besprenkeld met zeezout en olijfolie, met een takje rozemarijn erbij, en dan in de oven bij het vlees. 'Koken voor beginners,' zei Ceil. Ze was even stil; ze hadden tot nu toe hun gesprek beperkt tot de logistiek het diner op tijd op tafel te krijgen ('en je moet hem vragen het vlees te snijden,' waren Ceils laatste woorden over dat onderwerp).

'Je-weet-wel heeft vanochtend weer gebeld,' zei Ceil uiteindelijk.

Sylvie zuchtte. 'Alweer?' Ze wist dat Richard haar vriendin dagelijks belde om te vragen hoe het met Sylvie was en of ze al wilde praten.

'Hij zet in ieder geval wel door. Maar maak je geen zorgen. Hij heeft tot nu toe alleen mijn voicemail gesproken.'

'Dank je,' mompelde Sylvie. Ze voelde zich... ach, ze wist niet hoe ze zich voelde. Razend, verraden, en bezorgd om Richard, zo helemaal in zijn eentje, en geraakt dat ze nog verbonden waren; nog steeds, ondanks zulk gruwelijk verraad, zulke eindeloze vernedering, man en vrouw. 'Hoe...' Hoe klonk hij? Wat heeft hij gezegd? Is hij een gebroken, veranderde man? Heeft hij gehuild? Wat eet hij 's avonds, en met wie? Geeft Joelle hem pizza of een sandwich? Weet ze wel dat hij op zijn cholesterol moet letten? Haar hoofd tolde en ze moest zich bezighouden met dat dinertje, ze moest zich bezighouden met dat dinertje en Tim Simmons.

'Ik neem de telefoon niet aan, maar als ik zou moeten raden, zou ik zeggen dat hij je terug wil,' zei Ceil.

'Omdat hij me kan gebruiken.' Het woord 'gebruiken' kwam sarcastisch, verbitterd uit haar mond.

'O, lieverd toch,' zei Ceil. 'Dat is niet het enige. Hij houdt van je. En jullie hebben zo'n geschiedenis samen.'

Sylvie begon te lachen. Zo'n geschiedenis. Richard had er natuurlijk voor gezorgd dat het deel van hun geschiedenis dat iedereen zich zou herinneren, zou zijn dat hij had geneukt met zijn juridisch medewerkster. Niet de ouderavonden waar ze samen waren geweest (Richard zorgde altijd dat hij daarbij was), niet de verjaarspartijtjes voor de meiden die ze samen hadden georganiseerd, niet dat reisje naar Parijs toen ze vijfentwintig jaar waren getrouwd, waar ze in restaurants met drie Michelin-sterren hadden gedineerd en hij haar een diamanten armband had gegeven toen ze langs de Seine wandelden. 'Ik moet door,' zei ze tegen het beeldscherm.

'Eet smakelijk,' zei Ceil met een valse grijns. 'En bel me nog even. Ik wil alle details horen.'

Sylvie knoopte een oud schort van haar grootmoeder om. Ze strooide peper en zout over het vlees en liet het voorzichtig in het hete vet in de gietijzeren pan zakken, draaide het om met twee grote vorken tot het rondom bruin en knapperig was. Toen zette ze het in de oven, maakte de groenten klaar en zette die ernaast. Ze dekte de tafel met een tafelkleed en mooie servetten, zilveren bestek en wijnglazen, waste af wat er moest worden afgewassen en zette een boeketje gerbera's, vrolijke oranje en knalroze, waarvan ze zich nauwelijks kon herinneren dat ze die had gekocht, in een blauw glazen vaasje midden op tafel.

Iets voor zeven uur schenen felle koplampen de keuken in. Een autoportier werd dichtgeslagen. Sylvie veegde haar handen aan haar schort af en zorgde dat ze lucifers voor de kaarsen bij de hand had. Toen Tim over de oprit aan kwam lopen, zakte de moed haar in de schoenen. Hij had haar ondertussen vast gegoogeld om zijn vragen te beantwoorden; hij wist ondertussen gegarandeerd waarom ze terug was gekomen naar Fairview.

'Hoi,' riep hij terwijl hij de drie doorgezakte treden van de veranda op rende. Onder zijn ene arm had hij een fles wijn en in zijn andere hand een zakje van Simmons, en hij zag er zo jongensachtig uit, zoals een buitenmens, zo anders dan Richard, die altijd een pak aanhad, wiens gezicht bleek was van het binnen zitten en die nooit rende, behalve dan op de lopende band, omdat zijn dokter zei dat het moest. Sylvie stak haar hand op. 'Hoi,' zei ze, en toen duwde ze met haar heup de deur een stukje verder open, waarmee ze het licht, de warmte en de heerlijke geur van het eten de avondlucht in liet stromen.

Lizzie

'KUNNEN WE HET EROVER HEBBEN?' VROEG LIZZIE HAAR ZUS. HET WAS woensdagochtend, twee weken na de persconferentie waar hun vader had aangekondigd dat hij in de senaat zou blijven.

'Waarover?' vroeg Diana. Haar toon was neutraal, maar Lizzie zag dat ze achterdochtig was.

Lizzie zat in kleermakerszit op een van de keukenstoelen. Diana stond bij het aanrecht schoon bestek uit het mandje van de afwasmachine te halen, dat ze in de la legde, wat zo gebeurd was, want Diana zette altijd de vorken bij de vorken en de lepels bij de lepels in het mandje als ze nog vies waren.

De ochtendroutine van haar zus was de hele periode dat Lizzie nu in Philadelphia was niets veranderd. Diana stond om halfzes op om te gaan hardlopen en kwam drie kwartier later doorweekt van het zweet, of als het regende van de regen, weer terug. Dan sloeg ze een eiwitshake achterover, zette een pot koffie aan, ging onder de douche en föhnde haar haar. Tegen de tijd dat Milo, Lizzie en Gary om zeven uur naar beneden kwamen, had Diana de afwasmachine uitgeruimd, de werkbladen schoongeveegd, zat de toast in de broodrooster, stonden de ontbijtgranen en het sap klaar op tafel en was haar beker gevuld met zwarte koffie.

'Over pa,' zei Lizzie een tikje ongeduldig. 'Ik wil het over pa hebben.' Ze wilde ook weten waarom Diana zo vaak weg was en waarom haar zus op de bank in de woonkamer sliep in plaats van in bed bij haar echtgenoot, maar ze had besloten te beginnen met het moeilijkste onderwerp.

Lizzie had haar wekker die ochtend op halfzeven gezet zodat ze haar zus ná haar hardlooptocht maar vóór het ontbijt kon vangen. Ze had het sinds die eerste avond nog nauwelijks met Diana over de kwestie gehad... en elke keer dat Lizzie erover begon, vond Diana een manier om over iets anders te beginnen. Dan wees ze met haar kin naar Milo en zei: 'Kleine potjes hebben grote oren', of ze zei tegen Lizzie dat ze nu toch echt naar de sportschool moest, of terug naar haar werk omdat ze iets had vergeten. Misschien was dat hoe stress zich bij haar manifesteerde. Diana was nooit vergeetachtig, maar de laatste tijd ging ze na het avondeten steeds vaker terug om haar tasje, telefoon of telefoonlader op te halen. Lizzie vroeg zich af of ze de tijd van huis gebruikte om met iemand te praten, een vriendin, aangenomen dat Diana die had, of een therapeut. Of misschien dat ze alleen ging wandelen om alles rustig te overdenken. Of om te huilen.

'Waar wil je het over hebben, dan?' Diana pakte een handvol messen uit het mandje en deponeerde die kletterend in de la. Lizzie zuchtte. Diana had haar altijd behandeld alsof ze nutteloos ruimte in beslag nam en niets interessants had te zeggen. Het was verergerd sinds Lizzies eerste uitje naar een afkickcentrum, en Diana's houding was niet verbeterd sinds Lizzie voor haar zus werkte. Elke hoop die ze had gekoesterd over het aanhalen van de band met haar zus tijdens haar zomer in Philadelphia was haar eerste avond in het rijtjeshuis de kop ingedrukt. 'Ik heb iets goed te maken,' had ze aangekondigd terwijl ze in de woonkamer op Diana af liep nadat Milo in slaap was gevallen. Diana had een artikel in een medisch tijdschrift zitten lezen terwijl ze ondertussen op haar BlackBerry zat te sms'en, was gaan lachen, en had tegen haar gezegd: 'Wat het ook is, ik vergeef het je als je het toilet 's ochtends nadat Milo is geweest even schoonveegt.'

'Heb je hen al gesproken?' vroeg Lizzie. Diana haalde haar schouders op. Lizzie vervolgde: 'Misschien kunnen we bij pa op bezoek gaan. Kijken hoe het gaat. En dan daarna naar mama in Connecticut.'

Diana haalde nogmaals haar schouders op, met haar handen vol borden en een geïrriteerde blik in haar ogen.

'We kunnen Milo meenemen. Dan wordt het een soort vakantie. Misschien wordt het wel heel leuk.'

Diana rolde met haar ogen bij het woord 'leuk'. Ze zette de borden neer en nam een grote slok koffie. 'Ik heb geen tijd om op vakantie te gaan.'

Lizzie knikte. Dit had ze al verwacht. Ze keek toe hoe Diana zich vooroverboog en het bovenste rek van de afwasmachine begon uit te ruimen, waarbij ze glazen en mokken in een rij op het aanrecht zette. Haar zus leek het goed te doen tijdens een schandaal: Diana's huid was glad, haar haar glansde en haar lichaam, dat sowieso slank was van al dat rennen, leek gracieuzer dan anders. In plaats van te hurken om het bestekmandje terug te zetten boog Diana zich voorover vanuit haar taille, waardoor haar haar voor haar gezicht viel. Haar borsten duwden tegen de voorkant van haar witte blouse, die prachtig contrasteerde met haar gebruinde huid. Lizzie vroeg zich af of de Snotterende Gary haar zus op waarde wist te schatten, en ze vermoedde van niet. Ze vroeg zich nogmaals af hoe het zat met Diana's vroege ochtenden en late avonden, waarom ze op de bank sliep en van alles vergat in het ziekenhuis.

'Misschien heb je gelijk,' zei Lizzie, die hardop zat te denken. 'Misschien moeten we hen gewoon met rust laten.' Ze schonk een kop koffie voor zichzelf in, met room en suiker die ze van haar eigen geld had moeten kopen, want Diana had alleen magere melk en agavesiroop in huis. 'Ik weet het ook niet, hoor. Ik vind het allemaal zo walgelijk. Gerechtigd,' zei ze terwijl ze zichzelf op het aanrecht hees en een woord nazei dat ze op televisie had opgevangen. 'Denk je dat dat het is? Dat machtige mannen denken dat ze gerechtigd zijn maar gewoon te pakken wat ze willen en dat het hun niet uitmaakt als ze er iemand mee kwetsen?'

Er ging een schaduw over Diana's gezicht. 'Misschien was hij wel ongelukkig.'

Dat was verrassend. Lizzie had nog nooit gemerkt dat haar zus zich druk maakte om het ongeluk van een ander, of dat haar dat ook maar opviel. 'Waarom zou pa ongelukkig zijn? Hij had een echtgenote die haar hele leven aan hem wijdde.'

Diana haalde haar schouders op. 'Misschien zijn ze uit elkaar gegroeid. Misschien hielden ze niet meer van elkaar. Hoe kunnen wij dat weten?'

Dat was nog verrassender. Diana beweerde over het algemeen dat ze alles wist over iedereen, of dat ze in ieder geval geïnformeerde uitspraken over alles en iedereen kon doen. 'Maar als je al zo lang bent getrouwd, ben je het je huwelijk dan niet schuldig om trouw te blijven? Om nog maar te zwijgen over je kinderen?'

'We zijn geen kinderen,' zei Diana. Er glipte een glas uit haar hand, dat op de vloer kapot zou zijn gevallen als Diana het niet had opgevangen. 'We zijn volwassen. We zijn volwassen vrouwen en het zou ons niet moeten raken.'

'Natuurlijk wel!' zei Lizzie. 'Hoe oud we ook zijn, ze blijven onze ouders, en ik denk...'

'We waren zijn attributen,' zei Diana op onkenmerkend scherpe toon. 'Dat weet je toch wel, hè?' Ze liet haar kin zakken en nam de toon en houding van hun vader aan. '"Mijn dochter de dokter, de Spoedeisende Hulp-arts, werkt aan het front van de gezondheidszorgcrisis waarvoor onze natie zich ziet gesteld."' Lizzie knikte. Dat had ze haar vader meer dan eens horen zeggen, en als hij dat zei, stond Diana meestal naast of achter hem, lang en imponerend in haar mantelpakje en hoge hakken. Diana was de dochter die hij inzette tijdens persconferenties en bijeenkomsten. Over Lizzie zelf werd nauwelijks gesproken. 'Ze studeert,' zei haar vader als iemand naar haar vroeg. Wat vrijwel nooit iemand deed. Lizzie was inzetbaarder geweest toen ze een schattig klein meisje met blonde krullen was dat mooie jurkjes droeg en had geleerd hoe ze op een podium moest staan en aandachtig moest luisteren, of in ieder geval hoe ze eruit moest zien als iemand die aandachtig luisterde.

'Laten we eerlijk zijn.' Diana zette het laatste glas in de kast, sloot die en draaide zich naar Lizzie om. 'Ze zouden nooit Ouder van het Jaar zijn geworden.' Ze keek Lizzie betekenisvol aan. Lizzie slikte moeizaam.

'Pa was een goede vader,' zei ze, hoewel ze, heel diep vanbinnen, vermoedde dat dat niet helemaal waar was. 'En misschien heeft hij ons wel nodig,' waagde ze.

Haar zus begon een werkblad schoon te vegen dat er al brandschoon uitzag. 'En waar waren zij,' vroeg ze, 'toen wij hen nodig hadden?' Ze keek op en staarde Lizzie recht in de ogen. Lizzie voelde dat ze kippenvel kreeg. Diana had bedacht dat dit de enige troef was die ze tegen haar zus kon uitspelen, en dat bleef ze doen tot Lizzie het opgaf.

Ze kon niet meer blijven zitten. Ze gleed van het aanrecht, rende de keuken uit en met twee treden tegelijk de trap op naar haar kamer, waar het nu al vreselijk heet was van de zomerwarmte. Ze liet zich met haar gezicht naar beneden op haar bed vallen en kneep haar ogen dicht. De woorden galmden na in haar hoofd.

Toen ze twaalf was, had ze eruitgezien als zestien, vooral als ze eyeliner opdeed en een blouse aantrok die haar borsten accentueerde. Er was een jongen geweest, die in de derde zat en in haar appartementencomplex woonde, en die naar haar glimlachte als ze samen in de lift stonden. Ze kreeg een baantje als oppas van het halfzusje van die jongen, die op een avond thuiskwam van een feestje en naar bier en sigaretten stonk. Hij kwam enigszins zwalkend binnen lopen, veegde met de mouw van zijn rugbyshirt zijn natte lippen af en begon te grijnzen toen hij haar op de bank zag zitten. 'Wanneer komt dat mens thuis?' vroeg hij. 'Dat mens' was hoe hij naar zijn stiefmoeder verwees, die pas negenentwintig was. 'Elf uur,' zei Lizzie, en op dat moment was het net iets na negenen. Hij had Lizzie haar eerste alcohol gegeven, wodka met cranberrysap, en nadat ze daar twee glazen van had gedronken, had hij haar haar eerste kus gegeven. En daarna...

Ze ging rechtop zitten, maar ze zag zichzelf nog voor zich: met haar ogen geaccentueerd met de eyeliner en mascara van mevrouw Ritson (die ze net had opgedaan toen hij thuiskwam), haar blouse opengeknoopt, haar lippen gezwollen van zijn kussen en haar wangen en kin rauw van zijn stoppels. Kom op, had hij gezegd. Doe niet zo flauw. Je weet dat jij het ook wilt. Toen had hij haar bij haar pols gegrepen, had haar naast zich op de bank getrokken, en zijn gulp was op de een of andere manier opengegaan, waarbij zijn penis uit zijn witte boxershort stak als een griezelig duveltje uit een doosje, een kaal gezicht zonder gelaatstrekken op een dikke nek vol bulkende aderen. Nee, had Lizzie gefluisterd, maar ze had het niet echt hard gezegd, en toen die jongen zijn hand in haar nek had gelegd had ze zich direct voorovergebogen, had ze tegen zichzelf gezegd dat het snel achter de rug zou zijn. Daarna kon ze haar gezicht wassen, haar haar opnieuw invlechten en weer een meisje zijn.

Op die herinneringen had ze niet gerekend: zijn vingers die in het vlees in haar nek grepen, de manier waarop hij tegen haar had gepraat, de walgelijke dingen die hij had gezegd, de luie glimlach op zijn gezicht, waarmee hij haar had aangekeken toen hij zijn verlepte penis terugduwde in zijn broek. Niet slecht. Misschien zie ik je nog eens. Ze was direct naar het toilet gerend, waar ze had overgegeven, en toen was ze naar boven gehold. Ze had niet eens op de lift gewacht en had haar zus alles opgebiecht. Diana had het aan haar ouders verteld. En haar ouders hadden...

Lizzie rolde van het bed. Het was zeven uur, het begin van haar werkdag. Diana was nog in de keuken en stond naar haar BlackBerry te glimlachen. Toen Lizzie binnenkwam, keek ze op.

'Is er iets?'

Lizzie riep zichzelf tot de orde, streek haar haar glad en glimlachte. 'Nee hoor.' Diana stak haar BlackBerry in haar zak. Lizzie wist het niet zeker, maar het leek wel of haar zus stond te blozen. Of misschien was het gewoon een bijwerking van haar hardlooptocht. Hoewel het nog vroeg was, stoomde de buitenlucht nu al, dik als soep.

'Ik moet ervandoor,' zei Diana, die haar sleutels, zonnebril en schoudertas pakte en in de spiegel bij de voordeur nog even snel haar haar goed deed. Dat had Lizzie haar zus deze zomer al honderd keer zien doen, maar vandaag zag ze er... Lizzie zat voor zich uit te staren in een poging op het juiste woord te komen, en uiteindelijk kwam ze uit bij 'stralend'. Diana straalde. Lizzie vroeg zich heel even af of Diana zwanger was, maar dat sloeg nergens op. Diana had iedereen die ernaar had gevraagd, en een heleboel mensen die er niet naar hadden gevraagd, meegedeeld dat ze maar één kind wilde, dat ze zich op dit punt in haar carrière niet kon veroorloven de tijd vrij te nemen die nodig zou zijn als ze nog een kind zou krijgen. Met de foetus die stom genoeg zou zijn zich te vestigen in de baarmoeder van haar zus zou snel en efficiënt korte metten worden gemaakt, nam Lizzie aan. Als ze tenminste nog seks had met Gary, wat Lizzie betwijfelde. Voor zover zij het kon zien reserveerde Gary het grootste deel van zijn passie voor zijn laptop en de Phillies, en Diana kon niet zwanger raken als ze op de bank sliep.

'Geef jij Milo zijn ontbijt?'

'Tuurlijk.' Milo zijn ontbijt geven betekende een snee brood voor hem roosteren en een schaaltje ontbijtgranen met extra veel vezels voor hem pakken. Dat kon Lizzie wel. Gary waarschijnlijk ook, als het ooit in hem zou opkomen om zijn zoon eten te geven, hoewel Lizzie had opgemerkt dat het Gary al genoeg moeite kostte om zichzelf elke ochtend aan te kleden en te zorgen dat hij de deur uit kon.

Toen haar zus eenmaal over de stoep wandelde, met haar haar los, dat over haar schouders danste, liep Lizzie naar de woonkamer om de bende op te ruimen die Gary elke avond achterliet: twee bierflesjes en verfrommelde tissues op het bijzettafeltje, zijn schoenen en binnenstebuiten gekeerde sokken voor de bank, en op het andere tafeltje een schaaltje waar ontbijtgranen in hadden gezeten met een lepel erin als een sculptuur in een restje melk geplakt. Ze zette de schoenen in de kast, gooide de sokken in de wasmand en zette de vaat in de afwasmachine. Ze klopte de kussens op en ging op de bank zitten wachten tot Milo wakker werd, zodat haar werkdag kon beginnen.

Milo kwam uiteindelijk, om halfacht, achter zijn vader aan de trap af, met ongekamd haar en gekleed in wat zijn zomeruniform was geworden: een kakikleurige korte broek, een donkerblauw T-shirt met korte mouwen, gympen als boten (Milo had een gemiddelde lengte, maar zijn voeten waren gigantisch) en een van zijn dozijn mutsen, vandaag een geruite tweedpet, die hij ver over zijn oren had getrokken. 'Goedemorgen!' zei Lizzie terwijl Milo in zijn ogen wreef. Gary gromde een begroeting, pakte zijn tas en liep de deur uit. Lizzie gaf Milo een snee toast op een saladebordje dat ze daarvoor moest gebruiken van Diana (want die zei dat zijn porties er dan groter uitzagen) en maakte een schaaltje ontbijtgranen voor hem. 'Wat zullen we vandaag gaan doen?'

'Mogen we bij Jeff op bezoek?' vroeg hij, en hij klonk verrassend gretig het huis te verlaten.

Ze zei dat dat goed was, en ze liepen nadat hij zijn ontbijt had gegeten en toestemming had gegeven dat ze zijn haar mocht kammen samen naar Independence Hall. Jeff stond te praten met een groepje toeristen, schoon en aantrekkelijk in zijn kakikleurige uniform en hoed met brede rand. 'Hé, gozer!' begroette hij Milo, die hem daarop beantwoordde met een verlegen 'hoi' en een glimlach. Ze gingen in de rij staan voor de Liberty Bell en Lizzie maakte foto's, niet van de klok, maar van de gezichten van de toeristen, sommige levendig en andere verveeld, als ze dichtbij genoeg stonden om hem goed te bekijken. Toen liepen ze mee met Jeffs rondleiding, die Independence Hall in ging, waar hij vertelde over het ondertekenen van de Onafhankelijkheidsverklaring en aan de toeristen uitlegde dat dit – dit gebouw en de zaal waar ze nu stonden – de plek was waar de Verenigde Staten van Amerika een vrij land waren geworden.

In Jeffs lunchpauze gingen ze naar een biologische lunchroom, waar ze een gedeelde maaltijd bestelden van door Diana goedgekeurde humus, worteltjes en volkoren pitabrood. Milo vroeg, en kreeg, als toetje een glutenvrije brownie met carob. Jeff nam er een hapje van, dat hij uitspuugde in zijn gerecyclede papieren servet. 'Vind je dat lekker?' vroeg hij terwijl hij zijn lippen meermalen afveegde alsof hij de smaak eraf wilde poetsen, waarop Milo giechelend zijn schouders ophaalde en zei: 'Ze gaan wel.'

'Man, ik moet meteen een ijsje voor je kopen,' zei Jeff. Waarop

Milo hem aankeek en zei: 'Ik mag alleen ijs op verjaarspartijtjes.'

Jeff had onder de tafel Lizzies hand vastgepakt, waar hij zo hard in kneep dat ze wist dat hij zijn uiterste best zat te doen om niet heel hard te gaan lachen.

'Meent hij dat serieus?' vroeg hij fluisterend in Lizzies oor terwijl Milo ijverig hun afval in de zes verschillend gespecificeerde afvalemmers aan het scheiden was die in de lunchroom stonden.

'Ja,' fluisterde ze, waarop Jeff zei: 'Ik vind dat we morgen cheeseburgers moeten gaan eten, met ijs toe. Ik krijg al honger als ik aan dat arme kind dénk', waarop Lizzie zei dat ze dat een uitstekend idee vond.

Milo en zij waren om vijf uur weer thuis. Gary arriveerde een halfuur later om zijn zoon op te halen voor een Phillies-wedstrijd, waarvan Lizzie wist dat Milo er helemaal niet naartoe wilde. 'Moet ik echt mee?' jammerde hij terwijl hij zijn gezicht insmeerde met de PABA-vrije zonnefilter die Diana naast zijn aluminiumfles met water had klaargezet. 'Het wordt vast hartstikke leuk,' zei Lizzie. Milo keek haar bedenkelijk aan, dus fluisterde Lizzie: 'Je vader koopt vast wel een hotdog voor je.' Milo klaarde acuut op bij het vooruitzicht van bewerkt vlees en een broodje van witmeel en huppelde opgewekt de trap af, waar zijn vader met een vuist in zijn honkbalhandschoen stond te meppen. 'Kom op, kampioen,' zei hij. Milo zwaaide met een hoofd vol hotdogvisioenen naar Lizzie en liep achter zijn vader aan de deur uit.

Lizzie dineerde met restjes Thais en ging daarna naar een AA-bijeenkomst in Walnut Street, waar ze zoals altijd stil in een klapstoeltje achter in de zaal zat.

Toen het gebed was gezegd bleef Lizzie deze keer echter niet hangen voor de koekjes, koffie en het babbeltje dat de deelnemers na een bijeenkomst altijd met elkaar hielden, maar besloot ze het gastenpasje dat haar zus haar had gegeven voor gebruik van haar sportschool in Sansom Street eens te gaan proberen. Ze hadden beweging in het afkickcentrum heel belangrijk gevonden, ze zeiden dat het endorfine vrijmaakte, dezelfde chemische reactie in de hersenen die drugs opwekten, en dat het echt mogelijk was om jezelf soort van high te joggen, wandelen of spinnen. Ze dacht aan het gelukkige, verhitte gezicht van haar zus die ochtend. Sporten werkte duidelijk voor Diana, dus misschien dat het ook wat voor haar was.

Een uur later wankelde ze doordrenkt van zweet, met trillende benen en pijn in haar kruis uit de halfduistere spinningruimte de betonnen trap af en de acht straten naar huis en beloofde zichzelf dat ze een fietsbroek met vulling en een gelzadel ging aanschaffen voordat ze ooit nog een keer zou gaan spinnen.

Gary zat zoals altijd in de woonkamer met de afstandsbediening in zijn hand en zijn laptop op schoot. 'Milo slaapt,' zei hij zonder van het beeldscherm op te kijken. Lizzie nam boven een lange, koele douche, waarna ze huiverend een katoenen boxershort en topje aantrok en naar bed ging. Ze had Jeff gesproken, die vanavond college had. 'Slaap lekker, lieverd,' had hij gezegd. Lizzie had stralend geantwoord: 'Jij ook.' Lieverd. Daar zou ze best aan kunnen wennen.

Een minuut later ging haar telefoon weer.

'Hoi, mam,' zei Lizzie.

'Hoi, Lizzie,' zei Sylvie kilometers verderop in Connecticut. Ze zei hetzelfde als ze elke avond zei: 'Ik wilde alleen even weten of je een goede dag hebt gehad.'

'Ja hoor.' Misschien was de verbinding slecht, maar als ze zich niet vergiste klonk haar moeders stem een beetje minder gearticuleerd dan normaal. Zat Sylvie te drinken, daar in dat grote oude strandhuis?

'Hoe is het met Milo?' vroeg Sylvie.

'Prima. Hij gaat meer naar buiten.' Ze vertelde haar moeder over hun bezoekje aan Independence Hall en dat Milo met zijn vader naar een honkbalwedstrijd was geweest, dat ze samen aardewerk hadden beschilderd en dat het haar al een paar keer was gelukt om zijn muts in te ruilen voor een Phillies-pet.

'En ben je naar je bijeenkomst geweest?'

'Ja.' Ze ging op haar zij liggen, huiverend van de pijn tussen haar benen, in stilte die fiets vervloekend en terwijl ze bedacht dat de interesse van haar moeder in Lizzies bijeenkomsten en haar werk een klassiek geval was van te weinig en te laat. Bovendien klonk Sylvie alsof ze uit een script voorlas. Omgaan met je Verslaafde Kind. Je zou eens moeten overwegen een echt gesprek met je moeder te hebben, had haar therapeut in Minnesota gezegd, haar ogen vriendelijk achter haar bril. Nou, misschien dat ze dat op een dag wel eens ging doen. Maar niet vandaag.

'Zorg goed voor jezelf, Lizzie,' zei haar moeder, waarop Lizzie, zoals altijd, beloofde dat ze dat zou doen.

Ze deed het licht uit en sloot haar ogen. Had haar moeder nou maar eerst gebeld, en daarna Jeff, zodat Jeffs stem die 'lieverd' tegen haar zei het laatste was wat ze had gehoord. Twee uur later was ze nog wakker, niet in staat een lekkere slaaphouding te vinden. Als ze had geweten dat ze zich zo ellendig zou gaan voelen van sporten, zou ze het nooit hebben geprobeerd. Ze stapte uit bed en liep naar de badkamer op de eerste verdieping, waar ze lang naar een doosje Advil PM, een pijnstiller met slaapmiddel, stond te staren. Je moet helemaal niets nemen, hadden ze in Minnesota gezegd. Een aspirientje kan genoeg zijn om weer te beginnen. Maar alles onder haar middel deed zo'n pijn. En telde Advil als drug?

Wat kan mij het ook schelen, dacht ze, en ze pakte twee pillen, dacht even na, pakte een derde en slikte ze door met een hand water uit de kraan. Toen liep ze door het stille huis terug naar haar zolderkamer en ging liggen, met gesloten ogen, tot ze uiteindelijk in slaap viel.

Ze werd de volgende ochtend wakker van het geblèr van haar wekker. Diana stond aan haar te schudden, met twee vingers tegen Lizzies hals gedrukt, op zoek naar haar hartslag.

'Huh?' Haar tong voelde dik en donzig, haar hoofd zwaar als een bowlingbal.

'Wat heb je genomen?' vroeg Diana, die nogmaals aan haar schudde.

'Niks...' Lizzie ging met knipperende ogen rechtop zitten. Gary stond in zijn pyjamabroek in de deuropening en stond gebiologeerd naar Lizzie in haar topje te kijken, dat hier en daar doorschijnend was van het zweet. 'Ik ben gisteravond wezen spinnen, en ik had zo'n vreselijke spierpijn, dus heb ik een paar Advil gepakt...'

'Ja hoor,' zei Diana. 'Tuurlijk. Advil. Dat verklaart alles. Ik weet niet of het je uitmaakt,' zei ze op sarcastische toon, 'maar van Advil ga je niet out en slaap je niet door je wekker heen...'

'Advil PM!' schreeuwde Lizzie. 'Uit de badkamer beneden!'

Diana negeerde haar. Ze had haar lippen stijf op elkaar geperst en haar haar was nog nat. Ze griste Lizzies tasje met pailletten van de boekenplank en leegde het op Lizzies bed.

'Wat doe je nou?' Er zat een pakje sigaretten in haar tasje. Lizzie rookte er aan het eind van de dag wel eens een, in de kleine ruimte voor het erkerraam, en dan blies ze de rook de avondlucht in. Diana griste de sigaretten van het bed en smeet ze tegen Lizzies borst.

'Ik heb gezegd dat je niet mocht roken! Milo is allergisch! En jij hebt astma!'

'Ik rook nooit als hij erbij is,' zei Lizzie, die haar spulletjes van het bed raapte om weer in haar tasje te doen. 'Ik gebruik geen drugs...'

'Hé,' zei Gary. 'Hé, dames. Zullen we eerst even kalmeren?'

'Kalmeren?' schreeuwde Diana. Ze had haar handen tot vuisten gebald. 'Kalmeren? Ze past stoned op onze zoon! En ze zal wel stoned met hem in de auto zitten ook!'

'Echt niet,' protesteerde Lizzie, die haar tasje vastgreep. Het begon tot haar door te dringen dat protesteren geen enkele zin zou hebben, hoewel ze, voor de verandering, de waarheid sprak.

'Het lijkt me beter als je vertrekt,' zei Diana, die zich van haar afwendde.

'En Milo dan?' lukte het Lizzie uit haar strot te persen.

'Die kan naar computerkamp.'

'Ik wil niet naar computerkamp!' gilde Milo, die achter zijn vader stond te luisteren. Toen lanceerde hij zich op Lizzies bed en wierp zich tegen haar aan. 'Ik wil niet dat je weggaat!' riep hij, en hij begon te huilen. 'Jeff en jij hadden beloofd dat ik een ijsje zou krijgen!'

Diana liep in twee grote passen de kamer door en rukte Milo van Lizzie los, alsof ze een teek uit een hondenvacht kneep. 'Je gaat vandaag mee naar de kinderopvang in het ziekenhuis,' zei ze tegen Milo, die begon te huilen. 'Pak je spullen,' zei ze tegen Lizzie. Ze draaide zich om, met Milo in haar armen, en liep de kamer uit.

'Prima!' mompelde Lizzie, en ze voegde een onhoorbaar 'kreng' toe. Ze zat op het bed, met haar tasje in de hand, nog steeds verbijsterd en bevend. Ze kon niet geloven hoe snel alles was gebeurd, hoe snel alles was veranderd.

Diana stampte de trap af. 'En ik zeg het tegen pa en ma!'

'Prima!' schreeuwde Lizzie. 'Zeg maar dat ik jouw Advil heb geslikt. Dat is precies wat ze nodig hebben, nóg een probleem om zich zorgen om te maken.'

Diana gaf geen antwoord. Lizzie trok met trillende handen de rok aan die ze de dag ervoor had gedragen en het lukte haar na twee pogingen haar beha dicht te haken. Haar handen zweetten en haar hart bonkte in haar oren. Ze zette haar handen op de ladekast en keek in de spiegel naar haar gezicht. Ze probeerde zichzelf tot rust te manen. Geen Milo meer. Geen Jeff meer. Wat moest ze tegen hem zeggen? Mijn zus heeft me eruit getrapt omdat ze dacht dat ik drugs had gebruikt? En waar moest ze naartoe?

Neem geen overhaaste beslissingen, klonk een stem in haar hoofd

– de stem van haar therapeut, dacht ze – maar haar geest schoot al naar de drank in het kastje naast Diana's gootsteen. In juni, toen ze in Philadelphia was gearriveerd, had Diana gevraagd of ze de drank moest wegdoen, waarop Lizzie had gezegd dat die geen probleem was. Het wemelde overal van het bier en de Baileys, dus daar moest ze gewoon mee leren omgaan. Maar nu overwoog ze wat er precies in dat kastje zou staan. Ze dacht aan de fles wodka in de vriezer. Ze dacht dat Gary misschien wel ergens zware pijnstillers zou hebben, hij klaagde aan één stuk door over zijn rug en zijn peesontsteking. Ze kon wachten, inpakken, haar tijd uitzitten in de slaapkamer totdat Diana met Milo vertrok en Gary naar zijn werk ging. Ze zou pillen kunnen vinden, het was haar altijd gelukt om ergens pillen te vinden, er waren overal op de wereld pillen te vinden, net als drank, en als ze ze nergens kon vinden, kon ze ze kopen. Om de hoek was een café, en waar een café was waren dronkaards, en waar dronkaards waren was, over het algemeen, iemand die pillen te verkopen of ruilen had. Ze kon haar haar kammen, haar schoenen aantrekken en kijken hoeveel geld ze nog in haar portemonnee had. Ze kon...

Op dat moment, terwijl ze in de spiegel naar zichzelf staarde, zei een stemmetje in haar hoofd: stop. Lizzie wist direct dat die stem het niet had over Honger, Kwaad, Eenzaam of Moe... dat het enige wat die stem bedoelde was: stop.

Ze staarde met rode wangen, grote, blauwgrijze ogen van de schrik, en blond haar dat als een slechte pruik om haar hoofd stond in de spiegel. Je kunt het, zei de stem kalm. Het was een vrouwenstem, misschien die van haarzelf, hoewel hij een beetje als haar moeder klonk, en een beetje als oma Selma, een beetje als die therapeut in Minnesota en zelfs, moest ze schoorvoetend toegeven, een beetje als Diana, als Diana niet stond te schreeuwen of haar ervan beschuldigde dat ze stoned met Milo rondreed. Misschien was het God wel, bedacht ze; God zoals zij Hem zag, haar Hogere Macht. Misschien dat God echt sprak tegen vierentwintigjarige herstellende junkies die met visnetkousen aan een stoel waren vastgebonden en naar een afkickcentrum in Minnesota waren afgevoerd, en die troostte als ze hun baan waren kwijtgeraakt.

Ze zou naar huis gaan, bedacht ze terwijl ze haar weekendtassen van onder het bed vandaan trok, waar ze ze in juni had achtergelaten. Ze zou Jeff vertellen wat er was gebeurd, of hem in ieder geval een gecensureerde versie van het verhaal geven. Ze zou zo goed ze kon afscheid nemen van Milo. En dan zou ze de trein naar New York City nemen. Ze had de sleutels van het appartement van haar ouders. Misschien kon ze eindelijk eens een keer, in plaats van op de stoep te staan omdat ze hulp nodig had, in plaats van de orkaan te zijn die altijd door het gezin raasde, Lizzie die altijd rampspoed was, een Lizzie zijn die kwam helpen.

Ze drukte in New York City in het appartementencomplex van haar ouders op het liftknopje, sloot onbewust haar ogen en hield haar adem in, zoals altijd als ze in de lift langs de zevende verdieping zoefde, waar die jongen misbruik van haar had gemaakt. Ze had verwacht dat het appartement leeg zou zijn, had een dutje gepland in haar oude slaapkamer, maar tot haar verbazing trof ze haar vader aan in de kleine, overvolle keuken, een ruimte met laag plafond waar het altijd donker was en waarover haar moeder altijd had geklaagd. Hij stond op zijn blote voeten, ongeschoren, in een trainingsbroek met een gevlekt wit T-shirt en hij rook muf, maar hij fleurde op toen hij haar zag.

'Hé, Lizzie-Bee,' zei hij.

Hij heeft een burn-out, dacht ze terwijl ze over zijn schouder keek, de pizzadozen en bakjes van afhaaleten op de keukentafel zag staan, en de stapels kranten op de woonkamervloer erachter. 'Hoe is het?' vroeg hij, en hij liet haar niet los.

'Prima,' zei ze, en ze probeerde zich niet al te opvallend los te maken uit zijn greep. Hij rook helemaal niet goed. Ze vroeg zich af of hij depressief was, en ze probeerde de symptomen naar boven te halen die ze in Minnesota had geleerd: meer of juist minder eetlust, meer of juist minder slapen, verlies van interesse in dingen die je daarvoor wel leuk vond.

'En Diana?' vroeg haar vader. Ze liep achter hem aan naar zijn werkkamer en zag hoe hij op zijn laptop ging zitten, die op de bank naast een deken en een kussen lag.

'Pa...'

'Shit.' Hij stond hoofdschuddend op. Hij opende de laptop en schudde er voorzichtig aan. 'Zou hij kapot zijn?'

Lizzie keek over zijn schouder naar het donkere beeldscherm. Ze drukte op het AAN/UIT-knopje en het scherm flikkerde tot leven.

'Godzijdank,' riep haar vader, waarna hij haar beschaamd aankeek. 'Het zou niet de eerste zijn die ik ruïneer.' Lizzie staarde hem aan en haar vader grinnikte ongelukkig. 'Ik doe het niet zo goed in mijn eentje.'

'Luister,' zei ze quasiachteloos. Als Diana haar had verraden, zou ze daar zo achter komen. 'Ik heb nog wat tijd over voordat ik ga werken. Ik zou je kunnen helpen of zo.'

Hij keek haar aan, gretig als een hond die zijn riem hoort rammelen. 'Dat zou fantastisch zijn, Lizzie. Ik moet morgen naar een ADL-diner en ik...' Hij gebaarde met zijn arm om zich heen, waarmee hij de hele, rommelige woonkamer aangaf. 'Er liggen ergens papieren die ik moet lezen, en een rooster, maar dat is kwijt, en ik weet dat ik deze week een afspraak heb met de maïslobbyist, maar ik weet niet meer wanneer precies. En volgens mij ben ik de verjaardag van oma Cindy vergeten...' Hij hield op met praten en staarde naar zijn voeten, zo te zien verbijsterd dat ze bloot waren. 'Het probleem is, Lizzie, dat je moeder dat soort dingen grotendeels regelde, en Marta heeft de hele maand augustus vakantie.'

Ze knikte en voelde de opluchting zoet als een shot drugs door zich heen stromen. Ze kon wat doen. Ze kon helpen. 'Ik ga wel even opruimen,' zei ze. 'Dan ga jij douchen en daarna bedenken we hoe we het gaan aanpakken.'

Hij knikte, niet de enkele, ferme op-en-neerbeweging die ze van hem was gewend, maar het snelle op en neer gaan van een klein jongetje. Ze zag weer die gretigheid, een dankbaarheid die ze eigenlijk heel zielig vond, een woord dat ze nooit had gedacht dat ze het met haar vader zou associëren. Hij was altijd de sterke geweest, vastberaden, beheerst, in zijn pak en met zijn aftershave, hij zag er altijd uit en rook als het hoofd van het gezin en een groot leider. Maar nu... ze keek hoe hij door de gang schuifelde, zijn kale plek glanzend, frunnikend aan de uitgezakte kont van zijn trainingsbroek, en voelde zich in en in triest worden nu ze voor het eerst in haar leven zag dat haar vader oud was.

Ze zette haar tassen in de slaapkamer die ze ooit had gedeeld met Diana, verving de vuilniszak onder de gootsteen in de keuken en vulde vier zakken met oude kranten en tijdschriften (als haar vader ze niet had gelezen, bedacht ze, kon hij de artikelen die hij nodig had op internet vinden), de pizzadozen, de papieren bordjes met vetvlekken en de papieren servetjes die op de keukentafel en bijzettafels lagen, de lege frisdrankblikjes, bierflesjes en waterflesjes.

Tegen de tijd dat haar vader terugkwam naar zijn werkkamer, nog steeds op zijn blote voeten, maar nu in een schoon Columbia-T-shirt met een spijkerbroek, had Lizzie opgeruimd en stond ze het beeldscherm van zijn gevreesde laptop schoon te vegen met een stuk keukenpapier met Glassex erop.

'O,' zei haar vader terwijl hij naar haar keek. 'Dus zo maak je dat schoon.'

'Volgens mij wel,' zei Lizzie. Haar vader had altijd haar moeder gehad die alles voor hem opruimde en schoonmaakte, en Lizzie had een groot deel van haar volwassenheid tot dusverre in een mist doorgebracht. Als je drugs gebruikte maakte je je niet druk om schone kleren of warm eten en in de afkickkliniek werd daarvoor gezorgd. Een zin die ze ergens tijdens haar eerste poging aan de universiteit had gelezen, ging door haar hoofd: 'De trouwe Penelope, altijd wol aan het spinnen.' Als je 'spinnen' verving voor 'schoonmaken, winkelen en opruimen' had je Sylvie Woodruff.

Je kúnt dit, hielp ze zichzelf herinneren. 'Heb je honger?' vroeg ze.

'Een beetje, geloof ik,' zei hij.

'Dan ga ik even wat te eten maken,' zei ze.

Lizzie trok in de keuken een paar rubberen handschoenen aan en begon aan de koelkast, waar groente, die haar moeder moest hebben gekocht vóór haar vertrek, vloeibaar lag te worden in de groentela en waar tientallen halfvolle doosjes hard geworden afhaaleten in stonden. Toen ze klaar was, lagen er alleen nog een half brood, een kuipje boter, een niet al te verse komkommer en wat gerookte zalm in de koelkast. De groentela was leeg en de vleeswarenladen lagen vol met bier.

Dat was niet veelbelovend. Lizzie vond een blik kippensoep, die ze opwarmde, en ze roosterde vier sneden brood. Ze dekte de tafel en serveerde haar vader, waarna ze voor zichzelf soep inschonk in een mok van de lerarenvakbond – die had haar vader gesteund – en aan tafel ging zitten om samen met hem te eten.

'Dus je bent eerder thuisgekomen,' zei hij, en hij probeerde te glimlachen.

'Milo gaat toch naar computerkamp,' zei ze, maar ze vertelde nog maar even niet onder welke omstandigheden dat voor Milo was besloten. Ze zette haar voeten tegen de rafelige onderkant van de rieten stoel waarin haar moeder altijd zat en vroeg: 'Hoe is het nu met je?'

Hij haalde zijn lepel door zijn soep. 'Ik schaam me. Ik hou van je moeder. Ik hou van jullie. Het is nooit mijn bedoeling geweest om iets te doen wat dat in gevaar zou brengen.'

'Waarom heb je het dan gedaan?' vroeg ze.

Hij staarde naar zijn soep alsof hij verwachtte dat hij het antwoord tussen de vermicelli zou vinden.

'Ik weet niet of ik daar antwoord op kan geven.'

'Zo mooi is ze niet eens!' flapte ze eruit.

Een vaag glimlachje deed haar vaders mondhoeken iets omhooggaan. 'Je zou haar aardig hebben gevonden,' zei hij. 'Onder andere omstandigheden.'

Lizzie schudde haar hoofd. Ze had genoeg over die vrouw gehoord – goede scholen, advocaat – om te weten dat ze niets gemeen zou hebben met haar vaders vriendin.

Haar vader liet zijn hoofd zakken, de glimlach verdwenen. 'Ze deed me denken aan...' Zijn stem ebde weg. 'Laat maar.'

Ze vroeg zich af hoeveel een vrouw voor een man kon betekenen, of ze allemaal vervangbaar waren. Maar Jeff had haar niet behandeld als een wegwerpobject, bedacht ze, en een verlegen gevoel van trots bekroop haar. Jeff had zich gedragen alsof ze belangrijk was. Ze nam uiteraard aan dat dat zou veranderen zodra hij zou horen wat ze had gedaan en waarom ze was vertrokken. Ze herinnerde zich nog hoe hij had gekeken, hoe hij zijn lippen op elkaar had geperst toen hij over zijn moeder had gesproken, en ging ervan uit dat hij voor haar een soortgelijke minachting zou voelen.

'Het ging niet over haar.' Haar vader kreunde de woorden bijna, en hij wreef met de muizen van zijn duimen in zijn ogen. 'Ze gaf me het gevoel dat ik... belangrijk was.'

'Is het voorbij?' vroeg Lizzie, waarop hij weer knikte.

'Het zou nooit blijvend zijn geweest. Het ging niet over je moeder en mij. Het ging...' Hij hief zijn handen, met de handpalmen omhoog, en liet ze op tafel vallen.

'Heb je het al vaker gedaan?'

Hij antwoordde direct: 'Nee. Nooit.'

'Waarom dan?' vroeg ze. 'Ik dacht dat mama en jij van elkaar hielden!'

'Dat is ook zo, Lizzie. Natuurlijk is dat zo. We houden van elkaar en we houden van jullie. Het was alleen...'

Het stelde niets voor, hoorde Lizzie hem in haar hoofd zeggen. Ze schepte een lepel soep met vermicelli uit de mok, maar zette hem toen met inhoud en al weer terug. Zomaar een meisje. Misschien was dat wel dezelfde reden waarom mannen allerlei stomme, gevaarlijke dingen deden: omdat ze de mogelijkheid hadden. Omdat ze iets zagen en het wilden hebben, en omdat ze eraan waren gewend om alles te krijgen wat ze wilden. Ze dacht terug aan die keer dat ze met Diana en Milo naar een snoep-en-notenwinkel in Walnut Street in Philadelphia was geweest, toen Milo nog klein was, drie of vier. Diana wilde lijnzaad voor in haar havermout kopen, maar zodra Milo al die bakken met lekkernijen zag was hij naar alles gaan grijpen wat hij zag: dropkabels, macadamianoten met chocola, frambozenzuurtjes, marshmallows, lolly's, toffees, kauwgom. 'Die! Die! Die!' had hij gejammerd tot Lizzie met hem naar buiten was gelopen. Als je een man als haar vader was, was de hele wereld een snoepwinkel en kon je alles vragen wat je maar wilde.

'Je moeder en ik,' begon haar vader. Ze keek hem aan – hij was bleek, zijn gezicht hing slap en er zaten nog wat stoppels op zijn kin, die hij gemist had met scheren – en zette zich schrap, hoopte maar dat hij in godsnaam niets zou gaan opbiechten over hun seksleven. Maar in plaats van te vertellen hoe ze geen seks meer hadden, over dat Sylvie frigide was of dat hij impotent was bij vrouwen die niet waren gekleed in zwart rubber of een smurfenpak, zei haar vader: 'We kennen elkaar al zo lang. Bij... Bij haar voelde het alsof ik weer jong was. Alsof het vóór...' Voor de kinderen? vroeg ze zich af. Voordat zij was geboren? Maar in plaats daarvan zei haar vader: 'Voordat er iets misging.'

Ze vroeg zich af waarover hij het had. Was zíj wat er mis was gegaan, of was er iets anders gebeurd, iets wat ze niet wist, wat ze niet zou kunnen raden?

Haar vader stond op van tafel en nam zijn soepkom mee. 'Ik ga even een dutje doen. Ik slaap slecht de laatste tijd.' Ze bleef aan tafel zitten, achter haar soep. Ze hoorde achter haar in de keuken water lopen, hoorde een flessendop op het granieten werkblad landen, het kloekkloek van bier dat in een glas werd geschonken. Ze had nooit van bier gehouden, maar haar vader dronk nooit in haar bijzijn, wat een beetje kleinerend was, maar ook wel lief.

Ze spoelde hun vaatwerk af, zette het in de afwasmachine en dacht na. Wat zou er gebeuren met Thanksgiving? Ze hadden allerlei tradities: het diner bij oma Selma, dat niet te vreten was, maar niettemin een traditie. Op vrijdagavond naar Chinatown, en daarna naar een Broadway-show, en zaterdag wandelen bij het Rockefeller Center, etalages kijken en dan thee bij Takashimaya. En dan kwam Marta, in een donsjas en een bontmuts, en dan bakte ze de hele middag kerstkoekjes met de meiden, bakblik na bakblik pepernoten en peperkoekmannetjes. Dan pakte Lizzie haar fototoestel en maakte kiekjes terwijl ze in de keuken aan het werk waren; van de kerstboom en het schaatsen; van de zeeschildpadden en zeeleeuwen in de dierentuin in Central Park en soms van de dakloze mannen die op de warmeluchtroosters zaten, hoewel Diana dan met haar ogen rolde en haar moeder haar bezorgd aankeek. Een van haar therapeuten in Minnesota – dezelfde, nu ze erover nadacht, die had gezegd dat haar ouders zelf verantwoordelijk waren voor de beslissingen die ze ten aanzien van Lizzie hadden genomen – had gezegd dat haar fotografie misschien een strategie was om afstand te nemen. 'Als je foto's maakt, maak je zelf geen onderdeel uit van wat er gebeurt,' had ze gezegd. 'Het maakt je een waarnemer in plaats van een deelnemer.' Daar was Lizzie het niet mee eens geweest. Ze vond dat een camera haar iets te doen gaf, een rol die ze kon vervullen: degene die de familiegeschiedenis vastlegde, wat een stuk beter klonk dan degene die het zwarte schaap van de familie was. Maar ze vroeg zich nu ineens af of die therapeut misschien toch gelijk had gehad, of die lens die ze tussen zichzelf en haar familie hield, tussen zichzelf en hun appartement en hun wereld, niet toch haar onbewuste manier was om zichzelf van hen af te scheiden, om te zorgen dat ze veilig was.

Lizzie trapte de afwasmachine dicht, zoals Diana dat altijd deed, en besloot zich nog even geen zorgen te maken over november. Ze had nu een lege koelkast om zich druk over te maken. Ze moest een boodschappenlijstje maken en haar vader om een creditcard vragen. Na haar zomer met Milo kon ze het een en ander maken: biologische kippensoep met vermicelli en stukjes wortel, biologische kipnuggets en patat van zoete aardappel, havermout en salade van vers fruit.

'Hé pa,' riep ze. 'Hoe zit het met de was?'

Hij kwam gegeneerd de keuken in lopen. 'Die is zich een beetje gaan opstapelen.'

Een beetje gaan opstapelen bleek nogal zacht uitgedrukt. De rieten mand in de grote slaapkamer puilde uit van trainingsbroeken, sokken, bezwete T-shirts, overhemden en stropdassen met sausvlekken, pantalons die binnenstebuiten waren gekeerd, met de boxershorts er nog in... In een van de broeken zat zelfs nog een schoen in een broekspijp. Haar vader staarde hulpeloos naar de berg. 'Dat doet je moeder altijd. Of ze regelt in augustus iemand om te helpen.'

Lizzie haalde twee kussenslopen van de kussens op het bed en begon het wasgoed te sorteren in machinewas en stomerij. Ze zat in kleermakerszit op het bed, met haar rug tegen het hoofdeinde, en haar vader stond naast het bed en hield de kledingstukken op zodat ze die kon inspecteren.

Halverwege de berg vieze kleren vroeg haar vader: 'Hoor je wel eens wat van je moeder?'

'Af en toe,' zei ze zorgvuldig.

'Ik maak me zorgen,' zei Richard. 'Helemaal alleen in dat grote huis.'

'Ga er dan naartoe om te zeggen dat het je spijt,' adviseerde Lizzie... was dat nou niet geweldig? Dat zij advies gaf aan een volwassen man, haar vader, een senator? Ze wenste even dat Diana er zou zijn om het te zien... Maar Diana dacht dat ze nog steeds dezelfde, onverantwoordelijke junkie was en dat ze Milo in gevaar had gebracht.

De telefoon in de woonkamer ging. 'Die moet ik even nemen,' zei haar vader. Ze leidde af uit de manier waarop hij zich naar het apparaat haastte dat hij hoopte dat het Sylvie zou zijn. Lizzie pakte nog wat wasgoed. Normaal gesproken zou ze de wasmachine in het appartement gebruiken, maar het was zo veel dat ze het beter naar de wasserette om de hoek kon brengen, waar ze het ook voor je opvouwden. Ze zou de was even wegbrengen en dan de dingen kopen die ze bij Diana altijd klaarmaakte. Dat was tenminste een begin.

Lizzie nam drie weken de taken van haar moeder over: boodschappen doen, opruimen, eenvoudige maaltijden klaarmaken, het rooster van haar vader uit zijn Outlook Express halen en dat 's ochtends printen en in een mapje op het aanrecht leggen. Ze ging elke ochtend naar een AA-bijeenkomst, nam dan de dagelijkse map met benodigde informatie mee die Joe Eido afleverde en zorgde dat haar vader die doornam. Ze hield zijn telefoongesprekken en afspraken bij, zijn vergaderingen met lobbyisten en stafleden, en hield de verslaggevers die nu en dan nog steeds het huisnummer belden op afstand. 'Het spijt me,' zei ze dan op koele, volwassen toon die erg aan die van haar zus deed denken, 'maar de senator is helaas niet beschikbaar.' Als ze niet met het huishouden bezig was, was ze de foto's die ze in Philadelphia had gemaakt aan het bijwerken. Er was er een van Milo, die grijnzend en met blote borst in een mist van druppels stond die piepkleine regenboogjes vormden nadat ze hem had overgehaald van de waterglijbaan in Dutch Wonderland te gaan; en een van Milo in de carrousel op Franklin Square, op zijn tenen in de stijgbeugels van het houten paard, een arm uitgestrekt om de koperen ring te grijpen terwijl Jeff achter hem stond. Ze maakte compilaties van haar beste foto's, die ze printte op zwaar hoogglanspapier en naar Diana in Philadelphia stuurde. Zonder begeleidend briefje, maar ze wist dat Diana zou weten dat het een zoenoffer was. 's Avonds sprak ze kort met haar moeder, en lang met Jeff. 'Ik mis je,' zei hij. 'Wanneer kom je terug?'

'Snel,' zei ze dan terwijl ze op haar rug in het bed uit haar kindertijd lag met haar camera op haar borstkas, met een rustig gevoel in haar lichaam nu ze zijn stem in haar oor hoorde, en trots op de manier waarop ze haar vader hielp. 'Ik mis jou ook, maar mijn vader heeft me nodig.'

Aan het begin van de derde week, toen haar vader aan het inpakken was om aan de nieuwe congressessie te beginnen, riep hij haar opgewonden naar zijn werkkamer.

'Kijk eens wat ik heb gevonden!' zei hij. In plaats van zijn gevreesde laptop te gebruiken had hij zijn desktop opgestart – op zich al een hele prestatie, gezien het feit dat hij niets van computers wist – en wees naar iets op het beeldscherm. Lizzie ging naast hem staan en zag het WELKOM van FreshDirect. 'Haar hele boodschappenlijst staat erop!' kraaide haar vader terwijl hij op het toetsenbord tikte en meerdere foutmeldingen kreeg tot het hem uiteindelijk lukte om Sylvies boodschappenlijstje tevoorschijn te toveren. 'We hoeven alleen maar aan te klikken wat we willen, en dan wordt alles elke week bezorgd.'

Ze werkten het lijstje door en benoemden de producten hardop: kaas en toastjes; cranberrysap; een pond witte druiven; wasverzachter en wasmiddel. Het pijltje hing nu boven DROGISTERIJ en haar vader schraapte zijn keel. 'Heb je, eh, vrouwendingen nodig?'

Lizzie wist even niet wat hij bedoelde. Toen het tot haar doordrong zei ze van niet, en toen vroeg dat stemmetje dat ze ook had gehoord toen ze in de spiegel in Diana's huis keek: Wanneer was de laatste keer?

Ze dacht terug. Hoeveel weken was het geleden dat ze maandverband of tampons had aangeschaft, of eigenlijk die van Diana had gepakt? Was ze deze zomer al ongesteld geweest? En zo niet...

Haar vader staarde haar aan. 'Lizzie?'

'Maak je geen zorgen,' mompelde ze door lippen die als bevroren voelden. 'Dat regel ik zelf wel.'

Diana

Toen ze midden in haar klinische opleiding zat en zesendertigurige diensten draaide, om vervolgens naar huis te gaan naar haar peuter en een echtgenoot die de neiging had meer over zijn eigen slaaptekort te zeuren dan haar met dat van haar te helpen, was er een patiënt die ze elke paar weken op de Spoedeisende Hulp aantrof. De patiënt heette Crystal, en Diana herinnerde zich haar nog omdat ze precies even oud was als zij.

Crystal had diabetes en ze was verslaafd. Haar favoriete drug was crystal meth – Diana had zich wel eens afgevraagd of ze echt Crystal heette, of dat ze zichzelf had hernoemd naar haar favoriete middel – maar ze nam alles wat ze kon krijgen, stelen of tegen seks kon ruilen. Heroïne, cocaïne, pillen, lijm... en dan eindigde ze eens in de zoveel maanden op de Spoedeisende Hulp vanwege een overdosis van een van die middelen, of van allemaal, in een toestand van zware verdoving en met een gevaarlijk lage bloedsuikerspiegel. Dan had ze drugs gebruikt, was ergens in een flat, in een park of op straat ingedut en had vergeten te eten, om nog maar te zwijgen over het controleren van haar bloedsuiker. Surveillerende politieagenten kenden de plekjes waar ze kwam. Ze hielden haar een beetje in de gaten, en als ze haar vonden, brachten ze haar naar de Spoedeisende Hulp.

Diana had tijdens Crystals eerste bezoekje laten vallen dat afkicken ook een mogelijkheid was. Crystal was hard gaan lachen. 'Ik dacht het niet,' zei ze met een hese en dronken stem. Ze had een hoekje van een tand gebroken voordat ze naar het ziekenhuis was gekomen, maar ze was nog steeds mooi, met hoge jukbeenderen en volle lippen. 'Dacht je dat ik dat nog nooit had geprobeerd?' Ze schudde haar hoofd, waarschijnlijk teleurgesteld in Diana's naïviteit. 'En wat wacht me dan, als ik clean ben? Een of ander baantje?' Dat laatste woord droop van sarcasme. 'Een of andere vent die een eerlijke vrouw van me gaat maken? Of denk je dat ik ga studeren, net als jij?'

'Dat is een mogelijkheid,' antwoordde Diana. Het was het einde van een twaalfurige dienst, en ze was zo uitgeput dat ze dubbel zag. Ze zei tegen zichzelf dat ze alleen maar genoeg glucose in haar patiënt wilde pompen zodat ze zou stabiliseren, nuchter zou worden en in staat zou zijn zich te begeven naar wat ze haar huis noemde. 'Ik weet niet wat je zou kunnen gaan doen. Maar ik weet wel dat het niet goed met je gaat aflopen als je drugs blijft gebruiken.'

Crystal wierp haar hoofd in haar nek en lachte: 'Tot de volgende keer', waarna ze vrolijk wuifde toen Diana haar hokje uit liep.

De keer daarna dat Diana haar zag was ze zwaar in elkaar geslagen. Een van die mooie jukbeenderen was verbrijzeld, ze miste een tand, en haar lip was gescheurd en moest worden gehecht. Ze wilde niet zeggen wie het had gedaan, of waarom, en toen Diana op haar krukje aan kwam rijden, zei dat haar inwendige onderzoek aantoonde dat er recent seksuele activiteit was geweest en vriendelijk vroeg of ze was verkracht, had Crystal haar schouders opgehaald en weggekeken.

'We kunnen een verkrachtingsonderzoek doen om bewijs te verzamelen,' bood Diana aan, die misselijk en verdrietig was. Ze wist dat het haar taak was om dat aan te bieden, hoewel ze voordat ze dat deed al wist dat Crystal zou weigeren. Ze had haar verbonden hoofd geschud en haar vlechtjes ruisten over haar kussen.

'En wat heeft dat voor zin?' vroeg ze. 'Ik weet niet eens wie het was. Dus hoe wil je hem dan gaan pakken?'

'De politie kan hem pakken,' begon Diana, waarop Crystal in lachen uitbarstte.

'De politie zou vast een prioriteit maken van mijn zaak,' zei ze, en toen schudde ze nogmaals haar hoofd. 'Ze zullen al hun rechercheurs wel rond de klok laten werken.'

De laatste keer dat Diana Crystal had gezien had ze een litteken dat haar lip in tweeën spleet en een opgezwollen litteken op haar jukbeen. Ze had laarzen tot aan haar dijen aan, een knalroze minirokje en een wit kanten topje, waar haar buik als een basketbal onderuit stak.

In plaats van een hokje met gordijn te kiezen ging Diana met haar naar de doktersruimte, waar ze naar een stoel wees en de deur achter zich sloot. 'Luister eens even,' zei ze tegen Crystal, die haar uitdagend aankeek. 'Als je zelf niet clean kunt worden, moet je het voor je baby doen. Als dat kindje verslaafd wordt geboren, moet ik het aangeven bij Jeugdzorg...' Bij die woorden beet Crystal op haar onderlip. 'Dan pakken ze je baby af,' zei Diana, die het ergste noemde wat ze kon bedenken. 'Hoor je me? Begrijp je dat? Dan pakken ze je kindje af.'

'Denk je dat ik dat rotkind wil?' snauwde Crystal terug.

'Dat neem ik wel aan ja, aangezien je het nog draagt,' zei Diana.

'Je hebt geen idee,' zei Crystal op uitdrukkelijke toon. 'Je weet helemaal niks.'

'Ik weet anders wel dat ze je baby gaan afpakken,' zei Diana nogmaals, waarop Crystal met een grijns op haar gezicht langs Diana heen onvast de ruimte uit liep en door de gang schreeuwde dat ze een dokter nodig had. Een echte dokter, en niet dat nutteloze blanke kreng met wie ze haar nu hadden opgescheept.

Diana had het niet kunnen verkroppen. Ze had nooit iets begrepen van verslaving. Die van Lizzie niet en die van Crystal niet, niet die van de filmsterren over wie ze in de roddelbladen las als ze bij de kapper zat; de eetverslaafden niet en de seksverslaafden niet. Hoe kon een vrouw, een moeder, drugs blijven gebruiken als dat betekende dat het leven van haar kind op het spel stond? Wat voor gevoel kon zo dwingend zijn dat je je zoon of dochter riskeerde om het te kunnen voelen?

Maar nu, ze was ondertussen dertig, had ze een schaamtevolle waarheid geleerd: dat er dingen in het leven waren waartegen je gewoon geen nee kon zeggen. Voor sommige mensen – onder wie haar zusje, nam ze aan – was dat een drug: drank, een poeder of pillen. Voor Diana was het Doug. Hij was datgene wat ze niet kon weerstaan of opgeven, hoewel ze wist dat het verkeerd was, ondanks het feit dat ze was getrouwd, zelfs ondanks het feit dat hij nog studeerde, zelfs ondanks het feit dat ze alles riskeerde om bij hem te kunnen zijn. Ze kon niet stoppen en geen nee tegen hem zeggen.

Ze deden het in haar praktijkruimte. Ze deden het in een afgesloten onderzoeksruimte terwijl er nog geen drie meter verderop twee van zijn medestudenten zaten te kletsen. Ze deden het op de achterbank van de Honda, die Doug in het uiterste hoekje van de parkeergarage in Broad Street zette. Ze deden het in het invalidentoilet in het Prince Theater. Ze deden het – tot haar diepe schaamte – op een hete middag op de begraafplaats in Strawberry Mansion, terwijl

Diana tegen een grafzerk leunde, met haar rok omhoog gehesen rond haar taille en haar slipje (van zwart kant, dat achtendertig dollar had gekost, meer dan ze in haar hele leven ooit aan ondergoed had uitgegeven) rond haar enkels, terwijl Doug voor haar zat geknield en tussen haar benen likte tot ze naar adem hapte en hem smeekte te stoppen.

Doug volgde in bed, zwetend en gloeiend, met een vinger de lijn van haar deltaspieren, van haar kuiten, likte aan de gevoelige huid onder haar oor en fluisterde: 'Ik vind het zo heerlijk dat je zo sterk bent.'

'Ik hou van je,' fluisterde ze dan zo zacht dat hij haar niet zou verstaan, terwijl ze dacht: dit is de laatste keer. Hierna nooit meer. Morgen neem ik afscheid van hem.

Maar dat beloofde ze zichzelf regelmatig. Zo'n beetje elke ochtend. Als ze haar benen schoor, haar haar föhnde, Milo's broodtrommel vulde met zijn lunch voor op computerkamp terwijl Gary zichzelf klaarmaakte voor de dag en een spoor van natte handdoeken, snorharen en vieze vaat achter zich liet, maakte ze een lijstje van alles wat ze kon verliezen: haar huwelijk, haar baan en mogelijk zelfs Milo. Ze zag Gary al voor zich, lang en vertrouwenwekkend in een pak met stropdas, in een rechtszaal, terwijl hij zijn voogdijzaak presenteerde: Uwe edelachtbare, deze vrouw heeft een schandelijke verhouding met een jongere man, een student. Háár student. Wat voor moeder doet dat?

Wat voor moeder, vroeg Diana zichzelf dan, en dan beloofde ze zichzelf dat ze zou stoppen. Als ze met Milo op de bus stond te wachten en met hem kletste over het weer en zijn huiswerk, als ze bij de schoolbushalte kletste met andere moeders, sommigen in zakelijke mantelpakjes en anderen in een trainingspak, allemaal klaar om aan hun schandevrije dagen te beginnen, zonder hete seks met een vijfentwintigjarige op de achterbank van de auto van de moeder van eerder genoemde vijfentwintigjarige. Ze sprak misselijk van schuldgevoel met hen, haar gezicht een glimlachend masker terwijl ze voor de hand liggende klachten over de kwaliteit van de lessen op school en de buschauffeur die altijd te laat was uitte, terwijl ze zichzelf in haar hoofd beloofde dat ze zou veranderen. Ze zou aan hot-roomyoga gaan doen, of aan pilates, zoals Samantha Dennis, die ze elke ochtend in een lycra maillot met een knalroze sportbeha die haar implantaten nauwelijks in bedwang kon houden op straat zag lopen. Of misschien zou ze wel stoppen in het ziekenhuis en een graad in management gaan halen, geld gaan verdienen als Lisa Kelleher, die iets met aandelen deed en een Rolex droeg die even groot was als het Ritz-hotel. Diana kon een ander leven creëren, een beter leven. Een leven waarbij ze haar huwelijksgeloften niet zou breken, haar man niet zou verraden en haar zoon niet zou veroordelen tot een vader die hij alleen op woensdagmiddag en zaterdagochtend zag. Haar hele leven was ordelijk en correct geweest: haar studie, huwelijk en moederschap, het huis, de auto, de carrière. En nu was ze uit de kaders getreden en gedroeg ze zich als iemand die ze zelf niet eens herkende en die ze niet kon goedkeuren.

Haar vastberadenheid hem op te geven hield tot een uur of tien stand. Dat was over het algemeen het moment dat Doug even tijd had haar een sms'je te sturen. Dan stond ze in een van de onderzoeksruimtes een anamnese af te nemen, nam ze een vrouw haar bloeddruk op of luisterde naar een man zijn longen, en dan trilde haar BlackBerry in haar zak. Dan trok ze hem tevoorschijn en las de woorden: HOI, SCHOONHEID, en dan smolt ze. Dan versnelde haar hartslag, voelde ze dat ze ging gloeien en werd ze nat tussen haar benen. Had iemand haar ooit eerder schoonheid genoemd? Het beste wat Gary ooit voor elkaar had gekregen was: 'Wat zie je er leuk uit.' Tegen de tijd dat Doug vroeg of hij haar kon zien was haar geest al alle mogelijkheden aan het overwegen. Haar kantoortje? Zijn auto? Een kamer in het Society Hill Sheraton-hotel, waar de bedienden altijd leken te grijnzen als ze incheckte onder de naam Becky Sharpe en geld over de balie schoof?

Ze gingen nog een keer naar zijn appartement. Doug huurde met drie andere studenten een woning aan Tasker Street, in een buurt op de grens tussen achterbuurt en trendy. Hij had haar die middag gevraagd of ze kon komen, waarna Diana de capuchon van haar regenjas over haar haar had getrokken, hoewel het nauwelijks miezerde, en de twee trappen naar zijn flat op was gerend. Hij had de voordeur opengedaan en ze had zich in zijn armen geworpen, waarna ze samen door de woonkamer waren getuimeld (ze ving een glimp op van de studentikoze bierflesjes, en van een absurd grote televisie, die haar de eerste keer dat ze er was geweest niet eens was opgevallen) en op Dougs bed, hijgend, zo opgewonden dat ze nauwelijks tijd had om meer te doen dan haar broek naar beneden te trekken. Ze hadden het eerst een keer heel snel gedaan, om de scherpste randjes eraf te halen, en daarna had Doug haar uitgekleed, langzaam, waarbij hij mouwen en bandjes van haar schouders had geschoven en haar had gezoend, op haar schouders, haar elleboog, haar onderrug, elke vierkante centimeter huid die hij aanraakte had bedolven onder de kussen. Hij had zich niet geschoren en had niet eens zijn tanden gepoetst, maar Diana vond het prikken van zijn baard tegen haar huid en de licht zure smaak van zijn mond ongelooflijk opwindend. Ze was zo nat dat ze voelde dat de binnenkant van haar dijen er glibberig van werd, zo heet dat ze zich niet kon inhouden zichzelf aan te raken. Ze liet haar vingers tussen haar benen glijden terwijl Doug het puntje van zijn pik in haar mond duwde en het er toen weer uit trok.

'Op het bed,' zei hij. Het was geen verzoek. Diana ging achterover liggen op zijn gekreukte lakens en spreidde haar benen zo wijd ze kon.

'Alsjeblieft,' fluisterde ze.

'Wat?' vroeg hij met hese stem. 'Zeg het dan. Ik wil je horen vragen wat je wilt.'

Diana kon niet geloven welke woorden er uit haar mond kwamen. Ze was haar hele leven nog nooit zo opgewonden geweest, niet bij Hal, bij niemand. 'Neuk me, neuk me alsjeblieft, ik wil het zo graag...'

'Is dat wat je wilt?' vroeg hij kreunend terwijl hij tussen haar gespreide benen knielde en een hand langzaam over zijn pik heen en weer gleed.

Dat is wel duidelijk, toch? dacht ze... maar het deel van haar hersenen dat dat dacht, het deel van haar hersenen dat hoe dan ook nog tot gedachten in staat was, was maar heel klein. Doug plaatste zijn andere hand tussen Diana's benen, liet een vinger naar binnen glijden, en toen twee, en toen drie. 'Alsjeblieft,' hijgde ze, en ze hief haar heupen hoger, wiegde ze op en neer, probeerde hem zover te krijgen dat hij harder duwde, dat hij dieper duwde. 'O god. Alsjeblieft.'

Hij trok zijn hand terug en liet zijn pik in haar glijden. Ze slaakte een hoog, jammerend geluid en sloeg haar benen om zijn middel, kantelde haar heupen, kneep haar ogen dicht en bedacht dat niets, niets in de hele wereld zo belangrijk was als dit.

Twintig minuten later keerde ze haar slipje met de goede kant naar buiten, knoopte met bevende handen haar blouse dicht en stond bij de deur met haar mond tegen die van Doug gedrukt. 'Vanavond?'

fluisterde hij toen ze uiteindelijk stopten met kussen. Ze knikte. 'Je bent heerlijk,' zei hij terwijl hij een lok achter haar oor veegde. Ze klampte zich aan hem vast, kon niets uitbrengen, kon nauwelijks bewegen, tot hij zijn handen op haar schouders legde en haar naar de straat duwde.

Ze voelde zich elke dag koortsachtig, beefde en had een droge mond terwijl ze haar gewone leven leidde. Ze verzorgde haar patiënten en dossiers, zat de vergaderingen op woensdag uit wanneer er werd besproken hoe ze om dienden te gaan met een mogelijk tekort aan griepvaccins en de gevreesde verpleegstersstaking, met haar benen tegen elkaar geklemd terwijl haar favoriete seksscène zich voor de zoveelste keer in haar hoofd afspeelde. Na haar werk liep ze met haar karretje door de supermarkt en zag ze haar handen appels, melk en biologische kip pakken alsof ze dergelijke producten, of haar eigen handen, nooit eerder had gezien. Als ze thuis haar tassen uitpakte, de koelkast inruimde, de was deed, de bedden opmaakte en een appel voor haar zoon in stukjes sneed, werd ze overrompeld door een herinnering aan Doug: dan proefde ze zijn huid, de manier waarop hij 'o, schatje' kreunde als ze zich tussen zijn benen opkrulde en zijn pik in haar mond nam, de manier waarop hij eruitzag als hij boven haar knielde, zichzelf streelde en vroeg: 'Wil je het?' terwijl hij naar haar keek alsof ze het mooiste, kostbaarste en geilste wezen was dat hij ooit had gezien. Ze was sterk – Doug prees haar lichaam regelmatig, haar beenspieren en de gratie waarmee ze bewoog – maar hij was sterker, bedacht ze, zowel geestelijk als lichamelijk. Hij was degene die de beslissingen nam, die bepaalde wanneer ze elkaar zouden zien, en waar. Als ze samen in bed lagen bewoog hij haar alsof ze een pop was, en dat voelde zo heerlijk, zo heerlijk dat ze het nauwelijks kon geloven, en ze kon zich niet voorstellen dat ze zonder kon leven, zonder een man die de sterkste was.

Doug wist dat ze was getrouwd: die informatie had ze hem, huilend en buiten adem, gegeven na hun eerste avond op de achterbank. 'Wat heb je voor man?' had Doug gevraagd. Diana had nagedacht over haar antwoord, over welke anekdote of welk voorbeeld ze kon geven dat zou samenvatten hoe Gary haar had teleurgesteld. Uiteindelijk had ze gezegd: 'Zijn fantasiefootballteam heet Dubbele Penetratie.' Waarop Doug in de lach was geschoten en ze hem speels op zijn borst had gestompt. 'Sorry, maar dat is ontzettend grappig,' had Doug geprotesteerd, dus had ze maar niet de moeite genomen te vermelden dat Gary zichzelf als hij commentaar gaf op filmpjes op YouTube IkHebEenBranderigGevoelBijHetPlassen noemde, omdat hij daar ook wel om zou moeten lachen. Ze had hem nooit over Milo verteld.

Doug wist niet dat ze moeder was, en ze was een goede moeder, misschien zelfs een betere dan voordat het allemaal was begonnen. Als Milo op dinsdag en donderdag uit school kwam, sjokkend met zijn zware rugtas om zijn schouders, ging ze op moeder-en-zoon-avontuur met hem. Het soort uitjes dat Lizzie met hem had ondernomen, hoewel Diana probeerde niet aan haar zusje te denken, en aan of Lizzie misschien de waarheid had gesproken over die Advil. Waar ze ook niet aan wilde denken, was of ze Lizzie misschien de deur had gewezen om zich ervan te verzekeren dat haar zusje niet achter haar geheim zou komen, niet omdat ze haar zoon tegen haar moest beschermen. Ze had Milo de gratis krantjes laten bekijken (nadat ze de seksadvertenties eruit had gehaald) en hem iets laten uitzoeken, een museum of galerie, of een restaurant, of zijn favoriet, het natuurwetenschappelijk museum, waar Milo zolang ze hem dat toestond als in trance naar de dinosaurusbotten staarde. Ze was wat soepeler geworden met zijn dieet. Ze zorgde natuurlijk dat hij nog steeds genoeg onbewerkte groente en fruit at, maar ze ging eenmaal per week pizza met hem eten, en ze gaf hem het ijsje waarvan ze wist dat Lizzie het hem had beloofd, nadat ze met hem naar de boekwinkel was geweest voor het tweede deel van *Het leven van een loser*. Thuis trokken ze dan hun pyjama aan en keken samen naar een opgenomen aflevering van *American Idol*, waarbij ze soms zelfs samen meezongen. Ze speelden backgammon en yahtzee en aten appelpartjes met pindakaasdip terwijl Milo over zijn dag vertelde. 'Nou, eigenlijk,' begon hij het merendeel van zijn zinnen, en de rest met: 'Nou, eerlijk gezegd...' Ze vermoedde dat hij een kalverliefde voor zijn juf had, juf Pai, die jong en mooi was en gouden armbanden en een aanlokkelijk parfum droeg, en ze waren uren bezig met een kaart voor haar vijfentwintigste verjaardag.

Milo was de enige die haar van Doug kon afleiden... maar Milo ging uiteindelijk naar bed, en dan was Diana wakker en bewoog zich rusteloos door het huis, vouwde de was nog maar een keer op, veegde de al schone werkbladen schoon en zette de halfvolle afwasmachine aan om maar wat te doen te hebben. De weekenden waren bijna ondraaglijk. Opgesloten in de badkamer ('Alweer diarree?' klaagde

Gary. 'Kun je jezelf niets voorschrijven?') stuurde ze Doug dan een sms en wachtte koortsachtig als een tiener tot hij reageerde. ADOREER JE. MIS JE. KAN NIET W8EN JE TE ZIEN. Als het langer dan een paar minuten duurde voor hij reageerde, werd ze gek van wanhoop, en van jaloezie, vooral op zaterdagavond, als zij thuis zat gevangen en hij, dat wist ze zeker, naar een of ander feest was, met bier en muziek en een hele hoop jonge, mooie, beschikbare, geschikte meisjes die gek op hem zouden zijn en naar hem zouden verlangen om al de redenen dat zij dat deed.

Ze viel weken achtereen in slaap met een hoofd vol gedachten over Doug, een hoofd vol verlangens en angsten, waarbij ze voor zich zag wat ze hadden gedaan of zouden gaan doen als ze weer samen zouden zijn. Als Gary naar haar uitreikte, zoals hij af en toe nog deed, verzon ze een excuus: 'Ik ben ongesteld,' zei ze dan terwijl ze bedacht wat een geluk ze had dat hij niet op zoek ging naar gebruikte tampons in de badkamer. Of ze zei dat ze hoofdpijn had en slikte demonstratief Advil als hij het zag.

Niemand wist het, behalve haar vriendin Lynette, een van de verpleegsters die op de Spoedeisende Hulp werkte. Toen de affaire drie weken aan de gang was – als je zo'n mooi woord mocht gebruiken voor haar smakeloze omstandigheden – was ze met Lynette op weg geweest naar de falafeltent om te lunchen toen ze Doug op straat waren tegengekomen. Ze hadden alleen gedag gezegd, maar Lynette had haar betekenisvol aangekeken. 'Een vriend van je?' had ze gevraagd. Iets op Diana's gezicht moest haar hebben verraden, want in plaats van hun salades in dat eettentje op te eten had Lynette Diana teruggesleurd naar het ziekenhuis en haar de doktersruimte in getrokken, waar ze een pen had gepakt, alsof ze aantekeningen wilde gaan maken, en zei: 'Ik wil alles weten. Elk detail. Ik wil precies weten wat je allemaal doet met die overheerlijke jongen.'

'Niets,' had Diana beklemtoond... Maar ze kon een glimlach niet onderdrukken. Die overheerlijke jongen. Dat was Doug.

'Kom op,' zei Lynette, die haar vlecht om de pen draaide. 'Ik ben tweeënveertig en volgens mij heb ik de afgelopen twaalf jaar niet meer langer dan vijf uur aaneengesloten geslapen. Het hoogtepunt van mijn week is Kevins pokeravond, want dan kan ik chinees bestellen en *Top Chef* kijken. Gooi een oude vrouw eens een bot toe.'

Diana had op het puntje van haar stoel gezeten. 'Zoals je weet,' begon ze, 'gaat het niet fantastisch tussen Gary en mij.'

Lynette knikte. 'Ja, ja, je bent dat liefhebbende gevoel kwijt en hij noemt zichzelf IkHebEenBranderigGevoelTijdensHetPlassen; ga door, ga door.'

Diana begon hevig te blozen. Was haar huwelijk zo voorspelbaar en triest, zo gemakkelijk samen te vatten? Ze maakte een mentale aantekening dat ze de volgende keer dat ze meedeed aan de karaoke-avond van de verpleegsters niet meer dan één glas wijn zou drinken en vervolgde: 'Nou, wat het is, is dat Doug... Doug en ik...'

Lynette spreidde ondertussen haar vingers als kattenklauwen en maakte miauwende geluiden, om zo een vrouw na te bootsen die haar klauwen zet in een jongere man.

Diana begroef haar gezicht in haar handen. 'Zoveel jonger is hij nu ook weer niet,' zei ze met een gedempte stem. 'En ik weet het. Het is schandalig. Maar ik kan niet...' Ze gluurde tussen haar vingers door en zag Lynette naar haar staren.

'O mijn god,' zei ze. 'Ben je verliefd?'

Diana wist niet zeker of het liefde of wanhopige lust was. 'Het is behoorlijk intens,' zei ze. 'Behoorlijk...' Ze dacht terug aan die keer op het kerkhof, het marmer warm onder haar blote dijen. 'Ik heb me mijn hele leven nog nooit zo gevoeld,' liet ze zich ontvallen.

'O mijn god,' herhaalde Lynette. Diana bedacht dat ze verrassend vroom was. 'Vertel eens over zijn lichaam. Kan hij lekker zoenen? O, ik durf te wedden dat hij heerlijk zoent. Waar doen jullie het?'

Diana krulde zich op op haar stoel en vertelde het... niet de smerige details, noch de gênante, niet dat ze haar zoon op bed zat voor te lezen terwijl ze Dougs sperma in haar slipje voelde sijpelen, maar over het verliefde gevoel dat ze zo lang had gemist. Lynette luisterde zo gretig dat Diana bedacht dat zij wellicht niet de enige vrouw was die stilletjes wegkwijnde in een huwelijk dat er aan de oppervlakte prima uitzag... maar dat vanbinnen dor als een afgesloten kamer in een verlaten gebouw voelde.

'Nou, ik moet zeggen dat het me niet echt verbaast,' zei Lynette uiteindelijk. 'Het gebeurt zo vaak.'

Diana knikte mistroostig. Zij had het ook gezien: de gedistingeerde hartchirurg van bijna zeventig die elk jaar in juli een collega als minnares nam, die hij, vastberaden maar hoffelijk, de juni daarop de bons gaf; de MDL-arts die berucht was omdat hij verpleegsters in zijn kantoor lokte en hun vroeg hun topje uit te trekken en die niet meer met een gesloten deur in zijn kamer mocht zitten. Hoewel het in alle voorbeelden die ze kon bedenken altijd de mannelijke artsen waren die het ziekenhuis als hun persoonlijke harem beschouwden, en nooit de vrouwelijke.

Ze wist ook wat de consequenties konden zijn als iemand erachter kwam dat ze het met een coassistent deed. Het zou haar een reputatie opleveren, en niet een die een vrouwelijke arts wilde, en de leuke patiënten en promoties zouden haar worden ontzegd. Ach, wat maakt het uit, bedacht ze grimmig. Voeg maar toe aan de lijst met dingen die ze wilde opofferen op het altaar der liefde, of lust, of wat het ook was dat ze voelde voor Doug Vance.

'Wees alsjeblieft voorzichtig, Diana,' zei Lynette zonder enige humor in haar stem. 'Ik beschouw je als een vriendin en ik zou het naar vinden als je zou worden gekwetst.'

Diana knikte. Natuurlijk was ze voorzichtig. Ze verwijderde elke sms die ze verzond en ontving, en ze verwijderde Dougs nummer elke keer als hij haar had gebeld. Hun affaire zou er geen worden van openbare liefdesbetuigingen en lange weekenden. Ze gingen niet eens samen uit eten; de keren dat ze samen hadden geprobeerd een hamburger te eten, sushi of chinees, hadden ze niet langer dan een hap of twee van elkaar af kunnen blijven. Wat zij hadden – alles wat ze hadden – waren gestolen momenten in halfopenbare ruimtes, een middag in een hotelkamer die nog rook naar de vorige die er had verbleven, en sms'jes vol emoticons en afkortingen om uit te drukken wat woorden niet konden zeggen. Het had geen toekomst.

Diana besloot dat het enige wat ze kon hopen was dat dit vanzelf op zou branden, dat het een natuurlijke dood zou sterven. Dergelijke passie moest een keer ophouden. Ze zouden betrapt worden, of ze zouden doodhongeren. Ze was al drie kilo afgevallen, het onontkoombare resultaat als je sekste in plaats van lunchte (waarbij het goede nieuws was dat het haar chronische diarree geloofwaardig maakte). Doug zou een ander leren kennen, iemand die veel geschikter was, misschien een medestudent, en dan zou het afgelopen zijn; hij zou verder leven en zij zou met een gebroken hart achterblijven, maar uiteindelijk zou de gekte haar grip verliezen en zou zij weer vrij zijn om de vrouw te zijn die ze altijd was geweest.

Lizzie

Voordat ze aan twee verschillende universiteiten was gestart en weer gestopt, voordat er losgeld voor haar was geëist en ze naar dat afkickcentrum was gestuurd, voordat ze naar Philadelphia was vertrokken en Jeff had leren kennen, hadden Lizzie en haar beste vriendin Patrice een televisieprogramma ontdekt dat *Ik wist niet dat ik zwanger was* heette. Zoals de titel al zei ging het over de omstandigheden van een serie vrouwen, nagespeeld door actrices, die niet wisten dat ze zwanger waren tot ze aan het bevallen waren, wat ze allemaal niet herkenden als bevallen, en die zichzelf en hun geliefden, en soms zelfs de verpleegkundigen, verrasten door een baby op de wereld te zetten.

Lizzies herinneringen aan het laatste decennium waren vaag en fragmentarisch, een door motten aangevreten stuk kant dat nog maar aan enkele draden aan elkaar hing, maar ze had wel een onuitwisbare herinnering aan de laatste keer dat ze dat programma met haar vriendin had gekeken. 'Wat een onzin,' had Patrice gezegd terwijl ze haar megabeker met frisdrank neerzette en de bong pakte. *'Ik wist niet dat ik zwanger was.* Sorry hoor, maar hoe kun je zoiets nou niet weten?'

Lizzie was gaan giechelen. Lizzie giechelde al wat af als ze niet stoned was, en zoals ze in de jaren na haar twaalfde verjaardag had ontdekt maakten drugs vrijwel alles grappig.

'Onzin,' herhaalde Patrice terwijl ze haar mond om het mondstuk van de glazen pijp plaatste. 'On. Zin.' Patrice was achttien en woonde in appartementencomplex Pembroke House met haar moeder de nierspecialist en haar vader de neurochirurg, die allebei altijd opgepiept konden worden en die hun receptenblok zorgvuldig bewaakten. Patrice had haar zomervakantie doorgebracht in het Wellspring Center, waar ze behandeld was voor haar eetstoornis, die haar had uitgemergeld tot ze minder dan achtendertig kilo woog en elke richel van haar ribben en elk bobbeltje van haar knieschijf en sleutelbeen zichtbaar waren onder het lichtblonde laagje fijn bont dat haar lichaam was gaan produceren om warm te blijven. Lizzie nam aan dat de ouders van Patrice wisten dat ze zich suf blowde – er hing altijd een wietlucht in haar haar en kleding waar je niet omheen kon – maar misschien zaten ze er niet mee. Van blowen kreeg je vreetkicks, en Patrice woog ondertussen weer meer dan vijftig kilo, dus misschien dat ze dat een evenwichtige wisselwerking vonden. Als je wiet rookte, kreeg je tenminste geen hartaanval. Dan keek je de hele dag stomme televisieprogramma's en lachte je veel, en oké, misschien dat je er niet het meest productieve lid van de samenleving door werd, maar Patrice en zij brachten zichzelf tenminste geen schade aan (niet echt tenminste) en in ieder geval niemand anders.

'Ik ben nooit regelmatig ongesteld geweest, en toen ging ik aan de pil, dus ik dacht dat het veilig was. Op een avond werd ik gek van de buikpijn, maar ik dacht dat ik slechte sushi had gegeten,' zei het meisje op de televisie met haar negen maanden oude verrassingsbezoek in haar armen.

'Slechte sushi,' herhaalde Patrice, en ze gaf de bong door aan Lizzie. 'Sleeeeechte suuuuushiiiii.'

Lizzie klapte dubbel van het lachen en stikte bijna in de rook. Patrice gaf haar een klap op haar bovenbeen. 'Even opletten!' schreeuwde ze. 'De baby komt eraan!' Lizzie zette de bong op het bijzettafeltje en het tweetal leunde naar voren terwijl de actrice die deze aflevering de onwetende zwangere dame naspeelde op het toilet zat.

'Ik dacht dat ik moest poepen,' zei de vrouw wie het echt was overkomen voor het geval het onduidelijk was wat al dat persen en kreunen moest voorstellen. 'Ik dacht dat ik me wel beter zou voelen als ik even goed kon poepen en daarna kon gaan slapen.'

Patrice keek met half samengeknepen oogleden naar het beeldscherm. 'Weet je,' zei ze, 'dat is eigenlijk best wreed. Ik bedoel dat haar kind dit op een dag gaat zien en er dan achter komt dat zijn moeder dacht dat hij een drol was.'

'Wreed,' zei Lizzie, die bedacht dat ze wel een beetje wist hoe het was om je een ongewenst en verre van ideaal kind te voelen. De actrice zat op het toilet, met haar armen tegen de muren gedrukt, en perste met al haar kracht. 'En toen hoorde ik een plons,' zei de stem van de echte moeder.

'Een plons!' schreeuwden Patrice en Lizzie.

'...en een bonk,' vervolgde ze.

'O, jezus,' mompelde Lizzie. Ze had een hekel aan dit stukje. 'Bonk!' Patrice kwam niet meer bij van het lachen en lag opgerold op de vloer. 'Bonk!'

'Ik draaide me om en zag een koord...'

'Jasses!' gilden Patrice en Lizzie terwijl de geschokte actrice zich omdraaide op het toilet, het gezwollen, paarsblauwe koord in de met bloed bespatte toiletpot volgde en er een slijmerige baby met witte vegen uit viste (Lizzie wist dat het waarschijnlijk een pop was, maar hij zag er zo levensecht uit!).

'En dan nog iets,' zei Patrice, die weer enigszins op adem was gekomen. 'Dat programma zou niet *Ik wist niet dat ik zwanger was* moeten heten, maar *Ik heb een baby uitgepoept*.'

'Patrice!' schreeuwde Lizzie. Ze liet zich achterover op de bank vallen en gooide per ongeluk de bong op de vloer. Bongwater – het smerigst stinkende goedje op aarde – trok direct in het tapijt.

Patrice was overeind geklauterd en stond op de bank naar de zich uitbreidende, bruine poel te kijken. 'O,' zei ze. 'O, shit. Hé Lizzie, moeten we dat niet opruimen?'

Ze waren naar de keuken gegaan om keukenrol en schoonmaakmiddel te pakken, want dat was, redeneerde Lizzie, wat je nodig had om een moeilijke en stinkende vlek weg te krijgen. Ze hadden het schoonmaakmiddel op de vlek gespoten, er keukenrol op gelegd, waar ze bovenop gingen staan om alles goed in te laten trekken tot de volgende zwangere mevrouw op televisie verscheen. Deze was ervan uitgegaan dat ze te oud was om zwanger te raken en had bedacht dat die grote bobbel die onder haar middenrif groeide betekende dat ze te veel koolhydraten at, dus was ze gaan lijnen, tot die beslissende dag dat ze naar het ziekenhuis was afgevoerd met buikpijn die zo afgrijselijk was dat ze dacht dat ze doodging aan kanker, om vervolgens te ontdekken...

'Lizzie?' Lizzie keek op van de bank, waar ze heel aangenaam in slaap was gedoezeld, en zag haar moeder naar haar en haar vriendin staren. Sylvie had een Chanel-pakje aan, zwart, met een beige biesje langs de zakken, en bijpassende beige pumps. Ze had een leren aktetas onder haar arm en zag er moe uit. Lizzie deed haar uiterste best te bedenken wat ze ook alweer was gaan doen – een of andere lunch of toespraak – terwijl Sylvie de lucht inhaleerde. 'Wat is hier gebeurd?'

Lizzie duwde snel met haar voet de bong onder de bank terwijl

Patrice deed of ze een handvol chips pakte, maar ondertussen snel de aansteker van tafel griste.

'Niks!' riep Lizzie opgewekt. 'We zaten gewoon televisie te kijken.'

'Hebben jullie geen huiswerk?' Haar moeder trok haar neus op. Lizzie rook voorzichtig. Het stonk behoorlijk in de woonkamer. 'Heb je iets gemorst?'

'Een beetje frisdrank,' zei Patrice.

'Wat ruik ik?' vroeg Sylvie. Ze boog zich voorover en trok haar pumps uit.

'Mam,' snauwde Lizzie, waarbij ze Sylvie een strenge blik toewierp, waarvan ze hoopte dat die zou overbrengen dat haar moeder niet te veel vragen over geurtjes moest stellen nu Patrice op bezoek was. Toen haar eetprobleem op zijn ergst was had ze een tijdje alleen *kimchi* gegeten, en de gefermenteerde peper met groenten had scheten veroorzaakt die hele zalen kon doen leeglopen.

Sylvie keek een lang moment naar het tweetal voordat ze op haar blote voeten de gang in liep naar de werkkamer van Lizzies vader, waar ze vast een of ander feest, een picknick, een parade, een Rotarybijeenkomst, rommelmarkt of joodse feestdag ging organiseren waar Diana dan, die tweedejaars medicijnen was, rond zou worden geparadeerd als My Little Pony, en waarvoor Lizzie hoogstwaarschijnlijk niet zou worden uitgenodigd.

'Dat ging net goed,' fluisterde Patrice, die de bong onder de bank vandaan viste, hem in een handdoek wikkelde en in haar schooltas stopte. Lizzie overwoog haar uit te leggen dat ze heroïne had kunnen zitten spuiten, haar arm afgebonden en met de naald in haar ader, en dat Sylvie dan nog zou kunnen hebben verkozen het niet op te merken. 'O, dat zijn vitamines,' zou Lizzie dan zeggen, waarop Sylvie een vaag wuivend gebaar zou maken en zich in de werkkamer zou terugtrekken om iets voor Lizzies vader te gaan doen.

Patrice pakte wat te eten en schudde nogmaals haar hoofd, waar alweer een ongelukkige moeder vertelde hoe ze op het toilet was bevallen. 'Weet je,' zei ze, 'als ik zwanger was, zou ik dat weten.'

Dan zou ik het weten, bedacht Lizzie. Ze trok in de drogisterij op Seventy-second Street haar honkbalpetje lager over haar voorhoofd, voor het geval iemand de in ongenade gevallen dochter van de senator 's ochtends om elf uur boodschappen zou zien doen. Ze pakte een plastic mandje van de stapel bij de deur en gooide dat vol met shampoo en deodorant, lippenbalsem en crème, haarelastiekjes en scheermesjes... en toen liep ze naar het pad met vrouwenbenodigdheden, waar ze tampons, maandverband en twee zwangerschapstests in haar mandje deed.

Ik heb het mis, dacht ze. Ik moet me vergissen. We hebben het maar één keer gedaan. Zo veel pech kan een mens niet hebben. Ze liep in het appartement door de gang, die vol hing met familiefoto's: van haar vader tijdens zijn inauguratie, haar vader met de president, haar ouders opgedirkt op een of ander bal. Het waren allemaal foto's die anderen hadden gemaakt. Zij had door de jaren heen haar ouders ook gefotografeerd, als ze zich aan het klaarmaken waren voor een feest of ervan terugkwamen, maar haar werk hingen ze nooit op. Ze bedankten haar en prezen haar ingelijste foto's, maar Lizzie wist niet wat ze ermee deden, ze wist alleen dat ze ze nooit ophingen.

Ze legde haar tasje op het tafeltje bij de deur en sloot zich in de badkamer op, waar ze een groot deel van haar puberteit had doorgebracht, op zoek naar pillen in het medicijnkastje, om te kotsen, of stoned de fascinerende topografie van haar gezicht in de spiegel te bestuderen. Ze las de instructies en ging op het toilet zitten, waar ze eerst de ene test en daarna ook de andere onder zich stak, tot vijf telde, de stick op de rand van de wastafel legde en haar ogen dichtkneep. Eenentwintig... tweeëntwintig... na twee minuten veegde ze zich af, trok door, waste haar handen en keek naar de sticks. Op een ervan stonden twee duidelijke, blauwe lijnen. Op de andere stond een plusje. En zelfs Lizzie, die bij verzorging altijd had zitten slapen en bij biologie altijd had gespijbeld, wist precies wat dat betekende.

Vertel het hem gewoon, bedacht Lizzie, zoals ze dat al alle dagen van de twee weken dat ze wist dat ze zwanger was bedacht. Ze stapte op het station op 30th Street uit de trein en liep achter de menigte aan de roltrap en de straat op. Het hem vertellen was de juiste beslissing, de volwassen beslissing. Daar was ze vrij zeker van. Ze zou tegen Jeff zeggen dat het een ongelukje was. Dat was het ook, bedacht ze terwijl ze over de stoep liep. Ze was er niet op uit geweest hem te bedriegen of ergens in te lokken. Het was gewoon gebeurd... en ze zou het zelf oplossen.

Jeff had blij geklonken dat hij van haar hoorde, de avond ervoor, toen ze hem had gebeld en had gezegd dat ze in de stad was om bij haar neefje en zus op bezoek te gaan. Ze had sinds die positieve test zijn telefoontjes niet opgenomen, ervan overtuigd dat ze als ze zijn stem zou horen zich er niet van zou kunnen weerhouden het meteen te vertellen. Toen ze hem uiteindelijk had teruggebeld, had hij gevraagd of ze kwaad op hem was; of hij iets verkeerd had gedaan. 'Nee,' had ze nadrukkelijk gezegd, in een poging overtuigend te klinken. 'Ik heb het gewoon heel erg druk gehad. Ik ben niet kwaad. Er is niets aan de hand.'

'Ik heb je gemist,' zei hij, en zijn stem verwarmde. 'Alles goed bij je zus?'

'Volgens mij wel,' zei ze.

Hij was even stil en vroeg toen: 'Wil je blijven slapen?' Lizzie kreunde bijna hardop. Als dit niet zou zijn gebeurd, zou ze zo graag de nacht in zijn heerlijk ruikende boomhutslaapkamer hebben doorgebracht, gezellig met hem in bed, warm en tevreden. Maar nu... 'We zien wel,' zei ze, hoewel ze vrij zeker wist dat het laatste wat hij zou willen als hij het nieuws eenmaal wist, haar gezelschap zou zijn. Hij zou wel kwaad zijn, bedacht ze, en ze dacht terug aan hoe hij zijn kaken op elkaar had geklemd toen ze het over zijn moeder hadden gehad... en daar was zij, de volgende onverantwoordelijke vrouw die zijn leven kwam verzieken.

Ze had een tas ingepakt, voor het geval dat, en toen had ze zich schrap gezet en haar zus gebeld, waarbij ze dezelfde boodschap had ingesproken op haar huisnummer, mobiele nummer, e-mail en pieper: Het spijt me van het misverstand (niet dat dat misverstand haar schuld was, maar ze moest nu even de grootste zijn en ze wist dat de stem die 'Je kunt het' tegen haar had gezegd het daarmee eens zou zijn). Ik ben in de stad. Ik zou het leuk vinden om iets met jou en Milo af te spreken. Ze had geen reactie op haar berichten gekregen.

Ze liep het hele eind onder de bewolkte hemel naar Washington Square, een wandeling van bijna drie kwartier. Het was een donkere, grijze dag en het waaide hard, en ze wenste dat ze een trui had meegenomen, en dat ze een spijkerbroek met schoenen had aangetrokken in plaats van een flapperende katoenen driekwartbroek met slippers. Ze nam de lift naar Jeffs appartement op de tiende verdieping en liep langzaam de gang door, met haar tas over de schouder. Ze had net aangeklopt toen de deur openvloog, en daar stond Jeff, op zijn blote voeten in een spijkerbroek met polo, zijn haar nog nat van het douchen.

'Lizzie,' zei hij, en hij trok haar in zijn armen voor een omhelzing. Ze liepen het appartement in, met de familiefoto's aan de ene muur en de posters aan de andere, en – ze kneep haar ogen half dicht om het zeker te weten – de foto's die ze van hem had gemaakt op de eerste avond dat ze hier was geweest, in een lijst op de keukentafel. Ze keek over zijn schouder door het grote raam. Het park zag er op tien hoog uit als een puzzel, met hoeken groen, lijnen grijs en de ronde fontein in het midden. 'Je ziet er geweldig uit,' zei Jeff.

Ze betwijfelde of dat waar was. Of het nou van de hormonen of de stress kwam, ze had een enorme puist op haar kin en haar haar, dat net als altijd in een knotje zat, was op weg hier naartoe helemaal door elkaar gewaaid. Jeff hield haar hand vast en liep met haar naar de bank; ze zag dat hij de kussens had opgeschud en de plaid die altijd over de rugleuning lag had opgevouwen. Ze vroeg zich af of hij van plan was haar op zijn grote, zachte bed te trekken voor een vluggertje voor het avondeten. Ze rook iets in de keuken, de rijke geur van knoflook, uien en kip, bedacht ze, die stond te roosteren in de oven, en het enige wat ze wilde was zich uitkleden en met hem in dat bed met die blauwe sprei duiken. Was dat normaal? Was het eigenlijk de bedoeling dat je als zwangere vrouw zin had in seks? Misschien was er iets mis met haar.

Jeff boog zich naar haar toe voor een kus. Lizzie draaide haar hoofd weg. 'Kunnen we even praten?' vroeg ze.

Jeff keek haar verward aan, haalde zijn schouders op en deed een stap opzij, en ze liep langs hem heen. 'Natuurlijk.' Lizzie liet haar tas van haar schouder glijden en drukte hem tegen haar middenrif. Jeff zat op de bank terwijl zij bij het raam stond dat uitkeek op de bewolkte lucht, en op de rechthoekige velden in het park, en ze sprak zonder zich naar hem om te draaien.

'Luister,' zei ze. Van uitstel komt afstel, zei oma Selma altijd. Lizzies handen en knieën beefden en de spieren in haar benen trokken. Ze wilde bewegen, terugrennen naar de gang, de lift in, de straat op, weg van wat ze hem moest vertellen.

'Wat het ook is, je kunt het ook zittend vertellen,' zei hij, en hij klopte op het kussen, maar Lizzie wist wel beter. Beginnen op de bank en eindigen in bed, zeker. Ze haalde diep adem en probeerde haar zenuwachtige lichaam tot rust te manen... maar toen ze haar mond opende, lukte het haar nauwelijks om te spreken. Al haar goede bedoelingen waren opgelost; al haar woorden waren weg.

Hij staarde haar aan. 'Wat is er?'

'Ik ben...' Ze slikte moeizaam en zei toen: 'Ik ben verslaafd.'

Jeffs gezicht stond geschokt alsof ze hem had geslagen. 'Pardon?'

Lizzie liet haar hoofd zakken, ze kon niet aanzien hoe zijn ogen groot waren geworden en zijn mond open was gevallen. 'Ik heb afgelopen voorjaar in een afkickkliniek gezeten, voordat ik bij Diana ging werken.'

'Dus nu gaat het goed?' Hij begon ongelukkig te lachen voor ze de kans had te antwoorden. 'Laat maar. Als ik een dollar had gekregen voor alle keren dat mijn moeder dat...' Hij perste zijn lippen op elkaar.

'Dat ze wat?' fluisterde Lizzie. Jeff stond op en liep naar het raam.

'Dat ze zei dat het goed met haar ging. Dat ze nooit meer zou drinken. Meestal was dat een paar maanden. En dan begon alles weer van voren af aan.'

Ze kneep zo hard in de bandjes van haar tas dat haar knokkels wit waren geworden. 'Het spijt me,' fluisterde ze. 'Ik had het meteen moeten vertellen.'

Jeff ademde uit, stak zijn handen in zijn zakken en draaide zich uiteindelijk naar haar om. 'Nee... Ik bedoel, je was toch van plan om het me uiteindelijk te vertellen, of niet?'

'Natuurlijk,' zei Lizzie, maar dat wist ze eigenlijk niet zeker. Ze had nooit gedacht in termen van uiteindelijk. Ze had nog nooit een vent gehad die zo lang was blijven hangen.

Hij draaide zich om om haar aan te kijken. 'Maar gaat het goed met je? Denk je dat...' Zijn stem ebde weg. Hij staarde haar hoopvol aan en ze wist, nu ze in zijn open gezicht keek, dat ze het niet kon, dat ze hem de rest niet kon vertellen. Zijn moeder was alcoholiste en ze was er niet voor hem geweest, dat was wel duidelijk. Hoe kon Lizzie hem vertellen dat ze zwanger was, zwanger en, volgens Jeff, zich aan het klaarmaken om diezelfde dans weer helemaal opnieuw te gaan doen?

'Volgens mij gaat het goed met me,' zei ze. 'Volgens mij ben ik er echt van af. Volgens mij zit het wel goed.'

'Echt?' Alles aan hem – de blik in zijn ogen, de toon van zijn stem, de manier waarop hij zijn lichaam naar haar toe had gericht – zei dat hij dat wilde geloven. Tijd om op te stappen, dacht Lizzie. Tijd om te gaan, voordat ik hem alles opbiecht en zijn hart breek.

'Hoe laat is het?' vroeg ze.

Jeff zag er verward uit. 'Halfzes.'

'O mijn god! Dat was ik helemaal vergeten! Ik heb Diana beloofd dat ik Milo van de schaakclub zou ophalen...' Ze gooide haar tas over haar schouder. 'Ik moet ervandoor.'

'Wacht even,' zei hij. 'Je bent er net. En hoe zit het dan met het eten?'

'Ik kom wel terug,' zei ze.

Toen hij de voordeur voor haar openhield, zag hij er nog steeds verward uit. 'Ik loop even met je mee.'

'Nee, dat hoeft niet. Ik pak wel een taxi aan Walnut Street.'

De arme Jeff zag er verbijsterd uit terwijl hij naar de keuken gebaarde. 'Ik kan alles warm houden.'

Lizzie voelde haar ingewanden samenknijpen. Er had nog nooit een jongen voor haar gekookt. Met de jongens die zij was gewend had ze geluk als ze een paar dollar voor een stuk pizza hadden. 'Ik kom zo snel mogelijk terug,' beloofde ze... en toen deed ze een stap naar voren, ging op haar tenen staan en gaf hem een kus op de wang, waarbij ze een snik onderdrukte omdat ze wist dat het de laatste keer zou zijn dat ze hem aanraakte, de laatste keer dat ze in zijn appartement was, de laatste keer dat ze hem zag. 'Je bent een fantastische vent,' fluisterde ze. Zoek een ander, dacht ze. Wees gelukkig. Dat verdien je.

'Dank je,' zei hij... en toen, voordat hij iets anders kon zeggen, liep ze langs hem heen de deur uit.

Het was gaan miezeren. Regen spette op haar wangen, vermengde zich met haar tranen, en haar zus had nog steeds niet gereageerd. Geweldig, dacht ze. Helemaal geweldig.

Ze wist dat ze naar een bijeenkomst moest gaan. Er was er om zes uur een in de kerk aan Walnut Street. Naar een bijeenkomst gaan was het allerbelangrijkste wat ze nu moest doen om haar nuchterheid te bewaken, want als ze nu een slechte beslissing nam zou die een domino-effect hebben en zou de ene na de andere steen vallen tot ze er erger aan toe zou zijn dan toen haar ouders haar naar Minnesota hadden verbannen. Ga naar een bijeenkomst... maar ze wilde eerst iets eten. Ondanks wat er bij Jeff was gebeurd, ondanks haar verdriet, barstte Lizzie van de honger. Het sloeg nergens op. Of misschien juist wel. Misschien kwam het door de baby.

De baby. Ze dacht aan de woorden en zei hardop: 'De baby.' De vrouw die naast Lizzie op de stoep liep draaide zich opzij en keek Lizzie vreemd aan. Ze deed haar mond weer dicht. Een echte baby, die in haar groeide. Wat een waanzinnig concept.

Ze ging door de regen op weg naar Diana's huis en kwam langs een sushirestaurant. Ze had zin in sushi, maar ze had ergens gelezen dat zwangere vrouwen geen rauwe vis moesten eten. Ze kon het maar beter op veilig spelen. Het arme kind had al zoveel tegen.

BURRITO'S, stond er op een bord dat oranje gloeide in de miezerige schemering. Ze had best zin in een burrito. Een met kip, zwarte bonen en extra kaas en guacamole, met een groot glas prik (mochten zwangere vrouwen prik drinken? Was er iemand die haar dat kon vertellen?) met een brownie toe, als ze brownies hadden, en anders zou ze ergens naartoe gaan waar ze die wel hadden.

Lizzie liep tien minuten later met een warme zak eten onder haar arm en op soppige slippers over de stoep. Haar zus woonde twee straten verderop en Lizzie had haar sleutel nog. Ze hoopte maar dat Diana en Gary niet zo van haar walgden dat ze het slot hadden laten vervangen.

Het regende nu stevig en Lizzie rilde; haar driekwart broek was tegen haar benen geplakt toen ze de voordeur van Diana openduwde. 'Hallo?' riep Lizzie. 'Diana? Milo? Is er iemand thuis?'

Zo te horen niet. Een BlackBerry – die van haar zus? – lag op het tafeltje bij de voordeur aan de oplader te knipperen. Maar de woonkamer en keuken waren leeg en de lichten uit. Gary's laptop stond gesloten op de tafel bij de bank. De televisie was uit en het was donker en stil in de kamer.

Lizzie sloop naar boven. Als er niemand thuis was, zou ze naar de logeerkamer op zolder gaan, eten en een dutje doen. Misschien kon ze wel doorslapen tot morgenochtend zonder dat iemand zou merken dat ze er was en dan stiekem weer vertrekken als iedereen de deur uit was. Ze liep zacht langs de grote slaapkamer op de eerste verdieping toen ze gegiechel hoorde. Een lage mannenstem, een stem die beslist niet van Gary was, zei: 'Doe je mond open. Nu.'

Lizzie stond als aan de grond genageld. O god. Werd Diana verkracht? Maar dan zou ze niet giechelen. Tenzij de verkrachter haar opdroeg te giechelen, te doen alsof ze ervan genoot, en Diana op dit moment op bed lag met een mes op haar keel, met een vreemdeling die allemaal gruwelijke dingen met haar deed.

Lizzie hield haar adem in terwijl de stem van haar zus kreunde op een toon die pijn of extase kon betekenen. 'O god,' kreunde Diana. 'O god, o god.'

'Vind je dat lekker?' De mannenstem genoot, plaagde. 'Zeg dan dat je het lekker vindt.'

Het was pijn, besloot Lizzie. En als die vent Milo en Gary nou had vastgebonden? Wat als ze ergens in huis waren, Diana's echtgenoot en haar zevenjarige zoon, en werden gedwongen om hiernaar te luisteren? De weergalmende klank van een klap besliste het. Ze greep in haar tas op zoek naar een wapen. Ze trof alleen haar burrito aan, dus greep ze het eerste wat ze op de gang zag, een ijzeren boeddhabeeldje dat Diana en Gary voor hun bruiloft hadden gekregen van een van Gary's dispuutsbroeders die net terug was van een of andere spirituele reis naar Tibet. Diana was volledig verbijsterd geweest. Toen ze de doos tijdens de brunch op de dag na de bruiloft openmaakte, had ze fronsend naar de dikke boeddha in kleermakerszit gekeken en gezegd: 'Volgens mij stond deze niet op onze verlanglijst.' 'Doe niet zo moeilijk, Diana,' zei Gary, die een kater had, waarop Diana het beeldje met een tuttige huivering had weggezet en geluidloos tegen Lizzie had gezegd 'Gooi dat ding weg,' waarop Lizzie hem terug had gedaan in zijn doos en op een prominente plek op een boekenplank had gezet toen ze met haar moeder in het huis van Gary en Diana was om de cadeaus op te ruimen.

Lizzie greep de boeddha in haar rechterhand en gooide met haar linkerhand de slaapkamerdeur open. Daar was haar zus, naakt, met haar polsen met zijden sjaaltjes vastgebonden aan de beddenspijlen. Een man zat geknield op haar met zijn penis tussen haar borsten.

'Donder op!' gilde Diana, en ze bewoog zich opzij, vergeten dat haar handen waren vastgebonden. De boeddha die Lizzie zo hard ze kon naar het hoofd van de verkrachter had willen gooien stuiterde op de matras en tegen de heup van haar zus. Diana slaakte een gil van de pijn terwijl de man van haar af sprong en haastig zijn broek aantrok.

'Diana?' vroeg Lizzie. O god, dit was afgrijselijk. Afgrijselijk. Ze keek weg, maar toen had ze die felrode zuigzoen op de borst van haar zus al gezien. Diana's haar zat helemaal in de war en ze had enorme pupillen, alsof ze drugs had gebruikt. Misschien had hij haar wel gedrogeerd. Lizzie wist niet waar ze moest kijken of wat ze moest doen. Diana losmaken? De politie bellen? Die vent zijn hersens inslaan met die boeddha?

'Lizzie, donder op,' droeg haar zus haar op.

'Het geeft niets,' zei Lizzie dapper, die aannam dat Diana niet in deze toestand gezien wilde worden. Ze bleef naar de man kijken, die stond te klooien met zijn rits, en trok het dekbed over haar zus omhoog. 'Maak je geen zorgen. Ik bel de politie...'

'Nee!' zeiden Diana en die kerel in koor. Lizzie keek naar de man, die naast het bed stond en ondertussen zijn broek en blauwe overhemd aanhad. Er hing een naambordje aan de borstzak van zijn overhemd. DOUG VANCE. Wat voor idioot gaat een vrouw verkrachten terwijl hij zijn naambordje nog op heeft? bedacht Lizzie verward voordat de man begon te praten.

'Rustig maar,' zei hij. Zijn vingers gleden over de rij knoopjes van zijn overhemd. Hij had donker haar, een rossige huid en de vierkante bouw van een footballer. 'Diana en ik kennen elkaar.'

'Jullie...' Lizzie staarde naar Doug Vance en toen naar haar zus, die nog was vastgebonden aan het bed. Diana kneep haar ogen dicht en rolde weg, voor zover ze dat tenminste kon met die sjaaltjes om haar polsen.

'Kun je ons even alleen laten?' vroeg Diana.

Lizzie griste de boeddha van het bed en liep de slaapkamer uit. Een paar minuten later kwam haar zus, met geborsteld haar en haar kleren aan, de kamer uit.

'We praten wel even in de woonkamer.' Haar stem klonk vreemd, smekend. Lizzie liep achter Diana aan naar beneden, waar haar zus, die haar vrijwel nooit aanraakte, haar handen greep. 'Je mag het niet tegen Gary zeggen,' flapte ze eruit. 'Alsjeblieft, Lizzie. Dat mag niet.'

'Oké.' Lizzie wist dat het belachelijk was, en dat het waarschijnlijk betekende dat ze een heel slecht mens was, maar ze genoot enorm van deze ommekeer in omstandigheden. Nu was ze niet meer de grootste mislukkeling in hun gezin. Overspel. Dat was erg. Alleenstaand en zwanger was natuurlijk ook vervelend, maar dat was nu even niet belangrijk. Haar perfecte, preutse grote zus, haar getrouwde grote zus, had een vriendje! Een kinky vriendje!

'En je mag het ook niet aan ma vertellen,' zei Diana.

'Ik denk,' zei Lizzie hooghartig, 'dat mama wel even genoeg aan haar hoofd heeft.' Het was slecht, ongetwijfeld heel slecht dat ze Diana zo liet lijden, maar het was zo heerlijk.

Diana sloeg haar handen voor haar ogen. 'Het lijkt wel of ik gek word,' mompelde ze. Toen keek ze Lizzie aan. 'Wat doe je hier trouwens?'

Lizzie wreef haar handen ineen toen de reden voor haar komst naar Philadelphia weer in haar hoofd schoot. 'Ik ben bij een vriend op bezoek.'

'Die vent met wie je wat had?' vroeg Diana. 'Die Jeff?'

'Ja,' zei Lizzie... en toen zei ze, ze kon het niet weerstaan: 'Misschien kunnen we doubledaten. Of wil je dan dat Gary ook meekomt? Hoe heet dat eigenlijk? Een kwintet?'

Diana balde haar handen tot vuisten en duwde ze kreunend tegen haar ogen. Het klonk zo bevredigend en heerlijk. Diana stond zonder verder nog een woord te zeggen op van de bank en pakte haar tasje. Lizzie keek toe hoe ze de biljetten eruit trok: twintig, veertig, zestig, tachtig dollar. 'Hier,' zei ze terwijl ze het geld naar Lizzie ophield. 'Als jij nou eens uit eten gaat?'

'Ik heb al eten gehaald,' zei Lizzie, die zich haar burrito herinnerde. 'Ik kwam even dag zeggen tegen Milo.'

Toen Diana de naam van haar zoon hoorde, begon ze weer te kreunen, maar nu zachter. 'Alsjeblieft, Lizzie. Gary is met Milo naar de film.' Ze hield het geld nogmaals voor haar op. 'Alsjeblieft, Lizzie. Ik moet even alleen zijn.'

'Je bent helemaal niet alleen,' wees Lizzie haar erop, en ze wierp een blik naar het plafond.

'Kom op,' snauwde Diana.

Lizzie pakte langzaam haar spullen. Ze trok de bandjes van haar tas aan, vouwde het geld netjes op en stak het in haar zak terwijl Diana onrustig naast haar zat, wanhopig afwachtend tot ze weg zou zijn. 'Waar ging dat trouwens over, boven?'

'Dat gaat je geen reet aan.'

'Nou ja,' zei Lizzie. 'Ik bedoel, onder normale omstandigheden. Maar aangezien ik heb gezien wat er gebeurde...'

Beide vrouwen draaiden zich om nu Doug Vance, ondertussen geheel gekleed, de trap af kwam. 'Ik zie je wel in het ziekenhuis,' zei hij tegen Diana, achteloos alsof ze thee hadden zitten drinken, of badminton hadden gespeeld. Hij knikte naar Lizzie – knikte naar haar, alsof hij tien minuten geleden geen onuitsprekelijke dingen met haar zus had gedaan! – en keek nog even smachtend naar Diana voordat hij zichzelf uitliet. Diana sprong zodra hij weg was op. 'Ik wil er niet over praten,' zei ze, voor het geval Lizzie in die veronderstelling zou verkeren, en ze ging demonstratief bij de voordeur staan tot Lizzie echt geen andere keuze meer had dan naar buiten te lopen, de koude, regenachtige avond in, terug naar het station en terug naar New York, terug naar huis.

Sylvie

Op de vensterbank boven de gootsteen in de keuken stond een transistorradio in een gebarsten plastic omhulsel. Haar grootmoeder had op die radio naar wedstrijden van de Red Sox geluisterd, wanneer ze hem meenam naar de veranda en de antenne precies goed draaide. Dan zat ze daar, met kinderen en kleinkinderen die dat gezellig vonden, een biertje te drinken en te joelen bij elke homerun terwijl de motten met hun vleugels sloegen in het licht op de veranda.

Sylvie stond op een koele dag in oktober, toen de witte boog van de maan nog zichtbaar was in het blauwe ochtendlicht, aan het aanrecht. Ze draaide langs alle nieuwszenders en trof Frank Sinatra aan, die 'Summer Wind' zong. Boven lagen de laatste lakens en dekbedden in de wasmachine. Sylvie had er de afgelopen weken een project van gemaakt. Ze had alle slaapkamers gestoft en gelucht, alle vloeren geboend en in de was gezet en de bedden opgemaakt met pas gewassen lakens en quilts. Het hield haar bezig op de dagen dat ze bijvoorbeeld naar de radio had kunnen luisteren en had kunnen huilen, in de tijd dat de ballade van Joelle en Richard nog nieuws was. Dat was hij nu niet meer, voor zover ze dat kon inschatten. Richard had gelijk gehad. Zijn overtreding was in het nieuws een eendagsvlieg geweest. De media hadden zich al snel gestort op die popster die ervan werd beschuldigd dat hij ontucht pleegde met minderjarige meisjes, en op die basketballer die opzettelijk wedstrijden verloor voor de weddenschappen. Richards reputatie en ongetwijfeld zijn notering op de lijst van goedkeuring hadden wat schade geleden, maar hij had zijn baan nog; die meid, Joelle, zou die van haar ook nog wel hebben. Wat zeiden haar dochters ook alweer altijd toen ze klein waren? Lekker belangrijk. Het was ook niet belangrijk, nam ze aan, behalve dan voor de mensen die nog steeds met de gevolgen moesten leven.

Sylvie had haar mobieltje aan de oplader op haar nachtkastje liggen en keek elke avond voordat ze ging slapen hoe vaak Richard had gebeld. Meestal minstens zes keer. Op een zaterdag tien keer. Ze reageerde er nooit op. Daar was ze nog niet klaar voor. Dan kleedde ze zich uit, trok haar nachtpon aan en ging liggen tussen de lakens die ze had gewassen en in de zon te drogen had gehangen. Ze sliep diep en droomloos. Ze bewaarde haar zorgen voor overdag.

Zorg Nummer Een was Diana, die Sylvie al dagen niet had kunnen bereiken. Diana's huisnummer bleef maar overgaan – wat geen verrassing was; Sylvie wist dat Gary en zij daar vrijwel nooit op reageerden, ze belden liever mobiel of communiceerden via e-mail of sms, maar daar reageerde Diana ook niet op.

Ze sprak Lizzie regelmatig, maar de laatste gesprekken met haar jongste dochter hadden Zorg Nummer Twee doen ontstaan. Lizzie was thuis, in hun appartement, en ze was aan haar baan als fotografieassistente begonnen. Dat waren allebei goede dingen, maar Lizzie klonk niet goed. Ze klonk niet stoned of dronken, en dat was een opluchting, maar ze klonk anders, op een manier die Sylvie niet kon benoemen, behalve dan dat haar af en toe het gevoel bekroop dat Lizzie meer als haar zus klonk dan als zichzelf. Ging ze wel naar haar bijeenkomsten? Ja, ma. Was haar werk leuk? Prima, ma. Zorgde ze goed voor zichzelf? At ze goed? Had ze iemand om mee te praten? Was alles in orde?

'Het gaat goed, ma,' zei Lizzie op een toon die duidelijk maakte dat ze andere dingen te doen had, op andere plaatsen.

'Heb je Diana gesproken?' had Sylvie uiteindelijk de avond daarvoor gevraagd. 'Hoe is het met haar?' Ze was even stil en waagde toen: 'Ik kan haar al dagen niet bereiken. Ik maak me zorgen om haar.'

Lizzie lachte kort.

'Wat is er?' vroeg Sylvie geschrokken. 'Gaat het wel goed met Diana?'

'Volgens mij,' zei Lizzie, 'heeft Diana het vreselijk druk.'

'Waarmee?'

Lizzie was even stil. 'Misschien moet je Diana zelf eens vragen waarmee ze zo druk is.'

'Of jij kunt het me vertellen.' Sylvie probeerde haar stem vriendelijk te houden, maar dat was moeilijk. 'In 's hemelsnaam Elizabeth, denk je niet dat ik dit jaar genoeg verrassingen te verwerken heb gehad?'

'Bel haar dan,' zei Lizzie.

'Dat doe ik,' zei Sylvie. 'Ze neemt niet op. Heb jij contact met haar?'

'Ik heb haar al een tijdje niet gesproken,' zei Lizzie.

'Nou, als je haar spreekt,' zei Sylvie, die moeite had zich te beheersen, 'wil je haar dan doorgeven dat ik berichten heb achtergelaten en dat ik me zorgen maak?'

'Ik zal het zeggen,' zei Lizzie. 'En nu moet ik gaan. Ik ben laat.'

'Waarvoor?' Maar in plaats van een antwoord kreeg ze de kiestoon. Haar ene dochter belde niet terug en de andere hing op. Dit was niet goed.

Ze kon natuurlijk altijd Richard bellen. Misschien dat hij Diana had gesproken. Sylvie overwoog het en besloot uiteindelijk dat ze nog niet klaar was voor een gesprek met haar echtgenoot... hoewel ze het toch een keer zou moeten gaan voeren. Er stond nog tienduizend dollar op de gezamenlijke rekening, de enige rekening waar zij bij kon. Daar kon ze best lang mee doen, misschien wel een jaar, als ze alleen boodschappen, gas, licht, water en olie hoefde te betalen, maar er zou een moment komen dat ze meer geld nodig zou hebben. Ze kon een baan gaan zoeken, maar wie zou er een zevenenvijftigjarige advocate aannemen die decennia niet had gewerkt? Haar kennis van de advocatuur, moest ze toegeven, was meer dan een beetje achterhaald, en de vaardigheden die ze had opgedaan in haar jaren als senatorsvrouw waren niet, zoals ze dat zo netjes zeiden, erg inzetbaar op andere vakgebieden. Tenzij ze een andere machtige man kon vinden die wilde dat ze zijn leven voor hem organiseerde.

Ze zuchtte, veegde het aanrecht schoon en kneep het sponsje uit. Haar telefoon boerde. Ze stond zichzelf toe te hopen dat het Diana was die eindelijk op haar boodschappen reageerde en zou zeggen dat het goed met haar ging, maar toen zag ze een foto van haar moeder: haar officiële portret, in haar toga met kanten bef, op het schermpje flikkeren.

'Heb je al een advocaat gebeld?' zei Selma zonder tijd te verspillen aan een begroeting.

'Nog niet,' zei Sylvie.

'Waarom niet?' vroeg Selma op eisende toon. 'Denk je dat hij minder ontrouw wordt terwijl jij daar lakens staat te strijken?'

Sylvie zuchtte. Haar moeder vertellen over haar avonturen met het wasgoed was duidelijk een vergissing geweest. 'Waar bel je voor?'

'We moeten het over de kalkoen hebben,' zei Selma op hese en aandringende toon. Toen Sylvie niet direct antwoordde, zei Selma: 'Thanksgiving? Hallo? Dat feest dat we elk jaar vieren?'

'Natuurlijk,' zei Sylvie. Haar moeder ontving altijd met Thanksgiving, vroeger in het grote appartement waar ze met haar echtgenoot had gewoond, daarna in haar kleinere, maar nog steeds indrukwekkende appartement in het Davidson Paviljoen, de serviceflat waar ze naartoe was verhuisd na de eerste beroerte van Dave. Diana, Gary, Milo, Lizzie, Richard en Sylvie keken er altijd naar de parade, werkten Selma's gortdroge kalkoen met een vulling met de structuur van plamuur naar binnen en begaven zich dan naar de zitkamer voor het dessert: een ruime keuze aan smaken oploskoffie met taart van Sarabeth's, zelfgebakken pompoentaart waar iedereen behalve Richard met een grote boog omheen liep, en een taart met gemengde bessen en een boterige korst. Ze dacht terug aan toen de meisjes nog klein waren, ze hun haren in staartjes kamde en hen in hun kanten Polly Flinders-jurkjes, geribbelde maillots en schoentjes hielp. Ze herinnerde zich nog die keer dat Diana verstrikt was geraakt in het kralengordijn dat haar moeder tussen de eetkamer en de keuken had hangen, en die keer dat Lizzie voor het begin van de parade een stevige joint had gerookt en aan een stuk door had gegiecheld terwijl ze lepels vol taart direct van het taartplateau in haar mond had geschoven. Ze herinnerde zich ook nog levendig die jongen die Lizzie dat jaar had meegenomen. Hij heette Chuck, of Chad, zoiets, een rijke jongen met een schitterende stropdas en een overhemd met omgeslagen manchetten, die bij haar moeder aan tafel in slaap was gevallen. 'Hij is gewoon moe!' had Lizzie aangedrongen, waarop Diana, die toen derdejaars medicijnen was, had gezegd: 'Als je met "moe" bedoelt dat hij stoned is, dan is hij inderdaad erg moe, Lizzie.'

En dan was er die keer waaraan Sylvie niet graag terugdacht, toen ze thuis was gekomen – met een tupperwarebak vol restjes kalkoen die ze van plan was direct in de vuilnisbak te gooien – en de telefoon ging. 'Ik wil je niet laten schrikken, lieverd,' had Selma gezegd, 'maar volgens mij zijn mijn parels en mijn trouwring verdwenen.' Sylvie had de sieraden in de zak van haar dochter aangetroffen, die met alleen een onderbroekje en een T-shirt met universiteitslogo aan in slaap was gevallen nadat ze haar spijkerbroek in de wasmand had gemikt ('ze is out gegaan,' had Diana gezegd met haar vingers op de pols van haar zusje om te voelen of ze nog leefde).

'Sylvie!' schreeuwde haar moeder. 'Ben je er nog? Hallo?'

'Ja, ik ben er nog,' zei ze.

'Ben je van plan om te komen?' vroeg haar moeder.

'Zou het niet leuk zijn,' zei Sylvie plotseling geïnspireerd, 'om Thanksgiving een keer hier te vieren?'

Sylvie hoorde haar moeders briljante brein bijna kraken. 'Zonder Richard?'

'Zonder Richard.' Maar misschien wel met Tim. Tim was een mogelijkheid. Maar hoe moest ze haar moeder, om nog maar te zwijgen over haar dochters, vertellen dat ze contact had met iemand? Een andere man, Sylvie? hoorde ze haar moeder al verzuchten. Denk je dat dat het voor je gaat oplossen? Is dat je antwoord op alles?

Tim was geen antwoord, bedacht ze koppig. Tim was een beloning, een beloning voor alles wat ze te verduren had gehad. Als ze naar zijn verhalen over zijn zoons luisterde, over de uitjes die ze hadden gemaakt en de tijd die ze samen hadden doorgebracht, was het net of ze in de bibliotheek zat tijdens het voorleesuurtje, waar ze een paar keer met de meisjes was geweest toen ze klein waren. Ze hadden in kleermakerszit op de vloer zitten luisteren, betoverd door de verhalen over torenhoge bonenstaken en huizen van snoepgoed. Zij luisterde net zo als Tim iets vertelde.

'Als je dat graag wilt.' Selma klonk bedachtzaam. 'Dan neem ik de kalkoen mee.'

'Nee!' Ze had het al gezegd voor ze er erg in had, en iets feller dan de bedoeling was. 'Nee. Je hoeft alleen maar te komen. Ik zorg overal voor.'

Selma klonk geamuseerd. 'Dus je bent tegenwoordig ook keukenprinses?'

'Ik heb wat dingen uitgeprobeerd.' Toen ze op een zaterdagochtend doelloos door de straten van Fairview had gereden was er ergens een garageverkoop, waar ze een doos vol oude kookbladen had gekocht: *Gourmet*, *Saveur* en *Bon Appétit*. 'Voor vijf dollar mag u alles meenemen,' zei de vrouw, waarop Sylvie, die van plan was geweest er twintig voor te gaan betalen, de vrouw gretig een biljet van vijf dollar had toegestopt en de doos achter in de auto had gezet. 'Ze zijn van mijn moeder geweest,' zei de vrouw, en Sylvie wist zonder dat het haar was verteld dat de moeder van die vrouw was overleden... dat haar dood misschien zelfs wel de aanleiding voor die garageverkoop was geweest, met die dozen linnen servetten, de rekken vol blouses en jassen en de stapels puzzelboekjes op het grasveld voor haar huis.

Ze was naar huis gereden en had het hele weekend, als ze geen vloeren aan het boenen was, in de vergeelde tijdschriften zitten bladeren. Sommige recepten waren overduidelijk vaker gemaakt, en bij sommige stonden aantekeningen in de marges: 'Hier moet meer boter in', naast een recept voor frambozentaart, en 'Bills favoriet', naast een stoofpot van kip met worst.

Zondagavond had Sylvie bij een stuk of zes dingen waarvan ze dacht dat ze lekker zouden zijn, en, nog belangrijker, dat ze ze kon maken als ze de goede ingrediënten zou kopen en de stappen zorgvuldig zou volgen, een paperclip gestoken.

Als ze 's ochtends wakker werd, voelde ze zich onnoemlijk klein en verloren, alleen in een gigantisch bed; dan dreigde de pijn om het leven dat ze had verloren haar te verslinden. De verleiding de hele dag in bed te blijven liggen, vol zelfmedelijden, was enorm. In plaats daarvan dwong ze zichzelf op te staan, zich aan te kleden en naar de keuken te gaan. Daar dronk ze dan koffie, dan poetste ze haar tanden, duwde ze haar haar uit haar gezicht met een haarband die een nicht of huurder in de badkamer had achtergelaten, gooide haar gerecyclede boodschappentas over haar schouder en liep met haar boodschappenlijstje in haar zak naar Simmons. Dan kocht ze haar ingrediënten, stopte voor thee met een muffin in de koffiebar in het centrum, liep naar huis en bracht de middag in de keuken door, met de radio aan en de zon die de linoleumvloer verwarmde. Tim kwam bijna elke avond eten. Het was in de verste verte niet zo druk als het leven dat ze had achtergelaten, met bestuursvergaderingen om acht uur 's ochtends, lunches die tot drie uur duurden, sessies met haar persoonlijke trainer en het dagelijkse spervuur van e-mails en telefoontjes, maar ze wist haar uren wel te vullen, bleef in beweging; en ze probeerde zo hard ze kon om niet aan Richard en Joelle te denken, of aan Richard alleen, wat om de een of andere reden nog pijnlijker was.

De eerste maandag nadat ze die tijdschriften had gevonden had ze soep gemaakt, pompoensoep met zeezout, een beetje olijfolie en wat ahornsiroop, waarbij ze het vruchtvlees had gepureerd en had toegevoegd aan de kippenbouillon en er wat room doorheen had geroerd. Ceil vond het geweldig dat Sylvie aan het koken was geslagen en had aangeboden (of eigenlijk had ze het meer gedreigd) Sylvie een staafmixer op te sturen. 'Stel je Richards gezicht maar voor als je iets aan gort pureert,' had ze gezegd. 'Of misschien niet zijn gezicht.' Sylvie had het aanbod afgeslagen. De volgende ochtend had ze een doos van Federal Express op de veranda aangetroffen, die ze had opengemaakt en waarin ze een staafmixer had aangetroffen. ELKE VROUW HEEFT EEN RUIMTE VOOR ZICHZELF NODIG, had Ceil op het begeleidende kaartje geschreven. DIE HEB JE AL, DUS HIER HEB JE EEN STAAFMIXER.

Sinds de komst van de staafmixer had Sylvie een overtuigende linzenstoofpot gemaakt, kaneelbroodjes met Ceils recept (behoorlijk scheef gebakken, maar wel erg lekker), iets wat enigszins aan de gebraden kip van haar grootmoeder deed denken en nadat ze 's ochtends een keer was wakker geworden en er om onverklaarbare reden enorm naar had gesnakt, een strooptaart. Ze had er twee flinke stukken van gegeten, met slagroom, en toen had ze de rest in een tupperwarebak gedaan en aan Tim meegegeven, samen met de twee liter Franse uiensoep waarvoor ze de bouillon zelf uit mergpijpjes had getrokken. Zijn zoons, Frankie en Ollie, kwamen een weekend en ze gingen kamperen, wat ze elk jaar deden. Normaal gesproken ging Tim junior ook mee, maar die was te druk met de baby.

Koken gaf troost. Een goede maaltijd voor zichzelf maken, eten dat zij had gekozen – niet haar trainer of een kieskeurige dochter of haar echtgenoot – voelde heerlijk. Net als het schoonmaken: het warme water op haar handen als ze haar potten en pannen afwaste, de bevrediging als ze een werkblad met schoonmaakmiddel besproeide en met een doek alle sporen van haar werk wegveegde. Of een boeket bloemen schikken dat ze op de markt had gekocht die elke zaterdag op de brink werd gehouden, het rechtzetten van de stapel kookboeken die door de jaren in het strandhuis steeds groter was geworden (inclusief een dat een cadeau van oom Freddie moest zijn geweest, aangezien er alleen recepten met bier in stonden); zelfs zilverpoetsen vond ze bevredigend.

Maar Selma zou de komende Thanksgiving niet onder de indruk zijn van haar dochters kookkunsten. Selma's generatie was net te jong voor de kookbijbel *The Joy of Cooking* en te oud voor lifestyle-en-keukenprinses Martha Stewart om haar huis om te bouwen tot laboratorium-kunstgalerie waar een vrouw al haar creatieve energie en wetenschappelijke nieuwsgierigheid kon botvieren met meringues kloppen en behangen. Sylvies moeder zag de keuken als een plek van slavernij, een gevangenis waaraan ze niet snel genoeg kon ontsnappen, met tot resultaat dat het avondeten dat zij serveerde uit twee categorieën bestond: opgewarmd en ontdooid. Het lukte haar zelfs om eten dat was bezorgd te laten mislukken door het in de oven te zetten en vervolgens te vergeten; de maaltijd met Thanksgiving was de enige die ze probeerde helemaal zelf te koken.

Selma praatte nog steeds aan de telefoon. 'Ik zal je mijn recepten opsturen,' zei ze.

'Ja, ma.' Sylvie vroeg zich af of de zinsnede 'koken tot het niet meer te vreten is' er vaak in voorkwam.

Haar moeders stem verzachtte. 'Gaat het wel? Ben je niet eenzaam?'

'Het gaat prima,' zei Sylvie automatisch. Ze vroeg zich voor het eerst sinds ze naar Connecticut was gevlucht ineens af hoe het met Clarissa en Derek zou zijn. Ze werkten voor haar, maar werden door Richard betaald, Derek als chauffeur en Clarissa als persoonlijk assistente. Ze hoopte maar dat Richard hun iets anders te doen had gegeven, dat hij hen niet had ontslagen, dat er niet nog meer mensen leden onder wat hij had gedaan.

'Toen je vader was overleden, heeft het heel lang geduurd voordat ik hem niet meer overal zag. Dan draaide ik me om en ving een glimp van hem op vanuit mijn ooghoek...' Ze was even stil. 'Maar Richard is natuurlijk niet dood,' zei ze met knerpende stem.

'Dat is waar.' En Richard had ook nauwelijks tijd in het huis in Connecticut doorgebracht. Sylvie was er nooit aan gewend hem daar te zien, als hij binnen kwam lopen van de veranda met de krant in zijn hand, of de keuken in kwam met een lege koffiemok, dus ze zag hem nu ook niet. Dit was haar huis, haar plek, met haar maaltijden en haar herinneringen. Ze had de gordijnen gewassen en de vloeren in de was gezet, ze had alle bedden opgemaakt en alle kasten opnieuw ingeruimd. Ze had dat muizenlijk weggegooid, wat dit nog meer dan al die andere dingen haar huis maakte. 'Mag ik je iets vragen?'

'Natuurlijk,' zei de edelachtbare Selma.

'Denk je...' Sylvie zocht naar de juiste woorden. Had ik het kunnen zien aankomen? Was het mijn schuld? Ondanks de dagelijkse bezigheden die ze voor zichzelf had gecreëerd, ondanks Tims gezelschap, voelde ze zich nog steeds wanhopig ontheemd en eenzaam. Ze had haar echtgenoot verloren, haar beste vriend, haar persoonlijke en professionele identiteit, om nog maar te zwijgen over haar werk, was dat allemaal in de spanne van een paar afgrijselijke uren kwijtgeraakt, en haar dochters, of het nu goed met hen ging of niet, waren volwassen. Wie was ze nu? Wat was haar doel? 'Was ik een goede echtgenote?' vroeg ze uiteindelijk.

'Sylvie,' zei haar moeder op aandringende en vertrouwelijke toon. 'Je bent een veel betere vrouw dan hij verdiende. Je was een geweldige moeder voor je dochters.'

Sylvie maakte een ontkennend geluid. Tranen vulden haar ogen en biggelden over haar wangen. 'Echt waar,' drong Selma aan. 'Je hebt je uiterste best gedaan. Meer kan een moeder niet doen. Je hebt twee prima meiden. Je bent een goede vrouw. En als Richard dat niet inziet... als hij je niet kan behandelen zoals je verdient behandeld te worden... als hij niet eens slim genoeg is om het geheim te houden...'

'O, ma,' zei Sylvie. Dat was niet wat ze wilde: een man die vreemdging en het verborgen hield, hoewel ze wel wist, of in ieder geval vermoedde, dat er in haar kringen vrouwen waren die die afspraak met hun man hadden, die mevrouw Huppeldepup wilden blijven omdat de functie zo veel leuke bonussen opleverde, ook als dat betekende dat ze de andere kant op moesten kijken als hun echtgenoot werd betrapt in een restaurant, bar of vakantieoord met een vrouw die zij níet was.

'Nou, sorry hoor!' schreeuwde Selma. 'Maar elke man die ik ken die er een minnares op nahoudt heeft in ieder geval genoeg respect om te zorgen dat zijn vrouw er nooit achter komt. Of in ieder geval dat ze niet zo met haar neus op de feiten wordt gedrukt.'

Daar dacht Sylvie even over na. De verdoving die ze had gevoeld op die dag dat ze naar huis reed uit Philadelphia kroop weer in haar botten. Ze wilde het niet vragen, ze wilde het niet weten, maar het leek net of de vraag werd opgeblazen in haar mond, een vreselijke tumor die zou knappen als ze het woord niet uitsprak. 'Papa?'

Haar moeder antwoordde direct. 'O nee, lieverd. Die niet.' Een korte stilte. 'Tenminste niet dat ik het wist.' Ze was weer even stil. 'Hoewel je die Miriam Selkin had. Weet je nog? Met die enorme boezem?'

Sylvie kon zich niets van mevrouw Selkin herinneren behalve dat ze een vriendelijke buurvrouw was die altijd de koekjes kocht waarmee Diana voor de padvinderij langs de deuren ging, maar ze kon zich haar vader nog wel voor de geest halen, een zwemmer en enthousiast puzzelaar, een man die ze altijd voor zich zou blijven zien zoals hij in zijn laatste jaren was geweest: rond, kaal, en bruin als een geroosterde kip van de tien winters die hij in Palm Beach had doorgebracht, met een hoofdhuid vol zonnevlekken en geruststellend geurend naar sigaren en voetpoeder. Haar vader legde als ze een tand had gewisseld briefjes onder haar kussen die hij ondertekende met T. FEE (die hij schreef zonder de moeite te doen zijn eigen handschrift te vermommen, en op zijn postpapier met zijn monogram erop. Daar wees Sylvie hem op zodra ze oud genoeg was om zelf te kunnen lezen, waarop haar vader zijn schouders had opgehaald en had gezegd: 'Misschien dat T. Fee postpapier van me heeft gepikt.'). Selma had haar man bij meer dan tien onderscheidingsdiners bedankt en geëerd als 'mijn steun en toeverlaat en mijn grootste fan', en Sylvie wist zeker dat hij nooit iets zou hebben gedaan om zijn vrouw te onteren.

'Als je zo oud bent als ik is seks niet meer zo belangrijk,' legde Selma uit.

'Ma...'

'En je vader had een slechte rug...'

'Ma,' perste ze uit haar strot. 'Doe me een lol.'

'Ik weet het niet, hoor. Misschien dat het anders zou zijn geweest als ze die viagra eerder hadden uitgevonden,' mijmerde Selma. Sylvie hield de telefoon tussen twee vingers. Er moest toch ergens ter wereld een telefoongesprek worden gevoerd dat ze minder graag dan dit zou horen. Ze had alleen geen enkel idee waar dat dan over zou gaan.

'Ik moet ophangen,' zei ze op precies dezelfde toon als Lizzie het tegen haar had gezegd. Het was waar: over een halfuur kwam Tim eten en ze had de tafel nog niet eens gedekt.

'Hoe is het met de meiden?' vroeg Selma.

'Prima,' antwoordde ze, weer automatisch, maar ze voelde in haar hart dat het niet waar was, niet nu Lizzie zo raar klonk en Diana maar niet terugbelde.

'Ik heb je toch niet van streek gemaakt?' vroeg Selma. 'Ik wilde alleen uitleggen dat je nooit weet wat zich afspeelt in het huwelijk van een ander, achter de slaapkamerdeur van een ander. Niemand is perfect, zelfs jouw vader en moeder niet.'

Nadat ze afscheid hadden genomen, hing Sylvie op, en ze haastte zich naar boven en de badkamer in om zich klaar te maken voor een dinertje met haar... vriendje? Was Tim haar vriendje? Kon een vrouw van haar leeftijd, een vrouw die technisch gezien nog getrouwd was, een vriendje hebben?

Of hij nu haar vriendje was of niet, ze zag Tim Simmons wel erg vaak. Als ze 's ochtends boodschappen ging doen zag ze hem in de supermarkt overleggen met de manager van de delicatessenwinkel of een bestelling controleren met de bezorger van de biologische producten, een jongeman die uit Brooklyn was vertrokken om zijn CO_2-voetafdruk te verkleinen en die alleen dingen wilde consumeren die hij zelf kon maken of produceren. Dat betekende onder meer, had Tim haar verteld, dat hij sinds een jaar geen toiletpapier meer gebruikte en dat zijn vrouw afgedankte sportsokken gebruikte als maandverband. 'Die arme vrouw!' riep Sylvie, die stiekem besloot te achterhalen waar ze woonde om haar anoniem een lading tampons te bezorgen, van die heel foute met niet-afbreekbare inbrenghulzen.

Tim nam over het algemeen bier mee, of wijn, of iets anders wat hij ergens had gevonden: een roman waarover hij had gelezen en waarvan hij dacht dat ze hem leuk zou vinden, een braadpan waarvan hij dacht dat ze hem wel kon gebruiken, een Italiaans of Grieks kookboek of een soeppakket voor haar slow cooker. Maar wat ze nog het leukste vond waren de verhalen over zijn zoons: over het skireisje van Frankie en Ollie, en hoe die hadden besloten snowboards te gaan huren, hoewel ze die nog nooit hadden geprobeerd, en hoe Frank als aan de grond genageld boven aan een afdaling had gestaan en ineens niet meer durfde, en hoe hij zijn snowboard los had gegespt en dat hele eind naar beneden had moeten lopen. Of die keer dat Ollie zijn rijbewijs net had en een stukje mocht rijden toen het hele gezin naar Cape Cod ging, en hoe hij op een rotonde was blijven steken en maar rond en rond had gereden terwijl de rest van het gezin dubbel geklapt van het lachen in de auto lag tot hij uiteindelijk de moed had verzameld om in te voegen. Normaal gesproken zwijgzaam, rustig en bescheiden (hoewel, bedacht Sylvie, elke man vergeleken bij de charismatische Richard verbleekte) werd Tim als hij het over zijn jongens had spraakzaam en levendig. Dan kregen zijn wangen kleur, werd zijn stem harder en bulderde zijn lach door de keuken. Tim had foto's, Tim had verhalen, en nog het mooist van alles: Tim en zijn zonen hadden allerlei rituelen en tradities. In de herfst gingen ze kajakken en kamperen in Arcadia State Park, in het voorjaar gingen ze raften en ze overwogen om over een paar jaar een grote camper te gaan huren en daarmee dan via alle nationale parken van Connecticut naar Seattle te rijden.

Tim en Sylvie bespraken het actuele nieuws, de laatste schandalen over de laatste beroemdheden, maar ze hielden zich verre van gesprekken over politiek en seks (die seksverslaafde golfer en die echtgenoot van de filmster die het had gedaan met die getatoeëerde, extreemrechtse stripper kwamen nooit ter sprake). Sylvie maakte het eten af terwijl Tim met een flesje bier in zijn hand nonchalant tegen het aanrecht stond geleund. Dan aten ze – waarbij Tim haar overlaadde met complimentjes over haar kookkunsten –, ruimden ze samen af en deden samen de afwas. Dan zette zij koffie en maakte hij de haard aan. Dan zaten ze op de bank en vertelde hij nog meer over zijn zoons... wat haar natuurlijk aan haar meiden deed denken. Zou ze Lizzie en Diana, en Milo natuurlijk, naar Connecticut kunnen lokken met beloftes te gaan kajakken of kamperen? Zouden haar meiden dergelijke activiteiten even leuk vinden als Tims jongens ze vonden? Misschien, dacht ze wel eens als ze wat cognac in haar koffie had geschonken, zou ze met Tim trouwen, en misschien zouden ze dan één groot samengesmolten gezin worden dat gezellig ging wandelen en kamperen. Misschien dat Lizzie zelfs wel verliefd zou worden op een van Tims zoons!

Sylvie luisterde naar Tim en vermaakte zich met die heimelijke dagdromen, waarbij ze heel even niet aan Richard dacht. Aan het eind van de avond, meestal om een uur of elf, stond Tim op en stak zijn handen onbeholpen in zijn zakken. 'Nou, goedenavond dan maar,' zei hij dan. De eerste avond had hij haar een hand gegeven en had hij haar in een onhandige omhelzing getrokken. Die omhelzingen waren met elke maaltijd minder onhandig geworden. Hij had haar ondertussen ook een paar keer een zoen op de wang gegeven en een keer, kort, op de lippen gekust, maar verder dan dat ging het nooit.

Sylvie dacht na over die kussen. Wilde hij meer? Wilde zij meer? Ze begon te denken dat ze het fijn zou vinden om zo bij hem te zijn: dat ze zou genieten van de warmte, van de troost een ander lichaam in haar bed te voelen, en ze kon zich zelfs voorstellen dat Tim nadat ze de liefde had bedreven nog meer ontspannen zou zijn en haar nog meer over zijn zoons zou vertellen. Misschien was het probleem wel dat Tim niet meer kon dan kussen: ze had van vriendinnen en kennissen gehoord dat er heel wat mannen van hun leeftijd waren die geen seks konden hebben, vanwege allerlei medische kwalen, of vanwege de medicatie die ze gebruikten voor die kwalen. Ze wist dat hij al zestien jaar was gescheiden. Zijn ex heette Kathy. Ze was schoolverpleegster in Rochester toen ze elkaar hadden leren kennen. 'Het is niet echt een spannend verhaal. We zijn uit elkaar gegroeid,' had hij de eerste keer dat hij kwam eten verteld terwijl hij het oude mes van haar moeder had geslepen en daarna het vlees in mooie rosékleurige plakken had gesneden.

Ze nam aan dat ze met Tim ging. Ze nam zelfs aan dat hij haar het hof maakte. Zo'n ouderwets woord en zo'n ouderwets concept. Sylvie was nog nooit het hof gemaakt. Richard en zij waren, in de woorden van haar kinderen, met elkaar het bed in gedoken (hoewel ze liever stierf dan dat ze dat aan Lizzie en Diana zou vertellen). Ze hadden elkaar opgemerkt, hadden gepraat op dat feest en waren in bed gedoken, en toen waren ze een stel, hoewel dat, in haar verdediging, was hoe heel veel van de stellen die ze kende, inclusief Ceil en Larry, bij elkaar waren gekomen.

Maar Tim ging met haar op echte afspraakjes. 'Heb je vrijdagavond plannen?' vroeg hij dan als hij haar dinsdagochtend in de supermarkt zag als ze boodschappen kwam doen. Als Sylvie dan nee zei, vroeg hij haar of ze zin had om met hem mee te gaan naar een film in de oude, stijlvolle bioscoop met één zaal in het centrum, of naar een kamermuziekconcert, of een uitvoering van het toneelstuk *Our Town* op de middelbare school (ze wist zeker dat die laatste een pijnlijke en afgrijselijk amateuristische zit zou worden, ze had namelijk ervaring met een aantal van Lizzies shows en musicals op de middelbare school, maar ze was aangenaam verrast door de bekwaamheid van de leerlingen in Fairview, met name het meisje dat Emily Webb speelde was indrukwekkend). Dan reed hij altijd, en hield haar portier voor haar open zodat ze in de auto kon stappen; hij stond erop te betalen als ze uit eten gingen bij de Franse bistro of de pizzeria, waar ze een houtoven hadden. 'Je geeft een fortuin uit aan boodschappen,' zei hij dan, en dan lachte hij zijn oude, bekende glimlach, met zijn handen in zijn zakken en zijn kin tegen zijn borst. 'Dat is wel het minste wat ik kan doen.' Maar Sylvie wist niet zeker of dat hem haar vriendje maakte, en of dat woord hoe dan ook gebruikt kon worden voor twee mensen van in de vijftig.

Maar wat maakt het ook uit, zei ze tegen zichzelf terwijl ze van de bank opstond en glimlachend naar boven liep. Ze moest zich haasten als ze het eten klaar wilde hebben tegen de tijd dat hij vanavond zou komen.

Diana

ZE WAS AL MEER DAN VIER MAANDEN MET DOUG TOEN ZE HEM OP DIE regenachtige avond in oktober eindelijk mee naar huis had genomen. Dougs moeder had haar auto teruggevraagd, Diana maakte zich zorgen dat ze te vaak in het ziekenhuis samen werden gezien, en het Society Hill Sheraton-hotel, vaste stek van alle overspeligen ten oosten van Broad Street, was ergerlijk genoeg geheel volgeboekt. Hij had zijn appartement aangeboden, maar daar wilde ze niet nog een keer naartoe, waar zijn huisgenoten haar zouden kunnen zien en over haar zouden kunnen gaan praten.

'Doe je ogen eens dicht,' had ze gefluisterd toen ze links en rechts op straat had gekeken of niemand hen zag en hem door de voordeur naar binnen trok.

'Hoezo?' had hij gevraagd. 'Is het een troep?'

Dat was het niet. Diana was sinds hun affaire een nog obsessievere huishoudster geworden, en ze was nog geconcentreerder op haar hardlopen, waarbij ze anderhalve minuut van haar persoonlijke record op de tien kilometer had geschaafd. Ze zorgde zelfs beter voor Milo, vond ze, en ook voor Gary, nu ze een geheim leven had, een geheim om te koesteren, waardoor ze om de een of andere reden meer energie had gekregen om voor haar zoon en echtgenoot te zorgen. Doug hoefde zijn ogen niet dicht te doen omdat haar huis niet schoon was. Hij moest zijn ogen sluiten omdat ze niet wilde dat hij de foto zou zien die op de schoorsteenmantel stond, die afgelopen kerst was genomen, van haar en haar echtgenoot en de zoon over wie ze nooit een woord had gesproken, het drietal lachend naar de camera alsof alles koek en ei was.

Toen Lizzie ineens in de slaapkamer had gestaan en hen had betrapt, was Diana ervan overtuigd geweest dat dat het begin van het einde was. Wat had Benjamin Franklin ook alweer gezegd? Dat drie mensen een geheim kunnen bewaren als twee van hen dood zijn?

'Maak je geen zorgen,' zei Doug, die blijkbaar een heel andere relatie met zijn zusje had dan Diana met Lizzie. 'Wat heeft ze te winnen als ze je verraadt?'

Diana keek weg. Ze kon het niet uitleggen, ze kon niet zeggen dat zij altijd het heilige boontje van het gezin was geweest, de superster, de representatieve dochter van de senator; dat Lizzie altijd de mislukkeling was, degene die alles verpestte, en dat een kans om die rollen om te draaien, al was het maar tijdelijk, onweerstaanbaar voor haar zusje zou zijn. De daaropvolgende vierentwintig uur waren één grote kwelling voor Diana geweest waarin ze overtuigd was geweest dat Lizzie, per ongeluk of expres, iets tegen haar ouders zou gaan zeggen. Of ze zou direct naar Gary stappen, en dan zou haar wereld instorten.

Er vervloog een week, en nog een, en Diana hoorde niets van haar zusje. Geen telefoontje, geen e-mail... en ze was natuurlijk te bang om zelf contact op te nemen met Lizzie. Ze ontweek de telefoontjes van haar moeder en voelde zich zo schuldig dat het haar niet lukte om meer dan negentig seconden beleefdheden met haar vader uit te wisselen, van wie ze wist dat hij haar miste. Ze was niet in de positie om hem te troosten of berispen. Het enige wat ze kon doen, bedacht ze ongelukkig, was hun situaties met elkaar vergelijken. Heb jij het ooit in een parkeergarage gedaan met Joelle? Hoe hebben jullie het geheim gehouden voor ma?

Ze zei tegen zichzelf dat het misschien toch goed zou komen, dat zij en Doug oneindig op dezelfde manier door zouden kunnen gaan, gezien de extreme onnozelheid van haar echtgenoot. Zolang ze voorzichtig zouden zijn, zolang Lizzie haar mond hield, zou er misschien toch niets aan de hand zijn.

Wat er uiteindelijk gebeurde was niet dat Lizzie ging kletsen of dat ze samen betrapt werden door iemand in het ziekenhuis. Wat er op een stralende zondagochtend in de herfst gebeurde, was dat Gary, Milo en zij ergens gingen brunchen.

Ze hadden besloten naar Green Eggs in de Italian Market-buurt te gaan. Milo had het gekozen omdat hij de naam leuk vond en Diana had ermee ingestemd omdat er quinoapap op de kaart stond. Gary had zijn schouders opgehaald en had gezegd: 'Prima, goed hoor.' Ze waren net de hoek van Dickinson Street om gelopen toen Diana zag dat Doug met twee van zijn huisgenoten op hen af kwam lopen. De jongens waren gekleed in een spijkerbroek met een trui en gympen: kleding voor een vrije dag. Doug had een rugbyball in zijn handen, en een van de andere jongens droeg een zak bagels. Het was net of de tijd vertraagde. Diana's benen begonnen te trillen en ze voelde dat haar gezicht rood werd. Het was net of er een schijnwerper op haar was gericht en het woord SCHULDIG op haar voorhoofd verscheen, geschreven in onuitwisbare rode inkt die iedereen kon zien.

Zou hij haar aanspreken? Nee, bedacht ze terwijl ze elkaar naderden. Als hij iets zou zeggen, zou zij gedwongen zijn hem aan Gary en Milo voor te stellen, te zeggen: 'Dit is Doug. Hij is coassistent in het ziekenhuis.' Dat zou hij niet willen. Dat zou hij haar niet aandoen.

Doug liep zonder een woord te zeggen langs haar heen, schijnbaar zonder haar ook maar op te merken. Diana ademde bevend uit. Milo keek haar vreemd aan en Diana dwong zichzelf te glimlachen terwijl ze zijn hand pakte en met haar andere zijn honkbalpetje rechtzette. Ze liepen verder naar het restaurant en toen ze daar waren aangekomen schoven ze aan in de rij. 'Gaat het wel?' vroeg Gary, die ergens tussen bezorgd en geïrriteerd klonk toen hij de zweetdruppeltjes op haar gezicht zag.

'Ja hoor,' zei Diana met een stem die nauwelijks herkenbaar was als die van haar. 'Ik moet even wat drinken.'

'Mama heeft vanochtend vijftien kilometer hardgelopen,' zei Milo. Wat waar was. Ze had vijftien kilometer gelopen in een tempo van onder de acht minuten per anderhalve kilometer, en ze was geëindigd in Tasker Street, waarbij ze haar eigen regel over Dougs appartement had gebroken en haar training zwetend, gloeiend en buiten adem had afgerond onder Dougs vieze lakens, in Dougs armen.

Ze gaven hun naam door aan de gastvrouw en stonden in de herfstzon te wachten tot er een tafeltje vrij zou zijn. Milo speelde op zijn leercomputer. Gary ging van zijn ene voet op zijn andere staan en merkte tussen neus en lippen door op dat er bij hen in de buurt genoeg tentjes waren waar je kon brunchen. Diana stond erbij met een gevoel alsof ze uit hout was gesneden tot de gastvrouw hun hun tafeltje wees. Ze hadden net hun bestelling gedaan – pannenkoeken voor Milo, die pap voor Diana en iets wat Afvoerputje heette voor Gary, met gebakken eieren, beschuitbol en worst met jus – toen haar BlackBerry in haar zak begon te zoemen.

'Mijn werk,' zei ze, en ze keek op het schermpje. Maar het was haar werk niet. Het was Doug, met de tekst die ze al had verwacht sinds hij haar met haar echtgenoot en zoon had zien lopen: IK GELOOF NIET DAT IK DIT NOG LANGER VOLHOUD.

'Ogenblik,' zei ze.

Gary zuchtte demonstratief. 'Mama heeft de poeperitis weer,' zei hij terwijl Diana naar de toiletruimte liep zonder energie aan zijn opmerking te verspillen door er iets over te zeggen. Daar ging ze bevend op het toilet zitten, toetste Dougs nummer in en bracht haar mobieltje naar haar oor.

Hij nam op nadat hij drie keer was overgegaan. 'Hoi, Diana.'

'Kunnen we erover praten?' fluisterde ze. Ze wist wat het probleem was, dat dacht ze tenminste: hij had haar met Gary gezien en wilde geen gelukkig huwelijk verzieken, hoewel haar huwelijk allesbehalve gelukkig was. Ze had Doug nodig. Ze kon zich haar leven niet voorstellen zonder Doug. Hij mocht haar niet verlaten. Hij hield van haar. Dat wist ze zeker.

'Volgens mij is er niet veel te zeggen.'

Ze duwde haar armen hard tegen haar zij en klemde haar trillende benen tegen elkaar. 'Doug. Luister. Ik weet hoe het eruitzag. Maar de waarheid is...'

'Je hebt een zoon,' zei hij vlak. 'Dat heb je me nooit verteld.'

'Luister, wat wij hebben heeft niets met hem te maken. Ik ben een goede moeder,' zei Diana. 'Ik zie Milo geen minuut minder om jou te zien.'

Ze hoorde hem zuchten. 'Ik kan dit een klein kind niet aandoen.' Hij ging zachter praten. 'Het spijt me. We hadden er nooit aan moeten beginnen. En we moeten ermee stoppen voordat we iemand pijn gaan doen.'

'Doug.' En zij dan? Mocht hij haar wel pijn doen? Diana bracht haar hoofd naar haar knieën; ze voelde zich draaierig en misselijk, en er klopte iemand op de deur van het toilet, die vriendelijk vroeg: 'Alles goed daarbinnen?'

'Doug?' fluisterde ze wanhopig in de telefoon. 'Doug!' Er klonk geen antwoord. Hij had opgehangen.

Ze greep haar buik vast en kreunde, een angstaanjagend geluid dat haar naar de onderzoekruimte had doen rennen als een patiënt het zou hebben gemaakt. Ze klonk alsof ze dodelijk was verwond... wat, zo voelde ze het, ook zo was. Ze dwong zichzelf even later op te staan. Ze trok door, waste haar handen en liep terug naar hun tafeltje, glimlachte naar haar zoon en at een paar happen pap. Haar dienst begon om twee uur. Ze sms'te Doug voordat ze vertrok: BEL AJB. MOET PRATEN. Maar tegen de tijd dat ze in het ziekenhuis arriveerde had hij nog niet gebeld, en ze dacht ook niet dat hij dat nog zou gaan doen.

Ze ging achter haar bureau zitten, nam koortsachtig de berg dossiers door en schreef recepten uit. Warfarine voor die mevrouw die vermoedelijk een herseninfarct had gehad, insuline voor de achtjarige met type 1-diabetes en antibiotica voor het meisje met een ontstoken tongpiercing, die haar een nare sepsis had opgeleverd.

Lynette stak haar hoofd om de deur van Diana's kantoor. 'Gaat het?' vroeg ze, waarop Diana knikte, haar hoofd tollend terwijl ze probeerde de puzzelstukjes van haar leven in een vorm te duwen die ergens op sloeg. Misschien zou ze bij Gary weggaan en teruggaan naar Doug, als alleenstaande vrouw. Misschien konden ze er samen iets op bedenken. Misschien...

Ze overwoog de scenario's scheiding en scheiding van tafel en bed en ploeterde haar dag door als een slaapwandelaar, onderzocht patiënten, nam mensen hun temperatuur en bloeddruk op, schreef recepten uit, stelde vragen en schreef de antwoorden op zonder ze echt te horen. Ze keek elke twee minuten op haar BlackBerry, maar hoorde niets van Doug. Toen ze thuiskwam nadat haar dienst om twaalf uur 's nachts was afgelopen lag Milo te slapen. Gary zat voor zijn computer, de televisie loeide door de kamer en de keuken was een puinhoop. Aan de doos op het aanrecht, de servetjes vol vetvlekken en de papieren borden te zien hadden ze pizza gegeten, hoewel ze Gary had gevraagd te koken en hem nadrukkelijk de varkenshaas en courgette had laten zien die ze op de markt had gekocht.

Ze vouwde de pizzadoos net in de vuilnisbak toen de telefoon ging. Haar hart sloeg over: misschien was het Doug, Doug die haar thuis belde om zich bekend te maken, om Gary te vertellen dat hij haar niet verdiende en dat hij, Doug, op weg naar hun huis was om Diana en Milo op te komen halen.

'Diana?' Gary kwam in zijn trainingsbroek de keuken in lopen. Hij had de telefoon in zijn hand en zag er bezorgd uit. Hij hoestte nat in zijn vuist en zei: 'Hank Stavers.'

Diana voelde het bloed uit haar ledematen stromen. Hank Stavers was het hoofd van het ziekenhuis. Ze nam de telefoon met een koude hand aan.

'Dokter Stavers?'

'Dokter Woodruff.' Hij klonk afgemeten, koeler dan ooit. 'U moet direct terugkomen naar het ziekenhuis.'

Ze had nauwelijks genoeg lucht in haar longen om te zeggen: 'Natuurlijk.'

'Ik wil dat u meteen naar mijn kantoor komt,' zei hij. 'Frank Greenfeldt is er ook.' Diana wist dat Frank Greenfeldt de advocaat van het ziekenhuis was. Ze kende zijn reputatie, maar ze had hem nog nooit persoonlijk ontmoet, er was nog nooit een reden geweest om hem te leren kennen. Ze knoopte met bevende handen haar jas dicht. Had Doug verteld wat er speelde? Had hij haar aangegeven wegens seksuele intimidatie? Moest ze een eigen advocaat gaan regelen? Een snik ontsnapte uit haar keel terwijl ze haar tasje en sleutels pakte. Ze miste haar vader ineens verschrikkelijk. Hij was altijd zo geweldig in een crisis, zelfverzekerd en besluitvaardig. Hij zou haar precies kunnen vertellen wat ze zou moeten doen.

'Hé,' zei Gary op geïrriteerde toon. 'Wat ga je doen?'

'Noodgeval,' fluisterde ze, en ze rende de deur uit.

Ze zaten op haar te wachten in het onberispelijk in mahonie en leer uitgevoerde kantoor van Hank Stavers op de vierde verdieping, een wereld ver weg van het bloed, de chaos en de herrie op de Spoedeisende Hulp. Diana beet op haar onderlip om te voorkomen dat die zou gaan trillen toen Stavers zei: 'Ga zitten.'

Frank Greenfeldt droeg ondanks het late uur een marineblauw pak met een lavendelkleurige stropdas. Diana vroeg zich af of hij zich speciaal voor de gelegenheid had gekleed, of dat hij die avond van iets anders was weggeroepen. Hij duwde een map over Hanks bureau en tikte erop met de punt van zijn zilveren Montblanc-pen. 'Als u dit even wilt voorlezen.'

Diana boog zich voorover en las de recepten die ze die avond had uitgeschreven hardop voor: '100 milligram insuline.'

'Is dat de juiste dosering voor een achtjarige van tweeëndertig kilo?' Greenfeldts toon was neutraal, maar zijn gezicht met dubbele kin was rood aangelopen.

'Nee. Dat had...' Diana's stem liet haar in de steek. Ze had een tienvoud van de juiste dosering uitgeschreven, en als dat meisje 100 milligram toegediend zou hebben gekregen...

Ze keek verwilderd op. 'O mijn god,' zei ze geschokt. 'Is ze...'

'Het middel is nooit toegediend,' zei de advocaat. 'De dienstdoende verpleegster, Lynette Arnold, heeft de fout op tijd opgemerkt.'

'Godzijdank,' fluisterde Diana, die het bloed in haar oren voelde ruisen. 'Godzijdank.' Ze had nooit naar haar werk moeten gaan. Zo afgeleid, met haar gedachten die heen en weer werden geslingerd tussen haar minnaar en haar echtgenoot. Ze had niet naar haar werk moeten gaan.

Ergens heel ver weg zat de ziekenhuisadvocaat te praten. Diana veegde haar bezwete handpalmen aan haar rok af en dwong zichzelf zich te concentreren. '...hoe serieus een fout van deze aard is.'

'Het spijt me,' flapte ze eruit, haar stem te hard, haar gezicht te heet, alsof die woorden iets konden uitmaken, alsof die haar fout ongedaan konden maken. 'Het spijt me. Het spijt me zo verschrikkelijk. Ik kan... Ik kan niet geloven dat ik...'

'U heeft de laatste tijd veel aan uw hoofd,' zei Hank Stavers, wat zijn eerste woorden waren sinds het gesprek was begonnen. Diana knikte. Veel aan haar hoofd. Inderdaad. Dat was zwak uitgedrukt. 'Gezien uw...' Hij was even stil. 'Familiesituatie?'

Ze dacht even dat hij het over haar en Doug had. Toen drong het tot haar door dat hij haar vader bedoelde. Ze knikte nogmaals. 'Het spijt me,' zei ze. 'Ik weet niet wat ik anders moet zeggen dan hoe vreselijk, vreselijk het me spijt.'

'We hebben geluk gehad,' zei de advocaat. 'Deze keer.'

'Ik ga aanbevelen dat u met verlof gaat. Betaald, natuurlijk. Het bestuur van Philadelphia Hospital zal zeker begrijpen dat er...' Stavers was weer even stil, 'dat er omstandigheden zijn die het momenteel moeilijk voor u maken om optimaal te functioneren.'

Optimaal te functioneren, bedacht ze. Zelfs een idioot, zelfs een eerstejaars student medicijnen wist het verschil tussen 10 en 100 milligram. Het was een onvergeeflijke fout. Ze stuurde een stil, hartstochtelijk gebedje naar Lynette, die haar leven had gered, dat van haar en van dat meisje. Toen rechtte ze haar rug en schouders en keek de mannen aan de andere kant van de tafel aan. 'Hoe lang wilt u,' vroeg ze beleefd, want ze was opgevoed met goede manieren, 'dat ik ga?'

Toen alles eenmaal was geregeld en de formulieren waren ondertekend, liep Diana de trap af naar de Spoedeisende Hulp. Lynette stond achter de verpleegstersbalie te wachten; ze zag er afgetobd uit onder het felle licht. Ze stond op zodra ze Diana de trap af zag komen.

'Dankjewel,' zei Diana voordat Lynette haar mond kon openen. 'Het spijt me zo verschrikkelijk. Ik ben je zo dankbaar. Ik kan je nooit genoeg bedanken...'

'Diana,' onderbrak Lynette haar. 'Ik moet jou mijn verontschuldigingen aanbieden. Ik was van plan, je weet wel...' Ze keek steels naar het trappenhuis en ging zachter praten. 'Ik wilde het verbeteren in het dossier, maar er stond een coassistent in mijn nek te hijgen.'

'Maak je geen zorgen,' zei Diana, die een brok in haar keel kreeg bij het idee dat Lynette bereid was om haar baan voor haar op het spel te zetten.

'Ben je ontslagen?'

Diana schudde haar hoofd. 'Betaald verlof.'

Lynette ademde uit en liet zich op de balie zakken. 'O, Di,' zei ze. 'Shit, het spijt me zo.'

'Nee joh. Je hebt echt niets om je rot over te voelen. Je hebt het leven van dat meisje gered.' Diana's ogen en keel brandden. 'Ik had vandaag uit de buurt van patiënten moeten blijven.' Nu keek ze zelf steels naar het trappenhuis. 'Doug en ik... Volgens mij is het verleden tijd. Hij heeft me met Gary en Milo gezien, en ik denk... Hij wist dat ik getrouwd ben, maar volgens mij is het doordat hij ons nu heeft gezien... je weet wel. Echt geworden.'

Lynette sloeg haar arm om Diana's schouders en kneep erin. 'Kan ik iets voor je doen?'

Diana schudde haar hoofd. Na deze lange dag en gruwelijke nacht wilde ze alleen maar naar huis, haar flanellen pyjama aantrekken, alleen in de woonkamer zitten en huilen om de puinhoop die ze overal van had gemaakt: haar huwelijk, haar werk, zelfs haar vriendschap met Lynette. En Doug. Ze was Doug kwijt. Hoe kon ze verder zonder hem?

Ze trof in de voorraadkast een lege kartonnen doos aan waar injectienaalden in hadden gezeten, waarmee ze naar haar kluisje liep. Er stond een mok in die Milo had beschilderd ('S WERELDS BESTE MOEDER! stond erop), en er lagen een paar schone sokken en een schone trui, bezwete hardloopkleding, een potje aspirines en de foto van haar echtgenoot en zoon die ze aan de binnenkant van het deurtje had geplakt. Ze vulde de doos, stak hem onder haar rechterarm en begon te lopen.

Ze wist dat ze blij moest zijn dat er ondanks haar onvergeeflijke stompzinnigheid geen kind ziek was geworden of dood was gegaan.

Ze had kunnen worden ontslagen of voor het gerecht gedaagd kunnen worden, maar in plaats daarvan had ze betaald verlof gekregen. En ze was ontkomen aan een huwelijks vuurpeloton: in plaats van dat Lizzie haar had verraden of dat Gary erachter was gekomen dat Doug er een punt achter had gezet, zodat Diana vrij was haar huwelijk opnieuw op te bouwen, of zelfs te doen alsof dit allemaal nooit was gebeurd.

Het probleem was alleen dat ze geen enkele behoefte voelde het opnieuw op te bouwen... ze wilde hoe dan ook niet bij Gary zijn. Ze wilde Doug... en Doug wilde haar niet, hij zou haar niet eens willen als ze zou scheiden, hij wilde geen vrouw met een kind die de vader van dat kind had bedrogen.

Ik wil een ander leven, bedacht ze tijdens de wandeling. Een straat verderop stelde ze haar idee bij: ik wil mijn leven veranderen. De wind waaide hard door Market Street en een groep meisjes rende voorbij met hun handen in hun jaszakken. Diana rilde, maar ze liep door, met haar doos onder haar arm en een opgeheven hoofd. Dat was ook onderdeel van haar routine, een andere gewoonte die ze zich had aangeleerd om te voorkomen dat ze zou afglijden in verval en luiheid: Diana maakte geweldige lijstjes.

Dus wandelde ze door de kille oktoberduisternis, onder een hemel vol sterren, terwijl haar benen straat na straat over de stoep liepen, langs de rivier, waar ze die ochtend had hardgelopen, en stelde in haar hoofd haar lijstje samen. Ze zou Doug vertellen dat ze bij haar man wegging en kijken of hij nog in haar was geïnteresseerd. Maar eerst zou ze het moeten vertellen aan Gary, de zielige Gary met zijn trieste gezicht, die waarschijnlijk thuis in hun bed lag te snurken. Ze zou hem vertellen dat ze verlof had genomen, en dan zou ze hem vertellen, zo vriendelijk en zacht als ze kon, dat ze niet langer voor hem voelde wat een vrouw voor haar man hoorde te voelen. Ze zou zeggen dat ze een ander leven wilde. Ze wilde ergens een eenvoudig leven leiden, in een huis dat niet duur was, met een baan die niet moeilijk was. Ze wilde ergens wonen waar Milo kon buitenspelen, waar alle ouders niet voortdurend bezig waren de beste school voor hun kinderen te regelen, die tot de juiste middelbare school zou leiden en daarna tot een topuniversiteit.

Benoem wat je wilt, benoem wat je nodig hebt en wees specifiek, had ze een of andere new-agegoeroe eens horen zeggen toen ze vijf minuten van Oprah had gezien. Diana had geen enkele behoefte aan new-agegoeroes, en evenmin aan Oprah, maar te benoemen wat je wilde was een uitstekend idee. Toen ze het gevoel had dat ze alles op een rijtje had, toen ze het allemaal in haar hoofd had geprent, draaide ze zich om en liep terug naar huis.

Het was na twee uur 's nachts tegen de tijd dat ze de sleutel in het slot stak. Het was donker in de huizen, haar brave buren lagen in bed. Haar huis was het enige waar nog licht brandde, de ramen straalden een warm geel uit. Gary was nog wakker, hij zat in zijn leunstoel in de woonkamer, zijn gezicht blauw van het licht van zijn laptop.

'Alles goed?' vroeg hij.

Ze gaf geen antwoord en zette haar doos met bezittingen op de vloer in de kast. Gary pakte de afstandsbediening en klikte de televisie uit. 'Wat is er gebeurd?' Hij bestudeerde haar en zag haar voor het eerst in weken, misschien zelfs maanden – sinds Doug – echt goed terwijl ze daar voor hem stond, haar koude vingers worstelend met de knopen van haar jas, rillend van de kou. 'Diana, wat is er?'

Ze deed haar mond open om hem alles te vertellen: dat ze iets vreselijks had gedaan, dat ze haar huwelijksgelofte had gebroken, dat ze een verhouding had gehad, dat ze niet meer met hem getrouwd wilde zijn en dat ze, o ja, bijna de dood van een kind op haar geweten had en bijna haar baan was kwijtgeraakt. 'Ik...' begon ze. Verder kwam er niets uit haar strot behalve een beetje lucht. Diana legde haar hand tegen haar hals en probeerde een geluid uit te stoten, een Ah, een Eh, of een O, zoals bijvoorbeeld in: O mijn god, het spijt me zo. Maar er klonk geen enkel geluid.

Gary kreeg een meelevende uitdrukking op zijn gezicht. 'Ben je je stem kwijt? Ik zal even ziekenthee voor je maken.' Gary's ziekenthee – hij stond erop die te maken als iemand in huis verkouden was of pijn in zijn keel had – was gewone thee, met een beetje honing, wat citroen en een flinke scheut whisky. Hij werkte uitstekend... en klonk precies als iets wat ze, misschien wel als het enige wat ze, op dit moment in haar lichaam zou kunnen verdragen.

'Ga maar vast naar bed,' riep Gary uit de keuken. Hij zou haar haar kop thee wel komen brengen. Hij zou de kleverige lepel vol honing op het aanrecht laten liggen, en het theezakje in de gootsteen achterlaten... en was dat echt zo erg? Lepels kon je opruimen, werkbladen kon je schoonvegen en theezakjes kon je in de vuilnisbak gooien. Als Gary erachter kwam – en Gary zou er uiteindelijk achter komen –

zou hij het haar niet vergeven. Ze hadden nog één nacht; één nacht samen, in onschuld, als man en vrouw.

'Diana?' Gary kwam aanlopen met een stomende mok thee in zijn handen. 'Allemachtig, wat zie jij er belazerd uit. Moeten we medicijnen laten bezorgen?'

O Gary, het spijt me zo. Diana schudde haar hoofd en liet zich door haar man naar de slaapkamer leiden, waar ze haar kleren uitdeed, haar flanellen pyjama aantrok, haar ziekenthee dronk en, de laatste nacht in haar leven, in bed naast hem lag.

Sylvie

Als Tim de details van haar verhaal kende, als hij vragen had over wat haar echtgenoot had gedaan, had hij daar tijdens al hun avondjes uit en hun gezamenlijke maaltijden nog nooit iets van laten merken. Ze hadden het nooit over politiek en hoewel hij vragen over Lizzie en Diana en hun leven stelde, vroeg hij nooit naar Richard. Sylvie redigeerde haar eigen woorden zorgvuldig en had Richards naam nog nooit tegen hem uitgesproken. Mijn echtgenoot, noemde ze hem in plaats daarvan toen ze een anekdote vertelde over hoe Lizzie in een studentenhuis aan NYU was getrokken en Richard een stel studenten had betaald om haar spullen de lift in te zeulen, of hoe hij had gedacht dat een van Diana's vriendjes als hij groot was een psychopathische moordenaar zou worden. Voor Tim heette ze Sylvie Serfer, een volwassen versie van de gebruinde en lachende tiener die ze ooit was geweest, het meisje dat afscheid had genomen van haar beugel in de lente voordat hij haar had gekust en een groot deel van die zomer met een enorme grijns op haar gezicht had rondgelopen, of met haar tong over haar gladde tanden streek en zich verwonderde over hoe dat voelde.

Ze ging boven in de slaapkamer met haar vingers door haar natte haar. Ze begon weer krullen te krijgen, evenals grijs haar, maar zo erg vond ze dat niet. Het was een interessant uiterlijk, een fascinerende verandering... en trouwens, wie zou er hier een foto van haar maken, of commentaar leveren op hoeveel ze was aangekomen? Ze trok een zwart kasjmieren twinsetje aan en een donkerbruine wollen broek met elastieken taille (met alles wat ze de laatste tijd had gegeten wist ze wel beter dan een van haar gewone broeken te proberen). Toen ze zich naar beneden haastte op haar kousenvoeten had ze nog tien minuten om de tafel te dekken en de saus op te zetten. Ze had voor die avond geroosterde eend gemaakt, waarbij, zoals het recept al had gewaarschuwd, verbijsterende hoeveelheden vet waren vrijgekomen. Ze had er wat van door een schandalig calorierijke rijstschotel geroerd, en de rest gebruikt om de paksoi in te wokken. Die saus was een van de specialiteiten met vijf ingrediënten waarmee Ceil haar had proberen te verleiden: bruine suiker, steranijs, honing, verse gember en vijfkruidenpoeder. Sylvie stak haar vinger erin en likte hem af, met gesloten ogen en tevreden neuriënd. Richard zou dit heerlijk vinden, bedacht ze, en ze duwde die gedachte meteen weer weg.

Toen ze om zes uur de deur opendeed was het al donker, en de hemel was bezaaid met sterren. Golven sloegen tegen de kust en een zachte wind deed de boomtoppen wiegen. Tim was gekleed op het weer in een canvasjack met daaronder een groene trui en een houthakkersoverhemd, en hij had een aangename verlegenheid over zich, een verstilling die Sylvie niet anders kon dan vergelijken met Richards uitbundige goede humeur en zijn niet-aflatende behoefte iedereen in een ruimte voor zich te winnen. Tim had die avond een stel elegante, taps toelopende ivoorkleurige kaarsen voor haar meegenomen, een potje lavendelhoning en iets van de bakker in een kartonnen doosje met waspapier. 'Ik weet niet wat je aan het maken bent, maar het ruikt zalig.'

'Geroosterde eend met vijfkruidensaus,' zei ze terwijl ze de wijn ontkurkte en hij haar een kus op de wang gaf. In New York maakte Richard de wijn altijd open. Sylvie had niet eens geweten hoe het moest. Maar ze had zichzelf verrast, bedacht ze terwijl ze de rijst omschepte, hem op een van de serveerschalen van haar grootmoeder lepelde en de stukken eend erop rangschikte.

Tim hield het gewoonlijk bij één glas wijn bij het eten. Die avond, terwijl de maan als een zware gouden bal in de oceaan zonk, dronken ze samen een hele fles leeg en openden een tweede, en ze aten allebei twee porties rijst met eend. Om acht uur hadden ze het dinertje als succesvol bestempeld, de borden in de gootsteen gezet en koffiegezet voor bij de cannoli die Tim had meegenomen. Sylvie had in haar haast alles op tafel te zetten de kaarsen helemaal vergeten. Tim was ze nu in de tinnen kandelaars van haar grootmoeder aan het zetten. Hij stak ze aan met een lucifer en zei: 'Ik wil iets met je bespreken.'

Sylvie verstijfde aan het aanrecht, waar ze haar handen stond te wassen. Hij ging vertellen dat hij, in de woorden van haar moeder, een google had gedaan, en dat hij nu precies wist wie ze was en wat haar echtgenoot had gedaan.

In plaats daarvan pakte Tim zijn wijnglas, schonk het nog eens vol en zei met een dikkere stem dan gewoonlijk: 'Ik wil je vertellen waarom ik ben gescheiden.'

Oké, dacht Sylvie. Dat was onverwachts. Tim pakte de kaarsenstandaards, en zij de wijn en hun glazen, en ze liepen samen naar de woonkamer, waar ze op hun gebruikelijke plaatsen op de bank gingen zitten: Sylvie op de kant het dichtst bij de keuken, Tim aan de kant van het haardvuur.

Hij nam een slokje wijn en zei: 'We zijn niet uit elkaar gegroeid. Of wel, maar er was meer aan de hand.' Hij dronk zijn glas leeg en rolde het tussen zijn handpalmen heen en weer. Tims bleke huid was rood geworden en hij zag er bezorgd uit. 'Weet je nog dat ik je heb verteld dat we drie zoons hadden en zo graag een meisje wilden?' Zonder op Sylvies instemming te wachten vervolgde hij: 'Dat hádden we ook. Janette. Ze is gestorven.'

'O, Tim.' Ze reikte naar zijn hand, maar Tim, die altijd zo vriendelijk en rustig was, trok hem weg.

'Het was een ongeluk. Heel lang geleden,' zei hij met een stem die ruwer klonk dan ze hem kende. 'Ze was achttien maanden. Als ze nog had geleefd, zou ze nu drieëntwintig zijn. Maar we zijn eraan kapotgegaan. Elke keer dat ik naar Kathy keek, en elke keer dat zij naar mij keek, zagen we alleen...' Hij bracht zijn handen naar zijn ogen.

'Wat is er gebeurd?' dwong Sylvie zichzelf te vragen.

Een van Tims handen peuterde aan de achterkant van de versleten bank. De andere draaide zijn wijnglas met droesem. 'Ze is verdronken.'

'O. O Tim, wat vreselijk...' Ze reikte naar zijn arm, maar hij wendde zich bruusk af.

'Nee,' onderbrak hij haar. 'Nee, dat hoef je niet te zeggen. Maar iedereen hier kent het verhaal al, dus ik hoef er nooit over te praten.' Hij ademde in. 'Ik denk dat je het me gewoon moet laten vertellen.'

Ze knikte en fluisterde: 'Oké.' Ze vroeg zich af of het was gebeurd op het strand waar ze als kinderen en tieners hadden gezwommen, in de oceaan die ze onder het huis tegen het zand hoorde kabbelen.

'Nou, we hadden de jongens dus. Acht, zes en vier waren ze. Janette was... een verrassing.' Hij zuchtte ongelukkig. 'Eerlijk gezegd was ik er helemaal niet blij mee toen het gebeurde. De studie van vier kinderen betalen? Ik vroeg me af hoe we dat ooit moesten gaan opbrengen.

Kathy en ik hebben overwogen om de zwangerschap... te beëindigen. Maar uiteindelijk hebben we het er zo lang over gehad dat het te laat was om er iets aan te doen en toen bedachten we dat als God ons die baby gaf, dat misschien een reden had. En toen Janette werd geboren, was ze...' Hij slikte moeizaam. Zijn hand maakte een rasperig geluid terwijl hij over zijn wang wreef. 'Ze was zo'n schatje. Zo lief, en zo mooi, met haar grote bruine ogen en enorme wimpers.' Hij stak zijn hand voor zijn eigen gezicht om zijn woorden kracht bij te zetten.

Sylvie zette haar wijnglas op het bijzettafeltje en dwong zichzelf stil te zijn, hoewel ze wist dat het niet uitmaakte wat ze deed. Tim was zo verzonken in zijn eigen verhaal dat hij misschien wel was vergeten dat ze er was.

'Kathy was Janette in het bad aan het doen toen ze beneden iets kapot hoorde vallen, en toen begon Ollie te gillen. Janette kon allang zelfstandig zitten: ze wilde altijd zo graag haar broers evenaren dat ze met alles heel snel was: zich optrekken, kruipen, lopen. Kathy heeft haar in haar badje laten zitten, met haar speeltjes, en is naar beneden gerend. Ollie bleek de televisie van de kast te hebben getrokken, en tegen de tijd dat Kathy die van hem af had gehaald en had gekeken of hij niets had gebroken... twee minuten, of misschien drie... maar tegen de tijd dat ze weer naar boven ging...'

Ze waren allebei stil. Sylvie huiverde toen ze het voor zich zag: een klein meisje, met haar gezicht naar beneden in het ondiepe water, met een rubber eendje dat naast een bol handje dobberde.

'Het komt voor,' zei Tim. Zijn stem klonk vlak. 'Dat zei de begrafenisondernemer.' Hij riep zichzelf tot de orde. 'Hij zei dat het vaker voorkomt dan je denkt.' Hij was weer stil. 'Maar dat was nog niet eens het ergste. Het proces was het ergste.'

Sylvie onderbrak hem; ze kon haar oren niet geloven. 'Het proces?'

Tim glimlachte grimmig. 'De aanklager had politieke ambities. Hij had iets met misdaad. Met name kindermishandeling.'

'Maar het was een ongeluk, geen kindermishandeling!' Ze voelde hoe haar gezicht rood werd en haar lichaam bonkte van razernij.

'Dat zei de rechter ook. Hij heeft de zaak verworpen en de aanklager berispt. Hij zei dat geen jury, geen gevangenisstraf ons erger kon straffen dan we al waren gestraft.' Hij keek haar aan, nog steeds met die grimmige glimlach op zijn gezicht. 'En daar had hij gelijk in. Elke keer dat Kathy en ik elkaar aankeken, zagen we alleen ons kleine meisje. En elke keer dat iemand anders ons aankeek, was er dat... medeleven, maar ook dat wat-ben-ik-blij-dat-mij-dit-niet-is-overkomen. Ik denk dat heel veel mensen het risico wel eens nemen, dat ze hun kind even in bad laten zitten, een moment niet opletten als het op de schommel zit, of snel de winkel in rennen terwijl de baby in de auto zit. Iedereen heeft wel eens zoiets gedaan, en het gaat bijna altijd goed. Als je geluk hebt. Naar ons kijken was alsof ze hun ergste nachtmerrie in de ogen keken.'

Sylvie knikte, probeerde de brok in haar keel weg te slikken. Ze voelde zo mee met Tim. Ze wist wel hoe het voelde om de wandelende nachtmerrie van een ander te zijn; ze was gewend geraakt aan die blik van medeleven vermengd met heimelijke opluchting. Tim zat naast haar op de bank en begroef zijn gezicht in zijn handen. Zijn schouders schokten, maar hij maakte geen geluid. Ze kon zich niet voorstellen wat hij voelde, kon zich de pijn niet indenken. Ze was in de buurt gekomen, dichter in de buurt dan een ouder zou moeten komen, met Lizzies problemen. Maar Lizzie had het allemaal overleefd, bijna ondanks zichzelf, terwijl Tim zijn dochter nooit naar de peuterspeelzaal of de basisschool had zien gaan, of haar zich had zien kleden voor een schoolfeest of haar afstuderen. Zijn dochter was nooit opgegroeid om zijn hart te kunnen breken, maar hij had ook nooit voor haar kunnen hopen, of kunnen zien hoe ze haar dromen verwezenlijkte. Sylvie knielde op de grond en pakte zijn handen.

'Kom mee,' zei ze, waarbij ze hem zacht overeind trok. Tranen stroomden over zijn gezicht. Ze veegde ze af met haar mouw en leidde hem toen naar haar slaapkamer. Ze trok in het licht van haar nachtlampje zijn trui over zijn hoofd, knoopte zijn overhemd los, trok zijn veters los en deed hem zijn schoenen uit. Ze maakte zijn riem los en trok zijn broek over zijn heupen. Toen hij voor haar stond in zijn T-shirt met boxershort sloeg ze het dekbed open, het heerlijk gewassen donzige dekbed en de frisse hoes die ze had laten drogen in de zoute lucht en de zon. 'Ga maar liggen,' fluisterde ze, en ze kuste hem op zijn wang... en toen ging ze naast hem liggen en liet hem zich tegen haar aan drukken, zijn borst warm door de stof van zijn shirt, solide tegen haar rug.

'Jij was vast een geweldige moeder,' fluisterde hij. Sylvie lag in het halfduister, met Tims lichaam dat het bed verwarmde, en de maan die zilver licht door het raam naar binnen wierp, en de wind die zong in de bomen.

'Nee,' zei ze. 'Dat was ik niet.'

Ze had het nog nooit aan iemand verteld, zelfs niet aan Ceil, hoewel haar beste vriendin zonder haar te veroordelen naar haar zou luisteren; niet aan haar moeder, hoewel Selma ook zou hebben geluisterd, waarna ze haar praktisch advies zou hebben gegeven. Het verhaal was van hen vieren: Diana, Lizzie, Sylvie en Richard. En nu zou het ook van Tim worden.

'Toen Lizzie in groep acht zat ging ze oppassen bij de familie Ritson. Carl en Amanda. Ze woonden op de zevende, twee verdiepingen onder ons. We vonden ze aardig. We waren geen vrienden, maar goede kennissen. De vader leidde een hedgefonds en was een belangrijke politiek donateur. De moeder was zijn tweede vrouw en er was een zeventienjarige zoon uit zijn eerste huwelijk. Maar we zagen die jongen nooit. Hij zat op kostschool in New Hampshire.' Ze wachtte tot ze Tim voelde knikken en ging toen verder. 'Ze hadden een dochtertje, Victoria. Tori. Ze was dol op Lizzie, en Lizzie op haar, dus toen Amanda Lizzie als oppas vroeg, vonden we dat allemaal een prima idee. Ze zou maar twee verdiepingen verderop zijn, ze waren bijna nooit na tienen thuis en ze betaalden heel goed: tien dollar per uur, wat in die tijd een heleboel geld was voor een twaalfjarige. Vooral gezien het feit dat Tori over het algemeen in bed lag als ze kwam oppassen.' Sylvie streek haar kussensloop recht en dacht terug aan Lizzie op haar twaalfde: met zijdeachtig blond haar en een vlecht op haar rug, haar wangen en bovenarmen nog bol van babyvet, en met beginnende borsten in haar schooluniform. Ze had het zo geweldig gevonden, had haar ouders trots over haar baan verteld, en Sylvie was zo blij voor haar geweest, had bedacht dat dit misschien wel iets was wat Lizzie heel goed zou kunnen. Ze had het al moeilijk op school en leverde vrijwel nergens voldoendes af, behalve bij handenarbeid. Ze zou geen atlete, musica of voorzitster van de studentenvereniging worden, maar misschien had ze aanleg om voor kleine kinderen te zorgen, misschien zou dit wel de rest van haar leven vormen. Ze kon onderwijzeres worden, of kinderpsycholoog, kinderjuf, kinderverpleegkundige of moeder. Lizzie en Sylvie hadden lijstjes met activiteiten gemaakt die Lizzie met Tori kon gaan doen, en Lizzie had van haar eigen zakgeld een boek gekocht dat vol stond met tips, spelletjes en recepten voor peuters.

'Richard en ik waren op een avond naar een feest, een of ander benefiet in avondkleding voor een museum. Lizzie was aan het oppassen, maar Diana was thuis, dus we dachten dat alles goed was. De zoon van die man, Kendall, kwam die avond thuis en trof Lizzie aan. Hij...' Sylvies handen waren tot vuisten gebald en haar korte, onverzorgde nagels kliefden in haar handpalmen. Richard en zij waren laat thuisgekomen, enigszins aangeschoten. Ze hadden staan zoenen in de lift, en Sylvie was giechelend en met een rood hoofd door de gang gelopen, hand in hand met haar man. Ze kon niet wachten tot ze haar jurk en schoenen kon uittrekken en naakt in bed zou liggen met haar echtgenoot. Toen ze de deur had geopend en Lizzie huilend op de bank had aangetroffen, naast haar zus, met een vlekkerig gezicht van het huilen, haar blouse scheef dichtgeknoopt en strengen haar ontsnapt uit hun vlecht, was haar eerste reactie er een van ongeduld, van frustratie. O god, wat nu weer? had ze gedacht... en daarna, onvergeeflijk, dat het natuurlijk weer Lizzie was die haar nodig had, Lizzie, die zich op haar twaalfde nog als een baby gedroeg, die haar avond verziekte. Natuurlijk was het Lizzie, niet Diana.

'Die jongen had dingen met haar gedaan,' zei ze tegen Tim. 'Of eigenlijk moet ik zeggen dat hij haar had gedwongen dingen met hem te doen.' Dat was zo ongeveer wat ze ervan wist. Lizzie had Diana de details in het oor gefluisterd, en Diana was degene die het aan hen had verteld, op koel-klinische toon, dat er geen sprake was geweest van penetratie, maar dat die jongen Lizzie had gedwongen dingen te doen.

'Richard en ik hebben het erover gehad en hebben uiteindelijk besloten niet naar de politie te gaan. We – of eigenlijk Richard – dachten dat het beter voor Lizzie zou zijn als we het achter gesloten deuren zouden afhandelen. Lizzie is altijd een gevoelig meisje geweest, en we waren bang dat ze het niet zou aankunnen als ze een verklaring aan de politie zou moeten geven, naar het politiebureau zou moeten, als het in de krant zou komen en iedereen het zou weten...' Ze ademde bevend in, in de wetenschap dat ze zeker had overwogen wat het beste was voor Lizzie, maar, zoals altijd, ook veel had nagedacht over wat het beste voor Richard zou zijn. 'Ik heb een warm bad voor haar gemaakt. Richard is naar beneden gegaan om met dat gezin te praten. We hebben die jongen nooit gezien. Hij heeft een excuusbrief aan Lizzie geschreven, en ze heeft het er sindsdien nauwelijks meer over gehad, maar ik vroeg me af... Ik ben me altijd blijven afvragen...' Ze sloot haar mond en dacht terug aan het moeilijkste van die avond, aan die eerste gedachte: O god, Lizzie, wat nu weer? En later die avond het aanzicht van haar jongste dochter in bad, met de strengen nat haar die aan haar wangen kleefden, haar ogen vol van die vreselijke, verzengende hoop terwijl ze haar tranen had afgeveegd en tegen haar moeder had gefluisterd: 'Denk je dat hij mijn vriendje wil zijn?' Het duurde lang voordat ze haar stem genoeg onder controle had om te kunnen spreken. 'Die man had tienduizenden dollars voor Richards eerste senaatscampagne binnengehaald, en hij doneerde nadat dit was gebeurd een half miljoen aan de Democraten. Vijfhonderdduizend dollar,' zei ze. 'Daar heb ik mijn dochter voor verkocht.'

Tim streelde haar haar. Hij zei tegen haar, met diezelfde kalme stem waarmee hij had gesproken toen hij haar voor het eerst in de supermarkt had gezien, op de rand van een hysterische aanval met haar twee overvolle karren, dat het haar schuld niet was, dat ze de beste beslissing had genomen die ze had kunnen nemen met de informatie die ze had, dat heel veel ouders precies hetzelfde zouden hebben gedaan. Sylvie luisterde, maar ze wist dat hij het mis had. Ze wist op haar leeftijd ondertussen dat dingen nooit zwart-wit waren. Het leven was een en al ambiguïteit, compromissen en grijstinten, maar niet in dit geval. In dit geval was er een goede en een foute keuze geweest. Richard en zij hadden de foute keuze gemaakt, en zij zou zich de rest van haar leven blijven afvragen of Lizzie anders was geworden als zij het anders zou hebben gedaan.

O, ze probeerde het wel goed te maken, probeerde die eerste, gruwelijke gedachte terug te nemen. Ze had weken, maanden na het incident gezorgd dat ze er was als Lizzie thuiskwam uit school, dat ze beschikbaar en aanwezig was als Lizzie zou willen praten. Maar Lizzie wilde niet praten. Ze had zich 's nachts een tijdje stiekem volgepropt – dan trof Sylvie elke ochtend de lege ijsdozen en koekverpakkingen in de vuilnisbak aan – maar dat had niet lang geduurd. Lizzie was eenvoudigweg weggedreven. Ze was stil als ze thuis was, een expressieloos, doods meisje met een rond gezicht, een meisje dat haar mooie blonde haar ravenzwart verfde en zich doffe, smerige dreadlocks aanmat, dat voorgeschreven medicijnen van haar ouders en sieraden van haar grootmoeder stal, dat piercings liet zetten in haar wenkbrauwen, neus en god-mag-weten-wat-verder-nog, een meisje met een groep sombere, naar rook stinkende vrienden die Sylvie aanstaarden met een vlakke, onverschillige uitdrukking in hun ogen, een meisje dat niet te vertrouwen was en voor wie het vrijwel onmogelijk was sympathie te voelen. Richard en zij hadden de politiek boven hun gezin laten gaan; zijn ambitie – en die van haar, dat wist ze; op dat moment waren beide zo in elkaar verweven dat ze niet van elkaar te onderscheiden waren – boven de behoeftes van Lizzie. Ze waren er jarenlang de prijs voor blijven betalen, elke keer dat Lizzie 's avonds laat belde, dronken, stoned of verdwaald, als iemand de borg voor haar moest betalen, als ze naar een afkickcentrum moest of anderszins hulp nodig had. Sylvie had ervoor betaald toen ze bij dat winkelcentrum langs de snelweg op die televisie de beelden van Richard en Joelle voorbij had zien glijden. Ze betaalde er nog steeds voor. Ze nam aan dat ze er altijd voor zou blijven betalen.

Tim viel uiteindelijk in slaap, op zijn zij met zijn wang op zijn handen. Sylvie lag stijf naast hem en keek hoe de maan in de zee zakte. De gedachte dreef langzaam haar hoofd in, een gedachte die haar verwarmde als de zonneschijn na een koude, eenzame nacht in het donker. De gedachte die haar kwam verwarmen was: misschien is het niet te laat. Misschien kon ze een nieuw leven opbouwen met haar dochters, met Lizzie, en met Diana, die ze, nam ze aan, ook op zo veel manieren had laten vallen. Misschien kon ze het nog goedmaken. Ze kon het in ieder geval proberen.

Ze stapte langzaam en geluidloos uit bed. Ze kleedde zich in de badkamer uit, trok haar flanellen nachtpon aan, een badjas, en een paar dikke wollen sollen, waarna ze de trap af liep en naar de woonkamer ging, waar ze op de bank ging zitten met de wollen deken om zich heen die altijd op de rugleuning lag. Tim en Kathy hadden een fout gemaakt en hun dochter voor altijd verloren. Richard en zij hadden ook een fout gemaakt, maar hun dochters leefden nog en zij had tijd, nu wel. Ze kon proberen het goed te maken, proberen recht te zetten wat ze kapot had gemaakt door Richard altijd voor te laten gaan. Ze sloot haar ogen en dacht: ik wil een tweede kans.

Toen ze wakker werd was het ochtend, en lag ze op de bank. Tim had de deken om haar voeten geslagen en een briefje op de bijzettafel achtergelaten: SORRY DAT IK ZO VROEG WEG MOET, MAAR DE PLICHT ROEPT. BEDANKT VOOR ALLES.

Sylvie strekte haar armen boven haar hoofd. Op de ovenklok stond dat het iets na zes uur was. Ze ging koekjes bakken, en zou er een bij de koffie nemen. En dan zou ze haar best gaan doen op die tweede kans die ze zo wanhopig graag wilde, ze zou gaan bedenken hoe ze haar dochters hier bij zich zou krijgen zodat ze kon proberen het goed te maken, zodat ze voor hen kon zorgen zoals ze het nodig hadden verzorgd te worden. Ze waren volwassen, dat was waar, maar zelfs volwassen meiden hadden hun moeder nodig.

Ze zette in haar badjas in de keuken de ingrediënten klaar: bloem en suiker, die ze allebei bewaarde in de oude voorraaddozen van haar oma; Crisco, bakpoeder, zout en de karnemelk die ze de dag ervoor had gekocht. Ze woog de ingrediënten af en mixte alles in een koude metalen kom, rustig, zodat het deeg mooier werd. Ze sneed het deeg met een drinkglas in cirkels, legde de koekjes op de bakplaat, zette dat in de oven en pakte haar telefoon.

III

Vlieg terug naar huis

Lizzie

'DATUM VAN DE EERSTE DAG VAN DE LAATSTE MENSTRUATIE?' VROEG DE verpleegster.

'Derde week van juni,' zei Lizzie. Onder betere omstandigheden zou ze trots zijn geweest dat ze, na lange, bezorgde uren boven haar agenda, in staat was een antwoord te vinden. Maar dit waren geen goede omstandigheden. Dit waren afgrijselijke omstandigheden. Lizzie was die ochtend om zeven uur wakker geworden, van plan om om halfnegen naar een AA-bijeenkomst te gaan voordat ze de metro naar Queens zou nemen... maar toen had ze na het plassen bloed aangetroffen op het toiletpapier, van dat bloed dat aangeeft dat je ongesteld aan het worden bent.

Ze was absoluut zwanger, hoewel ze er helemaal niet zwanger uitzag en zich helemaal niet anders voelde, behalve dat ze een vreemde stijfheid onder in haar buik voelde en ineens geen eieren meer lustte. Ze was nog niet naar een dokter geweest, had er nog niet eens een opgezocht. Het stond op haar lijstje, maar ze was het blijven uitstellen tot ze haar besluit zou hebben genomen.

Ze had in haar eentje in het appartement van haar ouders genoeg te doen gehad, ze had het schoongehouden en elke avond eten voor zichzelf gekookt. Ze nam drie keer per week een metro naar een fotostudio in Queens, waar ze dan een paar uur werkte aan een digitale database met alle foto's die Warren Crispen de afgelopen dertig jaar had gemaakt. 's Middags ging ze naar een bijeenkomst of het zwembad en belde ze met haar moeder in Connecticut en haar vader in Washington en ondertussen was het helemaal niet zo moeilijk geweest om haar beslissing uit te blijven stellen.

Maar die ochtend, toen ze dat bloed zag, leek ze ineens besloten te hebben. Ze wilde het kind; werd al misselijk bij de gedachte dat ze het zou verliezen. Ze had in paniek dokter Metcalf gebeld, haar oude kinderarts, en had tegen de verpleegster aan de telefoon gezegd dat ze een voormalig patiënt was met een noodgeval. Toen ze de aard van het noodgeval eenmaal had uitgelegd, had de verpleegster haar doorverwezen naar een gynaecoloog die vlak bij het appartement van haar ouders praktijk hield, waar ze nu zat, in een dunne katoenen pon die open was aan de achterkant, en die ze over haar naakte lichaam droeg. Op haar sokken na dan.

'Oké!' Dokter Gutierrez was klein en rond, met perfect witte tanden, een walnootkleurige huid en glanzend zwart haar waarvan Lizzie vermoedde dat het een pruik was. 'Hoe lang bent u al aan het bloeden?'

'Sinds vanochtend,' zei Lizzie. Haar knie stuiterde op en neer onder haar dunne papieren pon. Ze dwong zichzelf stil te zitten en nam haar mantra nog even door: geen honger, niet boos, niet moe. Misschien wel een beetje eenzaam; Jeff belde en mailde, maar daar reageerde ze niet op. Hij zou lief voor haar zijn, dat wist ze, en dat hij zo lief was zou alleen maar zorgen dat zij zich nóg rotter zou gaan voelen over wat ze hem niet had verteld; de leugen van weglating die tussen hen in stond. 'Dat was tenminste toen het me opviel.'

Hij stelde nog een heleboel vragen, zijn vingers warm op haar pols terwijl hij die opnam, en duwde toen de pon van haar schouders om naar haar hart te luisteren. Lizzie gaf zo goed mogelijk antwoord, gaf toe dat ze nog niet naar een arts was geweest en dat ze al in geen jaren een inwendig onderzoek had gehad. Toen was er de kwestie van haar geschiedenis. Ze somde met brandende wangen en haar blik strak op de vloer gericht alles op wat ze de afgelopen zes jaar had geslikt, gerookt en gesnoven, eindigend met de afkickkliniek in juni. Misschien was het maar goed ook, dat ze Jeff niet over het kindje had verteld, bedacht ze, nu het ernaar uitzag dat ze het misschien zou verliezen.

De dokter maakte aantekeningen. 'En u heeft niets meer gebruikt sinds u zwanger bent?'

'Alleen één keer Advil PM. Toen ik het nog niet wist.'

Hij knikte. 'Nou, dan schrijf ik even een recept uit voor zwangerschapsvitamines en foliumzuur, en u moet gezond eten, maar verder is er denk ik niets aan de hand,' zei de dokter.

Ze keek hem aan en kon het nauwelijks geloven. 'Het menselijk lichaam is heel veerkrachtig,' zei hij. 'Drugs blijven er niet voor eeuwig in zitten. Zolang u clean blijft, goed eet en matig beweegt, heeft u net zo veel kans op een gezonde baby als ieder ander.'

Hij waste zijn handen en trok een paar onderzoekshandschoenen aan. 'We maken even een inwendige echo om de hartslag te horen en te kijken hoe het gaat. Ik neem aan goed, en verder raad ik gematigde bedrust aan.'

'Wat is dat?'

'Precies wat ik zeg.' Hij trok Lizzies pon omhoog. 'Dat u in bed blijft. U mag naar het toilet, en één keer per dag een trap op en af, maar verder wil ik dat u gaat rusten tot het bloeden stopt.' Hij glimlachte, en zijn donkere huid en witte tanden glansden onder het felle licht in de kamer. 'Doe het even rustig aan. Huur een paar films. Laat het eten bezorgen. Laat u verzorgen door uw man.'

'Maar... maar...' Lizzies geest sloeg op hol. Haar vader zat in Washington, haar moeder in Connecticut. Ze was helemaal alleen in het appartement, en hoewel daar geen trap was en je er alles kon laten bezorgen, van eten tot dvd's, was er daar niemand om haar te helpen. 'Ik heb geen man.'

'Vriend?' vroeg de dokter.

Lizzie beet op haar onderlip. 'Dat ligt nogal ingewikkeld.'

De dokter knikte alleen maar, en toen stelde hij het licht bij. 'U moet niet alleen zijn,' zei hij. 'Misschien kan er een vriendin komen logeren, of uw vader of moeder. Ademt u maar even diep in,' zei hij, en toen gleed er iets in haar. Lizzie keek op het scherm en zag alleen bewegende grijze vegen, als op een stormkaart. 'Daar,' zei de dokter, en hij wees ergens naar. 'Kijk, een mooie, sterke hartslag. Geen aanwijzingen dat er iets mis zou zijn. Soms verlies je gewoon wat bloed. Ga maar lekker naar huis, en dan maar hopen dat het snel weer stopt.' Hij schreef een recept voor vitamines uit, gaf haar een foldertje over bedrust en zei dat ze over twee weken moest terugkomen.

Lizzie nam een taxi naar huis in plaats van de metro. Ze belde onderweg Warren, die fotograaf in Queens, een elegante man met een hoge, lieve stem en beweeglijke, smalle handen, die niet erg verrast of teleurgesteld overkwam toen Lizzie uitlegde dat ze een probleem met haar gezondheid had en een paar weken niet kon werken. Haar ouders, die de baan voor haar hadden geregeld, zouden hem wel op de hoogte hebben gebracht van haar geschiedenis. Hij zou wel denken dat ze geschift was.

Toen ze in het appartement op het bed uit haar kindertijd lag en naar de keurige rij ingelijste foto's lag te staren – Diana op haar bruiloft, haar ouders die thuiskwamen van een feest, Milo op de carrousel – overwoog Lizzie haar situatie. Ze kon die therapeut in Minnesota die ze zo aardig vond bellen, maar Susan was getrouwd en had twee kinderen, en ze zou niet alles uit haar handen laten vallen om voor Lizzie te kunnen zorgen. Ze kon Jeff bellen, maar die had ze al weken niet gesproken, en ze dacht niet dat het een goed idee zou zijn om hun relatie nieuw leven in te blazen met de opmerking: 'Hé, Jeff, ik ben zwanger, dus als jij nou eens naar New York komt om boterhammen te smeren en mijn voeten te masseren?' Ze kon proberen Patrice op te sporen, haar oude vriendin van de middelbare school, maar het laatste wat ze over haar had gehoord was dat ze fundamentalistisch christen was geworden en in Maine haar stiefkinderen lesgaf, die niet naar school gingen.

Haar moeder zat in dat grote, muffe huis op de rand van een klif aan het strand, een plek die Lizzie al haatte sinds ze acht was en Diana haar had gevraagd een foto van haar te maken in haar gestreepte zomerjurk. 'Een klein stukje naar achteren nog! Nog een klein stukje!' bleef Diana maar roepen terwijl Lizzie de Instamatic-camera scherp stelde en probeerde een foto te maken. 'Als je niet verder naar achteren gaat, krijg je het hele huis er nooit op!' Lizzie was grote passen naar achteren blijven nemen met de zoeker voor één oog tot haar zus ineens had gegild: 'Stop!' Lizzie was, geschrokken door het schrille geluid van de stem van haar zus, stokstijf blijven staan en had over haar schouder gekeken. Nog een stap zou haar van de rand van de klif hebben doen lopen en op het rotsachtige strand hebben geworpen, of misschien wel in het water. De keer daarna dat ze naar het strandhuis waren gekomen had er een hek langs de rand van de tuin gestaan. Het Lizzie-Woodruff-Is-Een-Achterlijke-Idioot-Herdenkingshek, had Diana het genoemd.

Ma was in Connecticut en pa zat in Washington. En wat zouden die hoe dan ook voor haar kunnen doen? Haar naar een opvanghuis voor ongehuwde moeders sturen, zoals ze haar hadden verscheept naar die afkickkliniek? Zorgen dat ze de stad uit was voordat ze hen weer in verlegenheid zou brengen? Dan was er alleen Diana nog, haar verwaande grote zus, die alles wél in de goede volgorde had gedaan: eerst liefde, dan een huwelijk, en dan de baby in de wandelwagen. Lizzie pakte huiverend haar mobieltje en wilde net het nummer van haar zus intoetsen toen ze haar moeders gezicht op het beeldschermpje zag verschijnen.

'Lizzie?'

'Hoi, ma.'

'Lizzie!' Haar moeder klonk vreemd aarzelend, haar stem zacht en onzeker. 'Ik vroeg me af of je zin hebt om naar Connecticut te komen. Je kunt Warren even bellen, die geeft je vast wel een paar dagen vrij. Het leek me leuk om... het is hier zo mooi, met al die herfstbladeren, en er is een enige rommelmarkt op de brink en een tweedehandskledingwinkel die je vast heel leuk vindt...' Lizzie keek wantrouwend naar haar telefoon. Was haar moeder helderziend? Had die aardige dokter haar gebeld zodra Lizzie zijn onderzoekkamer uit was gelopen? Was dat niet illegaal?

'Ik heb Derek al gebeld,' zei haar moeder. 'Hij kan je komen brengen. Bel hem maar als je zover bent. Vergeet geen handschoenen en truien mee te nemen, het is hier koud 's avonds.'

Derek gaf de doorslag. Derek was altijd aardig gebleven, zelfs die keer toen ze zijn hele achterbank onder had gekotst. Lizzie zei: 'Ik kan dinsdag komen.' Het was nu vrijdag. Dan had ze een lang weekend, drie dagen, waarin dat bloeden hopelijk weer over zou gaan.

'Hij kan je komen halen wanneer je maar wilt. O, en Lizzie, ik heb er vreselijk veel zin in. Ik denk dat het heel goed zou zijn om wat tijd samen te hebben.' Lizzie, die verbijsterd was door het gevoel dat het geschenk waarnaar ze zo had verlangd zo in haar schoot werd geworpen, zei dat ze het ook heel goed vond klinken.

Diana

DIANA WERD IETS NA ZEVEN UUR WAKKER. ZE WAS EVEN HEEL GELUKKIG, zich koesterend in het gevoel van een aangename droom over zwemmen in de oceaan, lui peddelend door het heldere zoute water terwijl de golven haar zachtjes naar de kust duwden. Maar toen bleef ze misselijk en bewegingloos liggen terwijl herinneringen aan de dag en avond ervoor door haar heen golfden. Ze was Doug kwijt. Ze was haar baan kwijt. En het ergste kwam nog: ze moest het aan Gary vertellen.

Ze dwong zichzelf uit het lege bed op te staan. Gary was ongelooflijk genoeg al op en was in de badkamer, waar hij natte handdoeken en snorharen om zich heen zou werpen en een korst scheerschuim en tandpasta in de wastafel zou achterlaten. Ze trok een legging en een T-shirt aan, haar badjas en gezondheidsklompen, maakte Milo wakker en zei dat hij zich moest aankleden. Ze gaf hem zijn ontbijt en daarna zijn rugzak, trok een lang vest met een riem erom aan en liep met hem naar de hoek van de straat, waar de andere moeders die op de schoolbus stonden te wachten en haar nog nooit hadden gezien zonder geborsteld haar en make-up, haar vreemd aankeken.

'Ziek,' zei ze hees, en ze wees naar haar keel. Een van de andere vrouwen, die werd getergd door een constante angst ziek te worden, kromp ineen en gebruikte haar lichaam als levend schild om haar kind te beschermen, maar ze had het idee dat ze Lisa Kelleher een wenkbrauw zag optrekken naar een van de kleuterschoolmoeders... wat betekende, dacht ze, dat het misschien al bekend was.

Ze duwde Milo zo ongeveer de bus in en snelwandelde naar huis. Daar keek ze in een reflex op haar mobieltje, dat lag op te laden in de schone, lege keuken. Niets van Doug. Haar hart kromp ineen. Ze had vanaf de eerste keer dat ze elkaar hadden gezoend geweten dat ze geen toekomst hadden samen, maar toch had ze zichzelf toegestaan te hopen dat die er wel zou zijn: zij tweetjes, met Milo, en misschien nog een baby van hen samen. Elke ochtend wakker worden naast iemand in bed van wie ze hield. Kon het echt voorbij zijn? Had Doug helemaal niet van haar gehouden?

Gary stond zich in de badkamer, met een handdoek om zijn iele middel, te scheren. 'Hoi,' zei ze. Hij keek haar ongeduldig aan, alle sporen van de goede wil van de avond ervoor verdwenen.

'Voel je je al een beetje beter?' vroeg hij.

'Ja hoor,' zei ze hees. Eerlijk gezegd voelde ze zich afschuwelijk. 'We moeten praten.'

'Wat is er?' vroeg hij. 'Ik moet weg.'

'Het kan niet wachten. We moeten praten. Nu.'

'Oké,' zei hij. Zijn wangen en kin waren bedekt met scheercrème en zijn borsthaar kleefde nat aan zijn weke borstkas. 'Praat maar.'

Ze huiverde. Hoe kon ze het hem vertellen? En waarom was ze in vredesnaam met die man getrouwd?

'Ik,' begon ze, maar ze kwam niet verder.

'Jij,' spoorde Gary haar aan. Hij fronste zijn wenkbrauwen. 'Moet je niet naar je werk?'

'Ik heb nagedacht...' Haar stem ebde weg, Gary pakte zijn scheermes.

'Zeg, ik heb om negen uur precies een vergadering en ik...'

'Ik hou niet meer van je,' zei ze ineens, en toen sloeg ze een hand over haar mond, alsof de woorden een zwerm vogels waren die plotseling uit een boom vloog.

Gary legde zijn scheermes naast het scheerschuim, waar hij de dop niet op had teruggedaan, en staarde haar met open mond aan. 'Pardon?'

Ze haalde diep adem in de stomende lucht. 'Gary, ik heb al een hele tijd het gevoel...'

'Maak je een grapje?' schreeuwde hij. 'Hou je niet van me? En dat zeg je nu?'

Ze sloeg haar ogen neer. Daar zat wat in. De timing was niet ideaal. Maar als ze tegen Gary zei dat hun huwelijk voorbij was... als ze naar Doug ging en zei dat ze vrij was... Als hij Milo zou leren kennen en tijd met hem zou doorbrengen, erachter zou komen wat een interessant jongetje het was...

Gary stond haar nog steeds aan te staren, met die handdoek om zijn middel. Ze had het gevoel dat niet alleen zijn ogen, maar zelfs zijn tepels haar verwijtend aankeken. 'Hou je niet van me?'

Ze hief haar gezicht en zei de enige woorden die van toepassing waren. 'Het is niet jouw schuld. Echt niet. Je hebt niets verkeerd gedaan. Het ligt aan mij, niet aan jou.'

'Zeker weten dat het aan jou ligt!' Hij pakte zijn scheermes en schraapte ermee over zijn gezicht. Drie druppels bloed vormden zich op zijn wang. Hij pakte een stuk toiletpapier, scheurde er drie stukjes af en plakte die op de wondjes. 'Luister,' zei hij, en hij klonk nu iets kalmer. 'Als je in relatietherapie wilt of iets dergelijks...' Hij legde het scheermes naast zijn tandenborstel, die wit schuim op de rand van de wasbak lag te lekken. 'Gaat dit over je vader? Wat is er aan de hand? Ben je ongesteld?'

'Ik ben ongelukkig,' fluisterde ze.

'En dat had je niet wat eerder kunnen zeggen? Hoe moest ik dat weten? Ik ben niet helderziend! Jezus, Di, wat heb ik je ooit aangedaan?'

Ze liet haar hoofd zakken. Ze had hem de waarheid verteld. Hij had niet echt iets gedaan. Gary was gewoon zichzelf geweest, en dat zou genoeg moeten zijn geweest, meer dan genoeg zelfs, voor een ander soort vrouw, maar voor haar was het niet langer genoeg.

Gary stond ondertussen te huilen. Tranen stroomden over zijn gezicht en dreigden het wc-papier los te weken. Ze vormden een stroom door het scheerschuim dat op een kant van zijn gezicht opdroogde en dropen van zijn uitstekende kin. God allemachtig, dacht Diana vol walging. Hij kan niet eens netjes huilen. 'Ik geloof je niet,' zei hij. 'Ik geloof niet dat dit gebeurt.' Hij bewoog naar haar toe. Ze stond als versteend terwijl hij zijn armen om haar heen sloeg, in haar hals snotterde en haar shirt doorweekte. 'Het spijt me,' zei hij. 'Wat het ook is dat ik verkeerd doe, ik kan veranderen. Maar ik wil je niet verliezen.'

Zeg het, dacht ze. Slik die bittere pil. Doe het nou maar gewoon, dan is het achter de rug. Ze duwde hem van zich af en pakte hem bij zijn schouders. Hij staarde haar met open mond aan, halfnaakt in zijn handdoek. Diana keek hem in de ogen en zei: 'Ik ben verliefd op een ander.'

Gary rukte zich van haar los. 'Je maakt een grapje,' zei hij nogmaals. Diana schudde haar hoofd. 'Jij... die ander...' Hij deed een stap van haar terug, en toen nog een. 'Ben je met hem naar bed geweest?' schreeuwde hij.

Haar hart brak terwijl ze knikte. Gary verdiende dit niet, bedacht ze terwijl hij zijn ogen half dichtkneep en zijn mond verwrong. Toen schoot zijn arm uit en gaf hij haar een duw, en geen zachte ook, tegen haar borstkas, waardoor ze achteruit tegen de badkamermuur viel.

'Donder op,' zei hij.

'O, Gary,' zei ze.

'Donder op! Ik meen het! Ga maar naar je vriendje, als je dat zo graag wilt!' Zijn stem brak bij het woord 'vriendje' en hij wendde zich af, huilde weer, en drukte een handdoek op zijn gezicht.

Diana stond in de badkamer, met een bonkend hoofd omdat ze daarmee tegen de handdoekenrail was gestoten. Dit was niet hoe ze zich had voorgesteld dat het zou gaan. Toen ze het zich had voorgesteld, was Gary degene die vertrok, die manhaftig een tas zou inpakken, haar een blik zou toewerpen die een mengeling van liefde en spijt was en dan de zonsondergang tegemoet zou rijden, of anders naar het Sheraton-hotel. Maar op dit moment zag het er niet naar uit dat Gary van plan was ergens naartoe te gaan. 'Donder op! Donder op! Donder op!' schreeuwde hij, nog steeds met die handdoek, als een blinddoek, tegen zijn gezicht. 'Ga maar naar je vriendje!'

Ze moest moeite doen om rustig te blijven en zei: 'Gary. Ik ga niet weg.'

'Nou, een van ons vertrekt,' zei hij, en er kroop nu iets vechtlustigs in zijn toon. 'En ik ben niet degene die vreemd is gegaan.'

'Gary.' Ben ik nou gek? vroeg ze zich af. Bleven de moeder en de kinderen, of in dit geval het kind, niet altijd in het huis? Was het niet altijd de vader die vertrok? 'Mijn idee was dat ik hier met Milo zou blijven en dat jij een andere woning zoekt.'

'Ik dacht het niet.' Hij sloeg zijn armen over zijn blote bast over elkaar, liet de handdoek vallen en keek haar met rode, opgezwollen ogen razend aan. 'Ik heb niets verkeerd gedaan, ik ga nergens naartoe.' Hij staarde haar nog even aan, sloeg toen zijn ogen neer en mompelde: 'Ware het niet dat ik naar mijn werk moet.' Diana keek hem geschokt aan. Hij legde zijn handen op haar schouders, duwde haar de badkamer uit, sloot de deur en deed hem op slot.

Ze liep naar de keuken en voelde de razernij in zich opwellen. Ze dacht aan alle maaltijden die ze had gekookt, alle tussendoortjes die ze had gemaakt, de spelletjes mens-erger-je-niet en monopoly die ze met Milo aan de keukentafel had gedaan terwijl Gary in de woonkamer zat, te druk met de wedstrijd om voor zijn zoon te zorgen. Razernij gierde door haar aderen terwijl ze dacht aan hoe zij dit huis had gevonden, Gary had overgehaald te komen kijken, en hoe ze een aanbetaling hadden gedaan van het geld dat oma Selma haar had gegeven. En nu was het van hem? Waar moest ze dan naartoe met Milo?

Niet over nadenken. Ze trok haar haar in een paardenstaart naar achteren, duwde haar voeten weer in haar klompen, stak haar armen in de mouwen van haar vest, greep haar telefoon en tasje en haastte zich naar de parkeerplaats waar haar auto stond. Het was bijna acht uur. Als ze opschoot, was Doug nog thuis. Ze reikte naar haar telefoon. Drie gemiste oproepen, allemaal van haar moeder. Diana negeerde ze en toetste een sms in: MOET JE ZIEN. Toen wiste ze de boodschap weer. Het zou beter zijn om hem te verrassen, op de stoep te staan, hem te dwingen haar persoonlijk af te wijzen, als dat was wat hij ging doen.

Een van Dougs huisgenoten, gekleed in een boxershort met een T-shirt waar UNIVERSITIJT op stond, deed gapend open. 'Is Doug thuis?' vroeg ze, en ze probeerde rustig, opgewekt en normaal te klinken. De huisgenoot keek met half samengeknepen ogen naar haar en wreef met een hand over zijn stoppelige wang.

'Ja, die is boven.'

Diana liep achter hem aan de woonkamer in, die naar gemarineerde kippenvleugels rook, en ging de trap op. Dougs deur was achter in de gang. Ze hief haar hand om aan te kloppen, besloot dat toch maar niet te doen en duwde de deur open.

Hij zat achter zijn bureau en zag er bleek, moe en ellendig uit. Hij had zich niet geschoren en had zijn haar niet gekamd, hij had blote voeten en droeg een trainingsbroek met een geruit overhemd. Toen ze hem zo zag, scheurde haar hart in tweeën. Ze moest zich met al haar macht inhouden hem niet in de armen te vliegen, te zeggen dat ze voor elkaar waren geschapen en te smeken om nog een kans.

Hij keek op. Het duurde even voordat haar hersens de connectie maakten, verwerkten wat ze zag en dat verbonden met een herinnering, jaren geleden, aan Hals gezicht. Het was die blik die haar zei dat het voorbij was, dat hij had gezegd wat hij wilde zeggen en dat hij zich niet ging bedenken.

Ze liet zich tegen de deurpost zakken, voelde zich slonzig en belachelijk in haar legging en met een staartje in haar haar, als een oud wijf dat probeert er als een tiener uit te zien. Haar hele lichaam verkrampte toen ze naar hem keek. O nee, dacht ze, met woorden die in haar hoofd klonken alsof ze van de bodem van een heel diepe, heel koude waterput kwamen.

'Diana,' zei Doug. Hij liep de kamer door en stak een hand naar haar uit.

'Ik ben bij hem weg,' zei ze plompverloren. 'Ik ben bij Gary weg. Ik heb hem over ons verteld.'

Doug zuchtte. 'Had dat maar niet gedaan.'

Ze keek hem door haar betraande ogen aan. 'Omdat wij niet...?' Haar stem ebde weg. Doug zag er ook uit of hij zijn best moest doen om niet te gaan huilen.

'Het is niet dat ik geen kinderen wil. Die wil ik wel. Alleen...' Ze stelde zich in de stilte voor wat hij niet kon zeggen: Ik wil mijn eigen kinderen, niet die van een ander.

Ze gaf geen antwoord. Wat kon ze hebben gezegd? Geen woorden, geen smeekbeden, niets kon maken dat hij haar terug zou nemen. Hij had haar de waarheid gezegd, niet met woorden maar met die diepe zucht. Er was geen toekomst voor hen samen. Het zou haar misschien nog lukken om met enige waardigheid te vertrekken, maar ze zou niet met Doug vertrekken.

'Gaat het wel?' vroeg hij.

Ze keek hem koel aan en bestudeerde de aantrekkelijke Doug Vance, met zijn donkere haar en rossige wangen, zijn gladde huid en perfect gevormde lichaam, met de nieuwsgierigheid waarmee ze een patiënt in haar onderzoekkamer zou bekijken die een symptoom vertoonde dat ze nog nooit had gezien: een interessante uitslag, of aanhoudende nachtmerries. Ging het? Dat was een goede vraag. Ze voelde zich afschuwelijk. Ze was per slot van rekening alles kwijt. Maar dat was niet waar. Niet echt. Ze was dan misschien wel haar baan kwijt, haar man, haar minnaar en misschien zelfs haar huis, maar ze had Milo nog. Dus...

'Natuurlijk gaat het,' zei ze op een toon die suggereerde dat ze dit al zo vaak had meegemaakt: het begin, de sleur, het onontkoombare einde.

'Oké.' Doug reikte weer naar haar hand. Diana trok haar arm weg. 'Nou. Oké. Dan zie ik je nog wel.'

Ze haalde haar schouders op – natuurlijk zou hij haar niet in het ziekenhuis zien, maar dat ging zij hem niet vertellen – en liep zijn kamer uit, met geheven hoofd, en ze schreed de trap af als een tienermeisje dat haar baljurk showt. Buiten op straat knipperde ze met haar ogen in het zonlicht. Een paar straten verderop was een park, daar was ze een keer met Milo geweest. Het lukte haar het te vinden, en ze ging er op een bankje zitten, niet in staat te bewegen, nauwelijks in staat te ademen. De tijd verstreek. Er arriveerden moeders met kinderen en mensen die hun hond uitlieten. Diana had geen idee wat ze moest doen of waar ze heen moest.

Uiteindelijk trok ze haar telefoon uit haar zak en belde naar de plek waar ze je binnen moesten laten, de plek die je enige mogelijkheid was als je al je andere bruggen achter je had verbrand.

'Mam?'

'Diana!' Haar moeders stem klonk hoog en blij, alsof ze niets had om zich zorgen om te maken. 'Waar zat je nou? Ik probeer je al weken te bereiken!'

'Sorry.' Ze stond op en begon aan de wandeling terug naar haar auto. 'Ik was druk.'

'Dat kan ik me voorstellen.' Nu klonk haar moeder ineens verlegen en vreemd formeel. 'Ik bel om je uit te nodigen om met Milo naar Connecticut te komen. Het is hier zo prachtig. We kunnen ritjes maken en naar de herfstbladeren kijken... en er is een grote antiekmarkt in Litchfield... en natuurlijk het strand... en Lizzie komt ook.'

'Gary heeft het druk.' De leugen gleed van haar tong alsof die met boter was ingesmeerd. Ze negeerde die opmerking over de aanwezigheid van haar vervelende zusje maar even en vervolgde: 'Maar Milo wil je vast graag zien. En ik ben wel toe aan een korte vakantie.'

Sylvie was even stil, en toen ze weer sprak, klonk ze ongelovig. 'Ben je niet op je werk?'

'Nee.' Ze voelde haar gebroken hart nog, het manifesteerde zich als een afschuwelijk, knijpend gevoel, alsof het zo uit haar borstkas zou kunnen springen. Denken aan een toekomst zonder Doug was als een leven zonder zon, zonder zuurstof, maar ze voelde ook een vreemde roekeloosheid, die er wel bij zou horen, nam Diana aan, als je helemaal niets meer te verliezen had. 'Ik heb even vrij genomen, om mijn mogelijkheden te overwegen.'

'Nou, dat is... geweldig,' zei Sylvie, hoewel Diana niet kon bedenken hoe Sylvie het in wat voor opzicht dan ook geweldig kon vinden. 'Wanneer kom je?'

'Morgen?'

'Geweldig,' zei Sylvie nogmaals. 'Ik zal jullie kamers klaarmaken. Ik kan niet wachten.'

Diana reed naar huis en parkeerde de auto dubbel voor haar huis, wat er nu al onwezenlijk uitzag, alsof vreemden het hadden gekocht en ingericht, hadden ontbeten aan de keukentafel en 's avonds op de bank televisie zaten te kijken. Ze gooide snel haar kleren in een koffer en was een kwartier voor Milo aan het pakken: pyjama's, spijkerbroeken en ondergoed, schoolkleren voor een week, zijn lievelingsboeken, zijn schaakspel, zijn insectenpotjes, het fotoboek dat haar zusje had opgestuurd en Meneer Knoop, de tot op de draad versleten teddybeer die hij al sinds zijn geboorte had. Ze pakte haar jas en sjaal, haar zonnebril, haar telefoon en oplader, portemonnee en autosleutels en schreef een briefje voor Gary: MILO EN IK ZIJN NAAR MIJN MOEDER IN CONNECTICUT. IK BEL JE ALS IK DAAR BEN. Toen gooide ze de bagage in de kofferbak en reed naar Milo's school.

'Hij heeft gym,' zei het meisje achter de receptie. Hij was pas over drie kwartier uit, dus schreef Diana een excuus over een afspraak bij de tandarts in het logboek en ging haar zoon halen.

Groep drie was aan het volleyballen. Kinderen met rode hesjes stonden aan de ene kant van het net, kinderen in gele aan de andere. Milo, bleek en solide in zijn korte broek, zat langs de kant met een zak ijs tegen zijn neus gedrukt. Ze hadden hem zijn muts af laten zetten. Ze zag de pompon uit zijn broekzak steken.

Ze haastte zich naar hem toe. 'Mam?' Milo keek met knipperende ogen naar haar op, en er kwam een enorm opgeluchte uitdrukking op zijn gezicht (een mengeling van opluchting en verwarring, waarschijnlijk, want hij had haar nog nooit op school gezien zonder dat ze haar haar en make-up had gedaan).

'Wat is er gebeurd?' vroeg ze, en ze boog zich voorover en gaf hem een knuffel.

'Ik heb een bal op mijn neus gekregen.' Hij was even stil. 'Het was een ongelukje.' Diana vermoedde dat het waarschijnlijk allesbehalve een ongelukje was, dat een van die kolerekinderen in zo'n hesje het expres had gedaan. 'Kom,' zei ze tegen Milo, die haar met grote ogen aankeek. 'Dan gaan we.'

Ze zwaaide naar de gymleraar, een nazi in een trainingspak met een zilveren fluitje om zijn brede nek. Ze greep Milo bij de hand, haastte zich met hem de gang door en de auto in, die ze ook nu weer dubbel had geparkeerd, met de gevarenlichten aan, op het stuk langs de stoep waar de bussen altijd stonden.

'Waar gaan we naartoe?' vroeg hij nadat Diana voorbij de zijstraat was gereden die ze in hadden moeten slaan op weg naar huis. Diana vermande zich en kneep in het stuur. In het ideale geval, nam ze aan, hadden Gary en zij dit samen besloten... maar de situatie was verre van ideaal.

'Je vader en ik hebben wat problemen en we gaan een tijdje uit elkaar. Ik dacht dat je wel op vakantie zou willen.'

'Problemen?' vroeg Milo. Zijn stem klonk iel en bang. 'Wat voor problemen?'

Ze stond te wachten bij een rood verkeerslicht en overwoog zorgvuldig haar antwoord. 'Grotemensenproblemen. Jij hebt niets verkeerd gedaan. We houden allebei heel veel van je.' Ze slikte moeizaam. 'We houden vreselijk, vreselijk veel van je.'

Ze zag in de achteruitkijkspiegel zijn gezicht ontspannen, maar zijn stem beefde nog. 'Wat gaat er dan gebeuren? Waar gaan we naartoe?'

Ze reed de parkeerplaats bij een benzinestation op, zette de auto stil en klopte op de passagiersstoel. Milo maakte zijn riem los en klom onhandig naar voren.

'Ik weet niet precies wat er gaat gebeuren,' zei ze, hoewel dat niet waar was, ze wist vrij zeker wat er hierna zou komen, en het begon met een s en eindigde op cheiding. 'Maar wat er op dit moment gebeurt, is dat we een nachtje in een hotel gaan slapen.' Milo's gezicht klaarde op. Hij was stapelgek op hotels, op de miniflesjes shampoo en bodylotion, op de roomservice en het betaalkanaal op de televisie. 'En morgen rijden we naar Connecticut om een tijdje bij oma Sylvie te gaan logeren. Klinkt dat goed?'

'Dat klinkt goed,' zei hij, en toen ze in zijn handje kneep, kneep hij terug.

Toen ze haar grootse afdaling van Dougs trap had gemaakt had Diana besloten dat zij en haar zoon de nacht zouden doorbrengen in het St. Regis in New York City, waar ze tijdens winkeluitjes naar Saks of bezoekjes aan de Elizabeth Arden-salon met haar moeder al tientallen keren voorbij was gelopen. Ze had met Hal een keer wat gedronken in de King Cole Bar, maar ze had er nog nooit gelogeerd. Als ze in een hotel als dit zouden overnachten, in plaats van in een goedkoper hotel of het appartement van haar ouders, zou dat Milo, terecht of niet, het gevoel geven dat ze op avontuur waren.

Diana had Milo met datzelfde idee in haar achterhoofd getrakteerd op een lunch bij McDonald's. Hij was bijna flauwgevallen van opwinding toen ze had gezegd dat hij een cheeseburger met patat mocht. Ze waren langs Route 1 bij een benzinepomp gestopt waar ze toiletspullen en een dvd van *Monsters Inc.* hadden aangeschaft. Tegen de tijd dat ze in New York City arriveerden was het bijna vijf uur.

'Eén sleutel?' vroeg de vrouw achter de hoge marmeren receptie, waarop Milo, die als in trance had staan staren naar de bagagejongens in hun groen-met-gouden uniformjassen, naar Diana was gerend en had gefluisterd: 'Twee, alsjeblieft.' (Tot de hotelattributen die Milo het allerleukst vond behoorden onder andere sleutelkaarten.) Diana haalde haar American Express-kaart door de gleuf. Ze was een afschuwelijk moment bang dat Gary al hun creditcards en bankrekeningen had laten blokkeren en dat hij misschien zelfs de politie zou hebben gebeld en had gezegd dat Milo was ontvoerd. Maar de kaart werkte. De vrouw gaf Diana twee sleutelkaarten, en kwam achter de receptie vandaan om hen naar de lift te begeleiden.

'Uw butler zal u naar uw kamer brengen.'

'Butler?' fluisterde Milo, zijn ogen groot onder de rand van de muts die hij naar school op had gehad, en Diana glimlachte toen hij haar een hand gaf. Wat ze verder ook allemaal had verloren, ze had haar zoon nog.

De butler die op de zevende verdieping op hen stond te wachten bleek een vrouw te zijn, een vrouw in een smokingkostuum die hun liet zien hoe de centrale verwarming werkte, hoe de gordijnen open- en dichtgingen en hoe je de televisie, die in het voeteneind van het bed was verzonken, met de afstandsbediening omhoog kon krijgen. 'Wilt u misschien koffie of thee?' vroeg ze. 'Of kan ik kleding voor u laten persen?'

'Warme chocolademelk?' vroeg Milo, waarop de butler zei dat ze dat wel kon regelen.

Milo was de daaropvolgende tien minuten zoet met het op en neer laten gaan van de televisie, terwijl Diana Gary belde op zijn mobiele nummer.

'Gaat het een beetje?'

'Geweldig,' zei hij met zijn verstopte misthoornstem. 'Fucking fantastisch.'

'Met Milo gaat het goed.' Ze was even stil, onzeker over wat ze moest zeggen, of ze hem moest troosten. 'We zijn in New York. We gaan een paar dagen naar mijn moeder in Connecticut.' Gary zuchtte en zei niets. 'Wil je hem even spreken?'

Ze zag haar man voor zich, onderuitgezakt voor zijn laptop in een poging rustig over te komen. Hij zou de beeldschermen vol YouTube-filmpjes, sportnieuws en roddel minimaliseren, rechtop gaan zitten en zijn mouwen oprollen. 'Natuurlijk wil ik Milo spreken.' Diana gaf Milo de telefoon, ging op de blauw satijnen bank zitten, nam een slokje thee en bedacht dat ze dit piepkleine stukje van haar toekomst tenminste goed had gepland en onder controle had.

Nadat ze roomservice pizza en ijs hadden laten brengen en *Finding Nemo* op het betaalkanaal hadden gekeken, zette Diana haar laptop aan en wees en klikte tot ze had gevonden wat ze zocht. 'Hé, Milo,' zei ze. Hij lag in bed in een van zijn insectenboeken te bladeren. 'Wil je zien waar we naartoe gaan?'

Milo steunde met zijn kin op zijn handen terwijl hij de foto's op de website van Fairview bestudeerde, waaronder een foto van het witte huis op een klif die over de zee uitkeek. Zijn vinger gleed langs de rand van het water. 'Het zal wel te koud zijn om te gaan zwemmen.'

Ze onderdrukte een zucht – was het glas altijd halfleeg voor dit kind? – en zei: 'Ja, maar het is er wel gezellig. Er is een open haard. En oma Sylvie is er. Ze vindt het heerlijk dat je komt.'

Milo's gezicht klaarde op bij de gedachte aan zijn oma, die als het op vermaak en tussendoortjes aankwam aanzienlijk meer toestond dan Diana, en die bekendstond om de pretzels met chocola die ze in haar tasje had. 'Waarom is zij daar? Vanwege de minnares van opa?' vroeg hij.

Jezus. 'Van wie heb je dat gehoord?'

'Van Dylan Berkowitz.' Milo ging met een angstaanjagend Gary-achtige kreun anders op zijn kussen liggen.

Natuurlijk. Dylans moeder was een bruin gesprayd sportschool-konijntje dat leefde op roggebrood. 'Weet je wat een minnares is?'

Hij gaapte en sloot zijn ogen. 'Net zoiets als een vriendinnetje, maar dan als je al getrouwd bent. Dus het is iets slechts.'

Diana overwoog het onderwerp minnaressen nader toe te lichten, maar besloot dat het een lange dag was geweest en dat hij al genoeg had gehoord. 'Ik hou tot de maan en weer terug van je,' zei ze in plaats daarvan.

'Tot de maan en weer terug,' stemde hij met haar in. Ze kuste hem op zijn wang, trok het dekbed omhoog, deed het licht uit en zat in kleermakerszit op het bed naast haar serieuze, donkere zoon tot hij sliep. Ze wist zeker dat ze zelf geen oog dicht zou doen. Ze moest zoveel plannen, ze moest een advocaat zoeken en bedenken of ze haar baan terug wilde, en waar ze zou gaan wonen met Milo, en hoe ze het moest redden zonder Doug. Ze deed haar klompen uit en ging naast het warme lichaam van haar zoon in bed liggen. Alleen even liggen, dacht ze, en ze sloot haar ogen, en toen ze ze weer opendeed was het zaterdagochtend. Milo zat naar het weerbericht op televisie te turen en de kamermeid klopte zacht op de deur.

'Is dat het huis van oma?' had Milo gevraagd toen ze de oprit van schelpengruis van het huis op reed waar ze al meer dan tien jaar niet was geweest.

Diana knikte en zette de auto in de parkeerstand. 'Als klein meisje kwam ik hier heel vaak.'

Milo bestudeerde het huis van onder tot boven, inclusief het glooiende grasveld en de brede houten veranda met de schommelbank waar Diana vroeger zo graag zat te lezen. De bladeren waren van groen in feloranje en paars gekleurd en de bladeren die al waren gevallen waren in bergen aan de voet van de bomen geharkt. Er stonden zes pompoenen op de trap, en naast de voordeur stond een mand vol appels en kalebassen. 'Het lijkt het Spookhuis wel,' zei hij, en hij klonk opgetogen, wat geen verrassing was. Ze was voor Milo's laatste verjaardag met hem en Gary op het verplichte reisje naar Disney World geweest, waar Milo's favoriet het Spookhuis was, waar hij gillend van genot in het karretje had gezeten dat voor de spiegel draaide en de speciale effecten het deden lijken of er een spook op het achterbankje zat. Hoewel, bedacht Diana terwijl ze de trap van de veranda op liep, Milo eerlijk gezegd niet in veel andere attracties was geweest. Space Mountain had hij afgewezen nadat hij in de gids had gelezen dat het 'te heftig was voor kleine kinderen', en nadat hij drie kwartier lang de gezichten van de mensen had bestudeerd die uit de waterbaan kwamen had hij aangekondigd dat die attractie eveneens 'te heftig' was. Gary, die van plan was geweest alle achtbanen met zijn zoon te nemen, had de rest van de dag lopen pruilen, en toen Milo had gevraagd of hij op weg terug naar de auto in zo'n draaiende theekop mocht had Gary gezegd: 'Je bent te oud voor de peuterattracties.' Milo, die het heet had en die moe was, was in tranen uitgebarsten, waarop Gary had gemompeld: 'Natuurlijk. Dat ontbrak er nog maar aan,' terwijl Diana door de gids had gebladerd, wanhopig wensend dat ze in Disney World drankjes voor volwassenen serveerden.

Ze klopte aan. Even later zwiepte de deur open, en daar stond Sylvie, in een badjas en met een geschrokken blik in haar ogen. 'Diana?' vroeg ze. Diana vroeg zich af hoe ze eruitzag. Ze droeg dezelfde kleren als gisteren, die trui waar Gary op had gehuild, de legging die ze had aangetrokken om haar man te vertellen dat hun relatie voorbij was (en die ze aan had toen haar minnaar haar dezelfde boodschap gaf). Haar haar was niet geborsteld en haar gezicht niet gewassen; ze had al geen make-up meer gedragen sinds de dag van die noodlottige zondagsbrunch, de dag dat ze bijna dat meisje had vermoord en alles in duigen was gevallen.

Misschien kon ze haar leven hier veranderen. Misschien kon ze doen alsof het huis in Connecticut zo'n wellnesscentrum was waar ze altijd zo graag naartoe wilde zodra ze daar de tijd voor zou hebben, zo een met workshops waar je met stress leerde omgaan, waar je je dieet kon leren verbeteren en waar je leerde balans en vreugde in je leven te vinden. Behalve Doug – en daar was het niet goed mee afgelopen – en Milo was er niet veel vreugde in Diana's leven. Ze werkte zo hard, en elke cent die ze verdiende was al bijna uitgegeven voordat ze hem had verdiend, aan de hypotheek en de verzekering en de onroerendgoedbelasting, de particuliere school, de stomerij, de highlights in haar haar, de manicure en pedicure, aan internet, de mobiele telefoons en de kabel. Misschien kon ze haar leven vereenvoudigen; eenvoud was een belangrijk thema in die wellnesscentra die drieduizend dollar rekenden voor een retraite van vier dagen waar experts vertelden wat je allemaal niet nodig had. Ze kon een andere baan gaan zoeken, een met normale werktijden. Ze kon leren pottenbakken, of vloeren kaal maken, of behangen, of omgaan met een decoupeerzaag. Ze kon eindelijk van haar huis dat gezellige, veilige nest maken waarover ze altijd had gedroomd. Ze kon...

'Diana?' Haar moeder stond haar aan te staren. Diana schraapte haar keel.

'Dag, mam.' Haar stem klonk nog steeds een beetje hees. Ze dwong zichzelf haar rug te rechten en probeerde te glimlachen. 'Daar zijn we dan!'

Lizzie

Lizzie was zo vooruitziend geweest om het verwarmingskussen mee te nemen dat ze in New York in de badkamerkast had aangetroffen, dus toen ze in Connecticut arriveerde en haar moeder uitlegde dat ze rugklachten had en van de dokter in bed moest blijven, had ze een attribuut om haar verhaal kracht bij te zetten. Ze ontdekte op het toilet dat het bloeden voorbij was, en ze had geen kramp, pijn, of iets anders waarvoor de dokter haar had gewaarschuwd dat ze er last van zou kunnen krijgen. Ze had dat weekend in het appartement van haar ouders bewust heel langzaam gelopen, een beetje kreupel, met een hand op haar pijnlijke rug. Dinsdagochtend ging de intercom en zei Derek dat hij beneden op haar stond te wachten.

Ze luisterde het grootste deel van de rit muziek en ontwaakte uit een dutje toen ze de steile oprijlaan op reden. Ze stapte uit, ademde de koele lucht diep in, klopte op de deur en stond onder de helderblauwe hemel te wachten tot iemand haar binnen zou laten.

Die iemand bleek Milo te zijn... en Milo betekende dat Diana er ook zou zijn. Lizzie voelde zich onrustig worden. Waarom had haar moeder niet gezegd dat Diana ook zou komen?

'Tante Lizzie!' riep Milo, en zijn bleke gezicht lichtte helemaal op toen hij haar zag. Hij wierp zich in haar armen en de klep van zijn honkbalpet drukte tegen haar buik. Ze knuffelde hem hard en deed toen ze zich herinnerde dat de dokter had gezegd dat ze niet mocht tillen een stap naar achteren.

'Hé, grote jongen. Rustig aan, oké? Ik heb pijn in mijn rug.'

Milo knikte, maar zag er vervolgens zo verloren uit dat ze zich vooroverboog en hem nog een knuffel gaf. 'Wat doe jij hier?' vroeg ze terwijl Derek haar bagage in de gang zette.

'Mijn ouders hebben grotemensenproblemen,' zei hij.

Lizzie knikte en bedacht dat dat grotemensenprobleem hoogstwaarschijnlijk de naam Doug Vance droeg. Maar waarom was Diana dan hier, en niet in Philadelphia bij haar vriendje? Van wat Lizzie ervan had gezien leek het toch of ze goed met elkaar konden opschieten.

'Wat fijn om je te zien,' zei ze terwijl Milo kreunend haar tas pakte en ermee naar de trap liep. 'Heb je het hier naar je zin?'

'Het is hier saai,' zei hij, en hij liet de tas met een bonk op de vloer ploffen. 'Er staan alleen boeken voor grote mensen en het is te koud om te zwemmen.'

'Dat is waar,' zei Lizzie. 'Maar ik kan je leren zeefrisbeeën.'

'Ik weet niet wat dat is.'

'Natuurlijk niet. Dat komt doordat ik het heb uitgevonden. Je gooit je frisbee in het water, en als je dat precies op het goede moment doet, brengen de golven hem voor je terug naar het strand.'

Milo zuchtte. 'Mama ligt de hele tijd in bed.'

Dat verraste Lizzie. Diana in bed? Haar zus stond 's ochtends nooit na zessen op. Ze zag Diana en zichzelf voor zich, allebei in bed. Zij moest zeker weten dat het bloeden voorbij was, en Diana zou wachten... op wat het ook was waarop ze wachtte. Ze liet haar tas staan waar Milo hem had laten vallen en liep langzaam het huis in, op zoek naar haar moeder.

Sylvie zat aan de keukentafel met een mok thee en een tijdschrift met foto's van eten erin voor zich opengeslagen. Lizzie knipperde even met haar ogen en stond te staren tot ze zeker wist dat haar onberispelijk gekapte, uiterst zorgvuldig geklede moeder inderdaad die trainingsbroek met een vest met capuchon droeg en dat een badstoffen haarband, zo eentje die absoluut niet was bedoeld om ooit de badkamer te verlaten, haar haar, dat krulde en vol zat met grijze strepen, van haar voorhoofd hield.

'Hoi, mam.'

Sylvie sprong op en rende naar haar toe om haar te omhelzen. 'Lizzie!' Met de armen van haar moeder om haar lichaam en de bekende geur van haar moeders parfum en Camay-zeep in haar neus, voelde Lizzie ineens dat ze bijna begon te huilen. Ze hield haar lichaam gespannen en hoopte maar dat Sylvie niet zou voelen dat er iets was veranderd. Ze was pas twee kilo aangekomen, maar haar vormen begonnen te veranderen, evenals haar zwaartepunt. Ze trok expres een gezicht toen Sylvie zich van haar losmaakte, maakte een getergd geluid en greep naar haar rug.

'Wat is er?' vroeg Sylvie. 'Wat is er aan de hand?'

'Ik ben een paar dagen geleden gestruikeld op de stoep en heb last van mijn rug. Niets ergs,' zei ze snel toen haar moeder haar met paniek in de ogen aankeek. 'Gewoon een spier verrekt, maar ik moet een week in bed blijven. Misschien twee.' Sylvie dirigeerde haar direct op een keukenstoel, ging een kussen uit de woonkamer halen, vroeg of ze een pijnstiller wilde, of ze van de dokter een ijszak moest gebruiken, of juist veel warme baden moest nemen, en of ze verder nog iets voor haar kon doen.

'Het gaat wel,' zei Lizzie. 'Echt. Ik moet alleen veel rusten.'

Sylvie stond erop dat ze Lizzie bij een elleboog vasthield terwijl ze haar de trap op hielp naar de slaapkamer die het dichtst bij de overloop lag. 'Diana heeft die aan de andere kant van de gang,' zei ze, en ze wees naar een gesloten deur waarachter Lizzies grote zus zich, nam Lizzie aan, wel zou hebben verschanst. Lizzie vroeg zich nogmaals af waarvoor ze zich verstopte. Had Gary haar en Milo in de steek gelaten? Ze glimlachte, liet haar hoofd toen snel zakken om dat te verbergen, en probeerde zich voor te stellen wat haar zwager in een dergelijke situatie zou doen.

De slaapkamer was schoon, en spaarzaam ingericht: een tweepersoonsbed, een ovaal voddenkleed met strepen rood, blauw en goud, een wit geschilderde ladekast, en een houten bureau bij het raam. Sylvie ging naar beneden en kwam weer terug met een vaasje margrieten, een pot thee en een bord koekjes, die ze op het tafeltje naast het bed zette. Lizzie huiverde, kreunde op een manier waarvan ze maar hoopte dat hij overtuigend was en ging op haar zij in bed liggen. Haar moeder trok het dekbed tot aan haar kin op en veegde Lizzies haar van haar voorhoofd. 'Fijn dat je er bent,' zei ze, waarop Lizzie glimlachend haar ogen sloot. Haar hart klopte te snel – angst voor het bloeden en dat haar moeder zou zien wat er was – maar verder voelde ze zich eigenlijk alleen uitgeput, en ze wilde niets liever dan slapen.

Ze wist dat ze een plan moest maken. Ze zou eerst afwachten of het bloeden echt voorbij was. Als ze een miskraam zou krijgen zou ze dat zelf oplossen, dan hoefde haar moeder het nooit te weten... en zou Lizzie zelf echt teleurgesteld zijn als haar zwangerschap zou worden afgebroken? Ze besloot dat het antwoord op die vraag 'ja' was. Ze was haar hele leven al aan het zwerven, van school naar school, van baan naar baan en van afkickkliniek naar afkickkliniek.

Een kind zou haar verankeren. Het zou betekenen dat ze op een vaste plek zou moeten blijven en het zou haar een baan geven – die van moeder – waarvan ze nooit ontslagen kon worden. Lizzie was die aspecten sinds ze wist dat ze zwanger was steeds aantrekkelijker gaan vinden.

Haar moeder zat nog steeds naar haar te kijken. Zelfs met haar ogen dicht voelde ze haar kijken. 'Gaat het echt wel?' vroeg Sylvie. 'Kan ik nog iets voor je doen?' Ze klonk oprecht, wat nieuw was. Normaal gesproken klonk Sylvie alsof Lizzie een onaangename taak was die ze moest uitvoeren, een plicht die ze moest vervullen.

'Echt,' herhaalde Lizzie, en ze opende haar ogen. 'Ik ben gewoon moe.' Ze gaapte om haar opmerking kracht bij te zetten en sloot haar ogen weer. Toen ze ze weer opendeed, was het donker buiten, en ze hoorde alleen het geluid van de golven. Haar moeder kwam met een dienblad de kamer binnen. Lizzie rook kip, waar haar maag zich van omdraaide, die haar mond deed vollopen met speeksel en die haar ogen vulde met tranen. Ik kan alles warm houden, had Jeff gezegd, met die lieve, hoopvolle blik in zijn ogen. Je komt toch wel terug?

'Hé,' lukte het haar te zeggen. Sylvie zette het dienblad neer en ging op de rand van Lizzies bed zitten. 'Ik wil ergens met je over praten.'

Lizzie duwde zichzelf overeind. Ze bewoog haar tenen – het enige lichaamsdeel dat ze kon bewegen zonder achterdocht te wekken – en vroeg zich af wat er ging komen.

'Die jongen die... die je heeft lastiggevallen toen je oppaste,' begon Sylvie.

Lizzie ging rechter op zitten. 'Ja? Wat is daarmee?'

Sylvie wrong haar handen ineen, haar vingers gingen in en uit elkaar op haar schoot. 'Ik heb al heel lang het gevoel dat we – je vader en ik – er niet voor je waren. Dat we als we meer hadden gedaan...'

'Wat hadden jullie willen doen, dan?' vroeg Lizzie op scherpe toon. Ze zag dat er kip, aardappelpuree en wortels op het bord lagen. Ze was zowel misselijk als uitgehongerd en vroeg zich af wie er had gekookt.

Sylvie keek naar haar handen, die ze nu ineengestrengeld voor haar middel hield. 'Dat weet ik niet,' zei ze. 'Iets waardoor we jou een hoop pijn hadden kunnen besparen.'

Lizzie wist niet hoe ze hierop moest antwoorden. Ze wílde niet antwoorden. Ze wilde overal zijn behalve hier, gevangen in een zacht bed in een gezellige kamer terwijl haar moeder zat te praten over iets waarover ze het niet wilde hebben, wat ze zich niet eens wilde herinneren. Ze sloeg het dekbed open en zette voorzichtig haar voeten op de vloer.

'Je moet in bed blijven,' zei Sylvie.

'Ik moet plassen!'

'Lizzie...' Sylvie legde haar hand op Lizzies schouder. Lizzie maakte zich van haar los.

'Luister. Ik vind het lief dat je erover begint. Maar het is ontzettend lang geleden gebeurd. En het gaat prima met me. Echt.' Lizzie liep langzaam de kamer door. Wat ze echt wilde, was naar het toilet gaan om te kijken of ze weer had gebloed, en dan naar de keuken om te kijken of er iets te schrobben was, een afwasmachine om uit te ruimen of een vloer om te zwabberen. Ze wilde uren over het strand lopen terwijl de golven aan haar laarzen likten. Ze wilde bewegen en dat kon niet. Dat had de dokter gezegd. Voor het kind, voor de veiligheid van het kind. Dit was de eerste keer in haar leven van vluchten en verstoppen, van wegduiken in een wolk van pijnstillers, dat ze op haar plaats werd gehouden. Je kunt dit, zei ze tegen zichzelf. Ze haalde diep adem, ademde uit, en liep langzaam naar de badkamer, waar ze blij was te zien dat het bloeden echt leek te zijn gestopt.

Ze waste haar gezicht en handen, poetste haar tanden met een van de nieuwe tandenborstels die er door haar moeder waren neergezet en klom weer in bed. Ze probeerde een hap aardappels en een stukje wortel, waarop ze zorgvuldig kauwde en zorgde dat ze zeker wist dat ze het binnenhield voordat ze nog een hap nam. Een minuut later kwam Sylvie weer op de rand van het bed zitten. Nog een minuut later voelde Lizzie de hand van haar moeder op haar haar; ze streelde het zacht. 'Het spijt me zo,' fluisterde Sylvie, met een zachte stem die Lizzie nog nooit had gehoord. Lizzie zei niets, hield haar vork vast en concentreerde zich op de baby in haar lichaam, die nu misschien het formaat had van een rozijn, een gummetje, of een rijstkorrel.

Diana

Tijdens die ene yogales die Diana ooit had ondergaan, op een regenachtige dag toen alle loopbanden waren bezet, had de instructrice, een gesjeesd meisje met getatoeëerde heupbeenderen, haar cursisten door een uur van verwrongen en gedraaide poses geleid, waarna ze plat op hun rug waren geëindigd, met hun benen licht gespreid tot de randjes van de mat. '*Savasana* – de doodhouding – is de moeilijkste van allemaal. Je vraagt je misschien af wat er zo moeilijk is aan op de vloer liggen, maar we zijn er als mensen niet op ingesteld om stil te liggen en niets te doen.'

'Als je dat nou eens aan mijn man vertelt!' had een van de vrouwen op de matjes geroepen, waarop iedereen was gaan lachen, maar Diana wist precies wat de instructrice bedoelde: om zo te verstillen, te luisteren naar haar ademhaling, was voor haar zonder meer de moeilijkste oefening van het hele uur.

Voordat Milo was geboren had ze getraind voor een marathon. Ze had het heerlijk gevonden. Niet alleen het rennen, maar ook het plannen van de trainingen, het indelen van haar dagen zodat er genoeg tijd was om haar kilometers te maken, het invoeren van gegevens op haar computer en het maken van grafieken met haar afstand en snelheid. Ze had een hartslagmeter en een horloge dat uitrekende hoe snel ze ging. Ze had van tevoren kunnen voorspellen hoe lang ze over de ruim tweeënveertig kilometer zou gaan doen en vond het geweldig dat ze met een marge van twintig seconden eindigde. Precies op schema, had ze gedacht toen ze over de finishlijn rende.

Nu, acht jaar later, werd ze 's ochtends wakker met een bonkend hart, helemaal klam, alsof ze de hele nacht had liggen zweten. Dan waren er een paar seconden van verwarring terwijl de nachtmerrie die haar in zijn greep had wegebde: Waar was ze? Hoe was ze hier terechtgekomen? En dan kwam het allemaal terug. Ze was niet in Philadelphia, ze was in Connecticut; zonder huwelijk, zonder baan.

Dan stond ze op, trok haar sokken en gympen aan, het enige wat ze aan hoefde te trekken, want ze sliep tegenwoordig in haar sportbeha, T-shirt en legging. Op weg de trap af trok ze dan een shirt met lange mouwen aan, of een fleecevest, of als het regende een regenjas. Dan dronk ze wat sap, zó uit het pak, pakte een eiwitreep uit haar voorraad in de kast, rende de trap van de veranda af en naar het strand. In de tijd dat ze voor de marathon trainde, varieerde ze haar training. Dan deed ze lange rustige afstanden en korte, snelle; ze rende met intervallen en op tempo en hield haar hartslag zorgvuldig in de gaten. Ze rende nu alsof ze ergens door werd opgejaagd, zoals ze op die stomend hete dag in Philadelphia had gerend nadat ze het nieuws over haar vader en Joelle had gehoord. Ze gaf alles en ging zo snel ze kon tot haar adem in haar keel brandde en steken in haar zij prikten, tot ze bloed proefde, tot ze niet meer verder kon. Haar hakken trapten zand achter haar op, haar armen pompten, haar schaduw rende voor haar uit en Diana probeerde hem te vangen. Vier kilometer, dan zes, dan acht, naar de pier die het einde van Fairview markeerde. Als het eb was, kon ze eromheen rennen, maar soms moest ze door water tot aan haar kuiten ploegen, om de rotsen heen die zich uitstrekten naar de monding van de Sound. Voorbij de pier bleef ze rennen, het zoute water in haar schoenen en zweet prikkend in haar ogen. Negen kilometer, elf, twaalf, zo snel dat er geen ruimte in haar brein was om na te denken, geen ruimte voor iets anders dan inademen, uitademen en haar lichaam over het zand bewegen.

Uiteindelijk stopte ze dan, boog zich hijgend voorover, met haar handen op haar dijbenen en een rood gezicht. Dan kwam ze weer overeind, rekte zich een paar keer opzij, raakte haar tenen aan, en als ze dan weer wat gemakkelijker ademde, als ze niet meer het gevoel had dat ze te hard zou gaan, draaide ze zich om en rende terug. Thuis nam ze dan een douche, waarna ze terugging naar bed en diep sliep tot Milo haar kwam wekken. Soms was één keer rennen per dag genoeg, maar soms moest ze voor het avondeten nog een keer. Haar tweede tocht ging dan over straat: voor de afwisseling, zei ze tegen zichzelf, maar eerlijk gezegd deed ze dat omdat ze zich zorgen maakte dat de mensen haar zouden zien en zouden gaan kletsen, zoals de moeders bij de schoolbushalte van Milo hadden gefluisterd over de overduidelijk anorectische snelwandelaarster die uren per dag over de trottoirs liep met haar graatmagere armen en benen. Dan rende Diana de oprijlaan met schelpgruis af en daverde door de smalle straatjes van Fairview. Het was vierenhalve kilometer naar de middelbare school. Daar sprintte ze dan op het sportveld heen en weer tot het donker werd, waarna ze terugjogde naar huis en van de weg sprong als er een auto op haar af kwam rijden.

Ze was aan het afvallen. Haar trainingsbroek hing los om haar heupen en ze zag haar ribben door haar huid. Sylvie maakte zich zorgen. Ze stond de hele dag te koken – haar moeder, in een schort! Achter het aanrecht! Diana zou het niet hebben geloofd als ze het niet zelf had gezien. Er stonden elke avond schalen aardappelpuree en pasta, en daarna was er popcorn en warme chocolademelk, en zaten Sylvie en Lizzie samen op Lizzies bed films te kijken op Lizzies laptop.

'Gaat het wel?' vroeg Sylvie terwijl Milo achter haar stond en met grote, donkere ogen in zijn bleke gezicht naar zijn moeder staarde.

Diana antwoordde luchtig en zei dat ze overwoog in het voorjaar nog een marathon te gaan lopen, misschien zou ze zelfs gaan proberen zich te kwalificeren voor Boston. Ze overwoog stiekem in haar hoofd dat er misschien in de toekomst nog andere wedstrijden zouden komen, ultramarathons van vijfenzeventig of zelfs honderd kilometer, vierentwintiguurswedstrijden, waarbij je dag en nacht door rende. Hoe ver zou ze moeten gaan voordat ze de puinhoop die ze had gecreëerd eruit had gelopen? Zouden de nachtmerries stoppen bij vijfenzeventig kilometer? Zou honderd kilometer Doug terughalen?

Ze had een paar keer per week haar ondraaglijke ziekenhuisdroom. In die droom reed ze op haar krukje met wielen naar het bed van dat meisje wier gezicht ze zich nauwelijks voor de geest kon halen, van de achtjarige die half buiten bewustzijn was binnengebracht met een gevaarlijk laag insulineniveau. Dan schreef ze dezelfde, verkeerde, dosis voor, alleen merkte in haar droom niemand haar fout op, en dan beantwoordde ze in de keuken de telefoon en vertelde Hank Stavers haar dat het meisje dood was. Dan werd ze badend in het zweet wakker, snakkend naar adem, in het kille grijs van het ochtendgloren, en dan schoof ze haar voeten in haar gympen en ging weer naar het strand.

Ze wist dat ze enkel het onontkoombare uitstelde. Er moesten dingen gebeuren, er waren taken die haar aandacht behoefden. Gary begon geïrriteerd te raken dat hij zijn zoon alleen sprák. Hij wilde hem zien; hij wilde dat Diana hem thuisbracht en dreigde indien nodig een advocaat in te huren om dat te regelen. Maar om de een of andere reden was ze altijd óf aan het rennen, óf ze lag te slapen. De bank in de woonkamer was aanlokkelijk als de armen van een minnaar, met die kasjmieren deken die zo verleidelijk over de rugleuning lag gedrapeerd, en dan dacht ze: alleen even liggen, en werd drie uur later in een poeltje kwijl wakker, met haar moeder, die vreemde, nieuwe, bezorgde versie van Sylvie naast zich, die vroeg of ze wilde lunchen, of ze iets kon doen. Dan at ze een halve sandwich en dronk een glas melk – eten voor kleine kinderen, de lunch die zij op school had gegeten toen ze Milo's leeftijd had – en dan ging ze weer rennen en sprak de hele dag nauwelijks een woord.

Het lukte haar een paar echt belangrijke dingen te regelen. Ze had twee dagen na haar aankomst Milo's school gebeld om te laten weten dat hij er voor onbepaalde tijd niet zou zijn. De secretaresse had zijn dossier en boeken naar Fairview gestuurd, zodat ze hem eventueel in Connecticut kon laten inschrijven. Op dit moment had hij huiswerk, een hoofdstukje uit al zijn boeken per dag, en daarnaast nog lezen en schrijven. Lizzie had zichzelf tot zijn leerkracht Kunst benoemd. Ze had hem haar digitale camera gegeven en twintig minuten naar buiten gestuurd, waar hij foto's maakte van bladeren, het water en de oprijlaan met schelpengruis. Toen hij terugkwam, zetten ze de foto's op haar laptop en praatten over wat ze eraf konden knippen, over de compositie en over schaduw en licht. 's Middags, als hij klaar was, ging Milo naar het strand, waar hij aan de rand van het water stond en zijn frisbee in de golven wierp tot het donker werd en Sylvie hem riep om te helpen met tafeldekken. Het lukte Diana om wakker genoeg te blijven om hem elke avond een hoofdstuk uit *Harry Potter* voor te lezen voordat hij ging slapen. En dan ging ze meestal bij Lizzie en haar moeder in bed zitten. Dan keken ze films en viel ze weer in slaap.

Ze had zich wanhopig zorgen gemaakt om haar zoon, die weg was van zijn huis, van zijn school en zijn vader. Maar nu de maand oktober ten einde liep, toonde Milo zich verrassend veerkrachtig. Hij was dol op Lizzie en zijn oma, en de waarheid die ze nooit had willen toegeven was dat hij school en de andere kinderen daar nooit echt leuk had gevonden. Connecticut was één lange vakantie voor hem. Hij liep over het strand en zocht zeeglas, veren en mooie stukken drijfhout. Ze deden gezelschapsspelletjes, hij las boeken en zijn grootmoeder roosterde marshmallows met hem in de open haard. Hij belde elke avond met zijn vader, wanneer hij met de telefoon zijn slaapkamer in liep en de deur op slot deed.

De dagen smolten samen: sap uit het pak, eiwitreep, rennen, slapen, wakker worden uit een nachtmerrie en weer rennen. Doug verliezen was als afkicken. Ze had het gevoel dat ze zich net zo voelde als een verslaafde zonder drugs. Het enige wat haar bij zinnen hield, dat voorkwam dat ze niet naar Philadelphia terugreed om Doug te smeken haar terug te nemen, was die kleine sintel die in haar hart lag te smeulen: dat hij niet alleen haar, maar ook haar zoon had afgewezen. Milo was niet vervangbaar. Hoe dolverliefd ze ook was geweest, ze zou hem nooit hebben opgedrongen aan een man die hem niet wilde.

Op een zonnige middag toen de lucht naar herfstbladeren en appelcider rook, zat ze in de vensterbank in de woonkamer naar het strand te kijken, waar haar zoon de witte frisbee in de schuimende golven wierp. Haar hele lichaam deed pijn. Beenvliesontsteking, dacht ze. Peesplaatontsteking. Pijn in haar heupen. Pijn in haar hart. Ze dwaalde naar boven, naar de kamer van haar zusje, waar Lizzie met een dienblad bezig was dat Sylvie vast net naar boven had gebracht.

'Hoi, Diana. Ook een kop thee?' Lizzie ging zachter praten. 'Het is die met sinaasappel en zoete specerijen. Ik haat die troep. En ze heeft ook nog een smoothie voor me gemaakt.'

Diana ging op het randje van Lizzies bed zitten. Ze pakte de mok thee en klemde haar handen eromheen. Haar trouwring hing los om haar vinger. Lizzie, daarentegen, was rond en weelderig en straalde, ondanks haar rugpijn, van goede gezondheid.

'Sorry van afgelopen zomer,' mompelde Diana. Ze wist dat ze haar zusje een excuus schuldig was, en dit was er een goed moment voor.

'Het is goed,' zei Lizzie. 'Ik denk dat ik hetzelfde zou hebben gedacht als ik jou was geweest. Maar je moet weten: ik heb echt niets gebruikt toen ik voor Milo zorgde. Ik zou nooit met hem in een auto zijn gestapt als het onverantwoord zou zijn geweest dat ik zou gaan rijden.'

'Dat weet ik,' zei Diana, en het drong terwijl ze die woorden uitsprak tot haar door dat ze dat al die tijd had geweten. Lizzie zou zelfs op haar allerslechtst geen kinderleven in gevaar hebben gebracht.

Nee, dacht ze, zij was degene die dat deed. 'Ik heb een vreselijke fout gemaakt, op mijn werk.'

Lizzie verstijfde. 'Wat is er gebeurd?'

'Niets. Godzijdank. Een van de verpleegsters heeft dat voorkomen. Ik heb de verkeerde dosering voorgeschreven aan een meisje met diabetes. Ze moest insuline hebben, en als ze haar de hoeveelheid hadden toegediend die ik haar had voorgeschreven...' Ze stopte met praten, kon de woorden 'was ze misschien gestorven' niet uitspreken. De golven waren er op het strand met Milo's frisbee vandoor gegaan. Hij dreef als een kleine witte stip op het water. Milo stond met hangende schouders aan de waterkant en zag er zo verslagen uit als zijn moeder zich voelde. 'Ik heb vrijgenomen van het ziekenhuis. Ik heb vrijgenomen van alles, geloof ik.'

In plaats van zich te verlustigen, in plaats van een spottende opmerking te maken, rolde Lizzie naar haar zus en klopte haar op de knie, voorzichtig, alsof ze testte of een pudding die ze had gemaakt al stijf begon te worden. 'Dat gebeurt. Mensen maken fouten.' Ze lachte onzeker naar haar zus. 'Daar ben ik het levende bewijs van.' Ze waren even stil. Toen vroeg Lizzie: 'En die vent die ik heb gezien?'

'Die is verleden tijd,' zei Diana. Ze wilde niet op de details ingaan.

'En Gary?' Lizzies stem klonk heel vriendelijk, verre van de stekende, sarcastische toon waarmee ze gewoonlijk over Diana's echtgenoot sprak.

'Volgens mij gaan we scheiden,' zei Diana. 'Volgens mij heb ik een vlaag van verstandsverbijstering gehad.'

'Pa en jij allebei,' mompelde ze.

Diana sloeg haar handen weer om de mok thee. 'Het was niet zoals bij pa. Of in ieder geval niet zoals ik denk dat het bij hem is gegaan. Ik dacht niet: hé, wat een lekker ding, laat ik die eens versieren. Ik dacht niet dat ik er recht op had, ik werd niet constant aan de verleiding blootgesteld.' Ze nam nog een slokje thee. 'Ik voelde me eenzaam.' Ze zette haar mok op Lizzies nachtkastje. 'En ik was moe. Moe van het harde werken, moe van doen alsof alles goed ging terwijl dat niet zo was, moe van het ongelukkig zijn met Gary, teleurgesteld in mijn huwelijk, moe dat ik altijd het hele huishouden en de boodschappen deed, en Milo verzorgde, en...' Ze sloot haar ogen en liet zich op het bed van haar zusje zakken. Ze was zo uitgeput, zo futloos dat ze zich niet kon voorstellen dat ze ooit nog zou gaan rennen; ze kon zich nauwelijks voorstellen dat ze haar lichaam ook maar naar de eetkamertafel zou kunnen verplaatsen. 'Van alles.' Lizzie knikte. Diana vervolgde: 'Volgens mij gaat Gary moeilijk doen over het huis. Hij vindt dat ik degene ben die moet vertrekken, aangezien ik degene ben die overspel heeft gepleegd. Dus dat heb ik gedaan. Ik ben gewoon vertrokken.'

De reactie van haar zusje was heerlijk snel. 'Wat? Belachelijk! Het is Milo's huis! Gaat hij zijn eigen kind eruit trappen?'

'Geen idee.' Het huis, had ze het gevoel, was niet haar grootste probleem. Haar eigen gebroken hart, dat Milo de scheiding van zijn ouders moest overleven, dat ze een nieuwe baan moest vinden, een nieuwe woning, dat ze een nieuw leven voor zichzelf moest creëren... Ze sloot haar ogen. Het was allemaal te veel.

'Wat kunnen we voor je doen?' vroeg Lizzie. Lizzie, die nog niets had gedaan in de jaren die moesten doorgaan voor haar volwassen leven, Lizzie, die altijd iemand nodig had om iets voor haar te doen. 'We kunnen dit niet laten gebeuren! Het is jouw huis! Van jou en Milo.'

'Het komt wel goed,' mompelde Diana. Het enige wat ze wilde was haar ogen sluiten en slapen.

'En je denkt niet...' Lizzie sprak zorgvuldig. 'Is er geen kans dat het nog goed komt, met Gary?'

Diana schudde haar hoofd. Ze kon zich niet voorstellen dat ze ooit nog van hem zou houden. Op dit moment, van waar zij stond (of eigenlijk van waar zij lag, opgekruld en waarschijnlijk flink stinkend in de sportkleding die ze nog niet had uitgetrokken), was het beste wat ze kon doen erkennen dat zij samen een opmerkelijk, hoewel sociaal onhandig, jongetje hadden voortgebracht en na haar scheiding zo goed mogelijk doorgaan.

'Dan heb je een advocaat nodig,' zei Lizzie, die naar de laptop reikte die naast het bed stond. Diana, die de energie niet meer had om woorden te vormen, knikte haar goedkeuring en sloot haar ogen.

Het voelde alsof er maar een paar seconden waren verstreken toen ze wakker werd van Lizzie, die aan haar schouder schudde. 'Word eens wakker!' zong ze. 'Je hebt een advocaat!'

Diana ging met knipperende ogen overeind zitten. Ze voelde zich enigszins uitgerust. En ze had tenminste die droom niet weer gehad. 'Wat heb je gedaan?'

'Ik heb oma Selma gemaild. Maak je geen zorgen, ik heb gezegd dat het om een vriendin ging.'

Diana huiverde. Oma Selma was geslepen, en wat voor vriendin kon Lizzie nou hebben die voldeed aan de beschrijving van Diana? Wat had Lizzie, bedacht ze terwijl er een steek van medeleven door haar heen ging, eigenlijk hoe dan ook voor vrienden? 'Wat zei ze?'

'Dat de... wacht even...' Lizzie was even stil en deed iets op haar laptop. '"Men gaat er nog steeds van uit dat kinderen in principe het best af zijn bij de primaire verzorgende." Dat ben jij. En dat betekent dat Gary waarschijnlijk alimentatie aan jou en Milo moet betalen, als jij de primaire verzorging krijgt toegewezen. En dan krijg je het huis waarschijnlijk ook.'

Diana kneep in een poging te bedenken wat er in godsnaam met Lizzie was gebeurd haar ogen half dicht. 'Gaat het wel?' vroeg ze.

Lizzie speelde met haar paardenstaart. 'Hoe bedoel je?'

'Met je rug,' spoorde Diana haar aan. De rug van haar zusje was de kleinste verandering die Diana aan haar was opgevallen, maar het was een begin.

Lizzie keek haar opgewekt aan. 'O, ja! Prima! Hij doet helemaal geen pijn meer.'

'Moet je niet op controle?'

Haar zusje friemelde aan een los draadje aan haar mouw. 'Dat heb ik al gedaan. Ik ben vorige week hier bij iemand geweest. Ik had een verwijzing van mijn eigen dokter. Mama heeft me gebracht. Volgens mij was je met Milo naar het strand. Alles is in orde.' Ze keek nogmaals op het scherm van haar laptop. 'Ik heb drie namen van oma gekregen. Ik heb er twee gemaild en die derde belt terug, maar deze spreekt me het meest aan.' Ze zette het beeldscherm zo neer dat Diana een mannengezicht zag, kaal en vaderlijk, met een lijst eronder met diploma's, eretitels en door hem gepubliceerde artikelen. Diana had vanaf het eerste moment dat Doug haar hand had gepakt, in die grotachtige bar, geweten dat het hierop kon uitdraaien – advocaten, zittingsdata en alimentatieregelingen, het uit elkaar vallen van haar huwelijk, het eind van alles – maar nu ze daadwerkelijk was gearriveerd op die plek waar ze zowel naar had verlangd als tegen op had gezien, was ze doodsbang. Hoe zou haar leven eruitzien zonder Gary? Als echtgenoot had hij haar teleurgesteld, maar hij was er geweest, nog een persoon in huis (of op de bank), iemand die met genegenheid aan haar dacht... of dat in ieder geval ooit had gedaan. Gary zou nu wel niet meer met genegenheid aan haar denken.

Ze werd overvallen door een golf van misselijkheid, dwong zichzelf erdoorheen te ademen en zette haar blote voeten op de vloer. Stapje voor stapje, zei ze tegen zichzelf. Ze zou gaan douchen, zich aankleden en die advocaat bellen.

'Hé, Diana?'

Diana draaide zich om; ze leunde met een hand tegen de deurpost. Haar zusje zat met haar haar te spelen, een gebaar dat Diana zich nog herinnerde van toen Lizzie klein was en pijpenkrullen had, wanneer ze er dan één rechttrok en weer losliet zodat hij terugveerde in zijn oorspronkelijke vorm. 'Mensen doen dit, dat weet je toch, hè?' zei Lizzie. 'Mensen doen dit elke dag, en er gaat niemand dood aan.'

Diana staarde naar haar zusje en vroeg zich nogmaals af of ze door ruimtewezens was overgenomen. 'Dank je,' zei ze. Wat is er gebeurd? dacht ze. Wat is er toch met je gebeurd, Lizzie?

Ze pakte een handdoek en een washandje, een tandenborstel en tandpasta en ging douchen. Daarna liep ze terug naar haar slaapkamer, waar ze haar bed opgemaakt aantrof, de kussens opgeschud, haar mobieltje aan de lader in het stopcontact en de informatie over die advocaat, met zijn telefoonnummer, midden op het bed. Diana hing haar handdoek op, kleedde zich aan, pakte haar mobieltje, liep naar de veranda en ging in kleermakerszit op de schommelbank zitten, die uitkeek over zee. 'Met Diana Woodruff. Ik bel voor David Bascomb,' zei ze. Toen de receptioniste zei dat meneer Bascomb er niet was en vroeg of ze een boodschap kon aannemen, spelde Diana haar naam en gaf haar mobiele nummer, en toen de vrouw vroeg waarvoor ze belde ontdekte Diana dat het haar, hoewel niet zonder moeite, lukte om de woorden uit te spreken: 'Een scheiding.'

Toen dat eenmaal was gebeurd stak ze haar telefoon in haar zak. Toen ze over het grasveld liep en de frisse herfstlucht inademde, drong het tot haar door dat ze had gehoopt dat het bellen van een advocaat, het hardop uitspreken van het woord 'scheiding', een of andere transformatie teweeg zou brengen. Magisch denken, besloot ze terwijl ze tegen een berg felgekleurde, zoet ruikende bladeren trapte. Bellen, die woorden uitspreken en haar zusje vertellen wat er was gebeurd, was een begin, maar het eind was nog lang niet in zicht.

Diana haalde haar mobieltje weer tevoorschijn. Ze was tijdens een zomerkamp in het zwembad eens van de tienmeterplank gesprongen omdat een van de jongens haar daartoe had uitgedaagd. Vanuit het water gezien, terwijl de jongens gehoekte sprongen en salto's maakten, had hij er helemaal niet zo hoog uitgezien, maar als je eenmaal die ladder op was geklommen en op de rand stond, het beton ruw onder je voeten en je de blauwe diepte van het water in keek, leek het net of je aan de rand van de wereld stond, en dat er vrijwillig af springen gekkenwerk was.

Toch had Diana zichzelf gedwongen het te doen. Een, twee, drie, had ze zichzelf toegesproken in haar hoofd, waarbij ze zichzelf had gedwongen op de rand van de plank te gaan staan en vervolgens de diepte in te springen, wat haar het gevoel gaf dat haar maag tien meter boven haar was blijven hangen terwijl zij in het water plonsde. Een, twee, drie, sprak ze ook nu zichzelf weer toe terwijl ze op de snelkiestoets voor Gary drukte.

Hij nam meteen op. 'Diana?' Zijn stem was de gebruikelijke natte rochel, waardoor hij altijd klonk of hij op het punt stond iets vreselijk smerigs uit te gaan kotsen. Ik heb altijd een aversie tegen zijn stem gehad, bedacht Diana. Dat besef ging gepaard met enige, hoewel minimale, opluchting, dat ze dat kon denken, al was het maar voor zichzelf, en dat ze dat gevoel niet meer meteen hoefde te onderdrukken, dat ze het niet meer de kop in hoefde te drukken of er tien dingen tegenover moest stellen die ze wél leuk aan hem vond.

'Ik wilde alleen...' Haar stem ebde weg. Wat wilde ze tegen hem zeggen? 'We zijn nog in Connecticut. Het gaat goed met Milo.'

'Dat weet ik.' Gary was even stil en zei toen met enige tegenzin: 'Hij klinkt goed.' Nog een pauze terwijl hij zijn neus snoot. 'Wanneer breng je hem naar huis?'

'Heb ik een huis om hem naartoe te brengen?' vroeg Diana, en Gary zuchtte.

'Natuurlijk heb je dat. Luister. Wat ik zei over hier blijven... als we niet onder één dak kunnen wonen, bedenken we er wel wat op.'

Diana had het gevoel dat ze zich schrap had gezet voor een enorme klap, een stomp in haar maag, maar dat ze in plaats daarvan was geraakt door een kussen. Zo te horen leed Gary aan dezelfde pijn in zijn hart als zij. 'Kom nou maar gewoon naar huis,' zei hij. 'Dan kunnen we erover praten. Je hebt waarschijnlijk niet eens afscheid kunnen nemen van je vriendje.' Dat laatste woord sprak hij heel akelig uit.

'Dat is uit,' zei ze. Toen Gary niet reageerde, zei ze: 'Ik weet dat het fout was – natuurlijk wist ik dat – maar... maar ik was ontzettend eenzaam.'

'Tuurlijk,' zei hij. 'Eenzaam. Terwijl ik hier gewoon op de bank zat.'

Diana hapte niet. Er zou nog genoeg gelegenheid komen om met een beschuldigende vinger te wijzen, om het te vertellen, als ze besloot dat dat verstandig was, dat je je ondraaglijk eenzaam kon voelen terwijl er iemand bij je in de kamer zat.

'Wat er ook gebeurt,' zei ze, 'ik wil dat je Milo blijft zien. Je bent zijn vader en ik wil je in zijn leven.'

Nu klonk Gary gekwetst. 'Natuurlijk blijf ik in zijn leven. Je denkt toch niet dat ik hem zou verlaten om wat jij hebt gedaan?' Hij zuchtte. 'Kom nou maar naar huis, dan kunnen we erover praten.'

'Ik wil nog even hier blijven.'

'Hoe lang?' vroeg hij. Ze hoorde die akelige ondertoon weer, die ondertoon die ze was gaan benoemen als zijn waar-zijn-mijn-sleutels-jengel.

'Tot na Thanksgiving,' zei ze.

'Jezus, Diana! En hoe moet dat dan met school?'

'Ik geef hem thuis les.'

'En je werk?'

'Ik ben met verlof,' antwoordde ze.

'Kom nou maar naar huis,' zei hij nogmaals, en Diana dacht: ik bén thuis. Toen sloot ze haar ogen, en ze stond zichzelf toe zich voor te stellen waar ze over twee jaar zouden zijn. Gary zou natuurlijk een ander vinden. Ze zag die vrouw al voor zich, het soort vrouw dat hij meteen had moeten kiezen: iets jonger dan hij, klein en met een rond gezicht, een lachend, levendig, vrolijk meisje dat nooit last had van de humeurigheid en melancholie die Diana parten kon spelen. Gary's vriendin zou kinderverpleegster zijn, of kleuterjuf, iets waarbij ze haar immer vrolijke gemoed goed kon gebruiken. Diana zag haar al voor zich: lachend grapjes makend tegen een bang kind terwijl ze zich vooroverboog om het een prik te geven, waarna ze pleisters, lolly's of stickers zou uitdelen.

Dat meisje, Gary's meisje, zou dol zijn op Disney World, en dat zonder geveinsd, sarcastisch enthousiasme, en het zou haar lukken om Milo in alle enge attracties te lokken. Bij haar op de koffietafel zouden schaaltjes chocolaatjes staan, en ze zou het huis versieren voor alle belangrijke feestdagen, en sommige minder belangrijke. Ze zou klassenouder zijn, en voorzitster van de oudervereniging, en ze zou eens per maand maaltijden rondrijden voor ouden van dagen. In bed zou ze welwillend en gretig zijn, en ze zou het een compliment vinden als Gary's zweet over haar heen droop. En ze zou een naam hebben die eindigde met een 'ie'-klank: Meggie, Carly of Kylie. Ze zou haar briefjes ondertekenen met omhelzingen en kusjes, haar mails zouden vol staan met emoticons en ze zou haar instellingen standaard zo zetten dat ze haar naam met roze schreef. Ze zou Gary nooit dom vinden. Ze zou al zijn mash-ups op haar iPod zetten. Ze zou naast hem op de bank football met hem kijken en juichen bij elke onderschepping en touchdown.

Misschien zou ze zelfs wel van Milo gaan houden, ze zou zo'n meisje zijn dat gemakkelijk van mensen hield. Ze zou Diana's zoon een bijnaam geven – bink, of knul –, een woord dat Milo openlijk zou haten maar stiekem best leuk zou vinden. Kom op, knul, zou Kylie of Meggie dan zeggen terwijl ze Milo in haar bestelbusje met een DEZE AUTO HEEFT MOUNT WASHINGTON BEDWONGEN-bumpersticker erop. O god, Diana zag hem al helemaal voor zich, met zijn kastanjebruine lak, een veelgebruikt kinderzitje achterin en een blikje cola light voorin, want Meggie/Carly/Kylie zou altijd op dieet zijn. Noem me niet zo, zou Milo grommen, maar met een glimlach op zijn gezicht, zijn mondhoeken net genoeg omhoog gekruld om haar te laten weten dat hij het niet echt meende.

'Konden we maar...' zei Gary.

'Ik wilde alleen...' zei Diana.

Ze waren weer stil. 'Ik zal komend weekend met hem langskomen,' zei ze tegen haar man – haar ex-man, binnenkort haar ex-man. Daar zou ze aan moeten wennen, ze zou eraan moeten wennen zichzelf als vrouw met een ex te gaan zien, in plaats van als vrouw met een man. Maar dat kon ze best. Lizzie had gelijk: dat deden mensen elke dag en er ging niemand aan dood. Diana leunde achterover tegen een boomstam en voelde de zon op haar gezicht en armen terwijl zij en haar man voorzichtig plannen voor het weekend maakten en afspraken wanneer Gary zijn zoon zou zien.

Sylvie

'WAKKER WORDEN!' RIEP SYLVIE TERWIJL ZE EERST OP DIANA'S DEUR EN toen op die van Lizzie klopte. 'Kom dames, de morgenstond heeft goud in de mond!' Er klonk een zachte kreun uit Diana's bed. Sylvie hoorde in Lizzies kamer helemaal niets gebeuren. Ze klopte nogmaals en gooide toen de deur open. Lizzie lag opgekruld op haar zij, helemaal onder de dekens, en er was alleen een pluk blond haar zichtbaar. 'Kom op,' zei ze terwijl ze de gordijnen opentrok, het raam openzette en de zeelucht de kamer binnen liet stromen. De lucht en zee waren allebei een moeilijk te onderscheiden kleur grijs, en alle bomen waren kaal. 'We hebben plannen.'

Lizzie tuurde onder haar dekbed vandaan. 'Plannen?'

'Ja.' Ze wachtte tot Lizzie – gapend en in haar ogen wrijvend – rechtop zat. 'Milo gaat vissen met Tim, en nu jij je weer beter voelt, gaan we met Diana op avontuur.'

'Hoe zit dat eigenlijk, met jou en Tim?' vroeg Lizzie.

Sylvie probeerde tijd te rekken door druk in de weer te gaan met de gordijnen. Tim was een paar keer komen eten in de weken sinds de meisjes er waren en had dan bloemen en desserts meegenomen. Lizzie en Diana waren beleefd geweest, maar niet erg nieuwsgierig. Ze leken allebei ook genoeg problemen te hebben om hen volledig in beslag te nemen, hoewel ze niets mededeelden over de details: niet wat er met Lizzies rug was gebeurd en niets over Diana's baan of Diana's echtgenoot. Toen ze twee weken in Connecticut was, had Lizzie zichzelf in haar slaapkamer opgesloten en haar arts in New York gesproken, die haar de bedrust had voorgeschreven. De volgende dag had ze om een lift naar de stad gevraagd. 'Ik heb een verwijzing gekregen,' zei ze, trots als iemand die aankondigt dat ze de loterij heeft gewonnen, en Sylvie was zo geraakt door deze verlate uiting van verantwoordelijkheidsgevoel dat ze had aangeboden erna kleding te gaan kopen met Lizzie... waarop Lizzie mysterieus had geglimlacht en had gezegd: 'Nee, dank je.'

En Diana had afgelopen vrijdagmiddag Milo in de auto gezet en was met hem naar zijn vader in Philadelphia gereden. Ze waren zondag teruggekomen, bedachtzaam en stil, en toen Sylvie had gevraagd hoe het met Gary ging en hoe het bezoekje was geweest, hadden haar kleinzoon en dochter niets anders gezegd dan: 'Prima', en: 'Leuk.'

'Ga je maar even aankleden,' zei Sylvie tegen Lizzie, en ze trok het dekbed van haar af.

'Is Tim je vriendje of zo?' drong Lizzie aan, die rechtop in bed zat in haar tweedehands onderjurk als nachtpon. Er zaten vouwen van het kussen in haar wang.

'Tim en ik zijn vrienden,' zei Sylvie. Dat was haar verhaal en daar hield ze zich aan. Ze haalde de folder die ze van de bibliotheek in Fairview had meegenomen uit haar zak.

'"Memoires van een midlifecrisis",' las Lizzie voor. Ze trok een vies gezicht, en het was Sylvie niet duidelijk of dat betrekking had op de titel, de foto van de elegante schrijfster of het gehele concept het huis te moeten verlaten en zich met haar moeder in het openbaar te moeten vertonen. 'Ik weet het niet hoor. Mijn rug is nog behoorlijk stijf.'

Sylvie onderdrukte haar frustratie. 'Je ligt al weken in bed. Het is hier geen sanatorium.'

'Ik moest rusten,' protesteerde Lizzie.

'Maar nu gaat het weer goed, toch?' Ze wachtte tot Lizzie met tegenzin knikte en zei toen: 'De frisse lucht zal je goed doen. En de beweging vast ook', want Lizzie was absoluut een beetje aangekomen van al de popcorn en in bed liggen.

Diana kwam in haar sportkleding de kamer binnen. 'Wat is er?'

'We moeten van mama naar een lezing,' zei Lizzie, en ze gaf haar zus de folder, die Diana bestudeerde alsof ze er later een overhoring over zou krijgen.

'Een midlifecrisis? Probeer je ons iets te vertellen?'

'Het leek me een interessant onderwerp,' zei Sylvie op neutrale toon terwijl Diana uit de folder voorlas.

'"Drea Danziger had alles toen ze tweeënveertig was: een liefdevolle echtgenoot, een aantrekkelijke zoon, een wonderschone boerderij in Litchfield. Maar ze voelde nog steeds een knagende leegte, een gat in haar leven."' Diana bestudeerde de foto van de schrijfster. 'Zo te zien had ze gewoon honger.'

'Laat mij eens kijken.' Lizzie zat te giechelen.

'Ik meen het,' zei Diana terwijl ze haar zusje de folder gaf. 'Dat gat in haar leven had ze kunnen vullen met een broodje warm vlees.'

Sylvie moest zichzelf enorm in bedwang houden om niet tegen Diana te zeggen dat zij ook wel wat van die broodjes kon gebruiken. In tegenstelling tot Lizzie was haar oudste ronduit broodmager. 'Gedragen jullie je eens een beetje, zeg. Ik neem aan dat die mevrouw heel lang aan dat boek heeft gewerkt.'

'Jakkes,' zei Lizzie, die met haar ogen rolde. 'Moeten we ons beter gaan voelen omdat een of ander getrouwd mens met een eigen boerderij ons gaat vertellen dat yoga haar spirituele crisis heeft opgelost?'

'Ze is vast geschift,' mompelde Diana.

'Jullie kunnen me natuurlijk ook gewoon vertellen wat er aan de hand is,' begon Sylvie, maar Diana onderbrak haar.

'Als we nou eens lekker gaan rennen?'

'Ik heb mijn rug bezeerd,' zei Lizzie.

'Ik ben oud,' zei Sylvie.

Dat overwoog Diana even. 'Joggen, dan? We kunnen rustig beginnen.'

Sylvie maakte zich er maar niet druk om dat geen van haar dochters had geprotesteerd dat ze helemaal niet oud was en dat haar beste jaren nog vóór haar lagen. Misschien moest ze de volgende keer dat Diana naar de beschaafde wereld zou rijden toch maar met haar mee om haar haar te laten doen.

'Of we kunnen samen op yoga,' opperde Sylvie.

Lizzie sprong uit bed (waarbij Sylvie een moment nam om zich te verwonderen over hoe haar rug geheel was genezen en hoe veerkrachtig jonge mensen toch waren). 'Wandelen, dan?' stelde ze voor. 'We kunnen een strandwandeling maken en dan gaan picknicken. Dan kan ik foto's maken.'

Ze staarde aarzelend uit het raam. Op dat moment brak het wolkendek open, alsof God het zo had bepaald, en scheen een straal gouden oktoberlicht op het sprankelende water. Een vogel begon hoog en schril te zingen. Ze slaakten alle drie tegelijk een zucht.

'Ik ga even wat te eten regelen,' zei Sylvie.

'Je mag wel een goede beha van me lenen,' zei Diana tegen haar zusje. Lizzie rolde met haar ogen, maar het lukte haar om haar zus beleefd te bedanken. Sylvie liet hen achter en reed naar het dorp om een picknick voor hun dag aan het strand te regelen.

Een uur later zaten ze samen in de keuken. Diana had haar haar in een hoge paardenstaart gedaan. Ze rook naar zonnebrand en had haar sportkleding aan, met reflecterende biesjes en luchtdoorlatende inzetstukken van, zo vertelde ze, gerecycled bamboe. Sylvie vroeg zich af hoe dat kon – kon je echt textiel maken van bomen? – en besloot dat ze geen zin had om ernaar te vragen. Lizzie was haar gebruikelijke slonzige zelf, in een uitgezakte donkerblauwe trainingsbroek met een oranje sweater met capuchon, een gebreide sjaal om haar nek en haar camera eroverheen. Sylvie droeg haar wandelkleding: een legging, gympen en een T-shirt met lange mouwen dat ze had gekocht tijdens een reisje voor haar verjaardag, met Ceil naar Canyon Ranch.

Tim arriveerde om halfelf, in een spijkerbroek, een geruit overhemd, wandelschoenen en een visvest vol zakken. Milo had de vispet vol haakjes op zijn hoofd die Sylvie voor hem had gekocht. Toen Tim aan kwam lopen, stond hij aan de hand van zijn moeder in de deuropening, maar toen hij de kano achter op Tims truck zag liggen, rende hij op hem af. 'Ik heb een reddingsvest voor hem meegenomen,' zei Tim. 'We zijn om vijf uur terug.' Sylvie trok haar rugzak, waar de picknick in zat, over haar schouders en gebaarde haar dochters de gammele houten trap naar het water af.

Ze liepen de eerste tien minuten in stilte. Diana pompte met haar armen, sprong op de ballen van haar voeten in haar dure gympen, overduidelijk gretig heel hard van het tweetal weg te rennen. Lizzie dwaalde mee, nu weer naar het water en dan weer naar het land, stoppend om schelpen, zeeglas en stukjes drijfhout op te rapen, wat allemaal in de buidel voor op haar sweater verdween, of om een foto van het water of de meeuwen in de lucht te maken. Sylvie liep tussen hen in. Een deel van haar genoot van het moment, de zachte zonneschijn op haar gezicht, het zand onder haar schoenen, de zaligheid hier samen met haar dochters te zijn, afgeschermd van de rest van de wereld met niets dan tijd. De dag strekte zich voor hen uit, de uren totdat Tim Milo zou thuisbrengen, en ze hadden geen plannen of verplichtingen, niets te doen behalve hun deken op een mooi stuk zand uitspreiden, lunchen... en praten. Vandaag was de dag dat ze tot de kern zou komen. Ze zou erachter komen wat er aan de hand was met haar dochters, en als ze dat eenmaal wist, zou ze bedenken hoe ze het voor hen ging oplossen. Ze liep in een prettig tempo, zich bewust van de lucht die haar longen vulde en het ritme van haar hartslag. Ze keek vooruit naar Diana's huppende paardenstaart, terug naar de dwalende Lizzie, en hield haar vraag voor zich, die voor beiden dezelfde was: Meiden, wat is er mis?

Diana hield het uiteindelijk niet meer vol. 'Vinden jullie het goed als ik even een stuk ga rennen?'

'Ga je gang,' riep Sylvie. 'Dan staat de lunch klaar als je terugkomt.'

Diana schoot weg als een pijl uit de boog en haar gympen schoten miniatuurtornado's van zand achter haar op. Sylvie en Lizzie liepen nog een paar minuten en spreidden toen de deken op het goudkleurige zand. Lizzie ging met een zucht zitten en Sylvie pakte de picknick uit. Ze was die ochtend naar een delicatessenwinkel in de stad geweest. Ze was er al zo vaak langsgelopen, steeds weer onder de indruk van hoe mooi alles eruitzag: de witte muren, de blauwe deur en de geel-wit gestreepte luifel. De winkel had een plankenvloer en er stonden potten met azijn, olijven, jam en honing, en in een glazen vitrine lagen wel honderd soorten kaas.

'Kan ik u helpen?' vroeg het meisje achter de toonbank, dat een schort droeg van dezelfde stof als de luifel. Sylvie koos een stuk zoute gruyère, een romige punt brie en een stuk geitenkaas met cranberry's. Ze kocht een stokbrood, een potje vijgenjam, drie schitterende groene appels, een half pond eendenmousse, een bak frambozen, een zak zoute karamel en een zak pretzels met pure chocolade. 'Wilt u er iets te drinken bij?' vroeg het meisje achter de kassa, en Sylvie pakte een fles water en een fles limonade. Toen pakte ze plastic bestek en een handjevol papieren servetten.

Lizzie schonk wat limonade voor zichzelf in en zat ervan te nippen terwijl ze naar het veranderlijke blauw, groen en grijs van het water staarde.

'Vertel,' zei Sylvie. 'Hoe is het met jou?' Het was een idiote vraag, zoals je die op een cocktailfeestje stelde, maar ze had er tijdens de wandeling over nagedacht en had geen betere manier kunnen bedenken om het gesprek te openen.

'Goed,' zei Lizzie; strengen haar waren losgekomen uit haar haarband en werden tegen haar rossige wangen geblazen. Ze sloeg haar armen om haar knieën.

'Is je rug weer helemaal in orde?'

'Prima,' zei Lizzie met haar blik nog op het water gericht.

'Mis je New York?' probeerde Sylvie. 'Je werk, of je vrienden?'

Lizzie trok een gezicht. 'Die baan was niets meer dan arbeidsverschaffing. En ik heb al jaren geen echte vrienden gehad.'

Sylvie huiverde... was dat waar? vroeg ze zich af. 'En dat meisje dan? Hoe heette ze ook alweer, Patrice?'

'Dat was op de middelbare school,' zei Lizzie. 'Ik heb Patrice jaren geleden voor het laatst gesproken.'

'O, Lizzie,' zei Sylvie.

Lizzie haalde haar schouders op en keek zijdelings naar haar moeder. 'Ik heb jou toch? En pa, en Diana. Hoewel Diana niet echt behoefte aan mij heeft.'

'Je zus houdt van je,' zei Sylvie in een reflex.

'Ach nee,' mompelde Lizzie. Ze liet haar kin zakken, maar hief toen haar hoofd en begon aan haar fototoestel te friemelen. 'Ik ben niets anders voor haar dan nóg meer rommel die ze moet opruimen.'

'Dat is niet waar,' zei Sylvie.

'Jawel hoor. Dat is gewoon wat ik ben voor jullie. Rommel die moet worden opgeruimd. Ik ben niet...' Ze haalde diep adem, en toen ze verder sprak, beefde haar stem. 'Verantwoordelijk.'

Sylvie legde aarzelend haar hand op de rug van haar dochter, hoog, tussen haar schouderbladen, waar ze geen pijn had. 'Ik weet dat je vader en ik niet altijd voor je hebben gezorgd zoals we dat hadden moeten doen.'

In plaats van antwoord te geven, hief Lizzie haar camera en bracht de zoeker naar haar oog, richtte de lens op de oceaan.

'Leg eens weg,' zei Sylvie. 'Je hoeft je niet te verstoppen.'

'Soms,' zei Lizzie, 'is het goed om iets te hebben waarachter je kunt schuilen.' De camera klikte. 'Zoals jij altijd achter pa hebt gestaan.'

Sylvie zei voorzichtig: 'Wat er toen is gebeurd. Toen je ging oppassen. Ik heb erover nagedacht...'

Ze zag onder de camera de kuiltjes in Lizzies wangen schieten terwijl ze glimlachte. 'Denk je nog steeds dat ik daarom aan de drugs ben gegaan? Omdat een of andere jongen me heeft gedwongen hem te pijpen?'

'Nou ja, ik heb altijd gedacht... ik bedoel, de timing...' Sylvie hield op met praten, haar wangen brandend door het woord 'pijpen' en de gêne dat ze het zo mis had gehad. Als ze het mis had gehad. Was dat zo?

'Het kwam niet alleen daardoor,' zei Lizzie. 'Het kwam door een heleboel dingen.' Ze legde haar fototoestel op het kleed en pakte haar beker limonade. 'Ik heb het moeilijk gehad op school. Iedereen verwachtte van me dat ik een tweede Diana zou worden.'

'Maar die jongen...'

'Zo indrukwekkend was het nou ook weer niet, hoor!' Lizzie sprong op. Haar gezicht was rood geworden.

Sylvie greep haar hand. 'Laat me nou even uitpraten!' zei ze, en Lizzie, die er niet aan was gewend dat haar moeder haar stem verhief, staarde Sylvie met grote ogen aan. 'Ik vind dat we je hebben laten vallen,' zei Sylvie. 'Je vader en ik.' Ze was even stil en zei toen: 'Of eigenlijk ik nog meer dan hij. Of misschien alleen ik. Ik wilde de politie bellen. Ik wilde een aanklacht indienen. Ik vond dat die jongen naar de gevangenis moest.' Ze wrong haar handen ineen en biechtte toen op: 'Ik heb me door je vader laten overhalen dat niet te doen, en er is sindsdien geen dag voorbijgegaan dat ik me daar niet schuldig om heb gevoeld.'

Lizzie pakte haar camera weer. 'Volgens mij sturen ze mensen niet naar de gevangenis voor wat hij heeft gedaan. Niet als het meisje het wil. En ik wilde het. Min of meer. In het begin. Hij was ontzettend aantrekkelijk, weet je nog?'

'Dat maakt niet uit!'

'Voor mij maakte het wel uit,' zei Lizzie. 'Toen ik twaalf was.' Sylvie hoorde de sluiter klikken. 'Dus pa wilde niet naar de politie, en jij wel?'

'Inderdaad.' Ze voelde zich schuldig dat ze Richard zo verried, maar het was tijd dat Lizzie de waarheid hoorde; ze moest weten dat in ieder geval een van haar ouders het juiste had willen doen, ook al had ze niet het lef gehad het ten uitvoer te brengen. 'Het spijt me, Lizzie. Het spijt me dat ik het niet heb doorgezet.'

'Dat geeft niet.' Lizzie legde haar camera weer weg en tuurde met half samengeknepen ogen de lucht in. 'Geloof me, ik heb momenteel wel wat anders aan mijn hoofd.'

'Wat dan?' vroeg Sylvie. 'Je kunt met me praten. Ik ben er nu wel voor je. We hebben tijd...' Maar op dat moment zagen ze Diana over het strand komen denderen, met een rood gezicht, haar voeten stampend in het zand, haar paardenstaart achter haar wapperend als een vlag.

'Daar heb je haar ook weer,' mompelde Lizzie, en ze hief haar fototoestel om foto's van haar rennende zus te maken.

Diana

HET WAS DIANA SINDS ZE LIZZIE EN HAAR ADVOCAAT HAD GESPROKEN gelukt om haar leven weer enigszins op het goede spoor te krijgen. Ze was met haar zoon naar huis geweest. Gary was met Milo naar het wetenschapsmuseum en de dierentuin geweest terwijl zij van kamer naar kamer was gedwaald in het rijtjeshuis, dat onveranderd was sinds de ochtend van haar vertrek (en, vermoedde ze, sindsdien niet meer schoongemaakt). Ze pakte wat spulletjes – de ingelijste trouwfoto op hun ladekast, de beschilderde keramieken waterkan die ze tijdens een voorjaarsvakantie in Mexico had gekocht –, hield ze even vast en zette ze weer neer.

's Ochtends, na een redelijkere hardlooptocht, ging ze naar boven, douchte, kleedde zich aan en hielp Milo met zijn huiswerk, luisterde naar hem als hij voorlas, hielp hem een paar bladzijden van zijn rekenboek door en keek toe hoe hij verhaaltjes en ansichtkaarten aan zijn vader schreef. 's Middags ging ze met hem naar de bibliotheek, of naar de brink, waar hij vriendschap had gesloten met een meisje dat haar krullende blonde haar in vlechten droeg en Milo leerde hoelahoepen met de roze glinsterende hoepel die haar moeder op weg naar het park aan de handvatten van de wandelwagen van het zusje van het meisje hing.

Toch lag ze om een uur of vier, vijf vaak weer in bed, met een kop kamillethee op haar nachtkastje, het dekbed tot haar kin opgetrokken en het raam een heel klein stukje open om de frisse, zilte lucht binnen te laten. Dan lag ze in bed en dacht aan Doug. Miste hij haar? Had hij zijn leven alweer opgepakt? Ging hij met een ander meisje naar de Khyber, of de parkeerplaats, en deed hij daar de dingen met haar waar Diana zo van had genoten? Zou ze hem ooit nog eens zien? Die vragen overwoog ze tot ze in slaap viel, en dan sliep ze tot de zon onder was en iemand haar kwam halen voor het avondeten, dat ze nooit hielp bereiden. Sylvie, die op wonderbaarlijke wijze had leren koken, maakte soep, stoofpot en zelfgebakken brood, kipgerechten, ovenschotels en geroosterde kalkoenborst. Milo hielp tafeldekken en Diana en Lizzie deden de afwas, veegden de werkbladen schoon en zwabberden de vloer. Regressie, dacht ze... maar kon je echt van regressie spreken, aangezien zij en haar zusje terugtraden in een leven dat ze nooit hadden gehad, in een idyllische jeugd die ze nooit hadden genoten?

Normaal gesproken was het Lizzie die aan het begin van de avond op haar deur klopte, maar op een vrijdag werd ze wakker van Milo's hese stem op de gang bij haar slaapkamerdeur. 'Snoep of je leven!'

Snoep of je leven? Diana schoot overeind in bed en haar hart bonkte zo hard als het had gedaan na een van haar meest slopende hardlooptochten. Was het Halloween? Kon dat? Er waren haar wel wat versieringen opgevallen in de winkels en in het dorp, en dat meisje met het krulhaar had Milo verteld dat ze Halloween verkleed als footballer zou gaan vieren (waarop de moeder van het meisje, dat nooit meer dan 'hoi' en 'dag' tegen Diana zei, met haar ogen had gerold), maar Diana had aangenomen dat de feestdag in aantocht was, niet dat het nu al zover was. Ik ben, dacht ze terwijl ze haar benen uit bed zwaaide en zich schrap zette om haar zoon onder ogen te komen, de slechtste moeder ooit, de allerslechtste moeder op aarde. Ze had haar echtgenoot bedrogen, had haar huwelijk verpest, ze had Milo van school gehaald, hem weggehaald van zijn huis en alles wat hij kende en had hem naar Connecticut gesleept, en nu was ze een van de belangrijkste avonden in het jaar van een kind vergeten. Zou hij haar ooit kunnen vergeven, en zo ja, hoeveel jaar therapie zou daar dan voor nodig zijn?

'Milo, het...' Ze wilde 'spijt me' zeggen, maar de woorden stierven op haar lippen, want daar stond haar zoon al, in een verkleedkostuum. Hij droeg – ze knipperde even met haar ogen – een glanzende zwarte bolvorm, van zijn nek tot boven zijn knieën, die zijn onderbenen en armen vrij liet en die zo te zien in delen loskwam, als de partjes van een sinaasappel. Eronder droeg hij een zwarte broek en een zwarte coltrui.

'Ik ben een Bakugan!'

'Een wat?'

'Dat is speelgoed,' zei Lizzie, die achter hem stond. 'Hij zei dat alle kinderen op school ze hebben. Het zijn een soort balletjes die openspringen en vervormen tot iets anders.'

'Aha.' Diana tuurde naar haar zoon, die trots om zijn as draaide en toen een plastic emmer in de vorm van een pompoen onder haar neus duwde.

'Snoep of je leven!' zei Milo nogmaals. Ze voelde haar hart weer in haar schoenen zinken.

'O lieverd, we hebben geen snoep in huis.'

'Jawel hoor,' zei Lizzie, die een heksenhoed op haar hoofd had. Ze was verder gekleed in een ruimvallende zwarte trui, een versleten zwarte rok, een zwarte panty met motief en enkelhoge zwarte laarsjes. Ze gaf Diana een zakje chocolaatjes, dat Diana, die nog in shock was, aannam. Ze haalde er twee chocolaatjes uit en gooide die in Milo's emmertje.

'O mijn god,' fluisterde Diana terwijl Milo de trap af daverde om Sylvie zijn eerste buit te gaan laten zien. 'Ik ben totaal vergeten... ik had geen idee dat het...' Ze liet zich weer op bed zakken. 'Wordt er hier überhaupt Halloween gevierd?' De meeste andere strandhuizen waren afgesloten voor de winter. En Milo had het nooit leuk gevonden om bij vreemden aan te bellen en om snoep te vragen. Hij had sinds hij verbaal sterk genoeg was om een verzoek te kunnen formuleren elk jaar aan Diana gevraagd of hij met haar thuis mocht blijven, waarbij ze dan op de trap voor hun huis hadden gezeten en de rozijntjes en pretzels hadden uitgedeeld die zij had gekocht. Waar Gary zich natuurlijk dood aan ergerde... deels, vermoedde Diana, omdat als Milo niet langs de deuren ging voor snoep, er geen snoep in huis was voor Gary om stiekem te pakken.

'Hoe komt hij aan dat kostuum?' vroeg ze.

'Dat heb ik gemaakt.'

Ze keek met knipperende ogen naar haar zusje. 'Pardon? Wanneer heb jij leren naaien dan?'

Lizzie haalde haar schouders op. 'Zo moeilijk was het niet. Het zit bijna helemaal met klittenband in elkaar. Het is zo'n doe-het-zelf-setje van internet.'

Diana knipperde nogmaals met haar ogen en wreef er toen in. 'Dankjewel. Als we het zouden zijn vergeten, zou hij ontroostbaar zijn geweest.'

'Dat zit wel goed,' zei Lizzie. Ze zette haar hoed recht en tuurde naar haar weerspiegeling in het raam. 'Ma is beneden. Ze is ook verkleed.'

Diana bekeek zichzelf, in haar corduroybroek en zwarte trui met boothals. Lizzie begon te grijnzen. 'Dan zeg je gewoon dat je een psychopathische moordenaar bent, die zien eruit als ieder ander.'

Lizzie leidde haar naar beneden, waar Milo met een kom soep in zijn handen op de rand van de keukentafel zat. 'Ik heb gezegd dat hij even wat moest eten voordat we het dorp in gaan,' zei Sylvie. Diana keek naar haar moeder, die gekleed was zoals Diana haar al minstens duizend keer had gezien: in een onopmerkelijk, duur blauw mantelpakje, met een panty en pumps en haar haar achter haar oren. In haar oorlellen sprankelden diamanten, en ze droeg haar Tank-horloge. Haar lippen waren in een perfect vriendelijke en betekenisloze glimlach gevormd.

'Wie ben jij?' vroeg Diana.

'Dat heb ik nog niet besloten,' zei Sylvie. 'Elizabeth Edwards of Silda Spitzer. Of gewoon de echtgenote van een willekeurige politicus.'

'Angstaanjagend,' mompelde Lizzie.

'Het gekke is,' zei Sylvie terwijl ze met haar handen over haar heupen streek, 'dat het nu echt als een kostuum voelt. Alsof ik me al die jaren heb verkleed.' Ze trok aan haar tailleband, zuchtte, en zei: 'Ik denk dat ik me even ga omkleden.'

Sylvie zwaaide naar hen en liep naar boven. Milo zette kletterend zijn soepkom en lepel in de gootsteen en draaide zich naar zijn moeder om.

'Ben je er klaar voor?'

'Waar gaan we naartoe?' vroeg Diana.

'Naar de brink,' zei Milo op een toon alsof dat vanzelfsprekend was. 'Er is een festival, met muziek en poppenspel. Lucy komt ook.' Lucy, nam Diana aan, zou dat hoelahoepende meisje wel zijn. 'Kom nou, kom nou, kom nou!' riep Milo, die bij de voordeur stond te huppen alsof hij moest plassen. Diana vroeg zich af of hij zou kunnen plassen met dat kostuum aan, en of ze moest zeggen dat hij nog even naar het toilet moest voordat ze vertrokken.

'Klaar?' vroeg Sylvie terwijl ze in haar legging met trui de trap af kwam lopen... en voordat Diana tegen Milo kon zeggen dat hij zijn handen moest wassen, naar het toilet moest gaan of een trui moest meenemen zaten ze al in de auto en reden achteruit de steile oprijlaan af, op weg naar de brink, waar inderdaad winkeliers stonden (onder wie haar moeders vriend Tim Simmons) die snoep, koek en appelsap uitdeelden. Het jazzkwartet van de middelbare school zat muziek te maken in de muziektent. Verklede kinderen met zaklampen en emmers snoep in hun handen renden achter elkaar aan over het gras terwijl ouders met samenzweerderige grijnzen op hun gezicht wijn dronken die ze in plastic bekertjes hadden geschonken uit flessen die ze stiekem in hun tas of een papieren zak bij zich hadden. Lucy's moeder zwaaide naar Diana en Lizzie en bood hun een bekertje rode wijn aan. 'Nee, dank je,' zei Lizzie, waarop de vrouw, die zo te zien een beetje aangeschoten was, zei: 'O nee, dat is waar, jij hebt geen kinderen, dus jij hebt geen gelukssap voor moeders nodig.'

Lizzie glimlachte vaag; ze was nog overgevoelig als het om drank ging, nam Diana aan. Ze omhelsde haar zusje impulsief. 'Dankjewel,' zei ze. 'Dankjewel dat je eraan hebt gedacht.'

'Graag gedaan,' zei Lizzie, en toen boog ze zich voorover om haar heksenhoed op te pakken, die tijdens de omhelzing op de grond was gevallen. Ze is volwassen geworden, bedacht Diana met een mengeling van trots en verdriet... want als Lizzie volwassen was geworden en geen aandacht meer nodig had, niet meer hoefde te worden gered, wat moest zij dan? Hoeveel van haar identiteit, van haar rol als echtgenote en verantwoordelijke grote zus kon haar worden afgenomen voordat ze niet meer zou weten wie ze was, voordat er helemaal niets meer over zou zijn?

Nou ja, dacht ze. Misschien kon ze Lizzie overhalen na Thanksgiving met haar mee terug te gaan naar Philadelphia. Gary had al een huurappartement met twee slaapkamers gevonden, twee straten weg van hun huis. Misschien dat Diana en Lizzie samen in het rijtjeshuis konden gaan wonen. Dan konden ze samen voor Milo zorgen, en dan zou Lizzie uiteindelijk een of ander baantje vinden en zouden ze er met zijn drietjes voor kunnen zorgen dat ze allemaal niet al te eenzaam werden.

'Gaat het een beetje?' vroeg Lizzie.

'Prima,' zei Diana. Ze nam een slokje van haar wijn en keek toe hoe haar zoon naar een heuveltop rende en zich vervolgens naar beneden liet rollen, waarbij zijn kostuum zand en bladeren aantrok terwijl hij rolde. Ze stelde zich hen vieren voor, samen zoals nu, elk jaar... Met Milo die groter zou worden, Lizzie die misschien wel zou gaan studeren, en Sylvie, dacht ze, die terug zou gaan naar Richard... maar misschien dat ze toch elk jaar met Halloween hier terug konden komen om op de brink te zitten, wijn te drinken en snoep te eten, ingepakt in truien en dekens terwijl de maan opkwam. Misschien kon dat wel. Misschien zou het op een dag wel weer goed gaan met haar en haar jongen.

Lizzie

HET HUIS OP DE HEUVEL, HET HUIS WAAR ZE HET NOOIT LEUK HAD GEvonden, was vijf kilometer lopen van het centrum van Fairview, waar de enige AA-bijeenkomst in de stad werd gehouden in een kelder van een katholieke kerk en waar de enige verloskundige van het dorp drie deuren daarnaast praktijk hield. Dan vertrok Lizzie om elf uur 's ochtends, nadat ze klaar was met de begeleiding van Milo's lessen, en liep stevig door naar het dorp. Dan dronk ze een kop thee en at een scone in de plaatselijke koffiebar, ging daarna naar haar bijeenkomst, deed indien nodig een boodschapje voor haar moeder – iets van de kruidenier, een boek dat ze had laten reserveren in de bibliotheek, enveloppen van de kantoorboekhandel of postzegels van het postkantoor – en dan ging ze, afhankelijk van hoe zwaar de boodschappen waren, lopend terug naar huis of wachtte tot Diana haar kwam halen. Matige beweging is goed voor je, had de dokter in Fairview tegen haar gezegd. Die raad ik zelfs aan. Dus ging ze vijf dagen per week wandelen. Met zwaaiende armen en muziek die in haar oren bonkte kon ze voorkomen dat ze aan de bolling in haar buik dacht onder al die lagen T-shirts en truien, en hoe ze het moest gaan aankondigen, en snel ook. De excuses die ze bedacht om zoveel in bed te liggen en zo veel zetmeel te eten begonnen behoorlijk ongeloofwaardig te worden.

Ze nam elke ochtend haar fototoestel mee en maakte foto's: een kraai op een elektriciteitskabel, een groepje lachende meisjes met de handen in wanten voor een lege fontein, een vrouw die gapend mascara op haar wimpers aanbracht terwijl ze voor het enige verkeerslicht in Fairview stond te wachten tot het groen werd.

Dinsdagochtend, twee dagen voor Thanksgiving, ging Lizzie onder een helderblauwe hemel op pad met haar lege boodschappentassen, haar portemonnee, haar boodschappenlijstje en haar iPod om haar gezelschap te houden. De lucht was fris, zo koud dat haar adem wolkjes maakte. Ze draaide een gebreide rode sjaal om haar hals en begon aan haar wandeling. Ze was net de hoek van de oprijlaan de straat op om toen ze een grijze auto op de hoek zag staan. Er zat een man achter het stuur... het portier zwaaide open terwijl Lizzie stond toe te kijken, alsof die man had zitten wachten tot ze zich zou vertonen. Toen hij uitstapte en zich naar haar omdraaide, zag Lizzie, terwijl haar hartslag versnelde en ze een ijzersmaak in haar mond kreeg, dat het Jeff was. Hij droeg een smetteloos wit overhemd met een bandplooibroek en een zilverkleurige bril. De puntjes van zijn oren waren rood van de kou onder zijn korte haar.

Ze stak haar hand in de zak van haar met dons gevulde vest tot haar vingers haar huissleutel raakten. Ze overwoog weg te rennen, de heuvel op terug te sprinten naar het huis, maar wat zou ze daarmee bereiken? Als hij haar helemaal hier naartoe was gevolgd en de hints had genegeerd die ze had gegeven door niet te reageren op zijn mails en telefoontjes, wat zou hem er dan van weerhouden haar naar de deur te volgen? En ze was hoe dan ook niet sneller dan hij. En al helemaal niet in haar toestand.

'Jeff,' zei ze, en ze probeerde kalm te klinken.

'Hoi Lizzie.' Zijn stem klonk vriendelijk, maar Lizzie kon zijn ogen niet zien achter zijn zonnebril, alleen zijn keurig gekamde haar en zijn lippen, die in een rechte lijn waren geperst. Ze vroeg zich af of hij zou zien dat ze was aangekomen; of hij iets zou vermoeden of alleen zou denken dat ze dikker was geworden.

'Wat doe jij hier?' vroeg ze, ook nu weer in een poging rustig te klinken.

'Je bent hem gesmeerd.' Hij klonk nu minder vriendelijk, een beetje geïrriteerd. 'Ik probeer je al weken te bereiken. Lees je je mail niet meer of zo?' Toen Lizzie geen antwoord gaf, zei Jeff: 'Ik hoopte dat we even kunnen praten.'

Ze deed een stap naar achteren richting de oprijlaan. 'Hoe heb je me gevonden?'

'Ik heb je vader gebeld.' Zijn mond verwrong. 'Het heeft even geduurd voordat ik hem aan de lijn had, maar ik heb doorgezet.'

'Hoe kom je aan zijn nummer?'

Jeff zette zijn bril af, vouwde hem dicht en stak hem in zijn zak. 'Van toen je mij hebt gebeld, weet je nog?' Hij keek haar tegen de zon in met half samengeknepen ogen aan, en ze probeerde zijn gezichtsuitdrukking te lezen. Was hij kwaad? 'Je vader heeft me het telefoonnummer van hier gegeven, maar het leek me beter als ik zelf zou komen.'

'Hoe wist je het adres?'

'Dat heb ik bij het nummer gezocht.' Nu glimlachte hij eindelijk. 'Zo moeilijk is dat niet.'

Ze glimlachte terug, voelde zich ongemakkelijk terwijl ze probeerde te bedenken wat ze nu moest. 'Het komt nu niet zo goed uit. Ik heb een afspraak.' Ze overwoog hem te vertellen dat die afspraak een AA-bijeenkomst was, maar besloot dat toch voor zich te houden.

'Kan ik je een lift geven?'

Ze schudde haar hoofd. 'Ik loop liever.'

'Dan loop ik met je mee,' zei hij. 'En misschien dat we na je afspraak dan samen kunnen lunchen.'

Wandelen met Jeff Spencer was het laatste wat ze wilde, maar ze vond dat ze niet kon weigeren. 'Oké,' zei ze. Ze moest toch eten, en zo te zien wilde hij per se praten, dus misschien zou het niet eens zo heel erg zijn om met hem te lunchen. Lunchen klonk geciviliseerd. En nog beter: lunchen deed je in het openbaar. Hij zou zich er niet toe verlagen tegen haar te gaan schreeuwen in een eethuis in Fairview. Dat dacht ze tenminste.

Jeff ging naast haar lopen en ze wandelden samen naar het dorp. Lizzie stond zichzelf een paar minuten toe te genieten van het gevoel dat ze de helft van een stelletje was, zoals ze dat de afgelopen zomer was geweest, toen ze hand in hand met hem over straat liep, bij het eten zijn hand vasthield en bedacht hoe normaal ze eruitzagen; hoe niemand die hen zag zou raden hoe verre van normaal haar leven was geweest. 'Hoe is het in Independence Hall?' vroeg ze. Hij vertelde haar dat een Japanse toerist een week daarvoor in het toilet opgesloten had gezeten en dat ze de brandweer hadden moeten bellen, en dat de week daarvoor een groep padvinders een welpje kwijt was geraakt, maar dat ze de jongen uiteindelijk hadden gevonden, slapend op een bankje voor het Betsy Ross-huis. 'Hoe is het met Milo?' vroeg hij, en ze vertelde hem dat Milo ook in Fairview was, en dat ze hem had leren fotograferen en frisbeeën. Jeff leek een paar keer op het punt te staan haar iets te vragen, maar dat deed hij niet, dus het enige geluid dat klonk tussen hun geklets over zijn colleges en haar foto's was dat van hun ademhaling en hun voetstappen op de weg, die weerklonken in de stille herfstlucht.

Toen ze even stonden te wachten bij het verkeerslicht in het dorp gaf Jeff haar een arm. Zijn jas voelde fijn onder haar hand. Ze vroeg zich af of hij van wol was, of van kasjmier. Ze schaamde zich ineens om haar eigen kleren. De truien en het donzen vest waren prima voor de achttienjarige eerstejaars die ze was geweest toen haar problemen serieus waren geworden, maar misschien niet helemaal geschikt voor iemand van haar leeftijd, hoewel al die lagen haar buik goed verborgen. Ze overwoog haar bijeenkomst een keer over te slaan. Ze zou het fijn vinden met hem te lunchen, ergens op een lekker warm plekje met hem te zitten en te luisteren naar zijn verhalen, verslagen uit de echte wereld.

'Heb je zin in iets specifieks?' vroeg hij toen ze zei dat haar afspraak niet belangrijk was. 'Heb je een favoriet eettentje?'

Ze leidde hem naar de Fairview Diner, waar ze lekkere sandwiches met kalkoen serveerden en zelf soep maakten.

De serveerster leidde hen naar een tafeltje. Jeff legde zijn bril op tafel en hing zijn jas en Lizzies vest aan een haak aan de muur. Toen nipten ze van hun water terwijl ze onder het licht van de imitatietiffanylamp de menukaart bestudeerden.

'Wat doe je hier eigenlijk?' flapte ze eruit toen ze hun lunch eenmaal hadden besteld: een sandwich met kalkoen voor Lizzie en een tosti met tomatensoep voor Jeff.

'Ik wil mijn excuses aanbieden.'

Ze staarde hem verbijsterd aan. 'Waarvoor?'

'Ik vind dat ik slecht heb gereageerd, bij mij thuis, toen je me vertelde over je...' Hij was even stil. Zij ook. 'Je probleem. Ik weet dat het niet altijd gaat zoals bij mijn moeder. Er zijn ook mensen die er wel van afkomen. Dat weet ik.' De serveerster zette zijn soep neer, Jeff bood Lizzie een lepel aan, en toen ze die weigerde bood hij haar de zoute crackertjes bij de soep aan. 'Als ik je weg heb gejaagd met mijn reactie, spijt me dat.'

'Dat was niet het enige,' zei Lizzie. 'Ik had van alles aan mijn hoofd... mijn vader en zo. Mijn moeder, mijn zus en mijn neefje hadden me nodig. Het is gewoon niet zo'n goed moment voor me om...' Ze boog haar hoofd en mompelde: 'Om een relatie aan te gaan.'

Jeff legde zijn lepel keurig recht naast zijn soepkom. 'Ik kan je niet vergeten.'

Lizzie staarde hem met haar hart in de keel aan. Tijdens haar drugsjaren had ze drugsvrienden en neukvrienden gehad, maar nooit een echt vriendje, dus ze had geen idee hoe ze met een potentiële prins op het witte paard moest omgaan... met name met een die niet wist dat hij de vader van haar kind was. Ze probeerde zich een film of documentaire te herinneren waarin een meisje een jongen in de steek liet en waar alles vervolgens gladjes was verlopen, maar ze had direct spijt van de jaren die verdoofd waren verlopen. Als ze een beetje had opgelet, had ze nu geweten wat ze moest doen. Als ze bijvoorbeeld Diana was geweest, die haar tienerjaren en de aanloop naar haar volwassenheid met beide ogen wijd open had doorgemaakt, zou ze weten hoe ze hem moest afwimpelen. 'Luister, ik vind je een geweldige man...' Mooie opening, feliciteerde ze zichzelf. 'Maar ik heb een vreselijk druk leven. En jij woont in Philadelphia, en ik in Connecticut...' Briljant, dacht ze, tot Jeff begon te praten.

'Zo ver uit elkaar ligt dat niet. En er is een uitstekende treinverbinding,' zei hij. 'En ik vind je leuk.' Lizzie staarde hem aan en vroeg zich van alles af. 'Ik vond het fijn om bij je te zijn,' vervolgde Jeff ondertussen. 'Ik had de indruk dat we goed met elkaar konden opschieten. Het was toch leuk, afgelopen zomer?'

Ze betrapte zichzelf erop dat ze zat te knikken, bijna onbewust, tot haar servet de bobbel in haar buik raakte en ze zich haar geheim herinnerde. Het probleem was dat ze hem zo leuk vond. Ze kon zich een hele agenda vol afspraakjes met hem voorstellen: gezellig samen voor een haardvuur, samen schaatsen, in de lente samen wandelen in Washington Square Park, als de kornoelje en kersenbomen zwaar waren van zoet ruikende bloesem. Ze kon zich voorstellen dat haar baby een vader zou hebben, een solide, onberispelijke, hardwerkende man. Ze dwong zichzelf daar verder niet over na te denken, zei tegen zichzelf dat het onmogelijk was... voor een meisje als zij. 'Ik denk gewoon niet dat het gaat werken,' zei ze. Ze worstelde zich door alle sitcoms die ze had gezien en alle boeken die ze zich kon herinneren en kwam uiteindelijk uit bij: 'Ik heb op dit moment gewoon geen behoefte aan een vaste relatie.'

Hij vroeg haar rustig: 'Heb je een ander?'

Lizzie barstte in verbijsterd lachen uit. Een ander! Dat was een goeie! Ze trok twee servetjes uit de metalen houder en begon ze op te vouwen. 'Nee,' zei ze toen. 'Ik heb geen ander.'

'Wat is er dan?' Hij zag er niet bezorgd uit, alleen nieuwsgierig. Hij had zo'n fijn gezicht, het was zo open en kalm, en hij straalde zo veel rust uit, met zijn lichaamshouding, hoe hij stond en hoe hij zijn schouders hield, zoals hij nu op dat bankje bij hun tafeltje zat, oplettend en ontspannen, wachtend op haar antwoord. Misschien waren dat de dingen die haar in eerste instantie tot hem hadden aangetrokken op die zomeravond in de ijssalon. Misschien had ze toch niet zo'n slechte keuze gemaakt.

Ze drumde met haar vingers op tafel en schoof met haar voeten over de vloer. Een veel gebezigde zin uit de afkickkliniek schoot haar te binnen: Je bent maar zo ziek als je geheimen. Kleine leugentjes, sociale leugentjes mochten wel, maar de waarheid voor je houden over zoiets groots als dit? En hoe dan ook: als ze de baby hield, zou hij erachter komen. Als hij haar hier had gevonden, zou ze een baby nooit voor hem geheim kunnen houden.

Hij zat haar geconcentreerd aan te kijken, zijn vriendelijke gezicht serieus. 'Dus wat is er nou aan de hand?' vroeg hij.

'Ik ben eerlijk gezegd soort van zwanger.'

Zijn gezicht vertrok in dezelfde geschokte uitdrukking die het had gehad toen ze hem over haar verleden had verteld. Het was bijna grappig, bedacht ze terwijl zijn blauwe ogen groot werden achter zijn bril. Bijna, maar toch niet.

'Ik weet het,' zei ze ongelukkig. 'Ik weet dat ik elke keer dat we elkaar zien iets megagroots vertel. Verslaafd, zwanger. Je zult wel denken dat ik de volgende keer ga vertellen dat ik vroeger een man was.'

Jeff verslikte zich in de slok water die hij net had genomen. Lizzie voelde een steek van trots door zich heen gaan.

'Maar dat ben ik nooit geweest, hoor.' Haar wangen waren roze geworden. 'Maar dat ben ik wel. Eerlijk gezegd.'

Hij knipperde met zijn ogen. 'Wat? Een vent?'

'Nee. Zwanger.'

'En het is van mij? Ik bedoel, van ons?'

Ze knikte en voelde zich maar niet gekwetst over wat dat impliceerde. Jeff ging er ook niet over door.

De serveerster zette hun sandwiches op tafel en vroeg of ze verder nog iets wilden. 'Nee, bedankt,' zei Jeff. Toen de serveerster weg was, keek hij naar Lizzie en vroeg met zachte stem: 'Weet je het heel zeker?'

Lizzie knikte nogmaals.

'En je bent beter nu? Je gebruikt niets?'

'Alleen zwangerschapsvitamines.' Ze trok de tandenstokers uit haar sandwich en vervolgde: 'En je hoeft er niet bij betrokken te raken. Mijn ouders zullen wel...'

'En als ik er nou wel bij betrokken wil zijn?' vroeg hij. Hij leunde naar voren, zette zijn handen op tafel en keek haar in de ogen. 'Als je zwanger bent van mijn kind...' De woorden 'mijn kind' bleven in de lucht hangen, die naar patat en sterke koffie rook. Het geroezemoes in het restaurant leek even te verstommen. Lizzie slikte moeizaam en verwonderde zich, misschien voor het eerst, over de enormiteit van wat er gebeurde; het drong weer een laagje dieper tot haar door wat het bloeden, de doktersafspraken en de kleding die niet meer paste betekenden. Een baby. Ooit een kind. 'Als ik vader word... dat is nogal wat, toch?'

Had er iemand iets gezegd over zijn vaderschap? vroeg ze zich af. Was dat eigenlijk wel aan hem? Kreeg hij daar inspraak over? Bestonden hier regels over, en zo ja, waarom kende zij die dan niet, op haar leeftijd? 'Dus je wilt...' Ze hield op met praten, want ze had echt geen idee van wat hij wilde, of wat ze hem moest aanbieden, of hoe ze hierover moesten onderhandelen.

'Zorg je goed voor jezelf?' vroeg Jeff. 'Ben je al bij een dokter geweest?'

Ze knikte.

'En wat zei die?'

'Dat ik net zo veel kans op een gezonde baby heb als elke willekeurige andere vrouw,' citeerde ze. De woorden drongen met nieuwe kracht tot haar door. Elke willekeurige andere vrouw. Ze bedacht dat dat misschien een deel van de aantrekkingskracht van een zwangerschap was, een kans toe te treden tot een groep die geen Anonieme in haar naam droeg en niet bestond uit mensen die de bodem hadden bereikt en zich een weg naar boven aan het klauwen waren, die samenkwamen in veel te hete ruimtes om te praten over de vreselijke dingen die ze hadden gedaan toen ze dronken of high waren. Ze kon zich inschrijven voor zwangerschapsyoga, ze kon gaan kletsen met de moeders die ze op de brink en in de supermarkt had gezien, en dan zou niemand gek kijken of haar behandelen alsof ze er niet bij hoorde. Haar buik, en daarna haar baby, zouden het enige paspoort zijn dat ze nodig zou hebben. Ze zou niet meer Lizzie de verslaafde zijn, of Lizzie de dochter van senator Woodruff, het kleine zusje of het zwarte schaap. Ze zou gewoon een van al die moeders zijn. Maar waarschijnlijk geen al te beste.

Waarom dacht zij met haar geschiedenis dat ze verantwoordelijkheid voor een baby kon dragen?

'Wat is er dan?' vroeg Jeff. 'Wat is dan het probleem?'

Ze keek naar het papieren servetje dat ze in stukjes had gescheurd, en naar de sandwich die ze niet had aangeraakt. 'Ik heb nog nooit een vriendje gehad,' zei ze. Om de een of andere reden was dat pijnlijker om te moeten toegeven dan dat ze verslaafd was geweest en zwanger was geraakt.

'Je hebt ook nog nooit een baby gekregen,' wees Jeff haar erop.

Lizzie zuchtte met gebogen hoofd.

'Kan ik je blijven zien?' vroeg hij.

'Dat weet ik niet,' mompelde ze. 'Ik weet niet waar ik ga wonen, of wat voor werk ik ga doen...'

'We bedenken wel wat,' zei Jeff. Zijn blauwe ogen stonden groot en serieus. 'We kunnen bellen. En ik kan hier bij je op bezoek komen, of in New York, en jij kunt naar Philadelphia komen. We kunnen uit eten. Of naar de film. Of naar Broadway. Hou je van Broadway?'

'Wel van musicals,' zei Lizzie. Die had ze als kind in ieder geval leuk gevonden, in de lange thanksgivingweekenden was ze naar *Dreamgirls*, *West Side Story* en *The Sound of Music* geweest.

'We kunnen elkaar leren kennen. We kunnen erachter komen of we echt met elkaar kunnen opschieten. Volgens mij wel.' Hij hief zijn handen. 'En het idee dat er ergens een kind is, een kind dat van mij is, en dat ik niets met hem te maken zou hebben, of met zijn moeder, dat ik hem niet zou kennen, is eerlijk gezegd...'

'Of haar,' zei Lizzie.

Hij knikte. 'Of haar. Wat er ook gebeurt.' Hij ademde in en keek haar nogmaals recht in de ogen. 'Ik wil deel uitmaken van het leven van het kind. En ik wil ons een kans geven.'

Lizzie bestudeerde hem en wenste nogmaals dat ze een normaal leven had geleid, zoals haar zus, want als ze dat zou hebben gedaan, zou ze een beter gevoel voor mensen hebben, een beter idee of deze man tegen haar zat te liegen of oprecht was; of hij haar echt wilde leren kennen, en vader wilde zijn, of dat hij uit was op geld, of op haar vader, of iets anders, iets ergers, iets wat ze nog niet eens had bedacht. Misschien wilde hij het kind alleen maar om het op de zwarte markt te verkopen. Dat was gebeurd in een boek dat ze had geleend uit de bibliotheek in Minnesota, alleen waren de zwangere vrouwen in dat boek postorderbruiden uit Rusland, die waren gelokt met beloften aan rijkdom en Amerikaanse echtgenoten. Die mensenhandelaren waren een corrupte advocate en een psychotische voormalig kindster geweest. De ene was doodgegaan, en de andere had haar verhaal verteld bij Oprah. Dus misschien toch niet.

'Denk je...' Ze slikte moeizaam, en het voelde weer of er vleugeltjes in haar sloegen, als van een piepklein vogeltje dat zit opgesloten op een zolder, een nieuw, hoopgevend gevoel. 'Denk je dat we goede ouders zouden zijn?'

Daar dacht Jeff even over na. 'Ik zou niet weten waarom niet.' Hij nam een lepel soep en een slok water. 'En ik denk ook dat je kunt leren van de fouten van anderen. Mijn moeder was niet geweldig, en ik weet wel dat wat ik ook fout ga doen, het niet zal zijn wat zij fout heeft gedaan.'

Lizzie knikte. Leren van fouten. Dat klonk goed. Dat betekende dat ze zo'n beetje geniaal kon worden.

'Eet eens wat,' zei Jeff, en hij pakte zijn tosti. 'Je hebt nu toch extra calorieën nodig?'

Ze aten een paar minuten in stilte, en toen de rekening werd gebracht, betaalde Jeff.

'Ik moet nog boodschappen doen,' zei Lizzie.

'Zal ik met je meegaan?' bood hij aan.

'Moet je niet werken?'

'Het is Thanksgiving. Ik heb een paar dagen vrijgenomen.' Hij glimlachte. 'En als ik nu vertrek, moet ik vijf uur terugrijden naar Philadelphia. Kom op, Lizzie,' zei hij, en hij strekte zijn hand naar haar uit. 'Dan draag ik je tassen. Dat is wel het minste wat ik kan doen.'

Ze liepen de straat door naar Simmons. Lizzie duwde de kar en Jeff liep achter haar aan terwijl ze hem vulde. Ze stond zichzelf even toe te fantaseren dat dit kon werken, dat ze een gewoon stel konden zijn: moeder, vader, en het kindje dat ze samen zouden grootbrengen. Heel onwaarschijnlijk, besloot ze terwijl ze melk en boter in de kar deed... maar misschien toch mogelijk. Andere mensen overkwam het ook. Waarom haar dan niet?

Hij stond erop de boodschappen te betalen en alles behalve een zakje uien naar het huis te dragen. Op de oprijlaan aangekomen vroeg hij: 'Ga je me aan je ouders voorstellen?'

Ze keek hem aan terwijl ze met het zakje in haar handen speelde. 'Alleen mijn moeder is er.'

'Dat hoort er namelijk ook bij,' zei hij tegen haar. 'Als je een vriendje hebt. Dat je hem voorstelt aan je ouders.'

Lizzie knikte en bedacht dat er ergens in haar één-stap-naar-voren-twee-stappen-terug-reis naar volwassenheid, een reis die de laatste tijd erg was versneld door haar zwangerschap, een moment kwam dat ze zou moeten gaan vertrouwen op haar instinct. En dat ze ook andere mensen zou moeten gaan vertrouwen. Ze legde haar hand op de koperen deurklink en opende de deur. Zonlicht vormde rechthoekige patronen op de hardhouten vloer in de gang, en de geur van versgebakken brood kwam uit de keuken.

'Ze weten het nog niet, van...' Haar stem ebde weg en ze gebaarde naar haar buik. Jeff trok zijn wenkbrauwen op, maar hij zei alleen: 'Oké.'

Lizzie zwaaide de deur open en pakte hem bij de hand. 'Kom binnen.'

Sylvie

SYLVIE STOND OP DE OCHTEND VAN THANKSGIVING MET HAAR HANDEN op haar heupen naar de tafel te kijken. De blauw-witte borden en kristallen glazen glinsterden en de crèmekleurige linnen servetten die ze de avond ervoor had gestreken zagen er perfect uit. Op het knetterende vuur in de open haard in de woonkamer en het sissen en druppen van de koffiepot na was het stil in huis. Diana, die nog steeds zorgwekkend mager was, maar niet meer zo uitgemergeld als in oktober, was rennen op het strand, en ze had Milo meegenomen. Lizzie en haar jongeman lagen boven nog te slapen. Sylvie had Jeff een eigen slaapkamer toegewezen, maar ze vermoedde dat hij 's avonds bij Lizzie naar binnen glipte.

Sylvie was verrast geweest – of eigenlijk verbijsterd – toen Lizzie twee dagen daarvoor binnen was komen waaien met een aantrekkelijke jongeman achter zich aan die haar boodschappen droeg. Ze had zich in eerste instantie afgevraagd of Lizzie Jeff in de supermarkt had opgepikt. Het zou per slot van rekening niet voor het eerst zijn dat haar dochter een dergelijke stunt zou uithalen. 'Dit is Jeff. Hij is een vriend die ik afgelopen zomer heb leren kennen,' had ze gezegd, waar Sylvie helemaal niets aan had gehad: 'afgelopen zomer' kon Philadelphia betekenen, maar het kon net zo goed over het afkickcentrum gaan. Ze bestudeerde hem: zijn korte haar, zijn bril, zijn keurig geperste overhemd, zijn aantrekkelijke gezicht en vriendelijke houding. Philadelphia, besloot ze. Tenzij ze hem in het afkickcentrum had leren kennen en dat nette uiterlijk en de vriendelijke manieren overcompensatie waren.

'Blijf je hier voor Thanksgiving?' had ze gevraagd, waarop Jeff had gezegd: 'O, nee, ik wil me niet opdringen', maar hij bleek geen andere plannen te hebben, want zijn ouders waren gescheiden, en zijn moeder woonde in New Mexico, waar ze het bij vrienden zou vieren, n zijn vader in Arizona bij zijn nieuwe vrouw en haar gezin. 'Als .izzie dat leuk vindt,' zei hij uiteindelijk, waarop Lizzie, op vreemd ɔrmele toon, had gezegd: 'Dat lijkt me gezellig.'

Sylvie stond aan het aanrecht en keek uit over het grasveld dat ze fgelopen weekend met haar dochters van bladeren had ontdaan. Ze vaste haar handen en overwoog het menu nogmaals. Er zou natuurijk gevulde kalkoen zijn. Lizzie, die de laatste tijd een verbijsterende ffiniteit met brood, broodjes en alles wat van meel was gemaakt entoonspreidde, zou maïsbrood bakken, en een cranberrybrood, en kaaskoekjes, en bolletjes, wat een wonder was, aangezien Sylvie haar lochter de afgelopen jaren nauwelijks had vertrouwd de boter naar le tafel te kunnen dragen. Er waren in balsamicoazijn geglaceerde spruitjes en zoete aardappels uit de oven. De edelachtbare Selma, lie later die ochtend zou arriveren, zou een assortiment kazen en ɔatés, gerookte vis en toastjes meenemen. Ceil en Larry waren ook ɔnderweg, met wijn en cider, en Tim nam taarten voor het dessert nee.

Toen Lizzie en Jeff naar beneden kwamen, Jeff aangekleed en Lizzie in een ochtendjas, was Sylvie net de lasagne van cheddar met worst uit de oven aan het halen, die ze de avond ervoor had gemaakt. Jeff dekte de keukentafel, Lizzie schonk sap in en Diana kwam uiteindelijk, gloeiend en bezweet, terug van het strand met Milo, die zijn frisbee bij zich had. Sylvie was net gaan zitten toen er een zwarte limousine de oprijlaan op kwam. 'Oma!' riep Lizzie, en op dat moment zag Sylvie, met hartbrekende helderheid, het kleine meisje dat Lizzie was geweest, met haar sprankelende ogen en ronde, rode wangen. Ze keek door het raam toe hoe haar moeder uitstapte, ingepakt in een jaren oude nertsmantel die haar eruit deed zien als een klein, gebotoxt beertje.

'O god,' mompelde ze toen ze de tekst op het portier van de auto zag.

'Wat is er?' vroeg Lizzie.

'Dat is de auto van haar serviceflat,' zei Sylvie, en ze wees naar de woorden DAVIDSON PAVILJOEN op het portier. 'Die rijd je overal naartoe, zolang het binnen een straal van acht kilometer van het appartementencomplex is.'

Diana glimlachte vaag. Lizzie zat te bulderen van het lachen en klapte in haar handen. 'Goed zo! Oma heeft de Hebreeuwse Huiswagen gekaapt!' Selma liep onvast over de schelpen, drukte een bank-

biljet (waarschijnlijk vijf dollar, Sylvie kende haar moeder) in d
hand van de chauffeur en kwam de trap van de veranda op.

Milo rende naar de gang om open te doen. Selma gaf hem haa
bontjas, waaronder een zwart velours trainingspak en orthopedisc
schoeisel tevoorschijn kwamen. Ze boog voorover om hem een kus
op zijn voorhoofd te geven, het enige deel van hem dat nog zichtbaa
was tussen zijn skimuts en zijn armen vol bont. 'Mijn favoriete ach
terkleinzoon!' zei ze, en ze gaf hem een lolly, die ze uit haar tasje ha
gevist en waar Sylvie van wist dat ze ze gratis kreeg bij de bank. 'Syl
vie,' zei ze, en ze kuste haar dochter op de wang. Toen keek ze naa
de meiden, waarbij haar starende blik op Lizzies middenrif leek t
blijven hangen. Sylvies hart kneep samen – haar moeder had door d
jaren heen meer dan eens een kritische opmerking over Lizzies ge
wicht gemaakt, en Lizzie was, dat moest ze zelf ook toegeven, aan
zienlijk ronder dan ze aan het begin van de zomer was geweest. Z
hoopte maar dat haar moeder haar mond zou houden; dat ze zou
erkennen dat een paar extra kilo's beter waren dan een drugsver
slaving.

'Nou, nou, nou,' zei Selma. Ze zag eruit zoals ze er altijd uitzag
van haar felrode lippenstift en haar zorgvuldig gekrulde haar tot de
wallen onder haar ogen en de rimpels die groeven in haar gezicht
hadden gemaakt. 'En wie hebben we daar?'

'Ik ben alleen op bezoek,' zei Lizzie. 'Ik heb mijn rug bezeerd en ik
moest rusten, maar nu gaat het weer.' Ze pakte Jeff bij de arm en trok
hem naast zich. 'Dit is mijn vriend Jeff Spencer uit Philadelphia.'
Selma trok haar getekende wenkbrauwen op terwijl Jeff haar een hand
gaf. Sylvie zag dat Lizzie nog iets wilde zeggen: Ik ben echt alleen op
bezoek, het gaat goed met me, maar in plaats daarvan vroeg ze: 'Wilt
u koffie?'

'Doe mij maar een bloody mary. Met lekker veel mierikswortel.'

'O, mam,' mompelde Sylvie, waarop Selma haar indringende blik
op haar dochter richtte.

'Ik ben zesentachtig,' kondigde ze aan voor het geval iemand dat
was vergeten. 'En vanwege de achterhaalde verplichte pensioen-
wetten van de staat New York mag ik niet meer werken. Dus als ik
een drupje wodka in mijn tomatensap wil, denk ik dat ik dat recht
zo langzamerhand wel heb verdiend.' Ze wendde zich tot Lizzie.
'Tenzij jij er moeite mee hebt.'

'O nee!' zei Lizzie. 'Geen probleem.'

'Met lekker veel mierikswortel,' zei Selma nogmaals. Lizzie ging de cocktail maken. 'Na het ontbijt,' zei Diana tegen haar zoon, 'ga je lezen.' Milo rolde met zijn ogen, at zuchtend als een dwerg op weg naar de kolenmijn een snee toast en sjokte toen de trap op. Oma Selma keek toe hoe hij vertrok en richtte zich tot Diana.

'Die jongen heeft een tonicum nodig.'

'Een tonicum?' Diana deed haar best geamuseerd te klinken, maar dat lukte niet. 'Volgens mij zijn die afgeschaft met de mosterdkompressen.'

Selma's chauffeur had de laatste koffers en tassen van delicatessenwinkel Zabar's op de veranda gezet. Sylvie liep naar buiten en gaf hem twee briefjes van twintig. 'Uw moeder is heel apart,' zei de man. Alsof Sylvie dat niet wist. Toen ze terug was in de keuken, zocht Selma iets in haar tas en ging ondertussen door met haar ondervraging.

'En zeg niet dat je hier op vakantie bent,' zei ze tegen Diana, die het koordje van haar trainingsbroek om haar wijsvinger zat te draaien. 'Jij gaat nooit op vakantie. En al helemaal niet als je zoon op school zou moeten zitten. Wat doen jullie hier?'

'Eh,' mompelde Diana.

'Praat eens wat harder!' zei Selma, die in beide oren een gehoorapparaatje droeg en prima kon horen.

'Ze is met verlof,' zei Sylvie, die hoopte dat de kous daarmee af zou zijn. Selma negeerde haar en keek Diana verwachtingsvol aan, die het koordje van haar broek losliet en haar handen langs haar zij liet hangen.

'Ik ben bij mijn echtgenoot weg.'

'Mooi.' Selma klonk noch verrast, noch van haar stuk gebracht. 'Ik heb altijd gevonden dat hij een slappe kaaklijn heeft.'

'Is dat zo?' Diana leek verrast dat te horen.

Selma draaide zich om en begon verder te wroeten in haar tas. Uiteindelijk haalde ze een leesbril aan een felgekleurd gevlochten koordje tevoorschijn. 'Ik vind hem een groot kind. Ik heb het eerlijk gezegd altijd erg moeilijk met je huwelijk gehad, Diana.'

'Hij komt ook,' zei Diana. 'Voor Thanksgiving.'

'In dat geval zal ik mijn mening voor me houden.' Selma hing het koordje van haar bril om haar nek, pakte haar tasje en marcheerde naar het aanrecht, waar Lizzie een schepje mierikswortel in een tjokvol glas met tomatensap, ijs, en waarschijnlijk wodka stond te roeren. 'Dus je gaat scheiden?' vroeg Selma over haar schouder.

Diana's stem beefde enigszins terwijl ze zei: 'Dat is geloof ik wel het idee, ja.'

'En jij?' vroeg Selma terwijl ze naar Sylvie wees. 'Mijn vriend David wil jullie vast wel twee-voor-de-prijs-van-één doen.'

'Dat klinkt heel aanlokkelijk, maar ik weet nog niet wat ik wil,' zei Sylvie. Ze wendde zich af, sneed een plak lasagne voor zichzelf af, ging aan tafel zitten en zei: 'Eerlijk gezegd wil ik jullie iets vertellen.' Ze wachtte tot ze de aandacht van haar moeder had en zei toen: 'Ik ga met iemand om.'

'Wacht even,' zei Diana, die een kop koffie voor zichzelf stond in te schenken. 'Wie? Tim? Zijn Tim en jij een stel? Een stel-stel?'

'Ja,' zei Sylvie, die zich afvroeg wat Diana dacht dat ze deden.

'Een stel dat afspraakjes heeft?' vroeg Lizzie. Zoals zij het zei klonk 'afspraakjes' als een of ander onnatuurlijk fenomeen, alsof Tim en zij stukjes van elkaars scalp peuterden in plaats van samen te eten, nu en dan naar de film te gaan en, één keer maar, het bed te delen.

'Je moeder heeft het volste recht,' begon Selma... en toen voegde ze zachter toe: 'Je zou denken dat ze wel even genoeg van mannen zou hebben, maar het is haar keuze.' Ze ging met haar glas en een bord tegenover Sylvie zitten, schepte lasagne voor zichzelf op en viste *The New York Times* uit haar tas. 'Hoe heet hij?'

'Tim Simmons. Hij komt vanavond eten.'

'Toch niet die Timmy Simmons die je in de duinen heeft aangerand?' Sylvie voelde hoe haar kaken op elkaar klemden terwijl er een brede grijns op het gezicht van haar moeder verscheen, en ze vroeg zich af of ze gedoemd was de rest van haar leven naar dit soort grappen te moeten luisteren omdat haar man haar had bedrogen en zij het lef had op zoek te gaan naar liefde.

'Hij heeft me niet aangerand,' zei ze tegen haar moeder. 'We hebben gekust. En waarom heb jij dat gezien?'

'Omdat ik *Peyton Place* uit had,' zei Selma.

'Dus jullie hebben een zomerliefde gedeeld?' vroeg Diana. 'Was hij je vriendje?'

'Niet echt,' zei Sylvie.

'Nou, zo zag het er anders wel uit!' zei haar moeder. 'Die jongen was smoorverliefd op je. Hij is waarschijnlijk al...' Ze was even stil, telde, en trok een gezicht. 'Laat maar. Dan word ik depressief.'

Sylvie wendde zich tot haar ontbijt en hoopte maar dat niemand zag dat ze zat te blozen.

'Eh,' zei Lizzie. Ze was op het aanrecht gaan zitten en zat met haar benen te zwaaien. Jeff stond naast haar een snee toast te eten.

'Wat?' vroeg Sylvie.

Lizzie begon harder met haar benen te zwaaien en friemelde aan haar haar. 'Dit is nogal gênant.'

'Wat is gênant?' vroeg Selma op eisende toon.

Haar stem was nauwelijks hoorbaar. 'Ik heb pa soort van uitgenodigd.'

'Voor Thanksgiving?' Sylvie zag er geschrokken uit alsof ze een klap in haar gezicht had gekregen. 'Lizzie!'

'Het leek me een leuke verrassing.' De woorden van haar dochter tuimelden ademloos haar mond uit. 'Ik mis hem, en jij ook.'

'Hoe weet jij nou wat ik voel?' vroeg Sylvie fel. Aangezien, dacht ze, ik dat zelf niet eens weet?

Lizzie zat haar chagrijnig aan te kijken. 'Hoe kun je hem nou niet missen? Jullie zijn zo lang getrouwd geweest, jullie zijn als...' Haar stem ebde weg. 'Hoe kun je je de feestdagen nou zonder hem voorstellen?'

Sylvie antwoordde onderkoeld: 'Dat lukte anders heel aardig.'

Lizzie kreeg een rood hoofd en haar kin begon te beven. 'Nou, ik mis hem wel,' zei ze.

Nodig hem dan bij jou thuis uit, dacht Sylvie... een onkarakteristiek hardvochtige gedachte, en een die ze nooit hardop zou uitspreken.

'Hij heeft een burn-out,' vervolgde Lizzie. 'En ik dacht dat die andere vent gewoon een oude vriend was.'

Sylvie at haar bord leeg en hield haar mond. Uit wat ze in de krant had gelezen bleek bepaald niet dat Richard een burn-out had... zijn carrière genoot zelfs een kleine opleving. Hij was voorstander van een wetsvoorstel geweest – iets over belasting op frisdrank – waarover positief was geschreven in de *Times*. Toen een verslaggever naar zijn huwelijk had gevraagd, had hij kortaf gezegd dat hij daar geen commentaar op had. Joelle Stabinow, met wie contact was opgenomen op haar kantoor in Washington, had enkel gezegd dat senator Woodruff een 'geweldige man en een goede vriend' was. Richard belde Sylvie nog steeds elke ochtend en avond, maar ze had de telefoon nog niet één keer aangenomen. Ze duwde haar woede over Lizzies aanmatigende gedrag weg en probeerde de praktische kant te overwegen. Hoe zou ze omgaan met Richard in haar keuken, in haar huis? Zou hij hier willen overnachten? Ging hij ervan uit dat hij bij haar in bed zou slapen?

'Pa is volwassen,' zei Diana, die haar trui uittrok en om haar middel bond. 'Hij kan zijn eigen zaakjes heus wel regelen.'

'Nee, dat kan hij niet, Diana!' zei Lizzie. 'Jij hebt hem niet gezien. Het appartement was een bende, en hij is twee keer op zijn laptop gaan zitten toen ik er was. Hij weet niet eens hoe hij zijn e-mail moet checken.'

'Aangeleerde hulpeloosheid,' zei Selma zonder op te kijken van de bridgecolumn. 'Dat is het enige. Als er genoeg vrouwen zijn om voor je te zorgen: die je was doen, je campagnes organiseren, op je eieren wachten...'

'Moeder,' mompelde Sylvie.

'...waarom zou je dan de moeite nemen zelf iets te leren? Hij is gewoon een sluwe vos, dat vind ik ervan.'

'Ik heb gezegd dat hij het dessert moet meenemen,' zei Lizzie.

'Tim neemt het dessert al mee,' zei Sylvie, en ze wrong haar handen ineen.

'Milo en ik eten geen suiker,' zei Diana, die opstond om haar sapglas weg te zetten. Selma begon te schaterlachen.

'Heb je al spijt dat we Thanksgiving niet bij mij thuis vieren?' vroeg ze aan haar dochter, waarop Sylvie, die aan het aanrecht stond, geen antwoord gaf.

Om zes uur was de kalkoen, die ze had gevuld met een salie-worstvulling en die ze sinds die ochtend steeds met vet had overgoten, prachtig goudbruin. De suikervrije cranberry-sinaasappelchutney die Diana had bijgedragen schitterde in een antiek schaaltje van geslepen glas als een bakje robijnen. Lizzies brood stond af te koelen op het aanrecht, naast de ovenschotel van zoete aardappels met een bolle kroon van marshmallows. Selma bleef uit de keuken, maar ze stelde een schitterende schaal kazen en toastjes samen op het buffet in de eetkamer, naast de flessen wijn die ze uit New York had meegenomen. Sylvie had net de metalen mengkom en de kloppers in de vriezer gezet om af te koelen voor de slagroom die ze bij de taarten wilde serveren toen de voordeurbel ging. Tim stond op de veranda, in een lucht die al begon te verduisteren. Hij glimlachte verlegen naar haar in zijn bandplooibroek met een groene wollen trui erop en met twee taartdozen in zijn handen.

Ze veegde haar handen aan haar schort af en omhelsde hem. 'Ik moet even met je praten,' fluisterde ze, en ze voelde zijn koele wang tegen haar warme.

'Waarover?' vroeg hij, en hij volgde haar de keuken in, waar hij de dozen van de bakker op het aanrecht zette.

Sylvie wendde zich van hem af om de kalkoen te inspecteren, die onder een aluminiumtent in de oven stond te rusten, zoals in het recept werd aangeraden. Ze wenste dat zij ook even zou kunnen rusten, ergens op een lekker warm plekje, waar niemand haar kon zien en waar ze kon sudderen in haar eigen sappen. 'Mijn echtgenoot komt. Ik wist er niets van... Lizzie heeft hem uitgenodigd zonder het aan mij te vertellen.' Ze keek hem van opzij aan, bezorgd dat Tim kwaad zou worden, of nog erger, dat hij zijn jas weer dicht zou ritsen, zijn taarten zou pakken en tegen haar zou zeggen dat hij voor de kalkoen kwam en niet voor een drama. Hij was tot nu toe zo geduldig geweest, had haar alle tijd met haar dochters gegeven, had voor hen gekookt, had afgrijselijke realityshows met hen gekeken, had aangeboden scrabble met hen te spelen (maar daar was nog niemand op ingegaan) en met hen op het strand te gaan wandelen. Hij had zich beschikbaar gesteld voor wat ze maar wilden.

'Dat wordt vast een interessante avond,' zei hij.

'Interessant,' herhaalde ze.

'Weet hij het, van...' Hij was even stil en trok zijn wenkbrauwen op. 'Ons?'

Ze schudde haar hoofd. 'Richard en ik...' Haar stem ebde weg. Het drong tot haar door dat dit de eerste keer was dat ze zijn naam tegen Tim uitsprak, en ze vervolgde: 'Richard en ik hebben elkaar nog niet gesproken sinds ik hier ben', terwijl ze een hand bestek uit de afwasmachine haalde.

'We zijn allemaal volwassen. Het komt vast wel goed,' zei Tim rustig. Toen liep hij de woonkamer in om haar dochters te begroeten en zich voor te stellen aan haar moeder. Toen ging de voordeurbel weer, en daar was Ceil, in laarzen met bontvoering, een met dons gevoerde jas, haar armen vol flessen en Larry achter zich, die stond te stralen zoals hij dat zo vaak deed als hij bij zijn vrouw in de buurt was, alsof hij nog steeds niet kon geloven dat ze echt van hem was. Sylvie rende naar haar toe om haar te omhelzen. 'Ik ben zo blij dat jullie er zijn!' zei ze. Ceil kuste haar op de wang.

'Richard komt ook,' fluisterde Sylvie terwijl ze de jas van haar vriendin aannam en haar de keuken in leidde terwijl Larry naar de woonkamer liep om haar dochters te begroeten.

'O?'

'Lizzie heeft hem uitgenodigd zonder met mij te overleggen.'

Ceil zette grote ogen op. 'Heb je haar geslagen? Gaat het wel?'

'Ik heb haar niet geslagen... En ik weet eerlijk gezegd niet hoe het met me gaat.'

'Nou, zeg maar wat ik voor je kan doen. Hem slaan. Een grap met hem uithalen. Zijn eten vergiftigen. O, is dat Tim?' Ceil wierp een blik in de woonkamer, stak haar vinger in de vulling die op het aanrecht stond en bekeek Tim goedkeurend. 'Hm. Leuk.' Ze duwde haar vinger in haar mond, kauwde en slikte en staarde haar vriendin aan. 'Heb jij die gemaakt? Heerlijk. En zijn jullie nu een stel, of hoe zit dat?'

'Tim is...' Ze hield op met praten om te bedenken wat Tim eigenlijk precies was. 'Ik heb de vulling gemaakt. Ik heb bijna alles gemaakt.'

Ceil was zo te zien onder de indruk, maar Sylvie wist niet of ze onder de indruk was van Tims knappe uiterlijk of Sylvies kookkunsten.

Ceil nam nog een vinger vulling. 'Je moet me wel even vertellen hoe ik me moet gedragen. Haten we hem, zijn we vergevensgezind, wat?'

Sylvie staarde haar hulpeloos aan. 'Ik weet het echt niet.'

Ceil veegde haar handen af en bestudeerde haar vriendin. 'Je ziet er goed uit.'

Sylvie knikte en streek haar haar glad, dat sinds ze was getrouwd nog nooit zo lang was geweest, en haastte zich naar de spruitjes, die nog moesten worden geglaceerd, de botervloot die nog moest worden afgewassen en de problemen die ze wél kon oplossen.

Ze controleerde of er genoeg schalen, borden, opscheplepels en vorken waren voor alles wat ze had bereid. Milo had naamkaartjes gemaakt, handgeschreven in zijn moeizame krabbel, en had die op de miniatuurpompoentjes geplakt die hij met zijn moeder bij een boerderij een paar kilometer buiten het dorp had gekocht. Sylvie zat aan het hoofd van de tafel, met Selma aan haar ene kant en Tim aan de andere, en Richard zou helemaal aan de andere kant zitten, zonder pompoentje bij zijn bord. Hou afstand, dacht Sylvie terwijl ze haar vinger langs de rand van zijn wijnglas liet glijden. Maar wilde

e ook dat hij afstand zou houden, of wilde ze dat hij binnen zou
open, haar in zijn armen zou nemen en zou zorgen dat alles weer
ou zijn zoals vroeger? Wilde ze dat alles weer zou zijn zoals het vóór
elle was geweest? Kon ze terug naar die tijd, als dat een mogelijk-
eid was, als ze dat zou willen?

Ze legde een vork recht en bestudeerde de tafel nogmaals. 'Gaat
et?' vroeg Selma, die met haar wandelstok in haar ene hand en een
ord in haar andere, dat ze opnieuw had gevuld met druiven en kaas,
innenkwam.

'Prima,' antwoordde Sylvie. Tim kneep in haar hand en liep ach-
er Selma aan terug naar de woonkamer.

'Mam, je kent Tim Simmons nog wel, toch?'

'Hoe zou ik die kunnen vergeten?' vroeg Selma.

Sylvie liep terug naar de keuken, waar Lizzie een doek in een
mand deed voor het brood en Diana een kan ijswater aan het maken
was. Selma was in de woonkamer bordjes met hapjes aan het uitdelen – met kaas gevulde olijven, truffelpaté, champagnedruiven en
kweepeergelei, sesamcrackertjes en stokbrood met rozijnen – en
praatte met Tim over waar ze alles had gekocht, en of dergelijke
producten het goed zouden doen in een winkel in Connecticut.
Ceil stond bij de open haard. Toen ze Sylvie zag, gaf ze haar haar
wijnglas.

'Drink maar gauw op,' fluisterde ze. 'Dat kun je wel gebruiken.'
Toen keek ze steels naar de deur. 'Wanneer komt De Grote Man?'

'Dat weet ik niet,' fluisterde Sylvie terug. Dat weet ik niet, en het
kan me niet schelen ook, wilde ze zeggen, maar dat was een leugen.
Het kon haar wel schelen, nog steeds, heel erg. Ze was nerveus als
een schoolmeisje dat haar eerste afspraakje heeft. Ze vroeg zich af
hoe hij zou vinden dat ze eruitzag; of hij haar zou proberen te kussen; toen sprak ze zichzelf streng toe om te voorkomen dat haar
geest zou afdwalen in een dagdroom over Richard. Hij had haar onrecht aangedaan, had haar pijn gedaan. En nog belangrijker: haar
meiden hadden haar nodig, misschien nog wel meer dan haar echtgenoot haar ooit nodig had gehad... en ze hadden het met zijn drietjes, en Milo, prima gedaan zonder hem.

Toch sloeg haar hart een slag over toen de voordeurbel ging. 'Doe
jij maar open,' fluisterde ze tegen Ceil.

'Geen sprake van!' fluisterde Ceil terug. Sylvie trok een van haar
vriendelijke gezichten en deed de voordeur open... maar het was

Gary maar, met een bos bloemen onder zijn arm en een grote kartonnen doos in zijn handen.

'Hoi Sylvie,' zei hij terwijl hij haar de bloemen gaf en haar vluch-
tig op de wang kuste. 'Dag Diana,' zei hij tegen zijn vrouw. Het tweetal keek elkaar ongelukkig aan tot Milo 'Papa!' riep en zich op zijn
vaders benen wierp. In de doos bleek een spelcomputer te zitten, en
Tim, Gary en Milo waren de daaropvolgende drie kwartier bezig in
een poging die aan te sluiten op de stokoude televisie die in het hui
stond.

Na een uur vol hapjes, drukte om de tafel en luisteren naar Selma
die kwaadsprak over de voorgedragen nieuwe voorzitter van het
Hooggerechtshof besloot Sylvie niet langer te wachten. Grote Mar
of niet, haar gasten hadden honger en de kalkoen werd koud. 'Laten
we maar gaan eten,' zei ze, en ze riep iedereen aan tafel.

Tim sneed de kalkoen, waarbij hij de drumsticks behendig scheidde van de dijen en aan Milo uitlegde dat een scherp mes daarbij on-
ontbeerlijk was. Diana en Lizzie droegen de bijgerechten naar de
tafel, Milo schonk rodedruivensap voor zichzelf en Lizzie in en rode
wijn voor alle anderen.

'Moeten we danken?' vroeg Lizzie. Ze had haar fijne blonde haar
in ingewikkelde vlechtjes gedaan die als een kroon rond haar hoofd
waren gestoken en ze had niet één slok wijn gedronken. Bij Selma
thuis dankten ze altijd kort voor de maaltijd en de broederschap.

'Here, dank U dat we hier allemaal mogen zijn en dat we allemaal
gezond samen zijn. Zegen alstublieft dit eten en zegen ons.'

Sylvie kreeg tranen in haar ogen. Haar Lizzie leek het, ondanks
alles wat er was gebeurd, goed te doen. Het was echt een wonder.
Milo was zo te zien dolblij dat zijn vader er was. Diana zag er ongemakkelijk uit, bleek, op haar hoede en stil, en te mager in haar jurk
van joggingstof, maar tot dusverre lukte het haar en Gary om beleefd
tegen elkaar te zijn. Sylvie keek naar de deur, en ze keek weg toen
Tim het bord met kalkoen optilde, doorgaf en Ceil vroeg: 'Wie wil er
spruitjes?' Milo zei: 'Ik haat spruitjes', waarop Diana hem berispte:
'Dat woord zeggen we niet in deze familie', en Lizzie vroeg: 'Welk
woord, "spruitjes"?' Sylvie had net een broodje en wat wit vlees gepakt toen Selma zich tot Jeff wendde en zei: 'Ik hoop wel dat jullie
van plan zijn te trouwen voordat de baby wordt geboren.'

'Oma!' Lizzie hapte naar adem.

Milo keek verward om zich heen. 'De baby? Welke baby?'

Sylvie staarde naar haar dochter... in het bijzonder naar haar middenrif, dat Lizzie, nu Sylvie erover nadacht, bedekt hield onder truien en shirts en dat er inderdaad wel erg veel ronder uitzag dan ze zich herinnerde. Maar Lizzie was helemaal ronder geworden, door al dat eten, de tussendoortjes en de sandwiches die ze 's avonds nog at... hoewel Lizzie 's ochtends nooit honger leek te hebben, dan nipte ze alleen wat kamillethee. Was het waar? Was dit wat Lizzie haar die middag op het strand bijna had verteld?

'Ben je in verwachting?' fluisterde ze.

'Doe niet zo naïef, Sylvie,' snauwde haar moeder. 'Ze moest bedrust houden.'

'Ze heeft haar rug bezeerd,' zei Sylvie, die nog steeds haar oren niet kon geloven... en verbijsterd was dat ze het niet had vermoed. Dus dit kon ze ook nog toevoegen aan haar lijst met zaken waarin ze haar dochter tekort had gedaan, dingen die haar niet waren opgevallen en stappen die ze niet had ondernomen. Kon ze een gezonde baby krijgen, na alles wat ze had gebruikt?

'Als je dat gelooft, weet ik nog wel een brug in Brooklyn die ik je wil verkopen,' zei Selma.

Sylvie keek om zich heen naar iedereen aan tafel. Diana was zo te zien even geschokt als zij. Jeff zat aan zijn bril te friemelen en straalde iets tussen gêne en trots uit. Milo zag er verward uit, Tim verbijsterd en Gary zat, hoe kon het ook anders, met een min of meer nietszeggende gezichtsuitdrukking zijn neus te snuiten in een gekreukte tissue die hij uit zijn zak had gevist.

'Dus ik mag jullie feliciteren?' vroeg Diana haar zusje.

'Ik wil het er niet over hebben,' mompelde Lizzie, en ze trok aan haar haar.

'Eet eens wat,' instrueerde Selma haar, waarna ze zich tot haar eigen bord richtte, dat ze had volgeschept met kalkoen, jus en zoete aardappels. 'Je hebt de calorieën nodig, voor de baby.'

'Waar is die baby dan?' vroeg Milo.

Het was heel lang stil, tot Lizzie zacht zei: 'In mijn buik.'

'Hoe komt die daar dan?' vroeg Milo, en hij tuurde naar Lizzie.

Diana ging rechtop zitten in haar stoel. 'Milo,' begon ze. 'Als een man en een vrouw heel erg veel van elkaar houden, en normaal gesproken als ze zijn getrouwd...'

'O, fijn,' mompelde Lizzie. 'Daar komt de preek.'

'Dan geeft de man de vrouw een heel speciaal zaadje...'

'Zoiets als een pompoenzaadje?'

'Dat hij plant in de buik van de vrouw, en daar groeit dan een baby.'

'En hoe komt die eruit, dan?' vroeg Milo.

Selma begon te schaterlachen. Ceil maakte een verstikt geluid, boog zich voorover en veegde haar ogen af. Sylvie wierp Selma een strenge blik toe, waar zoals altijd geen acht op werd geslagen.

'Daar kan ik je een boek met plaatjes over laten zien,' zei Diana. 'Het belangrijkste is dat je hier pas over hoeft na te gaan denken als je veel, veel ouder bent.'

Lizzie pakte een van de crackertjes die ze zelf had gebakken. 'Kunnen we het nu alsjeblieft over het leven van een ander hebben?'

'Natuurlijk,' zei Selma, en ze wees met een kromme vinger over tafel. 'Diana, lieverd, hoe staat het ervoor bij jou?'

Gary, die net een enorme hap kalkoen had genomen, begon te hoesten, en Milo sloeg hem op zijn rug.

'Gaan jullie scheiden?' vroeg Selma.

'Oma!' snauwde Lizzie, en ze wierp een blik naar Milo.

'Wat?' vroeg Selma. 'Zo'n tragedie is scheiden niet, hoor. Wat tragisch is, is gevangen blijven in een ongelukkig huwelijk en je kinderen de verkeerde dingen over de liefde leren. Er is nog nooit iemand doodgegaan aan een scheiding.'

'Sunny von Bülow?' opperde Ceil.

'Die is nooit gescheiden,' zei Selma. Sylvie keek haar moeder razend aan, en Selma ging iets zachter praten. 'Claus heeft gewoon geprobeerd haar te vermoorden. Als ze zouden zijn gescheiden, zou het vast met beiden beter zijn afgelopen.'

Dat was natuurlijk het moment dat de voordeurbel ging. Diana liet zich terugzakken in haar stoel. Gary, die eindelijk niet meer hoestte, staarde wanhopig naar zijn vrouw. 'Kan ik iemand nog iets aanbieden?' vroeg Jeff, die waarschijnlijk zat te wensen dat hij toch naar Arizona was gegaan.

Sylvie liep naar de voordeur... en daar was Richard, met gekamd haar, pas geschoren, in een jasje met stropdas en met een bakkersdoos in zijn hand; Richard, lang en imponerend, vertrouwd en haar lief. Ze voelde, zoals ze aannam dat altijd zo zou blijven, de sfeer veranderen nu hij bij haar in de buurt was, alsof elke cel in haar lichaam subtiel bewoog en probeerde zo dicht mogelijk bij hem in de buurt te zijn. Ze moest zich er bewust van weerhouden tegen hem aan te leunen of zijn hand te pakken. Het enige wat ze wilde, was zich in zijn armen werpen, haar ogen sluiten en zeggen: 'Los het op. Maak het goed.' In plaats daarvan zei ze: 'Dag, Richard', en stond toe dat hij haar een kusje op de wang gaf.

Sylvie liep met hem naar de keuken en voelde dat hij naar haar keek. Ze vroeg zich af wat hij zag, wat hij dacht. In plaats van haar gebruikelijke mantelpakje met pumps droeg ze een ruimvallende kasjmieren broek met een zwart katoenen shirt met een wijde col, wollen sokken en een paar van Lizzies houten sandalen met borduursels erop. Ze hield haar haar, met strepen grijs erin, uit haar gezicht met een haarband van cranberrykleurig fluweel. Het enige sieraad dat ze droeg was een eenvoudige gouden manchetarmband die ze twee weken daarvoor met Tim op een nijverheidsmarkt op de brink had gekocht. Haar vingernagels waren kort en niet gepolijst, en haar trouw- en verlovingsring lagen, nam ze aan, in haar juwelenkistje in New York, waar ze ze had achtergelaten.

Richard keek haar met een warme blik in zijn ogen aan voordat hij zijn rug rechtte en aan zijn toespraak begon. 'Sylvie,' zei hij. 'Ik kan je niet genoeg bedanken dat je me laat komen. Ik heb je zo gemist...' Hij slikte moeizaam. 'Meer dan ik onder woorden kan brengen.' Hij duwde de gebaksdoos in haar handen. Sylvie was niet verrast te zien dat hij van Simmons was. 'Ik hoop dat hij lekker is,' zei Richard. 'Ik heb hem hier in het dorp gekocht.'

Ze zette de doos zonder iets te zeggen op het aanrecht naast de twee dozen die Tim van Simmons had meegenomen. Ze rilde, haar knieën knikten en haar lippen beefden. Ze hoopte maar dat hij het niet zou zien.

'Je ziet er geweldig uit,' zei hij, en hij strekte zijn hand om haar haar aan te raken voordat hij die met een verdrietige glimlach weer terugtrok. 'Als ik dat mag zeggen.' Hij snoof waarderend de lucht in de keuken op. 'Dat ruikt fantastisch. Wat een aangename verandering. Waar heb je het eten besteld?'

'We hebben zelf gekookt,' zei ze. 'De meiden en ik.'

Hij staarde haar nogmaals aan, deze keer geschokt. Ze draaide zich sereen (dat hoopte ze tenminste) om en ging hem voor naar de eetkamer. Iedereen aan tafel keek naar hem, iedereen behalve Gary dan, want die zat nog naar zijn bord te staren. Tim Simmons stond op.

'Senator,' zei hij. 'Tim Simmons. Sylvie en ik kennen elkaar nog van vroeger.'

Richard was zo te zien verrast een vreemde man aan tafel te treffen, maar zijn politieke instinct nam het over. 'Richard Woodruff Aangenaam. Woont u al uw hele leven in Fairview?'

Toen hij klaar was Tim te charmeren liep hij naar zijn dochters, die zaten te wachten. 'Lizzie,' zei hij, en hij trok haar in een berenknuffel. Zijn stem klonk warm en laag. 'Hoe is het?'

'Prima,' zei ze blozend – en, zag Sylvie nu, ontegenzeggelijk zwanger – terwijl ze in de omhelzing van haar vader stapte.

'En Diana! Kijk jou nou!' Diana glimlachte vaag. Ook zij zag er anders uit: geen make-up, haar haar los en golvend, in een legging met jurk, haar lichaam stijf terwijl ze haar uiterste best deed geen oogcontact te maken met Gary. Sylvie vroeg zich af of Richard met zijn instinct en gevoel voor mensen de scheur tussen zijn dochter en schoonzoon zou opmerken, of Lizzies zwangerschap en vriendje, maar wat hem het meest leek op te vallen was het eten.

'Hebben jullie dit allemaal zelf gemaakt?' vroeg hij. 'Echt waar?'

'Mijn Sylvie is een vrouw met vele talenten,' zei Selma. 'Ze kan ontzettend veel: zichzelf aankleden, kalkoen braden...'

Richard wierp zijn schoonmoeder een tolerante glimlach toe. 'Selma. Fijn te zien dat sommige dingen nooit veranderen.' Hij omhelsde Diana, gaf Gary een hand, kuste Milo op de wang en stelde zich voor aan Jeff, waarna hij ging zitten. 'En nu maar hopen dat iemand een drumstick voor me heeft bewaard.'

Dit geloof ik niet, bedacht Sylvie terwijl ze ging zitten. Richard schepte zijn bord vol en begon Tim te vragen naar de gouverneur van Connecticut, die was betrapt op een of andere smeergeldaffaire. Haar hoofd sloeg op hol. Lizzie was zwanger! Haar echtgenoot en haar... wat Tim ook was, zaten samen in één kamer! Ze bracht een lepeltje van Diana's cranberrychutney naar haar mond, en legde het toen weer neer, niet geproefd, want het drong tot haar door dat ze veel te gespannen was om te kunnen slikken.

'Vertel,' zei Richard terwijl hij om zich heen keek aan tafel. 'Wat heb ik allemaal gemist?'

Lizzie begon als eerste te lachen. Selma volgde al snel met een harde schaterlach. Diana volgde met nog een moeizaam glimlachje. Zelfs Gary zag er licht geamuseerd uit terwijl Richard steeds verwarder begon te kijken.

'Wat?' vroeg hij terwijl het lachen steeds harder werd. 'Wat is er aan de hand?' Milo was degene die het uiteindelijk met een ernstig en streng gezicht vertelde.

'Tante Lizzie heeft een baby in haar buik van...' Hij wees naar Jeff en was van alle consternatie zijn naam even vergeten. 'Hem.'

'Jeff,' zei Jeff. Hij stak gegeneerd zijn hand op en pakte toen die van Lizzie. Goed zo, dacht Sylvie.

'En mijn vader en moeder hebben grotemensenproblemen, maar grootoma zegt dat niemand doodgaat aan een scheiding.'

'Daar heeft ze gelijk in,' lukte het Richard te zeggen, en hij was even stil om Diana een bezorgde blik toe te werpen. 'Verder nog iets?'

'Ik heb het beste voor het laatst bewaard! We hebben een Wii! Kunt u dat geloven?' Een lach klaarde zijn gezicht op, en Sylvie voelde zich ontspannen. Het drong tot haar door dat ze zich zorgen had gemaakt dat Milo zou beginnen over zijn vistripje met oma's speciale vriend. 'Ik dacht dat ik er nooit een zou krijgen. Mijn moeder is ertegen.'

'Niet specifiek tegen een Wii. Ik wil gewoon niet dat je de hele dag voor een beeldscherm zit,' zei Diana. Ze stak een hand naar Milo uit en streek zijn haar glad (hij had de hele dag zijn muts op gehad, maar Diana had hem gedwongen die af te zetten toen ze aan tafel gingen).

'Maar nu heeft mijn vader er een voor me gekocht, en Tim en papa hebben hem aangesloten, en nu heb ik Wii-bowlen, en Wii-tennis, en Wii-golf...' Er ging een schaduw over zijn gezicht en hij wendde zich tot zijn vader. 'We mogen hem toch wel houden, hè? En meenemen naar Philadelphia? Hij hoeft toch niet hier te blijven, hè?'

'Als je oma hem niet wil houden...' zei Gary.

'Hij is helemaal voor jullie,' zei Sylvie.

Milo sprong stralend op. 'Oké! Mooi! Jippie! Wie wil er taart?'

Toen het diner achter de rug was en de tafel was afgeruimd glipte Sylvie de eetkamer uit en ging op de schommelbank op de veranda zitten. Ze trok het vest dat ze had gepakt strak om haar schouders en ademde de kille avondlucht in. Haar gasten zaten nog aan tafel met hun koffie en taart.

Ze had gedacht dat ze zou gaan huilen – ze had aan tafel constant het gevoel gehad dat ze bijna in tranen uitbarstte – maar nu ze in de kou zat voelde ze zich rustig, zelfverzekerd zelfs. Wat voor storm er ook zou volgen, wat er hierna ook zou gebeuren, of ze bij Richard zou blijven of niet, ze was in staat voor zichzelf en haar dochters te zorgen. Dat had die dag op het strand haar geleerd. Ze dacht dat Richard bij haar zou komen zitten – Richard of Tim – maar in plaats daarvan was het Diana die de veranda op kwam slenteren. Ze droeg een gebreide skimuts en rode fleecewanten, een deken om haar schouders, en ze had een tweede deken onder een arm. Ze gaf de tweede deken aan Sylvie en ging naast haar moeder op de schommelbank zitten.

'Hoi,' zei ze met een vreemd benauwde stem. Sylvie draaide zich naar haar om en zag iets wat ze al jaren niet had gezien: haar dochter en profil, die huilde. Wanneer had ze Diana voor het laatst zien huilen? Er gingen jaren aan haar voorbij en ze kwam uiteindelijk uit bij een volleybalwedstrijd, toen het Diana niet was gelukt een bal te blokken en ze uren in bed had liggen huilen. Diana was toen twaalf geweest. Misschien dertien.

'Wat is er mis?' vroeg ze. 'Gary?'

'Wat er mis is,' zei Diana met een afgeknepen stem, 'is alles.' Ze haalde haperend adem. 'Ik heb bijna een meisje vermoord. Ik heb haar een verkeerde dosering voorgeschreven en als een van de verpleegsters het niet had opgemerkt, zou ze zijn gestorven omdat ik was afgeleid. Ik was verliefd op een ander.' Haar stem klonk iel terwijl ze eerst haar ene en toen haar andere oog afveegde. 'Maar hij wil me niet.'

'O, Diana...' Ze was met stomheid geslagen. Als ze de rest van haar leven had mogen raden, zou Sylvie nooit hebben bedacht dat haar oudste dochter én incompetent én ontrouw zou zijn geweest. Ze zou eerder bedacht hebben dat Gary vreemd zou gaan. Niet dat hij daar de energie voor leek te hebben – de seksuele energie of wat voor energie dan ook – maar Diana? De morele, veroordelende Diana, Diana de fundamentalist die de wereld in zwart en wit aanschouwde en geen geduld had voor grijstinten?

'Ik was eenzaam,' zei Diana terwijl ze ongeduldig de stromende tranen van haar wangen veegde. 'Ik weet dat het geen excuus is, maar ik was heel, heel erg eenzaam.'

Sylvie wist dat ze iets moest zeggen, een troostend gebaar moest maken, maar Diana was nooit een aanhankelijk kind geweest en ze was opgegroeid tot een volwassene die niet aangeraakt wilde worden... hoewel, nam Sylvie aan, ze door iemand aangeraakt zou zijn, als ze verliefd was geworden. Ze legde voorzichtig een hand op Diana's arm. Haar dochter begroef haar gezicht in haar handen en huilde, en Sylvie zat ernaast. Ze had geen flauw idee wat ze moest zeggen terwijl ze probeerde haar eigen ervaring met ontrouw te scheiden van wat Diana had gedaan en wat er de aanleiding voor was geweest. Zij was gelukkig getrouwd geweest toen haar man vreemd was gegaan, en Diana... was Diana ooit gelukkig geweest met Gary?

Het snikken van haar dochter werd minder. Sylvie moest iets zeggen. 'Soms,' begon ze. 'Soms maakt het ergste wat je kan overkomen, hetgeen waarvan je denkt dat je het niet gaat overleven... je beter dan je was.'

Diana's stem klonk nog steeds benauwd, maar niet zo erg dat Sylvie niet elk woord verstond dat Diana zei: 'Heb je dat ook tegen pa gezegd?'

Sylvie gaf geen antwoord, hoewel ze dacht dat wat ze net tegen Diana had gezegd net zo waar was als alles wat ze tegen Richard had gezegd, geschreeuwd of gevloekt toen ze net had ontdekt wat er was gebeurd. Dit soort dingen gebeurde, God wist dat dat waar was, en sommige stellen overleefden het. En zij was er beter van geworden; beter dan ze was geweest.

'Ik ben een vreselijk slecht mens,' huilde Diana.

Sylvie zei: 'O nee. Nee, dat ben je niet.' Ze opende haar armen en liet Diana zich tegen haar aan storten. Ze hield haar vast terwijl ze huilde, klopte op haar arm en mompelde troostende woordjes: maak je geen zorgen, het komt goed, en: ik hou van je, en je vader houdt ook van je.

Diana veegde uiteindelijk haar gezicht af en zei: 'Ik wilde niet scheiden. Nooit. Het is een van de redenen waarom ik Gary heb uitgezocht. Ik was niet, je weet wel...' Haar stem ebde weg en ze staarde de duisternis in. 'Ik ben met hem getrouwd omdat ik...' Ze was weer even stil. 'Jij was altijd zo verliefd op pa en ik dacht...' Sylvie wachtte in angst het oordeel van haar dochter af. 'Jij bent zoveel van jezelf kwijtgeraakt,' zei Diana. 'Elke beslissing die je maakte ging over hem: wat hij wilde, wat hij nodig had, wat het beste was voor zijn imago. Dat wilde ik niet. Ik wilde een gelijkwaardig huwelijk, niet een huwelijk waar een van de twee belangrijk is en de ander niet.' Ze keek haar moeder aan. 'Het spijt me als dat vreselijk klinkt.'

'Nee,' zei Sylvie. Het deed pijn om het toe te moeten geven, maar het was de waarheid. 'Je hebt gelijk.'

Diana lachte verbitterd. 'En moet je mij nu eens zien. Ik dacht dat ik zo slim was toen ik mijn eigen huwelijk arrangeerde. Maar hier had ik niet bij stilgestaan.'

'Die andere man,' vroeg Sylvie. 'Ben je verliefd op hem?'

'Hij is... Ik weet het niet. Misschien had ik dat kunnen zijn. Op hem, of op iemand zoals hij, als ik mezelf die kans zou hebben gegeven.' Ze ging rechtop zitten en schudde haar hoofd, alsof ze het leeg wilde maken. 'Milo is het belangrijkste,' zei ze. 'Ik ga wat dingen veranderen. Ik wil ander werk. Ik wil het rustiger aan gaan doen. Ik wil meer bij hem thuis zijn. Ik wil... Ach, ik weet niet wat ik wil. Ik wil gewoon dat het anders is, denk ik.'

'Waar ga je wonen?' vroeg Sylvie. 'Blijf je in het huis?'

'Voorlopig wel,' zei Diana. 'Gary heeft een flatje gevonden. Ik overweeg Lizzie te vragen een tijdje bij me in te trekken. Dan kan ze Jeff zien en mij met Milo helpen.'

Sylvie knikte en bedacht dat dat onderdeel – de twee meiden samen – in ieder geval goed klonk.

'En jij?' vroeg Diana.

'Hoe bedoel je?' vroeg Sylvie.

'Ga je terug naar New York?'

'Dat weet ik nog niet.'

Sylvie draaide zich om om door het raam de eetkamer in te kijken. Haar echtgenoot had haar plekje aan het hoofd van de tafel overgenomen. Er stond een gebaksbordje voor hem, met een flesje bier ernaast. Zijn vork balanceerde tussen zijn lange vingers en hij had zo te zien een geanimeerd gesprek met Jeff, Tim en Gary. Over politiek, nam Sylvie aan, waarbij ze een mengeling van liefde en walging in zich voelde opwellen. Het ging altijd over politiek.

Diana leunde naar voren en kuste haar op de wang. 'Ik ga even bij Milo kijken,' zei ze, en toen haastte ze zich naar binnen, in de deken gewikkeld als een mummie. Sylvie zat te wachten. Een minuut later hoorde ze de veranda kraken... en daar was Selma, in haar bontjas. Haar wandelstok met vier pootjes glinsterde in het maanlicht terwijl ze kreunend ging zitten.

'Wat gebeurt er allemaal in dat gezin van jou? Ik heb het gevoel dat ik een scorekaart nodig heb om het allemaal bij te houden! Lizzie is zwanger, Diana is bij haar man weg, maar die zit hier, en jij zit met je echtgenoot én je vriendje aan tafel. O, en je hebt een Wii. Wat dat ook moge zijn.'

'Dat is het wel zo'n beetje,' lukte het Sylvie te zeggen. 'Arme Diana,' zei ze toen, omdat ze zich om Diana het meest zorgen maakte, hoewel Lizzie in verwachting was.

'Het komt wel goed met Diana,' zei Selma ferm. 'Misschien dat Diana zelfs nu al wel gelukkiger is dan ze in lange tijd is geweest.'

'Ze heeft het gevoel dat ze heeft gefaald,' zei Sylvie. Ze hoefde haar moeder, die Diana al kende sinds haar geboorte, niet te vertellen dat haar oudste dochter nog nooit ergens had gefaald: niet op school, niet op haar werk, niet als moeder, en al helemaal niet in haar huwelijk.

'In het Chinees,' zei Selma, 'is het woord voor "crisis" hetzelfde als het woord voor "mogelijkheid".'

Sylvie zuchtte, en ze luisterde naar de wind die onder hen de golven deed schuimen. Dat had Selma haar tijdens haar jeugd meer dan eens verteld; meer dan eens per dag, zo had het wel eens gevoeld... maar in dit geval zou het best eens kunnen kloppen. Diana zou door een hel gaan als ze haar leven van dat van Gary zou losmaken, terwijl ze de voogdij en de financiën zou moeten regelen, en zou moeten bedenken wie waar zou gaan wonen, om nog maar te zwijgen over het zoeken van een nieuwe baan en het opvoeden van een zoon die nu al overduidelijk blijk gaf van een melancholische aard. Maar misschien dat ze uiteindelijk een gelukkiger leven zou opbouwen. Sylvie stond zichzelf toe het zich voor te stellen: haar dochter die het rustiger aan zou doen, van een sprint naar een langzame pas, die haar chique auto zou verkopen en haar make-up zou laten liggen, die haar haar terug zou laten groeien naar de oorspronkelijke kleur, wat, als ze het zich goed herinnerde, een heel mooie kleur lichtbruin was.

'En jij? Hoe zit het met jou en Richard?'

Sylvie duwde haar tenen tegen de planken van de veranda, waarmee ze de schommelbank in beweging zette.

'Ik zal niet over je oordelen,' zei Selma. Dat was ook zo'n favoriete uitspraak van haar moeder, die eigenlijk een grote grap was, want hoe kon een rechter niet oordelen? Ik zal niet over je oordelen, had Selma gezegd toen Sylvie haar had verteld dat ze stopte met werken om thuis te zijn met de meisjes en toen ze, jaren daarna, had gezegd dat ze niet van plan was ooit nog te gaan werken. Selma had zich, voor zover je met woorden oordeelde, aan haar belofte gehouden niet te oordelen, maar Sylvie had wel degelijk een oordeel gevoeld in de manier waarop Selma haar wenkbrauwen optrok, met haar ogen rolde, en de manier waarop ze haar lippen op elkaar perste en 'Mm, mm, mm' neuriede. Ze had het oordeel van haar moeder, en dan met name de veroordeling, uit alle poriën van haar moeder voelen komen.

'Ik hou van hem,' zei ze met haar gezicht naar de zee. Dat wa
wat ze had gevoeld toen ze Richard had zien aankomen met di
doos gebak in zijn handen. Zelfs na wat hij had gedaan, zelfs nada
hij haar pijn had gedaan, hield ze van hem, en ze zou zelfs van hem
hebben gehouden als ze samen geen huwelijk van tweeëndertig jaa
twee dochters en al die geschiedenis hadden gehad. Misschien wa
het een chemische reactie, of misschien was het wel alleen maa
heel zielig, maar ze hield van hem, en ze vermoedde dat dat nooi
meer over zou gaan, dat wat er ook zou gebeuren, haar eerste e
puurste gevoel zou zijn wat ze als jonge bruid had gevoeld toen z
hem die ochtend uit het metrostation had zien komen. Mijn man
Van mij.

'Dat weet ik,' zei Selma. 'Maar kun je het hem vergeven? Kun j
hem vertrouwen?'

'Dat weet ik niet.' Sylvie had het gevoel dat ze werd verscheur
tussen liefde en loyaliteit aan de ene kant en schaamte en verraa
aan de andere. En Tim Simmons was er ook nog, die zich enkel eer
baar en lief had getoond. Wat moest ze met Tim?

'Laat me je iets vertellen,' zei Selma, wat ze altijd zei voordat ze
een van haar vele gedachten en uitspraken met anderen ging delen
'Wat je ook doet, Sylvie, het gaat niemand iets aan behalve jou. En
hem, neem ik aan, maar je moet niets beslissen omdat je bang bent
voor wat mensen erover gaan zeggen.'

Sylvie knikte en streek de deken over haar benen glad.

'Mensen willen dat je je op een bepaalde manier gedraagt of dat je
een bepaalde keuze maakt omdat dat bevestigt hoe zij zelf naar de
wereld kijken. De feministen willen dat je bij hem weggaat. Die zijn
nog steeds pissig dat Hillary bij Bill is gebleven. De Bijbellezers willen dat je blijft omdat dat is wat Jezus wil wat echtgenotes doen,
zeggen ze, en omdat ze niemand meer voor op hun voetstuk hebben
sinds Jenny Sanford haar scheiding van de gouverneur heeft aangevraagd. Ceil heeft er een mening over, en Lizzie, en Diana. Maar jij
moet doen wat goed is voor jou.'

'En voor Richard?' waagde Sylvie.

'Voor hem ook, neem ik aan. Maar ik ben je moeder, dus jij bent
mijn enige zorg. Ik wil dat je doet wat goed is voor Sylvie.'

Sylvie knikte. Wat was er goed voor Sylvie? Wat zou het beste voelen, wat zou haar gelukkig maken in de jaren die haar nog restten?
'Ik wil Richard,' zei ze. Selma knikte, niet verrast. 'Maar ik wil wel

dat het anders wordt. Ik wil niet meer de echtgenote zijn die ik was. Zo'n huwelijk wil ik niet meer.'

Selma schommelde heen en weer. 'Zou Richard gelukkig zijn met een ander soort huwelijk? Met een ander soort vrouw?'

'Dat weet ik niet,' zei Sylvie. Misschien dat ze zichzelf, en het genoegen van haar gezelschap, te hoog inschatte, maar ze dacht dat Richard haar terug wilde; dat hij zich een beetje verloren voelde zonder haar, en misschien wel eenzaam ook. Ze vermoedde tevens dat hij zich zó schuldig voelde dat hij akkoord zou gaan met alle voorwaarden die ze hem zou opleggen. Ze kon bijvoorbeeld zeggen dat ze niet meer in het openbaar zou optreden. De druk was te hoog, als ze naast hem moest staan en zich moest onderwerpen aan de kritische blik van de wereld, aan de wijven van Boca Raton en elders, die naar haar gezicht, haar kleding en haar lichaam zouden kijken en zouden oordelen dat alles tekortschoot. Geen bijeenkomsten meer, geen picknicks, geen parades. Geen geldinzamelingsacties, geen weggegooide uren met keurig geklede, gekleurde en gekapte dames die niets meer in haar zagen dan het vermaak van die middag, die fluisterden over hoe duur haar kleren waren en wie haar haar had gedaan. Ze zou een deel van haar tijd hier doorbrengen, in Connecticut, aan zee, misschien met Richard, als hij elke week één of twee dagen kon vrijmaken. Ceil kon een lang weekend komen en dan kon ze haar kooklessen in levenden lijve geven. Volgende zomer zou ze aan het strand gaan wandelen, en misschien zou ze een kajak kopen. Dan kon ze met Ceil, de meiden en hun kinderen een boot huren en vis vangen en die dan op de grill bakken. Ze zou feesten organiseren voor de hele familie, inclusief haar gekke nicht Jan; ze zou het huis opknappen en er een plek van maken waar iedereen welkom was, waar er voor iedereen een bed was, en een plekje aan tafel.

'En die andere man? Die jongen van Simmons?'

Sylvie zuchtte. 'Dat weet ik niet.' Misschien was dat een beter antwoord. Tim was solide, en stabiel, en ze voelde dat ze van hem zou kunnen houden, dat ze samen gelukkig zouden kunnen worden. Ze wist met elke cel in haar lichaam dat hij haar nooit zou verraden zoals Richard dat had gedaan. Ze vermoedde ook dat ze van hem nooit zo zou houden zoals ze van Richard hield... maar misschien waren er andere, betere manieren van houden van.

Selma schaterde van het lachen. 'Nog meer drama. Je maakt een heel gelukkige vrouw van me.'

'Nou, dat is tenminste wat,' zei Sylvie, en ze keek weer door het raam naar binnen. Tim was de koffiespullen aan het afruimen, en Richard zat met Ceil en Larry te kletsen, die nog een stuk taart hadden gepakt. Selma pakte haar wandelstok en liep terug naar binnen.

Sylvie bleef een paar minuten zitten luisteren naar het geroezemoes dat vanbinnen kwam. Toen liep ze het warme huis binnen. Ze trof Richard in de hal aan, waar hij zijn jas aan het aantrekken was. Iemand – Tim, dacht ze – had alle restjes ingepakt, en Richard had een tupperwarebak met kalkoen, vulling en cranberrychutney in zijn hand. Ze beteugelde haar verlangen zijn sjaal glad te strijken en te vragen of hij wel aan zijn hoed en handschoenen had gedacht, tegen hem te zeggen dat hij op weg terug naar de stad naar de verkeersinformatie moest luisteren. In plaats daarvan keek ze enkel toe hoe hij zijn jas dichtknoopte.

'Dankjewel dat je er was,' zei ze. 'Het was fijn je te zien.'

'Kan ik je bellen?' vroeg Richard, en toen beantwoordde hij zijn eigen vraag. 'Ik weet dat ik dat kan, dus die vraag stel ik even anders. Wil je mijn telefoontjes aannemen? Ik hou van je,' zei hij voordat ze kon antwoorden. 'Ik ben altijd van je blijven houden, en ik hou van de meiden, en ik wil dat we...' Zijn stem klonk rauw. 'Ik wil dat we een gezin zijn, Sylvie.'

Dat was ook wat zij wilde. Maar ze wilde het op haar voorwaarden, of op zijn minst op voorwaarden waarover ze het samen eens waren, niet op voorwaarden die hij had gedicteerd en waar zij in was meegegaan. Ze wilde een kans te herstellen wat kapot was. Ze wilde haar leven veranderen.

'Weet je wat? Ik bel jou wel,' zei ze, en toen liep ze met hem naar de deur. Ze stonden op de veranda, en na een ongemakkelijk moment van gefriemel kuste ze hem licht op de lippen, kneep in zijn hand en zei: 'Dag.'

Terug in huis zat haar moeder aan de keukentafel koffie te drinken. Larry zat een computerspel te doen. Tim was in de keuken de afwasmachine aan het inruimen en Ceil zat in een van Sylvies kooktijdschriften te bladeren. 'Gary is weggegaan,' meldde ze. Sylvie knikte. Ze vertelde Ceil en Larry welke slaapkamer er voor hen was gereserveerd – ze had er die ochtend schone handdoeken klaargelegd –, gaf haar vrienden een kus en wenste hun goedenacht.

Ze trof haar jongste dochter op haar zij in bed aan onder een donzen dekbed waar alleen wat blond haar bovenuit stak. Sylvie boog

:h voorover en kuste haar op de wang. 'Mijn kleintje,' fluisterde
.
'Je kleintje krijgt een baby,' zei Lizzie met haar gezicht naar de
uur. 'Ik ben net een realityshow op MTV.'
'Nee hoor,' zei Sylvie. 'Je bent net zo oud als oma toen ze mij
eeg.'
'Maar dan zonder advocatentitel van Yale. En zonder echtgenoot,'
ees Lizzie haar erop.
'Er is geen juiste manier om een leven te leiden,' zei Sylvie. 'Je
et gewoon het beste wat je kunt. En ik zal er altijd zijn om je te
lpen.'
'Dank je,' zei Lizzie van onder haar dekbed vandaan. Sylvie gaf
ıar nog een kus en liep zacht naar de gang.
Diana zat in kleermakerszit op haar bed, en Milo leunde in zijn
tman-pyjama tegen haar aan. Zo te zien aan zijn wangen en de slag-
om in zijn mondhoek had hij gehuild... gehuild en taart gegeten.
'Ik mis papa,' zei hij. 'Waarom is hij weggegaan? Ik hoopte zo dat
ij zou blijven.'
'O, lieverdje toch,' zei Diana, en ze keek Sylvie hulpeloos aan.
Sylvie ging bij hen zitten. 'Wil je hem even opbellen om hem nog
en keer goedenacht te wensen?' Dat zou ze wel eerst aan Diana
ebben moeten vragen, maar haar dochter keek haar opgelucht aan,
akte haar telefoon en gaf die aan Milo, die beverig glimlachte.
'Je weet het nummer, hè?' vroeg Diana, waarop Milo knikte en
net het puntje van zijn tong tussen zijn tanden de cijfers intoetste.
)iana bedankte Sylvie zonder de woorden hardop uit te spreken,
vaarop Sylvie knikte en naar de gang liep.
Er was een nisje tussen de slaapkamers op de eerste verdieping. Er
tonden een leunstoel met lichtblauwe voile eroverheen en een tafel-
je met een lamp en een telefoon erop. Toen Sylvie een tiener was,
ıad hier de enige 'boventelefoon' gestaan (de benedentelefoon stond
n de keuken), en was dit waar je ging zitten als je met je vriendin-
ıen thuis wilde bellen, of met je vrienden in Fairview, om plannen
voor de volgende dag of avond te maken. Sylvie ging er zitten. Ze zat
er tot ze Milo niet meer hoorde praten, waarna ze Diana een tijdje op
zachte, kalmerende toon tegen haar zoon hoorde mompelen en het
icht zag uitgaan. Ze bleef er zitten toen haar moeder de trap op
kwam, tot Tim afscheid kwam nemen voordat hij naar huis reed, en
Jeff naar boven kwam met een aspirine en een glas water, 'Slaap lek-

ker' tegen Sylvie fluisterde en met een schaapachtige grijns op zi
gezicht Lizzies kamer in verdween. Ze zat er tot ze het huis om zi
heen hoorde verstillen en het laatste blok hout in de open haard u
elkaar viel in een regen van sintels en as. Ze zat, alert maar vred
zoals ze jaren geleden had gezeten, als jonge moeder in een schomm
stoel naast het wiegje van Diana en jaren later naast dat van Lizzi
wanneer ze hun borstkasjes aanraakte om zeker te weten dat ze n
ademden, wanneer ze toekeek hoe hun oogjes rolden onder hu
lavendelkleurige oogleden terwijl ze lagen te dromen. Kom je na
bed? riep Richard dan, zelf al half in slaap, en dan zei ze dat ze go
zat, dat ze goed zat waar ze zat. Dan dutte ze in in de schommelsto
en ontwaakte zodra zij wakker werden, om hun slaapliedjes in h
oor te fluisteren, en hen uit hun wiegje te halen zodra ze onrust
werden of hun armpjes naar haar uitstrekten. En dan zei ze dat ze a
tijd van hen zou houden, dat ze er altijd voor hen zou zijn en dat hu
niets ergs zou overkomen zolang zij bij hen was.

Lizzie

'HELP ME NOG EENS HERINNEREN WAAROM WE DIT OOK ALWEER DOEN,' zei Diana toen ze de ringweg afreden en richting Georgetown gingen.

'Omdat we het willen zien,' zei Lizzie vanaf de achterbank. Ze had de week ervoor een heuse zwangerschapsspijkerbroek moeten kopen voor bij haar rokken en broeken met koordjes. Ze tilde haar tuniek op en krabde gedachteloos over haar buik; het leek wel of hij aan één stuk door jeukte. Arme Jeff maakte zich er zo druk om. Hij had alle boeken gelezen, had geboorteschema's van internet gehaald en stond erop elke avond klassieke muziek aan de baby te laten horen door een koptelefoon op Lizzies buik te plaatsen. Toen ze had verteld dat ze jeuk had, had hij op internet gevonden dat dat een symptoom was van een extreem zeldzame leverziekte die zwangere vrouwen kunnen krijgen. Ze had hem erop gewezen dat het tevens een symptoom van zeer veelvoorkomende striae was, maar Jeff was elke keer dat ze krabde bezorgd.

'Dit kost een fortuin,' klaagde Diana terwijl ze een parkeerplaats op reed en de parkeerjongen haar sleutels en een briefje van twintig gaf. 'Weet je zeker dat het hier is?'

Lizzie stapte uit en trok een plattegrond uit haar tasje. Ze had plattegronden, nieuwsverslagen en foto's van Google Maps en ze wist zeker – bijna zeker, dan – dat ze op de goede plek waren. Ze leidde haar zus twee straten naar het noorden en één straat naar het oosten, tot ze voor een geel geschilderd houten huisje met groene luiken stonden. Ze keek naar de afbeelding, en toen naar het huisje, dat in een leuk, smal straatje met bomen en rijen vrijwel identieke huisjes stond, die allemaal in geel- en crèmetinten waren geschilderd. 'Hier is het,' zei ze.

Ze stonden even in stilte te staren. Diana was nog steeds te dun, mager als een supermodel en net een spion in haar skinny jeans in laarzen met hoge hakken en een zwarte leren jas met riem. Een zonnebril verborg haar ogen en een bontmuts was laag over haar haar getrokken, dat ze had laten knippen zodra ze terug was gekomen in Philadelphia. Ze had nu een pony, en haar haar, dat zolang Lizzie zich kon herinneren altijd lang was geweest, raakte nauwelijks haar sleutelbeenderen. 'Je lijkt wel vijfentwintig,' had Lizzie gezegd, waarop haar zus verdrietig had geglimlacht en had gezegd: 'Maar dat ben ik niet.'

'Wat moeten we nu doen?' vroeg Diana.

Daar dacht Lizzie even over na. 'We kunnen koffie gaan drinken,' zei ze.

'Maar dan wel cafeïnevrije,' hielp Diana haar herinneren.

'En misschien wat eten. En dan wachten we gewoon af.'

Diana dacht even na, haalde haar schouders op en liep naar het houten bankje dat vlak bij het huisje op Lizzies foto's stond. Lizzie ging naast haar zitten. 'Dus wat was het plan ook alweer?'

'Laat mij het woord maar voeren,' antwoordde Diana. 'Ik ga haar vragen waarom. Om te beginnen.'

Lizzie knikte. 'Waarom' was een goede vraag, misschien zelfs de enige. Maar zou de vrouw een antwoord hebben?

Ze had het er de dag daarvoor met Jeff over gehad, toen ze Milo's oude wiegje uit de kelder hadden gehaald, waar het in onderdelen had gestaan, die ze op oude kranten in Diana's woonkamer hadden gelegd (Gary had de bank en de televisie meegenomen naar zijn vrijgezellenwoning). Persoonlijk wilde ze niets zeggen tegen die vrouw, en ze wilde haar ook niets vragen. Ze wist niet zeker of ze ook maar de moed zou hebben haar aan te spreken. Het enige wat ze wilde, was kijken.

'Denk je niet dat je van gedachten verandert als je haar ziet?' Jeff had in de roze verf staan roeren die ze die ochtend bij Home Depot hadden gekocht.

'Dat kan natuurlijk gebeuren,' zei Lizzie.

Jeff had inschikkelijk geknikt en zijn kwast gepakt. Het idee was het wiegje te schilderen en het op de tweede verdieping weer in elkaar te zetten, waar Lizzie met de baby zou gaan wonen als die dat voorjaar geboren zou worden. Dat was tenminste nu het plan... En Diana had het eenpersoonsbed vervangen door een tweepersoons, zodat Jeff en Lizzie er samen konden zijn als ze dat wilden. Lizzie wist het niet zeker, maar ze dacht dat dat was wat ze wilde, en dat et ook was wat Jeff wilde: samen zijn, in Diana's huis, in zijn appartement of ergens op een nieuw plekje dat ze samen zouden vinen: Lizzie, Jeff en de baby.

Ze voelde Diana gaan verzitten op het bankje naast zich. Haar zus aakte een diepe zucht. Ze zou wel aan Milo zitten te denken. Hij as op zaterdag altijd bij zijn vader, en hoewel een deel van Diana ngetwijfeld genoot van de vrije dag, de gelegenheid om lang te gaan ennen, een film te kijken of een dutje te doen, zou een deel van haar ltijd bij haar zoon zijn, zich zorgen om hem maken, zich afvragen f het wel goed met hem ging, misschien zelfs betreuren dat zij en Gary geen stel meer waren.

'Kijk!' zei Diana kortaf, en ze wees met haar kin naar de voordeur an het huisje. Een vrouw, een vrij kleine, stevige vrouw met bruine rullen onder een rode fleecemuts, liep de straat op. Ze had een tasje n haar ene hand en een aktetas in haar andere en deed terwijl ze toekeken de voordeur op slot, stak haar sleutels in haar zak en liep de stoep op.

'Wauw,' verzuchtte Lizzie.

'Ze ziet er in het echt beter uit,' zei Diana, die de afgelopen weken wat minder veroordelend was geworden, vond Lizzie.

Lizzie staarde naar de vrouw, die de hoek om liep. De beroemde Joelle Stabinow, zonder wie dit allemaal niet gebeurd zou zijn. Zonder Joelle zou Lizzie nooit met Jeff naar bed zijn gegaan en zou ze niet in verwachting zijn geraakt, en dan was Diana misschien wel nooit bij Gary weggegaan. Of misschien dat het allemaal sowieso wel zou zijn gebeurd. Misschien was het het lot, of het grote wiel van karma, dat oneindig draaide, zoals haar vroegere vriendin Patrice zo graag had gezegd als ze stoned was en het niet tot haar doordrong dat ze naar een herhaling van *Ik wist niet dat ik zwanger was* zat te kijken.

'Hé!' Lizzie draaide zich om. Diana was opgestaan en liep snel en doelbewust over de stoep naar Joelle met haar opzichtige rode muts. 'Hé, pardon!' riep ze. Lizzie kreunde, stond op en liep erachteraan.

Joelle had zich omgedraaid, haar gezicht rond en winterbleek, vriendelijk en vragend. Lizzie vond dat ze er volkomen gewoon uitzag, zo'n meisje naast wie ze bij psychologie in de klas had kunnen zitten, of in de metro. Lizzie had precies dezelfde fleecemuts in haar kast in Philadelphia liggen, alleen was die oranje. 'Ja?' vroeg ze beleefd.

Diana zei even helemaal niets. De stilte strekte zich uit. Net toe
Joelles uitdrukking overging van beleefd naar verward en een beet
angstig, zette Diana haar zonnebril af. 'Weet je wie wij zijn?' vroe
ze.

De verwarring hield even aan terwijl Joelle hun gezichten bestu
deerde. Toen werd het gezicht van het meisje ineens knalrood. 'Ja
Het woord klonk als een zucht. Ze rechtte haar rug, haar gezicht no
steeds rood en vlekkerig, en ze friemelde aan het bandje van haa
tasje, dat over haar schouder hing. 'Ja. Ik weet wie jullie zijn.'

'Wie zijn we dan?' zei Diana, als een strenge lerares die een timid
leerling toespreekt.

'Jij bent Diana,' zei Joelle. 'En jij bent Elizabeth.'

'Lizzie,' zei Lizzie in een reflex. Diana staarde haar aan met ee
blik in haar ogen die zei: we zijn hier niet om vriendinnen te wor
den. Lizzie haalde haar schouders op. Ze kon er niets aan doen. Nie
mand noemde haar Elizabeth, tenzij ze in de problemen zat.

'Zullen we even ergens gaan zitten?' vroeg Joelle. Lizzie bewon
derde hoe dapper ze was. Als zij het was geweest, dacht ze, zou ze
hebben gezegd dat ze geen idee had wie deze twee vreemdelingen
waren, en vervolgens zou ze er zo snel haar benen haar konden dra
gen (en dat was de laatste tijd niet al te snel) vandoor zijn gegaan, op
zoek naar een metrostation of politieagent.

Lizzie keek haar zus vragend aan. Diana knikte. 'Op de hoek zit
een koffiebar,' zei Joelle.

Ben je daar met onze vader naartoe geweest? overwoog Lizzie te
vragen... maar ze hield haar mond, en ze bleef ook van haar fototoestel af, hoewel ze niets liever wilde dan een foto maken van
Joelles ronde, rood aangelopen gezicht.

Even later zat het drietal aan een rond houten tafeltje achter in
een drukke koffiebar. 'Willen jullie iets drinken?' vroeg Joelle, en
Lizzie moest ineens aan haar moeder denken, die hetzelfde talent
had om de gastvrouw te spelen, om mensen zich op hun gemak te
laten voelen.

'Nee,' zei Diana.

'Eh, kamillethee?' vroeg Lizzie. Haar zuster wierp haar nog een
valse blik toe, alsof ze door thee te drinken met deze vrouw – deze
vrouw die steeds meer begon te voelen als iemand die Lizzie in het
echte leven wel zou willen leren kennen – goedkeurde wat ze had
gedaan.

Joelle stond op om de drankjes te gaan halen. Diana leunde naar voren. 'Wil je even ophouden je te gedragen alsof je op een afspraakje met je vriendje bent?' fluisterde ze.

Lizzie beet op haar onderlip en boog zich over haar mobieltje, waarop ze Jeff sms'te waar ze waren. Toen keek ze haar zus aan. 'Dus jij gaat de vragen stellen?'

Diana knikte onderkoeld en hield verder haar mond tot Joelle terugkwam naar hun tafeltje. Ze had Lizzies thee bij zich, een mok met iets voor zichzelf, en een kaneelbroodje en een croissant. 'Voor het geval er iemand trek heeft,' zei ze terwijl ze alles op tafel zette. Ze ritste haar jas open en zette haar muts af, waardoor haar krullen los sprongen en om haar wangen bungelden. 'Goed,' zei ze, en nu klonk ze, vond Lizzie, minder als haar moeder, maar meer als haar vader. 'Wat kan ik voor jullie doen?'

Je kunt je excuses aanbieden, dacht Lizzie. Alsof ze haar gedachten las, zei Joelle: 'Het spijt me natuurlijk verschrikkelijk, als dat is wat jullie willen horen. Ik vond het vreselijk...'

'Maar niet vreselijk genoeg om je benen bij elkaar te houden.' Diana's stem klonk laag en dragend, fel als het knallen van een zweep. Joelle huiverde, en ze werd weer rood, maar ze knikte.

'Dat is waar. Je hebt gelijk. Ik...' Ze liet haar hoofd zakken, waardoor ze meer tegen de broodjes zat te praten dan tegen Lizzie en Diana. 'Ik was verliefd op hem. En ik was eenzaam.'

Deze keer was het Diana die zuchtte. Lizzie keek naar haar zus, naar die starende blik in het niets, en bedacht dat Diana ook wel eenzaam zou zijn geweest toen ze wat met die vent met dat naamplaatje was begonnen.

'Het was verkeerd,' vervolgde Joelle. 'Ik had nog nooit zoiets gedaan. Zo ben ik niet. Het is niet iets wat ik zou doen.'

Lizzie had wel honderd vragen: of haar vader háár had verleid, of zij hem, en of hij van Joelle had gehouden, hoe hij de affaire weer had beëindigd, en hoe het nu met Joelle ging, zonder Richard in haar leven. Maar voordat ze er een kon stellen, begon Joelle weer te praten.

'Jullie vader is ontzettend trots op jullie.'

Diana lachte scherp, onaangenaam. 'Is dat waar jullie het over hadden in bed? De dochters van je vriendje?'

Joelle werd nu bijna paars, maar ze hield niet op met praten en keek niet weg. 'Hij was niet trots op wat hij deed, maar hij was wel trots op jullie.'

'Hij was trots op Diana,' zei Lizzie, want dat was natuurlijk hoe het zat. Welke ouder zou niet trots zijn op zo'n snelle dochter die geweldige dingen presteerde? Maar Joelle zei: 'Nee, hij was ook trots op jou, Lizzie. Hij zei dat hij niemand kende die zo'n unieke blik op de wereld heeft als jij. Hij zei dat hij geen idee had hoe je daaraan kwam – hij is niet artistiek, en niemand anders in de familie is dat – maar hij zei dat de manier waarop jij naar dingen kijkt hem het gevoel geeft dat hij ze voor het eerst ziet.'

Lizzie leunde verrast en tevreden achterover. Haar jas viel open. Joelle zette grote ogen op, maar ze zei niets.

'Volgens mij zijn we klaar,' zei Diana, die opstond. Joelle stond ook op.

'Het spijt me,' zei ze nogmaals. 'En als het enige troost geeft: ik heb altijd geweten dat het tijdelijk was. Je vader houdt van jullie moeder. Volgens mij was ik gewoon...' Haar mond vormde zich in een charmante glimlach. 'Ach, je weet wel. De vrouwelijke versie van een sportauto of zo.'

'Of zo,' herhaalde Diana, en Lizzie voelde dat ze probeerde het op spottende, sarcastische toon te zeggen, maar dat dat niet lukte... dat ze stiekem moest lachen om die opmerking.

'Was het maar...' Joelles stem ebde weg. Toen het duidelijk was dat ze haar gedachte niet hardop ging afmaken, pakte Lizzie haar hand en kneep erin.

'Ik hoop dat het goed met je gaat,' zei ze, en ze bemerkte dat ze het meende. Wat voor gevoelens van haat of woede ze ook jegens die andere vrouw had gehad, ze waren nu weg. Ze was gewoon een meisje dat een fout had gemaakt, en Lizzie had er zelf zo veel gemaakt dat ze niet in de positie was om daarover te oordelen. Joelle knikte dankbaar. Ze zette haar muts op, pakte haar aktetas van de vloer naast haar stoel, zwaaide kort en beschaamd naar Lizzie en Diana en haastte zich de deur uit.

Diana keek hoe ze wegliep en zette haar zonnebril op. Lizzie moest bijna hollen om haar bij te houden terwijl ze over de stoep marcheerde op weg naar de auto. 'Volgens mij,' zei ze een beetje buiten adem, 'ging dat goed. Wat vind jij?'

'Zo goed als we konden verwachten,' zei Diana, die haar parkeerkaartje aan de parkeerjongen gaf.

'Volgens mij,' waagde Lizzie, 'hadden we best vriendinnen kunnen worden. Niet nu,' voegde ze haastig toe toen ze het gezicht van haar s zag betrekken, 'maar onder andere omstandigheden. In een ander ven.' Ze keek steels van opzij naar haar zus en flapte er toen uit: bent eerlijk gezegd best wel eng, wist je dat?'

Er verscheen voor het eerst die ochtend een glimlach op Diana's ge- cht. 'Lekker puh.'

'Kreng.' De parkeerjongen kwam de auto voorrijden en Lizzie stapte aan de passagierskant. 'Zo erg was ze nou ook weer niet.'

'Misschien niet.' Diana gaf richting aan, keek links, rechts en weer nks en reed de weg op die hen thuis zou brengen.

Sylvie

Dus daar was ze, precies waar ze was begonnen, in een auto d over een tolweg denderde op weg naar een winkelcentrum, wa nieuws op haar wachtte. Maar deze keer was het winkelcentru in Connecticut en zat Sylvie achter het stuur, kapitein van ha eigen bestemming, meester van haar eigen lot. Deze keer was niet alleen: Tim Simmons zat met een weekendtas op schoot naa haar. Deze keer was het februari in plaats van augustus, de luc was grijs en het weerbericht beloofde lichte stuifsneeuw voor d middag en vijftien centimeter sneeuw die nacht. En deze keer zo het geen slecht nieuws zijn.

'Zal ik rijden?' vroeg Tim.

'Het gaat wel,' zei Sylvie. Ze zou Tim afzetten in New Have waar Ollies a-capellagroep een concert zong op Yale. Ollie had ee auto en zou zijn vader terugrijden naar Fairview en het weeken blijven.

Sylvie reed over de snelweg en haar gedachten waren niet bij d man naast haar, maar bij de man die ze zou gaan zien. Tim en z hadden na een paar weken ongemakkelijk gestuntel tijdens een kor en pijnlijk gesprek besloten dat ze vrienden zouden blijven. 'Je ben nog niet klaar met hem,' had Tim gezegd, wat Sylvie, een beetj treurig, had erkend. Hij had haar hart gebroken, hij had haar be schaamd, maar toch was ze nog niet klaar met Richard Woodruff.

Ze reed een bocht om, met haar hart in haar keel en haar hande strak om het stuur, langs de afrit naar het winkelcentrum waa Richard en zij toen de meisjes klein waren op weg naar Connecti cut altijd stopten. In het midden van het winkelcentrum stond ee treintje waar je voor vijfentwintig cent in mocht rijden. Ze had foto's van Lizzie en Diana in dat treintje van toen ze net groot genoeg wa ren om zelfstandig te kunnen zitten, elk jaar op een houten bankje in dat treintje, tot aan hun zesde of zevende, toen ze bijna te groot waren om er nog op te passen. Ze waren elk jaar gestopt bij dat winkelcentrum, zelfs toen de meiden te groot waren voor de trein, om er te plassen en lunchen. Dan liepen ze op weg naar de verzameling restaurants langs dat treintje. Dan kocht Richard een smoothie, zagen de meiden dat treintje, en dan zeiden ze: 'Weet je nog dat we daar altijd in gingen toen we klein waren?'

Toen ze had besloten dat ze er klaar voor was om Richard te zien, om persoonlijk met hem te praten, was dat winkelcentrum de eerste plek waaraan ze had gedacht, maar dat was voordat het tot haar was doorgedrongen dat het veel te pijnlijk zou zijn om ergens waar ze ooit als gezin had rondgelopen tegenover haar man te zitten.

'We kunnen afspreken bij een winkelcentrum,' had Sylvie gezegd.

'Een winkelcentrum?' Dat was duidelijk niet wat Richard in zijn hoofd had... maar na een minuut op zijn laptop, die hij sinds haar vertrek elementair had leren bedienen, had hij een winkelcentrum gevonden langs de Merrittsnelweg, halverwege New York en Fairview, en Sylvie had er om twaalf uur 's middags met hem afgesproken.

Op de achterbank stond een picknickmand. Ze had de dag ervoor haar recepten door gebladerd, en ze had Ceil gebeld over een rundvleesstoofpot. Haal het vlees door de bloem, had Ceil haar geïnstrueerd. Breng op smaak met zout en peper, braad aan in olie en haal uit de pan. Fruit uien en knoflook en voeg een beetje rundvleesbouillon toe. Breng aan de kook. Voeg wortels en aardappels, tomaten en tomatenpuree toe, een laurierblaadje en een klots rode wijn ('Hoeveel is een klots?' had ze gevraagd, waarop Ceil had gezegd: 'Bij mij alles in de fles wat ik zelf niet van plan ben op te drinken.'). Zet de stoofpot in een lauwwarme oven (Sylvie wist ondertussen wat dat was) en laat sudderen. 'Kan niet mislukken,' had Ceil beloofd, waardoor Sylvie alleen nog maar kon denken aan alles wat wél zou kunnen mislukken, waaronder haar huwelijk.

Sylvie had de stoofpot die ochtend opnieuw opgewarmd en had een flinke hoeveelheid in een warmhoudbakje geschept, die ze met een knapperig brood, gesneden radijsjes, boter en zout in de picknickmand had gedaan. In de bijkeuken stond een plastic koelbox, dezelfde, bedacht ze, die oom John in de vakanties dagelijks had gebruikt om zijn bier in naar het strand te vervoeren. Ze vulden de box met ijs, een fles pompoenbier en een fles ijsthee. Ze maakte een thermosfles met koffie, pakte wat zelfgebakken koekjes in en vertrok naar de snelweg waar ze haar... echtgenoot zou ontmoeten? Of was hij haar vervreemde echtgenoot? Binnenkort haar ex-echtgenoot? Om Richard te ontmoeten, bedacht ze. Dat volstond op dit moment.

'Deze,' zei Tim, en hij wees naar de afslag. Sylvie liet het gas los en volgde haar gps door het web van onbekende straten tot ze de hoek hadden gevonden waar Ollie ingepakt in een fleecejas stond te wachten. Hij zwaaide, en Sylvie gaf hem een zak van haar koekjes.

'Weet je zeker dat het gaat lukken?' vroeg Tim, en hij omhelsde haar iets langer dan gewone vrienden zouden doen. 'Ben je niet zenuwachtig?'

'Natuurlijk ben ik zenuwachtig,' zei ze, wat ook zo was. Haar knieën voelden als pudding en haar huid was klam. 'Maar volgens mij gaat het wel lukken.'

'Bel je me als er iets is?' vroeg hij, en hij haalde zijn telefoon tevoorschijn om zijn woorden kracht bij te zetten. 'Je weet me te vinden.'

Ze knikte, omhelsde hem nogmaals, kroop weer achter het stuur en reed weg.

Ze was om elf uur op de afgesproken plek, een uur te vroeg. Ze had sinds de tijd dat ze regelmatig op Richards trein of vliegtuig wachtte altijd een boek in haar tasje. Ze kon een kop koffie voor zichzelf inschenken, het kapje van het brood eten, de verwarming aanzetten en lezen tot Richard kwam. Maar Richard stond al op haar te wachten, naast een auto die ze niet herkende, met een zonnebril en een honkbalpet op.

Ze zat even naar hem te kijken. Hij had zich gekleed op het weer in een stijve spijkerbroek die zo te zien net uit een doos kwam, met een geruit overhemd dat er net zo nieuw uitzag als de broek, en rubberlaarzen met veters en een bontrand. Sylvie glimlachte bij de gedachte aan de zweetvoeten die hij gehad zou hebben tijdens de rit hier naartoe, want ze wist, met de zekerheid die je alleen kunt hebben als je meer dan dertig jaar met iemand bent getrouwd, dat hij oude wollen sokken in die laarzen droeg. Hoewel hij was opgegroeid in Harrisburg en genoeg koude winters had meegemaakt, was hij doodsbang voor de sneeuwstormen in New England, en kleedde hij zich er alsof hij een tocht in een huifkar moest maken, alsof het weerbericht hevige sneeuwstorm voorspelde in plaats van die paar centimeter, alsof er elk moment beren uit de berm konden komen nnen die zijn BMW zouden aanvallen. Ze durfde te wedden dat er en zak eten op de bijrijdersstoel stond: houdbare kaas en worst, die en bomaanslag zouden overleven, alsof hij op een slavenschip van frika naar Amerika moest reizen in plaats van tweeënhalf uur in en luxepersonenwagen over geasfalteerde wegen met elke paar kilo- neter een benzinepomp of winkelcentrum.

Ze stopte haar boek terug in haar tas en opende het portier. Haar tem klonk kalm en haar handen beefden niet. 'Dag Richard,' riep e.

Hij draaide zich om alsof hij vreselijk schrok, waarbij zijn nieuwe aarzen iets langzamer waren dan zijn benen, waardoor hij bijna truikelde en Sylvie zo enorm werd herinnerd aan hun eerste ont- noeting, toen hij op het ijs was gevallen, dat er tranen in haar ogen prongen. O, Richard, dacht ze, en ze voelde haar hart overvoerd vorden door een gecompliceerd web van emoties: woede, nog steeds, n hevige schaamte, maar daaronder een onuitwisbare affectie. En iefde. Nog steeds liefde. 'Jezus, Syl!' schreeuwde haar echtgenoot. Ik schrik me kapot!'

Ze glimlachte en pakte hun lunch. Het was koud, de zon scheen aarzelend tussen de wolken door, maar het sneeuwde nog niet, en de risse lucht was prettig na de rit. Ze droeg een trui, een met dons ge- voerde jas en een sjaal, en Richard zou in zijn kleding gemakkelijk en ijstijd overleven. 'Picknicktafel?' vroeg ze. Er liep een smal gras- veldje tussen de parkeerplaats van het winkelcentrum en het bos, en een oude man probeerde op een van de parkeerplaatsen zijn buldog terug in de auto te lokken. ('Kom dan, Brutus,' probeerde hij hem over te halen terwijl Richard en Sylvie hem passeerden. 'Dan krijg je gehakte lever!') Maar een van de zes picknicktafels was bezet. Een moeder zat met een baby in een skipak op schoot met één hand een sandwich te eten terwijl haar echtgenoot desinfecterend middel op de handjes van twee kleine jongetjes spoot.

Sylvie zette hun lunch op tafel en schepte stoofpot in de komme- tjes die ze had meegenomen terwijl Richard de fles bier openmaakte en twee glazen half volschonk. Ze vroeg zich af of hij zou gaan toos- ten. Maar Richard spreidde enkel zijn servet op zijn schoot. 'Heb jij dat gemaakt?' vroeg hij terwijl hij waarderend de geur opsnoof die uit de kom kwam die Sylvie hem aangaf. 'Ik kan het nog steeds niet ge- loven. Jij, een keukenprinses.'

'Ik ben veranderd,' zei ze. Ze had gedacht dat ze geen honger zou

hebben en had zichzelf op een gezouten radijsje zien knabbelen te
wijl ze zouden praten, maar die stoofpot rook toch wel erg lekker, e
ze had nauwelijks ontbeten.

Ze aten een paar minuten in stilte. De man op de parkeerplaats g
zijn poging zijn hond in de auto te lokken op, boog zich kreunen
voorover en tilde het dier op de bijrijdersstoel. ('Je kost me mijn ru
nog eens, Brutus,' zei hij voordat hij achter het stuur plaatsnam e
wegreed.) Een van de jongetjes aan de tafel naast hen jammerde da
hij een hekel had aan pindakaas, dat hij een ham-kaasboterha
wilde, en vroeg op eisende toon waarom die er niet was, waarop zij
vader zei: 'Omdat het leven klote is, en dan ga je dood', de moede
vroeg: 'Is dat zo, Jamie? Is dat echt hoe we tegen onze vijfjarige pra
ten?' waarna de vader zich heel even inhield, maar toen zo hard da
Sylvie en Richard hem konden horen, fluisterde: 'Ik had zelf ook lie
ver ham-kaas gehad.'

Richard scheurde een stuk van het brood en smeerde er boter op
'Ik ben blij dat je belde. Ik wil je iets vertellen.'

Ze keek hem aan en wachtte tot hij zijn mond leeg had en uitein
delijk zei: 'Ik heb er eens goed over nagedacht en ik heb besloten da
ik...' Hij was even stil, scheurde nog een stuk brood af en zei toen
'Ik denk dat ik ermee stop. Dat ik vóór de volgende verkiezingen de
lier aan de wilgen hang. En dan begin ik een stichting, of ik ga voo
die van een ander werken. Iets goeds doen.' Hij glimlachte naar haar
Het was die oude, charmante grijns, die glimlach die zei: ik ben op
weg naar grote hoogten en jij mag met me mee. 'Wat zou je daarvan
vinden?'

Sylvie wist wat ze tegen hem wilde zeggen: dat ze hem miste. Dat
ze wilde dat hij dat zou proberen, dat ze weer deel wilde uitmaken
van een gezin, maar dat kon ze nog niet uitspreken. Niet tot ze zeker
wist dat hij dat ook wilde.

Richard had haar sinds Thanksgiving elke avond gebeld en ze
hadden lange gesprekken gevoerd, niet alleen over politiek, maar
over alles: een muziekstuk dat hij had gehoord, een tentoonstelling
waarover ze had gelezen, reisjes die ze hadden gemaakt, reisjes die
ze zouden willen maken. En dan ging het gesprek altijd over op hun
dochters. 'Heb je Lizzie gezien?' vroeg Richard dan. 'Ze is kolos-
saal.' 'Richard,' wees Sylvie hem dan op zijn plaats, maar ze kon
zelf ook niet geloven hoe Lizzie was uitgedijd. De laatste keer dat
ze in Philadelphia was geweest was Lizzie, in een zwangerschaps-

uinbroek, een zak tweedehands babykleertjes aan het uitzoeken. Jeff en zij hadden Sylvie verteld dat ze zich op de bevalling aan het voorbereiden waren met de Bradley-methode. 'Het gaat zonder verdoving,' had Lizzie uitgelegd, waarop Diana, die in de keuken lunch had staan maken, met haar ogen had gerold en tegen Sylvie had gefluisterd: 'Wedden dat ze om een ruggenprik smeekt voordat ze de auto bij het ziekenhuis heeft geparkeerd?'

Lizzie had een baantje gevonden als assistente van een huwelijksfotograaf en begon naam te maken met haar bijzondere zwart-witfoto's, die het echtpaar vingen op onverwachte momenten: een bruid die taartglazuur van haar vingers likte terwijl de bruidegom de cateraars stond te betalen, een piepklein bloemenmeisje dat lag te slapen in de armen van haar opa. Gary woonde een paar straten verderop en zag Milo vrijwel elke avond. Diana werkte weer in het ziekenhuis. Ze draaide nog maar twee diensten per week op de Spoedeisende Hulp en hield zich verder bezig met moeders die een verslaafde baby hadden gebaard. 'Ik dacht dat je niet geloofde in verslaving,' had Sylvie gezegd, waarop Diana verdrietig naar haar had geglimlacht en had geantwoord: 'Ik ben van gedachten veranderd.'

Ze vertelde Richard over haar bezoekjes aan de meiden, en hij vertelde haar wat er gebeurde als hij naar ze toe ging, over zijn leven in Washington en dat in New York. Hij vroeg nooit naar Tim, en Sylvie zei nooit iets over hem.

Richard veegde aan de andere kant van de picknicktafel zijn lepel aan zijn servet af. 'Ik denk vreselijk veel aan je.' Toen stak hij zijn hand uit en streelde licht over haar wang. Zijn stem werd dieper. 'Wat zie je er prachtig uit,' zei hij.

Ze wuifde het compliment weg, voelde zich verlegen. Ze zag er anders uit, verder niets: ze had haar haar laten groeien, ze verfde het grijs niet meer weg en ontkrulde het niet meer. Ze was een paar kilo aangekomen, maar niet zo veel als ze had verwacht: al dat eten leek te worden gecompenseerd door de wandelingen over het strand en naar de supermarkt. Ze had roze wangen, die ze vroeger altijd had weggewerkt met foundation, maar ze droeg geen make-up meer sinds ze in Fairview was, en die ochtend had ze er niet weer mee willen beginnen. Ze vroeg zich af wat hij echt zag. Ze voelde zich anders, maar dat wilde niet zeggen dat ze er ook zo uitzag... en had Richard haar de afgelopen jaren eigenlijk hoe dan ook gezien?

Richard pakte haar handen. 'Wil je het nog een keer proberen?

Wilde je daarom met me afspreken?' vroeg hij. Toen ze niet direct antwoordde, vroeg hij: 'Of ben je...' Hij stopte met praten en grinnikte verdrietig. 'Ik weet niet eens hoe ik dit gesprek met mijn vrouw moet voeren. Is het serieus? Met jou en die vent? Ben je daarom hier Om me het slechte nieuws persoonlijk te vertellen?'

'We zijn vrienden,' zei ze. 'Dat is alles.'

Richard kneep in haar handen. 'Ik wil je niet kwijt.'

Ze schoof een stukje naar achteren op het bankje van de picknicktafel, trok haar handen terug en vouwde ze in haar schoot. 'Misschien,' zei ze, 'had je dat moeten bedenken voordat je...'

'Dat weet ik,' zei hij voordat ze haar zin kon afmaken. 'Mijn god, Sylvie, dacht je dat ik dat niet weet?' De moeder, vader en kinderen aan de tafel naast hen hadden zich omgedraaid en zaten naar hen te staren. Richard ging zachter praten. 'Denk je,' zei hij op hese fluistertoon, 'dat ik het niet zou terugdraaien, als ik dat kon?'

Daar dacht ze even over na. 'Dat weet ik niet,' zei ze. 'Ik weet hoe dan ook niet waarom je het hebt gedaan, dus ik weet ook niet of je er spijt van hebt. Ik ben ervan overtuigd dat je spijt hebt van de consequenties, maar van die affaire zelf...'

'Praat niet zoals een advocaat,' zei hij, maar hij klonk niet geïrriteerd. Hij klonk moe. 'En daar heb ik toevallig wel spijt van. Van de affaire zelf.'

'Is dat zo?' vroeg ze luchtig. 'Ze zag er anders reuzeleuk uit op de foto's.'

'Zonder op de details in te gaan,' zei Richard, 'kan ik je wel vertellen dat Benjamin Franklin gelijk had over de charmes van de rijpere vrouw.'

'Waarom dan?' Alle lichtheid en welwillendheid waren nu uit haar stem verdwenen. Waarom dan? Zou hij daar ooit een antwoord op kunnen geven?

Hij ademde uit, haalde zijn handen over zijn hoofd, een gebaar dat ze hem duizend keer had zien maken als hij geïrriteerd was, of moe, of als hij probeerde tijd te rekken. 'Volgens mij voelde ik me hoofdzakelijk gevleid. Gevleid dat zo'n jonge meid interesse had.' Hij liet zuchtend zijn hoofd zakken. 'Eerlijk gezegd deed ze me een beetje aan jou denken. En daardoor voelde ik me jong.'

'Was het het waard?' vroeg ze.

Richard sloot zijn ogen en zei: 'Natuurlijk niet. Ik ben jou verloren, het respect van de meiden, mijn reputatie, alles waar ik sinds ik vaalf ben naartoe heb gewerkt toen ik besloot dat ik president ilde worden.'

'Dat was op je elfde,' hielp ze hem herinneren. Ze beefde nu, ge- :hokt over hoe eenvoudig het was terug te glijden in haar oude rol ıs het institutionele geheugen van hun huwelijk, degene die de ıekdotes, de familiegrapjes en de vakantiefoto's bijhield, de curator an de familiegeschiedenis.

'Nou ja, dan was ik twaalf toen ik had bedacht dat het niet zou aan gebeuren. En als ik had geweten dat de politiek zo zwaar zou ijn...' Hij liet zijn hoofd weer zakken, wat Sylvie de kans gaf zijn ieuwe grijze haren eens goed te bekijken, en te zien dat zijn kale lek, die hij zo haatte, groter was geworden. Politici werkten tot ze rbij neervielen en stelden zich opnieuw verkiesbaar, deden een ooi naar het presidentschap tot ze in de tachtig waren, hielden hun ositie vast tot ze van het podium werden gesleept (af en toe nadat e er eerst op in elkaar waren gezakt), maar in de gewone wereld varen er een heleboel mannen die op Richards leeftijd met pensioen ;ingen.

'Ik heb het verprutst,' zei hij.

'Ja,' stemde Sylvie met hem in. 'Inderdaad.' Zelfs terwijl ze die voorden uitsprak, voelde ze die oude fonkeling, die bekende verbin- ling, het gevoel dat ze in hetzelfde team zaten, dat ze wilde wat het ›este voor hem was en dat hij wilde wat het beste voor haar was.

'Het was stom.'

'Inderdaad.'

'Als ik denk aan wat ik heb weggegooid word ik er ziek van. Ziek en verdrietig.' Ze knikte. Ze wist hoe het was om ziek en verdrietig te zijn. 'Ik weet dat je me waarschijnlijk nooit meer zult vertrou- wen...' Hij wreef nogmaals over zijn hoofd. 'Maar wil je alsjeblieft thuiskomen?'

Sylvie wachtte voor ze het antwoord gaf dat ze onderweg in de auto had bedacht. 'Ik denk niet dat ik terug kan naar New York. Nog niet. En je moet weten dat Connecticut ondertussen als mijn thuis voelt.'

Hij knikte, alsof dat hem niet verraste. 'Kan ik iets doen wat je van gedachten doet veranderen? We kunnen in therapie gaan, als je denkt dat dat helpt.'

Sylvie kon zich niet voorstellen dat ze tegenover een vreemde over hun problemen zouden praten.

'Of als ik iets anders kan doen... als er iets is waarmee ik je ka
overtuigen dat ik er echt spijt van heb...'

Hij staarde haar aan, zijn kin iets naar beneden, keek haar ie
schuin omhoog in de ogen. Altijd de politicus, bedacht ze, een beet
geamuseerd en met een beetje afschuw. En nog altijd haar Richar
Hij was zo te zien nog geen week geleden naar de kapper geweest, e
er kleefde een losse wimper aan zijn wang. Ze duwde haar vingertc
ertegen en de wimper kwam los. 'Je mag een wens doen,' zei hi
waarop ze haar ogen sloot, de wimper wegblies en dacht: ik wil mij
gezin terug.

'Mis je die wimpers?' vroeg Richard terwijl haar ogen nog dich
waren, en ze glimlachte. Richard was altijd ijdel geweest over zij
wimpers, die oneerlijk lang en vol waren (Lizzie had ze geërfd, Dian
niet). In hun verkeringstijd was Richard een keer verkleed als Elvi
naar een Halloweenfeest gegaan, en Sylvie had hem overgehaald mas
cara te dragen. 'Wat ben je toch mooi,' had ze gezegd (ze had op da
moment al een paar glazen wijn achter de kiezen, als opwarmertj
voor het feest). Richard had zichzelf bekeken in de spiegel, had zij
hoofd opzij gedraaid en met zijn ogen geknipperd als een parodie o
vrouwelijke schoonheid. 'Moet je nou kijken,' had hij gezegd terwij
hij zijn handen door de glimmende crème die Sylvie in zijn haar ha
gesmeerd haalde, 'je hebt gelijk.'

Sylvie vouwde haar servet op en legde het in de mand. Ze had een
toespraak geoefend tijdens de rit, dus ze was voorbereid. 'Ik weet o
dit moment niet precies wat ik wil. Het voelt goed om alleen te
wonen.'

'Mag ik je blijven zien? Hier? Ik mis je.' Richard wreef over zijn
voorhoofd. 'Je bent de enige die om mijn grapjes lacht.'

'En Joe Eido dan?' vroeg ze, hoewel ze precies wist wat hij bedoelde, en dat het om meer dan grapjes ging. Na al hun jaren samen spraken ze dezelfde taal, de taal van hun huwelijk, een soort steno met hun eigen woorden en afkortingen. Wat hij ook had gedaan, wat hij ook was geworden, Richard was de enige die wist wat ze lekker vond op haar pizza en waar ze gekust wilde worden. Ze vroeg zich af of hij wist dat dat haar gelukkigste herinneringen waren: niet hun trouwdag, en al helemaal niet die van Diana, die een kostbare, overdreven toestand was geweest waarbij de bruid was ingesnoerd in een jurk van drieduizend dollar en ze in de damestoiletruimte vloekte op haar toekomstige echtgenoot omdat hij eten op zijn smokingkostuum had geknoeid. Niet die eerste verkiezingsavond dat hij had gewonnen, niet zijn beëdiging in Washington, waar zij de Bijbel had vastgehouden en hij hand in hand met de meisjes had gestaan. Haar favoriete herinneringen waren aan momenten dat ze samen aan het eind van een dag in zijn werkkamer zaten, zij met een kop thee voor zich en hij met een flesje bier, wanneer ze met een half oog naar de televisie keken of zij met een half oog een boek las en ze praatten over wat ze die dag hadden gedaan en wat ze die week of het komende weekend zouden gaan doen.

Dus dat was dat, dacht ze. Ze zouden praten. Misschien kon dat een begin zijn. Ze voelde zich uitgeput van de adrenaline en de rit – en, zoals altijd, van zijn nabijheid – en begon de restanten van hun lunch in te pakken. Ze deed de vieze borden en het gebruikte bestek in de plastic zak die ze daarvoor had meegenomen en pakte het dessert en de thermosfles. Richard schonk koffie voor hen in.

'Lekker zeg,' zei hij, en hij nam nog een hap van een koekje.

Haar echtgenoot zat tegenover haar, onder de leigrijze hemel, zwetend in zijn flanellen overhemd, lange ondergoed en wollen sokken. Hij zag eruit als een man die net een zware rugzak over zijn schouders had gehesen en niets liever wilde dan hem meteen weer afdoen. Een belachelijke figuur... en toch wilde een deel van haar niets liever dan naar de andere kant van de tafel lopen, haar armen om hem heen slaan, zijn hoofd tegen haar borst trekken en hem vertellen dat hij mocht rusten, dat alles was vergeven. Maar er zat een piepklein, bevroren zaadje vast in haar hart, op een plekje in haar geest, waar die eerste beelden die ze op CNN had gezien zich voor altijd zouden blijven afspelen, in een helse *loop*. Ze was veranderd. Wat ze hiervoor ook was geweest, ze was nu een vrouw die geen excuses meer bedacht voor Richard, die hem niet onvoorwaardelijk vergaf, of zijn wensen boven al het andere stelde.

'Dus?' vroeg hij. 'Wat denk je ervan? Van jou en mij?'

'Moeilijke vraag,' zei ze.

'Neem er de tijd voor,' zei Richard. 'Zolang je belooft dat je hem eerlijk overweegt.' Hij pakte haar handen weer, en ze strengelde haar vingers door de zijne, kneep hard en wilde niet loslaten. Hij was haar echtgenoot, ze hield van hem, ze konden alles doorstaan. Ze kon haar nieuwe leven houden, en hij dat van hem, maar ze zouden samen zijn, dat was alles wat ze wilde en alles wat belangrijk was. 'Ik weet dat ik het niet verdien, en als...' Hij slikte moeizaam, en toen hij sprak, klonk zijn stem hees. 'Als dit het einde is, beloof ik dat ik sportief zal zijn. Maar ik wil een kans om het goed te maken.'

Ze knikte en stelde zich voor hoe de komende jaren zouden zijn. Misschien zou hij nadat hij afscheid had genomen van de senaat bij haar in Connecticut komen wonen. Misschien zou ze wel een kookopleiding gaan volgen, leren kajakken, leren vissen. Ze zou de moeder zijn die ze nooit was geweest toen de meisjes klein waren, ze zou doen wat ze kon om er voor Milo te zijn, en voor Lizzies baby, zodra die geboren was. Ze zou voor zichzelf zorgen, niet alleen voor Richard... en misschien dat hij kon leren voor haar te zorgen.

Ze zaten tegenover elkaar aan de picknicktafel, man en vrouw. Auto's met reizigers zoefden langs hen heen over de snelweg. 'Kijk!' zei Richard, en er dwarrelde iets lichts in Sylvies koffie. Sneeuwvlokken vielen uit de lucht, smolten op haar wangen, en Richard wees glimlachend naar de hemel.

Woord van dank

HET BOEK DAT JE IN JE HANDEN HEBT IS TIEN JAAR GELEDEN ONTSTAAN, toen nog niemand van gouverneursvrouwen Silda Spitzer en Dina Matos McGreevey, senatorsvrouw Elizabeth Edwards of senator Larry Craig had gehoord.

Tien jaar geleden, in het voorjaar van 2000, was ik een eenvoudige journalist met een manuscript en een droom die probeerde een agent zover te krijgen me als cliënt aan te nemen. Ik zal nooit vergeten dat ik de telefoon op mijn bureau opnam en een stemmetje hoorde zeggen: 'Ik vind je boek geweldig! Het sprak tegen me!' (En ik weet nog heel goed dat ik dacht: hoe dan?)

Dat boek werd *Goed in bed*, en de agent die het geweldig vond was Joanna Pulcini. We hebben maanden samen aan het boek gewerkt: het moest korter, bondiger, herschreven en gereviseerd voordat ze ermee langs de redacteuren ging. Dan ging ze met hen lunchen of borrelen en zei met haar iele stemmetje: 'Ik heb drie woorden voor je: Goed in bed!' En vervolgens weigerde ze er verder nog iets over te zeggen of hen te informeren of het een roman was of een praktische gids met plaatjes.

In mei 2000 nam Joanna me mee naar de redacteuren die met me wilden werken. Ze waren allemaal aardig, maar er was er maar één opmerkelijk: degene die zei dat ze haar metrohalte had gemist omdat ze zo in beslag genomen was door mijn boek, degene die ervan uitging dat haar hele marketing- en publiciteitsteam het ding in een weekend zou lezen, degene die het helderste beeld had van het soort boeken dat ik zou gaan schrijven.

De redactrice was Greer Hendricks, ze bracht *Goed in bed* in het voorjaar van 2001 uit, dat het goed deed met een harde kaft en daarna als paperback... en een team was geboren.

Ik heb het enorme geluk dat ik al tien jaar met Greer en Joanna

werk, zeven romans en een verhalenbundel lang, en ik kan me gee
fortuinlijkere schrijver voorstellen dan mezelf met zulke toegewijd
slimme, geestige, hardwerkende, visionaire, vriendelijke vrouwen o
me heen. Ik hoop dat we nog vele jaren – en vele boeken – een tea
zullen zijn.

Andere vrouwen die tot mijn enorme geluk deel uitmaken va
mijn schrijvende leven zijn Judith Curr bij Atria en Carolyn Reid
bij Simon & Schuster, die al vanaf het begin in me geloven, e
Meghan Burnett, mijn ongelooflijk welwillende en hilarische assi
tente, die immer vriendelijk is, hard werkt en geen spier vertrekt a
ik, bijvoorbeeld, vraag of ze even de songteksten van alle tweeën
twintig nummers van R. Kelly's *Trapped in the Closet* voor me op
zoekt en ze vervolgens zing. Ik ben ook de geweldige Terri Gottlie
dankbaar, die voor mijn meisjes zorgt en mijn schrijvende leven mo
gelijk maakt.

Liefde en dank gaan uit naar mijn oplettende en grootmoedig
eerste lezers: Curtis Sittenfeld, Elizabeth LaBan en Bill Syken.

Marcy Engelman, mijn geniale publiciste, is in heel New York
City de beste partner om mee te gaan sporten of dineren. Ik ben me
afstand de onbekendste en onbelangrijkste persoon met wie ze werkt
maar dat gevoel geeft ze me nooit. Ik adoreer haar, Dana Gidney
Fetaya (een Marcy in wording) en Emily Gambir.

Dank aan Joanna's assistente Alexandra Chang, Greers assistente
de onverstoorbare Sarah Cantin, Nancy Inglis, kopijredactrice voo
de sterren, die weet dat ik na al mijn boeken nog steeds het woord
'tee shirt' niet kan spellen en niet weet hoe ik een apostrof uit mijn
toetsenbord moet toveren.

Ik ben iedereen die bij Atria met mijn boeken werkt dankbaar: Chris
Lloreda, Natalie White, Lisa Keim, Jessica Purcell, Lisa Sciambra,
Craig Dean, Rachel Bostic en Jeanne Lee, die een veel betere smaak
en een veel beter gevoel heeft voor hoe een boekomslag eruit moet
zien dan ik.

Mijn liefde en dank gaan ook uit naar al de goede mensen bij
Simon & Schuster in Groot-Brittannië: Suzanne Baboneau, Julie
Wright, Ian Chapman, Jessica Leeke en Nigel Stoneman, die me in
Londen en Dublin het gevoel hebben gegeven dat ik Jackie Collins
was.

Een speciale vermelding is voor Jessica Bartolo en haar team bij
Greater Talent Network, die lezingen voor me regelen die me toe-

taan het huis te verlaten in grotemensenkleren, de nacht door te rengen in een mooi hotel en verhalen over mijn lesbische moeder e vertellen.

Dank aan mijn familie, zoals altijd, voor hun liefde, steun en ma-eriaal: mijn echtgenoot, eerste lezer en reisgenoot Adam; mijn doch-ers Lucy en Phoebe; mijn moeder Frances Frumin Weiner en haar artner Clair Kaplan; mijn zus Molly en mijn broers Jake en Joe. En atuurlijk dank aan al mijn vrienden, dichtbij en ver weg, op Face-ook en Twitter, dat jullie me laten lachen, me het gevoel geven dat k erbij hoor, en dat jullie de verhalen lezen die ik vertel.